吉林文史出版社
国学普及文库

阴法鲁 审订

昭明文选译注

主编 陈宏天 赵福海 陈复兴

第四册

昭明文选 译注

目 录

1

◎ 骚上 ◎

◎ 离骚经一首   屈平

▓▓▓ 题解

　　屈平(约前340—前278),字原,出身楚国贵族,学识渊博,抱负远大,早年曾任楚国左徒,颇得楚怀王信任,在楚国的内政外交中,举足轻重。他极力主张改革政治,富国强兵,联齐抗秦,进而统一中国。在他生活的战国时代,七雄争强,战争频繁,实际上最有实力的是秦楚齐三国,三国都有统一中国的可能,但楚国贵族的守旧势力操纵大权,对外弃齐媚秦,对内打击排挤以屈原为代表的进步力量。楚怀王听信谗言,放逐了屈原,结果楚国兵败地削,楚怀王也身死秦国。楚顷襄王继位后更加重用腐败守旧的亲秦派贵族,屈原又被放逐到江南。最后他看到楚国日益危亡,即将为秦所灭,悲愤已极,投汨罗江而死。

　　屈原是我国历史上伟大的爱国诗人,也是最早的名载史册的伟大诗人。他写出了许多忧国忧民的诗篇,强烈地反映了进步的政治理想和坚决的斗争精神。他创作的《楚辞》,想象丰富,比喻生动,继承和发展了《诗经》的现实主义优良传统,同时又充分吸收了楚国民间文艺的精华,开创了积极浪漫主义诗风,对后代的文学家产生了巨大的影响。《楚辞》的出现标志着我国诗歌发展的历史由群众自发创作的时代进入了作家自觉创作的时代。西汉刘向把屈原、宋玉及汉代东方朔和淮南小山等人的作品辑成一书,统名为《楚辞》,而

1

屈原是《楚辞》最主要的作家。

《离骚》是屈原的代表作，是中国文学史上空前宏大的抒情长诗。据《史记》记载，《离骚》当作于楚顷襄王时屈原流放江南以后的晚年。"离骚"一词的含义是遭受忧患（依班固说）。全诗由两大部分组成，第一部分历述诗人自己的出身家世、品德才能、理想抱负、遭受的打击迫害以及宁死不屈的斗争，第二部分描写诗人在幻境中追求理想，但经过"上下求索"，都找不到救国之路，最后在痛苦和绝望中下定了以身殉国的决心。这篇长诗充分展示出作者远大的政治理想和深受迫害、报国无门的苦闷心理，集中表现了作者对楚国和人民的热爱，对腐朽势力的深恶痛绝，同时也暴露了战国末期楚国社会的黑暗。

《离骚》是一首政治抒情诗，政治理想和政治主张是贯穿全诗的生命线。屈原的理想和主张归根结底是任用贤能，修明法度，振兴楚国。这是他为之奋斗一生的真理。真理属于理性的抽象的范畴，但诗人主要不是用论辩的方式启发人们的理智，证明真理的存在，而是把心中的真理融化于充满魅力的艺术形象之中。诗人大量地运用浪漫主义手法绘制出一幕幕神奇的幻境，把神话传说、历史人物、自然现象糅合在夸张的想象中，通过丰富多彩的想象画面有力地表现出对美好理想的追求和对黑暗现实的痛斥。

诗中的抒情主人公——屈原的自我形象开篇便突兀而出，占据着所有画面的中心位置，他不是现实中的屈原的直观照影，而是置身于幻境中的艺术形象，他不受任何时间和空间的限制，可以从事人间所不能从事的一切活动，可以上天入地，乘龙驭凤，返回遥远的过去，奔向渺茫的未来。只有这样夸张了的形象才能淋漓尽致地表达出诗人心中强烈的爱憎。

在艺术形象的塑造上，屈原继承和发展了《诗经》的比兴手法。楚国地域辽阔，江山秀丽，鲜花香草漫山遍野，常年不败。楚国人民喜爱花草，楚国民歌常用花草比兴，《九歌》十一篇，多数都有花草的描写。屈原与楚国人民同好恶，他也用鲜花和香草装饰他的主人公。"扈江离与辟芷兮，纫秋兰以为佩"、"朝搴阰之木兰兮，夕揽洲之宿莽"，主人公在鲜花和香草的簇拥中出现。鲜花香草在诗人的笔下已经不仅仅是美丽的装饰，而且是纯洁的品质和高尚的情操的象征。"余既滋兰之九畹兮，又树蕙之百亩。畦留夷与揭车兮，杂杜衡与芳芷"，培养贤才以香草为喻。"何昔日之芳草兮，今直为萧艾也"，香草的对立物是恶草，萧艾是恶草，因此喻邪恶。主人公禀性坚贞，矢志不渝，终生不近萧艾，永远不离兰蕙，渴饮"木兰之坠露"，饥餐"秋菊之落英"，退隐时"集芙蓉以为裳"，悲伤时"揽茹蕙以掩涕"，即使命运坎坷，形骸枯槁，仍然手执白芷，身带薜荔。诗人用自己美好的心灵编织成百卉芬芳的画卷，主人公的形象在鲜花香草的映衬之下，臻于至善至美。

自古贤臣思明君，依靠明君治国，是诗人实现理想的主要手段。他希望楚国有明君支持他的政治主张，尽管在黑暗的楚国，他的希望已经成为泡影，但仍不甘心失败，顽强地坚持着自己的主张。他这种追求明君，重振朝纲的信念同样是在想象的画面中展示出来的。在幻境中，请远古时代的明君帝舜出来为他做主，他虔诚地跪在帝舜的面前，陈述历代兴衰，申明自己的主张。在舜的启示下，他为寻求真理而踏上漫漫长路，上下求索。想象中的真理追求者，具有超人的力量，他驾驭着玉虬鹥鸟，乘风而上，登昆仑，入咸池，经扶桑，直奔天国之门，然而叩阍阍而不得入，只能徘徊于天门之外。这正是诗人谏君无路、报国无门的现实处境的艺术再现。主人公的一切神奇的活动，无一不交织着诗人政治舞台上的进退成败。

寻求贤才，共同救国，这是诗人实现理想的另一个手段。诗人以"求女"为喻展现自己寻求知己的艰辛历程。寻求佳偶是楚地民歌的传统题材，从《诗经》的《周南》、《召南》到《楚辞》的《九歌》，歌咏爱情的诗歌不胜枚举，屈原沿用了这种古老的题材，但一反旧意，注入了崭新的政治内容。"求女"即是求贤。奸佞横行的楚国朝廷，

只有举贤授能，方可重新振兴。可是幻界无好女，世上少贤能。登高丘，不见女神踪影；求宓妃，美而无礼；访有娀及有虞，又无得力媒人。屈原找不到同心报国的知己，满怀衷情不知向何人倾吐。"求女"的失败，生动地反映出屈原政治生涯的悲剧性的结局，也预示着楚王朝的彻底崩溃。

人们在改变不了现实命运的时候，往往醉心于幻想中的成功。屈原作为一个伟大的艺术家既用诗的语言构思出富于变幻的神话世界，完全可以让梦寐以求的希望之树，在幻界中结出令人欣慰的果实，但是在他的神话世界中，一切惊天动地的举动都毫无结果，仙山瑶台、神兽佚女，统统昙花一现，转瞬即逝，留给人的只有怨恨和悲哀。这是因为他不仅是一个伟大的诗人，更是一个杰出的政治家，在报国无门的时候，绝不会在自己的神话中充当喜剧的角色。尽管"驾八龙之婉婉兮，载云旗之委移。抑志而弭节兮，神高驰之邈邈。奏九歌而舞韶兮，聊假日以媮乐"，却没有飞黄腾达，最后因怀念旧乡而"蜷局顾而不行"。在一系列浪漫夸张的描写之后，全诗结束于富于现实主义的尾声。"既莫足为美政兮，吾将从彭咸之所居"，这是一个希望破灭而又不愿背叛祖国的政治家的必然归宿。屈原没有凭着自己的才华去周游列国谋取功名，他选择了与祖国共存亡的道路。这样深刻的现实主义的结尾不仅没有减弱全诗夸张想象的魅力，反而把浪漫主义手法稳固在更坚实的基石上，《离骚》的爱国主义主题也因此而推向了更高的境地。正是深刻的思想内容同完美的艺术形象的紧密结合，使《离骚》产生了巨大的艺术感染力，数千年来激荡着无数读者感情的波澜，催人泪下，发人深省。

原文

帝高阳之苗裔兮[1]，朕皇考曰伯庸[2]。摄提贞于孟陬兮[3]，惟庚寅吾以降[4]。皇览揆余于初度兮[5]，肇锡余以嘉名[6]：名余曰正则兮，字余曰灵均[7]。

纷吾既有此内美兮[8]，又重之以脩能[9]。扈江离与辟芷兮[10]，纫秋兰以为佩[11]。汩余若将不及兮[12]，恐年岁之不吾与[13]。朝搴阰之木兰兮[14]，夕揽洲之宿莽[15]。日月忽其不淹兮[16]，春与秋其代序[17]。惟草木之零落兮[18]，恐美人之迟暮[19]。不抚壮而弃秽兮[20]，何不改此度也[21]？乘骐骥以驰骋兮[22]，来吾导夫先路[23]！

昔三后之纯粹兮[24]，固众芳之所在[25]。杂申椒与菌桂兮[26]，岂维纫夫蕙茝[27]？彼尧舜之耿介兮[28]，既遵道而得路[29]。何桀纣之昌披兮[30]，夫唯捷径以窘步[31]！惟党人之偷乐兮[32]，路幽昧以险隘[33]。岂余身之惮殃兮[34]，恐皇舆之败绩[35]。忽奔走以先后兮[36]，及前王之踵武[37]。荃不察余之忠情兮[38]，反信谗而齐怒[39]。余固知謇謇之为患兮[40]，忍而不能舍也[41]。指九天以为正兮[42]，夫唯灵脩之故也[43]。初既与余成言兮[44]，后悔遁而有他[45]。余既不难离别兮，伤灵脩之数化[46]。

余既滋兰之九畹兮[47]，又树蕙之百亩。畦留夷与揭车兮[48]，杂杜衡与芳芷[49]。冀枝叶之峻茂兮[50]，愿俟时乎吾将刈[51]。虽萎绝其亦何伤兮[52]，哀众芳之芜秽[53]。

众皆竞进以贪婪兮[54]，凭不厌乎求索[55]，羌内恕己以量人兮[56]，各兴心而嫉妒[57]。忽驰骛以追逐兮[58]，非余心之所急[59]。老冉冉其将至兮[60]，恐脩名之不立[61]。朝饮木兰之坠露兮，夕餐秋菊之落英[62]。苟余情其信姱以练要兮[63]，长顑颔亦何伤[64]。擥木根以结茝兮[65]，贯薜荔之落蕊[66]。矫菌桂以纫蕙兮[67]，索胡绳之纚纚[68]。謇吾法夫前脩兮[69]，非时俗之所服[70]。虽不周于今之人兮[71]，愿依彭咸之遗则[72]。

长太息以掩涕兮[73]，哀人生之多艰[74]。余虽好脩姱以
靰羁兮[75]，謇朝谇而夕替[76]。既替余以蕙纕兮[77]，又申之
以揽茝[78]。亦余心之所善兮[79]，虽九死其犹未悔[80]。怨
灵脩之浩荡兮[81]，终不察夫人心。众女嫉余之娥眉兮[82]，
谣诼谓余以善淫[83]。固时俗之工巧兮[84]，偭规矩而改
错[85]。背绳墨以追曲兮[86]，竞周容以为度[87]。忳郁邑余
侘傺兮[88]，吾独穷困乎此时也[89]！宁溘死以流亡兮[90]，余
不忍为此态也[91]！鸷鸟之不群兮[92]，自前代而固然。何方
圆之能周兮[93]，夫孰异道而相安[94]？屈心而抑志兮[95]，忍
尤而攘诟[96]。伏清白以死直兮[97]，固前圣之所厚[98]。

悔相道之不察兮[99]，延伫乎吾将反[100]。回朕车以复
路兮[101]，及行迷之未远[102]。步余马于兰皋兮[103]，驰椒丘
且焉止息[104]。进不入以离尤兮[105]，退将复脩吾初服[106]。
制芰荷以为衣兮[107]，集芙蓉以为裳[108]。不吾知其亦已
兮[109]，苟余情其信芳[110]。高余冠之岌岌兮[111]，长余佩之
陆离[112]。芳与泽其杂糅兮[113]，唯昭质其犹未亏[114]。忽
反顾以游目兮[115]，将往观乎四荒[116]。佩缤纷其繁饰
兮[117]，芳菲菲其弥章[118]。人生各有所乐兮，余独好脩以
为常[119]。虽体解吾犹未变兮[120]，岂余心之可惩[121]。

女嬃之婵媛兮[122]，申申其詈予[123]。曰："鲧婞直以亡
身兮[124]，终然殀乎羽之野[125]。汝何博謇而好修兮[126]，纷
独有此姱节[127]？薋菉葹以盈室兮[128]，判独离而不服[129]。
众不可户说兮[130]，孰云察余之中情[131]？世并举而好朋
兮[132]，夫何茕独而不予听[133]？"

依前圣之节中兮[134]，喟凭心而历兹[135]。济沅湘以南
征兮[136]，就重华而陈词[137]：启九辩与九歌兮[138]，夏康娱

以自纵^{〔139〕}。不顾难以图后兮^{〔140〕}，五子用失乎家巷^{〔141〕}。羿淫游以佚田兮^{〔142〕}，又好射夫封狐^{〔143〕}；固乱流其鲜终兮^{〔144〕}，浞又贪夫厥家^{〔145〕}。浇身被服强圉兮^{〔146〕}，纵欲而不忍^{〔147〕}；日康娱而自忘兮^{〔148〕}，厥首用夫颠陨^{〔149〕}。夏桀之常违兮^{〔150〕}，乃遂焉而逢殃^{〔151〕}。后辛之菹醢兮^{〔152〕}，殷宗用而不长^{〔153〕}。汤禹严而祗敬兮^{〔154〕}，周论道而莫差^{〔155〕}，举贤而授能兮^{〔156〕}，循绳墨而不陂^{〔157〕}。皇天无私阿兮^{〔158〕}，览人德焉错辅^{〔159〕}。夫维圣哲以茂行兮^{〔160〕}，苟得用此下土^{〔161〕}。瞻前而顾后兮^{〔162〕}，相观人之计极^{〔163〕}。夫孰非义而可用兮^{〔164〕}，孰非善而可服^{〔165〕}？阽余身而危死兮^{〔166〕}，览余初其犹未悔^{〔167〕}。不量凿而正枘兮^{〔168〕}，固前脩以菹醢。曾歔欷余郁邑兮^{〔169〕}，哀朕时之不当^{〔170〕}。揽茹蕙以掩涕兮^{〔171〕}，沾余襟之浪浪^{〔172〕}。

跪敷衽以陈词兮^{〔173〕}，耿吾既得此中正^{〔174〕}。驷玉虬以乘鹥兮^{〔175〕}，溘埃风余上征^{〔176〕}。朝发轫于苍梧兮^{〔177〕}，夕余至乎县圃^{〔178〕}。欲少留此灵琐兮^{〔179〕}，日忽忽其将暮^{〔180〕}。吾令羲和弭节兮^{〔181〕}，望崦嵫而勿迫^{〔182〕}。路曼曼其脩远兮^{〔183〕}，吾将上下而求索^{〔184〕}。饮余马于咸池兮^{〔185〕}，总余辔乎扶桑^{〔186〕}。折若木以拂日兮^{〔187〕}，聊逍遥以相羊^{〔188〕}。前望舒使先驱兮^{〔189〕}，后飞廉使奔属^{〔190〕}。鸾皇为余先戒兮^{〔191〕}，雷师告余以未具^{〔192〕}。吾令凤皇飞腾兮^{〔193〕}，又继之以日夜^{〔193〕}。飘风屯其相离兮^{〔194〕}，帅云霓而来御^{〔195〕}。纷总总其离合兮^{〔196〕}，班陆离其上下^{〔197〕}。吾令帝阍开关兮^{〔198〕}，倚阊阖而望予^{〔199〕}。时暧暧其将罢兮^{〔200〕}，结幽兰而延伫^{〔201〕}。世溷浊而不分兮^{〔202〕}，好蔽美而嫉妒^{〔203〕}。

朝吾将济于白水兮^{〔204〕}，登阆风而绁马^{〔205〕}。忽反顾以

流涕兮，哀高丘之无女[206]。溘吾游此春宫兮[207]，折琼枝以继佩[208]。及荣华之未落兮[209]，相下女之可诒[210]。吾令丰隆乘云兮[211]，求宓妃之所在[212]。解佩纕以结言兮[213]，吾令蹇脩以为理[214]。纷总总其离合兮[215]，忽纬𬘬其难迁[216]。夕归次于穷石兮[217]，朝濯发乎洧盘[218]。保厥美以骄傲兮[219]，日康娱以淫游。虽信美而无礼兮[220]，来违弃而改求[221]。览相观于四极兮[222]，周流乎天余乃下[223]。望瑶台之偃蹇兮[224]，见有娀之佚女[225]。吾令鸩为媒兮[226]，鸩告余以不好[227]；雄鸠之鸣逝兮[228]，余犹恶其佻巧[229]。心犹豫而狐疑兮[230]，欲自适而不可[231]。凤皇既受诒兮[232]，恐高辛之先我[233]。欲远集而无所止兮[234]，聊浮游以逍遥[235]。及少康之未家兮[236]，留有虞之二姚[237]。理弱而媒拙兮[238]，恐导言之不固[239]。时溷浊而嫉贤兮，好蔽美而称恶[240]。闺中既邃远兮[241]，哲王又不寤[242]。怀朕情而不发兮[243]，余焉能忍与此终古[244]！

索琼茅以筳篿兮[245]，命灵氛为余占之[246]。曰："两美其必合兮[247]，孰信脩而慕之[248]？思九州之博大兮，岂唯是其有女[249]？"曰："勉远逝而无疑兮[250]，孰求美而释女[251]？何所独无芳草兮[252]，尔何怀乎故宇[253]？"时幽昧以眩曜兮[254]，孰云察余之美恶？人好恶其不同兮[255]，惟此党人其独异[256]！户服艾以盈要兮[257]，谓幽兰其不可佩。览察草木其独未得兮[258]，岂珵美之能当[259]？苏粪壤以充帏兮，谓申椒其不芳[260]。

欲从灵氛之吉占兮[261]，心犹豫而狐疑。巫咸将夕降兮[262]，怀椒糈而要之[263]。百神翳其备降兮[264]，九疑缤其并迎[265]。皇剡剡其扬灵兮[266]，告余以吉故[267]。曰："勉升降以上下兮^[268]，求矩矱之所同^[269]。汤禹俨而求合兮^[270]，挚咎繇而能调^[271]。苟中情其好脩兮，何必用夫行媒^[272]。说操筑于傅岩兮^[273]，武丁用而不疑^[274]。吕望之鼓刀兮^[275]，遭周文而得举。宁戚之讴歌兮^[276]，齐桓闻以该辅^[277]。及年岁之未晏兮^[278]，时亦犹其未央^[279]。恐鹈鴂之先鸣兮^[280]，使百草为之不芳^[281]。"何琼佩之偃蹇兮^[282]，众薆然而蔽之^[283]？惟此党人之不亮兮^[284]，恐嫉妒而折之^[285]。时缤纷其变易兮^[286]，又何可以淹留^[287]？兰芷变而不芳兮^[288]，荃蕙化而为茅^[289]。何昔日之芳草兮，今直为此萧艾也^[290]？岂其有他故兮，莫好脩之害也！余以兰为可恃兮^[291]，羌无实而容长^[292]。委厥美以从俗兮^[293]，苟得列乎众芳^[294]。椒专佞以慢慆兮^[295]，樧又欲充其佩帏^[296]。既干进而务入兮^[297]，又何芳之能祗^[298]？固时俗之从流兮^[299]，又孰能无变化？览椒兰其若兹兮^[300]，又况揭车与江离。惟兹佩之可贵兮^[301]，委厥美而历兹^[302]；芳菲菲而难亏兮，芬至今犹未沫^[303]。和调度以自娱兮^[304]，聊浮游而求女^[305]。及余饰之方壮兮^[306]，周流观乎上下。

灵氛既告余以吉占兮，历吉日乎吾将行^[307]。折琼枝以为羞兮^[308]，精琼爢以为粻^[309]。为余驾飞龙兮^[310]，杂瑶象以为车^[311]。何离心之可同兮^[312]，吾将远逝以自疏^[313]。邅吾道夫昆仑兮^[314]，路脩远以周流。扬云霓之晻蔼兮^[315]，鸣玉鸾之啾啾^[316]。朝发轫于天津兮^[317]，夕余至乎西极^[318]。凤皇翼其乘旗兮^[319]，高翱翔之翼翼^[320]。忽吾行此流沙兮^[321]，遵赤水而容与^[322]。麾蛟龙使梁津兮^[323]，诏西皇使涉予^[324]。路脩远以多艰兮，腾众车使径待^[325]。路不周以左转兮^[326]，指西海以为期^[327]。屯余车其千乘

兮,齐玉轪而并驰[328]。驾八龙之婉婉兮[329],载云旗之委移[330]。抑志而弭节兮[331],神高驰之邈邈[332]。奏九歌而舞韶兮[333],聊假日以媮乐[334]。陟升皇之赫戏兮[335],忽临睨夫旧乡[336]。仆夫悲余马怀兮[337],蜷局顾而不行[338]。

　　乱曰[339]:已矣哉[340]!国无人莫我知兮[341],又何怀乎故都[342]!既莫足与为美政兮[343],吾将从彭咸之所居[344]。

▓ 注释

　　[1]高阳:传说中远古帝王颛顼的称号。　苗裔(yì 义):后代子孙。楚国的开国君主熊绎相传是颛顼的后代,熊绎的后代楚武王熊通有子名瑕,封于屈邑,便以屈为姓。屈原是屈瑕的后代,与楚君同宗,故自称为高阳氏的后裔。兮(xī 西):语气助词。

　　[2]朕(zhèn 镇):我。先秦时一般人皆可自称朕,自秦始皇始专用为皇帝自称。　皇考:对亡父的美称。皇,大,美。考,古人称死去的父亲为考。　伯庸:屈原父亲的字。

　　[3]摄提:即摄提格,寅年的别名。上古时代有岁星(木星)纪年法和太岁(古人设想的假岁星)纪年法。按太岁纪年法,太岁在寅就叫摄提格。　贞于孟陬(zōu 邹):正当孟春正月(夏历的寅月)。贞,正当。孟,开始。陬,正月。正月是一年的开始,故称孟陬。

　　[4]惟:语气助词。　庚寅:指古代干支纪日法的庚寅日。　降:降生。以上两句是屈原说自己正当寅年寅月寅日降生。据郭沫若《屈原研究》推算,屈原的降生日当在公元前340年正月初七。

　　[5]皇:皇考的简称。　览:观察。　揆(kuí 魁):思量。　初度:初生的情况。

　　[6]肇:开始(依王逸说)。　锡:通"赐"。　嘉名:美名。

　　[7]名余:给我取名。　字余:为我取字。屈原名平字原。"正则"即公正而合于法度,含有"平"义。"灵均"即善美而均一,含有"原"义。

　　[8]纷:盛多的样子。　内美:内在的美质。

　　[9]重:加上。　脩能:美好的仪容。脩,美好。能,通"态"(依朱骏声说),姿态,仪容。

〔10〕扈(hù 户):披,楚地方言。　江离:一种生长在江边的香草。　辟芷:生长在幽僻地方的白芷。辟,通"僻",幽僻。芷,白芷,一种香草。

〔11〕纫:联缀。胡刻本作"纽",今依五臣本。　秋兰:一种香草。在秋天开花,故称秋兰。　佩:身上佩带的装饰品。以上两句以佩带各种香草比喻加强自身的修养。

〔12〕汩(yù 遇):水流迅速的样子,此处形容时光消逝得很快。　不及:赶不上。

〔13〕不吾与:不等待我。

〔14〕搴(qiān 千):拔取,楚地方言。　阰(pí 皮):大土山,楚地方言。　木兰:一种香木,去皮不死。

〔15〕揽:采集。　洲:水中的小块陆地。　宿莽:一种经冬不死的草。

〔16〕忽:快速的样子。　淹:久留。

〔17〕代序:代谢,交替。

〔18〕惟:思念。

〔19〕美人:年富力强的人,隐喻楚怀王。　迟暮:衰老。

〔20〕抚壮:趁着壮年。　弃秽(huì 会):除去污秽的行为。

〔21〕度:行为的准则。

〔22〕骐骥(qí jì 旗记):骏马。

〔23〕来:呼唤楚王前来。　导夫先路:在前面带路。导,引导。夫,指示代词,那。先路,前途。

〔24〕三后:三王,楚国的三个贤君(依戴震说)。　纯粹:谓德行纯美。

〔25〕众芳:此喻众多的贤臣。　所在:群贤聚集之处。

〔26〕杂:兼用。　申椒、菌桂:皆为香木名,此处比喻各种人才。

〔27〕维:唯独。　蕙、茝(chǎi 茝):皆为香草名。

〔28〕尧舜:唐尧和虞舜,传说中的远古时代的圣君。　耿介:光明正大。

〔29〕遵道:遵循正道。　得路:找到了治理国家的正确途径。

〔30〕桀:夏朝的暴君。　纣(zhòu 宙):商朝的暴君。　昌披:衣不束带的样子,此处指狂乱无度。

〔31〕夫:语气助词。　捷径:斜出的小路,此处指歪门邪道。　窘步:行走艰难。

〔32〕惟:想起。　党人:奸党,指楚国结党营私的贵族集团。　偷乐:苟且

享乐。

〔33〕幽昧:黑暗。

〔34〕惮殃:畏惧灾祸。

〔35〕皇舆:国君乘坐的车子,比喻国家。　败绩:倾覆。

〔36〕奔走:效力。　先后:指为楚王跑前跑后。

〔37〕及前王之踵武:继承先王的事业。及,赶上。前王,前代贤明的君主。踵武,足迹。

〔38〕荃(quán 全):香草名,隐喻楚怀王。

〔39〕齐怒:暴怒。齐,急。

〔40〕謇謇(jiǎn 简):忠诚正直的样子。

〔41〕忍:忍受祸患。　舍:停止劝谏君主。

〔42〕九天:九重天。

〔43〕灵修:神灵,指楚怀王。

〔44〕成言:有成约。

〔45〕悔遁:内心翻悔,背弃诺言。　有他:有另外的打算。

〔46〕伤:可惜。　数化:屡次改变主意。

〔47〕滋:培植。　兰:兰草,比喻贤才。　九:虚指多数。　畹(wǎn 晚):一说三十亩为一畹,一说十二亩为一畹。

〔48〕畦(qí 旗):五十亩为一畦,此处指分畦种植。　留夷、揭车:皆为香草名。

〔49〕杂:间种。　杜衡、芳芷:皆为香草名。以上四句用种植香草比喻培养人才。

〔50〕冀:希望。　峻茂:茂盛。

〔51〕俟(sì 四):等待。　刈(yì 义):收割。

〔52〕萎绝:枯萎。

〔53〕众芳:各种香草,比喻培育的众贤人。　芜秽:荒芜污秽,比喻群贤变节。

〔54〕竞进:争着向上爬。

〔55〕凭:满,指众人贪求的东西已经够多。

〔56〕羌(qiāng 枪):楚地方言中的语气助词。　内恕己以量人:用自己的心去衡量别人。内恕,自我揣度。

〔57〕兴心:在心里打主意。

〔58〕驰骛(wù 务):奔走。 追逐:此谓争夺权势。

〔59〕所急:急于要做的事情。

〔60〕老:衰老之年。 冉冉(rǎn 染):渐渐。

〔61〕脩名:美名。

〔62〕落英:初生的花。落,始,秋菊之花不自落,故落为始生。

〔63〕信姱(kuā 夸):确实美好。 练要:精练。

〔64〕长:永远。 顑颔(kǎn hàn 坎汉):面黄肌瘦的样子。

〔65〕擥(lǎn 览):同"揽"。 木根:木兰之根。 结:捆束。

〔66〕贯:穿起来。 薜荔:香草名。 蕊:花心。

〔67〕矫:举起。

〔68〕索:此谓搓绳子。 胡绳:香草名。 纚纚(xǐ 喜):美好的样子。以上四句以佩带香草比喻效法前贤。

〔69〕謇:楚地方言中的语气助词。 法:效法,学习。 前脩:前代贤人。

〔70〕时俗:世俗。 服:服饰,佩带。

〔71〕周:合。

〔72〕彭咸:殷代贤臣,谏君不听,投水自尽。 遗则:遗留的准则。

〔73〕太息:深深叹气。 掩涕:拭泪。

〔74〕人生:民众的生活。

〔75〕脩姱:指美德。 靰(jī 机)羁(jī 机):马缰绳和马笼头,此指善于自我约束。

〔76〕谇(suì 岁):谏,此处指向楚王提出意见。 替:废弃,被撤职。

〔77〕以:因为。 蕙纕(xiāng 襄):佩带用蕙草编成的带子。

〔78〕申:申斥。

〔79〕余心之所善:我心里认为正确的道理。

〔80〕九死:非死亡多次,是肢解之刑,如大解八块之类。

〔81〕浩荡:此谓没有主见,昏庸糊涂。

〔82〕众女:借指楚怀王周围的奸臣。 娥眉:漂亮的眉毛,是美貌的象征,此处比喻美好的品质。

〔83〕谣诼(zhuó 浊):造谣,中伤。 善淫:善于作淫邪之事。

〔84〕工巧:善于取巧。

〔85〕偭(miǎn 免):违背。　规矩:法度。　改错:改变措施。"错"同"措"。

〔86〕绳墨:木匠画直线的工具,此处指正道。　追曲:追求邪曲。

〔87〕周容:苟合求容。　度:法则。

〔88〕忳(tún 屯)郁邑:忧愁的样子。　侘傺(chà chì 岔翅):失意的样子。

〔89〕穷困:处境窘迫。

〔90〕溘(kè 克):忽然。　流亡:魂魄离散。

〔91〕为此态:作出苟合求容的种种丑态。

〔92〕鸷(zhì 至):猛禽。　不群:不与一般的鸟同群。

〔93〕周:相合。

〔94〕异道:志向不同。

〔95〕抑志:志向不得伸展。

〔96〕忍尤:忍受着强加于己的罪名。　攘诟(gòu 够):包容耻辱,攘,取。

〔97〕伏清白:保持清白的节操。　死直:为忠直而死。

〔98〕厚:重视,赞成。

〔99〕相:察看。　察:仔细,明白。

〔100〕延伫(zhù 注):久立。　反:同"返"。

〔101〕回:回转。　复路:走回旧路。

〔102〕及:趁着。　行迷:走错了路。

〔103〕步余马:让我的马慢慢走。　走:慢走。　兰皋:长着兰草的水边。

〔104〕椒丘:长着椒树的山丘。　焉:于此。　止息:停息。

〔105〕进:进取仕途。　不入:谓不被国君接纳。入,通"纳"。　离尤:获罪。离,通"罹",遭受。

〔106〕退:退隐。　脩初服:修整未入仕途时的服饰,比喻退隐后坚持当初的志向品德。

〔107〕芰(jì 计):菱。　荷:莲叶。　衣:上衣。

〔108〕芙蓉:荷花。　裳:下衣。

〔109〕不吾知:不了解我。　亦已:也就算了。

〔110〕信芳:确实芳洁。

〔111〕岌岌(jí 及):高耸的样子。

〔112〕佩:带子。　陆离:长的样子。

〔113〕芳:指香草的芬芳。　泽:指玉的润泽。　杂糅:混杂。此谓芳香与

润泽集于一身,喻美善。

〔114〕唯:句首语气助词。　　昭质:清白的本质。　　亏:损坏。

〔115〕反顾:转过头来看。　　游目:放眼瞭望。

〔116〕四荒:四方荒野。

〔117〕佩:佩带。　　缤纷:盛多的样子。　　繁饰:装饰物很多。

〔118〕芳菲菲:香气浓郁。　　弥章:更加显著。

〔119〕脩:美德。　　常:习惯。

〔120〕体解:肢解。

〔121〕惩:惩戒,此处指因受挫恐惧而改变志向。

〔122〕女媭(xū 须):屈原姐姐(依王逸说)。　　婵媛(chán yuán 缠援):悄念不舍。

〔123〕申申:反复地。　　詈(lì 利):责备。

〔124〕鲧(gǔn 滚):传说是夏禹的父亲,因治水失败而被舜杀死在羽山。《韩非子》说鲧因直谏而被尧所杀。　　婞(xìng 幸)直:刚直。　　亡身:不顾自身的安危。亡,通"忘"。

〔125〕终然:终于。　　夭:早死。　　羽:羽山,神话中的地名,传说在山东蓬莱县海滨。

〔126〕博謇:过分忠直。

〔127〕纷:多。　　姱(kuā 夸)节:美好的节操。

〔128〕薋(cí 瓷):草多的样子。　　菉(lù 路)、葹(shī 施):皆为恶草名,比喻奸邪之人。

〔129〕判:区别,与众不同。　　独离:单独离开。　　服:佩带。

〔130〕户说:挨家挨户去说明。

〔131〕云:语气助词。　　余:女媭代屈原自称。　　中情:内心的感情。

〔132〕并举:互相抬举。　　朋党:结成党羽。

〔133〕茕(qióng 穷)独:孤独。　　不予听:不听我的话。予,女媭自称。

〔134〕节中:行动的准则。

〔135〕喟(kuì 愧):叹息。　　凭心:心中愤懑。凭,愤懑。　　历兹:有这样的遭遇。

〔136〕济:渡过。　　沅(yuán 元)、湘:沅江和湘江,在今湖南省境内。　　南征:南行。

15

昭明文选

译注

〔137〕重华:古帝舜的名字。传说舜死于苍梧之野,苍梧在沅湘之南,所以寻找帝舜需要南渡沅湘。　陈:陈述。

〔138〕启:夏禹的儿子。　九辩、九歌:神话传说是天上的乐曲,夏启梦游天宫,将这两部乐曲带回人间。

〔139〕夏:夏启(依姚鼐说)。　康娱:安逸享乐。　自纵:放纵自己。

〔140〕不顾难:不考虑灾难。　图后:为后世打算。

〔141〕五子:即五观,亦作"武观",夏启的儿子。相传夏启淫乐,五观乘机作乱。　用失乎:因而。"失"字是衍文,当删(依王引之说)。　家巷(hòng 哄):内乱。巷,"哄"的借用字。

〔142〕羿(yì 义):传说中的有穷国国君,以善射著称。　淫游:游乐无度。佚:放荡。　田:打猎。

〔143〕夫:指示代词,那。　封狐:大狐狸。

〔144〕乱流:胡作非为的人。　鲜终:少有好结果。

〔145〕浞(zhuó 浊):即寒浞,羿的臣子。传说寒浞在羿打猎将归时杀死了羿,并霸占了他的妻子。　厥家:他的妻室。

〔146〕浇(ào 傲):寒浞的儿子。　被服:具有,具备。　强圉(yǔ 雨):强暴有力。

〔147〕不忍:不加节制。

〔148〕自忘:忘记自身的安危。

〔149〕厥首:浇的头。　用夫:因此。　颠陨:坠落。相传浇杀死夏后相,终日淫乐,被相的儿子少康杀死。

〔150〕常违:即"违常",违背正道。

〔151〕乃:就。　遂焉:终究,结果。　逢殃:遭受祸殃。夏桀被商汤战败。

〔152〕后辛:商纣王。　菹醢(zū hǎi 租海):把人剁成肉酱。相传商纣王把当时的贤臣梅伯等剁成肉酱。

〔153〕殷宗:殷商王朝的宗祀。宗,宗庙的祭祀,古人把宗祀看成国家大事,因此用宗祀代指国家的政权。　用而:因而。

〔154〕汤:殷商王朝的开国君主。　祇(zhī 支):恭敬。

〔155〕周:指周文王、周武王。　论道:讲论治国之道。　莫差:没有差错。

〔156〕举贤:推举贤才。　授能:任用能人。

〔157〕循:胡刻本作"脩",今依五臣本。　陂(bì 必):偏邪。

〔158〕私阿:私心偏爱。

〔159〕览人德:观察人们的道德。　错辅:对有道德的人,给以辅助。错,同"措",安置。

〔160〕圣哲:聪明智慧。　茂行:高尚的德行。

〔161〕苟得:才能够。　用:享用,此处指统治。　下土:天下的国土。

〔162〕瞻前顾后:研究未来,考察过去。

〔163〕相观:观察。　计极:衡量事物的准则,取舍的标准。

〔164〕孰非义而可用:哪有不义之人能在天下行得通?用,施用,施行。

〔165〕服:用。

〔166〕阽(diàn 店):濒于险境。　危死:几乎丧命。

〔167〕览余初:回顾当初的志向。

〔168〕凿:容纳木楔的孔。　正枘(ruì 锐):削正木楔。枘,插入凿孔的木楔。此句比喻不会迎合君主的心意,而敢于忠言直谏。

〔169〕曾:屡次。　歔欷(xū xī 虚希):抽泣声。　郁邑:烦闷。

〔170〕时之不当:生不逢时。

〔171〕茹:柔软。

〔172〕浪浪:流淌的样子。

〔173〕敷衽(rèn 刃):铺开衣服的前襟。

〔174〕耿:光明。　中正:中正之道,不偏不邪的德行。

〔175〕驷:一车四马,此处用于动词,指驾驭四虬。　虬(qiú 求):传说中无角的龙。　鹥(yī 衣):凤凰一类的鸟。

〔176〕溘:覆在上面。　埃风:挟带着尘埃的风。　上征:向天上飞去。

〔177〕发轫(rèn 刃):放开轫木让车子出发。轫,制止车轮转动的横木。苍梧:地名,在今湖南省,传说舜葬于此地。

〔178〕县圃(xuán pǔ 悬普):神话传说中的神山,在昆仑山顶。

〔179〕灵琐:神灵居处的门。琐,门上刻的连环形花纹,此处借指门。

〔180〕忽忽:迅速的样子。

〔181〕羲(xī 希)和:神话中给太阳驾车的神。　弭(mǐ 米)节:放下马鞭,让车子缓行。弭,停止。节,马鞭。

〔182〕崦嵫(yān zī 烟兹):神话传说中太阳住宿的山。　迫:迫近。

〔183〕曼曼:遥远的样子。　脩远:长远。

〔184〕上下:上天下地。　求索:寻找理想中的境界。

〔185〕咸池:传说中太阳沐浴的地方。

〔186〕总:系结。　辔(pèi 配):马缰绳。　扶桑:传说中日出之处的神树。

〔187〕若木:传说中日落之处的神树。

〔188〕聊:暂且。　逍遥:无拘无束的样子。胡刻本作"须臾",今依五臣本。　相羊:自由自在的样子。

〔189〕望舒:传说中给月亮驾车的神。

〔190〕飞廉:风神。　奔属:跟在后面奔跑。

〔191〕鸾(luán 栾):传说中凤凰一类的神鸟。　皇:凤凰。　先戒:在前面担任警戒。

〔192〕雷师:雷神。　未具:尚未准备好。

〔193〕继之以日夜:日夜不停。

〔194〕飘风:旋风。　屯:聚集。　相离:向我靠拢。离,同"丽",依附。

〔195〕霓:泛指云霞。　御(yà 亚):同"迓",迎接。

〔196〕纷总总:风云杂聚的样子。　离合:时分时合。

〔197〕班:同"斑",五光十色。　陆离:参差交错的样子。　上下:忽高忽低。

〔198〕帝阍(hūn 昏):天帝的看门人。

〔199〕阊阖(chāng hé 昌盒):传说中的天门。

〔200〕暧暧(ài ài 爱爱):昏暗的样子。　罢:尽。

〔201〕结:用手编结。　幽兰:指身上佩带的兰花。兰花多生于幽僻之处,故称幽兰。

〔202〕溷(hùn 混)浊:混浊不清。　不分:是非不分。

〔203〕蔽美:压制好人。

〔204〕白水:神话中的水名,出自昆仑山。

〔205〕阆(làng 浪)风:神话中的山名,在昆仑山上。　缳(xiè 泄):拴。

〔206〕高丘:高山,指阆风山。　女:神女,比喻志同道合的贤人。

〔207〕春宫:春神居住的宫殿。

〔208〕琼枝:玉树的枝条。　继佩:接续身上的玉佩。

〔209〕荣、华:皆指琼枝上的花。

〔210〕相:视,看中。　下女:人间的女子。　贻:赠送。

〔211〕丰隆：云神。

〔212〕宓(fú 伏)妃：传说是古帝伏羲的女儿，淹死在洛水而成为洛水之神。

〔213〕解佩纕：解下身上的佩带作为信物。 结言：订立盟约。

〔214〕蹇(jiǎn 剪)脩：传说是伏羲的臣子。 理：求婚使者。

〔215〕纷总总：形容情况纷纭复杂。 离合：忽离忽合，指宓妃态度暖昧，变化不定。

〔216〕纬缅(huà 画)：性情违拗。 难迁：难以改变。

〔217〕次：住宿。 穷石：山名。

〔218〕濯(zhuó 浊)：洗。 洧槃(wěi pán 伟盘)：传说中的水名。

〔219〕保厥美：依仗她的美貌。

〔220〕信美：确实美丽。

〔221〕来：乃，于是。 违弃：放弃宓妃。 改求：另求他女。

〔222〕览相观：三字同义连用，意思是放眼观望。 四极：四方极远的尽头。极，终极，尽头。

〔223〕周流乎天：遍游天上。 下：下降到人间。

〔224〕瑶台：玉台。 偃蹇：高耸的样子。

〔225〕有娀(sōng 松)：远古时代的国名。 佚女：美女，指帝喾之妃简狄。传说有娀氏之女简狄住在瑶台之上，后来嫁给帝喾。

〔226〕鸩(zhèn 振)：鸟名，羽毛有毒。

〔227〕不好：不漂亮。

〔228〕鸠(jiū 纠)：鸟名。 鸣逝：边叫边飞。

〔229〕佻巧：轻佻巧诈。

〔230〕狐疑：疑惑。

〔231〕自适：亲自到简狄那去。

〔232〕凤皇：指玄鸟。传说简狄吞玄鸟之卵而生契，契为商人的始祖。 受诒：玄鸟受帝喾之托，去给简狄送聘礼。

〔233〕高辛：即帝喾。 先我：抢在我前面娶得简狄。

〔234〕远集：到远方落脚。集，栖息。 无所止：没有停留的地方。

〔235〕浮游：流浪。

〔236〕少康：夏后相的儿子。传说寒浞使浇杀死了夏后相，少康逃到有虞国，有虞国君把两个女儿嫁给了他。后来少康灭浇，中兴夏朝。

〔237〕有虞:夏代的一个古国,姚姓。　二姚:有虞国君的两个女儿,嫁了少康。

〔238〕理弱:求婚使者无能。理,媒人。　媒拙:媒人笨拙。

〔239〕导言:媒人为撮合双方而使用的言辞。　不固:不牢靠。

〔240〕称恶:称扬丑恶的事物。

〔241〕闺:宫中的小门。　邃(suì 岁)远:深远。

〔242〕哲王:明智的君王,指楚怀王。　不寤:不觉醒。

〔243〕怀朕情:我满怀衷情。　不发:不得抒发。

〔244〕此:指当时的环境。　终古:永远。

〔245〕索:取。　琼茅:古人占卜用的一种草。　以:和。　筳(tíng 廷):折断的小竹片。　篿(zhuān 专):古代楚人用琼茅和筳占卜称为篿。

〔246〕灵氛:名叫氛的巫师。灵,巫。　占:占卜。

〔247〕两美必合:双方都美就一定能结合。两美,比喻贤臣和明君。

〔248〕信修:真正美好。　之:指代真正美好的人,暗指明君。

〔249〕是:代词,指楚国。以上四句是占卜之辞。

〔250〕勉:努力。　远逝:远行。

〔251〕释女:放弃你。女,同"汝",你。

〔252〕芳草:隐喻明君。

〔253〕故宇:旧居,此处指故国。以上四句是灵氛对占卜结果的解释。

〔254〕眩曜:混乱。

〔255〕好恶:爱憎。

〔256〕独异:特殊。

〔257〕户:家家户户。　服艾:佩带白蒿。艾,白蒿,一种恶草。　盈要:挂满腰间。要,同"腰"。

〔258〕未得:指对草木没有正确的认识。

〔259〕理(chéng 呈)美:辨别理之美。理,美玉。　当:恰当。

〔260〕苏:取。　粪壤:粪土。　帏:指带在身上的香囊。以上八句是说楚国朝廷是非不分。

〔261〕吉占:吉祥的占卜。

〔262〕巫咸:传说是殷代的神巫,名咸。　降:降神,古人认为天神下降附于巫身,因而巫可以通神。

〔263〕怀:怀中揣着。 糈(xǔ许):供神用的精米。 要:迎候。

〔264〕翳:遮蔽天日。 备降:全部降临。

〔265〕九疑:山名,在今湖南省,此处指九疑山上的诸神。 缤:盛多的样子。

〔266〕皇:辉煌。 剡剡(yǎn眼):闪光的样子。 扬灵:显扬神的灵验。

〔267〕吉故:美好吉祥的往事,指前代贤臣遇明君的故事。

〔268〕升降以上下:上天下地寻求知己。

〔269〕矩矱(yuē约):量方形的工具和量长短的工具,此处指法度、准则。

〔270〕求合:访求志同道合的人。

〔271〕挚:商汤时贤臣伊尹的名。 皋繇(yáo摇):亦作"皋陶",夏禹的贤臣。 调:和谐。

〔272〕行媒:用媒人沟通双方。此处指用中间人沟通君臣双方。

〔273〕说(yuè悦):傅说,殷高宗时的贤人,遭受刑罚,在傅岩筑墙,被武丁发现,举拔为相。 操筑:拿着杵筑墙。筑,夹板筑墙时用来捣土的杵。 傅岩:地名。

〔274〕武丁:殷高宗的名。

〔275〕吕望:姓姜名尚,号太公,周朝的开国功臣。吕望曾在殷都朝歌当屠夫,年老时在渭水之滨钓鱼,遇见周文王,而被重用。 鼓刀:鸣刀,屠宰牲畜时敲击屠刀而发出声响。

〔276〕宁戚:春秋时卫国人,本来是个商人,曾住在齐国的东门外,齐桓公夜出,听到他在用手敲着牛角唱歌,便用他为卿。

〔277〕齐桓:齐桓公,春秋五霸之一。 该辅:置于辅佐之臣的行列。该,备。

〔278〕未晏:未老。晏,晚。

〔279〕央:尽,终了。

〔280〕鹈鴃(tí jué题决):伯劳鸟。每当秋分前伯劳鸣叫的时候,草木便开始凋零。

〔281〕为之不芳:花草因为伯劳鸣叫而凋谢。以上十六句是巫咸对屈原说的话。

〔282〕琼佩:美玉制成的装饰品,比喻美德。 偃蹇:高卓华美的样子。

〔283〕菱(ài爱)然:遮掩的样子。

〔284〕不亮：说话不可靠，不讲信义。亮，通"谅"。

〔285〕折之：摧折这些琼佩。

〔286〕时：时俗。 缤纷：错综混乱。

〔287〕淹留：久留。

〔288〕兰芷变而不芳：比喻贤人变节。

〔289〕化而为茅：比喻贤人变成坏人。 茅：恶草，比喻奸邪之人。

〔290〕直：简直，竟。 萧、艾：都是恶草，比喻不肖之人。

〔291〕可恃：可靠。

〔292〕无实而容长：内无美质，徒有漂亮的外表。容，外貌。长，美好。

〔293〕委厥美：抛弃它本来的美质。 从俗：追随世俗。

〔294〕苟：苟且。 列：胡刻本作"引"，今依五臣本。

〔295〕专：专横。 佞（nìng 拧）：谄媚。 慢慆（tāo 滔）：傲慢。

〔296〕椉（shā 杀）：一种恶草，外形似椒而无香味，比喻本来就坏的人。佩帏：佩带的香囊。

〔297〕干进务入：钻营仕途，谋取名利。干、进，都有追求的意思。

〔298〕何芳之能祗：能振起什么芬芳呢？祗，通"振"（依王引之说）。

〔299〕从流：随波逐流。

〔300〕若兹：如此。

〔301〕兹佩：自己的玉佩，比喻自身的美德。

〔302〕委厥美：自己的美德被世人所唾弃。

〔303〕沫（mò 末）：消散。

〔304〕和调度：修养自己的德行，使之谐和适中。和，谐和。调度，行动的节奏。

〔305〕女：美女，比喻志同道合的人。

〔306〕饰：服饰。 壮：盛美。

〔307〕历：选择。

〔308〕羞：菜肴。

〔309〕精琼䕋（mí 迷）以为粻（zhāng 张）：精磨玉屑作为粮食。精，舂精细的米。琼䕋，玉屑。粻，粮食。

〔310〕驾飞龙：用飞龙驾车。

〔311〕杂：杂用。 瑶象：美玉和象牙。

〔312〕离心:心志不同。 同:共事。

〔313〕自疏:自求疏远。

〔314〕邅(zhān 沾):转向,楚地方言。

〔315〕云霓:饰有云霓图形的旗帜。 晻(yǎn 眼)蔼:遮蔽天日的样子。

〔316〕玉鸾:玉制的鸾形铃铛。 啾啾(jiū 纠):铃声。

〔317〕天津:天河。

〔318〕西极:西方的尽头。

〔319〕翼:恭敬的样子。 乘:"承"的借用字,举。 旗:泛指旗帜。

〔320〕翼翼:安详的样子。

〔321〕流沙:西北沙漠地带。神话中的西方沙漠不停地流动,故称流沙。

〔322〕遵:沿着。 赤水:神话中的水名,发源于昆仑山。 容与:缓行的样子。

〔323〕麾(huī 挥):指挥。 梁津:在水上架桥。梁,桥。津,渡口。

〔324〕诏:命令。 西皇:传说中西方之神,即古帝少皞氏。 涉予:把我渡过河去。

〔325〕腾众车:让众车腾越而过。 径待:抄小路先到前面等待。

〔326〕路:路过。 不周:神话中的山名,在昆仑山的西北。

〔327〕西海:神话中的西方之海。 期:目的地。

〔328〕軑(dài 代):车轮。

〔329〕婉婉:龙身游动的样子。

〔330〕云旗:饰有云霞图案的旗帜。 委移:旗帜随风招展的样子。

〔331〕抑志:垂下旗帜。志,通"帜"。

〔332〕神:心神。 高驰:向更高的境地飞驰。 邈邈:遥远的样子。

〔333〕韶:虞舜时的乐舞。

〔334〕假日:借此时光。 婳(yú 余)乐:娱乐。

〔335〕陟(zhì 至):升。 皇:皇天。 赫戏:光明的样子。

〔336〕临:从高处向下看。 睨(nì 逆):旁视。 旧乡:故乡,指楚国。

〔337〕仆夫:赶车的仆人。 怀:怀念。

〔338〕蜷(quán 拳)局:拳曲不行的样子。 顾:回顾,眷恋。

〔339〕乱:歌曲的最末一章,即尾声,也是一首歌词的结束语。

〔340〕已矣哉:算了吧。

〔341〕国无人：楚国没有贤人。　莫我知：没有人理解我。

〔342〕故都：指楚国。

〔343〕美政：清明的政治。

〔344〕从彭咸之所居：追随彭咸，到他那里去，意思是像彭咸一样投水自尽。

今译

我本是古帝高阳氏的后裔，已故的父亲表字伯庸。就在寅年的孟春正月，恰好庚寅那天我降生。父亲揣摩着我的生日，赐给了我美好的名字：正则是我的本名，灵均是我的表字。

我具有许多内在的美质，仪表更是端庄漂亮。披上江蓠和白芷，串起秋兰美化服装。我好像赶不上那流水似的光阴，深恐年岁不等人。清晨就上山摘木兰，又采水洲宿莽直到黄昏。日月匆匆不停地流逝，春去秋来不断地轮换。想到草木就要凋零，担心那妙龄美人也会有风烛残年。趁着少壮之年抛弃污秽的行为吧，你为什么不改变错误的法度？我将跨上千里马飞速奔跑，来吧，我为你在前面带路。

古代三王的品德是那样完美，众多的贤臣聚集在他们的周围。申椒与菌桂也都兼收并蓄，岂止是将蕙茝串缀？那唐尧虞舜是多么正大光明，遵循正道国家兴盛。夏桀商纣却是那么狂乱无度，只走邪路寸步难行。想起那些奸党正在苟安享乐，而祖国的前途却昏暗艰险。难道我是畏惧自身遭受灾害？怕的是君王的社稷将要倾翻。我忙忙碌碌在你鞍前马后效力，为的是让你赶上先王的足迹。君王啊！你不体察我的衷情，反而听信谗言对我大发脾气。我本来知道忠诚正直会招来祸患，可是我宁愿忍受痛苦绝不把原则放弃。让苍天来作证吧，我所做的一切都是为了你！当初你和我订下了成约，后来又背弃诺言另有主张。我并不怕和你分离，只是惋惜你变化无常。

我在大片的土地上把兰花栽种，又在上百亩的园田里把蕙草培植。分畦培育留夷和揭车,穿插种植杜衡和芳芷。盼着它们枝繁叶茂,等待丰收时节的来到。它们即使枯萎凋零也无可悲伤,痛心的是众芳变节成为乱草。

众人都在贪婪地竞争着,永不满足地猎取名利。用自己的私心去揣度别人,各怀鬼胎相互妒忌。为争权夺势而极力奔走,并不是我要达到的目的。衰老之年渐渐来临,唯恐美好的名声尚未树立。早上饮用木兰坠下的露珠,晚上食用秋菊初生的花瓣。只要我的情操确实高尚纯洁,纵使长久消瘦又有什么伤感?于是我拿起木兰根拴上香茝,再串上薜荔落下的花蕊。手举菌桂缀上蕙草,串上胡绳更显秀美。我这是在效法前贤,当然不是世俗的打扮。虽不合于今人的习俗,但我愿依从彭咸留下的典范。

我常常擦着眼泪深深叹息,可怜民众的生活充满苦难。虽然我崇尚美德严于律己,可是早上进谏晚上就被贬。以好佩蕙草为理由把我废弃,申斥我不该收集香茝。我坚持理想,受肢解之刑而死也绝不后悔。我怨恨君王昏庸糊涂,总也不能体察民心。你身边的女人们嫉妒我的美貌,散布谣言说我善于邪淫。庸俗之辈本来就擅长钻营投机,他们违背法度乱改措施。放弃正道而走邪路,争着苟合求容已成惯例。我的心中充满了忧愁,在这个世界上,我是多么穷困孤独。宁可忽然死去,让魂魄离散;也绝不忍心丑态百出。勇猛的飞禽不能与凡鸟同群,自古以来就是如此。方形和圆形怎能吻合啊,志向不同的人哪能相安无事?我忍受着委屈,压抑着心志;承担着罪责,包容着羞耻。保持清白的节操,为正义而死;这本是前代圣贤所称赞的品质。

后悔当初没有认清前途,我停下脚步将要回返。掉转车子走向原路,趁着迷途走得不远。让马儿在兰草丛生的水边漫步,跑上长满椒树的山丘暂且歇息。进取不成反而遭受罪责,退隐归来重整旧时服饰。上衣用菱荷绿叶制成,下衣用芙蓉花瓣编织。没人了解我也就算了吧,只要我的内心的确美好正直。戴上高高的帽子,系上长长的衣带。品行芳香和润泽集我一身，我清白的本质从未损坏。我急忙回过头来纵目瞭望，打算去游览那荒远的四方。我佩带着许多华丽的装饰品，香气浓郁更加昭彰。人生所好各不相同，我单单喜爱美德，已经成为习尚。纵使将我肢解分尸，也不会改变生活的准则，难道挫折和失败就能动摇我的志向？

女嬃总是那样惦着我，三番五次对我劝戒。她说："鲧禀性刚直，不顾身受威胁；终于被杀死在羽山的荒野。你为什么过分忠直又好修身啊，偏偏保存着那许多高尚的气节？满屋子都是恶草，只有你不肯佩用，偏要与它们隔绝。不能挨家挨户地说服众人，谁对我们的衷情能真正了解？世人都互相抬举，结成党羽；你为何一意孤行，不听我的告诫？"

我以古代圣贤为行动的榜样，可叹的是不幸的遭遇使我心中充满了郁闷和忧伤。于是我渡过湘沅二水向南行进，找到帝舜陈述衷情：夏启得到了上天的乐曲《九辩》和《九歌》，恣意放荡，贪图享乐。没有提防灾患，不为后世图谋；五观乘机作乱，国内大动干戈。后羿放浪无度，酷好狩猎游戏，更喜欢追射大狐狸。胡作非为的人本来就少有好下场，寒浞又谋夺羿的妻室。浇是多么强暴骄横，不能自我约束，而放荡成性；终日寻欢作乐，忘乎所以，终于头落地，丧失性命。夏桀总是离经叛道，结果招来祸殃，自身难保。纣王把贤臣剁成肉酱，殷朝因此不能永保宗庙。商汤夏禹庄重而恭敬，周初贤君讲求正道而没有差错。他们选拔贤士任用能臣，恪守法度而不偏颇。伟大的上天公正无私，看到有道德的人就给以辅助。只有品行高尚的圣哲之人，才能享有天下的国土。我考察了古往今来的社会变化，研究了人生的准则。哪有不义之人能够通行无阻，哪有不善之人能有所收获？虽然我已身临险境，濒于死亡；可是回顾当初的志向，我仍不悔改。不测量凿孔就安插木楔，前贤正因此而遭受残害。我多少次忧郁地抽泣着，生不逢时啊，令人悲哀。我拿起柔软的蕙草擦拭泪痕，眼泪却不断地流淌，洒满襟怀。

　　我撩衣跪倒倾吐了内心的苦衷，我光明磊落地获得了中正的品性。我驾起玉龙和鹥鸟，踏着风尘向天空飞升。清晨从苍梧出发，黄昏就到了县圃山顶。我想在天国的门前逗留片刻，无奈日落匆匆夜幕欲降。太阳神啊，请你让车驾慢走，看到了崦嵫山也不要向它靠近。漫漫长路，多么遥远啊，我要上天入地把真理找寻。在太阳沐浴的咸池边饮马，再把缰绳系在扶桑树上。折取若木枝条阻拦落日，姑且信步徘徊消遣时光。令望舒在前面做向导，让飞廉在后面跟着跑。鸾鸟先行担任警戒，雷神告诉我尚未准备好。我命令凤鸟展翅飞腾，日夜兼程不许稍停。旋风聚积着向我靠拢，率领云霞把我接迎。风云错杂忽离忽合，光色参差上下闪烁。我叫帝阍替我开门，他却背靠天门冷眼瞧我。天色昏昏白昼将尽，我手抚兰花默默久立。世道混浊是非不分，嫉妒成风排挤贤士。

　　早晨我将渡过白水，把马拴在阆风仙境。忽然回头观看，不禁泪水流淌；令人伤心啊，这高高的仙山竟无神女踪影。我飘忽来到春神的宫殿，折下玉树枝条点缀服装。趁着玉树上的花朵尚未凋落，赠给那中意的下界女郎。我命令丰隆驾起祥云，去寻觅宓妃的家门，解下佩带作为订婚信物，令蹇修为媒前去提亲。哪知她态度暧昧变化不定，忽然间执拗得无法说动。晚上她住宿在穷石，早晨又跑到洧槃洗发梳妆。她自恃美貌而十分骄傲，天天玩乐四处闲游。她虽然漂亮而不懂礼仪，抛开她吧，另去寻求。放眼观望四方的尽头，遍游天上又下降到人间。望见瑶台高高耸立，有娀氏的简狄在那里出现。我让鸩鸟去做媒，它却说简狄不好看。雄鸩叫着飞着要去当媒人，可我又嫌它轻佻圆滑好巧辩。我心里犹豫而疑惑不定，打算亲自前往又觉不妥当。玄鸟已受人之托送去了聘礼，我担心那高辛氏捷足先登。想到远方去落脚而无栖身之处，只好暂且闲游信步。趁着少康尚未娶妻，留住有虞国的两位公主。可是使者无能媒人笨拙，恐怕这次说合又无着落。世道污浊忌贤妒能，总是遮蔽善美称扬邪恶。王宫是那样深远，明智的君主又不肯醒悟。我满怀衷情不得抒发，我怎能永远忍受这种痛苦。

我找来茅草和细竹，请灵氛替我占卜。卜辞说："双方都美就一定会结合，有谁真正美好而值得爱慕？想到中国是这样广大，难道美女只在这里居住？"巫师说："应该努力远行莫迟疑，哪有爱美之人会看不中你？天下何处无芳草，你为什么留恋故乡的土地？"世道是这样昏暗而混浊，有谁能辨别我们的善恶？人们的爱憎本来各不相同，只有奸党的爱憎格外奇特。众人都把野蒿挂满腰间，却说幽香的兰草带不得。识别草木的能力都没有，对美玉的鉴定怎么能正确？收取粪土塞满香囊，偏说申椒不芳洁。

我打算听从灵氛的吉祥占卜，可心里总是犹豫不决。巫咸将要在晚上降神，我怀揣香椒精米前去迎接。百神齐降啊，遮蔽太空，九疑众仙纷纷出迎。满天辉煌显示着神的灵验，巫咸把吉祥的典故向我讲明。他说："你要勤奋地上下寻求，寻求那些有共同准则的朋友。商汤夏禹虔敬地访求贤士，伊尹皋陶与君主意气相投。只要内心爱好美德，又何必用媒人说合。傅说本在傅岩筑墙，武丁重用他而毫不疑惑。吕望曾敲着屠刀做生意，遇上文王便得到任用。宁戚叩着牛角歌唱，齐桓公听到封他为卿。趁着年岁未老，还没有失去全部时光。怕的是伯劳先叫啊，一切花草都枯黄。"我的玉佩多么华美高贵，众人却将它层层遮盖。就是这帮奸党不讲信义，恐怕会出于嫉妒而将它毁坏。时俗混乱变化无常，我又怎能在此地长期站脚。兰芷变质不再芳香，荃蕙蜕化成为茅草。为什么当年的芳草，现在竟变成萧艾？难道还有别的缘故吗？都是不爱惜美德造成的祸害！我原以为兰花十分可靠，哪知它内无实际虚有美容！抛弃了自己的美质而追随世俗，苟且列入众芳之中。椒是那样专横谄媚又傲慢，榝也想钻进香囊。他们既然钻营仕途、谋取名利，又能振起什么芬芳？世俗风气本来就是随波逐流，谁能不有所变易。看那椒兰尚且如此，更何况揭车和江离？只有我的玉佩最可宝贵，它的美质已被人唾弃，更有如此不幸的经历；但是它香气勃勃难以损伤，这馨香直到今天也未曾消失。我保持着和谐的风度而自求欢乐,姑且随意漫游寻求知己。趁着我的服饰还正盛美,我要上天下地周游寻觅。

灵氛已经把吉祥的占卜告诉了我,选一个好日子我将走向远方。折下玉树枝叶作为菜肴,磨碎玉屑当做干粮。替我驾起飞龙吧,用美玉和象牙把车子装饰。心志不同怎能共处,我将远走异乡和他们分离。把我的行程转向昆仑山旁,前途迢迢游历四方。云旗飘扬遮天蔽日,玉制鸾铃叮当作响。早晨从天河启程,傍晚就到了西极。凤凰恭敬地举起了旗帜,它们高高地翱翔,多么和顺安逸。忽然我来到流沙地带,沿着赤水漫步徘徊。指挥蛟龙在水上架桥,又令西方之神把我渡过赤水。遥远的征途上充满了艰险,让众车腾越,抄小路到前头待命。途经不周山而向左转,指定西海为最后行程。我聚集了车驾上千辆,调齐玉轮并列急驰。驾起八头飞舞的巨龙,再插上飘动的云旗。放下旗来徐徐前进,思绪高飞渺渺茫茫。演奏《九歌》又跳《韶》舞,暂且借此时光欢乐一场。我正在辉煌的明空飞升,忽然瞥见下界的故乡。我的车夫悲伤,马也留恋;拳曲回顾不再前行。

歌曲的尾声唱道:算了吧!楚国无贤者,没人能理解我;我又何必怀念故国!已经没人能与我同施美政,我将归向彭咸葬身之所。

(吴穷译注 陈复兴修订 陈延嘉再修订)

◎ 九歌四首

屈平

东皇太一

▌▌▌🔲 题解

　　《九歌》是《楚辞》中的篇名，它是屈原以楚国民间祭歌为蓝本创作出来的。共十一首：《东皇太一》、《云中君》、《湘君》、《湘夫人》、《大司命》、《少司命》、《东君》、《河伯》、《山鬼》、《国殇》、《礼魂》。《国殇》是一首悼念阵亡将士的祭歌，其余多描写神灵间的眷恋思慕、悲欢离合。《楚辞》最早的注家王逸认为《九歌》是屈原晚年流放江南时所作，现代学者多认为是屈原青年时代的作品。

　　古时楚人尚巫风。王逸说：“昔楚国南郢之邑，沅湘之间，其俗信鬼而好祠，其祠必作歌乐鼓舞以乐诸神。”楚人祭祀时，男巫女巫装扮成鬼神，载歌载舞。歌词中保留了许多古老的神话传说。《九歌》则是对这些神话传说提炼加工和再创作的结果。它从不同的侧面反映了古代楚国人民的现实生活和思想感情，同时也熔铸了屈原的生活经验和美好理想。

　　《九歌》是一组富于神话色彩的优美的抒情诗，形式自由，感情真挚，语言质朴。诗中的神灵被赋予了人的性格，形象鲜明生动。

　　《东皇太一》是楚人崇拜的天神，因为在楚东祭祀此神，与东帝相配，故称东皇。太一是星名，也是天之尊神。《九歌》中每一篇诗的题目都是被祭祀的神灵的名称。本篇是祭祀东皇太一的祭歌，诗中客观地描写了祭祀的盛况。

原文

吉日兮辰良[1]，穆将愉兮上皇[2]。抚长剑兮玉珥[3]，璆锵鸣兮琳琅[4]。瑶席兮玉瑱[5]，盍将把兮琼芳[6]。蕙肴蒸兮兰藉[7]，奠桂酒兮椒浆[8]。扬枹兮拊鼓[9]，疏缓节兮安歌[10]，陈竽瑟兮浩倡[11]。

灵偃蹇兮姣服[12]，芳菲菲兮满堂[13]。五音纷兮繁会[14]，君欣欣兮乐康[15]。

注释

〔1〕兮(xī 西)：语气助词。 辰良：即良辰，好时光。

〔2〕穆：恭敬。 将：将要。 愉：娱乐。 上皇：即东皇太一，楚人称天为皇。

〔3〕珥(ěr 耳)：指剑柄上端向两侧突出的部分，形状如两耳。

〔4〕璆锵(qiú qiāng 求枪)：玉相撞的声音。 琳琅(lín láng 林郎)：美玉。

〔5〕瑶席：光润如玉的席子。 玉瑱(zhèn 振)：压席的玉器。瑱，通"镇"。

〔6〕盍：通"合"。 把：持。 琼芳：美玉般的香花。

〔7〕蕙肴蒸：用蕙草包裹着祭肉。蕙，香草名。肴蒸，祭祀用的肉。 兰藉：用兰草垫底。兰，香草名。

〔8〕奠：敬献给神灵。 桂酒、椒浆：用桂、椒等香料泡的酒。桂、椒，都是香木名。以上两句写敬神的酒肴。

〔9〕枹(fú 浮)：鼓槌。 拊：敲击。

〔10〕疏缓节：鼓乐的节奏舒缓。 安歌：迎神的巫人安详地唱着歌。这是歌舞的开始。

〔11〕竽、瑟：两种乐器。 浩倡：放声歌唱。

〔12〕灵：即巫，楚人以为神灵可降于巫身，故巫亦称灵。 偃蹇(yǎn jiǎn 掩简)：舞姿宛转。 姣服：艳丽的服装。

〔13〕芳菲菲：香气浓郁。

〔14〕五音：古人把音分成五个音阶，从低到高分别称为宫、商、角、徵、羽。

繁会:错杂合奏。

〔15〕君:指刚刚降临的东皇太一。　欣欣:喜悦的样子。　康:安乐。以上两句写天神的降临。

今译

吉祥的日子美好的时光,虔诚地祭祀尊贵的上皇。盛装祭者手按长剑,周身玉佩叮当作响。神座前铺就瑶席,又用玉瑱压在席上。献上成束的鲜花,请神来享受馨香。斟满淳美的桂酒,敬奉香甜的椒浆。鼓槌高高举,鼓声咚咚响。赞歌在舒缓的节奏中开始,多么庄重多么安详。当竽瑟齐奏的时候,人们激情迸发放声歌唱。

灵巫们翩翩起舞,摆动着艳丽的衣裳。浓郁的香气,充满了迎神的殿堂。五音错杂合奏,百乐一片交响。东皇太一终于降临,他是那样欢乐而又安康。

云 中 君

题解

《云中君》即云神。本篇是一首祭祀云神的诗。诗中细致地描写了迎神巫人虔诚的祭祀以及对云神的想象与思念。诗中的云神既来又去,飘忽不定,周游四方,同自然界中的浮云的形态是一致的。某些学者认为云神的形象是君心难测的比况,进而推断这首诗流露出屈原对时事的忧伤和对国君的期望。

原文

浴兰汤兮沐芳[1],华采衣兮若英[2]。灵连蜷兮既留[3],烂昭昭兮未央[4]。蹇将憺兮寿宫[5],与日月兮齐光[6]。龙驾兮帝服[7],聊翱游兮周章[8]。

灵皇皇兮既降[9]，猋远举兮云中[10]。览冀州兮有余[11]，横四海兮焉穷[12]。思夫君兮太息[13]，极劳心兮忡忡[14]。

注释

〔1〕兰汤：兰草泡成的洗澡水。兰，香草名。　沐芳：用香水洗头发。古人祭祀之前，斋戒沐浴，表示虔诚。

〔2〕华采衣：颜色艳丽的衣服。　若英：像花朵一样鲜艳。

〔3〕灵：指云神。　连蜷（quán 拳）：回环曲折的样子。　既留：云神降临，停留在巫人身上。

〔4〕烂昭昭：光明的样子。　未央：没有穷尽。

〔5〕蹇：楚地方言中的语气助词。　憺（dàn 淡）：指云神降临后安享祭祀。寿宫：供神的地方。

〔6〕齐光：同样光辉。

〔7〕龙驾：乘坐龙驾的车。　帝服：衣着服饰如同天帝。

〔8〕聊：姑且。　翱游：翱翔。　周章：周游。

〔9〕皇皇：光明的样子。

〔10〕猋（biāo 标）远举：云神忽然又远远飞去。猋，迅疾的样子。

〔11〕冀州：指全中国。上古中国分为九州，冀州为九州之首，故以冀州代指中国。　有余：云神的灵光超出中国之外。

〔12〕四海：指九州以外的广大世界。古人以为九州之外都是大海。　焉穷：哪里能有穷尽。以上两句写云神无所不往，飘忽不定。

〔13〕夫：指示代词，彼。　君：指云神。　太息：深深叹气。

〔14〕极劳心：心中极度忧烦。　忡忡（chōng 冲）：忧愁的样子。

今译

我沐浴了香洁的兰汤，再穿上鲜花一样的漂亮衣裳。云神啊！你回旋曲折，千姿百态，终于降临在我的身上。眼前一片辉煌灿烂，变换着无穷无尽的奇妙景象。你将在寿宫里安享祭祀，你带来的光明同日月一样。你乘坐着龙车,身穿天帝的服装。翔翔吧,飘忽不定的云神,尽情地周游四面八方。

云神啊!你已经光明显赫地向人间下降,突然又向遥远的云际飞荡。你的灵光不仅照遍中国,更跨越四海,无所不往。思念着你啊,我在深深地叹息,我的心啊,在为你万分忧伤。

湘　君

题解

《湘君》是湘水的男神。传说舜死于苍梧(其地在湘水流域),化为湘水男神,称为湘君。舜之二妃——娥皇、女英,是帝尧的两个女儿,闻舜死而奔丧,悲痛已极,投湘水自尽,化为湘水女神,称为湘夫人。本篇和它的姊妹篇《湘夫人》是祭祀湘水神的诗歌。湘君和湘夫人本为配偶神,本篇描写湘夫人对湘君的思念。湘夫人爱慕而又悲怨,期待而又疑虑的复杂心理刻画得细腻传神。

原文

君不行兮夷犹[1],蹇谁留兮中洲[2]?美要眇兮宜修[3],沛吾乘兮桂舟[4]。令沅湘兮无波[5],使江水兮安流[6]。望夫君兮未来[7],吹参差兮谁思[8]?

驾飞龙兮北征[9],邅吾道兮洞庭[10]。薜荔柏兮蕙绸[11],荪桡兮兰旌[12]。望涔阳兮极浦[13],横大江兮扬灵[14]。扬灵兮未极[15],女婵媛兮为余太息[16]。横流涕兮潺湲[17],隐思君兮陫侧[18]。

桂棹兮兰枻[19],斫冰兮积雪[20]。采薜荔兮水中,搴芙蓉兮木末[21]。心不同兮媒劳[22],恩不甚兮轻绝[23]。石濑兮浅浅[24]，飞龙兮翩翩[25]。交不忠兮怨长[26]，期不信兮告余以不闲[27]。

朝骋骛兮江皋[28]，夕弭节兮北渚[29]。鸟次兮屋上[30]，水周兮堂下[31]。捐余玦兮江中[32]，遗余佩兮澧浦[33]。采芳洲兮杜若[34]，将以遗兮下女[35]。时不可兮再得，聊逍遥兮容与[36]。

注释

〔1〕君：指湘君。　夷犹：犹豫不决。

〔2〕谁留：为谁停留。　中洲：即洲中。洲，水中陆地。

〔3〕要眇：美丽的样子。　宜脩：妆扮得适宜。

〔4〕沛：迅速的样子。　吾：女巫自称。祭祀湘君时由女巫妆扮成湘夫人迎湘君。　桂舟：桂木造的船。

〔5〕沅湘：沅水和湘水，皆在湖南省。

〔6〕江：指长江。

〔7〕夫：指示代词，彼。　君：指湘君。　未：李善本作"归"，今依五臣本。

〔8〕参差：亦作"篸篖"，即古时的排箫。排箫是由参差不齐的竹管编排而成的，所以又称为"参差"。

〔9〕飞龙：龙舟。　北征：沿湘水北上。此两句描写湘夫人不见湘君归来，而北上寻觅。

〔10〕邅(zhān 沾)：转向，楚地方言。

〔11〕薜荔拍：用薜荔装饰的舱壁。薜荔，香草名。拍，船舱的壁。蕙绸，用蕙草装饰的帐幔。蕙，香草名。绸，"帱"的假借字，帐幔。

〔12〕承：衍文，当删(依胡克家说)。　荪桡(ráo 饶)：用荪装饰的桨。荪，香草名。桡，船桨。　兰旌(jīng 京)：用兰草装饰的旗。旌，旗帜。

〔13〕涔(cén 岑)阳：地名，在今湖南省。　极浦：遥远的水滨。

〔14〕横：横渡。　扬灵：船行如飞。灵，"舲"的假借字，一种有窗户的船。

〔15〕极：终止。

〔16〕女：侍女。　婵媛：惦念，牵挂。　余：扮演湘夫人的女巫自称。

〔17〕潺湲(chán yuán 馋爱)：水流动的样子，此处指眼泪流动。

〔18〕隐思君:暗中思念湘君。 悱(fěi 匪)侧:亦做"悱侧",内心凄苦。

〔19〕桂棹(zhào 照):用桂木做的桨。 兰枻(yì 义):用木兰做的船舷。枻,船舷。

〔20〕斫(zhuó 浊):砍,敲打。水面结冰且有积雪,斫开冰雪,为了行船。

〔21〕采薜荔兮水中,搴(qiān 牵)芙蓉兮木末:薜荔本生于陆地,芙蓉生于水中,此二句用水中采薜荔,树上摘芙蓉比喻不可能找到湘君。搴,拔取。芙蓉,荷花。

〔22〕媒劳:媒人徒劳。

〔23〕恩不甚:恩爱不深。 轻绝:轻易分离。

〔24〕石濑(lài 赖):石滩上的急流。 浅浅:水流迅疾的样子。

〔25〕翩翩:飞行的样子。

〔26〕交:交情。 怨长:使人长久怨恨。

〔27〕期:约会。 不信:不守信约。 不闲:没有空闲。

〔28〕骋骛(wù 务):奔走。 江皋:江边。

〔29〕弭节:放下马鞭,让车子缓行。弭,停止。节,马鞭。 渚:水中小洲。

〔30〕次:栖息。此句写不见湘君,只见鸟来,衬托出湘夫人的思念之苦。

〔31〕周:环绕。

〔32〕捐:弃。 玦(jué 决):环形而有缺口的玉器。

〔33〕遗:丢下。 佩:佩带的装饰品。 澧浦:澧水之滨。澧,水名,在今湖南省。以上两句是说,因湘君不至,只好将迎神用的玉器丢掉。

〔34〕芳洲:长满芳草的水中陆地。 杜若:香草名。

〔35〕遗(wèi 味):赠送。 下女:指湘君的侍女。将礼物赠给神的侍女,表示虽然见不到湘君,而情意仍未断绝。

〔36〕逍遥:游荡。 容与:徘徊不前。此句写湘夫人不忍离去。

今译

　　湘君啊!你总是犹豫不前,到底为谁停留在水洲中间?你看我打扮得多么漂亮时髦,为了迎接你啊,我飞速行驶着桂木之船。沅湘之水啊!切莫掀起波涛,让长江的洪流也安稳平缓。盼着你哟!怎么还不来?吹起排箫寄托我的思念!

我驾着龙舟向北航行,再调转船头取道洞庭。薜荔船舱香蕙帐幔,兰草为旗香荃做桨。遥望涔阳啊,在那极远的水边,船行如飞啊,横渡大江。可是船行再快也达不到目的,侍女们放心不下啊,在为我叹息哀伤。我的眼泪像水一样涌流,我的内心深处为思念你而痛苦凄怆。

桂木桨啊,木兰船舷,斫开冰雪啊,奋力划船。可是寻找你啊,如同水中采薜荔,树上摘荷莲。我们的心不相连啊,派了媒人也徒劳,我们的恩爱不深啊,轻易断绝了姻缘。石滩上的急流奔腾而过,我的龙船飞速向前。你这不忠实的朋友使我永久地怨恨,不如期赴约,却借口没有空闲。

早晨我驾着车马在江岸上奔走,黄昏时又到北边的沙洲中漫步。只看到鸟儿栖息在屋顶,流水环绕着殿堂四周。把我的玉玦抛到江里,在澧水边上又丢下佩物。从花草芬芳的小洲上采来杜若,送给你的侍女,把我的情意表露。可是啊,再也没有见到你的机会,姑且在这里徘徊逗留。

湘 夫 人

题解

《湘夫人》是湘水女神。本篇描写湘君对湘夫人的思念,与前一篇相对照。

原文

帝子降兮北渚[1],目眇眇兮愁予[2]。袅袅兮秋风[3],洞庭波兮木叶下。登白薠兮骋望[4],与佳期兮夕张[5]。鸟何萃兮薠中[6],罾何为兮木上[7]?

沅有芷兮澧有兰[8]，思公子兮未敢言[9]。慌忽兮远望[10]，观流水兮潺湲。

麋何为兮庭中[11]，蛟何为兮水裔[12]？朝驰余马兮江皋，夕济兮西澨[13]。闻佳人兮召予，将腾驾兮偕逝[14]。

筑室兮水中，葺之兮以荷盖[15]。荪壁兮紫坛[16]，播芳椒兮成堂[17]。桂栋兮兰橑[18]，辛夷楣兮药房[19]。罔薜荔兮为帷[20]，擗蕙櫋兮既张[21]。白玉兮为镇[22]，疏石兰兮为芳[23]。芷葺兮荷屋[24]，缭之兮杜衡[25]。合百草兮实庭[26]，建芳馨兮庑门[27]。九嶷缤兮并迎[28]，灵之来兮如云[29]。

捐余袂兮江中[30]，遗余褋兮澧浦[31]。搴汀洲兮杜若[32]，将以遗兮远者[33]。时不可兮骤得[34]，聊逍遥兮容与。

注释

〔1〕帝子：指湘夫人。传说湘夫人本是帝尧之女，故称帝子。

〔2〕眇眇（miǎo 秒）：极目远望而又看不清楚的样子。　愁予：使我忧愁。

〔3〕袅袅（niǎo 鸟）：风吹树木的样子。

〔4〕白蘋（fán 烦）：草名。蘋，李善本作"蘋"，今依五臣本。　骋望：纵目远望。

〔5〕佳：佳人，指湘夫人。　期：约会。夕张：黄昏时陈设迎神器具。张，陈设。

〔6〕何：胡刻本无"何"字，今依《楚辞》增。　萃：聚集。　蘋：水草名，

〔7〕罾（zēng 增）：鱼网。以上两句用"鸟聚集在水草上，鱼网挂在树上"这种反常现象比喻事与愿违。

〔8〕芷（zhǐ 止）：香草名。

〔9〕公子：即帝子，指湘夫人。

〔10〕慌忽：亦作"恍惚"，隐隐约约，辨识不清。

〔11〕麋(mí 迷):鹿类动物。

〔12〕水裔:水边。以上两句以麋鹿离开山野来到庭院,蛟龙离开深渊来到水边比喻追求湘夫人十分不顺利。

〔13〕澨(shì 世):水边。

〔14〕腾驾:驾车奔腾。 偕逝:同往。

〔15〕葺(qì 气):用草盖房子。 荷盖:用荷叶覆盖屋顶。

〔16〕荪壁:用荪草装饰墙壁。 紫坛:用紫贝铺砌中庭。坛,中庭,楚地方言。

〔17〕播:敷,散布。 成堂:用芳椒和泥涂饰堂壁(依闻一多说)。成,装饰。

〔18〕桂栋:用桂木做栋梁。 兰橑(lǎo 老):用木兰木做屋橡。橑,屋橡。

〔19〕辛夷:一种香木。 楣(méi 眉):门上的横梁。 药:香草名,即白芷。

〔20〕罔:同"网",此处用做动词,指编结。 帷:帷帐。

〔21〕擗(pǐ 匹):剖开。 櫋(mián 棉):屋檐板,此处指用剖开的蕙草装饰屋檐。

〔22〕镇:压坐席的用具。

〔23〕疏:陈列。 石兰:香草名。 兮:五臣本"兮"下有以字,胡刻本"兮"作"以",皆与前后文不相协调,今据《楚辞》删去"以",保留"兮"。 为芳:飘出芳香气体。

〔24〕芷葺:用香芷覆盖。 荷屋:荷叶做的帐幕。屋,通"幄"。

〔25〕缭:缠绕。 杜衡:香草名。

〔26〕合:收集。 实:充实。

〔27〕建芳馨:陈设芳香之物。 庑(wǔ 武):走廊。

〔28〕九嶷:山名,在湖南省境内,此处指九嶷山的诸神。 缤:盛多。

〔29〕灵:指众神。

〔30〕袂(mèi 妹):衣袖。虽然举行了盛大的迎神仪式,而湘夫人终不肯来,湘君只好投物江中。

〔31〕褋(dié 蝶):单衣。

〔32〕汀(tīng 听):水中或水边的平地。

〔33〕远者:远方的人,指心中思念的湘夫人。

〔34〕骤得:屡次得到。

今译

湘夫人啊！你降临在北边的沙洲上，望而不见啊，我心中惆怅。飒飒作响啊，是秋风吹来，洞庭生波啊，落叶飘荡。我登上长满白蘋的高坡瞭望远处，准备与你相会，黄昏时安排好器具帷帐。可是事与愿违啊！——犹如鸟儿落在浮萍中，鱼网挂在树枝上。

沅水边长着香芷，澧水边生着幽兰；我思念着湘夫人啊，却不敢直言。望着远方啊，渺渺茫茫，看那流水啊，波纹不断。

为什么麋鹿在庭院中奔跑，蛟龙在水边盘绕？早晨我在江畔纵马驰骋，傍晚又渡水到西岸落脚。听说夫人在召唤我，我将驾车飞奔与你同游九霄。

我为你在水中建造住房，采集荷叶覆盖在屋顶上。用荃草装饰墙壁，用紫贝铺砌院庭。芳椒和泥涂抹均匀，气味芳香充满殿堂。桂木作栋啊，木兰作椽，辛夷作门梁啊，白芷挂卧房。编结薜荔做帷幔，剖开蕙草把屋檐装潢。安放白玉压住坐席，陈列石兰散发芳香。荷叶帐幕上盖着香芷，又在四周缠绕杜衡。庭院里布满百草，廊门间馥郁芬芳。九嶷山的神灵一起出迎，熙熙攘攘像彩云在飘荡。

可是她竟不来啊！我只有将衣袖投入江心，再把单衣丢在澧水之滨。沙滩上采来杜若，送给那远走天涯的意中人。相见的时机不会总有，姑且信步徘徊消闲解闷。

（吴穷译注　陈复兴修订）

◎ 骚 下 ◎

◎ 九歌二首

屈 平

少 司 命

题解

《少司命》是主宰儿童命运的神。本篇是一首祭祀少司命的诗歌,全篇做女巫迎神的语气,细致地描写了祭者对想象中的神的追求,深刻地表现了人间新交的喜悦和失恋的痛苦。

原文

秋兰兮蘪芜[1],罗生兮堂下[2]。绿叶兮素华[3],芳菲菲兮袭予。夫人自有兮美子[4],荪何以兮愁苦[5]?

秋兰兮青青[6],绿叶兮紫茎。满堂兮美人,忽独与余兮目成[7]。

人不言兮出不辞[8],乘回风兮载云旗[9]。悲莫悲兮生别离,乐莫乐兮新相知。

荷衣兮蕙带,倏而来兮忽而逝[10]。夕宿兮帝郊[11],君谁须兮云之际[12]?

与汝游兮九河[13],冲飙起兮水扬波[14]。与汝沐兮咸池[15],晞汝发兮阳之阿[16]。望美人兮未来,临风怳兮浩歌[17]。

　　孔盖兮翠旌[18]，登九天兮抚彗星[19]。竦长剑兮拥幼艾[20]，荃独宜兮为民正[21]。

注释

〔1〕蘼(mí 迷)芜：香草名。

〔2〕罗生：罗列而生。

〔3〕素华：白色的花朵。

〔4〕夫：语气助词。　美子：好儿女。

〔5〕荪(sūn 孙)：亦名荃，香草名。此处指少司命。

〔6〕青青：茂盛的样子。

〔7〕目成：以目传情，两心相悦。

〔8〕辞：告别。

〔9〕回风：旋风。　载云旗：乘坐以云为旗的车。

〔10〕倏(shū 书)：急速。

〔11〕帝郊：天国的郊野。

〔12〕谁须：等待谁。须，等待。

〔13〕汝：指少司命。与少司命同游是祭者的希望。　九河：天河(依吕延济说)。

〔14〕冲飙:(biāo 标)：暴风。

〔15〕咸池：神话传说中太阳洗澡的地方。

〔16〕晞(xī 希)：晒干。　阳之阿：传说中日出之处的山。

〔17〕怳(huǎng 谎)：失意的样子。　浩歌：大声歌唱。

〔18〕孔盖：用孔雀羽毛做的车盖。　翠旌：用翡翠鸟的羽毛做的旗帜。

〔19〕抚彗星：古人认为彗星是战乱和灾难的象征，少司命手抚彗，有为儿童消除灾患的意思。

〔20〕竦(sǒng 耸)：挺起。　幼艾：儿童。

〔21〕荃：指少司命。　民正：人民的主宰。

今译

　　秋兰啊，蘼芜，一排排在堂下生出。绿色的叶子啊，白色的花，芬芳馥郁啊,沁人肺腑。人们都有自己的好儿女,你何必如此愁苦!

秋兰长得多么茂盛,碧绿的叶片紫红的茎。美貌的女郎济济一堂,你唯独望着我,以目传情。

可是你来时一言不发,走了也不告辞;驾着旋风,竖起云旗。人生最大的悲痛莫过于生离死别,最大的欢乐莫过于新交知己。

你身着荷叶之衣,腰束蕙草之带,匆匆赶来,又突然离开。晚上你留宿在天国的郊野,你站在云端把谁等待?

我多么想同你畅游天河之涯,观看那风暴掀起的浪花。和你一同在咸池沐浴,再到日出之山晒干头发。可是漂亮的伴侣啊,总不见你来到,我唱出哀怨的歌啊,伴随着风声飒飒。

孔雀羽毛做成车盖,翡翠之旗迎风飘舞;你飞升九天手抚彗星,为人间把灾难消除。你挺起长剑保护着儿童,只有你啊,才是万民之主。

山 鬼

题解

山鬼即山神,诗中的山鬼是女神。本篇是一首祭祀山神的诗歌,通过山鬼的自述,塑造了一个美丽善良、忠于爱情、追求幸福的女性形象。语言古朴自然,具有浓厚的上古民歌风格。作者从女神生活的特定的山野环境出发,细致传神地刻画了山鬼的形象。女主人公是山神,她不可能像宫廷贵妇那样以浓妆艳抹、披金戴玉使人目眩神摇。她的笑脸在芬芳的花草中出现,她的倩影在浓郁的松阴下徘徊,她的呼声在高峻的山岩上回荡,毫无矫揉造作之感,却饱含着清新自然之美。她深切地思念着意中人,热烈地追求着真诚的爱情,但期之不来,思之不见,又使她疑虑、哀伤,甚至怨恨。思念引起哀怨,哀怨又加深了思念,欲见不能,欲罢不忍,炽热和忧郁,爱恋和怨恨交织在同一颗心灵中。

昭明文选
译注

原文

　　若有人兮山之阿[1]，被薜荔兮带女萝[2]。既含睇兮又宜笑[3]，子慕予兮善窈窕[4]。乘赤豹兮从文狸[5]，辛夷车兮结桂旗[6]。被石兰兮带杜衡，折芳馨兮遗所思[7]。余处幽篁兮终不见天[8]，路险难兮独后来。

　　表独立兮山之上[9]，云容容兮而在下[10]。杳冥冥兮羌昼晦[11]，东风飘兮神灵雨[12]。留灵脩兮憺忘归[13]，岁既晏兮孰华予[14]？采三秀兮於山间[15]，石磊磊兮葛蔓蔓[16]。怨公子兮怅忘归[17]，君思我兮不得闲[18]。

　　山中人兮芳杜若[19]，饮石泉兮荫松柏[20]。君思我兮然疑作[21]。雷填填兮雨冥冥[22]，猿啾啾兮狖夜鸣[23]。风飒飒兮木萧萧[24]，思公子兮徒离忧[25]。

注释

　〔1〕若有人：好像有个人，指山鬼。　阿：山的转弯处。

　〔2〕被：同"披"。　带女萝：以女萝为衣带。女萝，又名兔丝，一种蔓生草。

　〔3〕含睇：含情而视。　宜笑：口齿美好，适于笑。

　〔4〕予：您，指山鬼的意中人。　予：我，山鬼自称。　善：品性好。　窈窕(yǎo tiǎo 咬挑)：美好的样子。

　〔5〕赤豹：赤毛而有黑纹的豹。　从文狸：让文狸跟在后面。文狸，有花纹的野猫。

　〔6〕辛夷车：用辛夷做车。　结桂旗：编结桂枝作为旗帜。

　〔7〕所思：指山鬼思念的人。

　〔8〕幽篁：竹林深处。

　〔9〕表：特出的样子。

　〔10〕容容：浮云流动的样子。

　〔11〕杳冥冥：幽暗深远。　羌(qiāng 枪)：楚地方言中的语气助词。　昼

晦：白天变得昏暗。

〔12〕神灵：指雨神。

〔13〕灵脩：神灵，此处指山鬼的恋人。 憺(dàn 旦)：安心。此句是说为了留住恋人，安心地在这里等候而忘了回家。

〔14〕晏：衰老。 华予：使我再像鲜花一样美，比喻重返青春时代。华，花。

〔15〕三秀：芝草。芝草一年开花三次，故称三秀。 於山：即巫山。

〔16〕磊磊：乱石堆积的样子。 蔓蔓：蔓延的样子。

〔17〕公子：山鬼思念的人。

〔18〕不得闲：不得空闲来看山鬼，这是山鬼的设想。

〔19〕山中人：山鬼自称。 芳杜若：像杜若一样芳香。

〔20〕荫松柏：以松柏为遮蔽。

〔21〕然：是这样。山鬼设想意中人在思念自己。 疑作：又生疑心，怀疑对方并不思念自己。

〔22〕填填：雷声。 冥冥：昏暗的样子。

〔23〕啾啾(jiū 纠)：猿猴叫声。 狖(yòu 右)：长尾猿。

〔24〕飒飒(sà 萨)：风声。 萧萧：树木在风中摇动的声音。

〔25〕离忧：遭受忧患。

今译

山湾里的那个人呀，就是我，身上披着薜荔，腰间系着女萝。目光里含着温情，笑靥中充满欢乐；我知道你喜欢我心地善良、身姿婀娜。我驾驭着赤毛豹子，后面跟着满身花纹的山狸；用辛夷香木做车，编结桂枝做旗。我周身挂满了石兰和杜衡，采来芳香的花草送给你。我住在竹林深处终日不见天光，山路难行使我姗姗来迟。

我兀立山顶把你张望，团团浮云在脚下飘荡。昏昏沉沉白昼阴暗，东风吹来雨雾茫茫。为了留住你啊，我安心地等候着，竟把归期遗忘。我等你等得年纪已老，谁能使我重返青春时光。我在巫山里采集着芝草，到处是乱石磊磊葛藤蔓蔓。我恨你总也不来，心中惆怅忘记了回返。或许你还在思念着我，只是没有闲空和我相见。

我这个山中美人像杜若一样芳香，喝着石中的清泉，乘着松柏的阴凉。但愿你仍然爱着我，可我又怀疑你不会这样。雷声隆隆震撼着山原，大雨下得天昏地暗；猿猴啾啾哀鸣，狁在夜间叫喊。风声飒飒草木萧萧，我思念着你啊，徒然受忧烦。

（吴穷译注　陈复兴修订）

九章一首

屈 平

涉 江

题解

《九章》是屈原所作《惜诵》、《涉江》、《哀郢》、《抽思》、《怀沙》、《思美人》、《惜往日》、《橘颂》、《悲回风》等九篇作品的总称。王逸认为"九章"之"章"是彰明的意思，彰明屈原的忠直之道。朱熹认为"九章"之"章"是篇章的意思，"九"是数目，《九章》是后人所辑。今人多从朱说。《九章》的内容同《离骚》一样，也是叙述作者的身世、遭遇和生平志向。但《九章》中的各篇，并非一时写成，叙述的是作者不同时期的具体的生活片段，从不同角度表现了作者对楚国和人民的热爱、对黑暗现实的愤恨以及对政治理想的追求。

《文选》只选了《涉江》一篇。"涉江"，即是渡江。是屈原晚年流放江南时写成的，叙述了渡江南下，沿沅水西行的艰苦历程和悲愤交加的心情。诗中的抒情主人公是一位面对昏君无道、奸佞误国的黑暗现实，毫不妥协，始终坚守节操的志士。作品通过优美的想象展示主人公远大的政治抱负："驾青虬兮骖白螭，吾与重华游兮瑶之圃。登昆仑兮食玉英，与天地兮比寿，与日月兮齐光"，用昆仑仙境象征美好的理想，用服食玉英比喻修养品德，坚守信念。又通过旅途荒凉景物的描写衬托主人公孤苦的心境："深林杳以冥冥兮，乃猿狖之所居，山峻高以蔽日兮，下幽晦以多雨""哀吾生之无乐兮，幽独处乎山中"。但是山林的幽僻并没有使主人公颓废变节，主人公是孤苦的，更是倔强的。"苟余心其端直兮，虽僻远之何伤""吾不能变心而从俗兮,固将愁苦而终穷"。荒僻的环境更有力地映衬出主人公坚贞不屈的性格。

原文

余幼好此奇服兮[1],年既老而不衰。带长铗之陆离兮[2],冠切云之崔巍[3]。被明月兮佩宝璐[4]。世溷浊而莫余知兮,吾方高驰而不顾[5]。驾青虬兮骖白螭[6],吾与重华游兮瑶之圃[7]。登昆仑兮食玉英[8],与天地兮比寿[9],与日月兮齐光[10]。哀南夷之莫吾知兮[11],且余济兮江湘[12]。

乘鄂渚而反顾兮[13],欸秋冬之绪风[14]。步余马兮山皋[15],邸余车兮方林[16]。乘舲船余上沅兮[17],齐吴榜以击汰[18]。船容与而不进兮[19],淹回水而疑滞[20]。朝发枉渚兮[21],夕宿辰阳[22]。苟余心其端直兮[23],虽僻远之何伤!

入溆浦余儃佪兮[24],迷不知吾之所如[25]。深林杳以冥冥兮[26],乃猿狖之所居[27]。山峻高以蔽日兮,下幽晦以多雨。霰雪纷其无垠兮[28],云霏霏而承宇[29]。哀吾生之无乐兮,幽独处乎山中。吾不能变心而从俗兮[30],固将愁苦而终穷[31]。

接舆髡首兮[32],桑扈臝行[33]。忠不必用兮,贤不必以[34]。伍子逢殃兮[35],比干菹醢[36]。与前世而皆然兮[37],吾又何怨乎今之人?余将董道而不豫兮[38],固将重昏而终身[39]!

注释

〔1〕奇服:奇异的服装,比喻品行高洁,与众不同。
〔2〕长铗(jiá 夹):指长剑。 陆离:长的样子。
〔3〕切云:一种高帽。 崔巍:高耸的样子。

〔4〕被:同"披"。　明月:夜光珠。　璐(lù 路):美玉。

〔5〕高驰:奔向高远的境地。

〔6〕虬(qiú 求)、螭(chī 吃):都是传说中龙一类的神兽。　骖(cān 餐):在两边驾车的马,此处用做动词,指将白螭套在两边驾车。

〔7〕重华:古帝虞舜的名。　瑶之圃:天国中盛产美玉的花园。瑶,美玉。

〔8〕玉英:玉的花朵。

〔9〕比寿:寿命同样长。

〔10〕齐光:一样有光辉。

〔11〕南夷:屈原流放江南时见到的尚未开化的土著居民。

〔12〕江:长江。　湘:湘江。

〔13〕乘:登上。　鄂渚:古地名,在今武昌西面。

〔14〕欸(āi 哀):叹息。　绪风:余风。

〔15〕步余马:让我的马慢慢走。　山皋(gāo 高):山边有水草的地方。

〔16〕邸(dǐ 抵):通"抵",到达。　方林:古地名。

〔17〕舲(líng 铃)船:有窗户的船。　上:逆流而上。　沅:沅水,在今湖南省境内。

〔18〕吴榜:用桨划船。(依陆宗达、王宁说,详见《训诂方法论》)吴,即"鋘",划船用具。榜,划船。　汰(tài 太):水波。

〔19〕容与:行进迟缓的样子。

〔20〕淹:停留。　回水:回旋的流水。　疑滞:即"凝滞",停滞不前。

〔21〕枉渚:地名,在今湖南省常德县附近。

〔22〕辰阳:地名,在今湖南省辰溪县西。

〔23〕端直:正直。

〔24〕溆(xù 序)浦:溆水之滨。溆,溆水,在今湖南省。　僤佪(chán huí 蝉回):徘徊不前的样子。

〔25〕如:往。

〔26〕杳(yǎo 咬):幽深。　冥冥:昏暗的样子。

〔27〕狖(yòu 右):长尾猿。

〔28〕霰(xiàn 线):雪珠。　垠(yín 银):边际。

〔29〕霏霏(fēi 非):云气盛多的样子。　承宇:连接着屋檐。宇,屋檐。

〔30〕从俗:随从世俗。

〔31〕终穷:终生不得志。

〔32〕接舆:春秋时楚国的隐士。 髡(kūn 坤):古代的一种刑罚,剃掉头发。传说接舆佯狂,自己剃掉头发,避世不仕。

〔33〕桑扈:古代的隐士。 赢(luǒ 裸)行:裸体而行,表示愤世嫉俗。赢,同"裸"。

〔34〕以:用。

〔35〕伍子:即伍子胥,春秋时吴国的重要谋臣,曾劝吴王夫差灭越,夫差不听,逼他自杀。

〔36〕比干:殷纣王时的贤臣,因忠言直谏而被纣王剖腹挖心。 菹醢(zū hǎi 租海):古代的一种酷刑,把人剁成肉酱。

〔37〕与前世:以前所有的时代。与,"举"的假借字,全部。

〔38〕董道:正道。 不豫:不犹豫。

〔39〕重昏:接二连三地陷入黑暗之中。

今译

我从小爱好奇丽服装,年纪已老旧习不衰。长长佩剑腰间挂,高高冠冕头上戴。身带夜光宝珠,更有玉佩精美。世道混浊无人了解我,索性远走高飞不回顾。我驾驭着青虬和白螭,与帝舜同游天国的瑶圃。登上昆仑山顶品尝玉花,像天地一样长寿,像日月一样辉煌。悲叹南方蛮族不了解我,清晨我渡过了长江和湘江。

登上鄂渚回顾走过的路程,叹息那秋冬余下的残风。我的马儿慢慢走向山湾,我的车子在方林留停。改乘篷船驶向沅水上游,双桨齐举拍击着水面。船行迟缓难以再走,旋流阻隔停滞不前。早上辞别枉渚,傍晚留宿辰阳。只要我的心怀正直,即使流放天涯又有什么损伤!

我徘徊在溆水之滨,心中迷茫不知归向何处。幽深的密林一片黑沉沉,只有猿猴在这里居住。崇山峻岭遮天蔽日,山下昏暗阴雨连绵。大雪纷飞一望无际,云雾弥漫掩盖屋檐。可怜我的生活没有一点欢乐,孤独地住在幽深的山中。我不能改变意志随从世俗,本来我就会穷困终生。

　　接舆剃掉头发,桑扈裸体而行。忠臣不一定被提拔,贤士不一定被任用。伍子胥耿直而遭受祸殃,比干忠诚而被剁成肉酱。以前的世道都是如此,我又何必怨恨今人! 我将坚守正道毫不犹豫,固然会屡次沉沦终身穷困!

（吴穷译注　陈复兴修订）

◎ 卜居一首

屈 平

▓▓▓▓ 题解

《卜居》是《楚辞》中的一篇,《楚辞》最早的注家王逸认为是屈原的作品,现代学者多认为是屈原死后楚国人为悼念他而作的。卜居是指占卜处世之道。这篇作品通过屈原向卜官请教处世之道,歌颂了屈原在楚国权奸当政的时代,敢于坚持正义,与腐朽势力誓不两立的顽强斗争精神。它的语言形式比屈原的其他诗歌更自由,具有散文诗的特点。

▓▓▓▓ 原文

屈原既放[1],三年不得复见[2]。竭知尽忠[3],蔽鄣于谗[4],心烦意乱,不知所从。乃往见太卜郑詹尹曰[5]:"余有所疑,愿因先生决之。"詹尹乃端策拂龟[6],曰:"君将何以教之。"

屈原曰:"吾宁悃悃款款朴以忠乎[7]?将送往劳来斯无穷乎[8]?宁诛锄草茅以力耕乎[9]?将游大人以成名乎[10]?宁正言不讳以危身乎[11]?将从俗富贵以媮生乎[12]?宁超然高举以保真乎[13]?将哫訾栗斯喔咿嚅唲以事妇人乎[14]?宁廉絜正直以自清乎[15]?将突梯滑稽如脂如韦以洁楹乎[16]?宁昂昂若千里之驹乎[17]?将泛泛若水中之凫乎[18]?与波上下偷以全吾躯乎[19]?宁与骐骥抗轭乎[20]?

将随驽马之迹乎[21]？宁与黄鹄比翼乎[22]？将与鸡鹜争食乎[23]？此孰吉孰凶？何去何从？世溷浊而不清：蝉翼为重，千钧为轻[24]；黄钟毁弃[25]，瓦釜雷鸣[26]；谗人高张[27]，贤士无名。吁嗟嘿嘿兮[28]，谁知吾之廉贞！

詹尹乃释策而谢[29]，曰："夫尺有所短，寸有所长[30]；物有所不足，智有所不明；数有所不逮，神有所不通[31]。用君之心，行君之意[32]，龟策诚不能知此事[33]。"

注释

〔1〕放：流放，放逐。

〔2〕见：指朝见楚怀王。

〔3〕知（zhì智）：智慧。

〔4〕鄣：同"障"。 谗：谗言。

〔5〕太卜：掌管占卜的最高长官。 郑詹尹：太卜的姓名。

〔6〕端：摆正。 策：用于占卜的蓍草。 拂龟：拂去龟壳上的尘土。

〔7〕悃悃（kǔn捆）、款款：心志专一的样子。 朴以忠：质朴而忠诚。

〔8〕送往劳来：追随世俗，到处周旋迎逢。 斯：连词，就。 无穷：不会穷困，指在仕途中畅通无阻。

〔9〕诛锄草茅：清除田地中的野草。 力耕：辛勤耕作，指隐居务农。

〔10〕游：游说。 大人：指掌握大权的达官显贵。

〔11〕正言不讳：指向国君忠言直谏。

〔12〕媮（yú愉）：通愉，快乐。

〔13〕超然高举：品行高洁，超出世俗。 保真：保全本性。

〔14〕呢訾（zú zī足兹）、栗斯：阿谀奉承的样子。 喔咿（wō yī窝伊）、嚅呢（rú ér如儿）：强作笑颜的样子。 妇人：指楚怀王的宠妃郑袖。

〔15〕自清：使自己清白。

〔16〕突梯、滑（gǔ古）稽：圆滑的样子。 如脂如韦：像油脂一样滑润，像熟牛皮一样柔软。韦，熟牛皮。 洁楹（yíng迎）：测量柱子。柱子是圆形，测量时必须随顺圆面，以此比喻趋炎附势，与奸党同流合污。洁，"絜"的假借字，测量

圆形。楹,柱子。

〔17〕昂昂:气概高昂。

〔18〕泛泛:随波漂浮的样子。 凫(fú扶):野鸭。

〔19〕偷:苟且。

〔20〕与骐骥(qí jì奇迹)抗轭(è恶):和骏马并驾。骐骥,良马。抗,举。轭,车辕前用来驾马的横木。

〔21〕驽(nú奴)马:劣马。

〔21〕黄鹄(hú胡):天鹅。 比翼:并翅齐飞。

〔23〕鹜(wù勿):鸭子。

〔24〕钧:古代重量单位,三十斤为一钧。

〔25〕黄钟:古乐十二律之首,声音最宏大。以此喻贤士。

〔26〕瓦釜(fǔ斧):陶器,不宜奏乐。以此比喻善于进谗言的坏人。

〔27〕高张:指身居高位。

〔28〕吁嗟:叹息声。 嘿嘿(mò默):同"默默",不得意的样子。

〔29〕谢:道歉。

〔30〕尺有所短,寸有所长:尺虽然比寸长,但在一定的情况下反不如寸有用;寸虽然比尺短,但在一定的情况下比尺更有用处。比喻事物各有长处和短处。

〔31〕数有所不逮,神有所不通:有些事物是占卜推测不到的,神灵不能知晓的。数,卦数。逮,达到。

〔32〕用君之心,行君之意:太卜劝屈原自作主张,自行其志。君,指屈原。

〔33〕此事:指屈原所问之事。

今译

　　屈原已经被流放,三年不能朝见楚怀王。他贡献出了自己的全部智慧和忠诚,却受到排挤和诽谤。他心烦意乱,不知何去何从。于是去见太卜郑詹尹,说:"我心中有疑惑,愿意根据您的意见决定取舍。"詹尹摆正蓍草拂净龟甲说:"您要占卜什么事情?"

　　屈原说:"我宁愿心志专一朴实忠诚,还是周旋迎逢仕途畅通?宁愿清除野草勤于农耕,还是游说权贵建树功名?宁愿忠言直谏身临危境,还是追求世俗富贵愉乐平生? 宁愿高超出众而保全本性,还是巴结郑袖而笑脸奉承? 宁愿廉洁正直使自身清白,还是趋炎附势迎合奸党? 宁愿气概高昂如同骏马,还是像野鸭浮水随波升沉,苟且偷生保全自身? 宁与骐骥并驾齐驱,还是紧步劣马后尘? 宁与天鹅比翼高飞,还是与鸡鸭争夺食饮? 哪条路凶险,哪条路吉祥? 抛弃何种途径,选择什么方向? 世道如此混浊不清,竟以蝉翼为重,千钧为轻;黄钟被毁坏抛弃,瓦釜却像雷一样敲响;奸佞之人身居高位,贤良之士不得扬名。令人感叹啊! 志士仁人默默无闻,谁能了解我的廉洁和忠贞!"

詹尹放下蓍草道歉说:"尺虽长也有短处,寸虽短也有长处;事物各有缺欠,理智有时也糊涂;卦数不能推测一切,神灵也有不知之物。坚持你的志向吧,实行你自己的主张,龟策实不能知这些事项。"

(吴穷译注　陈复兴修订)

◎ 渔父一首

屈平

🔖 题解

《渔父》和《卜居》一样,是屈原死后,楚人为悼念他而作的。渔父,即捕鱼的老人,楚地对老人尊称为父。本篇中的渔父是一个隐者的形象。通过屈原和渔父的对话,表现了屈原在楚国最黑暗的时代,坚守节操、宁死不屈的高尚品质。

这是一首散文化的诗,句子参差不齐,用韵灵活自由。用渔父随波逐流的消极处世哲学同屈原不肯与世俗同流合污的坚强意志相对比,使屈原的性格表现得更为突出。

🔖 原文

屈原既放[1],游于江潭[2],行吟泽畔[3],颜色憔悴[4],形容枯槁[5]。渔父见而问之曰:"子非三闾大夫欤[6]?何故至于斯[7]?"

屈原曰:"世人皆浊我独清,众人皆醉我独醒,是以见放[8]。"渔父曰:"圣人不凝滞于物[9],而能与世推移[10]。世皆浊,何不淈其泥而扬其波[11]?众人皆醉,何不餔其糟而歠其醨[12]?何故深思高举[13],自令放为[14]?"屈原曰:"吾闻之,新沐者必弹冠[15],新浴者必振衣[16]。安能以身之察察[17],受物之汶汶者乎[18]?宁赴湘流[19],葬于江鱼腹中,安能以皓皓之白[20],蒙世俗之尘埃乎?"

渔父莞尔而笑[21],鼓枻而去[22]。乃歌曰:"沧浪之水清兮[23],可以濯我缨[24];沧浪之水浊兮,可以濯我足。"遂去,不复与言。

注释

〔1〕放:流放,放逐。

〔2〕江潭:泛指江湖之间。

〔3〕泽畔:水边。

〔4〕憔悴(qiáo cuì 乔脆):形容人瘦弱,面色不好看。

〔5〕形容:体态容貌。 枯槁(gǎo 搞):枯瘦的样子。

〔6〕三闾大夫:楚国的官名,掌管楚国屈、景、昭三姓王族的事物。屈原曾任此官。

〔7〕斯:此。

〔8〕见放:被流放。

〔9〕凝滞于物:对事物的看法固定不变。凝滞,拘泥执着。

〔10〕与世推移:追随世俗,改变自己。

〔11〕淈(gǔ 古)其泥:把泥搅浑。淈,搅浊。

〔12〕餔(bū 逋):吃。 糟:酒渣。 歠(chuò 辍):饮。 醨(lí 离):薄酒。以上两句比喻与世人同流合污。

〔13〕高举:高尚的行为。举,举动。

〔14〕自令放:自己招致流放。 为:表示疑问的语气助词。

〔15〕沐:洗头发。 弹冠:掸去帽子上的灰尘。

〔16〕振衣:抖掉衣服上的灰尘。

〔17〕察察:洁白的样子。

〔18〕汶汶(mén 门):沾污。

〔19〕湘流:湘江,在今湖南省境内。

〔20〕皓皓(hào 号):洁白的样子。

〔21〕莞(wǎn 碗)尔:微笑的样子。

〔22〕鼓:拍打。 枻(yì 义):船舷。

〔23〕沧浪:水名。

〔24〕濯（zhuó 浊）：洗。　缨：帽的带子。渔父唱这首民歌，意在提示屈原顺应生活环境，不要与世相争。

今译

屈原已被朝廷放逐，在江湖之间漫游。他在水边一面行走一面吟咏，脸色憔悴仪容枯瘦。渔父看见屈原问道："您不是三闾大夫吗？如何到了这般地步？"

屈原说："世俗的品行都是那么污秽，唯独我的心灵高尚纯正；众人的精神都像醉汉一样麻木，只有我的头脑格外清醒，正因为如此，我才被赶出朝廷。"渔父说："圣人不拘泥于任何事物，能与世道一起沉浮。世人都已污浊，你何不搅浊泥水掀起浑波？众人都在醉酒，你何不将酒渣薄酒一并吞下口？为什么一定要思想精深行为高超，而自己招致流放荒郊？"屈原说："我听说，刚洗过头的人一定掸净帽子，刚洗过澡的人一定抖掉衣服上的灰尘。岂能让洁白的身躯，沾染外物的污痕？宁可投入湘江，葬身鱼腹，也决不使纯洁的本质，蒙受世俗习气的玷污！"

渔父微微一笑，敲着船舷离开。于是唱起歌来："沧浪江的流水多么清啊，正好洗我的帽；沧浪江的流水那样浑啊，干脆洗我的脚。"渔父唱罢而去，不再与屈原谈论。

（吴穷译注　陈复兴修订）

◎ 九辩五首　　　　　　宋 玉

▧▧▧ 题解

　　《九辩》是《楚辞》中的一篇较长的自传性的抒情诗,是宋玉的代表作。写作的时代稍后于屈原。相传夏代有古乐曲名为"九辩"。王夫之《楚辞通释》说:"辩犹遍也,一阕谓之一遍"。可知"辩"即乐章,"九"是乐章的数目。宋玉素有忠君报国之志,但受到楚国朝廷腐朽势力的排斥,一生穷困潦倒,理想落空,因而不满现实,悲秋伤怀,便借古乐"九辩"为题,叙述自己的生平志向,抒发郁闷的胸怀。全诗共九章,《文选》只录了前五章。

　　《九辩》在思想内容和表观形式上,都直接受到屈原《离骚》的影响,甚至有模仿的痕迹。若论爱国思想的强烈,斗争意志的坚定,以及结构的宏伟、想象的丰富,《九辩》远在《离骚》之下,但篇中萧杀秋光的描写对抒发悲苦心怀的烘托映衬,景宜情真,恰如其分,也能显示出宋玉在"楚辞"艺术上的一定的创造性。

　　《九辩》为抒怀而作,但并没有开篇便直叙衷情,而是从描写"草木摇落"的秋景入手。以景起兴是从《诗经》到《楚辞》一直盛行不衰的艺术传统,宋玉在此用之,得心应手。在"天高而气清"、"薄寒之中人"的气氛中,展现"贫士失职而志不平",准确细致,自然真切,毫无"无病呻吟"之感,这是只有内含真情,外用劲笔才能达到的艺术效果。如果说让忧伤孤苦的抒情主人公在寒秋中出现,是"以景起兴"传统手法的继承,那么抒发悲愁仍以深秋景物为喻,情景交融,细致入微,不能不说是有所发展。以"白露既下降百草"比喻艰险的处境,以梧桐、楸树、蕙草的凋零比喻自己的悲苦遭遇。正是愁怀因秋深而愈悲,深秋因怀愁而愈萧。如此匠心独运,致使"宋玉悲秋"成为千古长叹。

原文

悲哉秋之为气也[1]!萧瑟兮草木摇落而变衰[2]。憭栗兮若在远行[3],登山临水兮送将归[4]。泬寥兮天高而气清[5],寂寥兮收潦而水清[6]。憯凄增欷兮薄寒之中人[7],怆恍懭悢兮去故而就新[8]。坎廪兮贫士失职而志不平[9],廓落兮羁旅而无友生[10],惆怅兮而私自怜[11]。燕翩翩其辞归兮[12],蝉寂寞而无声。雁雝雝而南游兮[13],鹍鸡啁哳而悲鸣[14]。独申旦而不寐兮[15],哀蟋蟀之宵征[16]。时亹亹而过中兮[17],蹇淹留而无成[18]。

悲忧穷戚兮独处廓[19],有美一人兮心不绎[20]。去乡离家兮来远客[21],超逍遥兮今焉薄[22]?专思君兮不可化[23],君不知兮可奈何!蓄怨兮积思,心烦憺兮忘食事[24],愿一见兮道余意,君之心兮与余异。车驾兮揭而归[25],不得见兮心悲。倚结轺兮太息[26],涕潺湲兮沾轼[27]。慷慨绝兮不得[28],中瞀乱兮迷惑[29]。私自怜兮何极[30]?心怦怦兮谅直[31]。

皇天平分四时兮,窃独悲此凛秋[32]。白露既下降百草兮,奄离披此梧楸[33]。去白日之昭昭兮[34],袭长夜之悠悠[35]。离芳蔼之方壮兮[36],余委约而悲愁[37]。秋既先戒以白露兮[38],冬又申之以严霜[39]。收恢台之孟夏兮[40],然坎僁而沉藏[41]。叶菸邑而无色兮[42],枝烦挐而交横[43]。颜淫溢而将罢兮[44],柯仿佛而萎黄[45]。萷椮椮之可哀兮^[46]，形销铄而瘀伤^[47]。惟其纷糅而将落兮^[48]，恨其失时而无当^[49]。览骓辔而下节兮^[50]，聊逍遥以相羊^[51]。岁忽忽而遒尽兮^[52]，恐余寿之弗将^[53]。悼余生之不时兮^[54]，逢此世之俇攘^[55]。澹容与而独倚兮^[56]，蟋蟀鸣此西堂。心怵惕而震荡兮^[57]，何所忧之多方^[58]！仰明月而太息兮，步列星而极明^[59]。

　　窃悲夫蕙华之曾敷兮^[60]，纷旖旎乎都房^[61]。何曾华之无实兮^[62]，从风雨而飞飏^[63]。以为君独服此蕙兮^[64]，羌无以异于众芳^[65]。闵奇思之不通兮^[66]，将去君而高翔。心闵怜之惨凄兮，愿一见而有明^[67]。重无怨而生离兮^[68]，中结轸而增伤^[69]。岂不郁陶而思君兮^[70]，君之门以九重^[71]。猛犬狺狺而迎吠兮^[72]，关梁闭而不通^[73]。皇天淫溢而秋霖兮^[74]，后土何时而得干^[75]！块独守此无泽兮^[76]，仰浮云而永叹^[77]。

　　何时俗之工巧兮^[78]，背绳墨而改错^[79]。却骐骥而不乘兮^[80]，策驽骀而取路^[81]。当世岂无骐骥兮，诚莫之能善御^[82]。见执辔者非其人兮^[83]，故䮞跳而远去^[84]。凫雁皆唼夫粱藻兮^[85]，凤愈飘翔而高举^[86]。圆凿而方枘兮^[87]，吾固知其鉏铻而难入^[88]。众鸟皆有所登栖兮^[89]，凤独遑遑而无所集^[90]。愿衔枚而无言兮^[91]，常被君之渥洽^[92]。太公九十乃显荣兮^[93]，诚未遇其匹合^[94]。谓骐骥兮安归？谓凤皇兮安栖？变古易俗兮世衰，今之相者兮举肥^[95]。骐骥伏匿而不见兮，凤皇高飞而不下^[96]。鸟兽犹知怀德兮^[97]，何云贤士之不处^[98]？骥不骤进而求服兮^[99]，凤亦不贪喂而妄食^[100]。君弃远而不察兮^[101]，虽愿忠其焉得^[102]？欲寂寞而绝端兮^[103]，窃不敢忘初之厚德^[104]。独悲愁其伤人兮，冯郁郁其何极〔105〕!

注释

〔1〕为气:寒气发作。

〔2〕萧瑟:风吹草木的声音。　兮(xī 西):语气助词。

〔3〕憭(liáo 辽)栗:凄凉。

〔4〕将归:将回故乡的亲友。

〔5〕泬(xuè 血)寥:空旷清朗的样子。

〔6〕寂漻(liáo 辽):水清的样子。　潦(lǎo 老):雨后地面的积水。

〔7〕憯(cǎn 惨)凄:悲痛的样子。憯,同"惨"。　增欷(xī 西):慨叹不已。欷,叹息。　薄寒:微寒。　中(zhòng 众)人:伤人,袭人。

〔8〕怆恍(chuàng huǎng 创晃):失意的样子。　圹悢(kuǎng lǎng 夼朗):不得志的样子。　去故而就新:离开故乡,到陌生的地方去。

〔9〕坎廩(lǐn 凛):坎坷,不顺利。　失职:失掉官职。

〔10〕廓落:孤寂的样子。　羁(jī 基)旅:寄寓他乡的旅客。　友生:志同道合的朋友。

〔11〕自怜:自我哀伤。

〔12〕翩翩(piān 偏):轻快飞翔的样子。　辞归:辞别北方飞回南方。

〔13〕噰噰(yōng 拥):雁叫声。

〔14〕鹍(kn 昆)鸡:鸟名。　啁哳(zhāo zhā 招渣):声音繁杂细碎。

〔15〕申旦:从夜晚直到天明。　寐(mèi 妹):入睡。

〔16〕宵征:夜间活动。

〔17〕亹亹(wěi 伟):运行的样子。　过中:超过中年。

〔18〕蹇(jiǎn 简):楚地方言中的语气助词。　淹留:久留。

〔19〕穷蹙(cù 促):穷困。　处廓:处于空虚的境地。

〔20〕有美一人:宋玉自称。　心不绎:心情不愉快。绎,"怿"的借用字,喜悦。

〔21〕来远客:来做远方的客人。

〔22〕超:远。　逍遥:游荡。　焉薄:止于何处。薄,止息。

〔23〕专:一心一意。　君:指楚王。　化:变化。

〔24〕烦惔(dàn 淡):烦闷焦虑。　食事:饮食之事。

〔25〕朅(qiè 怯):离去。

〔26〕结轸(líng 零):车箱上纵横交结形似方格的栏杆。　太息:长叹。

〔27〕潺湲(chán yuán 馋爰):眼泪流淌的样子。　轼(shì 式):车箱前面供人凭倚的横木。

〔28〕慷慨:愤激。　绝:与楚王断绝关系。

〔29〕中:心中。　瞀(mào 冒):昏迷。

〔30〕极:穷尽。

〔31〕怦怦(pēng 烹):忠诚的样子。　谅直:忠诚正直。

〔32〕皇天:对天的美称。皇,伟大。　窃:自谦之词,私下。　凛秋:寒冷的秋天。

〔33〕奄:忽然。　离披:枝叶散落的样子。　梧楸:梧桐树和楸树,都是早凋的树木。

〔34〕昭昭:光明的样子。

〔35〕袭:承袭。　悠悠:漫长无际的样子。

〔36〕芳蔼:芬芳繁茂。　方壮:正当盛壮之年。

〔37〕委约:疲病穷困。

〔38〕戒:警告。

〔39〕申:重,加上。

〔40〕恢台:繁盛的样子。台,胡刻本作"炱",今依《楚辞》改。　孟夏:初夏。

〔41〕然:于是。　坎傺(chì 翅):枯萎凋落。　沉藏:埋藏。

〔42〕菸(yū 迂)邑:黯淡的样子。

〔43〕烦挐(rú 如):纷乱。　交横:纵横交错。

〔44〕颜:枝叶的颜色。　淫溢:指草木的生长已超过了极限。　罢(pí 皮):通"疲"。此处指凋零。

〔45〕柯:树枝。　仿佛:色泽不鲜明。　萎黄:枯黄。

〔46〕蔺(xiāo 消):疏秃的样子。　橚椮(xiāo sēn 萧森):树枝独立上耸的样子。

〔47〕形销铄(shuò 烁):树木的形体遭到毁坏。　销铄:销熔,销毁。　瘀(yū 迂)伤:受伤瘀血,此处指树木内带病残。

〔48〕惟:思。　其:指草木。　纷糅:众多错杂的样子。

〔49〕恨：遗憾。　失时：时令已过。　无当：没有好机会。

〔50〕览：持。　骓（fēi 非）：在辕马两侧拉车的马。　辔（piè 配）：缰绳。
下节：减低速度，让车马缓行。

〔51〕聊：暂且。　相羊：同"徜徉"，徘徊。

〔52〕忽忽：很快。　遒：迫近。

〔53〕将：长。

〔54〕不时：没有遇上好世道。

〔55〕侩攘（kuāng rǎng 匡壤）：混乱的样子。

〔56〕澹（dàn 淡）：安静。　容与：闲散的样子。　倚：斜靠着。

〔57〕怵（chù 触）惕：惊恐。

〔58〕多方：多端。

〔59〕列星：群星。　极明：直到天明。

〔60〕蕙华：蕙草的花。　曾：通"层"。　敷：开放。

〔61〕旖旎（yǐ nǐ 以你）：茂盛的样子。　都房：华丽的房屋。都，华美。

〔62〕曾华：花朵重叠。　实：果实。

〔63〕以上四句，作者以蕙草自喻，虽然曾被君主任用，但才能未得施展，因
受谗言而为君所弃。

〔64〕服：佩带。

〔65〕羌（qiāng 腔）：楚地方言中的语气助词。　众芳：一般的花草。以上
二句比喻君主没有尊贤才，把宋玉当做一般人看待。

〔66〕闵（mǐn 敏）：通"悯"，怜惜。　奇思：不寻常的思想。　不通：不能通
达于楚王。

〔67〕有明：有机会表明自己的心迹。

〔68〕重：深思（依朱熹说）。　无怨：无罪。　生离：指被楚王抛弃。

〔69〕中结轸（zhěn 枕）：心中郁闷。结轸，纠结，郁积。

〔70〕郁陶（yáo 摇）：忧思郁积的样子。

〔71〕九重：门多九重，比喻见君之难。

〔72〕狺狺（yín 银）：犬吠声。

〔73〕关梁：城关和桥梁。

〔74〕淫溢：指雨量过多。　霖：久雨。

〔75〕后土：对大地的美称，与皇天相对。

〔76〕块:孤独的样子。　无泽:荒芜的沼泽地。无,通"芜"。此句是说自己独处困境。

〔77〕永叹:长叹。

〔78〕工巧:善于投机取巧。

〔79〕绳墨:木工用以取直的工具,此处借指法度。　改错:改变正常的措施。错,通"措"。

〔80〕却:拒绝。　骐骥(qí jì 其冀):良马,比喻贤才。

〔81〕策:用鞭子赶马。　驽骀(tái 台):劣马,比喻庸人。

〔82〕御:驾驭。

〔83〕执辔者:驾车人,比喻当政者。　非其人:不是那种善于驾车的人。

〔84〕驹跳:跳跃。

〔85〕凫(fú 扶):野鸭。　哜(shà 霎):水鸟或鱼类吞食。　夫:指示代词,那。　粱:米。　藻:水草。此句比喻佞臣得志,坐享俸禄。

〔86〕飘翔:高飞的样子。据闻一多考证,"翔"当做"翱"。此句比喻贤臣远离朝廷。

〔87〕圜(yuán 圆)凿而方枘(ruì 锐):圆形的卯眼和方形的木栓不能相合,比喻两种见解迥然不同,相互抵触。凿,卯眼。枘,插入卯眼的木栓。

〔88〕鉏铻(jǔ yǔ 举语):亦作"龃龉",互相抵触,彼此不合。以上两句是说自己与那些庸人见解不同,难以共处。

〔89〕众鸟:比喻庸人。　所登栖:鸟类飞升栖息的树木。

〔90〕遑遑:匆促不安。　所集:栖身之处。

〔91〕衔枚:闭口不言。枚是一种像筷子一样的小木条,两端有带可系于颈上。古代秘密行军时令士卒口中横衔一枚,以防喧哗。

〔92〕被:蒙受。　渥洽:厚恩。以上二句是说自己本想不问朝中之事,但曾受过楚王的厚恩,又不忍心如此。

〔93〕太公:姜太公,吕望。

〔94〕匹合:能与贤臣相配合的明君。匹,配。

〔95〕相者:相马的人,借指挑选人才的当政者。　举肥:只挑选外形肥美的马。此句以肥马比喻华而不实的显贵之士。

〔96〕以上二句比喻贤人避世退隐。

〔97〕怀德:怀念有德之人。

〔98〕不处:不肯留在朝廷。

〔99〕骤:急速。 服:驾车。

〔100〕贪喂:贪求饲养。 妄食:胡乱吃别人给的东西。

〔101〕弃远:抛弃,疏远。

〔102〕忠:效忠君主。

〔103〕绝端:断绝和朝廷的联系。端,头绪。

〔104〕初之厚德:当初君主对自己深厚的恩德。

〔105〕冯:同"凭",愤懑。 郁郁:忧伤愁闷的样子。 极:尽。

今译

　　令人悲叹啊!深秋寒气下降,风声飒飒,草木凋零一片枯黄。心中凄凉好像离家远行,又像登山临水送人回故乡。天宇荡荡秋高气清,清泠泠潦尽水清。心绪忧伤声声慨叹,不堪微寒袭人;志向落空时时怅惘,又要去故就新。道路多么坎坷,贫穷之士丢掉官职愤愤不平;处境多么孤寂,他乡之客没有好友亲朋。惆怅啊!我只能暗自伤情。南归的飞燕辞别北国,留下的秋蝉寂寞无声。大雁嘎嘎叫着向南飞去,鹍鸡吱吱喳喳地悲鸣。独自失眠直到清晨,蟋蟀夜鸣使人心惊。时光流逝人过中年,久留在外一事无成。

　　忧伤穷困孤独空虚,我这个美人毫无乐趣。离开家乡来做远方的旅客,四处流浪,到哪里才能定居?我对君王的思念啊,忠诚专一,不能止息;无奈君王啊,不知我的心意。怨恨和忧思蓄积在心头,烦闷焦虑忘记饮食。但愿能见君王一面,表白我的一片心意;可是君王的心啊,和我迥然相异。准备好车马辞别而归,不得相见终使我悲。靠着车栏深深叹息,热泪滚滚沾湿了车箱和轮轨。愤激之下想和你绝交,可是我又做不到;心中昏乱,不知如何是好。自我伤感吧,哪有终了?心怀忠直,永走正道。

　　伟大的上天把一年平分为四季,我唯独为这寒冷的秋季而悲哀。白茫茫的秋露降临到百草之上,梧桐楸树忽然散落衰败。光明的白昼已经离去,继之而来的是长夜漫漫。丰茂的年华不再属于我，留下穷困悲愁与我为伴。秋天先用白露发出警告，冬季更要加上严霜的摧残。收走了初夏繁盛的生机，万物枯萎沉陷埋藏；叶色黯淡毫无光泽，枝条错杂横竖乱晃。生长过度而精疲力尽，树木萎缩而枯黄。可怜那些疏秃的植物孤立上耸，它们外形毁坏又带内伤。想到纷然交错的草木即将凋落，遗憾它们未遇良机错过时光。抓住缰绳让车马缓行，姑且徘徊游逛。岁月匆匆年华将尽，深恐寿命不会长。生不逢时令我伤感，世道混乱不得安康。独自闲静地靠着栏杆，倾听西堂蟋蟀的叫声。内心惊恐动荡不宁，为什么有这么多伤心事情？仰望明月深深叹息，星夜中散步直到天明。

我暗自为那蕙草悲伤，它的花朵曾经层层开放，繁盛丰美布满华丽的殿堂。然而这累累的花朵竟不结果实，在风雨中凋落衰亡。本以为君王只佩带蕙草，哪知道在他眼里，蕙草和众芳一样。可惜我非凡的思想不能与君主沟通，我将远走高飞离开楚王。我心中埋藏着怜惜和痛苦，只想见君一面表明衷肠。我深深感到自己无罪而被弃，心中郁闷愈加悲伤。我忧思满怀怎能不思念君主，无奈宫门重重难以相见。猛犬逼人声声狂吠，关梁闭塞路途阻断。崇高的上天不休止地降落秋雨，尊贵的大地何时才能去湿变干！我孤独地守在荒芜的沼泽地里，仰望浮云对天长叹。

世上人都那么善于投机取巧，背弃正道乱改章程。推开骐骥而不乘，鞭策劣马赶路程。世上难道没有骏马？实在是没人能把它驾驭。看到驾车者不识优劣，骏马蹦跳着远远离去。野鸭和雁类都在享用谷米和水草，凤凰却飞向高高的天宇。我本来知道圆孔和方栓难以吻合，相互抵触插不进去。众鸟都有飞升栖息的树木，独有凤凰匆促不安没有落脚之处。本想衔枚闭口不问国事，可我受过朝廷厚恩怎能忘掉君主。姜太公九十岁才扬名显身，先前实在是未遇彼此投合的君主。骐骥的归宿在哪里？凤凰的巢窝在何处？古代风俗改变，世道从此衰微；今天的相马人啊，只看重外形肥美。骐骥隐藏不再出现，凤凰高飞不再返回。鸟兽尚且怀念有德之人，怎能说贤士不肯留在明君身旁？骐骥不愿急速行进而求得驾车，凤凰也不会乱吃而贪图饲养。君王抛弃贤士而不察善恶，虽有忠心又如何效力？本欲自甘寂寞和朝廷决裂，却又不敢把当初的厚恩忘记。独自悲愁伤感吧，愤懑忧郁何时才能终止！

（吴穷译注　陈复兴修订）

◎ 招魂一首　　　　　　　　宋玉

▓▓▓ 题解

　　《招魂》是《楚辞》中的一篇。《楚辞》一书的编者刘向和最早的注家王逸都认为《招魂》是宋玉所作,为屈原招魂,但篇中为所招之魂幻设的衣食住行完全是国君的宫廷生活,与屈原的身份很不相称。司马迁在《史记·屈原贾生列传》中把《招魂》列入屈原的作品,现代研究《楚辞》的专家也多认为本篇是屈原所作,为楚怀王招魂。楚怀王被秦人拘禁三年,死在秦国。楚顷襄王即位后,终日淫乐,不理朝政,比怀王更为昏庸,楚国内外交困,濒于绝境。此时屈原正流放江南,痛心国运,哀悼怀王,因此而作《招魂》。"招魂"是当时楚国流行的巫风,认为人有灵魂,死后离开躯体,所以人死后,举行招魂仪式,希望将死者的灵魂招回。屈原的这篇诗作采用"招魂词"的形式,很适宜表达当时的思想感情。

　　在屈原的全部作品中,《招魂》是很有艺术特色的一篇。全篇可分为三部分。第一部分是全篇的序,虚构了一个巫师,奉上帝之命为死去的楚怀王招魂。这是一个故事性的开头,为铺叙招魂的过程准备了一个奇妙的幻境,使全篇的抒情主题能在一个具体的、形象的艺术境界中展开。第二部分是全篇的主体,作者以巫阳的口气招唤楚怀王的灵魂,首先告诉灵魂不要乱走,楚国以外的上下四方都有凶险,这些虚幻的凶险正是当时楚国危机四伏的国情的写照。在这里作者以浪漫的笔锋饱蘸着现实生活的浓墨为人们描画出了楚国社会的黑暗面貌,这正是"招魂词"这种特殊的表现形式在伟大诗人手中所发挥出的特殊的艺术力量。然后作者又极力铺叙灵魂返回故居后的享乐,作者笔下的官殿楼台富丽堂皇,衣冠车马精美豪华,酒席宴会丰盛无比,歌舞游戏妙趣横生,这无疑是王公贵族奢侈生活的再现。诗人用大量的笔墨描写这虚构的盛况并不是为了寄托理想,而是为了与楚国风雨飘摇的破碎江山形成鲜明的对照,从而加重了对祖国悲惨命运的哀痛。第三部分是"乱词",即全篇的结束语。"乱词"描写的景物与第二部分截然不同。"目极千里兮,伤春心",作者把万物更新的春季,写得无限伤感。顷襄王的腐败朝廷已经不可救药,春天的到来可以使万物复苏,却不能使楚国有任何转机,所以诗人笔下虚幻的盛况最后只能演为对悲惨现实的描写。最后一句"魂兮归来,哀江南",是全篇的主题所在。对楚怀王灵魂的声声呼唤,饱含着诗人对祖国前途的担忧,即使灵魂归来也不会再看到过去鼎盛时代的楚国,只能为满眼疮痍的江南大地悲痛哀叹。这一句对于序中的"上无所考此盛德"是一个有力的回应,国君无德,不仅自己要"长离殃而愁苦",更使国家落到"哀江南"的地步。这正是诗人在哀伤之余,向人们揭示的真理。

《招魂》集中地表现出"楚辞"固有的铺叙的特点,对以铺叙为主要特征的"汉赋"有着直接的影响,因此可以说它是"楚辞"向"汉赋"演化过程中的一块里程碑。

原文

朕幼清以廉絜兮[1],身服义而未沫[2]。主此盛德兮[3],牵于俗而芜秽[4]。上无所考此盛德兮[5],长离殃而愁苦[6]。帝告巫阳曰[7]:"有人在下[8],我欲辅之[9]。魂魄离散[10],汝筮予之[11]。"巫阳对曰:"掌梦[12]。上帝其命难从[13]。若必筮予之,恐后之谢[14],不能复用[15]。"

巫阳焉乃下招曰[16]:"魂兮来归!去君之恒干[17],何为兮四方些^[18]？舍君之乐处^[19]，而离彼不祥些^[20]。

"魂兮归来，东方不可以托些^[21]！长人千仞^[22]，惟魂是索些^[23]。十日代出^[24]，流金铄石些^[25]。彼皆习之^[26]，魂往必释些^[27]。归来归来，不可以托些！

"魂兮归来，南方不可以止些^[28]！雕题黑齿^[29]，得人肉以祀^[30]，以其骨为醢些^[31]。蝮蛇蓁蓁^[32]，封狐千里些^[33]。雄虺九首^[34]，往来倏忽^[35]，吞人以益其心些^[36]。归来归来，不可久淫些^[37]！

"魂兮归来，西方之害，流沙千里些！旋入雷渊^[38]，爢散而不可止些^[39]。幸而得脱，其外旷宇些^[40]。赤蚁若象^[41]，玄蜂若壶些^[42]。五谷不生，丛菅是食些^[43]。其土烂人^[44]，求水无所得些。彷徉无所倚^[45]，广大无所极些^[46]。归来归来，恐自遗贼些^[47]！

"魂兮归来，北方不可以止些！增冰峨峨^[48]，飞雪千里些。归来归来，不可以久些！

"魂兮归来，君无上天些！虎豹九关^[49]，啄害下人些^[50]。一夫九首，拔木九千些^[51]。豺狼从目^[52]，往来侁侁些^[53]。悬人以嬉^[54]，投之深渊些。致命于帝^[55]，然后得瞑些^[56]。归来归来，往恐危身些！

"魂兮归来，君无下此幽都些^[57]！土伯九约^[58]，其角觺觺些^[59]。敦脄血拇^[60]，逐人駓駓些^[61]。参目虎首^[62]，其身若牛些。此皆甘人^[63]。归来归来，恐自遗灾些！

"魂兮归来，入修门些^[64]。工祝招君^[65]，背行先些^[66]。秦篝齐缕^[67]，郑绵络些^[68]。招具该备^[69]，永啸呼些^[70]。归来归来，反故居些。

"天地四方，多贼奸些^[71]。像设君室^[72]，静闲安些^[73]。

高堂邃宇^[74]，槛层轩些^[75]。层台累榭^[76]，临高山些^[77]。网户朱缀^[78]，刻方连些^[79]。冬有突夏^[80]，夏室寒些^[81]。川谷径复^[82]，流潺湲些^[83]。光风转蕙^[84]，泛崇兰些^[85]。经堂入奥^[86]，朱尘筵些^[87]。砥室翠翘^[88]，絓曲琼些^[89]。翡翠珠被^[90]，烂齐光些^[91]。蒻阿拂壁^[92]，罗帱张些^[93]。纂组绮缟^[94]，结琦璜些^[95]。室中之观^[96]，多珍怪些。兰膏明烛^[97]，华容备些^[98]。二八侍宿^[99]，射递代些^[100]。九侯淑女^[101]，多迅众些^[102]。盛鬋不同制^[103]，实满宫些^[104]。容态好比^[105]，顺弥代些^[106]。弱颜固植^[107]，謇其有意些^[108]。姱容修态^[109]，絙洞房些^[110]。蛾眉曼睩^[111]，目腾光些^[112]。靡颜腻理^[113]，遗视矊些^[114]。离榭修幕^[115]，侍君之闲些^[116]。翡帷翠帱^[117]，饰高堂些。红壁沙版^[118]，玄玉之梁些^[119]。仰观刻桷^[120]，画龙蛇些。坐堂伏槛^[121]，临曲池些^[122]。芙蓉始发^[123]，杂芰荷些^[124]。紫茎屏风^[125]，文绿波些^[126]。文异豹饰^[127]，侍陂陀些^[128]。轩辌既低^[129]，步骑罗些^[130]。兰薄户树^[131]，琼木篱些^[132]。魂兮归来，何远为些！

"室家遂宗^[133]，食多方些^[134]。稻粢穱麦^[135]，挐黄粱些^[136]。大苦咸酸^[137]，辛甘行些^[138]。肥牛之腱^[139]，臑若芳些^[140]。和酸若苦^[141]，陈吴羹些^[142]。胹鳖炮羔^[143]，有柘浆些^[144]。鹄酸臇凫^[145]，煎鸿鸧些^[146]。露鸡臛蠵^[147]，厉而不爽些^[148]。粔籹蜜饵^[149]，有餦餭些^[150]。瑶浆蜜勺^[151]，实羽觞些^[152]。挫糟冻饮^[153]，酎清凉些^[154]。华酌既陈^[155]，有琼浆些^[156]。归来归来，反故室，敬而无妨些^[157]。

"肴羞未通^[158]，女乐罗些^[159]。陈钟按鼓^[160]，造新歌

些[161]。涉江采菱[162]，发杨荷些[163]。美人既醉，朱颜酡些[164]。娭光眇视[165]，目曾波些[166]。被文服纤[167]，丽而不奇些[168]。长发曼鬋[169]，艳陆离些[170]。二八齐容[171]，起郑舞些[172]。衽若交竿[173]，抚案下些[174]。竽瑟狂会[175]，搷鸣鼓些[176]。宫庭震惊，发激楚些[177]。吴歈蔡讴[178]，奏大吕些[179]。士女杂坐，乱而不分些[180]。放陈组缨[180]，班其相纷些[181]。郑卫妖玩[182]，来杂陈些[183]。激楚之结[184]，独秀先些[185]。菎蔽象棋[186]，有六簙些[187]。分曹并进[188]，遒相迫些[189]。成枭而牟[190]，呼五白些[191]。晋制犀比[192]，费白日些[193]。铿钟摇簴[194]，揳梓瑟些[195]。娱酒不废[196]，沉日夜些[197]。兰膏明烛，华镫错些[198]。结撰至思[199]，兰芳假些[200]。人有所极[201]，同心赋些[202]。酎饮既尽欢[203]，乐先故些[204]。魂兮归来，反故居些！"

乱曰[205]：献岁发春兮[206]，汩吾南征些[207]。菉蘋齐叶兮[208]，白芷生些[209]。路贯庐江兮[210]，左长薄[211]。倚沼畦瀛兮[212]，遥望博[213]。青骊结驷兮[214]，齐千乘[215]。悬火延起兮[216]，玄颜烝[217]。步及骤处兮[218]，诱骋先[219]。抑骛若通兮[220]，引车右还[221]。与王趋梦兮[222]，课后先[223]。君王亲发兮[224]，惮青兕[225]。朱明承夜兮[226]，时不淹[227]。皋兰被径兮[228]，斯路渐[229]。湛湛江水兮[230]，上有枫[231]。目极千里兮，伤春心[232]。魂兮归来，哀江南[233]！

注释

〔1〕朕(zhèn 振)：我。 兮：语气助词。
〔2〕身：亲身。 服：行。 沫(mèi 妹)：不明。

〔3〕主:守。　盛德:美德。

〔4〕牵:牵累。　俗:世俗,此处指楚国贵族的庸俗风气。　芜秽:荒废。此处指社会风气败坏,有德之人不被任用。

〔5〕上:君主,指楚怀王。　考:考察。

〔6〕离:"罹"的借用字,遭遇。　殃:祸患。

〔7〕帝:上帝。　巫阳:古代神话中的女巫,名阳。

〔8〕有人:指楚怀王。　下:下界。

〔9〕辅:保佑。

〔10〕魂魄离散:指楚怀王已死。古人认为人有魂魄,生命结束,魂魄即离开躯体。

〔11〕汝:你。　筮(shì):用蓍草占卜。此处指占卜楚怀王的灵魂在哪里。　予之:把灵魂归还给楚怀王的尸体,让他复生。

〔12〕掌梦:巫阳只管梦中招魂之事,而无法将灵魂归还死者。

〔13〕上帝其命:上帝的命令。

〔14〕后之:在尸体腐败之后招魂。之,指代楚怀王的尸体。　谢:躯体损坏。

〔15〕复用:用招魂之法再使楚怀王复活。

〔16〕焉乃:于是。　下招:到下界召唤楚怀王的灵魂。

〔17〕恒干:平素所寄托的躯体。

〔18〕些(suò):句尾长呼声。

〔19〕乐处:安乐的地方,指楚国的宫庭。

〔20〕彼不祥:那些不祥的事情。

〔21〕托:寄托。

〔22〕长人:巨人。　仞:古时以八尺或七尺为一仞。神话传说中东方有长人之国。

〔23〕唯魂是索:专门搜索人的灵魂。是,助词。

〔24〕代出:轮流升起。

〔25〕流金:酷热使金属熔为流动的液体。　铄石:使石头熔化。

〔26〕彼:指东方长人。　习之:习惯于十日代出造成的酷热。

〔27〕释:消毁。

〔28〕止:留。

〔29〕雕题:额头画着花纹。雕,刻画。题,额。此句描写的是南方尚未开化的野人。

〔30〕祀:祭祀。

〔31〕醢(hǎi 海):肉酱。

〔32〕蝮(fù 复)蛇:一种毒蛇。　蓁蓁(zhēn 真):聚集在一起的样子。

〔33〕封狐:大狐。　千里:指封狐活动的地域有千里之远。

〔34〕雄虺(huǐ 毁):一种凶恶的毒蛇。　九首:长着九个头。

〔35〕倏(shū 书)忽:迅速的样子。

〔36〕益:补益。

〔37〕淫:久留。

〔38〕旋入:卷入。　雷渊:神话传说中的深渊。

〔39〕靡(mí 迷)散:粉碎。

〔40〕旷宇:空旷的荒野。

〔41〕赤蚁:红色的蚂蚁。

〔42〕玄:黑色。　壶:葫芦。

〔43〕丛菅(jiān 坚)是食:吃丛生的野草。菅,一种野草。

〔44〕烂人:使人腐烂。

〔45〕彷徉(páng yáng 旁羊):游荡不定。　倚:靠。

〔46〕无所极:没有尽头。

〔47〕自遗(wèi 畏)贼:给自己带来灾害。遗,给予。贼,残害。

〔48〕增冰:重叠积累的冰山。　峨峨:高耸的样子。

〔49〕九关:把守天门。九通纠,把守。(用郭在贻说。)

〔50〕啄:吃。　下人:下界的人。

〔50〕九千:极言其多。

〔52〕从目:竖起眼睛。从,同"纵"。

〔53〕侁侁(shēn 深):众多的样子。

〔54〕悬人:将人倒悬。　嬉:玩耍。

〔55〕致命:复命,回报。

〔56〕瞑:瞑目,睡眠。

〔57〕幽都:所谓的阴间地府。

〔58〕土伯:地府之主。　九约:义同"九关"。

〔59〕觺觺(yí 疑)：角尖锐的样子。

〔60〕敦脄(méi 煤)：隆起的背肉。敦，厚。脄，背肉。　血拇：染着血迹的指爪。拇，手脚的大指，此处泛指指爪。

〔61〕驶驶(pī 批)：奔跑迅疾的样子。

〔62〕参目：三只眼睛。

〔63〕甘人：以人肉为美味。

〔64〕修门：楚国郢都的城门。

〔65〕工祝：能力强的男巫。工，擅长。祝，男巫。

〔66〕背行：倒退着行走。　先：先行引路。

〔67〕秦篝(gōu 勾)：秦地出产的竹笼。古代招魂，把被招者的衣服放在竹笼中，让魂魄依附于此。篝，竹笼。　齐缕(lǚ 吕)：齐地出产的线，系在招魂的竹笼上。缕，线。

〔68〕郑绵络：用郑地出产的细线织成的网，盖在竹笼上。

〔69〕招具：招魂用的器具。　该备：齐备。

〔70〕永啸：长啸。

〔71〕贼：害。　奸：恶。

〔72〕像：死者的画像，指楚怀王的遗像。　设：安放。

〔73〕静闲：清静宽舒。

〔74〕邃(suì 碎)：深。　宇：房屋。

〔75〕槛：栏杆，此处用做动词，指用栏杆围绕。　层轩：层层楼房。轩，楼板，此处指楼房。

〔76〕累：重叠。　榭：上面有屋的高台。

〔77〕临：面对。

〔78〕网户：镂刻着网状格子的门。　朱缀：红色的花纹相连结。缀，连结。

〔79〕方连：方形图案连成串。

〔80〕突(yào 要)夏：结构深邃的大屋。突，复室。夏，同"厦"，大屋。冬天住在这种房屋中可以不受寒气的侵袭。

〔81〕寒：凉爽。

〔82〕川：山间的泉流。　谷：山谷的溪水。　径复：往返回环。

〔83〕潺湲(chán yuán 蝉元)：流水急。

〔84〕光风：日光和风。　转：流动，摇动。　蕙：蕙草，一种香草。

〔85〕泛:漂动。 崇兰:丛生的兰草。崇,通"丛"。

〔86〕经:经过。 奥:内室的西南角,指房屋的深处。

〔87〕尘:承尘,即顶棚。 筵:竹席。

〔88〕砥(dǐ底)室:室内的墙壁和地面都镶着平滑的石板。砥,磨平的石板。 翠翘:翡翠鸟的长尾羽,用做室内的装饰。

〔89〕绲(guà挂):悬挂。 曲琼:玉钩。

〔90〕翡翠:鸟名。雄的羽毛赤色,叫做翡;雌的羽毛青绿色,叫做翠。此处指被子上绣的翡翠图案。 珠被:缀着明珠的被子。

〔91〕烂齐:被子上的各种色彩鲜艳的装饰一齐闪光。

〔92〕翡(ruò弱):通"弱",细软。 阿:细缯,一种轻细柔软的丝织品。拂壁:张挂在墙壁上。

〔93〕罗:一种轻软的丝织品。 帱(chóu筹):幔帐。 张:张挂。

〔94〕纂(zuǎn缵):红色的丝带。 组:杂色的丝带。 绮(qǐ起):有花纹的绸子。 缟(gǎo搞):没有染色的白绸子。此句所列四种丝绸织物都是系玉器的带子。

〔95〕琦(qí奇):美玉。 璜(huáng黄):半圆形的玉璧。

〔96〕观:所见之物。

〔97〕兰膏:加香料的灯油。兰,用兰草做的香料。 烛:照耀。

〔98〕华容:雕刻着精美图案的灯具。容,当作"登",同"镫",即"灯"。

〔99〕二八:两列美女,每列八人。 侍宿:侍候过夜。

〔100〕射(yì义):厌,厌倦。 递代:依次更替。此句是说为了使君主不厌倦,让两列美女轮流侍候。

〔101〕九侯:各国诸侯。九,表示多数。 淑女:品德善良的美女。

〔102〕迅众:出众。迅,"逈"的借用字,争先,超出。

〔103〕盛鬋(jiǎn剪):浓密的鬓发。鬋,鬓发。 制:样式。

〔104〕实:充。

〔105〕容态:容貌姿态。 比:齐、并。

〔106〕顺:顺从。 弥:时间长久。 代:相互更替。此句是说美女们十分顺从地陪伴君王,时间久了就相互替换。

〔107〕弱颜:柔嫩的面孔。 固植:性格坚贞。植,"志"的借用字。

〔108〕謇(jiǎn剪):沉默寡言的样子。 有意:有情意。

〔109〕姱(kuā 夸):美好。　修:优美。

〔110〕亘(gèn 亘):绵延不绝。　洞房:幽深的内室。

〔111〕蛾眉:漂亮的眉毛。　曼:柔美。　睩(lù 禄):眼珠转动。

〔112〕腾光:放射出光亮。

〔113〕靡(mǐ 米):细致。　腻:柔滑。　理:肌肤的纹理,指皮肤。

〔114〕遗(wèi 畏)视:飞眼。　睌(mián 棉):含情而视的样子。

〔115〕离榭:正式宫殿以外的台榭。　修幕:长大的帐篷,指外出时临时设置的帐幕。

〔116〕闲:闲暇。

〔117〕翡帷翠帱:绣着翡翠的帷帐。

〔118〕沙:用丹沙涂成的红色。　版:建筑物中门窗等处镶的木板。

〔119〕玄玉之梁:黑玉装饰的房梁。

〔120〕刻:雕刻。　桷(jué 决):方形的椽子。

〔121〕槛:栏杆。

〔122〕曲池:弯曲的水池。

〔123〕芙蓉:荷花。　始发:刚刚开放。

〔124〕杂:夹杂。　芰(jì 记):菱花。　荷:荷叶。

〔125〕屏风:又名水葵,一种水生植物。

〔126〕文:泛起波纹。　绿:胡刻本作"缘",今依五臣本。

〔127〕文异豹饰:卫士以花纹奇特的豹皮为服饰。文,花纹。

〔128〕侍:侍卫。　陂陀(pō tuó 坡驼):高低不平的山冈。

〔129〕轩:篷车。　辌(liáng 凉):古代的一种卧车。　低:通"抵",到达。

〔130〕步:步兵。　骑:骑兵。　罗:罗列。

〔131〕兰薄:丛生的兰草。　户树:种植在门前。

〔132〕琼木:玉树,此处泛指名贵的树木。　篱:篱笆。

〔133〕室家:宗族。　宗:宗主,此处用做动词,指以归来之魂为宗主。

〔134〕食:食品。　多方:多种多样。

〔135〕粢(zī 兹):小米。　稴(zhuō 捉):一种早熟的麦子。

〔136〕挐(rú 如):掺杂,混合。　黄梁:黄小米,古代精美的粮食。以上两句是说用多种精细的粮食掺合着做饭。

〔137〕大苦:极苦的味道。

〔138〕辛:辣味。 甘:甜味。 行:运用。以上两句是说做菜时各种味道调节得当。

〔139〕腱(jiàn 健):蹄筋。

〔140〕臑(ér 而):烂热。 若:而(依王念孙说)。

〔141〕和:调和。 若:和。

〔142〕陈:陈列。 吴羹:吴人做的羹。羹,用肉或菜做成的带汤的食物。

〔143〕濡:"臑"的借用字,煮熟。 炮:用火烤。 羔:小羊。

〔144〕柘(zhè 这)浆:甘蔗汁。柘,蔗的借用字。

〔145〕鹄(hú 胡)酸:据闻一多《校补》考证,当是"酸鹄"之误,以酸醋烹鹄为羹。鹄,天鹅。 臇(juǎn 卷)凫(fú 扶):用浓汤炖野鸭。臇,少汁的羹。凫,野鸭。

〔146〕鸿:鸿雁。 鸧(cāng 仓):一种水鸟。

〔147〕露鸡:一种风干的鸡。 臛(huò 霍)蠵(xī 希):用海龟做的肉羹。臛,不加菜的肉羹。蠵,大海龟。

〔148〕厉:味道浓烈。 不爽:不伤胃口。

〔149〕粔籹(jù nǚ 巨女):用蜂蜜和米面煎成的点心。 蜜饵:掺蜜的米粉糕。

〔150〕张锽(zhāng huáng 张皇):古代用米麦制成的糖。

〔151〕瑶浆:指美酒。 蜜勺(zhuó 酌):在美酒中加蜜调和。勺,调和。

〔152〕实:装满。 羽觞(shāng 伤):一种鸟形酒杯。

〔153〕挫糟:除掉酒糟。 冻饮:饮用冰镇的酒。

〔154〕酎(zhòu 宙):醇酒。

〔155〕华酌:雕刻着花纹的酒斗。酌,舀酒用的酒斗。

〔156〕琼浆:指美酒。

〔157〕妨:害。

〔158〕肴(yáo 摇):鱼肉之类的食物。 羞:美味食物。 未通:菜没有上齐。通,遍,齐。

〔159〕女乐:女子歌舞队。

〔160〕陈钟按鼓:陈列钟鼓,开始奏乐。按,击,胡刻本作"桉",今依《楚辞》改。

〔161〕造:创作。

昭明文选 译注

〔162〕涉江、采菱:都是楚国的歌曲名。

〔163〕发:演唱。　杨荷:即阳阿,楚国的歌曲名。

〔164〕酡(tuó 驼):同"酡",酒醉面红。

〔165〕娭(xī 希)光:目光流转逗人。娭,同"嬉",戏乐。　眇视:眯着眼斜视。

〔166〕目曾波:目光好像层层水波。曾,重叠。

〔167〕被(pī 披):通"披"。　文:有花纹的衣服。　服:穿。　纤:轻软的丝织衣服。

〔168〕奇:怪模怪样。

〔169〕曼鬋:长长的鬓发。

〔170〕陆离:光彩多的样子。

〔171〕齐容:服饰相同。

〔172〕郑舞:郑国的舞蹈。郑,春秋时的国名。

〔173〕衽(rèn 刃):衣襟。　交竿:舞女起舞时衣襟相钩连,像竹竿交叉。

〔174〕抚案下:舞蹈结束时收敛手足,徐徐而退。抚案,收敛;案,按。下,退下。

〔175〕竽(yú 于):古代的一种簧管乐器。　瑟:古代的一种拨弦乐器。狂会:纵情合奏。

〔176〕搷(tián 田):急击。

〔177〕激楚:楚国的舞曲名,节奏急促,音调激昂,故名。

〔178〕吴、蔡:春秋时国名。　歈(yú 于)、讴:皆指歌曲。

〔179〕大吕:古代音乐的调名。

〔180〕放:解开。　陈:摆。　组:带子。　缨:系帽子的绳。

〔181〕班:次序,这里指排定的座次。　纷:杂乱。

〔182〕卫:春秋时国名。　妖玩:妖艳的女子。

〔183〕杂陈:夹杂在座席中。

〔184〕结:发髻,此处指表演"激楚"之舞时所打的特殊发髻。

〔185〕独:特殊。　秀:出色。　先:超过一般。

〔186〕菎(kǔn 捆)蔽:玉制的筹码。菎,"琨"的借用字,玉的一种。蔽,下棋用的筹码。　象棋:象牙做的棋子。

〔187〕六簙(bó 博):古代的一种棋类游戏,六个筹码,十二个棋子,二人对

局,每人掌握六个棋子。

〔188〕曹:伙伴,下棋时两人为伴对下。　并进:同时进取。

〔189〕遒(qiú 求):强劲有力。　相迫:向对方进攻。

〔190〕成枭(xiāo 消):使自己的棋子成为枭棋。枭,古代博棋的术语。据洪兴祖《楚辞补注》,此种博棋对局时,双方轮流掷骰子,得了采才能走棋,棋子走到一定的位置,便竖起来,称为枭棋。　牟:取胜。

〔191〕呼:呼唤。　五白:五颗骰子掷成一种特采,得了这种采,可以攻杀对方的枭棋,所以掷骰的人要呼喊"五白"。

〔192〕晋制犀比:晋国制作的带钩。犀比,一种名贵的带钩,用做博棋的赌注。

〔193〕费:"晔"的借用字,闪耀。　白日:明亮的太阳。

〔194〕铿(kēng 坑)钟:撞钟发出铿锵之声。　摇簴(jù 剧):用力撞钟使木架摇动。簴,挂钟的木架。

〔195〕揳(jiá 颊):弹奏。　梓(zǐ 紫)瑟:梓木所制的瑟。

〔196〕娱酒:饮酒娱乐。

〔197〕沉日夜:日夜沉湎于酒宴娱乐。

〔198〕华镫:雕刻着精美图案的灯具。　错:用金色涂饰。

〔199〕结撰:构思撰述,指宴会上赋诗。　至思:极尽心思。

〔200〕兰芳:指华丽的词藻。　假:借助。

〔201〕极:指人们的诗兴达到极点。

〔202〕赋:诵读诗作。

〔203〕酎饮:痛饮醇酒。

〔204〕欢乐先故:使祖先和老朋友们得到娱乐。先,祖先。故,故旧友人。

〔205〕乱:歌曲的最末一章,即尾声,也是歌词的结束语。

〔206〕献岁:进入新的一年。献,进。　发春:开春。

〔207〕汩(yù 遇):急速的样子。　吾:屈原自称。　南征:南行。

〔208〕菉:通"绿"。　蘋(pín 贫):一种水草。　齐叶:叶子整齐。

〔209〕白芷(zhǐ 止):一种香草。

〔210〕路贯:由水路穿行。　庐江:水名。

〔211〕左:指庐江左岸。　长薄:地名。

〔212〕倚:靠着。　沼:水池。　畦(qí 其):成块的田地。　瀛(yíng 营):

大泽。

〔213〕博:广阔。

〔214〕青:青色的马。　骊(lí 离):纯黑色的马。　结:连结。　驷(sì 四):一车驾四马。

〔215〕齐:齐出动。　乘(shèng 剩):四匹马所拉的一辆车,此处泛指车马。

〔216〕悬火:举起火把。　延起:火势绵延而起。古代狩猎,放火焚烧草木,以驱赶禽兽。

〔217〕玄:黑色。　颜:"烟"的借用字。　蒸:烟火上升。

〔218〕步及:徒步而行的人紧跟上来。及,跟上,赶到。　骤处:奔驰的车马就地休止。处,停止。

〔219〕诱:指担任向导的人。　骋先:在前头飞奔。

〔220〕抑:停止。　骛(wù 务):奔驰。　若:顺。　通:通畅。此句是说狩猎的队伍,无论停止还是前进,都顺利通达,有条不紊。

〔221〕还:转。

〔222〕趋:奔向。　梦:即云梦泽,古代湖名,跨长江南北,方圆八九百里,江南的部分叫"梦泽"。

〔223〕课后先:楚王的群臣驾驭车马驰骋,比试先后。课,比试。

〔224〕亲发:亲自射箭。

〔225〕惮(dàn 旦)青兕(sì 四):据闻一多《校补》考证,当做"青兕惮","惮"与前文句尾"还"、"先"为韵。惮,"殚"的借用字,指野兽中箭毙死。兕,古代犀牛一类的野兽。

〔226〕朱明:太阳,指白天到来。　承夜:接续黑夜。

〔227〕可,胡刻本作"见",今依《楚辞》改。　淹:久留。

〔228〕皋兰:长在水边的兰草。皋,水边。　被:覆盖。　径:路。

〔229〕斯:这。　渐:逐渐被水淹没。

〔230〕湛湛(zhàn 站):水深的样子。

〔231〕枫:树名。

〔232〕伤春心:春色使人心情悲伤。此时楚国已濒临绝境,所以春色使人伤心。

〔233〕哀江南:为楚国的江南而悲哀。

今译

　　我从小清白廉洁,奉行仁义而不含糊。我一直坚守着美德,可是受累于世俗而被废除。君主不重视美德,所以遭受祸殃永远愁苦。上帝对巫阳说:"下界有一个人,我要保佑他。他的魂魄已经离散,你用蓍草占卜把魂还给他。"巫阳回答说:"我只管梦中招魂,上帝的命令难以执行。如果一定要用蓍草占卜将魂还他,恐怕招魂迟了,形体凋谢,不能再使他复活。"

　　于是巫阳来到下界召唤道:"灵魂啊,回来吧! 离开你平日的躯体,奔走四方竟为何事? 你抛弃了安乐的居宅,而遇到那些不祥之事。

　　"灵魂啊,回来吧,东方不能托身! 那里的巨人高千仞,专门搜索人的灵魂。十个太阳轮流升起,金属熔化岩石被焚。巨人们习惯于酷热,你的灵魂到那里却要烧成灰烬。回来吧,回来吧,东方不能托身!

　　"灵魂啊,回来吧,不要在南方停留! 那里的野人额头刺花牙齿漆黑,祭祀用人肉,做酱用骨头。无数毒蛇团团盘聚,千里荒野大狐奔走。长着九头的雄虺迅速往来,吞食活人滋补它的心头。回来吧,回来吧,南方不能久留!

　　"灵魂啊,回来吧,西方有灾,流沙千里,一旦卷入雷渊,粉身碎骨不可收拾。即使侥幸逃脱,外面还有空旷的荒地。红色的蚂蚁象一样的大,黑色野蜂形似葫芦。地上五谷不生,只能以野草为食物。那里的土壤使人腐烂,无处寻水泉流干枯。你四处游荡无处投靠,西方广大没有边际。回来吧,回来吧,恐怕会危害你自己!

　　"灵魂啊,回来吧,北方不可停息! 冰山重叠巍峨,飞雪连绵千里。回来吧,回来吧,北方不可长久停息!

　　"灵魂啊,回来吧,你不要飞上天! 虎豹把守九重天门,残害吞噬下界之人。一个巨人九颗头,拔掉大树几千根。豺狼竖起双眼,成群结队盘旋，将人倒悬嬉戏，随手投入深渊。去向上帝复命，然后瞑目安眠。回来吧，回来吧，上天恐怕招来祸患！

"灵魂啊，回来吧，你不要到阴间地府去！土伯把守地府，更有尖角犀利。他的背肉隆起，指爪沾着血迹，追起人来异常迅疾。三目虎头，身大如牛，它们都以人肉为美餐。回来吧，回来吧，恐怕会给你自己带来祸患！

"灵魂啊，回来吧，请你进入郢都的修门。有高明的男巫引导你，他在前面倒退着行进。秦式的竹笼系着齐国的彩线，郑国的线网罩在上面。招魂器具齐备，拉长声调呼唤。回来吧，回来吧，返回你旧日的庭院。

"天地四方，多有凶恶害人的东西。在你的房间里张设着你的遗像，那么清净安乐闲逸。高高的殿堂深深的屋宇，层层楼阁栏杆整齐。台榭重叠，面对高山。门上网状的格子连结着红色的花纹，方形的图案相互接连。冬季有复室大屋，夏季有凉爽房间。清泉深溪往返萦绕，流水很急。晴光微风流转在蕙草之上，漂浮在丛兰之间。经过前厅进入内室，红色顶棚竹席铺地。平滑的墙面装饰着翡翠鸟尾，精美的玉钩高高挂起。缀着明珠的被子绣上翡翠图案，五颜六色一齐闪光。柔软的轻纱挂在墙上，屋内张设丝绸慢帐。各色各样的丝带，系结着琦璜。室中所见，多是奇宝珍玩。兰膏灯油火光照耀，各类灯具华丽齐全。十六名美女侍候过夜，依次轮换令人不厌。各国送来的美女，个个都是品貌出众。美人的发式各不相同，千姿百态充满王宫。宫女们姿容美好整齐，久久陪伴依次更替。她们的面孔柔嫩，禀性坚贞，默默不语而饶有情意。姿容秀美的嫔妃，络绎不绝出入卧房。漂亮的眉毛下明亮的眸子在闪动，放射着迷人的情光。脸庞和肌肤都是那么细腻，目光飞来脉脉含情。离宫里帐幕中，也有美人相陪坐享清净。绣着翡翠的帷帐，装饰着高高的厅堂。朱红的墙壁和木板，黑玉装饰着屋梁。仰望精雕细刻的方橡，画着龙蛇形体的图案。坐在高堂倚着栏杆，俯视下面水池弯弯。

芙蓉刚刚开放，夹杂着菱花荷叶。水葵一片紫色，泛起绿波重叠。卫士身穿花纹奇特的豹皮衣装，侍立在高低不平的山冈上。篷车卧车已经抵达，步兵骑兵排列成行。门前种着丛生的兰草，名贵的树木围起篱笆墙。灵魂啊，回来吧，为什么要走向遥远的地方！

"全族的人都以你为宗主，供养你的食物多种多样。做饭用的是稻米小米各种麦类，掺合着精细黄粱。苦、咸、酸、辣和甘甜，五味并用非常得当。肥牛的蹄筋，烂熟而又芳香。调好酸味苦味，摆上吴地的羹汤。水煮甲鱼火烤羊羔，甘蔗的汁液做甜浆。酸醋烹鹄浓汤炖野鸭，热锅煎炒雁和鸽。风干的鸡海龟羹，味道浓烈而胃口不伤。油煎的点心掺蜜的糕，更有米麦制成的糖。最好的美酒加蜜调和，斟满精制的鸟形酒觞。除掉酒糟饮用冰镇酒，酒味醇厚又清凉。雕花的酒斗已经摆好，席上的美酒好像玉液琼浆。回来吧，回来吧，返旧居受人尊敬，不会再有祸殃。

"佳肴尚未上齐，歌女列队出场。摆好钟鼓准备奏乐，编排新歌开始演唱。唱起《涉江》、《采菱》，《扬荷》之声飞荡。美人已经酒醉，面颊泛起红晕。眯缝的双眼闪着逗人的光辉，好似水中出现层层的波纹。身披锦绣轻软的衣装，美丽动人而无怪样。长长的头发和鬓角，柔软娇艳闪着光亮。两列美女各有八名，同样装束共跳郑舞。飘动的衣襟好像竹竿交叉，歌舞结束徐徐退出。竽瑟纵情合奏，急忙敲响大鼓。宫殿庭院在鼓乐中震动，高声唱起节奏急促的《激楚》。又唱吴蔡之歌，大吕之调奏出。男女错杂而坐，次序已乱不分彼此。解衣脱帽随便摆放，乱纷纷早已不论座次。郑国卫国的妖艳女人，也来混在一起。《激楚》舞蹈的发髻，独特秀异。玉制的筹码象牙棋子，六簿游戏正在进行。分伙对局同时努力，急迫进攻相互争胜。走成枭棋夺取胜利，呼唤"五白"大功告成。晋制的带钩做赌注，与明亮的太阳相辉映。钟声铿锵木架摇动，弹奏梓木之瑟。开怀畅饮不休止，日夜沉湎寻欢作乐。兰膏灯油火光照耀，华美灯具涂饰金色。构思撰述用尽心思，借助美词表达志向。诗兴大发达到极点,不约而同诵读诗章。痛饮醇酒尽情欢乐,祖先故友得到安康。灵魂啊,回来吧,重返你的故乡!"

　　歌曲的尾声唱道:"新的一年刚刚开春,我匆匆忙忙向南行。绿蘋叶片齐整,白芷开始出生。穿行庐江走水路,登上左岸奔长薄。靠着田野和沼泽,远远望去无限广阔。想当年,楚王驾起青黑四马,千辆猎车一齐出动。焚烧林木连延不绝,黑烟四起冲上天空。步兵赶到车马稍停,向导先行飞奔在前。人马进退顺利通达,围猎的车队又向右转。跟随着君王驰向梦泽,急速前进比试后先。君王操弓亲自发射,青兕倒地中箭。白天接续着黑夜,时光流逝不复返。水边小径长满兰草,道路渐渐被水淹。深深的江水啊,枫树长在岸边。极目远望千里大地,一片春色使人伤感。怀王的灵魂回来吧,哀痛怜悯楚国的江南!"

　　　　　　　　　　　(吴穷译注　陈复兴修订　陈延嘉再修订)

◎ 招隐士一首

刘安

▓▓ 题解

　　《招隐士》是《楚辞》中的一篇，虽署名刘安，其实并非刘安本人所作，而是他所领导的文学集团——淮南小山所作。刘安是汉高祖刘邦之孙，继承父亲爵位为淮南王。他曾招集宾客著作辞赋，其中一部分称为淮南小山。淮南小山的作品仅存《招隐士》一篇，收入王逸的《楚辞章句》中。王逸说此篇是为怀念屈原而作，但诗中所述多与屈原无关。

　　在表现手法上，《招隐士》直接承袭屈原和宋玉的作品，虽然没有《招魂》、《九辩》那样的强烈感情，更缺乏对黑暗现实的深刻揭露，但对深山幽涧群兽出没的大量描写，有力地烘染了隐居贤士所处的险恶环境，曲折地表达了对隐居贤士的深沉的思念。它算不上令人陶醉的"醇酒"，却完全可以作为一杯回味深藏的"清茶"列入绚丽多彩的《楚辞》珍品之中。

▓▓ 原文

　　桂树丛生兮山之幽[1]，偃蹇连卷兮枝相缭[2]。山气陇岏兮石嵯峨[3]，谿谷崭岩兮水曾波[4]。猿狖群啸兮虎豹嗥[5]，攀援桂枝兮聊淹留[6]。王孙游兮不归[7]，春草生兮萋萋[8]。岁暮兮不自聊[9]，蟪蛄鸣兮啾啾[10]。

　　块兮轧[11]，山曲岪[12]，心淹留兮恫荒忽[13]。罔兮沕[14]，憭兮栗[15]。虎豹穴[16]，丛薄深林兮人上栗[17]。嵚崟碕礒兮^[18]，硐磳魂硊^[19]。树轮相纠兮^[20]，林木茷骫^[21]。青莎杂树兮^[22]，薠草靃靡^[23]。白鹿麏麚兮^[24]，或腾或倚^[25]，状貌崟崟兮峨峨^[26]，凄凄兮漇漇^[27]。猕猴兮熊罴^[28]，慕类兮以悲^[29]。攀援桂枝兮聊淹留。虎豹斗兮熊罴咆，禽兽骇兮亡其曹^[30]。王孙兮归来，山中兮不可以久留。

〔1〕桂树：一种常绿灌木或小乔木，秋季开花，气味芳香。　兮(xī 西)：语气助词。此句以深山中的桂树比喻远离朝廷的贤士。

〔2〕偃蹇(yǎn jiǎn 演简)：亦作"偃塞"，屈曲的样子。　连蜷(quán 拳)：蜷曲的样子。　缭：纠缠。

〔3〕陇炆(zōng 宗)：亦作"尨炆"，云气升起的样子。　嵯(cuó 矬)峨：高峻的样子。

〔4〕崭(zhǎn 斩)岩：险峻的样子。　曾波：层层波浪。曾，通"层"。

〔5〕狖(yòu 又)：黑色长尾猿。　嗥：吼叫。

〔6〕聊：姑且。　淹留：停留。

〔7〕王孙：贵族子弟，此处指隐居的贤人。

〔8〕萋萋(qī 妻)：茂盛的样子。

〔9〕岁暮：年底。　不自聊：心情空虚，无可依托。聊，依赖。

〔10〕蟪蛄(huì gū 惠姑)：一种春生夏死或夏生秋死的昆虫。　啾啾(jiū 揪)：昆虫聚鸣的声音。

〔11〕坱(yǎng 养)兮轧：即"坱圠"，高低不平的样子。兮，句中语气助词。

〔12〕曲岪(fú 伏)：曲折的样子。

〔13〕洞："恫"的借用字，恐惧。　荒忽：亦作"恍惚"，心神不定的样子。

〔14〕罔(wǎng 网)：失意的样子。　汨(mì 密)：潜藏的样子，此处形容心情低沉。

〔15〕憭(liǎo 蓼)兮栗：凄凉。

〔16〕岉(xuè 血)：通"穴"。

〔17〕丛薄：草木丛生之处。　上：上行至此处。　栗：恐惧。

〔18〕嶔崟(qīn yín 钦银)：山势高险的样子。　碕礒(qí yǐ 奇倚)：山石不平

的样子。

〔19〕硱磳(kǔn zēng 捆增):高耸的样子。磳,胡刻本作"碅",今依五臣本。碅硊(kuǐ wěi 傀伟):山石杂错的样子。碅,胡刻本作"磳",今依五臣本。

〔20〕轮:横枝。　纠:纠结。

〔21〕茷(fá 伐):枝叶茂盛。茷,胡刻本作"芟",今依五臣本。　骩(wěi 伟):枝条屈曲的样子。

〔22〕莎:草名。

〔23〕蔳(fán 烦):草名。　霏(suǐ 髓)靡:随风披拂的样子。

〔24〕麇(jūn 君):鹿一类的野兽。　麚(jiā 加):雄鹿。

〔25〕腾:跑跳。　倚:停立。

〔26〕峻峻、峨峨:都是形容鹿角高耸的样子。

〔27〕凄凄、溰溰(xǐ 喜):都指皮毛湿润的样子。

〔28〕猕(mí 迷)猴:猴的一种。　罴(pí 皮):熊的一种。

〔29〕慕类:思慕同类。

〔30〕骇(hài 害):惊惧。　亡:失去。　曹:同类。以上二句是说山中猛兽横行,其他禽兽惊慌乱走,与同类离散。

今译

桂树丛生在幽深的山间,枝条屈曲相互纠缠。云气四起山岩巍巍,水波层层拍打着险峻的溪涧。猿猴虎豹群聚怒吼,攀附桂枝暂且停留。远游的王孙还不回来呀,已经是春草遍地繁茂如绣。一年将尽啊,心中无聊赖,蟋蟀聚鸣啊,叫声啾啾。

高高低低的山路啊,那么曲折宛延,有心留下又慌恐不安。失意的人啊,心情低沉,凄凉伤感。到处是虎豹洞穴,草丛密林,行人到此心惊胆战。崇山峻岭,巉岩交错。枝条纠结,林木繁多。莎草杂生林间,蔳草随风披拂。数不清的白鹿麇麚,时而跑跳时而停立,鹿角高高耸起,皮毛湿润滑腻。猕猴熊罴啊,因思慕同类而悲啼,攀附桂枝暂且停留。熊罴咆哮虎豹相斗,禽兽惊恐离群乱走。王孙啊,你回来吧,深山之中不可久留!

(吴穷译注　陈复兴修订)

◎ 七发八首

枚 叔

▓▓▓ 题解

　　枚乘(？—前140)，字叔，淮阴(今江苏淮阴县)人。初为吴王刘濞文学侍从，濞企图谋反，枚乘上书劝阻，不听，去吴至梁，为孝王刘武文学侍从。吴楚反时，又上书劝说。汉景帝曾任他为弘农都尉，不久以病去官。汉武帝时，慕其文名，派车去征召，因年纪太老，死于路上。《汉书·艺文志》著录有赋九篇，今传三篇，但可靠的仅有《七发》一篇。

　　"七"体，实际也是赋中一体，而此体则由《七发》首创。《七发》篇幅宏大，采用主客问答方式，散韵相间，词汇丰富，描写细腻，铺张扬厉，初具新体大赋的规模，为新体大赋的发展奠定了基础，在赋史上具有重要意义。

　　《汉书·王褒传》载："太子体不安，忽忽善忘不乐。诏使褒等皆至太子宫虞侍太子，朝夕诵读奇文及所自造作，疾平复，乃归。"这说明当时的封建统治者在荒淫奢侈的生活中，有时也需要用新奇瑰丽的文学作品来填补他们空虚的精神。《七发》所写的"楚太子有疾，而吴客往问之"，文中"说七事以起发太子"(李善注语)也应属此类。不过，此文并不是一般地叙写娱目之词，而是一篇颇有启发意义的醒心之作。它的主旨，应在于指出荒淫奢侈的生活乃是"贵人之子"的病源,而要救治其病,必须以健康的思想充实精神,去掉"浩唐之心,遁佚之志"。这对当时的封建统治者显然具有讽谏意义。从中,人们亦可以领悟到:过分地追求物质享受,就是戕害自己,只有让真理的阳光照亮自己的心灵,有一个健康的思想,才能有健康的生活。

此文在写法上,首先是规模宏大而不失严整。由序言提出问题:楚太子有病,病源为荒淫奢侈的生活,如何救治?正文依次铺排六事:一为动听的音乐,二为丰美的饮食,三为华贵的车马,四为尽情的游览,五为盛大的田猎,六为一新耳目的观涛。尽管这些物质生活享受无以复加,但任何一事均不能从根本上救治太子之病。解决问题则由全文结尾部分出之,即第七件事——推荐"要言妙道",可使太子霍然痊愈。而在每事的描写中,也从各方面加以铺排,层次清楚。其次,此文想象丰富。如观涛一事,写江涛使人心中散乱无主,从黄昏到天亮才把心收拢起来,就是通过想象观涛人的感受烘托江涛的壮阔气势。再次是富于变化。文中七事的铺排,并不像以后一些大赋那样呆板,而是有轻有重,有详有略,有起有伏。在每一事的描写中也曲尽变化。就全赋看,观涛一段达到高潮;在观涛一段中,写江涛有时从来处写,有时从去处写,有时从涛的奔流方向上按顺序写涛的冲击,有时从涛经过的各个地方写涛的奔驰,有时实写,有时虚写等等,把江涛的状貌写得淋漓尽致。

原文

　　楚太子有疾[1],而吴客往问之[2],曰:"伏闻太子玉体不安[3],亦少间乎[4]?"太子曰:"惫[5],谨谢客[6]。"客因称曰[7]:"今时天下安宁,四宇和平,太子方富于年[8]。意者久耽安乐[9],日夜无极[10],邪气袭逆[11],中若结轖[12]。纷屯澹淡[13],嘘唏烦酲[14]。惕惕怵怵[15],卧不得暝[16]。虚中重听[17],恶闻人声。精神越渫[18],百病咸生[19]。聪明眩曜^[20]，悦怒不平^[21]。久执不废^[22]，大命乃倾^[23]。太子岂有是乎?"太子曰:"谨谢客，赖君之力^[24]，时时有之^[25]，然未至于是也。"客曰:"今夫贵人之子，必宫居而闺处^[26]，内有保母^[27]，外有傅父^[28]，欲交无所^[29]。饮食则温淳甘膬^[30]，腥醲肥厚^[31]。衣裳则杂遝曼暖^[32]，燂烁热暑^[33]。虽有金石之坚，犹将销铄而挺解也^[34]，况其在筋骨之间乎哉? 故曰:纵耳目之欲^[35]，恣支体之安者^[36]，伤血脉之和^[37]。且夫出舆入辇^[38]，命曰蹶痿之机^[39]。洞房清宫^[40]，命曰寒热之媒。皓齿娥眉^[41]，命曰伐性之斧^[42]。甘脆肥脓^[43]，命曰腐肠之药。今太子肤色靡曼^[44]，四支委随^[45]，筋骨挺解，血脉淫濯^[46]，手足堕窳^[47];越女侍前^[48]，齐姬奉后^[49]，往来游宴^[50]，纵恣于曲房隐间之中^[51]。此甘餐毒药，戏猛兽之爪牙也。所从来者至深远^[52]，淹滞永久而不废^[53]，虽令扁鹊治内^[54]，巫咸治外^[55]，尚何及哉! 今如太子之病者，独宜世之君子^[56]，博见强识，承间语事^[57]，变度易意^[58]，常无离侧，以为羽翼^[59]。淹沉之乐^[60]，浩唐之心^[61]，遁佚之志^[62]，其奚由至哉^[63]!"太子曰:"诺^[64]。病已，请事此言^[65]。"

客曰:"今太子之病，可无药石针刺灸疗而已^[66]，可以要言妙道说而去也^[67]，不欲闻之乎?"太子曰:"仆愿闻之^[68]。"

客曰:"龙门之桐^[69]，高百尺而无枝，中郁结之轮菌^[70]，根扶疏以分离^[71]。上有千仞之峰^[72]，下临百丈之溪^[73]，湍流溯波^[74]，又澹淡之^[75]。其根半死半生，冬则烈风漂霰飞雪之所激也^[76]，夏则雷霆霹雳之所感也。朝则鹂黄鳱鴠鸣焉^[77]，暮则羁雌迷鸟宿焉^[78]。独鹄晨号乎其上[79]，鹍鸡哀鸣翔乎其下[80]。于是背秋涉冬[81]，使琴挚斫斩以为琴[82]，野茧之丝以为弦[83]，孤子之钩以为隐[84]，九寡之珥以为约[85]。使师堂操《畅》[86]，伯子牙为之歌[87]。歌曰：'麦秀蕲兮雉朝飞[88]，向虚壑兮背槁槐，依绝区兮临回溪[89]。'飞鸟闻之，翕翼而不能去[90]；野兽闻之，垂耳而不能行；蚑蛲蝼蚁闻之[91]，拄喙而不能前[92]。此亦天下之至悲也[93]。太子能强起听之乎？"太子曰："仆病，未能也。"

客曰："犓牛之腴[94]，菜以笋蒲[95]；肥狗之和[96]，冒以山肤[97]。楚苗之食[98]，安胡之饭[99]，抟之不解[100]，一啜而散[101]。于是使伊尹煎熬[102]，易牙调和[103]，熊蹯之臑[104]，勺药之酱[105]，薄耆之炙[106]，鲜鲤之鲙[107]，秋黄之苏[108]，白露之茹[109]。兰英之酒[110]，酌以涤口[111]，山梁之餐[112]，豢豹之胎[113]。小饭大歠[114]，如汤沃雪[115]。此亦天下之至美也[116]。太子能强起尝之乎？"太子曰："仆病，未能也。"

客曰："钟岱之牡[117]，齿至之车[118]，前似飞鸟，后类距虚[119]。秬麦服处[120]，躁中烦外[121]。羁坚辔[122]，附易路[123]。于是伯乐相其前后[124]，王良、造父为之御[125]，秦缺、楼季为之右[126]。此两人者，马佚能止之[127]，车覆能起之[128]。于是使射千镒之重[129]，争千里之逐[130]。此亦天下之至骏也[131]。太子能强起乘之乎？"太子曰："仆病，未能也。"

客曰："既登景夷之台[132]，南望荆山[133]，北望汝海[134]，左江右湖[135]，其乐无有。于是使博辩之士[136]，原本山川[137]，极命草木[138]，比物属事[139]，离辞连类[140]；浮游览观[141]，乃下置酒于虞怀之宫[142]。连廊四注[143]；台城层构[144]，纷纭玄绿[145]，辇道邪交[146]，黄池纡曲[147]。潀章白鹭[148]，孔鸟鶤鹄[149]，鹓䴔鸡䴔[150]，翠鬣紫缨[151]。螭龙德牧[152]，邕邕群鸣[153]。阳鱼腾跃[154]，奋翼振鳞[155]。潎潎夺蓼[156]，蔓草芳苓[157]。女桑河柳[158]，素叶紫茎[159]。苗松豫章[160]，条上造天[161]。梧桐并闾[162]，极望成林[163]。众芳芬郁[164]，乱于五风[165]。从容猗靡[166]，消息阳阴[167]。列坐纵酒[168]，荡乐娱心[169]。景春佐酒[170]，杜连理音[171]。滋味杂陈[172]，肴糅错该[173]。练色娱目[174]，流声悦耳[175]。于是乃发《激楚》之结风[176]，扬郑卫之皓乐[177]。使先施、征舒、阳文、段干、吴娃、闾娵、傅予之徒[178]，杂裾垂髾[179]，目窕心与[180]；揄流波[181]，杂杜若[182]，蒙清尘[183]，被兰泽[184]，嬿服而御[185]。此亦天下之靡丽皓侈广博之乐也[186]。太子能强起游乎？"太子曰："仆病，未能也。"

客曰："将为太子驯骐骥之马[187]，驾飞轮之舆[188]，乘牡骏之乘[189]，右夏服之劲箭[190]，左乌号之雕弓[191]。游涉乎云林[192]，周驰乎兰泽[193]，弭节乎江浔[194]。掩青苹[195]，游清风[196]，陶阳气[197]，荡春心[198]。逐狡兽[199]，集轻禽[200]。于是极犬马之才[201]，困野兽之足[202]，穷相御之智巧[203]。恐虎豹[204]，慑鸷鸟[205]。逐马鸣镳[206]，鱼跨麋角[207]；履游麕兔[208]，蹈跃麏鹿[209]。汗流沫坠[210]，冤伏陵窘[211]，无创而死者[212]，固足充后乘矣[213]。此校猎之至壮也[214]。太子能强起游乎？"太子曰："仆病，未能也。"然阳气见于眉宇之间[215]，侵淫而上[216]，几满大宅[217]。

客见太子有悦色，遂推而进之曰："冥火薄天[218]，兵车雷运[219]，旍旗偃蹇[220]，羽毛肃纷[221]。驰骋角逐[222]，慕味争先[223]。徽墨广博[224]，观望之有圻[225]。纯粹全牺[226]，献之公门[227]。"太子曰:"善,愿复闻之。"

客曰:"未既[228],于是榛林深泽[229],烟云暗莫[230],兕虎并作[231]。毅武孔猛[232],袒裼身薄[233],白刃磑磑[234],矛戟交错。收获掌功[235],赏赐金帛[236];掩苹肆若[237],为牧人席[238]。旨酒佳肴,羞炰脍炙[239],以御宾客[240]。涌触并起[241],动心惊耳。诚必不悔[242],决绝以诺[243];贞信之色[244],形于金石[245];高歌陈唱[246],万岁无斁[247]。此真太子之所喜也,能强起而游乎?"太子曰:"仆甚愿从,直恐为诸大夫累耳[248]。"然而有起色矣。

客曰:"将以八月之望[249],与诸侯远方交游兄弟,并往观涛乎广陵之曲江[250]。至则未见涛之形也。徒观水力之所到,则恤然足以骇矣[251]。观其所驾轶者[252],所擢拔者[253],所扬汩者[254],所温汾者[255],所涤汔者[256],虽有心略辞给[257],固未能缕形其所由然也[258]。怳兮忽兮[259],聊兮栗兮[260],混汩汩兮[261];忽兮慌兮[262],俶兮傥兮[263],浩沄溔兮[264],慌旷旷兮[265]。秉意乎南山[266],通望乎东海[267];虹洞兮苍天[268],极虑乎崖涘[269]。流揽无穷[270],归神日母[271]。汨乘流而下降兮[272],或不知其所止[273]。或纷纭其流折兮[274],忽缪往而不来[275]。临朱汜而远逝兮[276],中虚烦而益殆[277]。莫离散而发曙兮,内存心而自持[278]。于是澡概胸中[279],洒练五藏[280],澹澉手足[281],颊濯发齿[282]。揄弃恬怠[283],输写淟浊[284],分决狐疑[285],发皇耳目[286]。当是之时,虽有淹病滞疾[287],犹将伸伛起躄[288],发瞽披聋而观望之也[289]。况直眇小烦懑、醒酲病酒之徒哉[290]?故曰发蒙解惑[291],不足以言也[292]。"太子曰:"善,然则涛何气哉[293]?"

客曰:"不记也[294]。然闻于师曰,似神而非者三:疾雷闻百里;江水逆流,海水上潮;山出内云,日夜不止[295]。衍溢漂疾[296],波涌而涛起。其始起也,洪淋淋焉[297],若白鹭之下翔。其少进也[298],浩浩溰溰[299],如素车白马帷盖之张[300]。其波涌而云乱,扰扰焉如三军之腾装[301]。其旁作而奔起也[302],飘飘然如轻车之勒兵[303]。六驾蛟龙[304],附从太白[305]。纯驰浩蜺[306],前后骆驿[307]。颙颙卬卬[308],椐椐强强[309],莘莘将将[310]。壁垒重坚[311],沓杂似军行[312]。訇隐匈磕[313],轧盘涌裔[314],原不可当[315]。观其两傍,则滂渤怫郁[316],暗漠感突[317]。上击下律[318],有似勇壮之卒,突怒而无畏[319]。蹈壁冲津[320],穷曲随隈[321],逾岸出追[322],遇者死,当者坏。初发乎或围之津涯[323],荄轸谷分[324],回翔青篾[325],衔枚檀桓[326],弭节伍子之山[327],通厉骨母之场[328]。凌赤岸[329],彗扶桑[330],横奔似雷行[331]。诚奋厥武[332],如振如怒[333]。沌沌浑浑[334],状如奔马。混混庉庉[335],声如雷鼓[336]。发怒庢沓[337],清升逾跇[338],侯波奋振[339],合战于藉藉之口[340]。鸟不及飞,鱼不及回,兽不及走。纷纷翼翼[341],波涌云乱。荡取南山[342],背击北岸[343]。覆亏丘陵[344],平夷西畔[345]。险险戏戏[346],崩坏陂池[347],决胜乃罢[348]。汹汩潺湲[349],披扬流洒[350],横暴之极,鱼鳖失势,颠倒偃侧[351],沈沈湲湲[352],蒲伏连延[353]。神物怪异,不可胜言。直使人踣焉[354],洞暗凄怆焉[355]。此天下怪异诡观也[356]。太子能强起观之乎?"太子曰:"仆病,未能也。"

客曰:"将为太子奏方术之士[357],有资略者[358],若庄周[359]、魏牟[360]、杨朱[361]、墨翟[362]、便蜎[363]、詹何之伦^[364]，使之论天下之释微^[365]，理万物之是非^[366]，孔、老观览^[367]，孟子持筹而算之^[368]，万不失一^[369]。此亦天下要言妙道也。太子岂欲闻之乎？"于是太子据几而起曰^[370]："涣乎若一听圣人辩士之言^[371]。"涩然汗出^[372]，霍然病已^[373]。

注释

〔1〕楚太子：赋中为形成问答体而假设的人物。

〔2〕吴客：也是假设人物。　问：问候。

〔3〕伏闻：我伏在下边听说，是"我听说"的一种谦词。　玉体：等于说贵体。

〔4〕少间(jiàn 见)：稍有好转。

〔5〕惫：衰弱乏力。

〔6〕谨谢客：恭谨地感谢你这个客人。

〔7〕因：乘机，就着的意思。　称：进言。

〔8〕方富于年：未来的岁月正多，指正年轻。

〔9〕意者：想来，料想。　耽：沉溺，迷恋。

〔10〕无极：没有尽头，没完没了。

〔11〕袭逆：侵袭。逆，迎着而来。

〔12〕中：指胸中。　辖(sè 色)：车箱间的横木交错之处，这里形容郁结不通的胸腔。

〔13〕纷纯澹淡：昏愦烦闷的样子。

〔14〕嘘唏：叹息的声音。　烦醒(chéng 成)：内心烦躁，似酒醉未解。醒：酒醉。

〔15〕惕惕怵(chù 处)怵：心惊胆战的样子。

〔16〕瞑：睡。

〔17〕虚中：胸中之气衰竭。　重听：听觉失灵。

〔18〕越漤(xiè 谢)：耗散。

〔19〕咸：全，都。

〔20〕聪：耳。　明：眼睛。　眩曜：昏惑迷乱。

〔21〕悦怒不平：喜怒无常。

〔22〕执:持,这里指持续不变。　废:止。

〔23〕大命:即生命。　倾:倾覆,陨坏,这里指不能保存。

〔24〕赖君之力:依靠先生的力量,等于说托君之福。

〔25〕时时有之:指随时常有这样的病。

〔26〕宫居而闺处:居住在深宫内院。闺,宫中小门。

〔27〕内:指宫室之中。　保母:指照顾生活的妇女。

〔28〕傅父:教习的师傅。

〔29〕欲交无所:想外出交游也没有机会。

〔30〕温淳:味道浓厚。　甘:甜。　臑(cuì 脆):同"脆"。

〔31〕腥(chéng 成):肥的肉。　酦(nóng 农):浓厚的酒。

〔32〕杂遝(tà 踏):众多的样子。　曼:轻细柔美。

〔33〕燂(xián 贤)烁(shuò 朔)热暑:非常热。燂、烁,都是炽热的意思。

〔34〕销铄(shuò 朔):熔化。　挺解:弛解。

〔35〕纵耳目之欲:放纵对声色的贪欲。

〔36〕恣支体之安:放纵身体的安逸。恣,放任。支,同"肢"。

〔37〕伤血脉之和:损害身体内部器官的调和。血脉,指身体内部器官。

〔38〕出舆入辇:出入都乘车,不用步行。舆、辇,都是宫廷中的车。

〔39〕命曰:名叫。　蹷痿:身体瘫痪不能走路的病。　机:这里是征兆的意思。

〔40〕洞房清宫:深邃的房屋,清凉的宫殿。

〔41〕皓齿娥眉:指美女。娥眉,即"蛾眉"。

〔42〕伐:砍。　性:性命。

〔43〕肥脓:肥的肉,浓的酒。

〔44〕靡曼:细嫩。

〔45〕委随:不灵活。

〔46〕淫濯:阻滞不通。

〔47〕堕窳(yǔ 雨):懒散无力。

〔48〕越女:越国的美女。

〔49〕齐姬:齐国的美女,同前边的"越女"一起泛指各地来的美女。

〔50〕往来游宴:往来于游赏宴会之中。

〔51〕曲房隐间:深曲的房子,隐蔽的秘室。

〔52〕所从来者:跟从而来的影响。

〔53〕淹滞:拖延。 废:停止。

〔54〕扁鹊:先秦名医,姓秦氏,名越人。

〔55〕巫咸:古神巫名,传说能祷祝于神而替人被除疾病。

〔56〕独宜世之君子:只应该由社会上的君子。独,只。宜,应该。

〔57〕承间:乘机会。 语:谈论。 事:指事情的道理。

〔58〕变度易意:改变做法,改变心意,指改变太子的生活方式和思想感情。

〔59〕以为羽翼:做辅佐,指做太子的帮手。

〔60〕淹沉之乐:令人沉溺的娱乐。

〔61〕浩唐之心:放肆的心。浩唐,即"浩荡"。

〔62〕遁佚之志:怠惰的意志。遁佚,等于说怠惰。

〔63〕奚由:从哪里来。

〔64〕诺:相当于"是的"、"对"等应承语词。

〔65〕请事此言:请让我照你这话去做。

〔66〕可无药石针刺灸疗而已:可以不用药物医术的治疗就能治好病。药石,治病的药物。针刺、灸疗,都是古代的医疗方法。而已,指病情停止。

〔67〕要言妙道:切实而精妙的道理。 说:劝诱,说服。 去:指除病。

〔68〕仆:我,自称用的谦词。

〔69〕龙门:山名,在今陕西、山西之间。 桐:梧桐,古人认为其木质宜于制琴。

〔70〕中:指树干之中。 郁结:紧密。 轮菌:纹理盘曲。

〔71〕扶疏:散布,指树根在土中向四外伸展。

〔72〕千仞:形容高,古七尺为一仞。

〔73〕溪:山谷。

〔74〕湍(tuān):急流。 溯(sù 素)波:逆流之波。

〔75〕又澹淡之:又冲击摇荡着树根。澹淡,这里是摇荡的意思。

〔76〕烈风:冬天凛冽的寒风。 漂:同"飘"。 霰:雪珠。 激:刺激。

〔77〕鹍黄、鴇鴠(hàn dàn 汗旦):都是鸟名。 鸣焉:在这里鸣叫。焉,作指示代词。

〔78〕鹏雌:失去配偶的雌鸟。 迷鸟:迷归途的鸟。

〔79〕独鹄(hú 胡):孤鸿。

〔80〕鹍(kūn 昆)鸡:像鹤的一种鸟。

〔81〕背秋涉冬:过了秋天进入冬天。

〔82〕琴挚:春秋时鲁国的太师,又称太师挚或师挚,因为掌音乐,善弹琴,又称琴挚。 斫:砍。

〔83〕野茧之丝:野蚕茧的丝。

〔84〕孤子:孤儿。 钩:衣带上的钩。 隐:琴上的饰物。

〔85〕九寡:《烈女传》载,鲁国有个女琴师,不幸早年失去丈夫,只身与九个儿子生活。 珥:妇女戴在耳上以为饰物的珠。 约:琴徽,琴上指示音阶的标志。孤子、九寡都是愁苦之人,用他们的东西制琴,琴的声音会更凄凉。

〔86〕师堂:又称师襄,字子京,据《韩诗外传》载,孔子曾向他学琴。 畅:尧时的琴曲。 操:弹奏。

〔87〕伯子牙:即伯牙,春秋时著名的琴师。

〔88〕麦秀蕲(jiān 坚)兮雉朝飞:麦子结穗生芒时雉鸟在早晨飞过。秀,结穗。蕲,麦芒。雉,俗称野鸡。

〔89〕绝区:穷绝的地域。 回溪:迂回的溪流。

〔90〕翕(xī 吸)翼:收敛起翅膀。翕,合,敛。

〔91〕蚑蛴(qí jiǎo 其矫):爬行的小虫。

〔92〕拄喙(huì 会):把嘴支在地上。拄,支。喙,鸟虫的嘴。 前:指向前行。"飞鸟闻之"以下至此,极写琴声歌声的感染力之强,连鸟兽昆虫都为之悲怆。

〔93〕至悲:指最悲痛感人的音乐。

〔94〕犓(chú 除)牛:小牛。 腴:腹部肥肉。

〔95〕菜以笋蒲:掺和上竹笋和蒲菜。菜,指用菜掺和。蒲,香蒲,嫩茎可食。

〔96〕和:羹汤。

〔97〕冒以山肤:用石耳菜铺上。冒,铺上。山肤,石耳菜。

〔98〕楚苗之食:楚国产的米做的饭。楚苗,楚地的禾苗。

〔99〕安胡:又称雕胡,即菰米。

〔100〕抟(tuán 团)之不解:饭很粘用手团紧不会散开。抟,用手团紧。

〔101〕一噏(chuò 龊)而散:一吃到口里就化了。噏,吃。

〔102〕伊尹:商朝宰相,传说伊尹善于烹调。 煎熬:指烹调食物。

〔103〕易牙:春秋时人,相传以精于辨五味得到齐桓公宠信。 调和:指调

和五味。

〔104〕熊蹯(fán 凡):熊掌。 臑(ér 而):同"胹",烂熟的肉。

〔105〕勺药之酱:用芍药调和五味的汤汁。 勺药,即"芍药",指用芍药调和五味。酱,汤汁。

〔106〕薄耆之炙(zhì 至):兽脊上的薄肉片加以烤烧。薄耆,兽脊肉的薄片。炙,烤肉。

〔107〕鲙(kuài 快):鱼肉片。

〔108〕秋黄之苏:秋天叶子变黄的紫苏草。苏,紫苏草,古时用来调味。

〔109〕白露之茹:白露以后的蔬菜,白露以后,菜肥而甜。茹,蔬菜。

〔110〕兰英之酒:以兰草浸泡的酒。酒用兰草浸泡后气味芬芳。

〔111〕酌以涤口:酌兰英之酒而漱口。涤口,漱口。

〔112〕山梁之餐:野鸡做的菜。山梁,指野鸡,《论语》有"山梁雌雉"的话,后即以"山梁"代指雉,即野鸡。

〔113〕豢豹之胎:豢养的豹子胎。这里指用豹胎做菜,古人认为是最珍贵的食品。

〔114〕小饭大歠(chuò 啜):少吃饭多喝汤。歠,饮,指喝汤。

〔115〕如汤沃雪:像把沸水浇在雪上一样,形容感到非常爽快舒畅。汤,沸水。沃,浇灌。

〔116〕至美:最美的味道。

〔117〕钟岱:古属赵国的两个地方,以产马著名。 牡:雄性的马,这里泛指好马。

〔118〕齿至之车:年齿适中的马驾的车子。齿至,指马的年齿适中。

〔119〕后类距虚:后面的马像距虚。类,像。距虚,一种善于奔驰的兽。

〔120〕稷(jué 绝):俗名龙爪粟,饲料中之精者,一说稻田中所种之麦称"稷麦"。 服处:饲养。

〔121〕燥中烦外:马养肥了就易内心烦躁而外表极想奔驰。

〔122〕羁:指系上。 辔:马缰绳。

〔123〕附:遵循。 易路:容易走的平坦道路。

〔124〕伯乐:春秋秦穆公时人,善于观察和挑选马。 相:察。

〔125〕王良:春秋时晋国最善于驾车的人,为赵简子驾车。 造父:周穆王的驾车者,曾驾八骏载穆王西游。 御:驾车。

〔126〕秦缺、楼季:都是古代著名的勇士。 右:指车右的卫士。古代驾车者立于车左,一勇士立于车右以为卫士。

〔127〕马佚:马惊逸了。佚,同"逸",指惊逸。

〔128〕车覆:车翻了。 起:指扶起。

〔129〕使射千镒之重:可以使他们下千镒的重大赌注与别人赛马。射,赌博。镒,古重量单位,一镒为二十四两。

〔130〕争千里之逐:争夺奔跑千里的胜负。逐,奔跑。

〔131〕至骏:最好的马。骏,好马。

〔132〕景夷之台:景夷台,即章华台,春秋时楚国所建,在今湖北省监利县。

〔133〕荆山:山名,在今湖北南漳县西。

〔134〕汝海:即汝水,源出河南嵩县,向东流入淮河。

〔135〕左江右湖:左边是长江,右边是洞庭湖。

〔136〕博辩之士:学问渊博能言善辩的人。

〔137〕原本山川:考究山川的本源。原本,推究本源。

〔138〕极命草木:极尽指出草木的名称。极,尽。命,名。

〔139〕比物属事:把同类事物排比连缀起来。属,连缀。

〔140〕离辞连类:把事物按类编成文辞。

〔141〕浮游览观:周游观赏。

〔142〕虞怀之宫:虞怀宫,虞即"娱",虞怀即娱心,宫以娱心命名。

〔143〕连廊四注:宫室的回廊四面相连。注,通,连。

〔144〕台城层构:建造有层层高台之城。

〔145〕纷纭玄绿:指建筑物上黑色绿色缤纷夺目。纷纭,等于说"缤纷"。玄,黑色。绿,黄绿色。

〔146〕輦道邪交:可以通行车辆的大道纵横交错。

〔147〕黄池:即潢池,围绕城墙的积水池,今称护城河。 纡曲:委婉曲折。

〔148〕溷(hùn 混)章:水边的翠鸟。

〔149〕孔鸟:孔雀。 鹍鹄(kūn hú 昆胡):一种鸟名,属类不详。一说鹍即鹍鸡,鹄即鸿鹄。

〔150〕鹓鶵(yuān chú 鸳除):一种高冠彩羽的珍禽。 鵁鶄(jiāo jīng 交精):一种似凫的鸟,脚高嘴丹,头有红毛如冠。

〔151〕翠鬣(liè 列):翠绿色的头顶上的毛。 紫缨:紫色的脖颈上的毛。

〔152〕螭(chī吃)龙:按原意螭为雌龙,龙为雄龙,这里指雌鸟和雄鸟。德牧:按原意德为凤凰头上的花纹,牧为牛腹下的花纹,这里是指鸟的头上和腹下的花纹。

〔153〕邕邕(yōng拥):群鸟和鸣的声音。

〔154〕阳鱼:即鱼。有人说鸟属阴,鱼属阳,故谓鱼为阳鱼。

〔155〕奋翼振鳞:奋起鳍和鳞。这是形容鱼在水中游走之状。翼,这里指鱼鳍。

〔156〕潝漻(jí liáo吉辽):清净之水。 夼蓼(chóu liǎo仇了):形容草木纷披之状。

〔157〕蔓草:细茎的草。 芳苓:芳香的苓草。苓,一种草名,有人认为是《诗经》中的卷耳,即药草中的苍耳。

〔158〕女桑:柔嫩的小桑树。 河柳:长在水边的柳树。

〔159〕素叶紫茎:颜色单纯的叶和紫色的茎干,与上句相连,素叶指女桑的叶,紫茎指河柳。

〔160〕苗松:苗山之松。 豫章:即樟树。

〔161〕条上造天:枝条上伸到天际。条,树枝。造,到达。

〔162〕并闾:棕榈树。

〔163〕极望成林:一眼望不到边,尽是一片片的树林。

〔164〕众芳:指众多草木。 芬郁:香气浓郁。

〔165〕乱于五风:被五方(东西南北中)之风吹乱。

〔166〕从容:指树木在风中摇曳生姿的从容姿态。 猗(yī衣)靡:随风飘舞的样子。

〔167〕消息阳阴:指树叶被风吹动,正反两面时隐时现。消息,本意为消灭和生息,这里引申为隐和现。阳阴,这里指正面和反面。

〔168〕列坐纵酒:众人按次序坐下来纵情饮酒。

〔169〕荡乐娱心:乐声飘荡快人心意。

〔170〕景春:战国时的纵横家,善于辞令。 佐酒:陪着饮酒。

〔171〕杜连:一名田连,古代善于弹琴的人。 理音:调音,指奏乐。

〔172〕滋味杂陈:各种美味错杂地陈列在面前。

〔173〕肴:肉食。 糇:指饭。 错:错杂,指各式各样。 该:具备。

〔174〕练色:经过精心选择的美色。

〔175〕流声:流行的音乐。

〔176〕激楚:歌曲名。　结风:歌曲结尾的余声。

〔177〕扬:激扬,指响起来。　郑卫:春秋时的郑卫二国,郑卫都以产生新的音乐而著名。　皓乐:悠扬清脆的乐声。

〔178〕先施、征舒、阳文、段干、吴娃、间嫫(zōu 邹)、傅予:都是古代美女名,先施即西施。

〔179〕杂裾垂髾(shāo 梢):穿着各色各样的衣裙,垂着燕尾形的发髻。裾,衣的前后襟,这里泛指衣裙。髾,燕尾形的发髻。

〔180〕目窕心与:用目光挑逗传情,心中暗暗相许。窕,同"挑",挑逗。心与,心中相许。

〔181〕揄流波:侍女引水以洁身。揄,引水。

〔182〕杂杜若:水中杂有杜若的香味。杜若,一种香草。

〔183〕蒙清尘:头上像蒙覆上一层薄雾。清尘,指热水气形成的薄雾。

〔184〕被兰泽:头发上沐以芳香的油。被,通"披",披沐之意。兰泽,如兰草之香的油。

〔185〕嫮服:艳羡之服。嫮,美。　御:进御,即入侍。

〔186〕靡丽:美妙。　皓侈:巨大的奢侈。皓,同"浩",浩大。　广博:盛大,无穷无尽。

〔187〕驯骐骥之马:驯服骏马。

〔188〕飞軨(líng 零):车轴上的一种装饰,车动则随而飞扬,这里代指豪华的车。

〔189〕牡:当是"壮"字之误。　乘:前一个"乘"字是动词,乘坐的意思,后一个"乘"字是名词,读 shèng,指四匹马拉的车子。

〔190〕右夏服之劲箭:右手拿着夏后氏箭袋中盛的锐利的箭。夏,指夏后氏,传说夏后氏有良弓,名繁弱。服,通"箙"字,盛箭的袋子。劲箭,锐利的箭。

〔191〕乌号:相传是黄帝使用的好弓。　雕弓:有花纹的弓。

〔192〕游涉:随意经过的意思。　云林:云梦大泽的林中。古楚国有云梦泽,是一块很大的沼泽地带,在今湖北长江两岸。

〔193〕周驰:围绕奔驰。　兰泽:出产兰草的大泽。

〔194〕弭节:缓步行进。　江浔:江边。

〔195〕掩青苹:休息于草地上。掩,息。苹,一种草名。

〔196〕游清风:迎着清风。

〔197〕陶阳气:舒展于春天的气息之中。陶,畅,舒展。阳气,春天的气息。

〔198〕荡春心:荡漾着春天的心情。指心情愉悦。

〔199〕逐狡兽:追逐不容易猎获的兽。

〔200〕集轻禽:许多支箭攒射轻捷善飞的鸟。

〔201〕极犬马之才:尽猎犬和奔马的技能。

〔202〕困野兽之足:追逐得野兽足力困乏,无处逃遁。

〔203〕相御:相马的及驾车的。

〔204〕恐虎豹:使虎豹恐惧。

〔205〕慴(zhé 折)鸷鸟:威慑凶猛的鸟。

〔206〕逐马鸣镳(biāo 标):飞奔的马嚼系的铃发出响声。

〔207〕鱼:一种双眼毛色白似鱼的马。《诗经·鲁颂·駉(jiōng)》:"有駰(diàn,脚胫有长毛的马)有鱼。"角,麋之角。

〔208〕履游麕(jūn 君)兔:践踏麕和兔。麕,即獐子。

〔209〕蹈践麏(jīng 京)鹿:践踏麏和鹿。麏,大鹿。

〔210〕汗流沫坠:奔驰的猎马汗流于身而口沫下坠。

〔211〕冤伏陵窘:指野兽逃匿窜伏,被追逐得急迫困窘。

〔212〕无创而死者:指没有受到创伤而被追逐得累死吓死的。

〔213〕固足充后乘矣:已经足够装满后边跟随的车辆了。

〔214〕校猎之至壮:打猎最壮观的景象。校猎,以木栅遮拦禽兽从而猎取之,此处泛指打猎。

〔215〕阳气:指喜色。　见:同"现",出现。　眉宇之间:眉尖上。

〔216〕侵淫而上:指眉目间的喜色逐渐扩展上来。侵淫,逐渐。

〔217〕几满大宅:几乎布满了整个面部。大宅,面部的总称。

〔218〕冥火薄天:黑夜中火光冲天。冥,黑夜。薄,迫近。

〔219〕雷运:车辆运行,其声如雷。

〔220〕旍:同"旌"。　偃蹇(yǎn jiǎn 眼检):高的样子,此处形容旌旗高举。

〔221〕羽毛:指装饰在旌旗上的翠羽牛尾。　肃纷:既整齐而又纷繁。

〔222〕角逐:竞相追逐。

〔223〕慕味争先:指打猎的人喜好禽兽作美味佳肴而奋勇争先。

〔224〕徼墨广博:因打猎而焚烧的田野很广阔。徼,边界。墨,烧田。古人

为猎取禽兽往往纵火除土,叫做烧田,烧田则土黑,故称"墨"。

〔225〕观望之有圻:远远望去才能看见边界,指打猎的区域非常广阔。圻,边界。

〔226〕纯粹全牺:毛色纯躯体完整的牲畜。牺,祭祀用的牲畜。

〔227〕公门:诸侯之门。

〔228〕未既:还没有完。既,尽。

〔229〕榛林:丛林。 深泽:深远的沼泽。

〔230〕暗莫:即"暗漠",阴暗的样子。

〔231〕兕(sì 似):独角野牛。 并作:一起出来。作,起,出。

〔232〕毅武孔猛:刚毅勇武的人非常强悍。孔,非常,极。

〔233〕袒裼(xī 夕):袒露着身子。 身薄:以身体迫近,指空手擒搏野兽。

〔234〕硙硙(ái 挨):同"皑皑",形容刀光雪亮。

〔235〕收获掌功:按收获记录功劳。掌,主,等于说"掌管",这里指记录下来。

〔236〕赏赐金帛:指分功劳大小赏给钱和丝织品。

〔237〕掩苹肆若:压倒青苹,铺上杜若。掩,压倒。肆,铺陈。若,杜若。

〔238〕为牧人席:给参加射猎的官员设席饮宴。牧人,管畜牧的官,这里指参加射猎的官员。

〔239〕羞:有滋味的食物。 炰(páo 刨):烹煮食物。 脍:细切肉。

〔240〕御:供给,这里指款待。

〔241〕涌触:当作"涌觥",指酒满杯。 并起:指一齐站起来畅饮。

〔242〕诚必:忠诚不二。必,说一不二。

〔243〕决绝以诺:决计实行已经答应了的事情。以,同"已"。

〔244〕贞信之色:忠贞诚实的表情。

〔245〕形于金石:就像铭刻在金石上一样。

〔246〕陈唱:歌唱起来。陈,陈列。

〔247〕万岁无斁(yì 意):永远不会厌倦。斁,厌倦。

〔248〕直恐为诸大夫累耳:指自己有病,虽愿意去田猎,只恐怕成为各位大夫的累赘罢了。

〔249〕望:夏历每月十五。八月十五潮水最盛。

〔250〕广陵:今扬州。 曲江:当时广陵附近的地名。据唐李绅《入扬州郭

诗序》云:"潮水旧通扬州郭内,大历以后,潮信不通矣。"

〔251〕恤(xù 续)然:惊恐的样子。

〔252〕观其所驾轶者:看到水势所凌驾所超越的。

〔253〕擢拔:指水力提起、拔出。

〔254〕扬汩(gǔ 古):指水力播扬、激荡。

〔255〕温汾:指水聚结、滚动。

〔256〕涤汔(qì 迄):指波涛冲刷涤荡。从"观其所驾轶者"至此,都是描写江涛汹涌的种种姿态。

〔257〕心略:指心中的智巧。 辞给:动听的言辞。

〔258〕固未能缕形所由然也:指不能详尽地描绘出江涛从始至终的形象。缕形,详尽地描绘出。

〔259〕怳忽:恍惚,指江涛浩渺无际,看不真切。怳,同"恍"。

〔260〕聊栗:心惊胆战的样子。

〔261〕混汨汨:形容波涛混合在一起滔滔滚滚。汨汨,水流声。

〔262〕忽慌:与上文"怳惚"同义。

〔263〕俶傥(tì tǎng 涕倘):同"倜傥",卓异,突出,这里形容浪涛突起。

〔264〕沔漾(wǎng yǎng 往养):水深广的样子。

〔265〕慌旷旷:空阔无边的样子。

〔266〕秉意:集中注意。秉,执。 南山:指江涛所发源的地方。

〔267〕通望:一直望到。

〔268〕虹洞兮苍天:水连天啊天连水。虹洞,水天相连的样子。

〔269〕极虑:穷思极想,这里指无法想象。 涘(sì 四):水边。

〔270〕流揽:即"流览"。

〔271〕归神日母:心神随着江涛逆流而归向太阳的落处。日母,太阳。

〔272〕汩乘流而下降:潮头逆着江流向前又落下。汩,水流迅急的样子。

〔273〕或不知其所止:有的潮头不知它奔向哪里停止。

〔274〕或纷纭其流折:有许多潮头纷乱曲折地奔流。

〔275〕忽缪(móu 谋)往而不来:忽然纠缠在一起流去而不返回。缪,纠结。

〔276〕临朱汜而远逝:潮头冲临南方的水涯然后向远方流逝而去。朱汜,南方水涯,一说地名。

〔277〕中虚烦而益殆:心中空虚烦躁而且更加倦怠。中,内心。殆,同

"怠"。这里写观涛者看到潮头远逝以后内心的感受。

〔278〕莫离散而发曙兮，内存心而自持：是说从傍晚就心中散乱无主，到天亮才把心收拢起来而控制住自己。莫，暮。内，指自己。存心，收心。

〔279〕澡、溉：都是洗涤的意思。溉，通"溉"。

〔280〕洒：xǐ，即洗。　练：漂。藏，通"脏"。

〔281〕澹澉（gǎn 敢）：荡涤。

〔282〕颒（huì 会）濯：洗涤。颒，洗脸。

〔283〕揄：脱。　恬：安逸。

〔284〕输写：排除。写，通"泻"。　渜（tiǎn 舔）浊：垢浊。

〔285〕分决：分析决断，指清楚明白。

〔286〕发皇耳目：使耳目明朗。皇，明。

〔287〕淹病滞疾：很久的疾病。

〔288〕伸伛（yǔ 羽）起躄（bì 毕）：使驼背伸直，使跛足立起。伛，伛偻，驼背。躄，跛足。

〔289〕发瞽披聋：使瞎子的眼睛睁开，使聋子的耳朵打通。披，开。

〔290〕况直眇小烦懑（mèn 闷）、醒酴病酒之徒哉：何况只是有一些小的烦闷和昏醉患酒病的一些人呢？直，只。眇，小。烦懑，烦躁郁闷。醒酴，沉醉。病酒，患酒病。

〔291〕发蒙解惑：启发愚蒙，解除疑惑。

〔292〕不足以言：不值得一说，不在话下。

〔293〕何气：是一种什么气象。

〔294〕不记：指没有记载下来。

〔295〕山出内云：山吞吐云气。出内，出纳，放出和收起，指吞吐。内，通"纳"。从"疾雷闻百里"至此是写江涛的三个特征。

〔296〕衍溢：水平满的样子。　漂疾：水流得快。

〔297〕洪淋淋：大水飞洒而下。淋淋，水自上而下的样子。

〔298〕少进：稍进一步。

〔299〕浩浩凯凯（qǐ 气）：深广而洁白。凯凯，高而白的样子。

〔300〕帷盖之张：张开车帷车盖。

〔301〕扰扰：纷乱的样子。　腾装：如奔腾之军队。

〔302〕旁作而奔起：横出扬起。

〔303〕轻车:兵车的一种,这里指将帅所乘之车。　勒兵:指挥军队。

〔304〕六驾蛟龙:驾着六条蛟龙的车子。

〔305〕附从太白:跟从在河神之后。太白,河神。

〔306〕纯驰浩霓:单单一条白色的虹在奔驰。纯,单。浩,通"皓"。

〔307〕骆驿:通"络绎"。

〔308〕颙颙(yóng 喁)卬卬:浪涛高大的样子。

〔309〕椐椐(jū 居)强强:浪涛相随的样子。

〔310〕莘莘将将:浪涛相激的样子。

〔311〕壁垒重坚:指浪涛像军营壁垒,重叠而坚固。

〔312〕沓杂:众多纷纭的样子。　军行:军队的行列。

〔313〕訇(hōng 轰)隐匈磕:形容声大,涛声轰隆。

〔314〕轧盘涌裔:广阔无边,波涛奔腾。轧,轧块,形容无边无际。盘,盘礴,广大的样子。涌裔,波涛前行的样子。(据李善注)

〔315〕原不可当:江涛奔腾而来,势不可当。原,来源。

〔316〕滂渤怫郁:水势怒激的样子。

〔317〕暗漠感突:水势冲起的样子。

〔318〕上击下律:指浪涛向上如搏击,向下如巨石从高处滚下。律,当作"硈",石从高处滚下。

〔319〕突怒而无畏:盛气冲突,无所畏惧。

〔320〕蹈壁冲津:冲击壁岸和渡口。

〔321〕穷曲随隈:遍及江湾曲折的地方。隈,水边弯曲的地方。

〔322〕逾岸出追:跨越高岸,漫过沙堆。逾,跨越。出,超出。追,通"堆",指沙堆。

〔323〕或围:地名。或,通"域"。

〔324〕荄(gāi 该)轸谷分:指浪涛如山陇之相隐,川谷之区分。荄,通"陔",山陇。轸,隐。

〔325〕回翔青篾:指回旋而过青篾。回翔,回旋。青篾,地名。

〔326〕衔枚:古代进军时马口衔枚(状如竹筷)避免有声。这里指如军队无声急进。　檀桓:地名。

〔327〕弭节:缓缓行进。　伍子之山:伍子山,因纪念伍子胥而得名之山。

〔328〕通厉:远奔。　胥母:当是"胥母"之误,胥母为古吴国地名。

昭明文选
译注

〔329〕凌赤岸:凌跨赤岸。赤岸,地名。以上的地名都是想象言之,并非实指。

〔330〕彗:扫帚,这里作动词,指横扫。 扶桑:神话中东方日出之处。

〔331〕横奔似雷行:指江涛横奔像迅雷奔行。

〔332〕诚奋厥武:确实奋发了它的威武。厥,其。

〔333〕如振如怒:像发威像愤怒。振,通"震",威。

〔334〕沌沌浑浑:浪涛相逐的样子。

〔335〕混混庉庉(tún 屯):浪涛的声音。

〔336〕声如雷鼓:声音像打雷像敲鼓。

〔337〕发怒庢(zhì 至)沓:发怒的时候,是因受到阻碍而沸腾。庢,滞碍。沓,沸腾而出。

〔338〕清升:指清波上扬。 逾跇(yì 意):超越,腾起。

〔339〕侯波:阳侯之波,指大波,传说中阳侯是大波之神。

〔340〕藉藉:想象中的地名。口,入口处。

〔341〕纷纷:众多的样子。 翼翼:壮健的样子。

〔342〕荡取南山:指水势冲荡南山。

〔343〕背击北岸:反过来撞击北岸。

〔344〕覆亏:颠覆破坏。

〔345〕平夷:扫平。 畔:岸。

〔346〕险险戏戏:危险的样子。

〔347〕陂(pí 皮)池:通"陂陁",斜坡,这里指堤岸。

〔348〕决胜乃罢:指江涛冲决一切取得胜利然后罢休。

〔349〕泭(jié 节)汩潺湲(chán yuán 蝉元):水波相击潺湲而急流。泭,水波相击。潺湲,水流急之声。

〔350〕披扬流洒:波涛汹涌飞扬,浪花洒溅。

〔351〕颠倒偃侧:指鱼鳖颠颠倒倒,横仰竖卧。偃,仰跌。

〔352〕沈沈(yóu 油)湲湲:形容鱼鳖在水中横竖颠倒难以游行的样子。

〔353〕蒲伏:通"匍匐",伏地爬行。 连延:连绵不断。

〔354〕直使人踣(bó 勃)焉:指看到这种情况简直使人惊倒于此。踣,向前跌倒。

〔355〕泂暗:惊骇失智的样子。

〔356〕怪异诡观：奇怪特异，人们不常见的景象。

〔357〕奏：进。　方术之士：此指博学而有理论的人。

〔358〕资略：才智。

〔359〕庄周：庄子，名周，战国时道家学派的代表人物。

〔360〕魏牟：即魏公子牟，战国时人，与公孙龙交好。

〔361〕杨朱：战国时思想家，主张"为我"，与墨子的"兼爱"学说对立。

〔362〕墨翟：即墨子，墨子学派的创始人。

〔363〕便蜎：即蜎渊，楚人，老子弟子，属道家学派，著《蜎子》十三篇，今不传。

〔364〕詹何：战国时的思想家，与魏牟同时。　伦：一类人。

〔365〕释微：精辟微妙的道理。

〔366〕理万物之是非：清理明辨天下事物的是非。

〔367〕孔、老览观：让孔子、老子评断以上诸人的理论。览观，这里是评断的意思。

〔368〕筹：古代计算数目的一种工具。

〔369〕万不失一：指通过这许多才智之士的论辩分析，孔子老子的评断，孟子的核算，所有的问题都不会错了。

〔370〕据几：扶着几案。

〔371〕涣乎：形容豁然开朗。

〔372〕涊（niǎn 捻）然：出汗的样子。

〔373〕霍然：疾速的样子，忽然。

今译

　　楚国的太子有病，吴国的客人去问候他。吴客说："我听说太子贵体欠安，稍有好转了吗？"楚太子说："还是衰弱无力，我谢谢你的问候。"吴客趁机进言说："现在正是天下安宁、四方平静的时期，太子正在年青，想来你长期沉溺于安乐生活，日日夜夜不停；邪气侵袭，郁结于胸中，昏愦烦闷，心情烦躁，像酒醉未醒，时而发出叹息之声；又往往心惊胆战，躺下也不能入睡；胸中之气衰竭，听觉失灵，厌恶听见人声，精神耗散，各种疾病一齐发生；耳目昏惑迷乱，喜怒不

定。这样长久持续下去而不止,就会保不住生命。太子你是不是这种情况呢?"太子说:"我诚恳地感谢你。托先生的福,我虽然时时有这样的病,但还没有你说的这样严重。"吴客说:"现在那许多高贵的子弟,一定要住在深宫内院,在宫室之中有照顾生活的妇女,在宫室之外有教习的师傅,想外出交游也没有机缘,吃喝是味浓甜脆的东西,还有肥的肉,浓的酒,穿的是那些轻细柔美,保暖发热的衣裳。这样即使坚如金石,也还是要熔化弛散,更何况是在人的筋骨之间呢?所以说:放纵对声色的贪欲,放任肢体安逸的人,就要损害身体的内部器官。而且,出入都乘着车子,这就叫做瘫痪的征兆;住着深邃的房屋,清凉的宫殿,这就叫做寒热之病的媒介;贪恋美女,就叫做伤害性命的利斧;甜脆的食物,肥肉浓酒,就叫做腐烂肠子的毒药。现在太子皮肤颜色细嫩,四肢不灵,筋骨弛散,血脉不通,手足也懒散无力。又有越国的美女侍奉于前,齐国的美女侍奉于后,往来于游赏和宴会之中,在深曲的后房,隐蔽的秘室取乐放纵。这是以毒药为美食,戏耍猛兽的爪牙啊!跟从而来的影响也非常严重,如果拖延久了而不知停止,即使让扁鹊那样的名医治疗身体的内部,巫咸那样的神巫在外为之祝祷,也还是来不及保全性命。现在像太子这样的病人,只应该由社会上的君子,知识广博的人,乘机会向你谈论事物的道理,使你改变生活方式,改变心意,他们常在你的身边而成为你的帮手,那么,你就不会有令人沉溺的娱乐,放肆的心情,怠惰的意志了。"太子说:"可以,等我的病好了,就照你的话去办理。"

吴客说:"现在太子的病可以不用药物和医术来治疗,用切实精妙的道理就可以去掉病症,你不想听听这个道理吗?"楚太子说:"我愿意听听。"

吴客说:"龙门山的梧桐树,高达百尺而无分枝,树干中纹理盘曲而又细密,树根向四方延伸。上有千仞高峰,下临百丈深溪。湍急的水,逆流的波,又冲击着它的根基。它的根一半生一半死,冬天凛冽的寒风、飘动的雪珠和纷飞的大雪把它刺激，夏天受着雷鸣闪电的摇撼打击，早晨有鹂黄、鸬鸲在这里鸣叫，晚间有失偶迷途的鸟儿在这里栖息。孤鸿在它的上面呼号，鹍鸡在它的下面飞翔哀啼。于是，当秋去冬来，让太师挚砍下它而制成琴，做琴弦的是野蚕之丝，用孤儿衣带上的钩为琴的装饰，用九子寡母的耳环为琴徽，让孔子的乐师师堂弹奏叫《畅》的名曲，让伯牙来演唱歌词。歌词说：'麦子结穗生芒啊，野鸡在晨光中飞起，向着空阔的山谷啊，离开枯槁的槐树而远去，凭依的是穷绝的地域啊，面临的是迂回曲折的水溪。'飞鸟听了这声音，收敛起翅膀而不飞走；野兽听了这声音，垂下两耳而不再行进；虫蚁听了这声音，把嘴支在地上而不能向前爬去。这也算天下最悲痛感人的音乐了。太子能够强支身体起来听听这音乐吗？"太子说："我有病，不能起来听啊。"

吴客说："煮熟小牛腹部的肥肉，掺上竹笋和蒲作菜，用肥狗肉作羹，盖上一层石耳菜。用楚国的稻米和菰米作饭，饭粘成团，一吃到口就会化开。让伊尹来烹煮，由易牙来调味，有烂熟的熊掌，有用芍药酱调和五味汤汁，有烤烧的兽背上的薄肉，有新鲜鲤鱼的肉片，再配上秋天叶子变黄的紫苏草，还有白露时节的蔬菜。兰草浸泡的酒酪来漱口，还有野鸡肉、豹子胎。少吃饭多喝汤，真像把开水浇在雪上一样畅快。这是天下最美的味道了。太子能强支起身体尝尝这些饮食吗？"太子说："我有病，不能起来尝啊。"

吴客又说："有赵国钟、岱两地出产的年齿适中的马驾着车子，跑在前面的像飞鸟，跑在后面的像距虚。马用稻麦喂养，养肥了就性躁蹄疾，再拴上结实的缰绳，顺着平坦的道路奔驰。让善于相马的伯乐在车马前后观察，让善于驾车的王良、造父来驾驭，站在车右作卫士的是有名的勇士秦缺、楼季。这两个人可以止住惊马，可以把翻了的车子扶起。于是可以下千镒的重大赌注与别人赛马，争夺胜负，奔跑千里。这也是天下最好的骏马了。太子能强支起身体乘驾它们吗？"太子说："我有病，不能起来啊。"

　　吴客说:"登上景夷台,南望荆山,北望汝水,左长江右洞庭,会让人感到无尽欣欢。在这里让博学善辩之士,考究山川的本原,尽指草木的名称,把同类的东西排比起来,编成文辞而以类相连。然后周游观览,下到虞怀宫摆设酒宴。宫中回廊四面相接,有高台之城层层构建,其颜色有黑有绿彩色纷繁,城下大道纵横交错,护城河曲折委婉。鸟儿有混章、白鹭、孔雀、鵁鹊、鸳鸰、鸡鸐,有的头上有绿色的毛,有的脖颈上有紫色的缨。头上和腹下都生着花纹,成群成群的发出嘤嘤的鸣声。鱼在水中腾跃,振奋鳍鳞游动。水边草木纷披,有细茎的草和芳香的苓,柔嫩的桑和水边的柳,长着颜色单纯的叶和紫色的茎。还有苗松和樟树,枝条伸向天空。梧桐棕榈,茂密成林,无边无际,郁郁葱葱。众多的草木芳香浓郁,随五方之风飘动。树木在风中从容摇曳,叶子时隐时现,忽反忽正。众人依次而坐纵情饮酒,飘荡的音乐娱人心情。让善于辞令的景春陪着饮酒,让善于弹琴的杜连奏起乐声。各种美味错杂陈列,各色饭菜样样俱精。经过精心选择的美女让人看了高兴,流行的乐曲使人感到动听。这时发出了《激楚》歌曲结尾的余音,响起了郑卫二国悠扬清脆的歌声。让美女西施、征舒、阳文、段干、吴娃、闾娵、傅予等人穿着各色各样的衣裙,垂着燕尾形的发髻,心中暗暗相许,眼目挑逗传情。侍女引流水以洗濯,水中散发着杜若的香气,头上像蒙覆上一层薄雾,发上沐以芳香油膏,穿上美服前来侍奉。这也是天下无比美妙豪华的乐事了。太子能够强支起身体游乐一番吗?"太子说:"我有病,不能啊。"

　　吴客说:"将要为太子驯服骏马,驾起豪华的轻车,让太子乘上这四马拉的车子,右手拿着夏后氏箭袋里的利箭,左手拿着黄帝使用的乌号雕弓。经过云梦大泽的树林,在长满兰草的大泽中周游奔驰,顺着江边缓步而行。当休息于草地之上,迎着清风,舒展于春天的气息之中,心里荡漾着春天愉悦的激情。然后追逐不易猎获的野兽,许多支箭把轻捷善飞的禽鸟射中。于是尽猎犬和奔马的才艺,野兽被追逐得足力困乏逃跑不成，相马的和驾车的人，也用尽他们的智慧和技能。这场面使虎豹恐惧，猛禽畏惊。飞奔的马口系鸾铃发出响声，鱼马奔驰又跳越，猎手抓住麋鹿之角，獐和兔被踩在脚下，遭受践踏的还有鹿和麖。奔驰的马汗流于身而口沫下坠，野兽逃窜伏匿被赶得无处逃生，没有创伤而活活累死的，也足够装满后面随从的车乘。这是打猎最壮观的景象了。太子能强支起身体游猎吗？"太子说："我的病还没好，不能啊。"不过太子的眉间已经出现了喜色，并且逐渐扩展，几乎布满了整个面部。

吴客见太子有高兴的样子，就进一步说："夜间出猎，火光冲天，猎车运行，如雷声回旋；旌旗高举，旗上装饰的翠羽和牛尾整齐而纷繁。人马飞驰竞相追逐，个个为得到野味而奋勇争先。为打猎而焚烧的地面非常广阔，远远望去才可能看到边缘。猎得毛色纯粹又躯体完整的牲畜，向诸侯之门进献。"太子说："好啊！我愿再继续听你讲讲打猎。"

吴客说："这还不算完，在那丛林深处和沼泽之间，烟雾弥漫，野牛老虎一齐出现。打猎的人刚毅勇武，非常强悍，袒露着身子空手擒搏野兽，长矛大戟交错，刀光闪闪。打猎的人按收获记录功劳，赏赐银绢。再压倒野地的青蘋，铺上香草杜若，为射猎的官员设宴。有美味的酒可口的菜，烹煮的食物滋味香甜，把烧烤的肉切成细片，款待宾客于席间。斟满酒杯，一齐站起来畅饮，宾客说着入耳动听的语言，他们忠诚不二，绝无悔反，答应了的事情决计去干；忠贞诚实的表情，就像刻在金石上一般；高声歌唱起来，似乎永远也不会厌倦。这正是太子所喜爱的，能强支起身体去游玩一番吗？"太子说："我很愿意跟着去，只恐怕成为各位大夫的累赘罢了。"这样看来，太子的病有起色了。

吴客说："将要在八月十五，同诸侯的远方来的弟兄们，一起到广陵的曲江去观涛。刚一到，还看不到江涛的情况，但是只看到水力所及之处，就足以使人惊恐害怕了。望着那水力所凌驾的，所拔

举的,所激扬的,所聚结的,所涤荡的,即使是心有智巧,口善言辞的
人,也难以详尽地描绘出江涛从始至终的形象。那江涛浩渺无际看
不真切啊,令人心惊胆战,那混合波浪的大水滔滔滚滚啊,迷茫一
片,有时奇峰突起啊,更显得浩大深广,空阔无边。从发源的南山,
一直望到东海,天连水啊水连天,无法想象哪里是大水的岸边。浏
览无尽,心神随江涛逆流而归向日边。那潮头逆着江流向前又落下
啊,谁也不知它奔向哪里才能平缓。有时潮头纷乱曲折地奔流啊,
忽然纠缠一起流去而不返。浪涛冲到南岸然后又向远方流去啊,使
人看了心中空虚烦躁更加怠倦。看涛的人从傍晚就心中散乱无主,
到天亮才能控制住自己不再心惊胆寒。于是胸中像经过涤荡,五脏
也像漂洗一番。用江涛洗涤手足,又洗涤发齿颜面,使人去掉安逸
怠惰,排除污浊之气,解除疑惑,耳聪目明。当此时,即使久病不起,
也能伸直驼背,立起跛足,张开盲了的眼睛,打通聋了的耳朵,把这
江涛观看。何况只是患了酒病而昏醉,或胸中只有小小的闷烦?所
以说,这观涛启发愚蒙,解除疑惑,那是在轻而易举之间。"太子说:
"太好了,那么江涛究竟是一种什么气象呢?"

吴客说:"这不见于记载。但从我老师那里听说,江涛似神又不
是神的特点有三:一是似打雷的声音百里之外可以听见;二是江水
倒流,海水上潮;三是山上吞吐云气,白天晚上不断。其时,江水又
平又满流得很快,然后涌起波澜。开始的时候,洪浪滚滚而下,像许
多白鹭向下飞旋。稍进一步,就现出深广而洁白的样子,像白车白
马张开车盖帷幔。当波涛汹涌乱云一般滚来,纷乱的样子就像大军
束装向前。当波涛横出向旁扬起,轻快的样子就像将军指挥军队飞
速集散。又像六条蛟龙所驾的车子,跟在河神后边。但见一条白色
的虹在奔驰,前后接续不断。潮头高大,浪涛相随,互相激扬。像壁
垒重叠而坚固的营盘,其众多纷纭,又像大军的行列相连。发出轰
轰隆隆的巨响,广阔无边,奔腾向前,奔腾而来,不可阻拦。看那靠
近两岸的地方,则是水势怒激,汹涌冲起,向上如搏击,向下如巨石

投向深渊。又像那奔腾的军队,盛气冲突无畏勇敢。它冲击壁岸和渡口,遍及曲折的江湾,超出沙堆,跨越江岸,遭遇它的会死亡,抵挡它的要毁于一旦。开始的时候从域围的水边出发,如山陇之相隐,川谷之区分,到了青篾打着回旋,经过檀桓像战马衔枚无声疾进,再缓缓行进于伍子山,一直远奔到胥母的战场阵前。它凌跨赤岸,扫过扶桑,如雷霆疾行横奔滚滚向前。江涛真是奋发了它的威武,像愤怒,像狂颠。大浪相逐,状如奔马,轰轰隆隆,如打雷击鼓响声震天。水势因受到阻碍而沸腾,清波因互相超越而升起巨澜。像水神奋起,在藉藉之地的江口会合交战。这时鸟来不及起飞,鱼来不及回转,兽来不及逃走,它们虽众多勇健,也像波涌云飞一样混乱。江涛冲荡南山,反过来又撞击北岸。颠覆破坏了山丘,也扫平了西岸。多么危险可怕,直至使堤岸崩塌,冲决一切才得胜凯旋。然后水波相击,急急而流,浪涛飞扬,水花洒溅,横暴之极,任意泛滥,鱼鳖都不能自主,颠颠倒倒,横仰竖翻,难以游行,起伏挣扎,连延不断。神奇的事物,怪异的景象,难以尽言。看到这种情况会使人惊倒,吓得昏头昏脑,失魂落胆。这是天下最怪异的景象,难得的奇观。太子能强支起身体去观赏一番吗?"太子说:"我还是有病,不能观看。"

吴客说:"那么我将给太子进荐博学的有理论的人,其中有才智的像庄周、魏牟、杨朱、墨翟、便蜎、詹何一类人,让他们议论天下精辟微妙的道理,清理明辨所有事物的是非。再让孔子、老子来评断以上诸人的理论,让孟子拿着筹来核算,这样,所有的问题就一点不会错了。这也是天下最切实精妙的道理了。太子想听一听这些道理吗?"于是太子扶着几案一下就站了起来,说:"真使我豁然开朗啊!好像已经听到了圣人和辩士的言论了!"这时他出了一身透汗,忽然病就好了。

(李晖译注并修订　陈延嘉再修订)

◎ 七启八首

曹子建

【题解】

　　《七启》是曹植(子建)摹拟《七发》而写的一篇赋作。启,发也。铺叙七事以启发之,故谓七启。作品大约写于建安十五年(210)前后。曹植正是二十岁左右,年少志盛,才思敏捷,已显露"言出为论,下笔成章"的个人天赋,满怀"忧国忘家,捐躯济难"的社会理想。因而深得曹操爱重。

　　此期,曹操官至大将军,位为丞相,已经消灭袁术袁绍,战胜刘表,统治冀州,控制黄河流域。但是要完成统一天下大业、发展已有的胜利,还必须争取广大士族的支持与合作,为此,便于建安十五年春宣布《求贤令》,曰:"今天下尚未定,此特求贤之急时也。孟公绰为赵魏老则优,不可以为滕薛大夫。若必廉士而后可用,则齐桓其何以霸世?今天下得无有被褐怀玉,而钓于渭滨者乎?又得无有盗嫂受金,而未遇无知者乎?二三子其佐我明扬仄陋,唯才是举,吾得而用之。"表现出一位卓越政治家的雄才大略的气度和尊贤礼士的观念。曹植这篇《七启》,很可能是与乃父的《求贤令》相呼应,为其求贤方针做鼓吹。(参用赵幼文《曹植集校注》说)

　　全篇第一部分交代人物与问题。玄微子为主,镜机子为客,皆为虚拟的人物,分别代表两种彼此对立的价值观。前者代表道家的出世观念,飞遁离俗,轻物傲贵,以为"名秽我身,位累我躬,窃慕古人之所志,仰老庄之遗风"。后者代表儒家的入世观念,以为"君子不遁俗而遗名,智士不背世而灭勋"。主客两方有一番辩论。第二部分是正文,镜机子以客的身份叙述七件事,即肴馔、服饰、田猎、宫馆、声音、游侠、政教。前六事皆为铺垫,最后一事则为主旨所在。至此,第一部分提出的问题获得解决,玄微子以主的身份接受了镜机子的劝说,"览盈虚之正义,知顽素之迷惑",廓尔觉醒,归附朝廷。

《七启》与其他七体之赋比较,有三点值得注意:

其一,有鲜明的现实感与目的性。最后揭示主旨的部分,直接抬出"圣宰"、"主上",做为歌颂的对象。"世有圣宰,翼帝霸世,同量乾坤,等耀日月,玄化参神,与灵合契",则是对乃父文韬武略的颂歌。"河滨无洗耳之士,乔岳无巢居之民,是以俊义来仕,观国之光,举不遗材,进各异方","然主上犹尚以沉恩之未广,惧声教之未厉,采英奇于仄陋,宣皇明于岩穴,此宁子商歌之秋,而吕望所以投纶而逝也",则是其《求贤令》的具体化,体现了当时的社会历史情势。这是《七启》与一般虚辞滥说、劝百讽一、以正言而出微辞之赋作的不同之点。

其二,有一定的论辩性。第一部分主客关于出世入世之争是论辩。而就全篇来说,则是三种典型价值观的论辩。第一种,是玄微子所代表的绝俗弃物的遁世主义;第二种,是镜机子所叙述的纵情物欲的享乐主义;第三种,则是镜机子所崇尚的经世济民的理想主义。遁世主义是消极倒退的,享乐主义是庸俗低级的,只有理想主义是高尚积极的,代表了社会的发展方向。这三种价值选择,显然是对立冲突的,在剖析对比中具有强烈的论辩性,构成一个肯定、否定、否定之否定的过程。镜机子代表了曹植青年时代的进取奉献精神。

其三,是艺术描写的宏壮之美。《七启》固然没有《七发》曲江观涛那样雄伟博大惊心动魄的描写,但是它对肴馔、服饰、田猎的描写中,则善于把精细的刻画与浩大的气势相统一。尤其写声色一事则把声音、色彩、光影融合贯通,集中以舞女的形象体现出来。"长裙随风,悲歌入云。跹捷若飞,蹈虚远瞻。凌跃超骧,蜿蝉挥霍。翔尔

鸿翥，潎然鬼没。纵轻体以迅赴，景随形而不逮。飞声激尘，依违厉
响。才捷若神，形难为象。"其中四六排联，响字协韵，比喻比拟夸张
之法交替为用，造成一种绝妙的艺术效果。刘勰说："陈思《七启》，
取美于宏壮。"(《文心雕龙·杂文》)《七启》描写声色之例，与《七
发》观涛具有同样的宏壮之美。

　　以此可见，赋是在模拟的框架之中体现个人的创造。

原文

　　昔枚乘作《七发》[1]，傅毅作《七激》[2]，张衡作《七
辩》[3]，崔骃作《七依》[4]，辞各美丽。余有慕之焉，遂作《七
启》。并命王粲作焉[5]。

　　玄微子隐居大荒之庭[6]，飞遁离俗[7]，澄神定灵[8]。轻
禄傲贵[9]，与物无营[10]。耽虚好静[11]，羡此永生[12]。独驰
思于天云之际[13]，无物象而能倾[14]。于是镜机子闻而将往
说焉[15]。驾超野之骊[16]，乘追风之舆[17]。经迥漠[18]，出
幽墟[19]。入乎泱漭之野[20]，遂届玄微子之所居[21]。其居
也，左激水[22]，右高岑[23]。背洞溪[24]，对芳林[25]。冠皮
弁[26]，被文裘[27]。出山岫之潜穴[28]，倚峻崖而嬉游[29]。
志飘飘焉[30]，峣峣焉[31]，似若狭六合而隘九州[32]。若将飞
而未逝[33]，若举翼而中留[34]。于是镜机子攀葛藟而登[35]，
距岩而立[36]，顺风而称曰："予闻君子不遁俗而遗名[37]，智
士不背世而灭勋[38]。今吾子弃道艺之华[39]，遗仁义之
英[40]。耗精神乎虚廓[41]，废人事之纪经[42]。譬若画形于
无象[43]，造响于无声[44]。未之思乎，何所规之不通也[45]?"
玄微子俯而应之曰："谑，有是言乎! 夫太极之初[46]，浑沌
未分[47]，万物纷错[48]，与道俱隆[49]。盖有形必朽[50]，有迹

必穷^[51]。芒芒元气^[52]，谁知其终？名秽我身^[53]，位累我躬^[54]。窃慕古人之所志^[55]，仰老庄之遗风^[56]。假灵龟以托喻^[57]，宁掉尾于涂中^[58]。"

镜机子曰："夫辩言之艳^[59]，能使穷泽生流^[60]，枯木发荣^[61]。庶感灵而激神^[62]，况近在乎人情^[63]。仆将为吾子说游观之至娱^[64]，演声色之妖靡^[65]。论变化之至妙^[66]，敷道德之弘丽^[67]。愿闻之乎？"玄微子曰："吾子整身倦世^[68]，探隐拯沉^[69]。不远遐路^[70]，幸见光临。将敬涤耳^[71]，以听玉音^[72]。"

镜机子曰："芳菰精稗^[73]，霜蓄露葵^[74]。玄熊素肤^[75]，肥豢脓肌^[76]。蝉翼之割^[77]，剖纤析微^[78]。累如叠縠^[79]，离若散雪^[80]。轻随风飞，刃不转切^[81]。山鵽斥鷃^[82]，珠翠之珍^[83]。寒芳苓之巢龟^[84]，脍西海之飞鳞^[85]。臛江东之潜鼍^[86]，腾汉南之鸣鹑^[87]。糅以芳酸^[88]，甘和既醇^[89]。玄冥适咸^[90]，蓐收调辛^[91]。紫兰丹椒^[92]，施和必节^[93]。滋味既殊，遗芳射越^[94]。乃有春清缥酒^[95]，康狄所营^[96]。应化则变^[97]，感气而成^[98]。弹徵则苦发^[99]，叩宫则甘生^[100]。于是盛以翠樽^[101]，酌以雕觞^[102]。浮蚁鼎沸^[103]，酷烈馨香^[104]。可以和神^[105]，可以娱肠^[106]。此肴馔之妙也^[107]。子能从我而食之乎？"玄微子曰："予甘藜藿^[108]，未暇此食也^[109]。"

镜机子曰："步光之剑^[110]，华藻繁缛^[111]。饰以文犀^[112]，雕以翠绿^[113]。缀以骊龙之珠^[114]，错以荆山之玉^[115]。陆断犀象^[116]，未足称俊^[117]。随波截鸿^[118]，水不渐刃^[119]。九旒之冕^[120]，散耀垂文^[121]。华组之缨^[122]，从风纷纭。佩则结绿悬黎^[123]，宝之妙微^[124]。符采照烂^[125]，

七启八首

流景扬辉[126]。黼黻之服[127]，纱縠之裳[128]。金华之舄[129]，动趾遗光[130]。繁饰参差[131]，微鲜若霜。绲佩绸缪[132]，或雕或错[133]。薰以幽若[134]，流芳肆布[135]。雍容闲步[136]，周旋驰耀。南威为之解颜[137]，西施为之巧笑[138]。此容饰之妙也。子能从我而服之乎？"玄微子曰："予好毛褐[139]，未暇此服也。"

镜机子曰："驰骋足用荡思[140]，游猎可以娱情[141]。仆将为吾子驾云龙之飞驷[142]，饰玉路之繁缨[143]。垂宛虹之长绥[144]，抗招摇之华旌[145]。捷忘归之矢[146]，秉繁弱之弓[147]。忽蹑景而轻鹜[148]，逸奔骥而超遗风[149]。于是碛填谷塞[150]，榛薮平夷[151]。缘山置罝[152]，弥野张罘[153]。下无满迹[154]，上无逸飞[155]。鸟集兽屯[156]，然后会围。獠徒云布[157]，武骑雾散。丹旗耀野，戈殳皓旰[158]。曳文狐[159]，掩狡兔[160]。捎鹔鹴[161]，拂振鹭[162]。当轨见藉[163]，值足遇践[164]。飞轩电逝[165]，兽随轮转[166]。翼不暇张[167]，足不及腾[168]。动触飞锋[169]，举挂轻罾[170]。搜林索险[171]，探薄穷阻[172]。腾山赴壑[173]，风厉焱举[174]。机不虚发[175]，中必饮羽[176]。于是人稠网密，地逼势胁[177]。哮阚之兽[178]，张牙奋鬣[179]。志在触突[180]，猛气不慑[181]。乃使北宫东郭之畴[182]，生抽豹尾[183]，分裂犳肩[184]。形不抗手[185]，骨不隐拳[186]。批熊碎掌[187]，拉虎攦斑[188]。野无毛类[189]，林无羽群[190]。积兽如陵[191]，飞翮成云[192]。于是骇钟鸣鼓[193]，收旌弛斾[194]。顿纲纵网[195]，罢獠回迈[196]。骏骡齐骧[197]，扬銮飞沫[198]。俯倚金较[199]，仰抚翠盖[200]。雍容晏豫[201]，娱志方外[202]。此羽猎之妙也。子能从我而观之乎？"玄微子曰："予乐恬静，未暇此观也。"

镜机子曰:"闲宫显敞[203],云屋皓旰[204]。崇景山之高基[205],迎清风而立观[206]。彤轩紫柱[207],文榱华梁[208]。绮井含葩[209],金墀玉箱[210]。温房则冬服缔绤[211],清室则中夏含霜[212]。华阁缘云[213],飞陛陵虚[214]。颓眺流星[215],仰观八隅[216]。升龙攀而不逮[217],眇天际而高居[218]。繁巧神怪[219],变名异形[220]。班输无所措其斧斤[221],离娄为之失睛[222]。丽草交植[223],殊品诡类[224]。绿叶朱荣[225],熙天曜日[226]。素水盈沼[227],丛木成林。飞翮凌高[228],鳞甲隐深[229]。于是逍遥暇豫[230],忽若忘归。乃使任子垂钓[231],魏氏发机[232]。芳饵沉水[233],轻缴弋飞[234]。落翳云之翔鸟[235],援九渊之灵龟[236]。然后采菱华[237],擢水蘋[238]。弄珠蚌[239],戏鲛人[240]。讽《汉广》之所咏[241],觌游女于水滨[242]。燿神景于中沚[243],被轻縠之纤罗[244]。遗芳烈而靖步[245],抗皓手而清歌[246]。歌曰:望云际兮有好仇[247],天路长兮往无由[248]。佩兰蕙兮为谁脩[249],宴婉绝兮我心愁[250]。此宫馆之妙也。子能从我而居之乎?"玄微子曰:"予耽岩穴,未暇此居也。"

镜机子曰:"既游观中原,逍遥闲宫[251],情放志荡[252],淫乐未终[253]。亦将有才人妙妓[254],遗世越俗[255]。扬《北里》之流声[256],绍《阳阿》之妙曲[257]。尔乃御文轩[258],临洞庭[259]。琴瑟交挥[260],左篪右笙[261]。钟鼓俱振,箫管齐鸣。然后姣人乃被文縠之华袿[262],振轻绮之飘飖[263]。戴金摇之熠燿[264],扬翠羽之双翘[265]。挥流芳[266],燿飞文[267]。历盘鼓[268],焕缤纷[269]。长裾随风[270],悲歌入云。跞捷若飞[271],蹈虚远蹑[272]。凌跃超骧[273],蜿蝉挥霍[274]。

翔尔鸿骞^[275],潎然鸟没^[276]。纵轻体以迅赴^[277],景追形而不逮^[278]。飞声激尘,依违厉响^[279]。才捷若神^[280],形难为象^[281]。于是为欢未渫^[282],白日西颓^[283]。散乐变饰^[284],微步中闺^[285]。玄眉弛兮铅华落^[286],收乱发兮拂兰泽^[287],形婧服兮扬幽若^[288]。红颜宜笑,睇眄流光^[289]。时与吾子,携手同行。践飞除^[290],即闲房^[291]。华烛烂^[292],幄幕张。动朱唇,发清商^[293]。扬罗袂^[294],振华裳^[295]。九秋之夕^[296],为欢未央^[297]。此声色之妙也。子能从我而游之乎?"玄微子曰:"予愿清虚,未暇此游也。"

镜机子曰:"予闻君子乐奋节以显义^[298],烈士甘危躯以成仁^[299]。是以雄俊之徒^[300],交党结伦^[301]。重气轻命^[302],感分遗身^[303]。故田光伏剑于北燕^[304],公叔毕命于西秦^[305]。果毅轻断^[306],虎步谷风^[307]。威慑万乘^[308],华夏称雄^[309]。"辞未及终,而玄微子曰:"善。"

镜机子曰:"此乃游侠之徒耳^[310],未足称妙也。若夫田文无忌之俦^[311],乃上古之俊公子也^[312]。皆飞仁扬义^[313],腾跃道艺^[314]。游心无方^[315],抗志云际^[316]。凌轹诸侯^[317],驱驰当世^[318]。挥袂则九野生风^[319],慷慨则气成虹霓^[320]。吾子若当此之时,能从我而友之乎?"玄微子曰:"予亮愿焉^[321]。然方于大道^[322],有累如何?^[323]"

镜机子曰:"世有圣宰^[324],翼帝霸世^[325]。同量乾坤^[326],等曜日月^[327]。玄化参神^[328],与灵合契^[329]。惠泽播于黎苗^[330],威灵振乎无外^[331]。超隆平于殷周^[332],蹑羲皇而齐泰^[333]。显朝惟清^[334],王道遐均^[335]。民望如草^[336],我泽如春^[337]。河滨无洗耳之士^[338],乔岳无巢居之民^[339]。是以俊乂来仕^[340],观国之光^[341]。举不遗才^[342],

进各异方[343]。赞典礼于辟雍[344]，讲文德于明堂[345]，正流俗之华说[346]，综孔氏之旧章[347]。散乐移风[348]，国富民康。神应休臻[349]，屡获嘉祥[350]。故甘灵纷而晨降[351]，景星宵而舒光[352]。观游龙于神渊[353]，聆鸣凤于高冈[354]。此霸道之至隆[355]，而雍熙之盛际[356]。然主上犹以沉恩之未广[357]，惧声教之未厉[358]，采英奇于仄陋[359]，宣皇明于岩穴[360]。此宁子商歌之秋[361]，而吕望所以投纶而逝也[362]。吾子为太和之民[363]，不欲仕陶唐之世乎[364]？"于是玄微子攘袂而兴曰[365]："鄙哉言乎[366]！近者吾子，所述华淫[367]，欲以厉我[368]，只搅予心[369]。至闻天下穆清[370]，明君莅国[371]，览盈虚之正义[372]，知顽素之迷惑[373]。今予廓尔[374]，身轻若飞。愿反初服[315]，从子而归。"

注释

〔1〕枚乘：字叔，西汉淮阴人，辞赋家。所作《七发》，为"七"体的首创，后世作者多模仿之。

〔2〕傅毅：字武仲，东汉扶风茂陵人，辞赋家。所作有诗赋与《七激》等。

〔3〕张衡：字平子，东汉南阳西鄂人，辞赋家。所作《两京赋》、《思玄赋》为汉大赋的代表作。其中"七"体之作有《七辩》。

〔4〕崔骃(yīn 因)：字亭伯，东汉涿郡安平人，辞赋家。与班固、傅毅同时齐名。所作有诗赋铭颂等，"七"体之作有《七依》。

〔5〕王粲：字仲宣，三国魏山阳高平人。建安七子之一。《登楼赋》为其赋体的代表作。

〔6〕玄微子：道家者流的隐士，作者虚设的人物。李善注："玄微，幽玄精微也。" 大荒：传说日月所入之地，言其与人间距离遥远。李善注引《山海经》："大荒之中有山，名曰大荒之山，日月所入，是谓大荒之野中也。"

〔7〕飞遁(dùn 盾)：飞，又作"肥"，谓隐居避世。李善注引《九师道训》："遁而能飞，吉孰大焉。"

〔8〕澄神:谓精神清静,不为外物所累。澄,水清,清静。 定灵:谓心灵安定,不为物欲所牵。

〔9〕禄:俸禄。官宦的薪俸。 贵:指显赫的地位。

〔10〕物:外物。指富贵利禄。 营:谋求。

〔11〕耽虚:沉浸于虚静。虚,虚静,指道家弃世轻物保持心灵恬静的人生哲理。

〔12〕永生:长生,指道家避世全生之道。

〔13〕驰思:神思远驰,不为俗世困扰。 天云:比喻高远清静的境界。

〔14〕物象:万物的形象。李善注引《左传》:"韩简曰:'物生而后有象。'"此指俗世利禄,以及声色犬马之类的物质享乐。 倾:倾动,使之心灵倾动。

〔15〕镜机子:作者假设的人物,代表玄微子道家观念的对立面。李善注:"镜机,镜照机微也。"意谓此人通达宇宙万物深微之理。 焉:之。代玄微子。

〔16〕超野:超越山野,谓迅疾。 驷:驾一车的四马。指车。

〔17〕追风:追赶急风,谓迅疾。 舆:车。

〔18〕迥漠:遥远的沙漠。

〔19〕幽墟:边远的丘墟。

〔20〕泱漭(yāng mǎng 央莽):茫然无边的样子。

〔21〕届:至。

〔22〕激水:湍急的河流。

〔23〕高岑:高而尖峭的山峰。

〔24〕洞溪:深溪。

〔25〕芳林:芳美的树林。

〔26〕皮弁(biàn 变):白鹿皮所制之冠。李善注引《仪礼》:"皮弁服素积。"郑玄注:"皮弁者,白鹿皮为冠,象上古也。"

〔27〕文狐:有文彩的狐皮。 裘:皮衣。

〔28〕山岫(xiù 秀):山峰。 潜穴:深邃的岩穴。

〔29〕峻崖:险峻的岩崖。

〔30〕志:情志,神情。 飘飘:高远的样子。

〔31〕峣峣(yáo yáo 尧尧):高耸的样子。

〔32〕六合:指天地四方。此指宇宙之间。 九州:古代中国分为九个州。据《书·禹贡》,即冀、豫、雍、扬、兖、徐、梁、青、荆。此指天下。

〔33〕逝:去,离去。

〔34〕留:止。

〔35〕葛藟(lěi 累):葛和藟,两种蔓生植物。

〔36〕距:至。

〔37〕遁俗:避世隐居。 遗名:遗弃美誉。名,名声,美誉。

〔38〕智士:有才智的人。 背世:弃世。 灭勋:泯灭功勋。意谓放弃建立功勋的机遇。

〔39〕吾子:第二人称,表敬。此指玄微子。 道艺:指儒家用以教民的先王之道与六艺。艺,六艺,即六经。 华:花。

〔40〕仁义:指儒家的基本道德原则。仁,谓泛爱人类;义,谓分别尊卑贵贱。 英:花。

〔41〕耗:浪费。 虚廓:清静虚空。指道家避世弃物超越一切的人生理想。

〔42〕人事:指人间道德与社会责任。 纪经:常理,原则。

〔43〕形:形貌, 象:图象。李善注引《孙卿子》:"下之和上,譬响之应声,影之像形。"又引杨雄《解难》:"譬若画者放于无形,弦者放于无声也。"此句"画形于无象",则"形"、"象"互换,意在修辞以避熟。

〔44〕响:反响,音响。 声:声音。以上两句李善注:"言像因形生,响随声发,今欲无声而造响,图像而无形,岂有得哉?"意思是说,玄微子避世弃物,追求永生,这种人生态度好比画师不依据实在形貌而凭空画像,乐师不按照客观声音而随便制造音响,必将枉费心思,终无所成。

〔45〕规:规劝,告诫。

〔46〕太极:指宇宙形成之前的元气。

〔47〕浑沌:指天地未分之前的元气状态。

〔48〕纷错:指万物初生时的原始状态。

〔49〕道:指宇宙万物的变化规律。 隆:成长,繁荣。以上两句意思说,元气分而为万物,而宇宙之前是浑沌的元气,万物由纷繁错杂的初生状态,继而随自然规律而发展旺盛。

〔50〕形:形体。此指生命。 朽:腐烂,消亡。

〔51〕迹:踪迹。此指社会功勋与道德声誉。以上两句意思说,形体生命终将衰亡腐烂,功勋声誉终将消逝不存,一切俗世之物都是暂时的、空虚的,没有追求的价值。

〔52〕芒芒:广大无际的样子。　元气:指宇宙万物借以生成的浑沌原始之气。此指变化不居永恒无限的宇宙。

〔53〕名:名声。此指俗世的虚名。　秽:污秽,玷污。

〔54〕位:地位。此指显达的权位。　累:累赘,束缚。　躬:身体。此指自身的精神自由。

〔55〕古人:指上古岩穴隐居逃离俗世的巢父、许由等。　志:志向,心志。

〔56〕老庄:老子与庄子,道家的始祖,主张逍遥自由、清静无为的人生理想。　遗风:遗留后世的风范。

〔57〕假:假借。　灵龟:神龟。　托喻:寄托比喻。

〔58〕掉尾:曳尾,拖着尾巴。　涂中:泥巴之中。涂,泥。李善注引《庄子》:“楚王使大夫往聘庄子。庄子曰:‘吾闻楚有神龟,死已三千岁矣,王巾笥(布巾竹箱)而藏之于庙堂之上。此龟者,宁其死为留骨而贵乎? 宁其生而曳尾涂中乎?’二大夫曰:‘宁生曳尾涂中。’庄子曰:‘往矣,吾将曳尾于涂中也。’”以上两句用其义,意思说我也像庄子那样,以神龟为喻,不想死后让当政者把自己的骨头藏在庙堂之上,而甘愿活着拖尾爬行污泥之中,表示对利禄富贵的蔑视,对真朴自由生活的满足。

〔59〕辩言:雄辩有力的言词。　艳:华美动人。

〔60〕穷泽:干涸的湖沼。　流:流水。

〔61〕发荣:开花,繁茂。

〔62〕感灵:使神灵感化。　激:感动。

〔63〕人情:人的情感。

〔64〕仆:镜机子自谓。　游观:游宴观赏。　至娱:至乐。

〔65〕演:与下之论、敷,皆谓夸张辩说。　声色:指歌舞女色。　妖靡:美好。

〔66〕变化:谓宇宙万物姿态各异,丰富多彩。

〔67〕弘丽:弘大华美。

〔68〕整身:整饬行为。(用赵幼文《曹集校注》说)　倦世:令人厌倦的俗世。俗世间争名争利,身心交瘁,故谓之倦世。此指厌倦俗世的人。

〔69〕探隐:探访隐居者。　拯沉:拯救沉沦者。以上两句意义互见,谓镜机子探访隐居者,拯救沉沦者,使倦于俗世者的行为得到整饬。

〔70〕远:以为遥远。此意动用法。　遐路:远路。

〔71〕涤耳:洗耳恭听。

〔72〕玉音:对人言辞的敬称,指高雅的谈吐。

〔73〕芳菰(gū 姑):即菰,草名,也称雕胡。芳菰,修辞家以美称之。菰生水边,芽嫩可食,其实如米。 精稗(bài 败):即稗子,草名,似谷。精稗,修辞家以美称之。李善注引《说文》:"稗,禾别名。"

〔74〕霜蓄:冬菜名。李善注引《毛诗》:"我行其野,言采其蓫。"郑注:"蓫,牛颓。蓫与蓄,音义通也。"胡绍煐说:"按《毛传》:'蓫,恶菜。'陆机疏云:'扬州人谓之马蹄,幽州人谓之蓫,是蓫非可食之菜。'此蓄与葵对举,则蓄非蓫矣。《邶·谷风》:'我有旨蓄。'笺:'蓄,聚美菜。'《广韵》:'蓄,冬菜。'蓄,为冬菜,故谓之霜蓄。"(《文选笺证》,卷二十五) 露葵:野菜名。着露时采之为宜,故谓露葵。

〔75〕玄熊:黑熊。 素肤:白肉。

〔76〕肥豢:肥美的犬豕之类。李善注引郑玄《周礼注》:"犬豕曰豢。" 胈肌:肥肉。胈,肥的样子。

〔77〕蝉翼:比喻极薄。 割:切割。

〔78〕纤:纤细、细微。

〔79〕累:堆积。 叠縠(hú 壶):重叠的轻纱。縠,有绉纹的绢纱。

〔80〕离:散开。 散雪:飘散的雪花。

〔81〕转:移动。

〔82〕山鸓(duò 堕):野禽名。《尔雅·释鸟》郭注:"鸓鸠大如鸽,似雌雉,鼠脚,无后指,岐尾,为鸟憨急,群飞,出北方沙漠地。" 斥鷃(yàn 燕):鸟名。李善注引《庄子》:"鹏抟扶摇而上,斥鷃笑之曰:'彼奚适也?'斥与尺,古字通。又,胡绍煐说:"按斥,泽也。斥鷃犹泽鷃。斥鷃山鸓对言,正谓泽。司马彪《逍遥游篇注》:'斥,小泽。'显也。"

〔83〕珠翠:指蚌肉与翠鸟肉,皆为珍贵的食品。珠生于蚌,故以代蚌。(用张铣注)

〔84〕寒:似指肉冻。李善注:"寒,今胚肉也。"胚,指煮、煎。又引《盐铁论》:"煎鱼切肝,羊淹鸡寒。"赵幼文引朱琦《文选集释》:"案胚与鲭同,酱类也。……酱称寒者,《广雅》:'醶,酱也。'醶与凉通。"(《曹集校注》,卷一)李善所谓胚肉,即煮肉,属酱类,又称寒,故谓肉冻近似。 芳苓:指莲花。李善注:"苓与莲同。" 巢龟:巢于莲上之龟。李善注引《史记》:"有神龟在江南嘉林中,常巢

于芳莲之上。"

〔85〕脍(kuài 快):指切细的肉。此谓烩肉丝。 西海:传说中的海名。飞鳞:飞鱼,文鳐。李善注引《山海经》:"泰器之山,滥水出焉。是多鳐鱼,常行西海,而游于东海,夜飞而行。"

〔86〕臛(huò 货):带汁的肉。 江东:此指出产鼋鼍之地。 潜鼍(tuó 驼):藏于深水的鼍。鼍,即扬子鳄。一种水生动物,长丈余,四足,有甲。生长江中。

〔87〕𦞀(juàn 卷):少汁的肉羹。 汉南:指出产鸣鹑之地。 鸣鹑:鹌鹑。鸣,修辞以为美称。

〔88〕糅:杂,搀合。 芳酸:指醋类的调味品。芳,修辞以为美称。

〔89〕甘:指糖类的调味品。 和:调和。 醇:醇厚。

〔90〕玄冥:北方之神,五行属水,水就下,沉淀而味咸。李善注引《礼记》:"北方,其神玄冥。北方,水也。"又引《尚书》:"水曰润下,润下作咸。" 适:调。

〔91〕蓐(rù 入)收:西方之神,五行属金,其味辛。李善注引《礼记》:"西方,其神蓐收。西方,金也。"又引《尚书》:"金曰从革,从革作辛。" 辛:辣。

〔92〕紫兰:草名,味香。 丹椒:花椒,味香。

〔93〕施和:施张调和。 节:限度。

〔94〕遗芳:余香。 射越:散发,扩散。

〔95〕春:指春酒。 清缥酒:即清酒。李善注引郑玄《礼记注》:"清酒,今之中山,冬酿接夏而成也。"缥,绿色而微白。

〔96〕康狄:杜康与仪狄,皆古时善酿酒者。 所营:营造,指酒。

〔97〕应化:感应而生变化。李善注引《淮南子》:"物类之相应,故东风至而酒泛溢。"

〔98〕感气:与阴阳之气相感应。气,指阴阳二气。李善注引《春秋说题辞》:"黍为酒。阳援阴乃能动,故以麦黍为酒。"宋衷曰:"麦,阴也。先溃麹,黍后入,故曰阳援阴,相得而沸,是其动也。"

〔99〕徵(zhǐ 指):古时音乐五音(宫、商、角、徵、羽)之一。李善注引《礼记》:"季夏之月,其音徵,其味苦。"

〔100〕叩:敲击。 宫:古时五音之一。李善注引《礼记》:"中央土,其音宫,其味甘也。"以上四句叙述康狄酿酒的原理与妙法。

〔101〕翠樽:翠玉制的酒器。

〔102〕酌：斟，饮。　雕觞：雕饰的酒杯。

〔103〕浮蚁：酒器初开酒表面浮起的泡沫。　鼎沸：鼎水沸腾。此形容浮蚁飘动。鼎，古时烹煮的工具。

〔104〕酷烈：香味浓郁。

〔105〕和神：使心神和畅。

〔106〕娱肠：使肠胃舒适。

〔107〕肴馔（yáo zhuàn 摇篆）：鱼肉制作的宴席。

〔108〕藜藿：贱菜，布衣所食。

〔109〕未暇：没有功夫。此谓不喜好之义。

〔110〕步光：宝剑名，其光可照数步。李善注引《越绝书》："孔子从弟子七十人往奏，勾践乃身被赐夷之甲，带步光之剑。"

〔111〕华藻：华丽的花纹。　繁缛（rù 入）：细密的彩饰。

〔112〕文犀（xī 西）：刻饰文彩的犀牛角。犀，犀牛，其角可入药，也作装饰品。

〔113〕翠绿：指翡翠与碧玕，皆美玉之名。（用赵幼文《曹集校注》说）

〔114〕缀：装饰。　骊（lí 离）龙：黑龙，其颔下生宝珠。李善注引《庄子》："千金之珠在九重之渊，而骊龙颔下。"

〔115〕荆山：即楚山，古时卞和得璞玉于此。李善注引《韩子》："楚人和氏，得璞玉于楚山之中也。"

〔116〕犀象：犀牛与野象，皆属体大而皮厚的动物。

〔117〕俊：杰出，绝异。

〔118〕截：断。　鸿：鸿雁。

〔119〕渐：渍，沾。

〔120〕九旒（liú 流）：指古代诸侯冠冕前所悬系之珠串。天子十二，诸侯九。冕：古代贵族所戴的礼帽。

〔121〕耀：光耀，光辉。　垂：悬。　文：文采。

〔122〕华组：指冠冕的丝带。华，彩饰。　缨：缨饰。此指华组上的缨饰。

〔123〕佩：指挂在衣带上的装饰品。　结绿：美玉名。　悬黎：美玉名。李善注引《战国策》："应侯谓秦王曰：'梁有悬黎，宋有结绿，而为天下名器也。'"

〔124〕妙微：美妙精巧。

〔125〕符采：玉上的横纹。此指玉彩。　照烂：光辉灿烂。

昭明文选

译注

〔126〕流景:流光。

〔127〕黼黻(fǔ fú 斧伏):古代礼服上绣的花纹。黼,半黑半白的花纹;黻,半青半黑的花纹。

〔128〕纱縠:一种极薄的丝织品。 裳:古时指裙,男女皆服。

〔129〕金华:金花,以金为花。此谓鞋上的装饰。 舄(xì 戏):鞋。

〔130〕趾(zhǐ 止):脚。 遗光:余光。李善注以上两句:"言以金华饰舄,故动足而有余光也。"

〔131〕繁饰:繁多的装饰之物。 参差:长短相杂的样子。

〔132〕绲(gǔn 滚)佩:系在衣带上的佩饰之物。绲,织成的带子。 绸缪(móu 谋):缠绕相连的样子。

〔133〕雕:刻画。 错:镶嵌。

〔134〕幽若:即杜若,香草名。李善注:"若,杜若也。若称幽若,犹兰曰幽兰也。"

〔135〕流芳:发散的芳香。 肆布:散布。

〔136〕雍容:举止优雅仪态大方的样子。 闲步:舒缓徐行。

〔137〕南威:即南之威。古代美女名。李善注引《战国策》:"晋文公得南威,三日不听朝。遂推而远之曰:'后世必有以色亡其国者。'" 解颜:开颜欢笑的样子。

〔138〕西施:古代美女名。又称先施、西子。春秋时,越人败于会稽,范蠡求得西施,献吴王夫差,夫差许和。越王勾践生聚教训,十年灭吴。 巧笑:美好的笑貌。

〔139〕毛褐:毛布。此指粗劣的服装。

〔140〕驰骋:指骑射。 荡思:摇荡情思,振奋情志。

〔141〕游猎:游玩狩猎。 娱情:心情欢快。

〔142〕云龙:指骏马。李善注:"马有龙称,而云从龙,故曰云龙也。" 飞驷:指疾驰如飞的四马之车。古时一车四马,谓之驷。

〔143〕玉路:玉饰的车驾。 繁缨:繁,马腹下的革带;缨,缨饰,此指革带下的饰物。李善注:"繁与鞶,古字通。"鞶,大带。

〔144〕宛虹:宛屈如虹。此形容旌旗。 长绥(ruí):指旌旗。张铣注:"绥,车上所执也。"

〔145〕抗:举。 招摇:星名,为北斗第九星。此指画于旗帜上的星形图案。

132

华旌:画有彩饰的旌旗。

〔146〕捷:插。朱琦说:"捷与插,古字通耳。"(《文选集释》,卷二十) 忘归:矢名。

〔147〕秉:掌握。 繁弱:弓名。李善注引《新序》:"楚王载繁弱之弓,忘归之矢,以射随兕于梦也。"

〔148〕忽:疾速。 蹑景:追赶日影。李善注:"景,日景也。蹑之言疾也。"景,通"影"。 轻:谓轻捷疾驰。

〔149〕逸:超过。 奔骥:奔驰的骏马。 遗风:良马名。谓其疾速超过急风。

〔150〕磎(xī 西)填谷塞:谓狩猎车骑之众,充满谿谷。磎,同"谿",山谷。

〔151〕榛薮:灌木丛与沼泽地。 平夷:踏平。夷,平。此句谓狩猎车骑气势之盛,所向披靡。

〔152〕罝(jū 居):兽网。

〔153〕弥:遍。 张:布设。 罦(fú 浮):鸟网。

〔154〕下:地下。 满迹:指逃掉的兽类。满,当作"漏",传写之误。(胡氏见《文选考异》)迹,指兽类的踪迹,此代兽类。

〔155〕上:天上。 逸飞:逃去的鸟类。逸,逃去。

〔156〕屯:聚。此句谓鸟兽都被车骑驱赶到一处。

〔157〕獠(liáo 辽)徒:猎手。 云布:谓猎手密集如云。

〔158〕戈殳(shū 书):两种武器名。戈,其形旁出一刃;殳,有棱无刃。 皓旰(hào hàn 浩汗):光辉闪烁的样子。

〔159〕曳(yè 业):拖。 文狐:皮有文彩之狐。

〔160〕掩:覆,捕取。 狡兔:奸狡之兔。

〔160〕捎:杀。 鹔鹴(sù shuāng 肃霜):鸟名,长颈绿身,其形似雁。

〔162〕拂:击。 振鹭:即鹭鸶。振,即振振,谓其群飞的样子。

〔163〕当轨:正在车辙上。 见籍:被辗轧。

〔164〕值足:正遇上马足。 见践:被践踏。

〔165〕飞轩:飞驰的车子。

〔166〕转:搅动。此句谓猎物随车轮搅动而死。

〔167〕翼:指鸟。 不暇:没来得及。

〔168〕足:指兽。 腾:跳。

〔169〕动:谓兽跳动。　飞锋:快箭。

〔170〕举:谓鸟高飞。　轻罾(zēng 增):丝网。

〔171〕险:指险阻处所。

〔172〕薄:指草木丛生之所。　穷阻:搜尽险阻之处。

〔173〕壑:沟。

〔174〕风厉:如疾风迅猛。厉,猛。　焱(yàn 燕)举:如火焰腾举。此句以疾风烈火比喻车骑气势,威猛迅速。焱,火花,火焰。

〔175〕机:指弓弩上发射箭的机关。

〔176〕饮羽:谓箭射中目标之深,直至箭尾。羽,古代箭末梢的羽毛。

〔177〕地逼势胁:谓猎手在地势上逼近野兽。逼,近;胁,迫。

〔178〕哮阚(hǎn 喊):虎豹的咆哮之声。

〔179〕奋鬣(liè 列):直竖起颈上的长毛。鬣,狮虎之类颈上的长毛。

〔180〕志:此指野兽凶猛的气焰。　触突:冲撞奔突。此谓野兽横冲直撞,拼命突围。

〔181〕慑(shè 设):惧怕。

〔182〕北宫:即北宫黝,古代勇士名。李善注引《孟子》:"北宫黝之养勇也,不肤挠,不目逃,思以一毫挫于人,若挞之于市朝。"　东郭:指古代勇士。李善注引《吕氏春秋》:"齐有好勇者,一人居东郭,一人居西郭,卒然相遇于涂,曰:'姑相饮乎?'觞数行曰:'姑求肉乎?'一人曰:'子肉也;我,肉也。'因抽刀而相啖也。"　畴:类。

〔183〕抽:谓揪断。

〔184〕犰(chū 出):野兽名。似狸。　肩:此指野兽大腿。

〔185〕形:指兽体。　不抗:抵不住。　手:指武士之手。

〔186〕骨:指兽骨。　不隐:与"不抗"同义。隐,李善注引服虔《汉书注》:"隐,筑也。"此有抵御义。

〔187〕批:击。　掌:指熊掌。赵幼文说:"熊有力在掌,碎掌,形容武士壮健多力。"(《曹集校注》,卷一)

〔188〕拉:握,抓。　摧:折断。此有撕掉义。　斑:斑纹。此指虎豹有斑纹之皮。

〔189〕毛类:指兽类。

〔190〕羽群:指鸟类。

〔191〕陵:山陵。

〔192〕飞翮(hé 合):谓鸟被击落,羽毛飘飞于空。翮,羽毛的硬管,代羽毛。如云:形容多。

〔193〕骇钟:敲钟。骇,撞,击。

〔194〕弛旆(pèi 配):收起旌旗。弛,放松,解除。

〔195〕顿纲:撤去网纲。顿,舍撤。纲,网上的纲绳。 纵网:放下网罗。

〔196〕罴獠:罴,当作"罴"。(胡克家《文选考异》)獠,猎。 回迈:谓凯旋而行。迈,远行。

〔197〕骏骎(lù 录):皆指良马。 齐骧(xiāng 香):谓马昂头齐驰。骧,马抬头。

〔198〕銮:车上的铃。 沫:指马口喷溅的沫液。

〔199〕金较:指车箱上的横木,制作如龙形,饰之以金。

〔200〕翠盖:饰以翠羽的车盖。盖,车盖,遮阳御雨之具。

〔201〕雍容:仪态舒缓的样子。 暇豫:悠闲逸乐。

〔202〕娱志:心志愉悦。 方外:方域之外,指边远之地。

〔203〕闲宫:宽广的宫殿。 显敞:明亮高大。

〔204〕云屋:高大的屋宇。云,谓其高接云。

〔205〕崇:立,耸立。 景山:山名。李善《洛神赋》注引《河南郡图经》:"景山,缑氏县南七里。" 高基:高高的地基。

〔206〕清风:观名。李善注引《地理书》:"迎风观,在邺也。" 观:楼阁之类的建筑物)。

〔207〕彤轩:朱红的栏槛。

〔208〕文榱(cuī 崔):饰有文彩的椽子。榱,椽子。

〔209〕绮井:指彩饰的天花板。赵幼文说:"绮井,谓以板作井形,饰以丹青如绮也。刻作荷藻水物,所以压火也(《风俗通》)。"(《曹集校注》,卷一) 含葩:指天花板上彩绘如荷藻之类。

〔210〕金墀(chí 池):指饰金的门限。李善注:"金墀,犹金阤也。"赵幼文说:"案阤即门限,用铜沓冒,黄金涂,谓之金阤也。"(《曹集校注》,卷一) 玉箱:饰玉的房屋。李善注:"玉箱,犹玉房也。"

〔211〕温房:温暖的房屋。 绤绤(chī xì 吃细):两种葛纤维织成的布。精曰绤,细曰绤。此句谓温房冬日之暖。

〔212〕清室:清凉的屋室。　中夏:谓盛夏酷暑之日。

〔213〕华阁:饰以彩绘的阁道。阁,阁道,楼观之间腾空架设的复道。　缘云:临云,极言其高。

〔214〕飞陛:指登阁道的阶梯。　凌虚:凌空,极言其高。

〔215〕颎眺:俯视。颎,通"俯"。李善注引《鲁灵光殿赋》:"中坐垂景,颎视流星。"此句谓华阁飞陛之高峻,已超出云天,故观流星则俯视。

〔216〕八隅:八方。

〔217〕升龙:飞龙。　逮:到。

〔218〕眇(miǎo秒):眯眼看。　天际:天末,天边。

〔219〕繁巧:众巧,指有众多技巧者,如下言班输等。　神怪:神奇,指有神奇智能者,如下言离娄等。

〔220〕变名:当作"变容"。(用赵幼文《曹集校注》说)以上两句意思说,楼观阁道之高,使有众多技巧与神异功能者,一望之下都失掉常态,面容姿势都改变常形了。

〔221〕班输,鲁班与公输若。李善引郑玄《礼记注》:"公输若,匠师也。般、若之族,多技巧者也。"　措:置。　斧斤:斧子。斤,斧子的一种。

〔222〕离娄:古代眼力最精的人。李善注引《孟子》:"离娄之明。"赵岐曰:"古之明目者也。盖黄帝时人。"　失睛:谓眼力衰弱,视物不清。以上两句意思说,楼观阁道之华美高妙,使班输感到自己的技巧于此不足用,离娄也觉得自己的眼力于此模胡不清了。

〔223〕丽草:芳草。　交植:全都种植。

〔224〕殊品:各类不同品种。　诡类:异类。指丽草而言。

〔225〕朱荣:红花。

〔226〕熙天:光彩照天。熙,照,辉映。

〔227〕素水:清水。　盈:满。　沼:池。

〔228〕飞翮:指飞鸟。

〔229〕鳞甲:指鱼鳖。

〔230〕逍遥:悠然自得无所拘束的样子。

〔231〕任子:人名,即任公子,古之善钓者。李善注引《庄子》:"任子为大钓巨缁,五十犗以为饵,蹲会稽,投竿东海。旦而钓,期年不得鱼。已而鱼大食之,牵巨钩,陷没而下,惊扬而奋鬐,白波若山。"

〔232〕魏氏:人名,古之善射者。李善注引《吴越春秋》:"越王欲伐吴,范蠡进善射者陈音。越王问其射所起焉。音曰:'黄帝作弓,以备四方。后有楚狐父以其道传羿,羿传逢蒙,蒙传楚琴氏,琴氏传大魏,大魏传楚三侯,靡侯、翼侯、魏侯也。'"魏氏,即魏侯。　机:机弩,指弓箭。

〔233〕芳饵:鱼饵。芳,美言之。

〔234〕轻缴(zhuó 苗):系在箭上的生丝绳。此指带丝线的箭。　弋(yì义):用带丝绳的箭射鸟。　飞:指飞鸟。

〔235〕翳(yì 易)云:遮蔽天云。极言飞鸟之盛多。

〔236〕援:引,牵引。　九渊:九重之渊,深水。　灵龟:神龟。

〔237〕菱华:菱花。菱,植物名,生池沼中,果实通称菱角,可食。

〔238〕擢(zhuó 苗):拔,抽。　水蘋(pín 贫):水草名,蕨类植物,通称田字草。

〔239〕珠蚌(bàng 棒):一种水生动物,有两个介壳,椭圆形而坚硬,中藏珍珠,故谓珠蚌。

〔240〕鲛(jiāo 交)人:居于水底的仙人。李善注引刘渊林《吴都赋注》:"鲛人,水底居也。"

〔241〕讽:背诵。　汉广:《诗·周南》篇名。是古代江汉地区民间歌颂汉水女神的诗歌。

〔242〕觌(dí 敌):见。　游女:指汉水女神。《诗·汉广》:"汉有游女,不可求思。"该句典出此。

〔243〕神景:神光。此指游女出现带来的光彩。　中沚(zhǐ 止):水中沙洲。

〔244〕被(pī 披):穿。　轻縠:轻纱,丝织而成。　之:和。　纤罗:精细轻软的丝织品。

〔245〕遗:遗留。　芳烈:浓郁的芳香。　靖步:徐缓而行。靖,与"静"通,安,徐。

〔246〕抗:举。　皓手:洁白的手腕。　清歌:悲歌。(赵幼文《曹集校注》说)

〔247〕好仇:美好的配偶。仇,匹,配偶。

〔248〕天路:云天之路。　无由:无从,不知所从。

〔249〕兰蕙:皆香草名。　修:修饰,打扮。

〔250〕宴婉:宴,当作"燕"。(据胡克家《文选考异》)燕婉,安闲柔顺的样子。

〔251〕闲宫:安静敞亮的宫观。

〔252〕放:舒放。 荡:摇荡,宽松。

〔253〕淫乐:纵情娱乐。淫,过分,无节制。此有纵情义。

〔254〕才人:才艺之人。 妙妓:指女乐。

〔255〕遗世:离世,超越当世。 越俗:与"遗世"义同。此句谓才人妙妓,艺术水准超绝一世,无与伦比。

〔256〕北里:纣乐。李善注引《史记》:"纣使师涓作新淫之声,北里之舞,靡靡之乐。" 流声:淫放之声。

〔257〕绍:继承。 阳阿:歌曲名。李善注引《淮南子》:"夫歌采菱,发阳阿,郑人听之,不若延灵以和。"

〔258〕御:凭。 文轩:雕饰文彩的栏槛。

〔259〕洞庭:广庭。洞,五臣作"彤"。

〔260〕琴瑟:皆弦乐器。 交挥:一齐弹奏。

〔261〕篪(chí 池):古管乐器。竹为之。 笙:管乐器。

〔262〕姣人:美人。 文縠:有文彩的丝织品。 华袿(guī 龟):华丽的女上衣。

〔263〕轻绮:轻软有花纹的丝织品。 飘飖:长襟飘动的样子。

〔264〕金摇:妇女头上的饰物。用金制凤凰形,下悬五色玉,行步则彩玉摇荡,故亦名步摇。(赵幼文《曹集校注》,卷一) 熠燿:光辉闪烁的样子。

〔265〕翠羽:翡翠鸟的羽毛。美人头上的装饰物。 双翘:指插在头上的绿色长翎。

〔266〕挥:散发。 流芳:飘散的馨香。

〔267〕飞文:放射的光彩。此指美人身佩饰物放散的光彩。

〔268〕历:谓依次以足踏盘鼓。 盘鼓:古时舞蹈用的道具,因以为乐舞之名。李善《舞赋注》:"般鼓之舞,载籍无文。以诸赋言之,似舞人更递蹈之而为舞节。"赵幼文说:"盘鼓,汉魏七盘舞。地上放置七盘,鼓置于舞伎足下,足踏鼓,鼓声以作舞蹈时之节拍。王仲殊《沂南石刻画像中的七盘舞》:'在地面上有七个盘,分为二排,一排三个,一排四个,都系倒覆在地上。它们的大小形状和纹饰,看来都是一致的。'"(《曹集校注》,卷一)此解说至为确当可信。

〔269〕焕:光辉闪烁的样子。　缤纷:形容舞姿变化多端的样子。

〔270〕长裾(jū 居):长袖。指舞妓所着的舞衣。

〔271〕踍(jiǎo 脚)捷:轻灵敏捷。

〔272〕蹈虚:谓腾空而跳。　远瞩(zhí 直):跨步远跳。赵幼文说:"形容舞伎在七盘左右跳跃如风之疾,仿佛足不踏地,跨步极长之貌。"(《曹植校注》,卷一)

〔273〕凌跃:凌空跳跃。　超骧:超越腾举。

〔274〕蜿蝉:转折回旋,身段轻柔的样子。　挥霍:迅速轻疾的样子。

〔275〕鸿骛(zhù 住):鸿雁飞举。喻仰身高举的舞姿。

〔276〕潗(jí 吉)然:迅疾的样子。　凫(fú 浮)没:凫鸟入水。喻俯身下伏的舞姿。凫,水鸟,即野鸭。

〔277〕迅赴:迅疾奔赴。

〔278〕景:同"影"。

〔279〕依违:徘徊往来。此形容歌声反复荡漾的状态。　厉响:迅疾的回响。

〔280〕才捷:才艺轻捷娴熟。

〔281〕形:指舞伎的身姿歌舞。　为象:形象地加以描绘比喻。

〔282〕未渫(xiè 谢):未歇,未止。

〔283〕西颓:西落。

〔284〕散乐:即乐散。乐舞者解散。　变饰:改变服饰。谓着常服。

〔285〕微步:缓步。　中闺:深闺之中。

〔286〕玄眉:谓以青黑色的颜料画眉。玄,黑色,指画眉的颜料。　弛(chí 池):松弛解脱。　铅华:搽面的香粉。

〔287〕拂:涂。　兰泽:指发油。李善《神女赋注》:"以兰浸油,泽以涂头。"

〔288〕形:现出。　婑(tuǒ 妥)服:好服。李善注引《说文》:"婑,南楚之外谓好也。"　幽若:幽兰与杜若,两种香草名。此指幽若之香气。　以上几句日向注:"言美人歌声既毕,粉黛微落,乃复整理鬟发,拂涂兰膏,衣以好服,扬其芳香。"

〔289〕睇眄(dì miǎn 弟免):斜眼看视。　流光:指眼波。

〔290〕践:踏。　飞除:高峻的楼梯。除,阶梯。

〔291〕即:就。　闲房:闲静敞亮的房屋。

〔292〕华烛:闪光的灯烛。 烂:光辉灿烂。

〔293〕清商:指歌曲。吕延济注:"清商歌,秋声也。"

〔294〕罗袂(mèi 妹):绫罗的衣袖。

〔295〕振:飘动。 华裳:华丽的衣裳。华,指文彩。

〔296〕九秋:深秋。九秋之夕,谓夜已长。

〔297〕未央:未尽。

〔298〕奋节:激发气节。节,节概,气节,高尚的品格。 显义:发扬道义。义,指道德行为。

〔299〕烈士:为正义而献身的人。 甘:甘心情愿。 危躯:谓以身赴难,为正义与真理而牺牲。 成仁:完成合乎仁德的事业。仁,指儒家所倡导的最高道德规范。

〔300〕雄俊:英雄俊杰,即有崇高的社会理想和勇于为之献身的人。

〔301〕交党:谓联合志同道合者成为群体。 结伦:与"交党"义同。

〔302〕气:气节,品格。

〔303〕感分:情志为正义而激发。李善注:"分,分义也。" 遗身:忘我,捐躯。

〔304〕田光:战国燕之处士,曾参与太子丹谋刺秦王事,以己年老而荐荆轲。李善注引《史记》:"燕太子丹谓田光曰:'丹所言者,国大事也,愿先生勿泄也。'光曰:'诺。'退见荆轲曰:'吾闻长者为行,不使人疑己。今太子疑光,非节侠也。'欲自杀以激荆卿,遂自刭。" 北燕:即燕国。

〔305〕公叔:似指荆轲,战国时义侠之士,为燕太子西入秦刺秦王,不成而死。刘良注:"公叔,书传所不载,或云荆轲字公叔。"又,胡绍煐说:"《旁证》云:'《人物志·七缪》亦称荆轲为荆叔。'绍煐按,古不称名,姓下多字以叔,如《史记》,范雎为范叔,是也。"(《文选笺证》,卷二十五) 毕命:献出生命。 西秦:即秦国。

〔306〕果毅:果敢刚毅。 轻断:毫无犹豫地做出决断。

〔307〕虎步:猛虎行走。 谷风:山谷生风。李善注引《春秋元命苞》:"猛虎啸而谷风起,类相动也。"

〔308〕威慑(shè 设):使之畏惧。 万乘:指君主,天子。天子可出兵车万乘,故称为万乘之主。

〔309〕华夏:指中国。

〔310〕游侠:好交游行侠义之士。

〔311〕田文:指齐国贵族孟尝君。姓田,名文。在其封地薛,招致天下贤士,食客常数千人,多怀才技。曾入秦,秦王欲杀之。赖客有能为鸡鸣狗盗者,得免归。后如魏,魏王以为相,西合秦赵燕而伐齐,破之。(事见《史记·孟尝君列传》) 无忌:指魏国贵族信陵君。姓魏,名无忌。礼遇贤士,食客三千人。秦围赵,魏王不敢救,曾夺魏将晋鄙军,破秦存赵。秦伐魏,又归而救之,率五国之兵逐秦军至函谷关,威振天下。(事见《史记·信陵君列传》) 俦:类。

〔312〕俊:杰出。才智超众。

〔313〕飞仁:谓仁德之风传播远方。 扬义:谓正义之举显扬天下。

〔314〕腾跃:高举,发扬。 道艺:道德才智。

〔315〕游心:心灵自由活动。游,远游。 无方:不拘泥于常理。李善注引晋灼《汉书注》:"方,常也。"

〔316〕抗志:心志高举。抗,举。 云际:云端,极言其高。以上两句意思说,田文无忌等之俊公子心志远游,关怀天下兴亡,不为常理所拘,其抱负崇高,愿为他人解除危难。

〔317〕凌轹(lì 力):凌越慑服。轹,车轮碾轧。

〔318〕驱驰:谓使之奔走效命。 当世:指当世之显要者。

〔319〕九野:九州之山野,言地域之广阔。

〔320〕慷慨:情绪振奋昂扬。 虹霓(ní 尼):悬于清空的彩虹。

〔321〕亮:信,实在。

〔322〕方:将。 大道:指清静无为,依顺自然之道。

〔323〕累:累赘,妨碍。 以上两句刘良注:"言以势利相倾,于大道有累也。"

〔324〕圣宰:圣明的辅宰。此指曹操。操于建安十三年夏为丞相。

〔325〕翼:辅佐。 帝:指汉献帝刘协。 霸世:掌握天下的政教。霸,把持,掌握。《左传·成十八年》:"所以复霸也。"《正义》:"霸,把也,把持王政。"

〔326〕量:气量,胸襟,抱负。 乾坤:天地。

〔327〕曜:光辉。

〔328〕玄化:深厚教化。 参神:谓与天神的瑞应相合。参,合;神,天神。

〔329〕灵:指地灵,地神。 契:符契。李善注引《剧秦美新》:"与天剖灵符,地合神契。" 以上两句据古代谶纬之说,表明圣宰的玄化皆与天神地灵所

显示的符应相吻合。

〔330〕惠泽:恩泽,恩惠。　　播:传播。　　黎苗:指九黎族与三苗族。李善注引《国语》:"少昊之衰,九黎乱德。"又引《尚书》:"帝曰:'禹,惟时有苗不率,汝徂征。'"此指边远地区的少数民族。

〔331〕威灵:武威神灵。　　无外:指遥远无边之地。　　以上两句意思说,圣宰的恩德教化已经传播到少数民族之间,使之亲附归顺;武力神威已影响到极边远之地,使其震慑听命。

〔332〕隆平:太平盛世。　　殷周:指商汤王与周文、武之朝,皆为传说中清明太平之世。

〔333〕蹑:继。　　羲皇:伏羲神农,皆古帝名,其在位时均为太平之世。皇,当作"农"。(用赵幼文《曹集校注》说)　　泰:安泰康乐。

〔334〕显朝:圣明之朝。指曹操辅佐的献帝之朝。　　清:清明。

〔335〕王道:三王(夏禹、商汤、周文武)之道,即以仁义治天下之道。此指曹操的文治教化。　　遐:谓遐迩,远近。　　均:均等。

〔336〕望:仰望,拥戴。

〔337〕我泽:我王的恩泽。李周翰以上两句注:"王道,三王之道也,遐迩均齐也。下之望上,如草之仰雨;上之惠下,如春之降泽。言和之至也。"

〔338〕洗耳之士:指古隐士许由。李善注引《琴操》:"尧大许由之志,禅为天子。由以其不善,乃临河而洗耳。"谓许由以闻君位为污耳,故临河洗之。

〔339〕乔岳:高山。　　巢居之民:指古隐士巢父。李善注引皇甫谧《逸士传》:"巢父者,尧时隐人。常山居,以树为巢,而寝其上。时人号曰巢父也。"以上两句意思说,在圣宰文教政声的感召下,清静弃世的隐士们也都离开河滨山林,归向朝廷效命。

〔340〕俊乂(yì 易):有杰出才智者。　　仕:作官。

〔341〕观:观看。　　国之光:国家的光辉。李善注引《周易》:"观国之光,利用宾于王。"高亨说:"国之光,国家政绩风俗等之光辉。宾,作客。筮遇此爻,诸侯或其臣往朝于王,以观王国之光,作王之宾客,则利。"(《周易大传今注·观第二十》)以上两句意思说,才智杰出之士都来朝廷作官效命,就近瞻仰国家文明声教的光辉业绩,感到无尚荣幸。

〔342〕举:推荐。　　遗:遗失,遗漏。

〔343〕进:与"举"义同。　　异方:不同的方域,全国范围之内。汉魏以来有

地方官依例向朝廷荐举贤才的制度,以上两句谓此。

〔344〕赞:纂集其美而叙之,叙述。　典礼:指典章礼仪。　辟雍:古时天子行礼乐宣教化之所。

〔345〕讲:论说。　文德:文明道德。　明堂:古时天子颁布政令之所。

〔346〕正:纠正。　流俗:习俗,世俗。　华说:华而不实的谈说。

〔347〕综:整理,阐释。　旧章:旧时的典章制度。指孔子所删定之诗书礼乐。

〔348〕散乐:谓传播礼乐,发扬其感化人心的作用。　移风:改变社会风俗习惯。

〔349〕应:回应。　休臻:吉祥的征验到来。休,吉祥。臻,至。

〔350〕嘉祥:美善的瑞应。　两汉以来大倡天人感应之说,以为人事与天象互应,明圣临世,天下太平,则必有祥瑞出现。以上两句谓此。

〔351〕甘灵:吉祥的雨露。李善注引《礼斗威仪》:"其君乘土而王,其政太平,时则甘露降。"

〔352〕景星:明星。李善注引《史记》:"天精明时,有赤方气与青方气相连。赤方中有两黄星,青方中有一黄星,凡三星合为景星。其状无常,出于有道之国也。"　宵:夜。　舒光:放射光芒。

〔353〕游龙:游于水之龙。　神渊:深水。

〔354〕聆:闻。　鸣凤:与上之甘灵、景星、游龙皆为祥瑞征验。

〔355〕霸道:指以武力征伐之道。赵幼文说:"谓曹操削平群雄而尊王室,谓其行为曰霸道。"(《曹集校注》,卷一)　隆:高。

〔356〕雍熙:和谐宽松。此指文明教化。　盛际:兴旺时期。

〔357〕主上:即上文之圣宰,指曹操。　沉恩:深恩。

〔358〕声教:声威教化。　厉:高扬。

〔359〕采:采用。　美奇:指贤德之士。　仄(zè)陋:边远僻陋之处。仄,通"侧"。

〔360〕皇明:天子的诏命。　岩穴:隐者的居处。

〔361〕宁子:即宁戚。陶渊明《辛丑岁七月赴假还江陵夜行涂口》李善注:"许慎曰:'宁戚,卫人,闻齐桓公兴霸,无因自达,将车自往。'"　商歌:悲歌。商,秋声,秋则悲。李善注引《淮南子》:"宁戚商歌车下,而桓公慨然而悟。"此谓宁戚商歌自荐,出仕而显。　秋:时。

〔362〕吕望:即吕尚,或称太公望。周初人,垂钓于渭滨,文王出猎与之相遇,同载而归,立为师。后辅佐武王灭殷,封于齐。(事见《史记·齐太公世家》) 投纶:谓抛弃钓竿而出仕。纶,钓竿上的丝线。此代钓竿。 逝:往。此谓吕望离开渭滨而往仕。

〔363〕太和:指安泰和平之世。

〔364〕陶唐:指帝尧,初居于陶,后封于唐,故谓陶唐。此指仁义之君。

〔365〕攘袂:卷起衣袖,形容激动的样子。 兴:起立。

〔366〕铧(wěi 伟):光明盛美。

〔267〕华淫:华丽淫夸。指上述镜机子所言声色游猎等享乐之事。

〔368〕厉:劝勉。

〔369〕搅:乱,扰乱。

〔370〕穆清:祥和清明。谓民生安定政治清明。穆,和,祥和。

〔371〕莅(h 立)国:治国。莅,临,治理。

〔372〕盈虚:或盈满或虚空。此谓出处进退的人生态度。李善注引《周易》:"损益盈虚,与时偕行。"高亨说:"要之,道有经权,以时为准,损之益之,盈之虚之,与时并行。"(《周易大传今注·损第四十一》)据此,盈,指出仕,若宁戚,吕望;虚,指弃世,若许由、巢父。 正义:正道,准则。

〔373〕顽素:愚昧无知。自谦之辞。 迷惑:迷乱,胡涂。此谓不通出处进退之理。 以上两句意思说,领教了镜机先生一席话,认识到个人进退出处应遵循的准则,懂得了人生态度应依时势而变化,我的遁世弃俗虚静隐居,在当今圣明之世,确实是愚昧无知,思想胡涂。

〔374〕廓尔:豁然醒悟。

〔375〕初服:未隐居时的常服。

今译

往昔,枚乘作《七发》,傅毅作《七激》,张衡作《七辩》,崔骃作《七依》,各人文辞都很美丽。我很钦慕他们,于是作了这篇《七启》,并让王粲也来创作。

玄微先生隐居在极其荒僻的地方,远走高飞,逃离俗世,心神清静。轻视禄位,与世无争。沉浸虚淡,向往长生。情志远驰,高达天云之际;俗世物欲,不能令其心动。于是,镜机先生听说其事,就去劝说他。驾起飞驰山野的四马,搭乘追赶疾风的车舆。经过辽远的沙漠,跨出边地的丘墟。进入茫茫无际的荒野,到达玄微先生之所居。其居处,左有湍急的流水,右有高峻的山岩。背后是深邃的清溪,面对芬芳的茂林。其人头戴白鹿皮冠,身披文彩狐裘。走出山间的深穴,傍着险崖而遨游。神情飘然远眺,傲然高临,似乎整个宇宙显得狭小,而九州大地也不值一顾。好像即将飞翔而尚未离去,好像展翅高举而暂留中途。镜机先生攀葛藤而登,至岩崖而立,顺风而称:"我听说贤能之人不逃避俗世,不遗弃美名,才智之士不背离人群,不泯灭功勋。今先生遗弃《六经》之花,拒绝仁义之英。精神耗费于清静虚空,废止人间道德之准绳。譬如不依据人的形貌而凭空画像,不摹拟实在的声音而随意制造音响。先生没有想想吗?为何有人规劝还弄不通?"玄微先生向下俯视而回答说:"嘻,还有这样的言论吗?太极之初,天地浑沌未明,万物错杂纷繁,皆依正常之道发生发展。大概有形体终必朽烂,有功勋终必困穷。宇宙元气,茫茫无际,谁知其始其终?浮名玷污我身,禄位牵累我生。内心钦慕古人之情志,景仰老庄之遗风。假托神龟以自喻,宁愿爬行泥中,不愿尸骨供庙堂。"

镜机先生说:"那雄辩言词之美,能使干涸池泽再生清流,能使枯木重新枝叶繁荣。能使仙灵为之感慨而众神为之激动,更何况近在眼前的人情。我想为先生叙述游宴观赏之至乐,演说乐舞女色之艳美。议论万物变化之奥妙,铺叙道德之宏丽。可愿听吗?"玄微先生说:"先生能使倦世者身心振奋,探求隐逸拯救消沉。不忌路途遥远,幸见光临。我尊敬地清洗两耳,恭听金玉良言。"

镜机先生说:"菰米芳香稗米精美,冬菜带霜葵带露水。黑色野熊雪白嫩肉,猪狗膘厚其肉鲜肥。切割薄如蝉翼,剖析精如纤维。累积如轻纱重叠,分离像雪花纷飞。轻得随风飘浮,切来刀刃不必转移。山鸡泽鹑野味新奇,蚌翠之肉更为珍异。芳莲巢龟制成肉冻，西海飞鱼切丝再烩。江东潜鳖清蒸多汁，汉南鸣鹑红烧汤奇。加进香醋，再放糖类。玄冥调剂咸淡，蓐收掌握辣味。紫兰丹椒各种香料，施用量度多少适宜。滋味既殊，芬芳四溢。又有春酒清酒，杜康仪狄亲手经营。物类感应而生变化，阴阳相交醇酒始成。弹奏微音苦味则发，叩击商声甘甜则生。于是盛入翠玉的酒樽，斟进雕饰的酒杯。浮沫鼎沸，馨香浓烈。可以调和心神，可以疏通肠胃。这是珍肴美馔之奥妙，先生能跟我品尝吗？"玄微先生说："我愿食粗蔬野菜，无暇食此。"

镜机先生说："步光利剑，华彩繁密。饰以雕花犀角，镶嵌碧玉翡翠。点缀黑龙之珠，镂刻荆山之璧。陆地斩断犀牛巨象，不足称奇，随波截取野鸭鸿雁，刃无水滴。九条珠串的冠冕，闪烁光辉下垂文彩。华丽的丝带，随风飘曳。衣上佩玉结绿悬黎，珍宝异物绝妙精微。彩色灿烂，流光扬辉。刺绣花纹之服，轻纱细葛之裳。饰金雕花之履，迈步闪闪发光。繁密饰物长短不一，绝妙鲜美如霜。衣带环佩缠绕相连，或雕刻或嵌镶。薰以清新杜若，散发扑鼻芳香。仪态高雅行步大方，往来周旋照耀殿堂。南威为之开容颜，西施为之笑貌扬。这是容饰之绝妙，先生能随我穿戴吗？"玄微先生说："我好穿粗布衣，无暇着此装。"

镜机先生说："驰骋骑射足能摇荡情思，游玩狩猎可以娱乐心境。我将为先生驾起飞龙骏马，玉车装有华丽饰缨。悬垂虹霓一般的彩旗，高擎星斗纹饰的华旌。腰插忘归利矢，手持繁弱长弓。追逐日影而轻捷疾驰，策厉骏马而超越遗风。于是溪谷塞满，林莽荡平。沿山麓布置兽网，遍原野张设鸟网。地下野兽无以逃脱，天上鸟雀无以飞离。驱赶鸟兽，使之聚集，然后会合徒众，再予包围。猎卒似浓云四布，骑手似浓雾弥漫。旌旗照耀山野，戈戟寒光闪闪。拖住文彩之狐，捕捉奸狡之兔。射杀鹔鹴，击中飞鹭。正在车辙的被辗轧而死，碰上马足的被践踏稀烂。战车飞驰如闪电而逝，野兽尸体随轮轴旋转。禽鸟翅膀未及舒张，野兽四足未及奔腾。跳跃即中飞箭,起飞即陷罗网。搜索林莽险要,探取沟堑草丛。腾越山峰跨过峡谷,似暴风之急似烈火之猛。弓弩不虚发,箭穿禽兽胸。于是人众稠罗网密,地势近兽相胁。虎豹咆哮,张牙举爪。横冲直撞势在突围,气焰凶猛不能衰歇。乃使勇士北宫东郭之辈,生拔野豹尾,分裂山狸腿。手下兽体断,拳出兽骨摧。劈碎巨熊掌,撕开猛虎皮。山野无兽类,林间无鸟群。猎物堆积如丘陵,鸟死羽飞飘成云。于是敲钟击鼓,收卷旌旗,撤下罗网,罢猎回归。骏马昂头齐行,銮铃响马沫飞。俯倚镶金车箱,仰抚翠羽伞盖。仪态舒缓愉悦,心情驰往方域之外。这是狩猎的美妙,先生能随我而观吗?"玄微先生说:"我喜好恬静,无暇观此。"

镜机先生说:"宫殿明亮宽大,屋宇金玉闪闪。高基耸立,面对清风筑起楼观。朱漆的栏槛,涂紫的圆柱,文彩的屋椽,华丽的栋梁。天棚顶端绘荷花,镶金门限玉砌房。温房隆冬穿细葛,凉室盛夏结轻霜。华美的阁道上接天云,飞架的阶梯悬在空虚。俯视流星闪烁,仰视八方天宇。飞龙攀登而不及,远眺天末而高居。众巧人神奇士,容颜改形变异。鲁班公输斧斤无所用,离娄因之眼迷离。美丽香草全种植,品类繁多数不齐。绿叶红花分外艳,映天耀日芳香溢。清水荡漾池沼满,丛木成林翠绿滴。飞鸟凌空翔,鱼鳖藏深水。于是自由逍遥心旷神怡,时光流逝留连忘归。乃使任子垂钓,魏氏拉弓。芳饵沉水底,轻箭射清空。击落翔鸟下云层,钓上神龟深渊中。然后采菱花,摘水蓣。弄珠蚌,戏鲛人。吟诵《汉广》诗章,看见女神来水滨。灵光照耀沙洲上,身披轻纱与绫罗。芳香浓郁行步缓,举起皓手唱悲歌。其歌词说:仰望云端啊好配偶,天路漫长啊难追求。佩饰兰蕙啊为谁修,柔顺相隔啊我心愁。这是公馆的美妙,先生能跟我安居其中吗?"玄微先生说:"我久居岩穴,无暇居处于此。"

镜机先生说:"既已游观于广阔原野,逍遥于高敞神宫,情志宽松摇荡,纵情逸乐仍未告终。还有才人妙妓,超世脱俗。既善《北里》淫靡之乐，又唱《阳阿》美妙之曲。于是凭倚彩饰的栏槛，面临广大的殿庭。琴瑟合奏，左麾右笙。钟鼓俱响，箫管齐鸣。然后美人身着华丽的轻纱，织花的襟袖徐徐飘飖。头戴金步摇光辉闪烁，又插翠鸟翎双双上翘。散发芬芳，文彩照耀。跳起盘鼓舞，姿态变化缤纷。长袖随风飘，悲歌响入云。矫捷轻柔似鸟飞，足越虚空跨步远。跳跃凌厉身腾举，徘徊往复又盘旋。鸿雁高飞上青天，兔鸟忽然入江心。轻体一纵而奔驰，影随其形追不上。歌声清越惊起梁上尘，起伏荡漾传回响。才艺纯熟如有神，美妙意境难形容。于是欢乐尚未终，白日已落山。乐舞解散变装束，闺中漫步享悠闲。画眉已淡啊香粉落，梳整乱发啊搽兰泽，显露美服啊飘幽若。红颜现笑意，眉眼送清波。那时与先生携手同行，登上高阶进入闺房。华烛灿烂，帷幔已张，启动红唇，又唱清商。扬起绫罗长袖，飘动华美下裳。深秋之夜，欢乐正浓。这是声色之美妙，先生能跟我去游乐吗？"玄微先生说："我喜好清淡虚静，无暇做此游。"

镜机先生说："我听说君子乐于崇尚气节发扬道义，烈士甘愿献出生命而成就仁德。因此英雄俊杰之辈，广交朋友志同道合。气节为重生命为轻，激于正义，身家皆可弃。故田光伏剑于北国，荆轲毕命于西秦。果敢刚毅当机立断，猛虎行走山谷生风。威慑君王，中国称雄。"言辞未终，而玄微先生说："善。"

镜机先生说："这些人都只是游侠之徒而已，不足以称妙。若说田文无忌之辈，乃是上古之俊杰公子。他们发扬仁义，崇尚道术。心灵自由无所拘束，情志高尚直达云霄。威镇列国诸侯，驱使当世显要。挥舞长袖则九州大地遍生巨风，情绪慷慨则豪气化成万道长虹。先生若生当此时，能跟我与之结友吗？"玄微子说："我很愿意。但是这将倾向于现实势利，与清静无为之道，有所抵触。牵累俗世，该当如何？"

镜机先生说："当今有圣明宰相，辅佐皇帝天下一统。气度宏阔与天地相同，光辉灿烂与日月相等。其教化政令，上与天神祥瑞相合,下与地灵符命相契。恩惠传播于边鄙之民,威灵慑服于荒远之地。太平兴旺超过商汤周武,安泰康乐与伏羲神农齐同。圣明之朝博爱清明,仁德大道远近均平。民望贤君如草木渴求雨露,君育万民如春风暖意融融。渭河之滨已无洗耳之士,山岩之洞已无巢居之人。因此贤能俊杰皆来求仕,瞻仰国光奉献忠心。举荐不会遗漏真才,进用不分南北各方。叙述典章礼仪于辟雍,讲习文教仁德于明堂。端正世俗的浮夸不实之说,综理孔子的诗书礼乐之经。宣扬礼乐移风易俗,国力富强人民安康。神灵感应嘉瑞皆至,屡次喜获预兆吉祥。故甘露纷纷而清晨普降,明星闪闪而中夜发光。观神龙游于深潭,闻灵凤鸣于高冈。此时正是武力讨逆胜利之期,文明教化高涨之际。但是,主上还以为深恩施与未广泛,唯恐文明教化未普及。提携英智奇才于穷乡僻壤,宣扬天子诏命于深山岩穴。此正宁戚悲歌求仕,而吕望放弃钓竿归向文王之时。先生身为太平盛世之民,难道不愿报效德如唐尧之君吗?"于是玄微先生拂袖而起,说:"先生言辞,真是壮美呵!方才先生所述华丽夸张之事,不过用以激励我,令我心潮奔涌。听说天下和谐清明,明君当政国势兴隆,认识到进退出处应该依循的常理,体会到个人的愚昧无知与胡涂思想。现在我才头清眼亮,身躯轻松似欲飞翔。愿意重着常服,随先生归往殿堂。"

（陈复兴译注并修订　陈延嘉再修订）

149

◎ 七命八首

张景阳

▓▓▓ 题解

　　《七命》是张协(景阳)拟《七发》、《七启》等的一篇赋作。命,召也,唤也。是以七体的形式,铺写事物以召之。这篇大约写于晋惠帝永康元年(300)或以后几年间。(参用陆侃如《中古文学系年》说)西晋王朝经"八王之乱",已是国势日蹙,江河日下。外有北方戎狄侵扰不断,内则王室残杀愈烈。"天下荒馑,百姓饿死","权在群下,政出多门"。先是贾后恃宠逞恶,毒死太子,继则赵王伦专权,酝酿篡位。在这种统治阶级内部倾轧火拼中,许多著名文人皆成为牺牲品。张华、裴頠、石崇、潘岳、欧阳建,以及陆机陆云兄弟皆于此时先后被害。故《晋书·本传》说:"时天下已乱,所在寇盗,协遂弃绝人事,屏居草泽,守道不竞,以属咏自娱,拟诸文士做《七命》。"

　　全篇结构与《七启》相近。第一部分交代人物与问题,冲漠公子与殉华大夫同样有一番出世之辩。

　　第二部分正文,叙事次序及重点则与《七发》、《七启》有所不同。先说琴曲,次则宫馆、田猎、剑术、骏马、饮馔,等等。张协于《七发》、《七启》之所略,则极铺张夸饰之巧,发挥淋漓尽致。例如写声色之美,《七启》于琴瑟簨簴、钟鼓箫管齐鸣之中,详写姣人舞姿之出神入化;本篇则集中写琴,详述梧桐的生长环境与习性特征,琴器的制作与律吕源流,以及琴声感泣人神灵物之功能。再如写剑术之美,《七启》是作为佩饰之物加以描写的,突出其缀珠错玉、符采流景的外部特征;本篇则突出铸剑以神工,服剑得神力,剑器本身则通神性。

"是以功冠万载,威耀无穷。挥之者无前,拥之者身雄。可以从服九国,横制八戎,爪牙景附,函夏承风。此盖希世之神兵。"

《七命》隶事繁富渊博,想象奇绝诡异,骈词俪句华美精工,显示出高度的美学成就。

最后部分颂晋德,则与《七启》正相反,确然是正言以出微词。张协以理想中的仁德和平之政与晋惠帝的凶恶残暴之世相对照,则构成强烈的反讽。黄侃说:"然则斯篇伤乱忧时。故作颂祝之语,以寄其鱼藻之思耳。"(《文选黄氏学》)是深中肯綮的。故此段颂祝之辞,若"至闻皇风载晞,时圣道淳,举实为秋,摛藻为春,下有可封之民,上有大哉之君"云云,实为辛辣的反语。《七命》之真谛,不在命贤德之士归附朝廷,竞于王事,而在召唤仁智之徒弃绝世禄,明哲保身。张协自己是如此,左思、郭璞及乃兄张载也先后走了这条路。因此,《七命》艺术手法富有浪漫特色,内容则委婉曲折地反映了西晋末的历史真实与士人的典型心态。

七体之作,本为赋之变体,刘勰《文心雕龙》将其归入"杂文"一类,并论其与赋之一致性。"观其大抵所归,莫不高谈宫馆,壮语田猎。穷瑰奇之服馔,极蛊媚之声色。甘意摇骨体,艳词动魂识。虽始之以淫侈,而终之以居正,然讽一劝百,势不自反。"萧统在《文选》中则独辟七之一格,列为选文之首,与刘勰分类相同。近世论者,以为繁碎,多所讥评,指摘赋七分立之谬。但是,萧刘通契,未必不明赋七之正变衍化。萧统用意,实在于力求文体分类之缜密精细,强调七体之创意独造。自《七发》以下,作者辈出,"枝附影从,十有余家",萧统精选三篇,范式虽一,亦各具匠心,足以体现七体之佳美。

原文

　　冲漠公子[1],含华隐曜[2]。嘉遁龙盘[3],玩世高蹈[4]。游心于浩然[5],玩志乎众妙[6]。绝景乎大荒之遐阻[7],吞响乎幽山之穷奥[8]。于是殉华大夫闻而造焉[9]。乃敕云辂[10]，骖飞黄[11]。越奔沙，辗流霜。凌扶摇之风[12]，蹑坚冰之津[13]。旌拂霄垠[14]，轨出苍垠[15]。天清泠而无霞，野旷朗而无尘。临重岫而揽辔[16]，顾石室而回轮[17]。遂适冲漠之所居。其居也，峥嵘幽蔼[18]，萧瑟虚玄[19]。溟海浑濩涌其后[20]，嶵谷㟪嶵张其前[21]。寻竹㦸茎荫其蘙[22]，百籁群鸣聱其山[23]。冲飙发而回日[24]，飞砾起而洒天[25]。于是登绝巘[26]，溯长风[27]。陈辩惑之辞[28]，命公子于岩中[29]。曰："盖闻圣人不卷道而背时[30]，智士不遗身而匿迹[31]。生必耀华名于玉牒[32]，没则勒洪伐于金册[33]。今公子违世陆沉[34]，避地独窜[35]。有生之欢灭[36]，资父之义废[37]。愁洽百年[38]，苦溢千岁[39]。何异促鳞之游汀泞[40]，短羽之栖翳荟[41]。今将荣子以天人之大宝[42]，悦子以纵性之至娱[43]。穷地而游[44]，中天而居。倾四海之欢[45]，殚九州之腴[46]。钻屈觳之瓠[47]，解疏属之拘[48]，子欲之乎？"公子曰："大夫不遗[49]，来萃荒外[50]。虽在不敏，敬听嘉话。"

大夫曰："寒山之桐[51]，出自太冥[52]。含黄钟以吐干[53]，据苍岑而孤生[54]。既乃琼巘嶒崚[55]，金岸峍嵲[56]。左当风谷，右临云谿。上无凌虚之巢[57]，下无跖实之蹊[58]。摇刖峻挺[59]，茗邈菩嵤[60]。晞三春之溢露[61]，溯九秋之鸣飙[62]。零雪写其根[63]，霏霜封其条[64]。木既繁而后绿[65]，草未素而先雕[66]。于是构云梯[67]，陟峥嵘[68]。剪蕤宾之阳柯[69]，剖大吕之阴茎[70]。营匠斲其朴[71]，伶伦均其声[72]。器举乐奏[73]，促调高张[74]。音朗号钟[75]，韵清绕梁[76]。追逸响于八风[77]，采奇律于归昌[78]。启中黄之少宫[79]，发蓂收之变商[80]。若乃龙火西颓[81]，暗气初

152

收[82]。飞霜迎节[83]，高风送秋[84]。羁旅怀土之徒[85]，流宕百罹之畴[86]。抚促柱则酸鼻[87]，挥危弦则涕流[88]。若乃追清哇[89]，赴严节[90]。奏《绿水》[91]，吐《白雪》[92]。《激楚》回[93]，《流风》结[94]。悲蔶荬之朝落[95]，悼望舒之夕缺[96]。茕嫠为之擗摽[97]，孀老为之呜咽[98]。王子拂缨而倾耳[99]，六马嘘天而仰秣[100]。此盖音曲之至妙。子岂能从我而听之乎？"公子曰："余病，未能也。"

大夫曰："兰宫秘宇[101]，雕堂绮栊[102]。云屏烂汗[103]，琼壁青葱[104]。应门八袭[105]，琁台九重[106]。表以百常之阙[107]，圜以万雉之墉[108]。尔乃峣榭迎风[109]，秀出中天。翠观岑青[110]，雕阁霞连[111]。长翼临云，飞陛凌山[112]。望玉绳而结极[113]，承倒景而开轩[114]。颓素炳焕[115]，扮栱嵯峨[116]。阴虹负檐[117]，阳马承阿[118]。错以瑶英[119]，镂以金华[120]。方疏含秀[121]，圆井吐葩[122]。重殿叠起[123]，交绮对幌[124]。幽堂昼密[125]，明室夜朗[126]。焦螟飞而风生[127]，尺蠖动而成响[128]。若乃目厌常玩[129]，体倦帷幄[130]。携公子而双游，时娱观于林麓。登翠阜[131]，临丹谷[132]。华草锦繁[133]，飞采星烛[134]。阳叶春青[135]，阴条秋绿[136]。华实代新[137]，承意恣欢[138]。仰折神蕾[139]，俯采朝兰。溯蕙风于衡薄[140]，眷椒涂于瑶坛[141]。尔乃浮三翼[142]，戏中沚[143]。潜鳃骇[144]，惊翰起[145]。沉丝结[146]，飞缯理[147]。挂归翮于赤霄之表[148]，出华鳞于紫渊之里[149]。然后纵棹随风[150]，弭楫乘波[151]。吹孤竹[152]，拊云和[153]。渊客唱《淮南》之曲[154]，榜人奏《采菱》之歌[155]。歌曰：乘凫舟兮为水嬉[156]，临芳洲兮拔灵芝[157]。乐以忘戚[158]，游以卒时[159]。穷夜为日[160]，毕岁为期[161]。

此盖宴居之浩丽[162]。子岂能从我而处之乎?"公子曰:"余病,未能也。"

大夫曰:"若乃白商素节[163],月既授衣[164]。天凝地闭[165],风厉霜飞[166]。柔条夕劲[167],密叶晨稀[168]。将因气以效杀[169],临金郊而讲师[170]。尔乃列轻武[171],整戎刚[172]。建云髦[173],启雄芒[174]。驾红阳之飞燕[175],骖唐公之骕骦[176]。屯羽队于外林[177],纵轻翼于中荒[178]。尔乃布飞罿[179],张脩罠[180]。陵黄岑[181],挂青峦[182]。画长豀以为限[183],带流谿以为关[184]。既乃内无疏蹊[185],外无漏迹[186]。叩钲数校[187],举麾旌获[188]。嗀金机[189],驰鸣镝[190]。剪刚豪[191],落劲翮[192]。车骑竞骛[193],骈武齐辙[194]。翕忽挥霍[195],云回风烈[196]。声动响飞,形移景发。举戈林竦[197],挥锋电灭[198]。仰倾云巢[199],俯殚地穴[200]。乃有圆文之玭[201],班题之狵[202]。鼓鬣风生[203],怒目电瞵[204]。口咬霜刃[205],足拨飞锋[206]。瓯林蹶石[207],扣跋幽丛[208]。于是飞黄奋锐[209],贲石逞技[210]。蹙封豨[211],偾冯豕[212]。拉魁虒[213],挫獬廌[214]。勾爪摧[215],锯牙捭[216]。澜漫狼藉[217],倾榛倒壑[218]。殒殪挂山[219],僵踣掩泽[220]。薮为毛林[221],隰为丹薄[222]。于是撤围顿罔[223],卷旆收罳[224]。虞人数兽[225],林衡计鲜[226]。论最犒勤[227],息马韬弦[228]。肴驷连镳[229],酒驾方轩[230]。千钟电釂[231],万燧星繁[232]。陵阜沾流膏[233],谿谷厌芳烟[234]。欢极乐殚[235],回节而旋[236]。此亦田游之壮观。子岂能从我而为之乎?"公子曰,"余病,未能也。"

大夫曰:"楚之阳剑[237],欧冶所营[238]。邪溪之铤[239],赤山之精[240]。销逾羊头[241],镤越锻成[242]。乃炼乃铄^[243]，万辟千灌^[244]。丰隆奋椎^[245]，飞廉扇炭^[246]。神器化成^[247]，阳文阴缦^[248]。流绮星连^[249]，浮彩艳发^[250]。光如散电，质如耀雪^[251]。霜锷水凝^[252]，冰刃露洁^[253]。形冠豪曹^[254]，名珍巨阙^[255]。指郑则三军白首^[256]，麾晋则千里流血^[257]。岂徒水截蛟鸿^[258]，陆洒奔驷^[259]，断浮翲以为工^[260]，绝重甲而称利云尔而已哉^[261]！若其灵宝，则舒辟无方^[262]，奇锋异模^[263]。形震薛蜀^[264]，光骇风胡^[265]。价兼三乡^[266]，声贵二都^[267]。或驰名倾秦^[268]，或夜飞去吴^[269]。是以功冠万载，威曜无穷。挥之者无前^[270]，拥之者身雄^[271]。可以从服九国^[272]，横制八戎^[273]。爪牙景附^[274]，函夏承风^[275]。此盖希世之神兵，子岂能从我而服之乎？"公子曰："余病，未能也。"

大夫曰："天骥之骏^[276]，逸态超越^[277]。禀气灵渊^[278]，受精皎月^[279]。眸瞵黑照^[280]，玄采绀发^[281]。沬如挥红^[282]，汗如振血^[283]。秦青不能识其众尺^[284]，方堙不能睹其若灭^[285]。尔乃巾云轩^[286]，践朝雾^[287]。赴春衢^[288]，整秋御^[289]。虬踊螭腾^[290]，麟超龙骧^[291]。望山载奔^[292]，视林载赴^[293]。气盛怒发，星飞电骇。志凌九州^[294]，势越四海^[295]。景不及形^[296]，尘不暇起^[297]。浮箭未移^[298]，再践千里^[299]。尔乃逾天垠^[300]，越地隔^[301]。过汗漫之所不游^[302]，蹑章亥之所未迹^[303]。阳乌为之顿羽^[304]，夸父为之投策^[305]。斯盖天下之俊乘^[306]，子岂能从我而御之乎？"公子曰："余病，未能也。"

大夫曰："大梁之黍^[307]，琼山之禾^[308]，唐稷播其根^[309]，农帝尝其华^[310]。尔乃六禽殊珍^[311]，四膳异肴^[312]。穷海之错^[313]，极陆之毛^[314]。伊公爨鼎^[315]，庖子挥刀^[316]。

味重九沸^[317]，和兼勺药^[318]。晨凫露鹄^[319]，霜鷫黄雀^[320]。圆案星乱^[321]，方丈华错^[322]。封熊之蹯^[323]，翰音之跖^[324]。燕髀猩唇^[325]，髦残象白^[326]。灵渊之龟，莱黄之鲐^[327]。丹穴之鹨^[328]，玄豹之胎^[329]。煇以秋橙^[330]，酤以春梅^[331]。接以商王之箸^[332]，承以帝辛之杯^[333]。范公之鳞^[334]，出自九溪^[335]。赪尾丹鳃^[336]，紫翼青鬐^[337]。尔乃命支离^[338]，飞霜锷^[339]。红肌绮散^[340]，素肤雪落^[341]。娄子之豪不能厕其细^[342]，秋蝉之翼不足拟其薄^[343]。繁肴既阕^[344]，亦有寒羞^[345]。商山之果^[346]，汉皋之楱^[347]。析龙眼之房^[348]，剖椰子之壳^[349]。芳旨万选^[350]，承意代奏^[351]。乃有荆南乌程^[352]，豫北竹叶^[353]。浮蚁星沸^[354]，飞华萍接^[355]。玄石尝其味^[356]，仪氏进其法^[357]。倾罍一朝^[358]，可以流湎千日^[359]。单醪投川^[360]，可使三军告捷^[361]。斯人神之所歆羡，观听之所炜晔也^[362]。子岂能强起而御之乎？"公子曰："耽口爽之馔^[363]，甘腊毒之味^[364]。服腐肠之药^[365]，御亡国之器^[366]。虽子大夫之所荣，故亦吾人之所畏。余病，未能也。"

大夫曰："盖有晋之融皇风也^[367]，金华启征^[368]，大人有作^[369]。继明代照^[370]，配天光宅^[371]。其基德也^[372]，隆于姬公之处岐^[373]。其垂仁也^[374]，富乎有殷之在亳^[375]。南箕之风^[376]，不能畅其化^[377]。离毕之云^[378]，无以丰其泽^[379]。皇道焕炳^[380]，帝载缉熙^[381]。导气以乐^[382]，宣德以诗^[383]。教清于云官之世^[384]，治穆乎鸟纪之时^[385]。王猷四塞^[386]，函夏谧宁^[387]。丹冥投烽^[388]，青徼释警^[389]。却马于粪车之辕^[390]，铭德于昆吾之鼎^[391]。群萌反素^[392]，时文载郁^[393]。耕父推畔^[394]，渔竖让陆^[395]。樵夫耻危冠

之饰^[396]，舆台笑短后之服^[397]。六合时邕^[398]，巍巍荡荡^[399]。玄韶巷歌^[400]，黄发击壤^[401]。解羲皇之绳^[402]，错陶唐之象^[403]。若乃华裔之夷^[404]，流荒之貊^[405]。语不传于辖轩^[406]，地不被乎正朔^[407]。莫不骏奔稽颡^[408]，委质重译^[409]。于时昆蚑感惠^[410]，无思不扰^[411]。苑戏九尾之禽^[412]，囿栖三足之乌^[413]。鸣凤在林^[414]，伙于黄帝之园^[415]。有龙游渊，盈于孔甲之沼^[416]。万物烟煴^[417]，天地交泰^[418]。义怀靡内^[419]，化感无外^[420]。林无被褐^[421]，山无韦带^[422]。皆象刻于百工^[423]，兆发乎灵蔡^[424]。搢绅济济^[425]，轩冕蔼蔼^[426]。功与造化争流^[427]，德与二仪比大^[428]。"言未终，公子蹙然而兴^[429]，曰："鄙夫固陋^[430]，守此狂狷^[431]。盖理有毁之^[432]，而争宝之讼解^[433]；言有怒之^[434]，而齐王之疾瘳^[435]。向子诱我以聋耳之乐^[436]，栖我以蔀家之屋^[437]。田游驰荡^[438]，利刃骏足^[439]。既老氏之攸戒^[440]，非吾人之所欲。故靡得应子。至闻皇风载韪^[441]，时圣道醇^[442]。举实为秋^[443]，摛藻为春^[444]。下有可封之民^[445]，上有大哉之君^[446]。余虽不敏，请寻后尘^[447]。"

注释

〔1〕冲漠公子：虚拟的人名，指道家者流的隐士。冲漠，冲虚淡漠。

〔2〕含华：含隐华美。谓才德不外现。　隐曜：隐藏光耀。

〔3〕嘉遁：美善而退隐。遁，避，指退隐。李善注引《周易》："嘉遁贞吉。"意谓美善之时即行退隐，则可得吉祥。龙盘：龙盘于山川之中。喻人隐遁之状。

〔4〕玩世：当作"越世"，(见胡克家《文选考异》)超越俗世。　高蹈：行迹高远。谓远避俗世。蹈，迹，行迹。

〔5〕游心：心志远游，不为俗世所拘。　浩然：指浩然之气，充溢于天地间

的正大刚直之气。李善注引《孟子》："我善养吾浩然之气。……其为气也,至大至刚,以直养而无害,则塞于天地之间。"

〔6〕玩志:心志玩习。玩,谓悠然自得,习染浸润。 众妙:指道家的妙远之道。李善注引《老子》:"玄之又玄,众妙之门。"谓玄远,是一切微妙之道的总根源。

〔7〕绝景:隐匿形影。绝,灭,隐匿。景,同"影"。 大荒:指遥远荒僻之地。 遐阻:遥远险阻。

〔8〕吞响:隐匿声响。 幽山:深山。 穷奥:极深之处。

〔9〕殉华大夫:虚拟的人名。殉华,营求华丽。 造:至。

〔10〕敕:通"饬",整顿,整治。 云辂(lù 路):云车。指疾羽盖车。

〔11〕骖(cān 参):四马驾车辕边的马。此谓驾御。 飞黄:指神马。

〔12〕凌:乘。 扶摇:巨风,由下向上旋转之风。李善注引《庄子》:"抟扶摇而上者九万里。"司马彪注:"扶摇,上行风也。"

〔13〕蹑:踏。 坚冰:形容寒冷。 津:渡口。

〔14〕旌:旗。 霄垠(è 饿):云端。垠,边际。

〔15〕轨:辙迹。 苍垠(yín 银):青天之畔。垠,边际。

〔16〕重岫(xiù 秀):重叠的山峦。 揽辔(pèi 配):掌握马缰绳。

〔17〕顾:看,回头看。 石室:传说昆仑山西王母之居处。 回轮:转回车轮。谓绕过。

〔18〕峥嵘:深邃的样子。 幽蔼:阴暗的样子。

〔19〕萧瑟:寂静凄凉的样子。 虚玄:空旷寂寥的样子。

〔20〕溟海:大海。 浑濩(huò 货):波涛激荡之声。

〔21〕嶰(xiè 谢)谷:传说中山谷名。 嵺嶆(lǎo cáo 劳曹):陡峭幽深的样子。 张:列。

〔22〕寻竹:高大之竹。 竦:直立。 荫:荫蔽,覆盖。 壑:此指山谷之水。

〔23〕百籁(lài 赖):各种孔穴发出的声音。刘良注:"谓林木孔穴激风成声者。" 群鸣:指鸟兽之鸣叫声。 聋:使其耳聋。李善注:"聋其山,谓众声既喧,山为之聋也。"

〔24〕冲飙(biāo 标):暴风。 回日:使日回转。形容暴风刮得天昏地暗,似乎日光已经回转了。

〔25〕飞砾:指飞沙走石。 洒天:洒满天空。

〔26〕绝巘(yǎn 眼):极高的山顶。

〔27〕溯(sù 素):向,对。

〔28〕陈:陈述。 辩惑:辩明疑惑。

〔29〕岩中:岩穴之中。隐者所居。

〔30〕圣人:品德高尚的人。 卷道:隐藏道术。卷,收束,隐藏。

〔31〕智士:才智之士。 遗身:遗弃自身。身,自身,指个人名禄。 匿迹:隐匿行迹。

〔32〕华名:美名,声誉。 玉牒:典册。指国史。

〔33〕没:死亡。 勒:雕刻。 洪伐:伟大的功勋。 金册:金书以记录功绩的策文。

〔34〕违世:离弃俗世。 陆沉:无水而自甘沉没。喻隐居。《庄子·则阳》:"方且与世违,而心不屑与之俱,是陆沉者也。"《注》:"人中隐者,譬无水而沉也。"

〔35〕独窜:独自隐匿。

〔36〕有生:人生。 灭:泯灭,禁绝。

〔37〕资父:指敬父与忠君之道。谓以孝敬父母的精神而尽忠于国君。《孝经·士章第五》:"资于事父以事母而爱同,资于事父以事君而敬同。"《注》:"资,取也。言爱父与母同,敬父与君同。"义:指君臣父子的伦理关系。废:废止。以上两句意思说,避世隐居的处世态度使人生应该享有的物质与精神欢乐为之泯灭,子对父孝臣对君忠的道德原则也为之废止了。

〔38〕治:多。 百年:形容时间久远。

〔39〕溢:满。 千年:意思与百年同。以上两句意思说,忧思烦苦萦绕于心,总是考虑身后千百年的事,使精神困扰不已。

〔40〕促鳞:小鱼。 汀泞(tīng nìng 听宁):浅水。

〔41〕短羽:指小鸟。 翳荟:指草木丛聚之处。

〔42〕荣:谓荣耀显赫。 大宝:指富贵荣华。

〔43〕悦:欢快愉悦。 纵性:纵情。放纵情性。 至娱:指世间的声色美味。

〔44〕穷地:一切地域。穷,尽,一切。

〔45〕倾:尽,全部。 四海:指天下。

〔46〕殚:尽。　九州:古分天下为九州,即冀、豫、雍、扬、兖、徐、梁、青、荆。腴(yú于):肥肉。此指甘肥的美味。

〔47〕钻:穿孔,剖开。　屈穀(gǔ古):人名。战国时宋人。　瓠(hù护):葫芦。屈穀之瓠,喻无用之人。李善注引《韩子》:"齐有居士田仲者,宋人屈穀往见之,谓仲曰:'穀有巨瓠,坚如石,厚而无窍,愿效之先生。'田仲曰:'坚如石,不可剖而斟;厚而无窍,不可以受水浆。吾无用此瓠为也。'屈穀曰:'然其弃物乎?'曰:'然。''今先生虽不恃人之食,亦无益人之国矣。犹可弃之瓠也。'田仲若有所失,惭而不对。"

〔48〕解:解开,解除。　疏属:山名,又称雕山、雕阴山。在今陕西绥德县。拘:拘束,拘押。李善注引《山海经》:"二负(传说中的人名)杀猰㺄(传说猰㺄国之君),帝(黄帝)乃梏之疏属之山,桎其右足,及缚两手。"李善注以上两句:"言屈穀之瓠难钻,疏属之拘难解,今欲以辩而钻解之也。"意思是说剖开坚而厚的屈穀之瓠,使之成为有用之器,解除拘于疏属山之二负的桎梏,使之反于正常生活。此比喻殉华大夫以辩惑之辞,说服冲漠公子摆脱荒僻岩穴之地,放弃避世隐退之想,而出为国家社会效力。

〔49〕不遗:不嫌弃。

〔50〕萃:集。此有到达义。　荒外:荒远的域外。

〔51〕寒山:传说中北方之山。　桐:梧桐树。丝桐为制琴的两种材料。

〔52〕太冥:指北方。冥,阴暗。李善注:"北方极阴,故曰太冥。"

〔53〕含:包含。　黄钟:古乐十二律之主,声调最为洪大响亮。此以十二律之主代梧桐树内含的音乐特质。马季长《长笛赋》:"十二毕具,黄钟为主。"李善注:"《汉书·律历志》:'十二,阳六为律,阴六为吕。律者,黄帝之所作也。……六律六吕者,述十二月之音气也。黄钟,律吕之长,故曰为主。"　干:枝。

〔54〕据:占据。　苍岑:青山。岑,高而尖的山。　孤生:独立生长。李善注引《尚书》:"峄阳孤桐。"孔安国注:"孤特生桐,中琴瑟也。"　以上两句意思说,梧桐树内含黄钟为主的音乐特质,枝干从而生出,据青山顶峰而独立发荣滋长。

〔55〕琼巘:琼玉的山峰。　嶒崚(céng líng曾零):山势高峻的样子。

〔56〕金岸:黄金的水岸。　崥崹(bì tí必提):山势渐趋平缓。

〔57〕凌虚:腾空。指鸟类。

〔58〕跖(zhí直):踩,踏。跖实,谓足踏在地,指兽类。　蹊:小路。以上两句李善注引《淮南子》:"鸟排虚而飞,兽蹑实而走。"跖,与"蹑"通。实,地。

以上两句极言山势险要,鸟飞不能过,兽迹不能到。

〔59〕摇矹(yuè月):倾危的样子。 峻挺:险峻。

〔60〕茗邈(miǎo渺):高远的样子。 苕峣(tiáo yáo 条尧):高峻的样子。

〔61〕晞(xī西):干。 三春:指农历正月即孟春、二月即仲春、三月即季春。 溢露:露水。

〔62〕溯(sù素):向,迎。 九秋:指秋季九十天。 鸣飙:巨风。

〔63〕零雪:落雪。 写:与"泻"同,倾泻。 根:此指梧桐树之根。

〔64〕霏霜:飞霜。 封:着。 条:此指梧桐树之枝。

〔65〕木:指一般的树木。 绿:此指梧桐树。

〔66〕素:衰。 凋:谓叶落。以上两句谓梧桐树的习性与一般草木不同。

〔67〕构:造。 云梯:高接云端的梯子。

〔68〕陟(zhì至):登。 峥嵘:指高峻之处。

〔69〕剪:采伐。 蕤(ruí)宾:古乐十二律之一,李善注引《礼记》:"仲夏之月,律中蕤宾。"此以蕤宾代阳律之首黄钟,与前避复。阳柯:指山南的梧桐树。

〔70〕剖:剖断。 大吕:古乐十二律之一,阴律之首。李善注引《礼记》:"季冬之月,律中大吕。" 阴茎:指山北的梧桐树。李善注引郑玄《周礼注》:"阳木生于山南,阴木生于山北也。" 以上两句李善注以蕤宾、大吕为仲夏与季冬节令之代称。此似不必拘泥于古经律历之说,乃与篇首"含黄钟以吐干"句相承,表阳柯、阴茎内含之音乐特质,而美称之。故何焯评此二句说:"用经当如此脱化。"(《义门读书记》,第五卷)是很有见地的。

〔71〕营匠:善于营造的巧匠。胡绍煐说:"注善曰:'营匠未详。'汪氏师韩曰:'《西京赋》:西匠营宫。景阳当是用此。'"(《文选笺证》,卷二十五) 斲(zhuó浊):砍削。 朴:指未经刀斧斲削的木材。

〔72〕伶伦:人名,古之善音者。李善注引《汉书》:"黄帝使伶伦取嶰谷之竹,断两节,间而吹之,以为黄钟之宫。制十二箫,以听凤凰之音,以比黄钟之宫。" 均:谓调适之,使合乎律吕。

〔73〕器举:谓琴经调适而成功。器,乐器,丝竹金石之器。此指琴。举,谓调适其声而中律吕。

〔74〕促调:节奏急促的曲调。 高张:谓曲调清越激昂。

〔75〕号钟:琴名。传古时伯牙所奏。李善注引《楚辞》:"操伯牙之号钟兮,

挟秦筝而弹徽。"

〔76〕绕梁:琴名。传古时许史所奏。李善注引《尸子》:"绕梁之鸣,许史鼓之,非不乐也。墨子以为伤义,故不听也。"

〔77〕追:此有摹仿义。　逸响:美好的音响。逸,超逸脱俗,有美好义。　八风:八方之风。李善注引《风俗通》:"声所以五者,系五行也。音所以八者,系八风也。"

〔78〕奇律:绝妙的音律。　归昌:谓凤鸣。李善注引《韩诗外传》:"凤举(鸣)曰上翔,集鸣曰归昌。"　以上两句意思说,琴曲弹奏最初皆摹仿八方之风的美好音响,描写凤鸟之鸣的绝妙音律。

〔79〕启:奏出。　中黄:即黄钟,十二律之首。其声为宫。　少宫:指琴的第六弦音。其音似为黄钟宫的变调。李善注引《礼斗威仪》:"少宫主政。"又宋均曰:"声五而已,必山加少宫、少商者,以君臣任重,为设副也。"朱珔说:"案《广雅·释乐》云:'神农氏琴上有五弦,曰宫商角徵羽。文王增二弦,曰少宫、少商。'王氏《疏证》谓:'《后汉书·仲长统传》注引《三礼图》与《广雅》同。'……余谓此承中黄言,当本《吕氏春秋》,黄帝令伶伦取竹于嶰谷……,以为黄钟之宫,曰含少。《古乐经传》云:'总其全体,命之曰黄钟之宫,而以所穴之孔为黄钟所含之少声也。'是殆为中黄之少宫矣。"(《文选集释》,卷三)

〔80〕蓐(rù入)收:西方之神名,司秋。其声为商。李善注引《礼记》:"孟秋之月,其神蓐收。"　变商:琴之七弦音,为商的变调。　以上四句谓制琴所依据的律吕源流。

〔81〕龙火:即火星,秋则见于西南。　西颓:西落。

〔82〕暄气:阳气,暑气。李善注引《礼记》:"仲秋,阳气日衰。"

〔83〕节:指秋天的节令。

〔84〕高风:疾风。

〔85〕羁(jī基)旅:长久寄居异乡。

〔86〕流宕(dàng荡):远游。　百罹(lí离):多种忧患。　畴:类。

〔87〕抚:弄,弹。　促柱:急弦。节奏急促。

〔88〕挥:弹。　危弦:急促高张的琴弦。危,高。谓节奏急促。

〔89〕清哇:淫声。轻靡的歌曲。

〔90〕严节:急节。急促的节奏。

〔91〕绿水:歌曲名。

〔92〕白雪:歌曲名。

〔93〕激楚:歌曲名。　回:往复回荡。

〔94〕流风:歌曲名。　结:谓乐声繁密萦绕。

〔95〕蓂荚:传说瑞草名,一名历荚。李善注引《田俅子》:"尧为天子,蓂荚生于庭,为帝成历。"传说蓂荚日生一叶,至十六日后日落一叶,月终则尽,月小余一叶。(据李周翰注)

〔96〕悼:悲悼。　望舒:月神之御者。此代月。　夕缺:夜晚而缺。谓月亮十五日以后则缺。以上两句谓琴声令人悲伤于时光易逝、生命短暂。

〔97〕茕(qióng 穷)嫠:孤独的寡妇。嫠,通"嫠",寡妇。　擗摽(pǐ biāo 痞标):抚心而悲。

〔98〕孀老:孀居而年老的女人。　呜咽:哭泣声。

〔99〕王子:指仙人王子乔。李善注引《列仙传》:"王子乔,周灵王太子晋也。吹笙则凤鸣。"拂:拂动,抖动。缨:冠上的带子。

〔100〕嘘天:口鼻向天呼吸。　仰秣:谓有草不食仰首听曲。秣,马饲料。李善注引《荀卿子》:"昔者瓠巴鼓瑟,而鳣鱼出听。伯牙鼓琴,而六马仰秣。"以上两句谓琴声不只动人,也令神灵物类皆为之感动。

〔101〕兰宫:芳香四溢的宫殿。　秘宇:深邃的屋宇。

〔102〕雕堂:雕饰华美的殿堂。　绮栊(lóng 龙):雕饰花纹的窗户。栊,窗棂,指窗户。

〔103〕云屏:雕画有云霞的照壁。屏,照壁。　烂汗:文彩斑烂。

〔104〕琼壁:镶嵌美玉的墙壁。　青葱:美玉的青翠之色。

〔105〕应门:宫廷之正南门。　八袭:八重,八道。

〔106〕琁台:玉砌的高台。　九重:九层,极言其高。

〔107〕表:标,标记。　百常:极言其高。十六尺为常。　阙:宫前两侧的楼台,中有通道。

〔108〕圜(huán 环):围绕。　万雉:极言其高。雉,古代计算城墙面积的单位。长三丈、高一丈为雉。　墉(yōng 庸):城墙。

〔109〕峣榭(yáo xiè 尧谢):高耸的台榭。榭,建在高台上的楼阁。

〔110〕翠观:翠玉的楼观。　岑青:如山峰之苍青。

〔111〕雕阁:雕饰华美的楼阁。　霞连:如云霞相连。

〔112〕飞陛:高阶。　陵山:凌越于山。

〔113〕玉绳:星名。李善注引《春秋元命苞》:"玉衡北两星为玉绳。" 结:构造。 极:梁栋。

〔114〕倒景:指上天极高之处。其在日月之上,故其影倒。《汉书·郊祀志》:"登遐倒景。"《注》:"如淳曰:'在日月之上,反从下照,故其景倒。'"景,同"影"。 轩:楼观长廊之窗。

〔115〕赪(chēng 称)素:指赤白两色的美石。 炳焕:光彩夺目的样子。

〔116〕枌栱(fén gǒng 坟巩):梁栋与枓栱。 嵯峨:高峻的样子。

〔117〕阴虬(qiú 求):传说一种龙。龙属阴物,故谓阴龙。此指以木石雕刻阴龙的形象。 负:背。 檐:檐梁。

〔118〕阳马:指马。马为阳物,故谓阳马。 承:承受。 阿:曲。指木石所制成的梁柱。 以上两句谓以雕刻而成的龙马承受檐梁廊柱的建筑体势。

〔119〕错:镂刻,镶嵌。 瑶英:美玉。

〔120〕金华:指金。华,花。指光彩。

〔121〕方疏:方形的窗户。 秀:花。指方窗雕刻的花纹。

〔122〕圆井:指天棚顶端的井形部分。 苤:指荷花。古时建筑天棚顶端的覆井,皆画以荷花,枝叶作下垂状。

〔123〕重殿:重叠相连的殿宇。

〔124〕交绮:罗绮连结,指细薄而有花纹的丝织品。 对幌:窗帘彼此相对。幌,窗幔,窗帘。

〔125〕幽堂:深邃的殿堂。 密:深暗。

〔126〕朗:敞亮。

〔127〕焦螟:一种极微的昆虫。李善注引《晏子春秋》:"景公问于晏子曰:'天下有极细乎?'对曰:'东海有虫,名曰焦螟。巢于蚊睫,飞乳去来,而蚊不觉。'"

〔128〕尺蠖(huò 货):一种极小的昆虫。体细长,行则屈伸其体,如尺量物,故名。以上两句极言殿堂的深静,连极微小的昆虫飞动,皆可生风成响。

〔129〕常玩:指乐舞。

〔130〕帷幄:指宫室。

〔131〕翠阜:苍翠的山岭。

〔132〕丹谷:丹红的谿谷。丹,指丹红的岩崖。

〔133〕锦繁:似锦绣般纷纷繁多彩。

〔134〕飞采:光彩飞动。　星烛:如星光烛光交相辉映。

〔135〕阳叶:山南的树叶。

〔136〕阴条:山北的枝条。指竹松柏桂之类。其经秋不凋而犹绿。

〔137〕华实:春花秋实。　代新:春来花新,秋则实新,故谓代新。

〔138〕承意:任随人意。　恣欢:恣意观赏游乐。

〔139〕折:摘。　神蕭(xiāo 消):香草名。

〔140〕溯:向,迎。　蕙风:夹带花香之风。　蘅薄:蘅草丛。蘅,香草。薄,草丛。

〔141〕眷:眷顾。　椒涂:种植椒树的道路。椒,香木。涂,道。　瑶坛:坛(shàn 善),通"墠",野土地。《诗·郑风·东行之墠》"东门之墠。"墠,一本作"坛"。瑶,美玉,形容土地美。

〔142〕三翼:指三种类型的舟船。李善注引《越绝书》:"伍子胥《水战兵法内经》曰:'大翼一艘,长十丈;中翼一艘,长九丈六尺;小翼一艘,长九丈。'"

〔143〕中沚:湖池之中。刘良注:"沚,池也。"

〔144〕潜鳃(sāi 腮):藏于水中的鱼。鳃,鱼。　骇:惊动。

〔145〕惊翰:惊惧而飞的鸟。翰,鸟。

〔146〕沉丝:指钓丝。　结:连结。此谓整理钓丝与钓竿之类,以为垂钓之用。

〔147〕飞矰(zēng 增):射飞鸟的短箭。矰,系有丝绳射出可拉回的箭。

〔148〕挂:谓用飞矰射中鸟雀。　归翮(hé 合):归鸟。　赤霄:云霄。表:外。

〔149〕华鳞:指鱼。华,美言之。　紫渊:深水。紫,言其深,故水色紫。

〔150〕纵棹(zhào 照):划船。棹,划船工具,代船。

〔151〕弭(mǐ 米)楫:停止划桨。弭,止。楫,船桨。

〔152〕孤竹:指笙管之类的乐器。李善注引郑玄《周礼注》:"孤竹,竹特生者。"

〔153〕拊(fǔ 府):弹奏。　云和:指琴瑟之类的乐器。云和,山名,似以产琴瑟材料著称,故以为瑟琴之类的代称。

〔154〕渊客:水手。　淮南:歌曲名。

〔155〕榜人:船夫。　采菱:歌曲名。

〔156〕鹢舟:鹢鸟形制的舟船。

〔157〕芳洲:长满芳草的沙洲。　灵芝:瑞草名。

〔158〕戚:忧。

〔159〕卒时:尽时。时间用尽。

〔160〕穷夜:终夜。

〔161〕毕岁:终岁,一年到头。

〔162〕宴居:安闲的居息。　浩丽:壮丽。

〔163〕白商:指孟秋之月,即农历七月。秋季草木凋落,五音属商,故谓白商。　素节:草木凋零的季节。

〔164〕授衣:指农历九月。李善注引《毛诗》:"九月授衣。"

〔165〕天凝:谓天气凝结。　地闭:谓地气封闭。

〔166〕厉:急。

〔167〕柔条:柔嫩的枝条。　夕劲:至秋夕而变得僵硬。

〔168〕晨稀:谓秋晨有风霜,叶落而稀。

〔169〕气:指秋天的肃杀之气。　效杀:施行杀伐之事。指田猎。

〔170〕金郊:西郊。　讲师:谓讲武教战。李善注引刘向《尚书五行说》:"金,西方。万物既成,杀气之始也。故立秋出军行师。西方为金,故曰金郊也。"

〔171〕轻武:战车名。

〔172〕戎刚:战车名。

〔173〕建:立。　云旄(máo 毛):以牦牛尾为饰的旌旗。旄,通"旄"。

〔174〕启:开。　雄芒:指利剑。芒,锋刃。

〔175〕红阳:指红阳侯,汉五侯之一,有名马飞燕。李善注:"或曰《骏马图》有含阳侯骠。疑含即红,声之误也。"又以为张铣注:"红阳、唐公,人也,并有良马,名飞燕、骕骦也。"地名。梁章钜说:"《汉书·地理志》南阳郡有红阳侯国,然则红阳是地名。而庾信《华林园马射赋》云:'红阳飞鹊,紫燕晨风。'又似类举四马名也。"(《文选旁证》,卷二十九)胡绍煐说:"按红阳与唐公对言,似当为地名,若以为马名,则之字殊赘。"(《文选笺证》,卷二十五)　飞燕:骏马名。

〔176〕骖:驾御。　唐公:即唐成公,人名。　骕骦(sù shuāng 肃霜):骏马名。

〔177〕屯:聚集。　羽队:背负箭羽的队伍。　外林:郊外的密林。

〔178〕纵:放开。　轻翼:轻捷的两翼。翼,指队伍的一部分。　中荒:荒野

之中。以上两句意思说,把身负利箭的队伍集中于郊外密林中,作为后备队;把轻捷的队伍分为两翼,向荒野散开,作为进击的前锋。

〔179〕飞羉(luán 峦):指捕兽的罗网。羉,捕野猪的网。李善注引《尔雅》:"彘罟谓之羉。"

〔180〕脩罠(mín 民):指捕兽的罗网。罠,李善注引《广雅》:"罠,兔罟也。"又引刘逵《吴都赋注》:"罠,麋网也。"皆可通,不必过泥。关于羉、罠词义的联系,李善说:"夫然羉、罠一以为对,恐互体。"朱珔说:"……盖言羉既或作罠,是羉与罠一物,今已称羉,复称罠,用做偶语,殆互言之也。语意如是,而胡氏《考异》疑其误,非是。"(《文选集释》,卷二十)以上两句语序,羉与下峦、关为韵,疑为误倒。(据胡绍煐《文选笺证》)

〔181〕陵:越,此有高挂义。 黄岑:高峻的山峰。李周翰注:"黄者,山居上,浸黄道日行处也。"

〔182〕青峦:青翠的山峦。

〔183〕画:谓标出界限。 长豀:漫长的沟壑。豀,与"壑"义同。

〔184〕带:以为带。此有划定义。 流谿:有水的山谷。 关:关卡。以上两句意思说,以长豀、流谿为界限与关卡,防止兽类逃跑。

〔185〕疏蹊:通道。

〔186〕漏迹:可以走漏其行迹之路。

〔187〕叩钲(zhēng 征):敲击钲鼓,发令前进。钲,形似钟的乐器,行军时敲击,以节制步伐。 数校:散开以行校猎。数,依《晋书》当作"散"。(见梁章钜《文选旁证》)

〔188〕举麾:举起旌旗。 旌获:帮助射击猎获物。旌,依《晋书》当作"赞"。(见梁章钜《文选旁证》)赞,佐,助。李善注引《周礼》:"服不氏,射则赞张侯,以旌居乏而待获。"郑玄注:"待获射者,举旌以获也。" 以上两句意思说,敲击铜钲,发令前进,举起旌旗,报告射猎有所获。

〔189〕毂(gòu 构):张弓。 金机:指弓弩上的牙机,以金为之。

〔190〕鸣镝(dí 敌):响箭。

〔191〕剪:杀。 刚豪:指兽类。

〔192〕落:击落。 劲翮:指鸟类。

〔193〕竞骛:争先恐后地急驰。骛,急驰。

〔194〕骈武:步伐严整。骈,并列。此有严整义。 齐辙:战车齐一。辙,车

迹。此指战车。以上两句意思说,狩猎的车骑奔驰疾速,队列又严整统一。

〔195〕翕(xī 西)忽:迅疾的样子。 挥霍:轻捷的样子。

〔196〕云回:如云一样回荡。 风烈:如风一样猛烈。云回风烈,即风起云涌之意。

〔197〕林竦(sǒng 耸):谓举起戈矛如林木竦立。竦,立。

〔198〕电灭:谓挥动刀剑如闪电明灭。喻迅疾。以上两句皆谓武士剑戟林立,挥舞刺杀,迅猛异常。

〔199〕云巢:高处的鸟巢。

〔200〕殚:尽。 地穴:地下的兽穴。

〔201〕圆文:圆形的花纹。 犴(yàn 燕):兽名。

〔202〕班题:斑文的额头。 貦(zōng 宗):兽名。

〔203〕鼓鬣(liè 列):竖起鬣毛。鼓,动。鬣,鬣毛。 风生:生出巨风。

〔204〕电瞍(cōng 聪):闪电般的目光。

〔205〕霜刃:指雪亮锋利的剑戟。

〔206〕拨:挡开。 飞锋:指利箭。 以上两句皆谓野兽与猎手搏斗的情景。

〔207〕瓛(wù 物)林:谓野兽以鼻摇动树林。瓛,即"觬"之误,觬,兽以鼻摇动。(用胡克家《文选考异》说) 蹶:谓以足拨动。

〔208〕扣跋:排击践踏。 幽丛:幽深的丛林。

〔209〕飞黄:即飞廉、中黄伯。皆古勇士名。据说飞廉以材力事商纣。中黄伯力执太行之貑、搏雕虎。

〔210〕贲(bēn 奔)石:即孟贲、石蕃,皆古勇士名。据说孟贲水行不避蛟龙,陆行不避虎狼。石蕃善使铁椎,背负千二百斗沙。(以上皆依李善注。)

〔211〕蹙:通"蹴",踏。 封狶(xī 希):大野猪。

〔212〕偾(fèn 奋):倒,击倒。 冯豕:大猪。此指野兽,非家畜类。

〔213〕拉:摧折。 虪虥(hán shù 寒树):白虎与黑虎。

〔214〕挫:折损,摧折。 獬廌(xiè zhì 谢制):野兽名。似鹿而一角。

〔215〕摧:摧折,摧断。

〔216〕捭(bǎi 百):两手横击。

〔217〕澜漫:杂乱分散的样子。 狼藉:杂乱不整的样子。

〔218〕倾:倾倒。 榛:丛林。 壑:沟。

〔219〕殨膌(zì 自):指击落的禽兽之肉。

〔220〕僵踣(bó薄):倒毙。指倒毙的禽兽尸体。　掩:覆盖。

〔221〕薮:水草繁茂的沼泽。　毛林:禽兽羽毛所弥漫之林。

〔222〕隰(xí习):低湿之地。　丹薄:为禽兽之血染红的草丛。薄,草木丛生之处。

〔223〕顿网:撤除鸟兽之网。

〔224〕斾(pèi配):古代旗上的装饰品。指旗帜。　鸢(yuān冤):老鹰。此指一种鸟羽饰的旗帜。刘良注:"鸢者,剥鸟皮置之竿上。"

〔225〕虞人:古时掌山泽田猎之官。　数:点数,计算。

〔226〕林衡:古时掌巡守林木之官。　鲜:指新击杀的禽兽。

〔227〕最:功劳第一者。　犒(kào靠)勤:赏功。犒,奖赏。

〔228〕韬弦:藏起弓箭。韬,藏。弦,弓。

〔229〕肴驷:运载肴馔的车驾。　连镳(biāo标):谓车驾相连。镳,马嚼子。此指车马。

〔230〕酒驾:运载美酒的车驾。　方轩:两车并行。方,并。以上两句谓慰劳田猎军士的车驾相连,赏赐的酒肉丰盛。

〔231〕钟:酒器。　电釂(jiào叫):谓刹那间把酒饮尽。电,形容迅速。釂,酒尽。

〔232〕燧(suì岁):火把。　星繁:比喻火把之多。以上两句意思说,千钟美酒被军士们刹那间饮光,夜宴举起的火把如繁星一般熊熊闪耀。

〔233〕陵阜:山岳。　流膏:流淌的脂膏。膏,此指肴馔与酒类的剩余部分。

〔234〕谿谷:山谷。　厌:满。　芳烟:香烟。此指举火飘起的烟雾。

〔235〕殚:止。

〔236〕回节:符节回转。节,符节,节信。行者所执,以为信物。　旋:凯旋而归。

〔237〕阳剑:剑名。即干将。

〔238〕欧冶:人名,即欧冶子,善铸剑者。　营:造。李善注引《越绝书》:"楚王召风胡子而问之曰:'寡人闻吴有干将,越有欧冶子。寡人愿赍邦之重宝,请此二人作为铁剑,可乎?'于是风胡子之吴,见欧冶、干将,使之作铁剑三枚。一曰龙渊,二曰太阿,三曰工市。"

〔239〕邪溪:即若耶溪。在今浙江绍兴县。　铤(dìng定):未经冶炼的铜铁矿石。

〔240〕赤山：即赤堇山。在今浙江奉化县。传欧冶子铸剑于此。　精：指铜铁矿石之精美者。李善注引《越绝书》："越王勾践有宝剑五，闻于天下。客有能相剑者，名曰薛烛。王召而问之，对曰：'当造此剑之时，赤堇之山破而出锡，若耶之溪涸而出铜。'"

〔241〕销：生铁。　逾：超过。　羊头：羊头之销的省称，刀名。李善注引《淮南子》："苗山之铤，羊头之销，虽水断龙犀，陆刭兕甲，莫之服带。"高诱注："苗山，利金所出，羊头之销（古代名刀），白羊子刀也。"李周翰注："铸铁不消，以羊头骨灰置之乃销。"此谓置以羊头骨灰所炼出的铜铁，用以铸剑则锋利异常。

〔242〕镤（pú 仆）：未经冶炼的生铁。李善注："镤，或谓为镖。《广雅》曰：'镖，铤也。'"铤，即未经冶炼之铜铁。　锻成：锻铸而成之剑。李善注引谢承《后汉书》："孝章皇帝赐诸尚书剑，手自署姓名，尚书陈宠，济南锻成。"　以上两句谓邪谿赤山所产之铸剑的铜铁，远比羊头之销、济南锻剑之镤，更为精粹贵重。

〔243〕铄（shuò 硕）：销铄，熔化。

〔244〕辟：谓折叠锤打。李善注："辟，谓叠之。"灌：锻铸。以上两句谓冶炼生铁而至锻造利剑的过程。

〔245〕丰隆：雷师。　奋椎：扬锤。

〔246〕飞廉：风师。　扇炭：扇风使炭火燃烧。

〔247〕神器：指利剑。　化成：谓使神灵感化而助成。

〔248〕阳文：谓阳剑干将雕饰文彩。　阴缦（màn 慢）：谓阴剑莫耶平缦而无文彩。缦，平缦，无文饰图案。李善注引《吴越春秋》："干将者，吴人。造剑二枚，一曰干将，二曰莫耶。莫耶者，干将之妻名也。干将曰：'吾师之作冶也，金铁之类不销，夫妻俱入冶炉之中。'莫耶曰：'先师亲烁身以成物，妾何难也。'于是干将夫妻乃断发揃爪，投之炉中，使童女三百鼓橐装炭，金铁乃濡，遂以成剑。阳曰干将，而作龟文；阴曰莫耶，而漫理。干将匿其阳，出其阴，而献之阖闾。阖闾甚重之。"

〔249〕流绮：谓光彩流动。　星连：谓剑之精气冲天，与星辰相连。

〔250〕浮彩：谓色彩浮动。　艳发：美艳散发。

〔251〕质：指剑体的色彩。

〔252〕霜锷（è 鄂）：锐利的剑锋。　水凝：形容剑的光色。

〔253〕冰刃:如冰一般的剑刃。　露洁:如露一般的明洁。

〔254〕冠:胜过。　豪曹:宝剑名。

〔255〕巨阙:宝剑名。李善注引《越绝书》:"越王取豪曹。薛烛曰:'豪曹非宝剑也。夫宝剑五色并见,莫能相胜,曹已擅名矣,非宝剑也。'王取巨阙,曰:'非宝剑也。夫宝剑者,金锡和铜而不离。今巨阙已离矣,非宝剑也。'"

〔256〕郑:春秋时国名。在今河南新郑一带。三军:古时天子六军,诸侯大国三军。一军一万二千五百人。此泛指军队。

〔257〕麾:指挥。　晋:春秋时国名。在今山西一带。李善注引《越绝书》:"楚王作铁剑三枚,晋、郑闻而求之,不得。兴师围楚之城,三年不解。于是楚引太阿之剑,登城而麾之,三军破败,士卒迷惑,流血千里。晋、郑之军头毕白也。"

〔258〕截:斩断。　蛟鸿:蛟龙鸿雁。

〔259〕洒:击碎。吕向注:"洒,犹击也。"　奔驷:奔驰的四马之车。

〔260〕浮翮(hé合):飞鸟。翮,鸟羽,指鸟。　工:功能。

〔261〕绝:斩断。　重甲:双重的铠甲。

〔262〕舒辟:伸展收卷。辟,卷。　无方:无常。此自由无所拘之义。

〔263〕异模:奇异的形状。

〔264〕震:使之惊异。　薛蜀:古之善相剑者。蜀,也作"烛"。

〔265〕风胡:古之善相剑者。

〔266〕兼:两倍。　三乡:实为二乡,而云三者,与下句避复。

〔267〕声:声誉。　贵:高。　二都:两座都城。李善注引《越绝书》:"勾践示薛烛纯钧曰:'客有买之者,有市之乡二,骏马千匹,千户之都二,可乎?'薛烛曰:'虽倾城量金,珠玉满河,犹不得此一物,况有市之乡二,骏马千匹,千户之都二,何足言哉?'"

〔268〕倾秦:使秦王倾服。

〔269〕去吴:离吴王而去。去,离。李善注引《越绝书》:"阖庐无道,湛卢之剑去之入水。行凑楚,楚王卧而设湛卢之剑也。秦王闻而求之,不得,兴师击楚,曰:'与我湛卢之剑,还师去汝。'楚王不与。"刘良注:"此乃先去吴,而后倾秦。今先云秦者,盖取韵也。"　以上两句意思说,吴王阖庐有宝剑湛卢,因其无道离吴而去;此剑名扬天下,使秦王为之倾服。

〔270〕无前:谓前无能阻挡者。

〔271〕拥:执,握。　身雄:谓以身称雄于世。

昭明文选
译注

〔272〕从：通"纵"，与下句"横"对举。南北曰从。　服：使之降服。　九国：指天下诸侯之国，即齐、楚、韩、魏、赵、燕、宋、卫、中山。

〔273〕横：东西曰横。　制：控制。　八戎：八方之戎。戎，古代对西部民族的统称。此指边远地区的少数民族。

〔274〕爪牙：喻勇武之人。指独据一方而有武力者。　景附：谓如影随形而归附。

〔275〕函夏：指中国。函，包容。夏，华夏。　承风：谓如草之承风而伏。指服从。　以上四句皆谓宝剑之威力，使普天之下尽皆慑服。

〔276〕天骥：天马。或谓天机，指良马的自然灵性。李善注引《列子》："伯乐曰：'九方皋之所观，天机也。'"

〔277〕逸态：卓绝的神态。　超越：谓超过众马。

〔278〕禀气：承受自然之气。　灵渊：传说神马出生的渊池。李善注引《遁甲开山图》："陇西神马山有渊池，龙马所生。"

〔279〕受精：领受精气。　皎月：明月。传说马是领受月的精气而生。李善注引《春秋考异邮》："地生月精为马。月数十二，故马十二月而生。"

〔280〕眸眴（móu xián 牟闲）：眸，瞳人，呈黑色，眴，目上视而露出白色，指白眼球。《说文》："眴，戴目也。"段注："戴目者，上视如戴然。……目上视则多白。故《广韵》云：眴，人目多白也。"　黑照：谓黑白分明。照，明。

〔281〕玄采：黑色。　绀（gàn 干）发：生发出青赤之色。绀，深青带红的颜色。　以上两句谓骏马的眼神与皮毛之类，意思是说两眼转动则瞳人眼球黑白分明，全身毛色则玄黑之中透发出青赤的光泽。

〔282〕沫（huì 会）：流沫，指马面上流的汗水。《说文》："沫，洒面也。"段注："律历志引顾命曰：'王乃洮沫水。'师古曰：'沫，洗面也。'"　挥：散发。

〔283〕振血：流血。

〔284〕秦青：秦牙、管青，古之善相马者。　众尺：谓马的全貌及身腰尺寸。众，众相，全貌。

〔285〕方堙（yīn 因）：即九方堙，古之善相马者。　若灭：若明若灭。谓骏马驰行之速，一纵即逝，不可望其去向。李善注引《吕氏春秋》："古者善相马者，管青相唇吻，秦牙相前，皆天下良士也。若赵之王良、秦之伯乐、九方堙，尤尽其妙矣。"又引《相马经》："夫法千里马，有三十六尺四寸。"

〔286〕巾：衣，着。　云轩：云车。此指云雾。

172

〔287〕践：踏。

〔288〕春衢（qú 渠）：春天的大路。

〔289〕整：整理。此有驾御义。 秋：秋天的车驾。

〔290〕虬：传说中的龙。 螭（chī 吃）：传说中有角的龙。

〔291〕翥（zhù 住）：飞。

〔292〕载：语助词，无义。

〔293〕赴：奔赴。

〔294〕凌：越。 九州：古分天下为九州，即冀、豫、雍、扬、兖、徐、梁、青、荆。

〔295〕势：气势。

〔296〕景：同"影"。此指奔马的身影。 形：此指奔马的形体。

〔297〕不暇：不及。以上两句极言骏马奔驰之神速，意思说其形体急驰之迅疾，其身影也来不及追随；足不着地，尘埃未及扬起，其行迹已远逝而不可见。

〔298〕浮箭：古代计时漏壶上表时刻的标尺。李周翰注："浮箭，谓水漏刻，曰时节者。"

〔299〕再践：两次踏越。 千里：指千里之路。以上两句意思说，漏壶的标尺尚未移动，而骏马已越过两次千里之路。

〔300〕天垠（yín 银）：天边。垠，边际。

〔301〕地隔：地界。隔，界限。

〔302〕汗漫：仙人名。善于捷行远路者。

〔303〕章亥：大章、竖亥，仙人名。善于捷行远路者。 未迹：足迹未至之所。李善注引《淮南子》："若士曰：'吾与汗漫，期于九垓之上。'若士举臂竦身而遂入云中。又曰：'禹乃使大章步自东极，至于西极，二亿三万三千五百里七十步；使竖亥步自北极，至于南极，二亿三万三千五百七十里。'"

〔304〕阳乌：日中之乌，三足的神乌。 顿羽：收敛翼羽，谓不再飞翔。李善注引《春秋元命苞》："阳成于三，故日中有三足乌，乌者阳精。"

〔305〕夸父：古代神话中的人物，与日竞走者。 投策：抛弃手持的木杖，谓不再竞走。李善注引《山海经》："夸父与日竞走，渴饮河、谓。河、谓不足，北饮大泽。未至，道渴而死。弃其杖为邓林。" 以上两句意思说，由于骏马奔驰之疾速，使得日中神乌敛翅不再飞翔，与日竞走的夸父弃杖止步，不再前行。

〔306〕俊乘：卓绝的骏马。

〔307〕大梁：郡名，出黍。（据刘良注） 黍：谷类，去皮后为黄米。

〔308〕琼山:指昆仑山。 禾:太禾。一种传说中的神谷。李善注引《山海经》:"昆仑之上,有木禾,长五寻,大五围。"

〔309〕唐稷:唐尧时的后稷,传说中的人名。尧曾命他播种百谷。

〔310〕农帝:神农,传说中古帝名。他曾亲尝百草之实,教人食谷。 华:花,代实。

〔311〕六禽:六种飞禽。即雁、鹑、鷃、雉、鸠、鸽。(据李善注引郑司农《周礼注》)殊珍:特殊的美味。

〔312〕四膳:四季的膳食。李善注引《礼记》:"孟春食麦与羊,孟夏食菽与鸡,孟秋食麻与犬,孟冬食黍与彘。" 异肴:奇异的肴馔。肴,指鱼肉之类。

〔313〕穷:尽。 错:杂,多。此谓海中出产的各种物类。

〔314〕极:尽。 毛:指陆地出产的禽兽。

〔315〕伊公:伊尹。 爨(cuàn 窜):烧火煮饭。 鼎(dǐng 顶):古代用于烹煮的食器,圆形两耳三足。

〔316〕庖(páo 袍)子:即庖丁,传说中善于解牛的人。

〔317〕重:重复,反复。九沸,谓汤多次煮沸。李善注引《吕氏春秋》:"伊尹说汤曰:'凡味之本,水最为始。五味三和,九沸九变,为火之纪。'"高诱注:"纪,节也。味待火然后成,故曰火为之节也。"

〔318〕和:调和,调味。兼:并,同。此有多次义。 勺药:五味调料的总称。颜师古《汉书注》:"勺药,药草名。其根主和五脏,又辟毒气,故合之于兰桂以助诸食,因呼五味之和为勺药耳。"

〔319〕晨凫:晨飞的凫鸟。凫,野鸭。 露鹄:露宿之鹄。鹄,天鹅。

〔320〕霜鹔(duò 舵):霜雪中飞来的鹔鸟。鹔,大如鸠,色如乌鹊,群飞成队。亦名突厥鸟。李善注引《说苑》:"魏文侯嗜晨凫。霜露降,鹄鹔美。"

〔321〕圆案:圆形托盘。 星乱:谓陈列繁多。

〔322〕方丈:方形的食器。 华错:华美而杂错。

〔323〕封熊:大熊。 蹯(fán 烦):掌。此指熊掌。

〔324〕翰音:指鸡。 跖(zhí 直):脚掌。

〔325〕燕髀(bì 币):燕鸟大腿。 猩唇:猩猩之唇。

〔326〕牦残:牦毛的精肉。牦,牦牛。残,与燕之髀、猩之唇类举,属牦牛体之一部分。朱珔说:"《说文·歺部》:'残,穿也。从又歺。'段氏谓:'又者,手也,所以残穿也。残穿之,去其秽杂。故从又歺会意。'是去其秽杂,即存其精华

矣。以此解残字似合。"(《文选集释》,卷二十)象白:巨象的骨髓。刘良注:"白谓脂也,亦犹熊白也。"胡绍煐说:"本书《长杨赋》注引《通俗文》:'骨中髓曰脂。'是也。"(《文选笺证》,卷二十五)此句各家注释纷纭不一,朱、胡二氏之说近是。

〔327〕莱黄:地名。即古东莱郡黄县。 鲐(tái 台):海鱼之一。

〔328〕丹穴:传说中山名。 鹠(liú 留):鸟名。李善注引《山海经》:"丹穴之山有鸟焉,其状如鹤,五采,名曰凤。"

〔329〕玄豹:黑豹。

〔330〕燀(chǎn 产):煮。 秋橙:秋天的橙子。

〔331〕酟(tiān 天):掺和,调味。 春梅:春开的梅花,用以调味。

〔332〕商王:指殷纣王。 箸:筷子。

〔333〕帝辛:殷纣名辛。李善注引《六韬》:"殷君陈玉杯象箸。"

〔334〕范公:即范蠡,春秋时人。佐越王勾践灭吴。后弃官远去,至陶,称朱公,以经商致富。 鳞:鱼。李善注引陶朱公《养鱼经》:"威王聘朱公,问之曰:'公家累亿金,何术乎?'朱公曰:'夫为生之法五,水畜第一。所谓水畜者,鱼池也。以六亩地为池,池中有九洲,即求怀子鲤鱼,以二月上旬庚日内池中。养鲤者,鲤不相食,易长又贵也。'"

〔335〕九溪:池名。指范蠡内有九洲的养鱼池。

〔336〕赪(chēng 称):赤红色。

〔337〕鬐(qí 齐):鱼脊鳍。

〔338〕支离:即支离益,古之善屠者。李善注引《庄子》:"朱泙漫学屠龙于支离益,殚千金之家,三年技成,而无所用其巧。"

〔339〕霜锷(è 饿):利刃。

〔340〕红肌:红肉。 绮散:谓肉经刀削如绮一般片片散落。绮,轻薄的有花纹的丝织品。

〔341〕素肤:白肉。 雪落:谓肉经刀削如雪片一般纷纷飘落。

〔342〕娄子:即离娄,古时目力最敏锐的人。 豪:秋毫,秋天禽兽的毛尖。此代目力仅能洞见之细微之物。李善注引《孟》:"离娄者,古明目者也。能视百步之外,见秋毫之末。" 厕:比,比拟。

〔343〕秋蝉:秋天的鸣蝉,其翼极薄而透明。以上两句极言鲤鱼肉经支离益切割而达到的细薄程度,意思说其细是离娄所见的秋毫之末所不能比,其薄

是秋蝉的双翼所不能拟。

〔344〕繁肴:繁多的鱼肉。指盛宴。 阕:止,终。

〔345〕寒羞:指清新的果品,即下言果榛之类。寒,谓清新爽口。羞,同"馐",食品。

〔346〕商山:亦称商雒山,在今陕西商县境。传秦末有四位德高望重的高士隐居于此,称商山四皓。 果:果品。此指商山四皓曾采摘之果品。

〔347〕汉皋:汉水之畔。 楱(còu 凑):即柚子。

〔348〕龙眼:水果名。肉白味甜。 房:指水果的外壳。

〔349〕椰子:水果名。多汁而味甜。外壳坚硬,可作饮器。

〔350〕芳旨:芳香甘美。 万选:反复选择。

〔351〕承意:迎合人意。 代奏:轮番进献。

〔352〕荆南:地名,即荆州之南。 乌程:古县名。其地盛产名酒,故又以为酒名。李善注引盛弘之《荆州记》:"渌水出豫章康乐县,其间乌程乡,有酒官,取水为酒,酒极甘美,与湘东酃湖酒,年常献之,世称酃渌酒。"此句各家注释纷纭不一。朱珔说:"余谓荆州之乌程乡、湖州之乌程县,俱出名酒,故易混。据《元和志》,长城县本汉乌程县地,有若溪水,酿酒甚浓,俗称若水酒。而荆溪则在义兴县,即今之荆溪县,以近荆南山得名。……荆溪之非若溪,乃附合为一,失之。荆南与下豫北对举,当皆属州名,则乌程之酒仍在荆州矣。"(《文选集释》,卷二十)朱说与李注一致,近是。

〔353〕豫北:豫州之北。 竹叶:酒名。

〔354〕浮蚁:指酒上的浮沫。 星沸:形容酒上的浮沫杂乱飘动的样子。

〔355〕飞华:谓酒上的浮沫如飞花。 萍接:如水上浮萍相接连。萍,水草名。

〔356〕玄石:传说古时善于品评酒味者。李善注引《博物志》:"玄石从中山酒家酤酒,酒家与之千日之酒。"

〔357〕仪氏:传说古时善于酿酒者。李善注引《战国策》:"鲁君曰:'昔帝女仪狄作酒而美,进之于禹也。'" 进:献。

〔358〕倾罍(léi 雷):将一罍酒饮尽。罍,酒器,比樽大。

〔359〕流湎(miǎn 勉):沉醉,无休止地沉溺于酒。

〔360〕单醪(láo 劳):一瓢酒。单,胡绍煐说:"依注则正文当作'箪'。《御览》引亦作'箪'。然箪为竹器,可以盛食,不可以注酒。惟《方言》:'蠡,陈楚宋魏之间或谓之箪。'又云:'蠡,瓠瓢也。'此为近之。"(《文选笺证》,卷二十五)

醪,汁滓混合的酒。

〔361〕三军:泛指军队。天子六军,诸侯三军。一军一万二千五百人。告捷:宣告战争胜利。李善注引《黄石公记》:"昔良将之用兵也,人有馈一箪之醪,投河,令众迎流而饮之。夫一箪之醪,不味一河,而三军思为致死者,以滋味及之也。" 以上两句意思说良将善于用兵,把一瓢酒投入河里,虽说滋味大减,但是战士们迎流而饮之,犹能感激主帅的关怀,愿意为之牺牲,因而志气奋发,克敌制胜。

〔362〕炜晔(wěi yè 伟叶):光明盛大。此有赞美向往之义。

〔363〕耽:耽溺。 口爽:即爽口,伤害口味。爽,伤。 馔:美食。指鱼肉之类。

〔364〕甘:以为甜美。享受。 腊(xī 西)毒:久毒。 味:美味。

〔365〕服:服用。 腐肠:烂肠。 药:毒药。

〔366〕御:使用。 器:指金玉象牙所制食器。李善注引《六韬》:"殷君玉杯象箸,不盛菽藿之羹,必将熊蹯豹胎也。"亡国之器,谓殷纣所用的玉杯象箸之食器,其奢侈无度,因以亡国。

〔367〕融:明朗。此有发扬光大义。 皇风:指光明盛大的至德之风。

〔368〕金华:金花。指晋以金德而有天下。按古代以五行(金木水火土)之说解释王朝更替与历史变迁,以为每个朝代皆属于五行之一,依次循环往复;晋则属金德。 启征:出现瑞应。

〔369〕大人:指天子。此指晋帝。 有作:谓即皇帝位。以上两句意思说,金华的瑞应一出现,即预示司马氏必登皇帝位。

〔370〕继明:谓继日之光明。 代照:谓更代而照于四方。

〔371〕配天:谓与哺育万物的天帝相比配。配,比。 光宅:充满,覆被。李善注引《周易》:"明两作离,大人以继明照于四方。"意谓日之光明照于天下,大人则继日之明而不已,光照四方。以上两句意思说,晋帝之明继日之明而照耀四方,其恩德与上天相比配而充满人间。

〔372〕基德:以德为基本。

〔373〕隆:盛。 姬公:指周文王。 处岐:谓周文王治理岐周而施行仁政。处,处理,治理。岐,山名,在今陕西岐山县境,西周建国于此,故称周为岐周。《孟子·梁惠王下》:"昔者文王之治岐也,耕者九一,仕者世禄,关市讥而不征,泽梁无禁,罪人不孥。老而无妻曰鳏,老而无夫曰寡,老而无子曰独,幼而无父

曰孤。此四者,天下之穷民而无告者。文王发政施仁,必先斯四者。"

〔374〕垂仁:推广仁德。

〔375〕有殷:指商汤王。　在亳(bó 勃):谓商汤居亳而垂仁。亳,地名,在今河南商邱县境。李善注引《尚书》:"仲虺曰:'惟王克宽克仁,彰信兆民。'"孔安国注:"言汤有宽仁之德。"

〔376〕南箕:星名,主风。

〔377〕畅:畅通,和畅。　化:教化。指晋帝的教化。

〔378〕离毕:谓月近于毕星则降雨。离,着,近。毕,星名,主雨。李善注引《春秋纬》:"月失其行,离于箕者风,离于毕者雨。"

〔379〕丰:丰厚,丰富。　泽:恩泽。指晋帝的恩德。以上两句以自然界的好风时雨比喻晋帝的仁德恩惠,意思说南风养育万物比不上晋帝教化广施众民,春雨滋润万物也比不上晋帝恩德普及四方。

〔380〕皇道:光明伟大的至德之道。　焕炳:光辉闪烁。

〔381〕帝载:天帝赐予的法则。载,则,法。　缉熙:谓安抚人民广施恩泽。吕向注:"缉,安;熙,广也。"

〔382〕导气:谓疏导其思想情感,使之合乎礼义之道。气,指人的思想情感。乐:乐舞。

〔383〕宣德:宣扬仁德。　诗:诗歌。

〔384〕教:教化。清:清明。　云官:古官名。传黄帝受命时有云瑞出现,故以云纪事,官名皆以云命。云官之世,指黄帝之世。

〔385〕治:谓治理得好,社会太平。　穆:美好,和谐。　鸟纪:谓上古少皞氏以鸟纪事。传古帝少皞立,有凤鸟出现,故以鸟纪事。鸟纪之时,指少皞氏的时代。李善注引《左传》:"郯子来朝,公与之宴。昭子问焉,曰:'少皞氏鸟名,何故也?'郯子曰:'昔者黄帝氏以云纪,故为云师而云名。我高祖少皞挚之立也,凤鸟适至,故以鸟纪,为鸟师而鸟名也。'"

〔386〕王猷(yóu 尤):王道,仁义治国之道。猷,道。四塞:充满四方。塞,充满。

〔387〕函夏:华夏,中国。谧宁:安宁。

〔388〕丹冥:指南方。丹,赤。冥,远。　投烽:谓放弃烽火,不设戍守。

〔389〕青徼(jiào 叫):指东方。徼,边界。李善注引张揖《汉书注》:"徼,塞也,以木栅水中,为夷狄之界也。"　释警:撤下警戒。以上两句意思说,南方蜀

国已破,故不再点燃烽火,调兵作战;东方吴国已平,故已撤除警戒,不再设防。

〔390〕却:退回。 粪车:载粪肥之车。一作粪田(播种田地)解。梁章钜说:"谓以走马载粪车也。顷在江西见有所谓粪车者方晓此。案此文亦曰'粪车之辕',则是实有其器,不可作粪田解矣。"(《文选旁证》,卷二十九) 辕:车前驾马的两根长木。

〔391〕铭德:把功德铭刻在钟鼎之上。铭,刻,记载。 昆吾:或作昆吾,山名。《山海经·中山经》:"又西二百里曰昆吾之山,其上多赤铜。"传周太师吕尚曾铸鼎于此。李善注引蔡邕《铭论》:"吕尚作周太师而封齐,其功铭于昆吾之冶也。" 鼎:青铜制成的器物,圆形两耳三足。

〔392〕群萌:普通民众。萌,通"氓",民。 反素:回归朴素。

〔393〕时文:谓文教礼乐。 载:则。 郁:郁郁,文彩盛大的样子。

〔394〕耕父:农夫。 推畛:谦让田界,谓耕地与他人连接之处,其面积多推让而不争。

〔395〕鱼竖:捕鱼人。 陆:此指水畔。

〔396〕樵夫:砍柴人。 危冠:高冠。武士所戴。

〔397〕舆台:奴隶中的两个等级,指下等人。 短后:谓后襟较短之衣,以便于动作。短后服,指武士所着之服。以上两句言普通民众皆自觉遵循礼法,行为举止合乎规范,意思说砍柴人绝不戴武士的高冠,连社会等级最低的人也绝不穿用武士的短后服。

〔398〕六合:指上下四方,谓普天之下。 时邕(yōng 拥):和谐融洽。

〔399〕巍巍:形容功德崇高。 荡荡:形容仁爱宽广。

〔400〕玄髫(tiáo 条):黑发。指儿童。李善注引《埤苍》:"髫,发也。"髫,通"髫"。

〔401〕黄发:指老人。人老发白,白久而黄。 击壤:上古一种游戏。壤为木櫭,一置地,以另一于一定距离外击之。传尧时天下太平,百姓无事,做击壤游戏于涂,并歌曰:"日出而作,日入而息,凿井而饮,耕田而食,帝何力于我哉!"以上两句言社会安定人民康乐的局面。

〔402〕羲皇:指上古之伏羲氏。 绳:谓结绳而治。上古文字产生以前,以结绳之法记事;伏羲氏画八卦以代之。

〔403〕错:通"措",放置,放弃。 陶唐:指唐尧。 象:象刑。谓在罪人的形象与衣着上,标志出其所受刑罚的等次,使其居于州里之间而民耻之。传说

唐尧之世,君主贤明,人民朴素,犯罪者少,刑罚也轻。因而服上刑者穿无边缘的赭衣,服中刑者穿杂色的麻鞋,服下刑者戴黑色的头巾。(据李善注引《尚书大传》) 以上两句言晋帝以仁德感召天下,像古帝伏羲氏一样免除结绳治民之政,连陶唐氏那样宽缓的象刑也措置而不用。

〔404〕华裔(yì 义):中华辽远之地。 夷:指古代边远地区的少数民族。

〔405〕流荒:遥远之地。 貊(mò 墨):古代指东北边远之地的少数民族。

〔406〕輶(yóu 由)轩:轻车,古代使臣所乘。李善注引《风俗通》:"秦周常以八月輶轩,使采异代方言,藏之秘府。"

〔407〕被:及。 正朔:指由中央王朝所制定的日月历象之数。正,一年之始;朔,一月之始。新王朝建立,则重定正朔,以示除故布新,一切从我开始。

〔408〕骏奔:急速奔走。 稽颡(sǎng 嗓):叩首。以额触地之礼。

〔409〕委质:谓臣下见君主时屈身进献礼品。若卿以羔,大夫以雁等。委,屈身进献。质,通"贽",礼品。重译:展转翻译。以上六句应当连读,意思说华夏之外荒远之地的少数民族,虽其语言未被輶轩使者采集而传达于秘府,其居处地域与中央制定的纪年律历无关,也无不迅疾奔走,到京城朝拜,通过展转翻译向晋帝进献贡品。

〔410〕昆蚑(qí 奇):昆虫。蚑,虫行的样子。李善注引《毛诗序》:"文王德及鸟兽昆虫焉。"

〔411〕思:语助词,无义。 扰:驯,驯服,服从。以上两句以周文王比喻晋帝,意思是说晋帝恩德广施,连微小的昆虫也感戴不已,因而天下人民无不衷心归服。

〔412〕苑:古代养禽兽、植树木之所,以供皇帝游乐狩猎。 九尾之禽:指九尾狐,吉祥之兽。禽,鸟兽之通称。李善注引《春秋元命苞》:"天命文王以九尾狐。"

〔413〕囿(yòu 又):畜养禽兽之所。 栖:栖止。鸟类止息。 三足之乌:指反哺之乌,至孝之乌。

〔414〕鸣凤:凤凰,吉祥之鸟。

〔415〕伙:多。 黄帝之园:传说黄帝的梧桐园。李善注引《礼瑞命记》:"黄帝服黄服,戴黄冠,斋于宫,凤乃蔽日而来,止帝园,食竹实,栖帝梧桐,终不去。"

〔416〕孔甲:古帝名。李善注引《左氏传》:"蔡墨曰:'有夏孔甲,扰于有帝,帝赐之乘龙,河汉各二,各有雌雄也。'"杜预注:"孔甲,少康之后,九世之君

也。" 沼:池。

〔417〕烟煴(yīn yūn 因缊):祥云弥漫的样子。此指祥和,和谐。

〔418〕交泰:交通顺畅。《周易大传·泰第十一》:"象曰:'泰:小往大来,吉,亨。'则是天地交而万物通也……" 以上两句用其义而颠倒其语序,意在以泰与下外、带协韵,意思是天气与地气相交相通,故万物各得发生繁衍,祥和融融。

〔419〕义:谓仁爱之心。 怀:关怀。 靡内:无内。谓无微不至。

〔420〕化:教化。 无外:无限。谓无边无际。

〔421〕被(pī 披)褐:指穿粗布衣者,即隐逸之士。褐,粗布衣,隐者之服。

〔422〕韦带:皮带,隐者所束。以上两句意思说由于晋帝仁德广施,隐逸之士皆脱离山林,而归附朝廷。

〔423〕象:形象,相貌。 刻:刻画。 百工:百官。此句谓殷高宗(武丁)得贤相傅说事。传殷高宗梦中遇贤相傅说,命百官依其梦中所见,为之画像,再按其画像,寻求其人于山野之中,从而聘以为相,殷得中兴。(据李善注引《尚书》及孔安国注)

〔424〕兆:龟兆。古代占龟经烧灼之后龟甲上呈现的裂纹,从而断定吉凶。发:现。 灵蔡:用以占卜吉凶的神龟。李善注引《论语》:"子曰:'臧文仲居蔡。'"郑玄注:"蔡,谓国君之守龟也。"此句谓周文王得太师吕尚事。传周文王将外出田猎,卜筮之官报告说:"将获得成就霸王大业的辅佐之臣。"果然于渭水之滨,遇见正在寂寞垂钓的吕尚,载之而归,立以为师。尚后佐武王灭殷。(据李善注引《史记》)以上两句借殷高宗、周文王事比晋帝,言其礼贤下士,梦寐以求。

〔425〕搢(jìn 进)绅:指卿大夫。古时士大夫插笏于带间。搢,插;绅:带。此指俊杰之士。 济济:威仪盛美的样子。

〔426〕轩冕:指卿大夫。轩,车;冕,礼帽。皆为显贵所乘所服。此指贤能之士。 蔼蔼:威仪盛美的样子。

〔427〕造化:自然。 争流:共存。

〔428〕二仪:指天地。

〔429〕蹶然:奋然而起的样子。 兴:起,立。

〔430〕鄙夫:自我谦称,即鄙陋浅薄者。 固陋:见识浅陋。

〔431〕狂狷(juàn 倦):谓偏激固执,拘守一端。

〔432〕理:事理。谓体悟事理。 毁:谓仙人庚市子毁坏璧玉事。

〔433〕讼：争辩。李善注引《庄子》："庚市子肩之毁玉也。"又引《淮南子·庄子后解》（今本《淮南子》无此篇，疑属已遗之外篇。）："庚市子，圣人无欲者也。人有争财相斗者，庚市子毁玉于其间，而斗者止。" 以上两句说领会仙人庚市子毁坏璧玉的事理，两个凡人翻然醒悟，他们为获取财宝的争讼自然得到解决。

〔434〕言：言辞。 怒：谓传说文挚激怒齐闵王使之病愈事。

〔435〕齐王：齐闵王。 疾瘥：病愈。李善注引《吕氏春秋》："齐闵王病瘠，往宋迎文挚。文挚视王疾，谓太子曰：'王病得怒当愈。愈则杀挚，如何？'太子曰：'臣当与母共请于王，必不杀子矣。'挚往，不解屦，登床履衣，问王之疾。王怒，叱而起，病即瘳。将生烹文挚，太子与后请不得，遂烹文挚。" 以上两句说文挚以言行激怒齐王，才使他的疾病得到痊愈。前后四句，以庚市子毁玉启示凡人、文挚激怒齐王为喻，说明殉华先生以声色田猎诱导冲漠公子弃绝离世隐居之想，而返回人间，以有晋仁德祥和启示其归附朝廷，并为之尽忠效命。

〔436〕聋耳：谓声色之美，令人耳聋。

〔437〕栖：止宿，居住。 蔀（pǒu）家：谓覆盖其家，使之幽暗。蔀家之屋，指深邃幽静的殿宇。

〔438〕田游：田猎。 驰荡：驰马游玩。

〔439〕利刃：宝剑。 骏足：骏马。

〔440〕老氏：老子，名聃。主张弃绝物欲，清静无为。 攸戒：戒除，拒绝。

〔441〕载韪（wěi 伟）：谓法则合乎正道，顺乎民心。载，则。韪，是，正确。

〔442〕时圣：当今圣主。 道醇：谓道德淳厚，崇尚礼义。醇，通"淳"。

〔443〕举实：谓果实成熟，喻荐举贤才。李善注引《韩诗外传》："魏文侯之时，子质仕而获罪，谓简主：'吾不复树德。'简主曰：'夫春树桃李，夏以得荫其下，秋得食其实。今子树其非人也。'"

〔444〕摛（chī 吃）藻：舒展文采，谓发扬文德教化。 以上两句意思说荐举贤才，使其得以为国家尽忠效力，好比种树秋天必获果实一样；发扬文德教化，好像春日百花盛开一样。

〔445〕可封：谓德风广被，人民臻于美善，皆可封爵。

〔446〕大哉：伟大。 君：指晋帝。

〔447〕后尘：谓车驾后面扬起的尘埃，喻跟随他人之后。

今译

冲漠公子,隐含华彩深藏光耀。避世遁迹好比龙蟠,超脱现实行迹清高。心灵远游于天地浩然之气,志向浸润于老庄玄妙之道。身影隐没于遥远险阻之荒域,声响沉寂于幽暗深邃之山谷。于是殉华大夫闻之而造访。整理腾云之车,驾起骏马飞黄。跨过流沙,轧过寒霜。乘上扶摇之巨风,踏过坚冰之河旁。旌旗飘拂于云端,辙迹已经越出苍天。天清泠而无霞,野明朗而无尘。临近重叠山峦而握紧马缰,回顾石室而掉转车轮。遂至冲漠公子之所居。其居处,深邃而阴暗,寂静而虚玄。溟海波涛轰鸣涌其后,嶻谷陡峭幽深列其前。高竹直立浓荫覆沟壑,鸟兽群鸣激荡众山间。暴风大作而日光回转,飞沙乍起而弥漫苍天。于是登绝顶,迎长风。陈述辩说疑惑之辞,呼唤公子于岩穴之中。说:"盖闻贤德之人不隐藏道术而背弃现实,才智之士不遗弃名禄而隐匿行迹。生必扬美名于青史,死则刻功勋于篇籍。今公子离世而隐居,逃避人间而独自隐逸。人生天伦之欢泯灭,敬父忠君之义废弃。愁思百年以后,忧虑千年以外。何异于小鱼浮游戏水洼,小鸟栖止草丛里。今将以天下之富贵利禄让先生感到荣耀,以纵情之乐舞田猎让先生感到快愉。穷尽大地之遥而遨游,直登苍天之高而闲居。尽享四海之欢乐,尝遍九州之美味,剖开屈毂的葫芦,使为有用之器;解除二负的桎梏,使之有益社会。先生愿意吗?"公子说:"蒙大夫不弃,亲来此荒僻之地。我虽不敏,也愿敬听美意。"

大夫说:"寒山梧桐,出自阴冷北方。内含五音而繁育枝干,占据青山而独立生长。既而琼玉山峰峭立陡险,黄金水岸平缓宽广。左当风谷,右临云谿。山峰之上不见飞鸟筑巢,山麓之下没有野兽路径。山势倾危险阻,峰峦重叠辽远盘绕。梧桐枝叶承受三春清露的滋润,迎接九秋巨风的撼摇。飞雪洒落其根底,冰霜封冻其枝条。众树已繁茂而梧桐后绿,青草尚未黄而桐叶先凋。于是造云梯,登至高。采伐含蕤宾的山南之柯，剖断含大吕的山北之茎。巧匠断削其材制成器，伶伦调适其声合宫商。琴器完成乐奏起，曲调急促而昂扬。音响比号钟更明朗，韵律清新绕屋梁。美妙的音响摹拟八方来风，奇绝的韵律采自凤凰齐鸣。既奏黄钟宫又起其变调少宫，既弹蓐收商声又发其变商。若乃火星现于西南，暑气开始收敛。飞霜迎来节令，高风送来秋天。寄居异乡怀念故土之徒，流浪在外心怀百忧之辈，拨弄短调则鼻酸，弹奏急弦则泪涟。摹拟轻靡之曲，则节奏转为紧急。奏《绿水》，弹《白雪》。《激楚》往复荡漾，《流风》萦绕繁密。悲瑞草蓂荚一朝凋落，伤月神望舒至夕而缺。孤独的寡妇为之伤心，孀居的老妪为之呜咽。仙人冠缨拂动而倾耳静听，六马仰头而不食草叶。这是乐曲的至妙。先生能随我而倾听吗？"公子说："我厌倦，不能去听。"

大夫说："芳香的宫观深邃的殿宇，华丽的厅堂雕花的门窗。云屏彩饰烂漫，琼墙翠绿青葱。正门八道，玉台九层。百常楼阙矗立宫前，万雉高墙围绕京城。高峻的台榭正迎和风，巍然矗立直冲中天。翠玉楼观如青山，雕饰殿阁似霞连。屋檐上翘，如鸟翼临云；高阶耸起，似超越崇山。仰望玉绳而建造梁栋，承接倒影而设置窗门。玉石红白光辉闪烁，枓拱结构错落缤纷。阴龙背负檐柱，阳马承受栋梁。雕饰玉英晶莹，镂刻金花闪光。方形之窗刻饰百花争妍，圆形棚顶荷花吐露芬香。殿宇重叠相连而起，罗绮连结丝帘挂窗。深邃的殿堂白昼阴暗，敞亮的居室黑夜明朗。焦螟飘飞而生风，尺蠖蠕动而出响。若乃双目厌观乐舞，四体倦怠深宫。陪公子而双游，有时观览林中山麓。登上翠绿的山岭，面临丹红的溪谷。花草繁茂恰似锦绣，光彩飞动如星如烛。山南树叶春来青翠，山北枝条经秋犹绿。春华秋实交替更新，任随人意纵情狂欢。仰摘神蕙，俯采朝兰。迎着花香之风于蘅草之丛，顾视椒树之路于山野之地。继而荡起画船，嬉戏湖中。水中鱼儿惊动远游，岸旁鸟儿乍起飞翔。垂下钓钩，搭上短箭，射中飞鸟于赤云之外，钓出肥鱼于深潭之底。然后放下船舵随风飘，停下双桨乘波飞。吹起笙管，弹起琴瑟。水手唱《淮南》之曲，船夫和以《采菱》之歌。歌曰：乘兔舟啊为水嬉，临芳洲啊摘灵芝。欢乐而忘却忧戚，游玩而时间不计。夜以继日，年终为期。这是闲居的气魄，先生能随我居处其中吗？"公子说："我厌倦，不能去。"

大夫说："若乃深秋季节，已是授衣之月。天气凝结地气封闭，寒风凄厉严霜遍飞。柔枝经夜变僵，密叶至晨而稀。依秋气而行杀伐，到西郊而讲习武事。继而轻武之车排阵列，戎刚之车齐整。竖起旌旗迎风展，拿出剑戟闪锋芒。辕中驾上红阳侯之飞燕，旁边套上唐成公之骕骦。背利箭的队伍集结于郊外密林，轻捷的两翼前进于荒野之中。继而布下捕兽之罗，再张捕鸟之网。凌越高峻的峰顶，高挂青翠的山峦。以漫长的沟壑为界，以流水的豁谷为关。界内野兽无通道，关外禽鸟无路飞。敲击铜钲，队形散开田猎始；举起旌旗，报告射猎有所获。拉满弓弩，射出响箭。击中巨兽，射下猛禽，兵车战马竞相奔驰。队列齐整，辙迹不乱。迅猛轻捷转瞬即逝，如云激荡如风猛烈。声未动而响已飞，形未发而影已移。举起戈矛如林木丛立，挥舞利刃如闪电明灭。仰首倾覆云中的鸟巢，俯身捣毁地下的兽穴。身有圆纹之犺，额带花斑之狖，竖起鬃毛则生风，双目怒视出电光。兽口紧咬猎手的利刃，足能拨开射来的箭锋。以长鼻摇动林木以利爪掀翻巨石，排击深林践踏草丛。于是飞廉、中黄振奋锐气，孟贲、石蕃施展技艺。足踏大猪，击倒巨豕。摧折虎豹腰，挫断麋鹿腿。勾爪打掉，锯牙击碎。禽兽倒毙纵横遍野，倾入丛林填满沟壑。血肉挂山头，尸体掩水泽。丛林挂满毛羽，平地遍染血迹。于是，撤除猎围摘下罗网，卷起旌旗，收拾鸢旗。虞人清点禽兽之数目，林衡计算新猎之野味。论评第一者犒赏功高者，休息战马收藏弓箭。运肉之车前后相连，载酒之驾并列前进。千钟美酒刹时饮尽，万只火把似繁星耀眼。山陵沾遍脂膏，豁谷充满香烟。狂欢逸乐已达极点，符节回转部队凯旋。这是田猎的壮观，先生能随

185

我而尝试吗?"公子说:"我厌倦,不能尝试。"

大夫说:"楚国干将之剑,欧冶子所经营。若邪溪之铁锭,赤堇山之铜精,胜过羊头铜铁,超越济南锻成。冶炼销熔,锤打铸锻。雷师掌锤,风师扇炭。神器感化神灵而成,阳剑雕文阴剑平缦。流光冲天直连繁星,彩色浮动艳丽照人。光芒四射恰如闪电,剑体精粹恰如冰雪。锐利剑锋似泉水凝结,闪光剑刃似朝露纯洁。形体胜过越王之豪曹,名声高贵于勾践之巨阙。指向郑国则三军皆白首,挥之于晋则千里流鲜血。岂只是水中截取蛟龙鸿雁,陆上击碎急驰车马,斩下空中飞鸟方为工,断裂厚重铁甲才称利而已哉?若论其灵性,则舒卷神速无常,锋刃绝妙奇异。其形状使薛烛震动,光芒使风胡惊骇。价值兼三乡,声誉贵二都。或驰名而使秦王倾服,或一夜而飞离阖庐。因此功冠万载,而威力无穷。挥之者前无阻挡,拥之者天下称雄。可以合纵制服九国诸侯,可以连横而控御八方狄戎。勇武者如影附形皆归顺,整个华夏皆效忠。这是举世珍奇的神器,先生能随我而佩带吗?"公子说:"我厌倦,不能佩带。"

大夫说:"天赋奇能的骏马,神态飘逸卓绝超越。禀承灵性于神渊,领受精气于皎月。瞳人眼球黑白分明,毛色玄黑透出青赤。头面流汗如散发丹红,躯体流汗如渗出鲜血。秦牙、管青不能识其身腰长短,九方堙不能观其飞驰神速。继而穿过云端,踏越朝雾。奔赴春之路,驾上秋之车。如同神龙腾跃,如同麒麟飞舞。望高山则逾越,视深林则奔赴。气势旺盛激怒并发,如流星飞逝电火震骇。心志凌越九州,气魄腾越四海。影不能追随其形,足不着地尘不起。漏壶浮箭未曾移,飞驰已过两千里。既而超出天边,越出地界。经过汗漫未游之地,踏入章亥未达之域。月中之乌为之敛翅不飞,逐日夸父为之投杖不走。这是天下之神马,先生能随我而驾御吗?"公子说:"我厌倦,不能驾御。"

大夫说:"大梁郡的名黍,昆仑山的神禾。尧帝后稷播种子,古帝神农尝其实。六种飞禽的奇珍,四季膳食的佳肴。海中最美的鲜味,陆地极贵的兽肉。伊尹添柴烧鼎,庖丁剔骨操刀。煮沸九次滋味浓,调适五味用勺药。晨起之兔露宿之鹄,带霜之鹍善鸣的黄雀。圆形托盘陈列闪亮光,方形食器华丽而交错。大熊的肥蹯,雄鸡的足掌。春燕腿黑猩唇,精肉取自牝牛与巨象。灵渊神龟味最美,东莱黄县鲐鱼香。丹穴鹨鸟肉鲜嫩,黑豹之胎富营养。烹煮加秋橙,调味用春梅。夹起用商王的象箸,承接以帝辛的金杯。范公鲤鱼,出自九溪。赤红之尾朱丹之鳃,深紫之翼青绿之鳍。如此再命屠者支离益,挥起利刃加工做。红肌如绮飘飘散,白肉如雪片片落。离娄所见毫末不能比其细,秋蝉双翼不足拟其薄。鱼肉佳肴既终,又进清爽鲜货。商山的嫩果,汉水的橘柚。剥龙眼之皮,剖椰子之壳。芳香甘美反复精选,秉承人意轮番呈献。还有荆南乌程美酒,豫北佳酿竹叶。酒沫如繁星浮动,泡花似萍草连接。玄石品尝其味,仪氏酿法妙绝。倾尽酒杯一朝饮,可以沉醉上千日。一瓢美酒投入河川里,三军饮后倍增克敌志。此为神灵凡人皆歆美,听者观者心往而神驰。先生能振作而起去享用吗?"公子说:"耽溺伤害肝肺的佳肴,贪食毒害口胃的美味。饮服腐蚀肚肠的毒药,使用殷纣亡国的食器。即使先生以为荣乐,实为吾人之所畏。我厌倦,不能去享用。"

　　大夫说:"大晋发扬圣明仁惠之德风,金花启示其祥瑞,晋帝应运而登尊位。继日之光明普照四方,与上天哺育万物相比配。以仁德为立国之基,高于周文之治岐。推广仁义取信万民,富于商汤处亳地。和风吹拂,不能比其教化和畅,甘雨普降不能比其恩泽丰沛。圣明仁道光辉闪耀,天赐法则广施仁爱。陶冶情性以乐舞,宣扬道德以歌诗。教化清明可比黄帝之世,太平祥和可比少皞之时。仁义之道普及四方,整个中华融洽安宁。南方边境不举烽火,东部疆界撤除哨岗。战马驾于农耕之车,功德刻在青铜之鼎。民众去奢侈反朴素,文教礼乐隆盛辉煌。农夫谦让田界,渔人不争水洲。樵夫耻于戴高冠,平民不着武士装。普天之下和乐融融,功德巍巍仁爱荡荡。儿童唱歌谣，老人玩击壤。如同羲皇革除结绳之政，连唐尧之法也放弃不用。中华边地之夷，荒域之貊，其方言朝廷使者所不采，其地域大晋正朔而不用，却无不奔赴我朝叩拜，辗转翻译屈身进贡。其时微小昆虫也知感戴恩惠，众生物类无不驯服。林苑嬉戏九尾之狐，园囿巢栖三足之乌。凤鸟鸣于长林，多于黄帝之园，神龙游于深潭，胜于孔甲之沼。万物和谐祥云笼罩，天地之气相交通泰。仁义之心无微不至，教化之道无所不在。林薮之间无隐者披短褐，山泉之畔无高贤束韦带。皆由百官依画像荐举于岩下，据龟兆征聘于渭水。才俊之士威仪庄重，贤德之人容态美善。功勋与造化共同长存，仁德与天地并相无限。"言未终，公子奋然而起，曰："鄙人实在见识浅陋，固执一端。大概有仙人自毁碧玉之理，而使凡夫珍宝之争得以和解；文挚有令人恼怒之言，而使齐王之病得以愈痊。方才先生以令人耳聋的乐舞引诱我，以深邃豪华的楼观让我闲居。田猎饮宴驰马畅游，宝剑锋利骏马卓绝。这是老子之所禁戒，非吾人之所贪欲，因而不能答应先生。至于听到仁德之风，施政之法，合乎正道，顺乎民心，当今圣主英明，道德厚淳。荐举贤才好比种树秋结实，发扬教化好比百花春争妍。下有良善可封之民，上有崇高伟大之君。我虽不够聪敏，请随先生后尘。"

（陈复兴译注并修订　陈延嘉再修订）

◎ 诏一首

汉武帝

▓▓▓▓▓ 题解

汉武帝,名刘彻(前156—前87),他是汉景帝刘启的儿子。景帝后元三年(前141)继位,是我国历史上的一位具有雄才大略,声名卓著、影响深远的皇帝。在位期间,在各方面均有突出的建树。政治上加强中央集权,使诸侯王藩国自析为侯国,规定诸侯王惟得衣食租税,不与政事。依靠亲信近臣参与决策,裁抑丞相职权。设十三州部刺史,加强对郡国的控制。在对外关系上,多次出击匈奴,迫使其远徙漠北。命张骞出使西域,沟通了与西域各族的关系。征服闽越,东瓯和南越,在西南夷设置了郡县。在经济上,改革币制,禁止郡国铸钱。实行盐铁官营、均输平准制度,颁布重税,控制商人违法致富。为了发展生产,他还十分注重水利建设,曾亲临工地去督察黄河决口的治理工程。在教育、思想、文化建设上更是特别重视,罢黜百家,独尊儒术,设立五经博士,为博士官置弟子,在京师长安兴建太学,令郡国皆立学官,儒家思想从此逐步成为中国封建社会的正统思想。

为了推行上述各方面的改革,他还破除各种清规戒律,不拘一格录用人才,建立正规的察举制度,令各郡国举孝廉、秀才、贤良方正等。本文就是元封五年(前106),鉴于"名臣文武欲尽"(《汉书·

武帝纪》)而下的。汉武帝重视人才,破格选用人才的思想,获得极大成功,如主父偃、朱买臣均出身低贱,前者一年之内四次擢升,后者官列九卿。另从牧人中提拔了卜式,商贾中擢升了桑弘羊,奴隶中发现了大将卫青、降虏中任用了金日磾,再加上如公孙弘、董仲舒、韩安国、郑当时、张骞、苏武、司马迁、司马相如、霍去病、霍光等,构成了一代辅佐之臣。武帝时期所以成为汉代的鼎盛期,人才优势是一个最重要的因素。

本诏令要将"有非常之功"的"非常之人",破格任为"将相"或"使绝国者",体现了作者重视人才,使有用之才不因出身资历限制而被埋没的进步思想。

原文

诏曰[1]:盖有非常之功,必待非常之人[2]。故马或奔踶而致千里[3];士或有负俗之累而立功名[4]。夫泛驾之马[5],跅弛之士[6],亦在御之而已[7]。其令州县察吏民有茂才异等可为将相及使绝国者[8]。

注释

〔1〕诏:古时上级给下级的命令文告。秦汉以后,专指帝王的文书命令。《史记·秦始皇本纪》李斯议:"臣等昧死上尊号,王曰'泰皇',命为'制',令为'诏',天子自曰'朕'。"吕向注:"诏,照也。天子出言如日之照于天下也。"

〔2〕必待非常之人:必待,必须。待,须。非常之人,览下文"泛驾""跅弛"诸语,似指士有特行然亦间有瑕疵者。

〔3〕奔踶(dì弟):《汉书·武帝纪》颜师古注:踶,蹋也。奔,走也。奔踶者,乘之即奔,立则蹋人也。王先谦《补注》引王念孙说,以颜分奔踶为二义为非,读踶为chí,犹奔驰。杨树达以"奔踶"与下文"负俗之累"为对文,指马之短处为言,如王说与下句不称。复引《广雅·释诂》卷二"踶,蹋也"为证,肯定颜说。(见《汉书窥管》卷一)杨说极是。

〔4〕负俗之累:《汉书·武帝纪》晋灼注:"谓被世讥论也。"

〔5〕泛驾:颜注:"泛,覆也。字本作覂,后通用耳。覆驾者言马有逸气而不循轨辙也。"

〔6〕跅(tuò 拓)弛:放荡不羁,不守规矩。颜注:"跅者,跅落无检局也。弛者,放废不遵礼度也。"

〔7〕御:驾驭。

〔8〕茂才:原作秀才,避光武帝刘秀讳改。茂才异等,言超群出众、不同凡响的才士。使绝国:出使绝远之国。

今译

诏令说,大凡要有非同寻常的功业,一定得要有非同寻常的人。所以,马有的踢人,但能跑千里;才士有的遭人讥议,但能立功成名。对能跑千里而不太循轨辙的马,能建功成名而不太守礼度的才士,也在于怎样驾驭罢了。现在命令各州县察访官吏百姓中超凡出众以及可做将相与能出使边远异国的人才。

(王同策译注并修订)

昭明文选
译注

◎ 贤良诏一首
汉武帝

题解

　　汉武帝在位期间，下过许多求贤选才的诏令。充分表现了他重视人才、不拘一格任用人才的进步思想。贤良指道德高尚的人，方正指端方正直的人，汉文帝二年（前178）下诏"举贤良方正能直言极谏者，以匡朕之不逮"，后来成为选拔人才科目的名称。这一道《贤良诏》是元光元年（前134）五月颁发的。诏令探求唐虞之世德被四海的盛世何以形成，先帝之洪业休德何以彰显，让诸贤良书面解答。总结先代经验，用作今日的师法。

原文

　　朕闻昔在唐虞[1]，画象而民不犯[2]，日月所烛，罔不率俾[3]。周之成康[4]，刑措不用[5]，德及鸟兽[6]，教通四海。海外肃慎[7]、北发、渠搜[8]、氐羌来服[9]。星辰不孛[10]，日月不蚀，山陵不崩，川谷不塞[11]。麟凤在郊薮[12]，河洛出《图》《书》[13]。呜呼！何施而臻此乎[14]？

　　今朕获奉宗庙，夙兴以求[15]，夜寐以思，若涉渊水，未知所济[16]。猗欤伟欤[17]！何行而可以彰先帝之洪业休德[18]？上参尧舜，下配三王[19]，朕之不敏，不能远德[20]，此子大夫之所睹闻也[21]。贤良明于古今王事之体[22]，受策察问，咸以书对。著之于篇，朕亲览焉[23]。

注释

〔1〕朕:皇帝自称。见前篇《诏》注释〔1〕。　唐虞:唐尧、虞舜。我国古代部落联盟的首领。古史上相传二人均为圣明之君。

〔2〕画象而民不犯:《汉书·武帝纪》应劭注:"二帝但画衣冠,异章服,而民不敢犯也。"颜师古注:《白虎通》云:"画象者,其衣服象五刑。犯墨者(以墨黥面)蒙巾,犯劓者(截鼻)以赭著其衣,犯髌者(去膝盖骨)以墨蒙其髌处而画之(从王先谦《汉书补注》考证,改'象'为'处'),犯宫者(去势)履杂扉(穿杂色草鞋,此亦从王先谦考证补入'履杂'二字),犯大辟(杀头)者布衣无领。"张铣注:"画衣冠之象以殊于常服,将使犯法者服之以当刑罚。而人乃无犯者。"

〔3〕率俾:率,循。俾,使。刘良注:"帝德广运,日月所照之地,皆循顺帝道而求使用。"

〔4〕成康:合称周成王诵和周康王钊,古史上认为他们父子俩在位时为周代鼎盛时期。

〔5〕刑措不用:李善注:《纪年》曰:"成康之际,天下安宁,刑措四十年不用。"

〔6〕德及鸟兽:《毛诗序》:"文王受命,乐其有灵德以及鸟兽焉。"《尸子》曰:"汤之德及鸟兽矣。"鸟兽尚被德泽,人当可知。

〔7〕肃慎:古民族名。分布在黑龙江、松花江流域。

〔8〕北发:《汉书·武帝纪》晋灼注:《王恢传》"北发、月支可得而臣",似国名也。(实《韩安国传》中王恢语)颜师古引臣瓒以《孔子三朝记》"北发渠搜,南抚交趾"谓"北发,非国名也",经查《大戴礼记》过录之《孔子三朝记》二句不属,详下注。疑灼说为得。　渠搜:《地理志》(《汉书》)"朔方有渠搜县。"

〔9〕氐羌来服:氐羌都来归顺。氐,古代西北民族。羌,我国古代西部民族。《大戴礼记·少闲》为过录《孔子三朝记》之第七篇。此段文字为:"昔虞舜以天德嗣尧,布功散德制礼。朔方幽都来服,南抚交趾。出入日月,莫不率俾,西王母来献其白琯。粒食之民昭然明视,民明教,通于四海,海外肃慎、北发、渠搜、氐羌来服。"以下写到舜崩、禹崩、商履代兴、周昌称霸皆有上文末尾之类似文字。

〔10〕孛:星芒四散照射的样子。因以之称代彗星。

〔11〕川谷不塞:以上几句,李善注引《大戴礼》曰:"圣人有国,则日月不蚀,

193

星辰不孛,川泽不竭,山不崩解,陵不绝矣。"

〔12〕麟凤在郊薮:麒麟与凤凰古代认为是吉祥灵瑞的兽和鸟。 郊薮:野外与水浅草茂的泽地。《礼记》:圣王所以顺,天降膏露,地出醴泉,山出器车,河出马图,凤凰麒麟皆在郊薮。

〔13〕河洛出《图》《书》:《易·系辞上》:"河出图,洛出书,圣人则之。"有人认为河图即为八卦,洛书即《书·洪范》九畴。古人认为传说中河图、洛书的出现,是一种祥瑞之兆。

〔14〕臻:至。

〔15〕夙兴:早晨起来。

〔16〕未知所济:不知道渡过深渊的办法。李善注引《尚书·大诰》:"予唯小子,若涉渊水,予惟往求朕攸济。"

〔17〕猗(yī 衣)欤:叹美词。

〔18〕洪业休德:吕向注:"大业美德"。

〔19〕三王:夏禹、商汤、周武王。古史中认为他们是继尧舜后的贤明君王。

〔20〕远德:把先帝德业光大远播。前"彰"(先帝洪业休德),重在显耀,此"远"重拓宽推广与发展。

〔21〕子大夫:对大夫的美称,表敬意。

〔22〕王事之体:做君王治理天下的大要。

〔23〕朕亲览焉:原为表示重视,强调"亲览",后来演变成历代策问及殿试策制策中结尾时的套语。

今译

我听说往古在唐尧、虞舜的时候,他们只把刑罚处理画成图像公布,百姓就没有违犯的。日月照射到的地方,没有不循顺帝道而求取被使用的。周代的成康时期,四十年不用刑罚,德泽施及鸟兽,教化通达四海。海外的肃慎、北发、渠搜、氐羌都前来臣服。星群中没有彗星出现,太阳、月亮都完好无蚀,山陵不崩溃,河谷不淤塞。祥瑞的麒麟凤凰在野外草泽,神龟驮出灵异的《河图》《洛书》。啊!他们实施了何种德政竟至到达这种地步呢?

现在我得到奉祀宗庙、君临天下的机会,早晨起床也在探求,晚上睡下也在思考,就像涉足深水,不知道得以渡过的办法。美好啊!伟大啊! 怎么做才能够显耀先帝的洪大的功业与优美的品德呢? 上用尧舜的贤明来检验,下与三王的德政相比较,我的不聪慧通达,不能拓宽发扬先帝的德业,这是诸位大夫所耳闻目睹的事实。各位贤良对古今做君王治理天下的大要都十分明白,现在接受考察策问,请都用书面解答,写成文章,我要亲自审阅它们。

（王同策译注并修订）

册魏公九锡文一首

潘元茂

题解

　　作者潘勖,初名芝,字元茂。献帝时官至尚书左丞。《册魏公九锡文》是他建安十八年(213)为献帝刘协册封曹操为魏公并加九锡赏赐而写的诏命。

　　本文以诏命形式从献帝与曹操的君臣关系上反映了当时社会矛盾的一个重要侧面。东汉末年,刘汉王朝已经崩溃,黄巾起义,外族入侵,统治集团内部分裂、割据、混战,各种矛盾复杂、尖锐、集中。就统治阶级说,各势力集团都争抢皇帝归属与己以"挟天子而令诸侯",发展自己势力。或废此立彼,或自己称帝。献帝刘协便是董卓废其兄少帝刘辩而立,曾被逼西迁长安,被李傕劫为人质。流亡至洛阳时,在饥困中被曹操迎至许昌,改元建安,继续称帝。献帝保全了身家性命和帝位,已觉难得;虽明知曹操也是"挟天子而令诸侯",并有所不满,但曹操势力强大,难脱其手,别无投靠,只能逆来顺受,委曲求全,只好对曹操加官进爵,甚至封赐超出属臣,乃至赐设天子旌旗。曹操名义上不废献帝,也拒绝正位称帝,只求得到最高权势名利而做贤臣。这使献帝与曹操结成名虽天子实为属臣、名虽属臣实为天子的互相依存关系。

　　这一诏命适应献帝和曹操要求而作。它是皇帝为大臣评功纪善，表明君是明君，臣是贤臣。在献帝，具列曹操十一大功，赐封为魏公、冀州十郡为领地，使曹操成为魏国之君，并列九善而加九锡，给予天子尊礼功臣的最高礼遇，而且视曹操为空前贤臣，连伊尹、周公也"方之蔑如"，既"功高乎伊、周"而"赏卑乎齐、晋"，使天子惭然，使曹操受之无愧。在曹操，正中下怀。此前董昭等曾议进曹操为国公、加九锡，而荀彧反对。曹操不满，荀彧被迫自杀；现在册为魏公而加九锡，正适合不称帝而权势大于帝、在臣位而与天子比肩的需要。

自然，这道诏命对曹操只能评功纪善，恶德恶行弃而不书。虽如此，对了解汉末历史、君臣关系和曹操本人，仍有认识意义。

本文册命特点充分。一是以皇帝口吻列举诸多事实。文中十一功、九善，逐一列举，显示进爵加赏的必要性，不止不繁琐、呆板，反能突现主题。二是结构严密。文长，诏命中少见；但前半部评功而进爵，后半部纪善而加赏，使前后两部浑成一体，不可离析，形成完整、有机的结构。

原文

制诏[1]：使持节丞相领冀州牧武平侯[2]：

朕以不德[3]，少遭闵凶[4]。越在西土[5]，迁于唐卫[6]。当此之时，若缀旒然[7]。宗庙乏祀[8]，社稷无位[9]，群凶觊觎[10]，分裂诸夏[11]，一人尺土[12]，朕无获焉[13]。即我高祖之命[14]，将坠于地[15]。朕用夙兴假寐[16]，震悼于厥心[17]。曰惟祖惟父[18]，股肱先正[19]，其孰恤朕躬[20]！乃诱天衷[21]，诞育丞相[22]，保乂我皇家[23]，弘济于艰难[24]，朕实赖之[25]。今将授君典礼[26]，其敬听朕命[27]。

昔者董卓[28]，初兴国难[29]。群后释位[30]，以谋王室[31]。君则摄进[32]，首启戎行[33]。此君之忠于本朝也^[34]。后及黄巾^[35]，反易天常^[36]，侵我三州^[37]，延于平民^[38]。君又讨之^[39]，剪除其迹^[40]，以宁东夏^[41]。此又君之功也。韩暹、杨奉^[42]，专用威命^[43]。又赖君勋^[44]，克黜其难^[45]。遂建许都^[46]，造我京畿^[47]，设官兆祀^[48]，不失旧物^[49]，天地鬼神^[50]，于是获乂^[51]。此又君之功也。袁术僭逆^[52]，肆于淮南^[53]；慑惮君灵^[54]，用丕显谋^[55]，蕲阳之役^[56]，桥蕤授首^[57]，棱威南厉^[58]，术以殒溃^[59]。此又君之功也。回戈东指^[60]，吕布就戮^[61]；乘轩将反^[62]，张扬沮毙^[63]；眭固伏罪^[64]，张绣稽服^[65]。此又君之功也。袁绍逆常^[66]，谋危社稷^[67]，凭恃其众^[68]，称兵内侮^[69]；当此之时，王师寡弱^[70]，天下寒心^[71]，莫有固志^[72]；君执大节^[73]，精贯白日^[74]，奋其武怒^[75]，运诸神策^[76]，致届官渡^[77]，大歼丑类^[78]，俾我国家^[79]，拯于危坠^[80]。此又君之功也。济师洪河^[81]，拓定四州^[82]，袁谭、高幹^[83]，咸枭其首^[84]；海盗奔迸^[85]，黑山顺轨^[86]。此又君之功也。乌丸三种^[87]，崇乱二世^[88]，袁尚因之^[89]，逼据塞北^[90]；束马悬车^[91]，一征而灭^[92]。此又君之功也。刘表背诞^[93]，不供贡职^[94]；王师首路^[95]，威风先逝^[96]，百城八郡^[97]，交臂屈膝^[98]。此又君之功也。马超、成宜^[99]，同恶相济^[100]，滨据河潼^[101]，求逞所欲^[102]；殄之渭南^[103]，献馘万计^[104]，遂定边城^[105]，抚和戎狄^[106]。此又君之功也。鲜卑、丁令^[107]，重译而至^[108]，单于、白屋^[109]，请吏帅职^[110]。此又君之功也。

君有定天下之功，重以明德^[111]，班叙海内^[112]，宣美风俗^[113]，旁施勤教^[114]，恤慎刑狱^[115]，吏无苛政^[116]，民不回慝^[117]；敦崇帝族^[118]，援继绝世^[119]，旧德前功^[120]，罔不咸秩^[121]；虽伊尹格于皇天^[122]，周公光于四海^[123]，方之蔑如

也^[124]。朕闻先王并建明德^[125]，胙之以土^[126]，分之以民^[127]，崇其宠章^[128]，备其礼物^[129]，所以蕃卫王室^[130]，左右厥世也^[131]。其在周成^[132]，管、蔡不靖^[133]，惩难念功^[134]，乃使邵康公锡齐太公履^[135]，东至于海^[136]，西至于河^[137]，南至于穆陵^[138]，北至于无棣^[139]，五侯九伯^[140]，实得征之^[141]，世胙太师^[142]，以表东海^[143]。爰及襄王^[144]，亦有楚人^[145]，不供王职^[146]，又命晋文^[147]，登为侯伯^[148]，锡以二辂^[149]，虎贲、铁钺^[150]，秬鬯弓矢^[151]，大启南阳^[152]，世作盟主^[153]。故周室之不坏^[154]，繄二国是赖^[155]。今君称丕显德^[156]，明保朕躬^[157]，奉答天命^[158]，导扬弘烈^[159]，绥爰九域^[160]，罔不率俾^[161]，功高乎伊、周^[162]，而赏卑乎齐、晋^[163]，朕甚恶焉^[164]。朕以眇身^[165]，托于兆民之上^[166]，永思厥艰^[167]，若涉渊水^[168]，非君攸济^[169]，朕无任焉^[170]。

今以冀州之河东、河内、魏郡、赵国、中山、钜鹿、常山、安平、甘陵、平原凡十郡^[171]，封君为魏公^[172]，使使持节御史大夫虑^[173]，授君印绶、册书^[174]，金虎符第一至第五^[175]，竹使符第一至第十^[176]，锡君玄土^[177]，苴以白茅^[178]，爰契尔龟^[179]，用建冢社^[180]。昔在周室^[181]，毕公、毛公^[182]，入为卿佐^[183]，周、邵师保^[184]，出为二伯^[185]。外内之任^[186]，君实宜之^[187]。其以丞相领冀州牧如故^[188]；今更下传玺^[189]，肃将朕命^[190]，以允华夏^[191]；其上故传武平侯印绶^[192]。今又加君九锡^[193]，敬听后命^[194]：以君经纬礼律^[195]，为民轨仪^[196]，使安职业^[197]，无或迁志^[198]，是用锡君大辂、戎辂各一^[199]，玄牡二驷^[200]；君劝分务本^[201]，啬民昏作^[202]，粟帛滞积^[203]，大业惟兴^[204]，是用锡君衮冕之服^[205]，赤舄副焉^[206]；君敦尚谦让^[207]，俾民兴行^[208]，少长

有礼[209]，上下咸和[210]，是用锡君轩悬之乐[211]，六佾之舞[212]；君翼宣风化[213]，爰发四方[214]，远人回面[215]，华夏充实[216]，是用锡君朱户以居[217]；君研其明哲[218]，思帝所难[219]，官才任贤[220]，群善必举[221]，是用锡君纳陛以登[222]；君秉国之均[223]，正色处中[224]，纤毫之恶[225]，靡不抑退[226]，是用锡君虎贲之士三百人[227]；君纠虔天刑[228]，章厥有罪[229]，犯关干纪[230]，莫不诛殛[231]，是用锡君铁钺各一[232]；君龙骧虎视[233]，旁眺八维[234]，掩讨逆节[235]，折冲四海[236]，是用锡君彤弓一、彤矢百[237]，旅弓十、旅矢千[238]；君以温恭为基[239]，孝友为德[240]，明允笃诚[241]，感乎朕思[242]，是用锡君秬鬯一卣[243]，圭瓒副焉[244]。魏国置丞相以下群卿百僚[245]，皆如汉初诸王之制[246]。君往钦哉[247]，敬服朕命[248]，简恤尔众[249]，时亮庶功[250]，用终尔显德[251]，对扬我高祖之休命[252]。

注释

〔1〕制诏：帝王的命令。这里是汉献帝刘协建安十八年（213）册封曹操的诏命。

〔2〕使持节丞相领冀州牧武平侯：以曹操的官衔、封号代指曹操。 使持节：执持符节的使臣。建安元年（196）献帝被曹操从洛阳迎入许昌，给予曹操节钺并封为武平侯。建安十三年（208）以曹操为丞相，建安九年（204）曹操领冀州牧。

〔3〕朕（zhèn 振）：我，献帝自称。 不德：无德。

〔4〕闵凶：忧患、凶丧之事。指献帝父灵帝刘宏在中平六年（189）四月崩，时献帝九岁。

〔5〕越：远。 西土：长安。东汉自长安迁都洛阳，称旧都长安为西京。初平元年（190）董卓逼献帝从洛阳迁都长安。

〔6〕迁于唐卫：迁徙至河内。兴平二年（195）献帝自长安流亡去洛阳；途经

唐尧所封卫国之地河内、河东。

〔7〕缀旒(liú 流):指旌旗下悬垂的饰物,或谓冠上的垂珠。这里喻指献帝受下臣挟持而自洛阳迁长安,又由长安流亡至洛阳的东西不定。

〔8〕乏祀:缺少祭祀。

〔9〕社稷(jì 计):本是土地神和谷物神,后被借喻为国家。

〔10〕群凶:指挟持献帝或自立称王称帝而作乱的诸侯和下臣。 觊觎(jì yú 计俞):非分的希望、企图。

〔11〕分裂诸夏:分裂国家。 诸夏:原指周代所封诸国,后指称中国。六臣本此句作"连带城邑"。

〔12〕一人尺土:每人一尺土地的权分。

〔13〕无获:未得。

〔14〕我高祖之命:我汉王朝立国的天命。 我:献帝自称。 高祖:高皇帝刘邦的庙号。

〔15〕坠于地:坠落下来;指上句所说"天命"。

〔16〕夙兴假寐:早起晚睡,意谓辛勤劳苦。

〔17〕震悼:惊悸悲痛。 于厥心:在心中。

〔18〕曰:语气助词,无实义。 惟:唯独,只有。 祖:曹操祖父曹腾。父:曹操父曹嵩(曹腾养子)。

〔19〕股肱(gōng 公):本指大腿和胳膊,常被喻为辅佐君主的大臣。 先正:先代之臣。指曹操祖父作宦官、父作大司农、太尉,都是君主的股肱。

〔20〕其:这里同"岂",有"难道"、"还"之意。 孰:谁。 恤:体恤,爱怜。躬:身体,我。

〔21〕诱:引诱,感动。 天衷:上天的善意。

〔22〕诞育:诞生。 丞相:指曹操。

〔23〕保:安定,保全。 乂(yì 意):治理。 皇家:汉室,刘家天下。

〔24〕弘济:大的救助。

〔25〕赖:依赖。 之:指曹操的"弘济"功德。

〔26〕授君:给你(曹操)。 典礼:典法礼仪,特指一些隆重的仪式,此指封曹操为魏公和九锡之礼。

〔27〕其:希望语气"可"的意思。 敬:端肃。 听:这里是"承接"的意思。

〔28〕董卓:字仲颖,临洮(今甘肃岷县)人,东汉时权臣。桓帝末拜郎中,灵

帝时为前将军,少帝时,外戚与宦官争权,189 年 7 月大将军何进密召董卓入京
(洛阳),八月,张让、段圭劫持少帝刘辩及其弟陈留王刘协出走,董卓兵到,乃
迎帝还宫,并诛杀宦官。九月,董卓废少帝为弘农王,立陈留王为帝(即献帝)。
十一月,自为相国,独擅朝政,许多州郡起兵讨伐董卓。190 年,董卓逼献帝迁
都长安,驱民数百万,烧毁洛阳一切宫庙、官府、居家、室屋;至长安后,191 年自
为太师,位在诸侯王之上。192 年司徒王允用计使吕布杀董卓,尸弃市。

〔29〕国难:国家危难。指董卓擅权废立皇帝、诛杀朝臣等。

〔30〕群后:各诸侯。 释位:离开职位。

〔31〕谋:谋划安定之策。 王室:皇家,国家。

〔32〕君:对曹操的尊称(下同)。 摄进:代君处理国政进献忠心。

〔33〕首启:首先开始。 戎行(háng 杭):军队,行伍。指 190 年关东各州
郡以袁绍为盟主起兵讨伐董卓时,曹操参与征讨,进兵至荥阳汴水(今荥阳东
北)。

〔34〕本朝:献帝自指。

〔35〕黄巾:汉末的农民起义军。汉灵帝光和七年(184)二月(或谓三月)以
张角为首领率众起义,皆戴黄巾,天下响应,京师震动,声势浩大。不久,张角
死,主力军溃败,但其余部及后起义军仍以黄巾军为名坚持斗争多年。

〔36〕反易:违反,改变。 天常:天理常道。

〔37〕三州:东汉的青州、兖州、东平郡。

〔38〕延:伸展,扩展。

〔39〕君又讨之:指曹操讨伐黄巾军。184 年 5 月曹操以骑部都尉与皇甫
嵩、朱俊合兵破波才黄巾军;191 年曹操又破黄巾军余部白绕军,遂领东郡太守
(治所在今河南濮阳东南);192 年曹操破攻兖州黄巾军,遂领兖州刺史(治所
今山东金乡东北),并追黄巾至济北,得降兵三十余万,选精锐者为"青州兵"。

〔40〕剪除:剪灭,消除。 迹:足迹,行迹。

〔41〕宁:安定,平定。 东夏:中国东部,指都城洛阳。夏,中国古称。

〔42〕韩暹、杨奉:都是董卓的部将,在关中擅用威势。

〔43〕专用威命:专权而擅用威势。

〔44〕赖君勋:依赖你(曹操)的功劳。

〔45〕克黜(chù 处):消除。 其难:韩暹、杨奉"专用威命"的祸难。

〔46〕建许都:在许昌建立都城。196 年献帝自长安流亡到洛阳,曹操出兵

迎入许昌,乃以许昌为都城。

〔47〕造:建造。　京畿(jī 机):国都所在地及其官署所辖地区。

〔48〕设官:设立官员以分别职守。　兆祀:立祭坛以祭祀。

〔49〕旧物:指先代典章制度。

〔50〕天地鬼神:社稷宗庙之神。

〔51〕获乂:得到理治。

〔52〕袁术:字公路,东汉时汝阳(今河南商水西南)人。灵帝时为虎贲中郎将。董卓擅权议废立,以术为后将军,术怕招祸,奔走南阳(今河南南阳市)。献帝初平四年(193)占据寿春(今安徽寿县)称帝,自称"仲家"。建安四年(199)以兵败而忧愤呕血而死。　僭(jiàn 建)逆:超越本分冒用名义的反叛行为,指袁术称帝。

〔53〕肆:恣意放纵。　淮南:淮南郡,治所在今安徽寿县。

〔54〕慑惮(shè dàn 射旦):畏惧。　君灵:你(曹操)的声威。

〔55〕丕显:大而明。　谋:谋略。

〔56〕蕲(qí 奇)阳之役:蕲阳之战。199 年曹操在东征中,与袁术部在蕲阳之战。　蕲阳:东汉末为蕲春郡(今湖北蕲春县西北),晋改为蕲阳。

〔57〕桥蕤(ruí):袁术的部将。袁术闻曹操来,舍弃军队而走,留桥蕤于蕲阳与曹兵战。　授首:授之以首,即斩获其首。指桥蕤战败投降被杀。

〔58〕棱威:威势。　南厉:(曹操)军威震慑淮南。

〔59〕术以殒溃:袁术因此死于兵败。　殒:死亡。　溃:军队溃败。

〔60〕回戈:掉转矛头。　东指:向东。指曹操于建安三年(198)回兵向东与刘备合围下邳(今江苏睢宁西北),攻吕布。

〔61〕吕布:字奉先,五原九原(今内蒙古包头市西北)人。先后投依丁原、董卓、袁术、袁绍等多人。因与王允共同谋杀董卓而授奋威将军,封温侯。为兖州牧,据濮阳(今河南濮阳西南)、下邳。　就戮:被杀。198 年曹操与刘备合攻下邳,吕布部将献城投降,曹操捉吕布而杀之。

〔62〕乘轩:乘车。　将反:刚要回返。

〔63〕张扬:字稚叔,云中(今内蒙古托克托东北古城)人。董卓擅权时为建义将军。　沮殒:颓丧而死。指建安四年(199)张扬被部将杨丑所杀而迎接曹操。

〔64〕眭(suī 虽)固:杨丑的部将。曾杀杨丑而想北合袁绍。　伏罪:服罪。

指眭固合袁绍未成而被曹操派兵攻击中被杀。

〔65〕张绣：武威(今甘肃武威县)人。父为骠骑将军。父死后，统领其众住宛县(今河南南阳市)。　稽(qǐ 起)服：稽首(叩头)称服。指曹操南征中张绣听从谋士贾诩之计，降曹。

〔66〕袁绍：字本初，汝南(今河南平舆北)人。灵帝时为佐军校尉。灵帝死，绍与何进共谋召董卓杀宦官。事泄露，何进被杀，袁绍令兵士捕杀宦官。董卓废少帝、立献帝，袁绍不从，出走冀州(今河北临漳西南)，起兵讨伐董卓，占据河北。与曹操官渡战败后，于202年发病而死。　逆常：反乱常道。指反对曹操迎献帝都许昌。

〔67〕谋危社稷：图谋危害国家。

〔68〕凭恃：依仗。　其众：他(袁绍)的兵多。当时袁绍选择精兵十万、骑万匹，准备攻打许昌。

〔69〕称兵：兴兵，举兵。　内侮：内怀轻侮天子之心而作乱。

〔70〕王师：朝庭军队。

〔71〕天下：天下百姓、士兵。　寒心：惊惧失望而痛心。

〔72〕固志：坚定的志向。

〔73〕大节：临难不苟的节操。

〔74〕精：精诚明信。　贯：通贯。　白日：太阳。喻指曹操之心。

〔75〕武怒：威武、忿怒。

〔76〕神策：神明的策略。

〔77〕致届：到达。　官渡：在今河南中牟东北。建安五年(200)曹操东征，与袁绍对战，曾多次驻、离官渡，与袁绍相持。

〔78〕殄：杀灭。　丑类：恶类，此指袁绍的反曹势力。官渡之战中，曹操先后在黎阳(今河南浚县东南、古黄河北岸)、白马(今河南滑县东北)等处斩杀袁绍名将颜良、文丑；最后在建安五年(200)乌巢之战中，斩杀袁绍部将淳于琼并烧其护送的辎重，使袁绍军惊扰大溃。建安七年(202)袁绍死，其长子袁谭(自称车骑将军)、少子袁尚(为嗣)，也被曹操击败。

〔79〕俾(bǐ，比)：使。

〔80〕拯：救拔。　危坠：危亡。

〔81〕济师洪河：(曹操)兵过黄河。　济：渡，过。　师：军兵。　洪河：大河，指黄河。

〔82〕拓定:开拓平定。　　四州:青州、冀州、幽州、并州。

〔83〕袁谭:袁绍长子,绍死后,自称车骑将军,屯兵黎阳(今河南浚县东)抗击曹操。建安十年(205)曹操攻破南皮(今河北南皮北),被杀。　　高幹:袁绍外甥。为并州刺史,建安九年(204)以并州降曹操;次年又再反。建安十一年(206)曹操亲征,高幹逃向荆州,被捕杀。

〔84〕咸:全,都。　　枭(xiāo 肖)首:头悬挂在树上示众。这里指袁谭与高幹都被杀。

〔85〕海盗:管承。曹操东征中派乐进在淳于击破之,管承逃入海岛。　　奔进:逃散。

〔86〕黑山:黑山帅张燕。于建安十年(205)率众降曹操,封为列侯。　　顺轨:投降。

〔87〕乌丸:即乌桓。我国古民族之一。原是东胡别支,秦末匈奴冒顿灭其国,迁到乌桓山以自保,遂称乌桓。汉魏时都设置乌桓校尉,有三郡,袁绍都把酋长立为单于,并管辖一些汉民,其中辽西单于蹋顿最强。三郡乌丸乘天下之乱屡破幽州。　　三种:指蹋顿辽西单于、楼班、右平单于等三郡。

〔88〕崇乱:大乱。　　二世:两代。指乌丸两代为乱。

〔89〕袁尚因之:袁尚投奔乌丸。

〔90〕逼据:逼近占据。建安十一年(206)袁尚及其次兄袁熙,归依辽西乌丸蹋顿,乌丸以助袁氏兄弟恢复故地,屡次合兵侵扰塞北。

〔91〕束马悬车:路坎坷险峻难行。上山时包裹马脚、挂牢车子以防跌滑,后用以形容路途艰险难行。此指曹操不避艰险北征乌桓。

〔92〕一征而灭:一战而消灭。建安十二年(207)曹操攻乌丸,在白狼山(今凌源东南)大胜,胡汉降者二十余万,斩杀蹋顿,袁尚、袁熙逃奔辽东,被辽东太守公孙康斩杀。乌丸多被移居中原,余众往居那河(今嫩江)之北,自称乌丸国。

〔93〕刘表(142—208),字景升,山阳高平(今山东金乡西北)人。献帝初平元年(190)为荆州刺史,据有今湖南、湖北大部地区,是当时较大的割据势力。建安十三年死,其少子刘琮立。　　背诞:违命放纵。

〔94〕不供贡赋:不尽向朝廷献贡赋的职责。指刘表"背诞"不受朝廷节制而妄为。

〔95〕王师:天子的军队。此指曹操南征军。首路:出发上路。

〔96〕先逝:早已传出。

〔97〕百城八郡:指刘表所据地区。

〔98〕交臂屈膝:投降。指刘琮于建安十三年(208)降操。 交臂:自缚。屈膝:跪拜。

〔99〕马超(176—222):字孟起,扶风(今陕西兴平东南)人。随父马腾起兵,后管领其父部曲。被曹操击败后,乃投靠张鲁,最后投刘备,累迁骠骑将军,领凉州牧,封斄乡侯。 成宜:关中一部将。

〔100〕同恶相济:指坏人人狼狈为奸。

〔101〕滨据河潼:占据滨临黄河的潼关等地。建安十六年(211)曹操发兵西出,欲击汉中张鲁,而关中诸将疑为袭己,马超、成宜、韩遂等十部皆反,占据潼关。

〔102〕求逞:寻求施展。 所欲:所怀欲望。指篡逆。

〔103〕殄(tiǎn 忝)之渭南:杀灭在渭水之南。建安十六年(211)曹操至潼关破马超;曹结营于渭水之南,反将夜间攻营,操以伏兵击败,斩杀成宜。

〔104〕馘(guó 国):截耳。即割取敌人左耳以计功。

〔105〕边城:边塞城池。

〔106〕抚和:安抚而和好。 戎狄:古代对少数民族的泛称。戎,多指西部少数民族,狄,多指北部地区的少数民族。

〔107〕鲜卑:古代北方少数民族之一,属东胡一支,汉初居辽东,东汉迁于匈奴故地。 丁令:又作丁灵、丁零。古代北方少数民族之一。汉朝时为匈奴属国,在北部和西部游牧。

〔108〕重译:翻译官员。

〔109〕单(chán 禅)于:古代北方少数民族,属北方"五狄"之四。"单"原作"箪"(bì 必):误。 白屋:古代北方少数民族,属北方"五狄"之五,旧注说即郝羯。

〔110〕请吏:请求汉朝为他们设置官吏。 帅职:遵循职贡。 帅:遵循。

〔111〕重:深而厚。另本"重"下有"之"字。 明德:完美的德性。

〔112〕班叙:颁布、传播。 海内:天下,全国。

〔113〕宣美风俗:宣扬美德成为风俗。

〔114〕旁施:广泛施行。 勤教:勤惠的教化。

〔115〕恤慎:顾惜、慎重。 刑狱:刑罚。

〔116〕苛政:苛虐的政令。

〔117〕回慝(tè 特):奸邪恶念。

〔118〕敦崇:忠诚尊崇。　帝族:皇帝家族。

〔119〕援继绝世:断绝官爵的家族使其继承之。　援:援引。

〔120〕旧德:年高望重的人。　前功:前代立功的人。

〔121〕咸秩:都依次序安排官职。

〔122〕伊尹:一名挚,商朝莘野人。受汤王之聘而为辅臣。曾助汤伐夏,救助百姓,以天下为己任,被尊为贤德之臣。死后被葬以天子之礼,孟子称为圣人。　格:到,至。

〔123〕周公:名旦,周武王之弟。曾辅佐武王伐纣,被封于曲阜为鲁公而不就,继续辅佐武王。武王死,成王立,乃摄政当国,辅助成王。有流言谓其欲取代成王,乃避居东都。被成王迎归继续摄政,直到成王年长,乃还政于王,就臣位。成王赐给天子礼乐,以褒扬其德,被称为贤德之臣。　光:喻指周公贤德的光辉。此用为动词,光大。

〔124〕方之:并论。指曹操与伊尹、周公。　蔑(miè 灭)如:不如。意为渺小浅薄而不足称道,曹操贤德之大,非伊尹、周公可比。

〔125〕先王:前王,此指周武王。　明德:指周公、太公。

〔126〕胙(zuò 坐):赏赐。

〔127〕分民:分给人民。

〔128〕崇:尊崇。　宠章:荣耀的旗帜。古时以旌旗纹饰(又称旗章)不同而区别人的等级标志。

〔129〕备:全备。　礼物:典礼文物。

〔130〕蕃(fān 番)卫:保卫。

〔131〕厥世:那时。　厥:其,那。　世:时。

〔132〕周成:周成王姬诵。武王姬发之子,嗣武王位。

〔133〕管、蔡:管叔鲜、蔡叔度。管叔鲜,周文王第三子,武王克殷,封于管(今河南郑州市)。武王死,成王年少,周公旦摄政,与蔡叔度同疑对成王不利,便挟武庚反乱。周公旦奉成王命东征中,诛武庚,杀管叔鲜。蔡叔度,周文王第五子,封于蔡(今河南上蔡西南)。在与管叔鲜同疑周公旦摄政而挟武庚作乱中,谪迁至郭邻,卒于迁所。　不靖:不安宁,指管、蔡作乱。

〔134〕惩难:以过去的祸难为戒鉴。　念功:不忘功劳。

〔135〕邵康公:即召(shào 少)公(春秋时邵召同姓,字相通),姓姬,名奭(shì 是),周武王之臣(或谓文王之子),因封地在召(今陕西岐山县西南),故称召公或召伯。因辅武王伐纣之功,克殷后封召公于北燕,成王时为三公,谥号康。 锡:与,同赐。齐太公:齐国的始封者太公望。本姓姜,从其先世封地吕,名吕尚,或以本姓称姜尚,字子牙,号太公望,东海人,是四岳后裔。遇文王,被立为师,共谋灭商兴周;武王尊为师尚父,辅武王灭纣;助成王东征。以军事统帅,在伐纣、东征中有大功,被武王列为首封,为齐国,都营丘(今山东临淄),成王时又扩大封地,为齐侯,并赐予得以征伐有罪诸侯的特权,文中"锡齐太公履"、"得征之"指此。 履:足履,鞋;指足迹可至全国,有征伐叛乱之权。

〔136〕海:指东部大海。

〔137〕河:指黄河。

〔138〕穆陵:地名。在齐国南境;或谓在楚境。

〔139〕无棣:齐国邑名,即今山东无棣。

〔140〕五侯:公、侯、伯、子、男五等爵位的各封国国君。 九伯:九州之长。

〔141〕实:是。 征之:征讨他们(五侯、九伯)。

〔142〕世胙太师:世代享有齐太公封爵。

〔143〕表:显示。 东海:齐太公。太公为东海人。

〔144〕爰(yuán 元)及:待到。爰,发语。 襄王:周襄王姬郑。前651—前619在位。

〔145〕楚人:指楚国。西周成王时封其首领熊绎子爵,为小国之君,称为荆蛮,居丹阳(今湖北秭归县)。熊绎子孙不断扩大土地,始立国号为楚。东周初,楚君熊通自号武王,其子文王熊赀迁都于郢(今湖北江陵)。

〔146〕不供王职:不尽贡奉周天子的职责。指楚国受周封而不尽受封国义务,意谓叛周。

〔147〕晋文:晋文侯重耳。

〔148〕登为侯伯:升为诸侯国之长。周襄王二十年(前632),襄王姬郑以楚叛周,支持晋文公重耳所率晋、宋、齐、秦四国联军与楚成王所率楚、陈、蔡三国联军战于城濮(今山东鄄城西南),楚败。晋与齐、鲁、宋、郑、蔡、莒、卫在践土(今河南原阳西南)会盟,周襄王至会所,以"尊王"伐楚之功,册命晋侯为侯伯,升为盟主。

〔149〕辂(lù 路):天子之车。

〔150〕虎贲:勇士。　钺钺:兵器。

〔151〕秬鬯(jù chàng 巨唱):祭祀时灌地用之酒,以秬(黑黍)合郁金草酿造,色黄而芬香。　卣(yǒu 友):中型尊,古代盛酒礼器之一。　弓矢:弓和箭,兵器。

〔152〕启:开拓,开发。　南阳:春秋时晋地(今河南获嘉县地)。

〔153〕世:世代相承。　盟主:同盟之领袖。

〔154〕周室:周王朝。　不坏:不坏乱。

〔155〕繄(yī 衣):语气助词。　二国是赖:依赖二国,指齐与晋的援护。是,无义。

〔156〕君:你。对曹操的尊称。　称丕显德:大明之德的声誉。　称:声誉。丕显:大而明。　德:德行。

〔157〕明保:明安。保:安。　朕躬:我身。躬:身。

〔158〕奉答:接受与承担。奉,接受;答,承当。　天命:天帝的旨意。

〔159〕导扬:导引传播。　弘烈:扩大功业。弘:扩大,烈,功业。

〔160〕绥:安抚。　爰:于。　九域:九州,天下。

〔161〕罔:无。　率俾(shuài bǐ 帅比):遵循,服从。

〔162〕伊、周:伊尹、周公。二人皆开国元勋,辅佐帝王,功业卓著。详见注〔122〕、〔123〕。

〔163〕卑:低,下。　齐、晋:齐太公吕尚、晋文侯重耳。详见注〔135〕、〔147〕、〔148〕。

〔164〕恧(nù):惭愧。

〔165〕眇(miǎo 秒):微小,微末。

〔166〕托:托付。　兆民:万民。

〔167〕厥(jué 绝):其。　艰:艰难。

〔168〕若:好像。　涉:步行渡水。　渊水:深潭之水。

〔169〕攸(yāu 优):所。　济:接济,救助。

〔170〕任:委任之所。

〔171〕冀州:东汉时州治(在今河北临漳西南),辖地约当今河北、河南南部和山东北部。　十郡:河东,今山西夏县西北;河内,今河南武陟西南;魏郡,今河北临漳西南;赵国,今河北邯郸市西南;中山,今河北定县;钜鹿,今河北平乡、任县、晋县一带;常山,今河北元氏县西北;安平,今山东益都西北;甘陵,今河清

河县;平原,今山东平原县西南。

〔172〕魏公:曹操的封号。以冀州十郡为魏,位在公爵。

〔173〕使:命,派。 使持节:持节使臣。 虑:郗虑。李善注引《魏志》:"天子使御史大夫郗虑,持节策命公为魏公。"

〔174〕印绶:官印。印,印章;绶,系印的丝带;统称为印。 册书:皇帝诏书。此指封魏公的命令。

〔175〕金虎符:金铸兵符。虎符为古代调兵遣将信物,用铜铸成虎形,背上有铭文;分两半,右半留朝庭,左半授予统兵将师或地方长官。调兵遣将时由使臣持符验合,方为有效。汉朝起金铸成,后世也有用金铸的。 第一至第五:指五个国家发兵时所用之符。

〔176〕竹使符:汉代竹制信符。形同竹箭,箭上有篆书字;分两半,右半留京师,左半与郡国。为朝庭授予郡国守相的信物。

〔177〕玄土:黑土。古代以黑色代表北万,黑色又称玄色,玄土即北土;所封魏地在北方,故取社坛上黑土。

〔178〕苴(jū拘)以白茅:以白茅包裹。指包裹玄土。古时诸侯有功,封赠仪式上,帝王以受封者之方土用白茅包裹赐给受封者,表示"授土授民"以备受封者立社。苴,包裹。白茅,白色茅草。

〔179〕爰:于此。 契:灼刻。 尔:你,你的。 龟:龟甲。

〔180〕冢(zhǒng肿):大。 社:祭土神之所,即社宫、社庙。《左传·昭》十七年孔安国《传》:"王者封五色土为社,建诸侯,则各割其方色土与之,使立社。"

〔181〕周室:周王室。

〔182〕毕公:姓姬,名高,周文王第十五子。武王克殷后,封于毕(今陕西咸阳县西北),因以为姓。康王时受命治理东郊,曾作《毕命》篇。 毛公:本姓姬,名伯明,周文王子。武王克殷后,封于毛(今河南宜阳),改姓毛,子孙因之。是武王伐纣中功臣之一。

〔183〕入为卿佐:居朝廷则是辅佐天子执政的卿士。

〔184〕周、邵:周公旦和召公奭。详见注〔123〕、〔135〕。 师保:周公官太师、召公官太保,都位居"三公",是辅助国君执掌军政大权的最高官员。

〔185〕出:出朝廷而回到封国。 二伯:两位管领一方的长官。此指周公旦和召公奭。周代分天下为左右两半,自陕以东,周公主之,自陕以西,召公主

之;因此周、召为东西二伯。

〔186〕外内之任:在朝廷内外之职任。指毕公、毛公之"入为卿佐"、周公、邵公"出为二伯"。

〔187〕君:你,称曹操。 宜:适宜。指"外内之任"。

〔188〕其:表示希望语气词,有"还是"之意。 如故:如同原来不变。指建安元年(196)封武平侯、建安九年领冀州牧、建安十三年(208)为丞相。

〔189〕玺:魏国印玺。

〔190〕肃:敬。 将:持。

〔191〕允:诚信。 华夏:中原,中国。

〔192〕上:上交。 故传:以前下传。

〔193〕九锡:古代帝王尊礼大臣所赐的九种器物。其名目、次序各种记载不尽一致,本文所列系用《礼纬》说。见正文。

〔194〕后命:后面的诏命,即所加九锡。

〔195〕经纬:规画治理。 礼律:礼法,行为准则。

〔196〕轨仪:法则,仪制。

〔197〕职业:官职与民业。意为官民所事。

〔198〕迁志:改变志向。

〔199〕是用:所以,因此。 大辂(lù 路):大车,天子之车。 戎辂:兵车。

〔200〕玄牡:黑公马。 二驷:八匹。驷,古时一车之四马或四马之车。

〔201〕分(fēn 奋):名位,职分。 务本:务农。《汉书》(李善注引诏):"农,天下之本也,而人或不务本而事末。"

〔202〕啬民:爱惜人民。 昏(mǐn 敏)作:勉力劳作。

〔203〕粟帛:粮食丝帛,吃穿物。 滞积:滞留积存。

〔204〕大业:伟大的事业。 惟兴:所以兴盛。

〔205〕衮(gǔn 滚)冕(miǎn 免):帝王及大夫的礼服和礼帽。 衮衣:指帝王和上公绣龙的礼服,因绣有卷龙而称衮。 冕:冠,礼帽。

〔206〕赤舄(xì 细):红鞋。鞋底加木底,帝王公卿用作礼履。 副:一双。

〔207〕敦尚:注重尊崇。

〔208〕俾(bǐ 比):使。 兴(xìng 性)行:提高品行。

〔209〕少长:指晚辈和长辈。

〔210〕咸:都,全。

〔211〕轩悬之乐:诸侯的乐器。轩悬,诸侯三面悬挂乐器。

〔212〕六佾(yì 意)之舞:诸侯之舞。古时天子舞八佾,诸侯六佾,每佾八人。佾:行,列。

〔213〕翼:辅佐。　宣风化:宣传风俗教化。

〔214〕发:散发。　四方:各地。

〔215〕远人:远方人,边远人。　回面:回头,归顺。

〔216〕充实:人民富有。

〔217〕朱户:红色门扇。以朱红漆门,是古帝王赏赐有功大臣和诸侯的礼仪。

〔218〕研:研求,探索。　明哲:洞察事理。

〔219〕帝:代指天下。

〔220〕官才:以有才能者为官。　任贤:以贤德者委任。

〔221〕群善必举:群众中之好人必举荐于朝廷。

〔222〕纳陛:把殿堂之基凿为登升台阶,隐藏在屋檐下,不使外露而登升。古时以此赐予有特殊功勋者,成为"九锡"之一。纳,藏,隐,陛,台阶。

〔223〕秉国:执掌国政。　均:平正,公平。

〔224〕正色:表情端庄、严肃而无私。　处中:安排对待不偏不倚。

〔225〕纤毫:极其细微。

〔226〕抑退:遏止,贬退。

〔227〕虎贲:见注〔150〕。

〔228〕纠虔(qián 前):敬察。纠,纠察;虔,虔敬。　天刑:天子刑法。

〔229〕章:明。　厥:其。

〔230〕犯关:违反国家关禁。　干纪:坏乱国家纲纪。

〔231〕诛殛(jí 极):杀死。

〔232〕铁钺(fū yuè 夫月):刑戮用具。铁如铡刀,用于腰斩;钺如斧,用于砍杀。

〔233〕龙骧(xiāng 香)虎视:比喻志气高远、顾盼自雄。龙骧,谓龙举首如马昂头快跑。虎视,如虎之雄视。

〔234〕旁眺:四边远望。旁:广。眺:高处远望。　八维:四方与四隅,喻普天之下。

〔235〕掩讨:掩袭征讨。　逆节:逆乱天子节制者。

〔236〕折冲:击退敌军。冲(衝)战车。折,挫折。 四海:四海之内,普天之下。

〔237〕彤弓:朱红色的弓。古帝王用以赐有功诸侯。 彤矢:朱红色的箭。

〔238〕旅(lú 卢)弓:黑色的弓。旅又作庐。 旅矢:黑色的箭。

〔239〕温恭:温和恭顺。 基:基础,根本。

〔240〕孝友:孝顺父母与友爱兄弟。 德:德行。

〔241〕明允:明智有信。 笃诚:笃厚真诚。

〔242〕感(或本作咸):感动。 思:情思。

〔243〕秬鬯、卣:见注〔151〕。

〔244〕圭瓒(guī zàn 归赞):古代以玉石所制祭礼用器。形状如勺,上尖下方,以圭为柄,以瓒为勺,勺有鼻口,鬯酒从中流出。形制大小,因爵位、地位不同而异。 副:一对。

〔245〕魏国:即魏公曹操被封领地之国,包括十郡。参见注〔171〕、〔172〕。

〔246〕诸王之制:指汉初刘邦分封诸侯之法。

〔247〕钦:钦敬,敬重。

〔248〕服:服从,顺从。

〔249〕简:选择官吏。 恤:忧恤百姓。

〔250〕时:是。 亮,诚,信。 庶功:各种事功。

〔251〕用终:用尽。 显德:明德,完美的德性。

〔252〕对扬:对答,称扬。 我高祖:指汉开国皇帝刘邦。 休命:善美的命令。

今译

命令:使持节、丞相、领冀牧、武平侯:

我因无德,年少遭遇忧患凶丧之事。本来远居长安,却迁徙到河内。在这种时候,像旗帜下悬垂的缀旒,被摆弄得东西不定。家族宗庙缺乏祭祀,国家政权失去地位。逞凶的诸侯们怀有非分之想,分裂国家。治理一人之权力、一尺土地的疆界,我也没得到。就是我高祖立国的天命,也将坠落到地上。我早起晚睡勤于政务,可心中惊悸悲伤。想:曹公的祖父父亲辅佐先帝为政,现在还能有谁体恤我！于是感动上天的善心，诞生了曹丞相，保全和治理了汉室天下，在艰难之中得到极大救助，我真诚依赖你的功德。现在我就要把先帝的典法礼仪加给你，你要端肃地承接我的命令。

从前董卓，首先造成国家危难。各诸侯离开职位，为国而求安定之策。你则代君处理国政献出忠心，首先率军攻敌，这是你忠于汉朝。后来到黄巾军起，违反和改变上天常道，侵占我"三州"，祸患扩展到平民百姓。你又讨伐他们，剪灭他们的叛乱，因而平定了中国东部。这又是你的功绩。韩暹和杨奉，专权而擅用威势，又依赖你的功劳，消除他们的祸难；于是建立许昌都城，建造国都所在地，设置官员、立坛祭祀，都不改先代典章制度，社稷宗庙的神灵，于是得到祭祀。这又是你的功绩。袁术自称皇帝而反叛，恣意放纵在淮南；畏惧你的声威，用你的大谋略，蕲阳之战，叛将桥蕤被斩首，威势震慑淮南，因此袁术死于兵败。这又是你的功绩。掉转矛头向东，杀掉吕布；乘车刚要回返，张扬被杀而死；眭固被杀服罪，张绣叩头称服。这又是你的功绩。袁绍反乱常道，图谋危害国家，依仗他兵多，起兵而怀轻侮天子之心作乱。正当这时，朝廷军队少而弱，天下兵民惊惧、失望、痛心，没有坚定志向。你则坚持临难不苟的节操，精诚之心有如白虹贯日，奋起威武之怒，运用神妙的策略，以致于到官渡之战，大举歼灭袁绍军中的丑恶之类，使我国家得救于危亡。这又是你的功绩。兵渡黄河，开拓、平定"四州"，袁谭、高幹都被杀头；管承逃散入海为盗，黑山帅张燕投降。这又是你的功绩。乌丸三郡，大乱两代，袁尚依附他们，占据塞北为乱；你不避坎坷险峻去征服，一战而消灭之。这又是你的功绩。刘表违命放纵，不向朝廷尽奉献贡赋之职；天子的南征军出发上路，威风声势早已传出，刘表所据的城郡，都自缚跪拜投降。这又是你的功绩。马超和成宜，狼狈为奸，占据滨临黄河的潼关等地，以求满足篡逆之欲，把他们消灭在渭水之南，割取敌人耳朵数以万计，于是平定边塞城池，安抚异族而相和好。这又是你的功绩。鲜卑、丁令两族，通过翻译都来进贡，单于、白屋两族,请求为他们设置官吏。这又是你的功绩。

你有平定天下的功绩,加之深厚完美的德性,早就传颂于天下,宣扬美德成为风俗,广泛施行勤惠教化,慎重使用刑罚,官吏不行苛虐的政令,人民没有奸邪恶念;忠诚尊崇皇帝家族,使失爵位之官员得以援引而继,年高望重、前代立功者,无不依次安排官职;虽然贤臣伊尹被葬以天子礼又被称为圣人,周公贤德光照天下而受赐天子礼乐,并论起来都不如你的功德大。我听说先前武王与周公、姜太公共建勋德,赏赐给他们土地和百姓,赐予显示荣耀的旗帜和完备的礼物,这是为了保卫王室,辅佐时政。而在周成王时,管叔鲜、蔡叔度作乱不安,以过去的祸难为戒鉴、不忘功劳,便让召公赐给齐太公特权,东到大海,西至黄河,南到穆陵,北至无棣,不论五侯之君、九州之长,都可征讨其罪,世代享有齐太公封爵,以显示齐太公的贤德与功绩。待到周襄王之时,还有楚襄王,不承当贡奉周天子之职,又策命晋文侯重耳,升为诸侯国之长,赐给他两辆天子之车、勇士、兵器,酒与樽、弓和箭,大加开拓南阳之地,世代相承地作同盟国领袖。因此周王朝不坏乱,是以齐、晋两国为依赖。如今你以大明之德的声誉,安保我身,接受承担天帝旨意,导引传扬伟大的功业,安抚遍及九州,使之无不遵循服从,功绩高过伊尹、周公,而赏赐却低于齐太公和晋文侯,我很惭愧。我以微末之身,托付在万民之上,常想到它的艰难,好像渡过渊潭深水,不是你在危险中加以济助,我就无统治之地。

现在把冀州的河东、河内、魏郡、赵国、中山、钜鹿、常山、安平、甘陵、平原共十郡,封赐给你做魏公,派持节使臣御史大夫郗虑,授给你印绶、册书,金虎符第一至第五个,竹使符第一至第十个,赐你北方黑土,且用白茅包裹,灼刻占卜你的龟甲,以建立魏公大祭社坛。从前在周朝王室,毕公高和毛公伯明,居朝廷便是辅佐天子执政的卿士;周公旦和召公奭,在封国是两地之长;在朝廷外、内的职任,你确实适宜担当。那以丞相之职兼管辖冀州长官还照旧;现在再赐给你魏国印玺，敬持我的命令，以取信于中国；那以前赐你的武平侯印绶该上交给我。现在再加赐给你九种器物，要敬听我后面的诏命：因为你制定了礼法行为准则，而成为人民的规范，使人安于官职民业，不改变志向，因此赐你天子大车和兵车各一辆，黑色公马八匹；你鼓励人民安于本分，劝农劳作，粮食丝帛吃穿之物堆积如山，富国大业兴盛，因此赐你绣龙衣冠并红礼履一双；你注重尊崇谦恭礼让，使人民提高品行，少辈长辈都有礼节，上下和睦，因此赐给你三面悬挂的诸侯乐器，和诸侯的六列之舞；你辅佐宣传教化，发扬到各地，使边远之人臣服归顺，中原人民富有，因此赐给你朱红门扇居住；你研求探索而洞察事理，想到天下艰难，以有才能的贤德人为官，人群广众中之好人必举荐于朝廷，因此赐给你"纳陛"之特权；你执掌国政公平公正，端庄严肃而无私地不偏不倚对待一切，极小的坏事，决不姑息放纵，因此赐给你勇士三百人；你敬察天子刑法，能区分有罪无罪，违反国家关禁败坏国家纲纪的，无不处死，因此赐给你刑具铁和钺各一具；你威风凛凛，龙腾虎视，高瞻远瞩，统筹八方，征讨叛逆，荡平奸雄，令四海无敌，因此赐给你红色弓一张、红色箭百枝，黑色弓十张、黑色箭千枝；你以温良恭顺为根本，孝顺父母友爱兄弟为德行，明智有信笃厚真诚，令我十分感动，因此赐给你祭酒一樽，玉制祭器一对。封地魏国可设置丞相以下卿士、百官，都如汉初分封诸王之法制。从前你就很敬重我，现在更要谦恭地服从我的诏命：你要选择贤明的官吏，忧恤百姓，以诚信完成更加众多的功业，始终一贯地成就你伟大超凡的品德，来报答发扬我高祖所接受的美好的天命，安定我大汉之社稷。

（梁国辅译注　陈延嘉修订）

◎ 宣德皇后令一首 　　　　　任彦升

▌ 题解

　　《宣德皇后令》是作者为宣德皇后所写的劝令萧衍接受南齐和帝封赠的诏命。

　　宣德皇后是南齐世宗文帝萧长懋(文惠太子、文安王)的妻子，姓王，名宝明。其子萧昭业(郁林王)是南齐第三任君，萧昭文(海陵王，与萧昭业是同父异母兄弟)是第四任君。但这两任帝君在位时间合起来还不足两年便相继被杀，帝位被她叔公萧鸾(高宗明皇帝)据有，萧鸾传给了儿子萧宝卷(东昏侯，六任君)。萧宝卷在位四年，"肆虐"无道，方镇"各怀异计"，下臣叛乱迭起。雍州刺史萧衍，因兄尚书令萧懿功高被萧宝卷毒死，而起兵襄阳；南兖州刺史萧颖胄在萧宝卷之弟宝融为荆州刺史时，行府州事，萧宝卷派将军刘山阳领兵去与萧颖胄一起袭击萧衍，但萧颖胄把刘山阳之首斩送给萧衍，并一起奉萧宝融为帝而攻袭萧宝卷。萧衍东下，围建康，城中内变，萧宝卷被杀，乃奉萧宝融入城，并迎宣德皇后入宫，又与宣德皇后追废萧宝卷为东昏侯。

　　萧衍以拥立和帝萧宝融、迎宣德皇后入宫之功，从公元501年"定京邑"到502年四月萧衍取代和帝宝融而称帝改朝之前，得到和帝、太后很多、很高封赠，从雍州刺史到尚书仆射，进中书监、大司马、录尚书、骠骑大将军、扬州刺史、都监中外军事，再进封为梁公，加九锡，位相国，再进封为梁王。但萧衍"表让不受"；以致和帝萧宝融下诏不让他再上表辞让；宣德皇后也下诏劝令他受封。这篇《皇后令》里摆列萧衍废萧宝卷、拥立萧宝融的应得大功，并提到影响"庸勋之典"、"谢德之途"有无的高度。这是和帝中兴二年（502）的事：正月封梁公、备九锡，二月进爵为梁王。从四月萧衍称帝、改朝、建元看，萧衍手握兵权，势大位重，和帝想以公王的高官厚禄稳定萧衍，巩固帝位；宣德皇后劝令受封，想借萧衍的大权高位庇护，保住自己刚刚恢复的皇太后地位；萧衍对封赠"表让不受"，是想自己称帝而不当王公。所以萧衍不仅杀了和帝萧宝融的几个兄弟，两个月后的四月，连和帝萧宝融也被先废为巴陵王，随后杀掉，而自己即位称帝建立起梁朝。

由此可知，《宣德皇后令》从一个侧面表现出魏晋以来直到齐梁时期各种社会矛盾在统治集团内部的情况。由齐变梁，是同源世族萧氏宗族内部的斗争；南齐七帝在二十四年间的频繁更替和宣德皇后的沉浮起落是萧氏朝廷之家四代人和同辈人以及嫡庶之间的斗争。从这个意义上看，本文有史料价值。而任昉作为南齐司徒右长史官，在为宣德皇后写这篇劝令中，文简意赅，既符合皇后口吻，又不涉及阴暗面和帝、后、萧衍之间以及他们与自己的关系，构思、行文都很见功力，被辑入《文选》，可算得上是篇好文章，当世人说"沈诗任笔"，不无道理。

原文

宣德皇后敬问具位[1]：夫功在不赏[2]，故庸勋之典盖阙[3]；施侔造物[4]，则谢德之途已寡也[5]。要不得不强为之名[6]，使荃宰有寄[7]。

公实天生德[8]，齐圣广渊[9]。不改参辰[10]，而九星仰止[11]；不易日月[12]，而二仪贞观[13]。在昔晦明[14]，隐鳞戢翼[15]。博通群籍[16]，而让齿乎一卷之师[17]；剑气凌云[18]，而屈迹于万夫之下[19]。辩析天口[20]，而似不能言[21]；文擅雕龙[22]，而成辄削稿[23]。爰在弱冠[24]，首应弓旌[25]。客游梁朝[26]，则声华籍甚[27]；荐名宰府[28]，则延誉自高[29]。隆昌季年[30]，勤王始著[31]；建武惟新[32]，缔构斯在[33]。功隆赏薄[34]，嘉庸莫畴[35]。一马之田[36]，介山之志愈厉[37]；六百之秩[38]，大树之号斯存[39]。及拥旄司部[40]，代马不敢南牧[41]；推毂樊邓[42]，胡尘罕尝夕起[43]。惟彼狡僮[44]，穷凶极虐[45]，衣冠泯绝[46]，礼乐崩丧[47]。既而鞠旅誓众[48]，言谋王室[49]。白羽一麾[50]，黄鸟底定[51]。甲既鳞下[52]，车亦瓦裂[53]。致天之届[54]，拱揖群后[55]。丰功厚利[56]，无得而称[57]。

是以祥光总至[58]，休气四塞[59]，五老游河[60]，飞星人昴[61]。元功茂勋[62]，若斯之盛[63]，而地狭乎四履[64]，势卑乎九伯[65]，帝有恶焉[66]。辎轩萃止[67]，今遣某位某甲等[68]，率兹百辟[69]，人致其诚[70]，庶匪席之旨[71]，不远而复[72]。

注释

〔1〕宣德皇后：姓王，名宝明，琅玡临沂（今属山东）人。是南齐世宗、文帝萧长懋（称帝前为文惠太子、文安王）之后，称安皇后，所生子郁林王萧昭业即位，尊为皇太后，称宣德宫。不久萧鸾称帝（世宗、明帝）时被逐，直到梁王萧衍起兵攻进京城，杀掉东昏侯萧宝卷，奉立萧宝融（和帝）为帝时，萧衍始迎接入宫称宣德皇后。萧衍迎立帝、后有功，又有兵权实力，是南齐存亡的重要人物，因此和帝对他大加封赠，从雍州刺史，升到尚书仆射、中书监、大司马、录尚书、骠骑大将军、扬州刺史、都督中外军事，直到封梁公、加九锡，位相国，再进封梁王。但萧衍"表让不受"，以致和帝下诏不准辞让。宣德皇后，也"劝令受封"。

宣德皇后令一首

令

219

这篇"令"便是任彦升为宣德后所写的"劝令"。　敬问:端庄严肃地问。　具位:指萧衍。

　　〔2〕功在不赏:有大功而无法赏赐。

　　〔3〕庸勋之典:使用有功勋人的典则法制。　盖阙:也许就没有。

　　〔4〕施侔造物:同于创造万物之恩(指梁王萧衍功勋)。施,恩惠。侔(móu),等同。

　　〔5〕谢德之途:答谢之道。

　　〔6〕强为之名:勉强为之立名。

　　〔7〕荃:香草,喻君主。　宰:主宰,亦指君主。

　　〔8〕公:指梁王萧衍。　天生德:天生禀赋德性。

　　〔9〕齐圣:智慧与圣贤一样,意谓智虑敏达。　广渊:智能广博深远。

　　〔10〕参(shēn)辰:两星名。参在西,辰(即商星)在东,两星出没互不相见。

　　〔11〕九星:原指四时与五行共九星,此喻指天下九州。　仰止:仰望,指九州之长仰望萧衍。

　　〔12〕不易:不更改。

　　〔13〕二仪:天地。　贞:正。　观:视。

　　〔14〕晦明:隐现,指梁王萧衍暗隐其明。

　　〔15〕隐鳞:如龙隐藏其鳞。　戢(jì计)翼:如凤收敛其翼。

　　〔16〕群籍:一切经书典籍。

　　〔17〕让齿:推尊。　一卷之师:学问少的师傅。

　　〔18〕剑气:宝剑光芒,喻人声望、才华。　凌云:高入云霄,喻人志气高超。

　　〔19〕屈迹:屈服,屈居。

　　〔20〕辩析:辩事析理。　天口:谓能言善辩,有齐人田骈"天口"之才。

　　〔21〕似不能言:像不会说话,指萧衍"晦明"时。

　　〔22〕文擅雕龙:擅长作好文章。　雕龙:指文章之美,如雕龙彩饰。

　　〔23〕辄(zhé哲):就,便。　削稿:削除草稿,谓对文稿弃置不留。

　　〔24〕爰:于是。　弱冠:二十岁年纪。

　　〔25〕首:初,开始。　应弓旌:应天子"弓旌"之召。古时天子招引贤良之士,命人手执弓和旌旗为凭信。

　　〔26〕客游梁朝:汉朝司马相如客游于梁孝王而扬名。这里喻指萧衍曾为齐巴陵王府法曹。

〔27〕声华:美好名声。　籍甚:大得很,很大。

〔28〕荐名宰府:指萧衍以名声被进荐为太尉王俭府祭酒。　荐名:以名被荐举。宰府:指太尉府。

〔29〕延誉:播扬美誉。

〔30〕隆昌季年:郁林王萧昭业于493年即帝位,次年改元隆昌。即位后尊其母为皇太后,称宣德宫;萧衍迎接宣德后入宫。494年萧昭业被杀,因此称为"季年"(末年)。

〔31〕勤王:勤于王事,指萧衍平定京邑保萧昭业即位、迎宣德后入宫。

〔32〕建武惟新:萧鸾(后称明帝)于494—498年即位称帝,改元建武。惟新:之初,指建武初年。

〔33〕缔构:结构建立。　斯在:在此,指建武惟新。

〔34〕功隆赏薄:功勋高大而赏赐微薄。

〔35〕嘉庸:丰功伟迹。　莫畴:未得酬报("畴"同"酬")。

〔36〕一马之田:封地少。

〔37〕介山之志:推辞禄位之意。介子推(也作介之推、介子绥),春秋时晋人。传说晋文公回国后,赏赐流亡国外时从属,介之推未被提名,便和母亲隐居绵山之中。文公求之不得,便以放火烧山相逼;介之推终以烧死未出。文公便以绵上田封之,改山名为介山。　愈厉:越发高,指萧衍推辞禄位超过介子推。

〔38〕六百之秩:六百石官阶俸禄。汉邴曼容为官,位至六百石俸禄,但称病辞谢而去。此喻萧衍辞让爵禄。　秩:官吏俸禄。

〔39〕"大树"之号:汉冯异每逢各将官论功,便躲在树下不与共论,被军中号为"大树将军"。此喻萧衍不受功赏,使别号永存。　斯存:此存。

〔40〕拥旄司部:指萧衍执掌兵权镇守州部。　拥旄(máo毛):执掌军旗而率众军。司部:司州。

〔41〕代马不敢南牧:胡人不敢南来侵犯。　代:指北地胡人。　牧:放养牲畜,这里比喻胡人侵犯。

〔42〕推毂樊、邓:受君王之命镇守樊、邓二城。　推毂(gǔ谷):君王派遣将领,要跪推其车毂(指车)使之前进。这里指萧衍受王命所遣。

〔43〕胡尘罕尝夕起:胡兵很少晚起尘土,意谓萧衍之威使胡兵少敢来犯。胡尘:胡人兵尘。

〔44〕狡僮:悖乱胡为之人。此指东昏侯萧宝卷(498—501在帝位)。即位

昭明文选 译注

后,所行如纣王暴政。终被萧衍所杀,并与宣德后共议,追废为东昏侯。

〔45〕穷凶极虐:很凶恶很暴虐。指东昏侯无道。

〔46〕衣冠泯绝:良善之家尽被杀害。　衣冠:古时命士以上人戴冠、冕,被称作冠族,表示善良。　泯绝:泯没,绝灭,谓良善被东昏侯无道而杀害。

〔47〕礼乐崩丧:意谓东昏侯称帝,使社会行为法则、典范和仪节被败坏消亡。　礼乐:礼与乐合称。指社会行为的法则、规范和仪式。

〔48〕鞠旅誓众:告诫军旅将士以示决心。　鞠:告诫。　誓众:使将士下决心。

〔49〕言谋王室:为齐王室谋画。　王室:本指帝王之家,后泛指朝廷、国家。

〔50〕白羽一麾:一挥动白毛旗,意为敌军败走。　白羽:饰有白羽毛之旗,也称白旄。传说武王伐纣,纣王兵多势众;武王命令太公挥动白旄,纣王军便退走。这里借喻萧衍起兵气势。　麾(huī 辉):同挥,指挥。

〔51〕黄鸟:地名。　底定:平定。

〔52〕甲既鳞下:兵甲像鱼鳞落下,喻东昏侯军败。

〔53〕车亦瓦裂:兵车也像瓦裂般破碎。与上句成对,也比喻东昏侯军败退。

〔54〕致天之届:实现上天的最大诛罚,谓萧衍起兵之功大。　致:至,到。天:上天。届:诛罚。通“殛”。

〔55〕拱揖:拱手揖让,以礼相待。　群后:百官。

〔56〕丰功:指萧衍功绩多。　厚利:指萧衍给人利益大。

〔57〕无得而称:意为功劳多得无法称说。　称:称道,称说。

〔58〕是以:因此。　总至:纷纷到来。

〔59〕休气:喜庆之气。　四塞:充满四方。

〔60〕五老游河:谓萧衍有祥瑞之气。　五老:神话传说五星之精,曾对尧、舜告知祥瑞,此喻萧衍。

〔61〕飞星入昴(mǎo 卯):传说“五老”向尧、舜告知祥瑞后,飞入昴星座。昴:星宿名,属二十八宿之一。

〔62〕元功茂勋:盛大功勋。

〔63〕若斯:像这样。　盛大:指功勋。

〔64〕地狭乎四履:地界比齐太公的“四履”之境还狭窄。　“四履”:四境所至。周赐齐太公履,只准穿着在既定东南西北四境之内狭窄的地界内行走;后以地方狭小作“四履之境”。这里借喻为萧衍功勋高大封地狭窄。

〔65〕势卑乎九伯：权力地位比九州之长还低微。　九伯：天下九州之长。

〔66〕帝有恧（nù）焉：帝王有愧。　帝：指和帝萧宝融。恧：惭愧。

〔67〕辎（yóu yóu）轩：轻便车，使臣乘用；这里借喻受命去进封萧衍使臣。萃止：本指草的丛生，这里借喻使臣聚集。

〔68〕某位、某甲：指不具列姓名、派去进封萧衍的使臣。

〔69〕率兹：率领这些。　百辟（bì bì）：百官，指去进封的使臣。

〔70〕人致其诚：（百官）人人诚心诚意。

〔71〕庶：希望。　匪席：比喻意志不屈，不像席一样可以屈卷。旨：心意。指萧衍辞让受封之心。

〔72〕不远而复：不久就有所回转。指希望萧衍辞让进封的"匪席"之心不久就可改变。

▌今译

宣德皇后端庄严肃地问梁公：有大功而无法赏赐，所以酬答的办法就没有；恩惠如同上天化育万物，所以答谢之道也就缺少。因此不得不勉强为之立个名义，以使君主的心意有所寄托。

梁王萧公确实是天生禀赋德性，智慧广博深远。如参、辰二星东西方位不变，天下九州之长都仰望；又像日、月出没不改，使天地阴阳之道永被正视。梁王从前暗隐其明，如龙藏其鳞凤敛其翼。他广通一切经书典籍，而推尊他人为师，才华高超，而屈居万人之下；辨事析理如田骈"天口"之才，却像不会说话；擅长作文如同雕龙之笔，却写成后抛弃草稿不存。刚二十岁"弱冠"之年，就应天子"弓旌"之召。出游为客如司马相如般到梁朝作巴陵王府法曹，美声大振；进荐为太尉王俭府之祭酒，美誉播扬就更高。在郁林王隆昌末年，尽心王室事迹显著；到明帝建武初年，谋划在此时。功绩高大赏赐微薄，丰功伟绩未得酬报。虽然所得很少仅"一马之田"，但执意推辞禄位之志比齐国介之推辞让之心还强；像汉朝邴曼容自免六百石官禄，又像冯异独躲树下不与别人并坐论功而称"大树将军"一样。及至拥旄掌握军权镇守司州，胡人不敢南来牧马；受君王"推

223

毂"之命据守樊、邓二城,胡人兵马之尘就很难再常常傍晚飞扬。

唯独那如同纣王一样"狡僮"皇帝东昏侯,行穷凶极恶虐人之政,诛杀良善而使冠族之家消亡断绝,使礼崩乐坏典制沦丧。随之梁王萧衍告诫军旅将士们下定决心,为稳定王室而谋划。尽心竭力。像武王伐纣白羽素旄一挥而使敌军败走,便平定黄鸟地区。敌军像纣兵一样甲胄如鱼鳞纷纷落下,兵车像瓦块一样碎裂。虽实现上天的最大诛伐,却拱手揖让百官;功绩之多和给人大利,不可胜数。

因此吉祥之光纷纷到来,喜庆气象充满四方;梁王萧衍祥瑞气象,有如"五老"星游在河汉,飞入昴座星宿。功重勋多,如此盛大,而地界却窄于齐太公"四履之境",权力地位低于九州之长,帝后我十分惭愧。使者轻车云集,现派遣某某官员等人,率领百官前去封赠,人人表达至诚,希望你不接受封赠的想法不久就回心转意。

(梁国辅译注　陈延嘉修订)

为宋公修张良庙教一首[1] 傅季友

题解

傅亮,字季友,北地灵州(今宁夏灵武西南)人。博涉经史,尤擅文辞。初为建威参军,稍迁散骑侍郎,累官黄门侍郎。刘裕受禅,以佐命之功封建成县公。后被文帝刘义隆所杀。

晋安帝义熙十三年(417)正月,刘裕北伐,大军行经留城,令修张良庙。傅亮为此文。旨在褒扬张良的辅弼之功。

教,作为一种文体,蔡邕《独断》云:"诸侯言,曰教。"此文又题作《傅亮为宋公修张良庙教》有题注曰:"秦法,诸公王称教。教者,教示于人也。"

沈约撰《宋书·武帝纪》所载之文,与此略有小异,详见注释。

原文

纲纪[2]:夫盛德不泯,义存祀典[3]。微管之叹,抚事弥深[4]。张子房道亚黄中,照邻殆庶[5];风云玄感,蔚为帝师[6]。夷项定汉,大拯横流[7]。固已参轨伊、望,冠德如仁[8]。若乃交神圯上,道契商洛[9],显默之际,窅然难究[10];渊流浩瀁,莫测其端矣[11]!

涂次旧沛,仁驾留城[12]。灵庙荒顿,遗像陈昧[13]。抚事怀人，永叹寔深[14]。过大梁者，或伫想于夷门[15]；游九京者，亦流连于随会[16]。拟之若人，亦足以云[17]。可改构栋宇，脩饰丹青[18]；蘋蘩行潦，以时致荐[19]。抒怀古之情，存不刊之烈[20]。主者施行。

注释

〔1〕刘裕曾被封宋公，后代晋建宋亦由此而来。

〔2〕纲纪：主簿的代称。因教文由掾史之首的主簿宣读，故称纲纪。《通鉴》注曰："纲纪，综理府事者。"

〔3〕泯：灭。祀典：祭祀典籍。"义存"，《宋书》为"义在"。

〔4〕微管之叹：孔子曰："微管仲，吾其被发左衽矣。"意即，如果没有管仲"九合诸侯，一匡天下"的丰功伟业，我们现在恐怕是穿着胡人的衣服了。

〔5〕张子房：张良，字子房。 黄中：《易》曰："君子黄中通理。" 意谓：以黄居中，兼四方之色；奉承臣职，通晓物理。 殆庶：子曰："颜氏之子，其殆庶几乎。" 意即：圣人知几，颜子亚圣，未能知几，但也离知几不远了。

〔6〕风云玄感：《易》曰："云从龙，风从虎；圣人作而万物睹。"意谓张良也是风云际会的人物。玄感，暗相感应，指君臣感应。《宋书》作"言感"。 帝师：王者之师，即汉高祖刘邦的军师和老师。

〔7〕夷项：消灭、夷平项羽。 大拯横流：救民出泛滥的洪水之中。《宋书》作"大拯横流，夷项定汉。"

〔8〕参轨伊、望：走伊尹、吕望等辅弼之路。 冠德：第一等仁德。 如仁：孔子说："九合诸侯，不以兵车，管仲之力也。如其仁，如其仁。"如，乃也。意谓张良的功德像管仲一样。

〔9〕交神圯上：据《史记·留侯世家》载：张良亡匿下邳（今江苏邳县西南）曾于桥（圯）上遇高人黄石公，授其《太公兵法》一书。 商洛：指秦末隐居商洛山中的四位长者：东园公、角里先生、绮里季、夏黄公。张良为吕后献计，让太子以此商山四皓为师，阻止了汉高祖易太子之事。"交神"，《宋书》作"神交"是。

〔10〕育然：怅然。《宋书》作"窈然"，深远之貌。 "显默之际"，《宋书》作"显晦之间"。

〔11〕渊流浩瀁：《宋书》作"源流渊浩"，深广浩瀚。 莫测其端：言张良思

虑如源泉,深妙不可测。

〔12〕旧沛:汉时沛郡有留县,即张良封为留侯的留城。　伫驾:车驾长时间停留。

〔13〕荒顿:荒废坏损。《宋书》作"荒残"。　陈昧:陈旧、暗淡。

〔14〕抚事怀人,永叹寔深:《宋书》作"抚迹怀人,慨然永叹"。

〔15〕夷门:魏隐士侯嬴曾为大梁(今河南开封市西北)夷门监。夷门,即大梁东门。

〔16〕随会:即士会,又称范会、范武子,因食邑在随,所以别名随会、随武子。为晋国正卿、中军元帅、太傅。　"游九京",《宋书》作"游九原",指赵文子与叔誉之游。

〔17〕若人:如此之人。　云:言说。《宋书》无此二句。

〔18〕改构:翻修改建。《宋书》此句作"改构榱桷"。

〔19〕蘋蘩行潦,以时致荐:《左传》云:"蘋蘩蕰藻之菜,潢污行潦之水,可荐于鬼神。"

〔20〕不刊之烈:不可削除之功业。烈:此指功业。

今译

　　主簿宣示教文:盛大的德行是不可泯灭的,忠义之举永存祭奠的典文之中。孔子曾感叹管仲的丰功伟业造福后人,而今即事咏怀,感触更深。张良的君子之道仅次于"黄中",可与古之君子颜回似的先贤媲美;风云际会,又使他卓然而为皇帝之师。他帮助汉高祖消灭项羽建立了汉朝,救民于洪水泛滥般的苦难之中。功劳已与商时的伊尹、周时的姜子牙一样巨大,德行也似管仲一般美好。他又恭谦地与黄石公相处得到了神示的《太公兵法》,出谋划策让刘盈召"商山四皓"以巩固太子地位。无论显晦,均具深远难究之态;度量深大,虑若源泉,深妙不可测度。

　　今途经汉时的沛郡留县,车驾长时间地停留于张良封地留城。看到灵庙已经荒残,遗像已经陈旧黯淡,感事怀人,深深喟叹!过大梁城,令人驻步凝思侯嬴所守之夷门;游九原时,人们也要为随武子的功迹流连噫唏。张良比之于他们是当之无愧的。可命人修建庙宇,图饰丹青，以蘋、蘩之菜，行潦之水，按时祭奠。用以表达后人的怀念之情，永存他不可磨灭的丰功伟绩。主持其事的人去办理此事。

（郭殿忱译注　陈延嘉修订）

为宋公修楚元
王墓教一首[1]

傅季友

题解

　　汉楚元王刘交,字游,沛人。刘邦同父异母少弟。好读书,多才艺,曾注释过《诗经》,史称"元王诗",惜已佚。刘邦为沛公时,他与萧何、曹参一起至霸上,封文信君。刘邦即帝位,立为楚王,死后谥号元,故称楚元王。墓在彭城,刘裕过此,命修墓。

　　这是一篇后人为祖先重修坟墓所作的教文。内中阐述了封建宗法制度所派生的正统思想。是一篇典型的歌功颂德之作。

原文

　　纲纪:夫褒贤崇德,千载弥光[2];尊本敬始,义隆自远[3]。楚元王积仁基德,启藩斯境[4]。素风道业,作范后昆[5]。本支之祚,实隆鄙宗[6];遗芳余烈,奋乎百世[7]。而丘封翳然,坟茔莫翦[8];感远存往,慨然永怀[9]。夫爱人怀树,甘棠且犹勿翦[10];追甄墟墓,信陵尚或不泯[11]。况瓜瓞所兴,开元自本者乎[12]! 可蠲复近墓五家,长给洒扫[13]。便可施行。

注释

〔1〕刘裕为汉楚元王刘交的二十一世孙,故为其先祖修整坟墓。

〔2〕弥光:越加光大。

〔3〕义隆:义盛、义厚之意。

〔4〕积仁:古语云:"君子积于仁。" 启藩:始建藩国(楚国)。

〔5〕作范后昆:垂范后代。

〔6〕本支:根本与枝梢。 鄙宗:远支即刘裕一支。

〔7〕奋乎百世:孟子曰:"闻伯夷之风者,贪夫廉,懦夫有立志;奋乎百世之下,莫不兴起也。"

〔8〕丘封翳然,坟茔莫剪:指坟丘因无人管理而被荒草遮蔽。

〔9〕慨然永怀:慨然兴叹,永远怀念。

〔10〕甘棠:《诗·召南·甘棠》言召公巡视南国,勤政劝农,于甘棠树下听讼决狱。他离开之后,当地人民感念他的美德而倍爱其树,作诗歌咏之。

〔11〕追甄:追思、表彰。 信陵:魏公子无忌墓,守冢之家有五户。

〔12〕瓜瓞:"大者曰瓜,小者曰瓞。"《诗·大雅·绵》注文。

〔13〕蠲复:免除其租税赋役。

今译

主簿宣示教文:褒奖贤能,崇尚美德,使之千年之下弘扬光大。尊敬先祖,敬重始德,盛大的仁义自能流传久远。汉楚元王刘交积仁义,建德行,在此地建立楚国;作风淳朴,德业相彰,给后人做了好的表率,留下了荫福。嫡系子孙和旁支子孙福祚永存,保佑我这一宗支兴旺发达。元王的德业流芳百代,使后人奋发有为。但由于坟丘未能按时祭扫,而被草木遮蔽了。感念久远,心存往事,慨然兴叹,永远怀念。古人曾因爱戴召公,而怀念甘棠之树,嘱人勿伐勿剪;追思、表彰前贤于陵墓之间,信陵君家尚有五户人家守护祭扫。瓜族之中大瓜小瓜绵绵延续,都源自根本。可以免除五家租税赋役,使其长年守灵,适时扫墓。这件事可以及时办理。

(郭殿忱译注　陈延嘉修订)

◎ 永明九年策秀才文五首[1] 王元长

▊◀◎▶题解

　　王融,字元长,琅邪临沂(今山东临沂北)人。少而神明警惠,博涉经史,有文采,举秀才。是南朝萧齐时代著名的文学家,与沈约等人共创诗歌"永明体",为"竟陵八友"之一。曾官太子舍人、秘书丞、宁朔将军。因谋奉萧子良继位未果,郁林王登基后将他下廷尉,死于狱中。

　　策文,即策问之文。自汉文帝起,采用策问的办法考察被举荐者的才干学识。具体做法,就是由皇帝提出一些如何治理国家的重大问题,应试者进行回答。永明九年(491),由王融代齐武帝书写此五篇策问。从策问内容可见,齐朝问题复杂而严重:农业败坏,"释耒佩牛,相沿莫反",土地兼并严重;"法令滋彰",冤案很多;国库空虚,百姓无钱,金融危机重重。但无人敢于直谏。实际上,这些问题是很难回答的。

▊◀◎▶原文

　　问秀才高第明经[2]:朕闻神灵文思之君,聪明圣德之后[3],体道而不居,见善如不及[4]。是以崆峒有顺风之请,华封致乘云之拜[5]。或扬旌求士,或设簾待贤[6];用能敷化一时,余烈千古[7]。朕眚奉天命,恭惟永图[8];审听高居,载怀祗惧[9]。虽言事必史,而象阙未箴[10];寤寐嘉猷,延伫忠实[11]。子大夫选名升学,利用宾王[12];懋陈三道之要,以光四科之首[13]。盐梅之和,属有望焉[14]。

又问:昔周宣惰千亩之礼,虢公纳谏[15];汉文缺三推之义,贾生置言[16]。良以食为民天,农为政本[17]。金汤非粟而不守,水旱有待而无迁[18]。朕式照前经,宝兹稼穑[19];祥正而青旗肃事,土膏而朱纮戒典[20]。将使杏花菖叶,耕获不愆[21];清畖泠风,述遵无废[22]。而释耒佩牛,相沿莫反[23];兼贫擅富,浸以为俗[24]。若爱井开制,惧惊扰愚民[25]。乌卤可腴,恐时无史白[26]。兴废之术,矢陈厥谋[27]。

又问:议狱缓死,大《易》深规[28];敬法恤刑,《虞书》茂典[29]。自萌俗浇弛,法令滋彰[30]。肺石少不冤之人,棘林多夜哭之鬼[31]。朕所以明发动容,旰食兴虑[32];伤秋荼之密网,恻夏日之严威[33];永念画冠,缅追刑厝[34]。徒以百锾轻科,反行季叶[35];四支重罚,爰创前古[36]。访游禽于绝涧,作霸秦基[37];歌《鸡鸣》于阙下,称仁汉牍[38]。二途如爽,即用兼通[39];昌言所安,朕将亲览[40]。

又问:聚人曰财,次政曰货[41]。泉流表其不匮,贸迁通其有亡[42]。既龟贝积寝,缗缲专用[43];世代滋多,销漏参倍[44]。下贫无兼辰之业,中产缺涫岁之资[45];惟瘝恤隐,无舍矜叹[46]。上帝溥临,赐朕休宝[47]。命邛斜之谷,开而出铜[48];且有后命,事兹镕范[49]。充都内之金,绍圆府之职[50]。但赤侧深巧学之患,榆荚难轻重之权[51]。开塞所宜,悉心以对[52]。

又问:治历明时,绍迁革之运[53];改宪敕法,审刑德之原[54]。分命显于唐官,文条炳于邹说[55]。及嵎夷废职,昧谷亏方[56];汉秉素祇之征,魏称黄星之验[57]。纷争空轸,疑论无归[58]。朕获纂洪基,思弘至道[59]。庶令日月休征,风雨玉烛[60]。克明之旨弗远,钦若之义复还[61]。于子大夫何如哉?其骊翰改色,寅丑殊建,别白书之[62]。

注释

〔1〕文:此指与赋、诗、骚、七等文体并列之策文。非汉魏以来通说的"有藻韵为文,无藻韵为笔"之"文"。因策文属于"笔"类。

〔2〕秀才:才能优秀者。至汉,为举士之科目。 高第:此指被举荐而列为高等者。 明经:谓通明经术者。南朝选官中亦有"明经"这一科目。

〔3〕神灵之君指黄帝,文思之君指唐尧。

〔4〕体道不居:行道不居功。 见善如不及:语出《论语·季氏》言见善事唯恐自己落后于别人。

〔5〕顺风之请:典出《庄子》:黄帝上崆峒山求教于广成子态度极其恭顺。时广成子南首而卧,黄帝顺下风膝行以拜。 乘云之拜:尧观华县,封人祝他寿、富、多男子,他说是三患。封人反驳言:长寿之后,可"乘彼白云,至于帝乡。三患莫至,身常无殃。"乘云即升天成仙。

〔6〕扬旌求士:语出《管子》,言舜时将求贤士善言的旗帜悬于四通八达之路口。 设簴(jù 巨)待贤:簴,筍簴之简称,为悬钟磬之架。大禹治天下之时,于簴上作铭曰:"教寡人以道者击鼓,教寡人以义者击钟,教寡人以事者振铎,教寡人以忧者击磬,教寡人以狱者挥韬。"韬(táo 陶),有柄的小鼓。

〔7〕敷化:施行政治教化。

〔8〕龛奉:敬奉。 永图:永久的统治之计。

〔9〕审听高居:言王者之道如龙首,要高居远望,徐视审听。

〔10〕言事必史:古者右史记言,左史记事。 象阙未箴:言尚无人向朝廷进忠言。象阙指朝廷。箴指谏言。

〔11〕寤寐嘉猷:一心思念有人献治国之良策嘉谋。 延伫:聘留。

〔12〕选名升学:选优秀之士升入太学。 利用宾王:《易》曰:"观国之光,

利用宾于王。"利用宾而有利于王。

〔13〕三道:指大夫应做的三件事情:国体、人事、直言。　四科:取士的四条标准:"一曰德行高妙,志节清白;二曰学通行修,经中博士;三曰明晓法令,足以决疑,能按章覆问;四曰刚毅多略,遭事不惑,才任三辅剧县令。"

〔14〕盐梅之和:指做美羹。盐咸,梅酸,均为做羹之材料。

〔15〕惰千亩之礼:指周宣王初即位不籍千亩事。　虢公:虢文公。

〔16〕缺三推之义:指汉文帝未负耒耜躬耕之事。三推,指推耒耜向前三次。三公五推,卿诸侯九推。　贾生:贾谊。

〔17〕以食为民天:即"民以食为天"。

〔18〕金汤:金城(墙)汤(开水)池。全句意谓城池虽固若金汤,但城中无粮即不可守。　有待:有粮食待用。

〔19〕宝兹稼穑:以五谷为国宝。

〔20〕青旗、朱纮均为天子籍千亩饰物。青旗为车驾所载;朱纮为冠冕的带饰。

〔21〕杏花菖叶:意指以杏花的开谢,菖草的生长为物候特征来耕种收获。不忒:无差失。

〔22〕甽(quǎn 犬):田间小沟。　泠风:和风。

〔23〕释耒:放弃耕种。　佩牛:卖掉佩剑,用来买牛耕田。此处指不这样做。

〔24〕兼贫擅富:兼吞贫弱以利豪富。

〔25〕爰井开制:变更耕作制度。爰:改变。

〔26〕乌卤:改造盐碱地。腴:肥沃。　史白:史,指引漳水灌邺田的史起;白,指穿泾水注渭河溉田的秦大夫白公。

〔27〕矢陈:直陈。

〔28〕大易:指《周易》。

〔29〕恤刑:用刑要有怜悯之心。

〔30〕浇弛:薄废。

〔31〕肺石:赤石,形如肺,设于朝廷门外,百姓可以站其上,击石鸣冤。全句意谓无冤之民少。　棘林:酸枣树林,上古在树下审案。

〔32〕明发:谓夜不成眠,直到天亮。　昃食:自朝过午之食。

〔33〕秋荼之密网:言法律繁苛如秋草般细密的大网。

〔34〕画冠:指画衣冠,异服章的轻刑。　缅追刑厝:思念追怀"成康之世"的四十余载刑法不用。厝,同措,指弃置不用。

〔35〕百锾(huán 环)轻科:锾,六两为一锾。意以百金赎刑。　季叶:末世,多丧乱之世。

〔36〕四支重罚:指墨、劓、宫、割四种酷刑。

〔37〕绝涧:人畜禽入内皆不能活之深涧。

〔38〕鸡鸣阙下:班固诗句:"阙下歌《鸡鸣》。"阙下,帝宫之前。　鸡鸣:齐诗。

〔39〕如爽:似有差失。

〔40〕昌言:善言,直言无讳。

〔41〕聚人曰财:聚集人众必须财物。　次政曰货:八政,一曰食,二曰货。

〔42〕贸迁:贸易。　有亡:有无。

〔43〕龟贝:王莽所制金银龟贝钱布。　缗绳:贯穿钱币的丝绳,后指代钱贯。

〔44〕参倍:指钱的磨损,或少三分,或少一倍。

〔45〕兼辰:两天。　浃(jiàn 见)岁:两年。

〔46〕瘼:病,困苦。　恤隐:体恤其隐忧、隐痛。

〔47〕溥临:普临。　休宝:美善之宝。

〔48〕邛斜之谷:指当时南广郡的蒙山。

〔49〕镕范:铸钱之模具。

〔50〕绍:承继;继续。　圆府:管理钱法的机构。

〔51〕赤侧:钱的一种,以赤铜为轮廓。　榆荚:钱的一种,形如榆荚。　轻重之权:权其轻重。

〔52〕开塞:比喻取舍。

〔53〕治历明时:观变改之象,修治历数以明天时。　迁革之运:变改革命之象。

〔54〕改宪敕法:改变历法。　刑德:冬至为德,夏至为刑。

〔55〕分命:此指唐尧命令羲仲、和仲等人考察天象以明天时历法。

〔56〕嵎夷:日出东方之地。　昧谷:日落西方之地。　废职:司历法之官坏废。

〔57〕素祇之征:指汉高祖斩蛇故事。　黄星之验:指曹操破袁绍系应五十

年前黄星见于楚宋分野之先兆。

〔58〕空轸:相互乖戾的历法主张。

〔59〕获纂:得到继承的机遇。　思弘至道:想弘扬光大至圣之道。

〔60〕休征:吉兆,休美之征验。　玉烛:春为青阳,夏为朱明,秋为白藏,冬为玄英,四气和谓之玉烛。

〔61〕克明之旨:能明俊德之旨。　钦若之义:敬顺昊天之义。

〔62〕骊翰改色:夏代崇尚黑色,戎事骑黑色马,谓之骊;商代崇尚白色,戎事骑白色马,谓之翰。　寅丑殊建:夏代以建寅之月为正月,物生色黑;商代以建丑之月为正月,物生色白。　别白书之:要写得条理分明。

今译

策问所举秀才、高第、明经者:我听说像黄帝、唐尧那样的神灵、文思的君主和聪明有圣德的君王,都是无为而治,功成不居,做善事唯恐落后于人的。所以,黄帝上崆峒山向广成子求教,态度极为恭顺;唐尧巡视华山,封人祝他多男、多富、多寿,他拒绝,后来终于明白了,虚心求教。舜将求贤的旗幡挂于通衢路口,禹将求教的铭文刻于钟磬架上,这样既能收一时教化之功,亦能遗泽千古。我敬奉上天之命,谦恭勤勉地以图远大。高居远望,徐视审听,敬惧于怀,夙夜思劳。虽有右史记言,左史记事,而宫廷之中尚缺箴言。我辗转反侧思求良谋,一心聘留忠实之士。你们这些近臣,优选上来入太学,有利有用于国家的人才,要盛陈一番大夫的三种应做的事,和取士的四条标准,指出其中的哪一条,对于治国,最为重要。这样,犹如有了咸盐和酸梅做成美味的和羹,这是我寄希望于你们的。

再问:过去周宣王曾因疏懒而不籍千亩,虢文公便直言进谏;汉文帝未负耒耜三推于农事,贾谊便上言劝他重视耕织。实在是因为民以食为天,国以农为本之故。固若金汤的城池,倘若没有粮食也无法守卫;而虽有水旱之灾,但有粮食待用,百姓就不会去逃荒。我遵守前贤的经典,以农事粮食为珍宝。预告农时的房星,立春见于正中的位置,我像古代天子那样驾苍龙之车,载青旗去籍田躬耕,土地湿润,我也戴着有朱红带子的冠冕参加典礼。根据杏花开落、菖草生长的物候从事农耕,收获是不会有差错的。清理好田间的小水沟,禾稼沐浴畅通的和风,这样就遵从先制了。而农夫放弃了耒耜,游惰废业,不卖掉佩剑买牛而耕,富者兼并贫者,谬习相承,那就有危机了。如变更耕作制度,又怕惊扰了不明事理的愚民;要引水灌田改造盐碱地使之肥沃,又恐怕没有史起、白公那样的干才。议论农业兴废的大计,你们可以直陈谋略。

再问:议论刑狱,减缓死刑,是《周易》的深刻题旨。敬重法律,怜悯罪犯,是《虞书》极力倡导的。自从淳朴的民风薄废,法令才越来越多。有"赤石达穷民"式的清官,但无冤屈的少,有像酸枣树一样赤心有刺的好官,但无罪被杀的还多。所以我夙兴夜寐,寝食不安,怕似秦法一样的繁苛有如秋草之密,也恻隐人民受夏暑烈日般的刑罚之苦。长想墨翟所说——用画衣冠,异章服之法使民不再犯;也追思周代"成康之世"的刑罚不用。用百金赎刑,多是丧乱之末世;行四种残酷的刑罚,古已所有。如峻法似人、畜、禽皆不能活的绝涧,人民自不敢触犯,是秦朝称霸的基础。或如缇萦为救父歌《鸡鸣》之诗于阙下,感动得汉文帝废除了肉刑。这重轻二途,看似有所差异,可兼而用之方能济时。你们可以直言无讳地发表高见,我将亲自阅批。

再问:《周易》曰:聚集人众必须有财物;《尚书》曰:八政的第二位即是货物。货畅流如泉表明不匮乏,贸易通其有无。王莽所造的金银龟贝钱布已不流通了,但用丝绳贯穿的铜钱却越来越多,用得磨损了的钱少三分或少了一倍。贫无两天之食的人家,缺少下一年资财的中户,体恤他们的疾苦,令人抚掌长叹。上帝之光普照,赐我以美善之宝;在邛斜的山谷里开采出铜,可以用来铸模造钱。以钱充满都内的国库,让管理钱法的官员尽职尽责。但如铸以赤铜为轮廓的赤侧钱,奸巧不轨之徒可以盗铸,是一大祸患。如铸轻重兼用,形如榆荚的钱,又怕难以权其轻重。或取或舍,哪个适宜,要尽心尽力地回答。

再问：观察天体变改之象，修治历数以明天时，继承变改革命之象，改变历法，明白德政、刑罚之由来。考察历时显于尧官，五行明胜说明于邹衍。后来羲和、羲仲、和仲之类司历法之官已坏弃，刘汉秉承高祖斩蛇之瑞兆，曹魏称颂太祖黄星之效验，纷纭争论的一些相互乖庆观点，疑是之间，无法定于一尊。我荣膺天命，继承洪大的基业，常想弘扬光大至圣之道。希望日月之行出现吉兆，风调雨顺，四时和美。能明俊德之旨，敬顺昊天之义。你们这些亲近之臣以为如何？夏商两代戎事所乘之马，黑白改色；以建寅、建丑为正月之制，也不相同。你们要把为什么这样写分明。

（郭殿忱译注　陈延嘉修订）

◉ 永明十一年策秀才文五首 王元长

▨▧▨ 题解

从这五篇策文中,已可窥见永明末年弊端更加严重:"游惰实繁"。加之水旱成灾,互相侵夺,纷纷依阻山湖,危机重重。这篇文章重要的是提出了"农战"之策。

▨▧▨ 原文

问秀才:朕秉箓御天,握枢临极[1];五辰空抚,九序未歌[2]。至于思政明台,访道宣室[3];若坠之恻每勤,如伤之念恒轸[4]。故恤贫缓赋,省徭慎狱[5];幸四境无虞,三秋式稔[6]。而多黍多稌,不兴两穗之谣[7];无褐无衣,必盈《七月》之叹[8]!岂布政未优,将罢民难业[9]?登尔于朝,是属宏议[10];罔弗同心,以匡厥辟[11]。

又问:惟王建国,惟典命官[12];上叶星象,下符川岳[13]。必待天爵具脩,人纪咸事[14];然后沿才受职,揆务分司[15]。是以五正置于朱宣,下民不忒[16];九工开于黄序,庶绩其凝[17]。周官三百,汉位兼倍[18],历兹以降,游惰寔繁[19]。若闲冗毕弃,则横议无已[20];冕笏不澄,则坐谈弥积[21]。何则可脩?善详其对[22]。

又问:昔者贤牧分陕,良守共治[23];下邑必树其风,一乡可以为绩[24]。至有旦抚鸣琴,日置醇酒[25];文而无害,严而不残[26]。故能出人于阽危之域,跻俗于仁寿之地[27]。是以贾谊有言:"天下之有恶,吏之罪也[28]。"顷深汰圭符,妙简铜墨[29];而春雉未驯,秋螟不散[30]。入在朕前,凑其智略[31];出连城守,阙尔无闻[32]。岂薪樵之道未弘,为网罗之目尚简[33]?悉意正辞,无侵执事[34]!

又问:朕闻上智利民,不述于礼[35];大贤强国,罔图惟旧[36]。岂非疗饥不期于鼎食,拯溺无待于规行[37]?是以三王异道而共昌,五霸殊风而并列[38]。今农战不修,文儒是竞[39];弃本殉末,厥弊兹多[40]。昔宋臣以礼乐为残贼,汉主比文章于郑卫[41]。岂欲非圣无法,将以既道而权[42]?今欲专士女于耕桑,习乡闾以弓骑[43];五都复而事庠序,四民富而归文学[44]。其道奚若?尔无面从[45]。

又问:自晋氏不纲,关河荡析[46];宋人失驭,淮汴崩离[47]。朕思念旧民,永言攸济[48]。故选将开边,劳来安集[49];加以纳款通和,布德脩礼[50]。歌《皇华》而遣使,赋《膏雨》而怀宾[51];所以关洛动南望之怀,獯夷遽北归之念[52]。夫危叶畏风,惊禽易落[53]。无待干戈,聊用辞辩[54];片言而求三辅,一说而定五州[55]。斯路何阶,人谁或可[56]?进谋诵志,以沃朕心[57]。

注释

〔1〕箓:指命帝纪的符箓。 枢:指天枢,即北斗七星第一星。
〔2〕五辰:指五行,即四时。 九序:指九功在序。九功,指九职之功。
〔3〕明台:黄帝所立,用来观贤德之才。 宣室:汉代未央宫前的正室,汉文帝曾于此室召见贾谊。
〔4〕若坠:如陷泥坠火。 如伤:像受到伤害需要救助之人。 恒轸:常痛念。

〔5〕省徭慎狱:不繁加劳役,慎重对待刑狱之事。

〔6〕式稔:秋谷成熟,年景丰收。

〔7〕两穗之谣:渔阳人民歌颂太守张堪的歌谣。内中有"麦穗两歧"之句,此言到处丰收,却没有颂两穗的歌谣了。

〔8〕无褐无衣:《诗·七月》中句,下接"何以卒岁。"

〔9〕罢(pī疲)民:使民疲顿。

〔10〕是属宏议:崇论宏议是嘱。

〔11〕罔弗同心:不要不同心同德。

〔12〕典:指《尧典》命官事。

〔13〕上叶星象:在天,三公法三台;九卿法北斗。在地,三公像五岳;九卿法河海。

〔14〕天爵:指仁义忠信,乐善不倦,与人爵——公卿大夫对举。 人纪:指天文地理为人事之纪。

〔15〕揆务分司:度其事务,分设机构。

〔16〕五正:五行官之长,如木正句芒、火正祝融等。 朱宣:指少昊氏。忒:差。

〔17〕九工:九官,为舜所命。 黄序:舜改正朔,以土承火,色尚黄。凝:成。

〔18〕兼倍:系大概之言,实则汉代官员自佐史至丞相,已逾十万之多。

〔19〕游惰:不事耕战的游惰之士。

〔20〕横议:指古代处士那种多偏激不顺于理的游说。

〔21〕冕笏:泛指代君臣,此指朝臣、吏制。 坐谈:指坐而论道的空谈。

〔22〕善详:欲善其事,详审其言。

〔23〕贤牧分陕:指周公、召公俱受分陕之任。 良守共治:指汉宣帝称赞良臣与之共同励精图治。

〔24〕下邑:鲁之下邑为武城,孔子曾于此闻弦歌之声。 一乡:指桐乡,朱邑为其啬夫,清正廉洁,有政绩。

〔25〕旦抚鸣琴:指宓子贱治理单父,用弹琴不下堂的无为而治之法。 日置醇酒:指曹参代萧何为相时的终日饮酒,史称"萧规曹随"。

〔26〕文而无害:指萧何为吏掾,法无所枉害。 严而不残:指西汉隽不疑的为吏之道。

〔27〕阽危:临危,欲坠之意。

〔28〕有恶:指有恶人、恶事。

〔29〕圭符:指执圭持符的官吏。　铜墨:铜印墨绶。汉袭秦官制,指县令。

〔30〕春雉:指不捕春天孕雏之雉。　秋螟:指蝗虫不飞入鲁恭所治理的中牟地界。均言教化之成功。　未驯、未散:指没做到。

〔31〕入在朕前:指居朝廷之中,常在皇帝面前。

〔32〕出连城守:指连做十余城的地方官。事指西汉吾丘寿王。

〔33〕薪橑(yǒu 有)之道:原指将牲体置于柴上之礼。此指入山得柴,行礼得贤。　网罗:指招揽贤才。　简:略,少。

〔34〕无侵执事:勿担心侵夺有关之臣而不尽意直言。

〔35〕不述于礼:不因循于礼。

〔36〕罔图惟旧:不效法旧制度。以上二句均为商鞅说秦孝公变法之语。

〔37〕鼎食:指列鼎而食。　拯溺:救落水之人。　规行:规行矩步,按规矩而慢慢行走。

〔38〕三王:夏禹、商汤、周文王,三代开国之君。　五霸:指春秋齐桓、晋文、秦穆、宋襄、楚庄等五个霸主。

〔39〕文儒:指不合时宜而一味讲求礼乐教化的迂腐儒生。

〔40〕本:指以农为本,即农本主义。　末:即末业,指商贾。

〔41〕宋臣:指墨翟,他贱礼非乐。　汉主:指汉宣帝,他以辞赋比之于郑卫的淫靡乱世之音乐。

〔42〕权:指权宜之计。

〔43〕耕桑:谓男耕女织。　弓骑:骑射。

〔44〕庠序:汉平帝立学官,乡曰庠,聚曰序。均指学校。　四民:语出《管子》,指士农工商。

〔45〕无得面从:不得当面顺从我的言行。

〔46〕不纲:指不行正道、纲纪败坏。　荡析:动荡离析。

〔47〕失驭:失去驾驭权力。　崩离:分崩离析。

〔48〕攸济:有所帮助。

〔49〕劳来安集:劳来,使离散之民还乡;安集,使之安居。

〔50〕纳款:诚心归顺之意。

〔51〕皇华:语出《诗经》"皇皇者华",指君王所派出的使臣。　膏雨:如油

之好雨,及时雨。　　怀宾:指怀念齐德而来归之外国嘉宾。

〔52〕獯夷遽北归之念:泛指匈奴等少数民族竞相萌动归顺的念头。

〔53〕惊禽易落:古者更赢见因创伤而徐飞、因失群而哀鸣的鸿雁,虚弓发之,雁因惊悸而落地。

〔54〕无待:不待,不用。

〔55〕三辅:即京兆、左冯翊、右扶风三地。当时为北魏占据。

〔56〕何阶:何因。

〔57〕以沃朕心:用你所有的心智灌沃我的心田。

今译

问你们这些举荐上来的秀才:我秉持符箓,而统治天下,掌握北斗星运行而临八极。但空顺五行四时之运行,众功不成,九职善政养民之事,未得歌颂。至于像黄帝那样在明台之上观临贤明之才,似汉文帝在宣室之内接见贾生,也是我的施政理想。每每怜悯众生之艰难,好似他们陷泥坠火一般;时常转念百姓之苦,也如对待受到伤害亟需救助之人。所以悯恤贫乏,缓轻赋税,减少徭役,慎重地对待刑狱之事。所幸境内外四方无事,又获丰收之喜。到处黍多、稻多,但人民却不唱像歌颂汉代渔阳太守张堪那样的歌谣。民众无褐无衣,当然要诵《七月》之诗,感喟"何以卒岁"了。这样的话,难道是施政未优患于民,才使之疲顿吗?让你们到朝廷上来,就是要你们发表崇论宏议,要同心同德,匡正我的偏失。

再问你们这些举荐上来的秀才:只有命应王位的人才能建立郡国;只有依照常法方能任命官吏。三公九卿上应天上星宿,下符地上山川,必须具有仁义忠信、乐善不倦的天爵品德,才能上知天文,下晓地理,中纪人事。然后方能量才任职,度其事务多少难易,分设相关机构。所以五行之长官置于少昊氏,百姓无差失;帝舜所任命的九官,均以色尚黄为习俗,成绩卓绝。周代职官三百,汉代超过数十倍,从那以来,不事耕战的游惰之士越来越多。如果把闲员冗官全部裁撤,则各种偏激、悖理的议论就要没完没了。吏制不清,则坐而论道的空谈便日甚一日。怎样做才是对的,要把能尽善其事的办法写详细了。

再问你们这些举荐上来的秀才:过去周公和召公这样的大贤曾俱受分陕之任;汉宣帝也感叹只有良臣才能辅弼他励精图治。鲁国下邑扬善祛恶的好风气为孔子称道,朱邑为桐乡啬夫亦有清正廉洁的政绩。至于旦抚鸣琴的宓子贱和终日饮酒的曹相国,他们都是奉行黄老之学,推行无为而治的策略。像萧何那样,依法不冤屈损害百姓,像隽不疑那样威严而不残暴,才能救人于临危欲坠之域,化风俗如"成康之世"的仁爱、多寿福。所以贾谊说:天下有恶人、恶事,都是官吏的罪过!最近淘汰和择选一批执圭持符的高官和铜印墨绶的地方官。而能教民不捕孕雏春雏的良吏,致使蝗虫都不飞入其境的官员还不多。有的官员在朝中,能给我出许多好主意;可是派到地方上,连任十余城,却没有一点政声。难道是入山得柴、礼贤得臣的政策尚未深入人心?招揽英才、罗致贤良的办法还不够多?你们尽心尽意地多出好主意,不要担心侵夺有司的权力。

再问你们这些举荐上来的秀才:我听说,非常有智慧的圣人,可以使人民富裕,他不遵循所谓的礼;非常贤德的圣人,可以使国家富强,他不只师法旧制度。这岂不像让饥饿的人吃饱,不必等待盛大的筵席列鼎而食;也似去拯救落水的人,不能循规蹈矩地踱方步而行一样。所以,夏商周三代的开国之君,虽国策各异,但都带来了繁荣昌盛。齐桓晋文等五位霸主风格不同,但都成就了当世的大业。现在是农战之事不被重视,儒生们都竞相制礼作乐。弃本逐末,其时弊之多,实在堪忧!过去宋国的墨翟曾主张贱礼非乐,把旧礼淫乐比如害人之贼;汉宣帝还把有文采的辞赋比喻成淫靡乱世的郑卫之声。现在儒生们的做法,难道是想否定圣贤而不顾礼法,还是既遵正道而用权宜之计?现在要专门提倡男耕女织,为备战而练习骑射。这样洛阳、邯郸等五座都城就会收复,学校随之开办起来;士民工商殷实富裕自然就会大兴文教。这样办如何?不要当面顺从我,我如有错处尽管指出。

再问你们这些举荐上来的秀才：自从司马氏的晋室纲纪坏堕，山河动荡离析，刘宋王朝也失去了控制能力，政权也土崩瓦解。我常常思念拯救这些身陷水深火热之中的人民，所以择选良将开边，迎接归顺者，使他们安居乐业。并诚心诚意地推行友好外交和广布德音，大讲仁德礼治。又派出了朝廷使者，热情地招待来宾。所以关洛一带都有南望之心，北夷之人也竟相动了归顺的念头。啊，经霜的秋叶就怕风吹，离群受伤的惊雁，虚发的弓声也能将其吓落。不用大动干戈，只要利用辩辞就可以了：善辩之士的只言片语即可收回三辅之要地，精当有力的一席话就可平定五州。谁能开拓此路，谁能担此大任？在呈进谋略之时，表明你们的心志；用你们的全部智慧，来灌溉滋沃我的心田。

（郭殿忱译注　陈延嘉修订）

◎ 天监三年策秀才文三首 任彦升

　　此文是任彦升(昉)为梁武帝萧衍所拟之考核秀才的试题。

　　萧衍本为南齐宗室,萧道成族弟。南齐末年,皇族骨肉相残,朝政荒废。萧衍与宗室萧颖胄拥戴萧宝融为帝。中兴元年(501)攻入建康(今南京市),杀东昏侯,继杀宝融,自立为帝,建立梁朝。此即文中所说"朕长驱樊邓,直指商郊,因藉时来,乘此历运"之底蕴。萧衍即位后,任意扩充文武班子,纵容宗室官僚贪污聚敛,并以严刑苛法镇压民众;又伪装仁慈勤俭,大力提倡尊儒崇佛,骗取士民同情。武帝执政期间,天灾人祸频仍。武帝既不想减少赋敛,而使"国用靡资",又幻想"民有家给之饶",这实在是办不到的。他真是给秀才们出了一道答不出的难题。

　　问秀才:

　　朕长驱樊邓[1],直指商郊[2],因藉时来[3],乘此历运[4]。当宸永念[5],犹怀惭德[6]。何者?百王之弊[7],齐季斯甚[8]。衣冠礼乐[9],扫地无余。斲雕刓方[10],经纶草昧[11]。采三王之礼[12],冠履粗分[13];因六代之乐[14],宫判始辨[15]。而百度草创[16],仓廪未实[17]。若终亩不税[18],则国用靡资[19];百姓不足,则恻隐深虑[20]。每时入刍稿〔21〕，岁课田租〔22〕，愀然疚怀〔23〕，如怜赤子〔24〕。今欲使朕无满堂之念〔25〕，民有家给之饶〔26〕，渐登九年之蓄〔27〕，稍去关市之赋〔28〕。子大夫当此三道〔29〕，利用宾王〔30〕，斯理何从，伫闻良说〔31〕。

注释

〔1〕朕：皇帝自称。　樊邓：二地名。樊，樊城，即襄阳，郡名，治所在今湖北襄樊市。邓，邓县，春秋时邓国，秦置县，治所在今襄樊市北。樊邓为梁武帝起兵之所。《梁书·武帝上》：永元（齐·东昏侯年号）"三年（501）二月……高祖（梁武帝萧衍）发襄阳。"

〔2〕商郊：殷商都城朝歌之郊，此喻南齐京城建康（今南京市）。《梁书·武帝上》："永元二年冬，懿（梁武帝之长兄萧懿）被害信至，高祖……谓曰：'昔武王会孟津，皆曰纣可伐。今昏主恶稔，穷虐极暴，诛戮朝贤，罕有遗育，生民涂炭，天命殛之。'"

〔3〕因藉：凭借。　时来：吕向注："谓东昏无道，武帝伐之，而齐禅位于帝，故曰'时来'。"时，时机，机会。

〔4〕历运：历数运会。梁武帝谓己之登帝位，盖得于天命。

〔5〕当扆（yǐ倚）：背靠屏风而立，即南面称帝之意。李善注："《礼记》曰：天子当扆而立。"扆，古代一种画有斧形的屏风，置于门窗之间。王充《论衡·书虚》："户牖之间曰扆，南面之坐位也。负扆南面乡（向）坐，扆在后也。"当扆即负扆。　永：长，常常。

〔6〕惭德：惭愧之心。吕向注："惭德谓谦无德而为人君也。"

〔7〕弊：衰败。

〔8〕齐季：齐朝末年。季，末年。《梁书·武帝上》："高祖入屯阅武堂，下令曰：'……永元之季，乾维落纽。政实多门，有殊卫文之代；权移于下，事等曹恭之时……'"

〔9〕衣冠：士大夫的穿戴。冠，礼帽。《论语·尧曰》："君子正其衣冠，尊其瞻视，俨然人望而畏之，斯亦不威而不猛乎？"此处引申指文明礼教。

〔10〕斲（zhuó浊）雕："斲雕为朴"之省。即去掉浮华，崇尚俭朴。《史记·酷吏列传序》："汉兴，破觚而为圜（同"圆"），斲雕而为朴。"《索隐》引晋灼："斲

理凋弊之俗,使反质朴。"五臣本"斵雕"作"凋斵"。　刓(wán 玩)方:"刓方为圜(圆)"之省,把方的削成圆的,比喻改变人的行为。屈原《九章·怀沙》:"刓方以为圜兮,常度未替(废弃)。"刓,削成圆形。

〔11〕经纶:整理丝缕,理出丝绪叫经,编丝成绳为纶,统称经纶。引申为筹划治理国家大事。　草昧:天地开创时的混沌状态,此指混乱的时世。

〔12〕三王:吕向注:"夏殷周也。"

〔13〕冠履:头戴帽,脚穿鞋,以喻上下之分。

〔14〕六代:黄帝、尧、舜、夏、商、周。

〔15〕宫判:"宫县"(同"悬")和"判县"(悬)之省。古时钟磬等乐器悬挂于架上,悬挂的形式根据身份地位而不同,帝王悬挂四面,象征宫室四面的墙壁,故名宫悬;仅于东西两面悬挂乐器的,称判悬。判是半的意思,判悬即宫悬之半。《周礼·春官·小胥》:"正乐县之位:王,宫县;诸侯,轩县(三面悬挂,如轩。);卿大夫,判县;士,特县。"

〔16〕百度:各种法度。

〔17〕仓廪:粮仓。　实:充实

〔18〕终亩:指农民的土地。李善注:"《国语》曰:王耕三推之,庶人终于亩。"

〔19〕靡:无。

〔20〕恻隐:张铣注:"内忧于心。"

〔21〕刍稿,牲口吃的干草。

〔22〕课:抽税。

〔23〕愀(qiǎo 巧)然:忧伤的样子。　疚怀:伤心,内心不安。

〔24〕怜:爱。　赤子:婴儿。

〔25〕无满堂之念:意为不为全国百姓的生活痛苦而操心。李善注:"《说苑》曰:古人于天下也,譬如一堂之上。今有满堂饮酒,有一人独索然向隅泣,则一堂之人皆不乐也。"吕延济注:"言今下民未安,欲令其安,使我无不乐之念。"

〔26〕家给(jǐ 己)之饶:家家富裕充足。给,富足。饶,充足。

〔27〕九年之蓄:《礼记·王制》:"国无九年之蓄,曰不足……三年耕,必有一年之食;九年耕,必有三年之食。"

〔28〕稍:逐渐。　赋:税。

〔29〕三道:国体、人事、直言。

〔30〕利用宾王：《周易》"利用宾于王"之省。李周翰注："谓才可以利于时用，为帝王之宾客。"

〔31〕伫：伫立等待。

今译

问秀才：

我从襄阳长驱直入，直指齐都，就像武王伐纣一样，凭借时机到来，受天命而为人君。登帝位常常思念，自惭无德无才。为什么？百王衰败，齐末为甚。文明礼乐之制，如扫地而无余。我去雕琢，崇质朴，削方为圆，改变世俗不良之行，在混乱之世整顿纲纪。采用三王之礼，使鞋帽上下之用粗分；沿袭六代之乐，使宫悬判悬之别始辨。而各种制度草创未备，百姓仓廪未得充实。若田亩不征租税，则国家用费无所出；若百姓不富足，则令我忧心深虑。每当按时征入干草，每年征收田租，我就忧伤不安，如同爱怜初生之婴儿一样。今欲使我无满堂之念，民有丰足之乐；由少而多，国有九年之蓄积，又由多而少，渐除关市之赋税。各位大夫当此国体、人事、直言三道，发挥才能，提出良策，以利时用而成为我的宾客。如何使国家、百姓各得其所，我立待各位之良策。

题解

第二道考题是关于如何兴学的。

由于政府横征暴敛，人民生活困苦，人们无心向学，所以出现了"惰游废业，十室而九"的严重情况。这当然不利于武帝的统治。武帝标榜自己出身于知识分子——"诸生"，深明教育的重要性。天监七年(508)，武帝下诏，说："建国君民，立教为首。"武帝在兴办儒学方面也采取了一些措施，鼓励人们力学儒业。但他既尊儒，又崇佛，在这两者之间，与其说他"倾心骏骨"，不如说他更倾心礼佛，三次舍身同泰寺就是明证。耗费巨资，大建寺庙。钱本来就有限，还怎么能有资金来办教育呢？他口头上说"建国君民，立教为首"，实际上是"立佛为首"。君王的好恶能极大地影响社会风气，"昔紫衣贱服，犹化齐风；长缨鄙好，且变邹俗"，对于这个道理和历史上的教训，武帝是一清二楚的，但办起事来却不清不楚。儒学不兴，罪魁祸首就是他，但他无论如何也是不会承认这一点的。整个梁朝存在共50多年，一直处于风雨飘摇之中，开创梁朝的武帝在侯景之乱中死于非命。这样的昏君还夸耀自己"业优前事"，秀才们能有什么好办法呢？

原文

问：

朕本诸生[1]，弱龄有志[2]。闭户自精[3]，开卷独得[4]。九流《七略》[5]，颇常观览[6]；六艺百家[7]，庶非墙面[8]。虽一日万机[9]，早朝晏罢[10]，听览之暇，三余靡失[11]。上之化下，草偃风从[12]。惟此虚寡[13]，弗能动俗[14]。昔紫衣贱服[15]，犹化齐风[16]；长缨鄙好[17]，且变邹俗[18]。虽德惭往贤[19]，业优前事[20]。且夫搢绅道行[21]，禄利然也[22]。朕倾心骏骨[23]，非惧真龙[24]。辒轩青紫[25]，如拾地芥[26]。而惰游废业[27]，十室而九。"鸣鸟"蔑闻[28]，《子衿》不作[29]。弘奖之路[30]，斯既然矣[31]；犹其寂寞[32]，应有良规[33]。

注释

〔1〕诸生：儒生。《梁书·武帝上》："竟陵王子良开西邸，招文学，高祖与沈约、谢朓、王融、萧琛、范云、任昉、陆倕等并游焉，号曰八友。"

〔2〕弱龄：少年。 有志：有志于学。

〔3〕闭户：关门学习，形容专心致志。李善注："《楚国先贤传》曰：孙敬入

学,闭户牖,精力过人。太学谓曰'闭户生'。入市,市人相语:'闭户生'来,不忍欺也。"

〔4〕独得:独得其妙趣。

〔5〕九流:儒家、道家、阴阳家、法家、名家、墨家、纵横家、杂家、农家。《七略》:汉·刘歆撰。我国最早的图书目录分类著作。有辑略、六艺略、诸子略、诗赋略、六书略、术数略、方技略。此处指各种著作。

〔6〕观览:阅览,阅读。

〔7〕六艺:一曰《易》,二曰《诗》,三曰《书》,四曰《礼》,五曰《乐》,六曰《春秋》。 百家:诸子百家的学说著作。

〔8〕庶:庶几,将近,差不多。 墙面:面墙而立,一无所见。

〔9〕一日万机:形容政务繁多。

〔10〕晏:晚。

〔11〕三余:冬者岁之余,夜者日之余,阴雨者时之余。 靡:无。

〔12〕偃:卧,倒。李善注:"《论语》:子曰:君子之德,风;小人之德,草。草上之风必偃。"

〔13〕惟:只因为。 虚寡:缺少(德才)。

〔14〕动俗:改变时俗。

〔15〕紫衣:李善注:"《韩子》曰:齐桓公好服紫,一国尽服紫。当时,十素不得一紫。公患之,告管仲。管仲曰:'君欲止之,何不自诚勿衣也? 谓左右甚恶紫臭。'公曰'诺'。于是郎中莫衣紫。其明日,国中莫有衣紫,三日境内莫衣紫也。"

〔16〕齐:春秋齐国。

〔17〕长缨:结冠的带子。

〔18〕变邹俗:李善注:"《韩子》曰:邹君好长缨,左右皆服,长缨甚贵。邹君患之,问左右,左右对曰:'君好服之,百姓亦多服,是故贵。'邹君因先断其缨而出,国中皆不服长缨也。"邹,春秋邾国,战国时为邹,在今山东省。

〔19〕往贤:指齐桓公、邹君等人。

〔20〕业:帝业。

〔21〕搢绅:插笏于带间。绅,大带。古时仕宦者垂绅插笏,因称士大夫为搢绅。

〔22〕然:使然。

〔23〕倾:五臣本作"仰"。 骏骨:千里马之骨。《战国策·燕策一》:"郭隗先生曰:'臣闻古之君,有以千金求千里马者,三年不能得。涓人言于君曰:请求

之。三月得千里马,马已死,买其首五百金,反以报君。君大怒曰:所求者生马,安事死马而捐(损失)五百金? 涓人对曰:死马且买之五百金,况生马乎? 天下必以王能市马,马今至矣。于是不能期年(不到一年),千里之马至者三。今王诚欲致士(招揽贤士),先从隗始;隗且见事(被重用),况贤于隗者乎? 岂远千里哉?'"

〔24〕真龙:李善注:"《庄子》曰:子张见鲁哀公,哀公不礼,去曰:'君之好士,有似叶公子高之好龙也。叶公好龙,室屋雕文尽以写龙。于是天龙闻而下之,窥头于牖(窗),拖尾于堂。叶公见之,弃而退走,失其魂魄,五色无主。是叶公非好真龙也,好夫似龙而非龙也。今君之好士也,好夫似士而非士者也。'"

〔25〕辎軿(píng平):辎车、軿车,都是有障蔽的车。軿车四面有衣蔽,辎车则前有衣蔽,后开户。此处指仕宦者所乘之车。李善注:"范晔《后汉书》曰:袁绍宾客所归,辎軿紫毂填接街陌。" 青紫:汉制,丞相、太尉皆金印紫绶,御史大夫银印青绶,三府官最崇贵。后亦称贵官之服为青紫。

〔26〕芥:小草。李善注:"《汉书》:夏侯胜每讲授,常谓诸生曰:'士病不明经术;经术苟明,其取青紫如俯拾地芥尔。'"

〔27〕惰游:懒惰游戏。 业:道业、学业。

〔28〕鸣鸟:指凤凰的叫声。 蔑:无。吕延济注:"天子圣明而功业成,则凤皇见(现),不然,则凤鸟不至。今人不自勖勉(努力)为学,故鸣鸟无闻。鸣鸟,凤也。"

〔29〕子衿:《诗经》篇名。《诗序》曰:"子衿,刺学校废也。"

〔30〕弘奖:弘扬褒奖。 路:指学习儒学之路。

〔31〕斯:此。

〔32〕寂寞:空廓,寂静。指进言的人少。

〔33〕良规:好办法。张铣注:"秀才犹如寂寞之中,必有良善之规摹,使致善道而来见于目也。道生寂寞,故言也。"

今译

问:

我本出自儒生,少年即有志于儒学。关门读书,自得精义;开卷披览，独得妙趣。九流《七略》，颇常观览；六艺百家，并非无知。虽日理万机，早朝迟罢，公务之暇，"三余"不失。上之化下，如风吹草卧。只因缺此德才，不能改变时俗。从前，桓公以紫衣为贱服，尚能改变齐人贵紫之陋习；邹君剪断长缨，还能改变邹人喜长缨之俗。我虽德行不及前贤，而帝业优于前代。而且人们追求做官，是利禄使然。我倾心于千金买骏马之骨，决不像叶公怕真龙。只要学子勤勉为学，高车得坐，贵服得衣，易如拾地上之草芥。而游惰废业，十家有九家。凤鸟之鸣不闻，《子衿》之诗不作。弘扬褒奖儒学之路，已经展现在眼前；而进言之声仍很寂静，各位秀才应有良策。

▓▓▓ 题解

这第三道题是问如何才能广开言路。

梁武帝即位的当月就下令设谤木，所以"立谏鼓，设谤木，于兹三年矣"是实际情况。此后，也多次下诏，征求治国之策。但是，大臣们却提不出什么治国良策，所进之言，"多非政要"，"罕能切直"。为了使人们不批评他"空然慕古"、"虚受弗弘"，他要征求广开言路的良策。其实，问题的症结就在他自身，因为他不过是做做样子罢了，并非真心实意地听取批评意见。乖巧的臣子因为了解武帝的真意，所以只说些不痛不痒的话。他们知道，谁要敢于语涉"政要"，"极言无隐"，那就要倒霉了。但书生气十足或愚忠的人总是有的。有一个叫贺琛的儒生，因精《三礼》而做官，礼仪之事，多从其议，因此深受武帝赏识。但他却不合时宜地要参议时政。上书指出时政的四大弊端。"书奏，高祖大怒，召主书于前，口授敕责琛"，对贺琛所言，一一痛加驳斥，"琛奉敕，但谢过而已，不敢复有指斥"。（《梁书·贺琛传》）这是武帝晚年之事，说明他自始至终都是骗人的。而他也最终自食其果：侯景之降，当时曾有人提醒武帝，但他充耳不闻；侯景之乱已现朕兆之时，也有人进言，武帝非但不加防范，反而褒奖有加；最后被侯景困死，不是咎由自取吗？

纵观历史,绝大多数君主还是懂得广开言路的重要性的,像周厉王那样以"弭谤"而沾沾自喜者是少数。但他们谁都不可能真正解决这个问题,这是由封建专制制度决定的,梁武帝不过是表演得比较充分的一个罢了。

给这样一个皇帝当御笔,应该说是不容易的。但任昉能应付裕如,实在是大手笔。任昉与萧衍曾同为竟陵八友,相交甚早,十分了解武帝之为人处事;以善作表、奏、书、记著称,当时就有"沈(约)诗任笔"的美誉。在此三策文之中,既写出了武帝夸耀自己的心态,又表现武帝的谦虚;既要表现武帝揽功推过、文过饰非的真意,又要表明武帝急于找出症结所在而改善时政的心理,为武帝树立一个励精图治的英明君主的形象。如果不与武帝的所作所为联系起来,只从文字本身着眼,应该说是写得很不错的。

原文

问:

朕立谏鼓[1],设谤木[2],于兹三年矣。比虽辐凑阙下[3],多非政要[4];日伏青蒲[5],罕能切直[6]。将齐季多讳[7],风流遂往[8]。将谓朕空然慕古[9],虚受弗弘[10]。然自君临万宇[11],介在民上[12];何尝以一言失旨[13],转徙朔方[14];睚眦有违[15],论输左校[16];而使直臣杜口[17],忠说绝路[18]。将恐弘长之道[19],别有未周[20]。悉意以陈[21],极言无隐[22]。

注释

〔1〕谏鼓:设于朝廷供进谏者敲击以闻之鼓。
〔2〕谤木:古史传说,尧立进善之旌,诽谤之木,政有缺失,民得书之于木。后世因于宫外立木。《古今注》:"华表,以横木交柱头,状若花,或谓之表木,以表王者纳谏也。尧时设诽谤之木即此。"《通雅》引崔豹《古今注·答程雅问》:

尧设榜木曰华表,木形似桔槔,大路交衢悉施焉。"梁武帝天监元年诏,于公车府
谤木及肺石旁各设函,吏民有议时政者,以书投谤木函;有怀才莫伸者,投肺石
函。见《梁书·武帝中》。

〔3〕比:近来。　辐凑:聚集。　阙下:宫阙之下,这里代指武帝。

〔4〕政要:重要之政见。

〔5〕青蒲:青色的蒲团。喻天子内庭,谏者伏其上。《汉书·史丹传》:"丹以
亲密臣得侍视疾。候上间独寝时,丹直入卧内,顿首伏青蒲上。"《注》引应劭曰:
"以青规地曰青蒲,自非皇后不得至此。"梁章钜《文选旁证》(卷三十):"六臣本
校云:五臣'蒲'作'规'。何曰:伏蒲字误用始此。林先生曰:应劭《汉书注》谓
'青蒲,自非皇后不得至此',非人臣宴见之所也。但此特借言直谏,不必泥耳。"

〔6〕切直:直言极谏。

〔7〕将:且。　齐季:南齐末年。

〔8〕风流:有才德之人。

〔9〕古:指古代贤圣。

〔10〕虚受:以谦虚的态度接受。　弘:大。

〔11〕君临万宇:统治天下。

〔12〕介:独。

〔13〕一言失旨:有一句话不合心意。

〔14〕转徙朔方:指蔡邕被流放事。李善注:"范晔《后汉书》曰:蔡邕上疏,
帝览而叹息,因起更衣。曹节于后窥视之,悉宣语左右,事遂漏露。程璜遂使人
飞章言邕。于是下邕洛阳狱,诏减死一等,与家属髡钳徙朔方,诏不得以赦
令除。"

〔15〕睚眦:怒目而视。借指小怨小忿。

〔16〕论:论其罪。　左校:官署名。梁朝归大将卿所属。掌左工徒。输左
校,意即罚到左校当苦工。

〔17〕杜:闭。

〔18〕说:直言。　绝路:此从五臣本。李善本、六臣本作"路绝"。

〔19〕弘长之道:宽洪大量之道。

〔20〕周:周备。

〔21〕悉意:五臣本作"悉心"。

〔22〕极言:尽言。

今译

问：

我立谏鼓，设谤木，至今三年了。进谏之人虽聚集京城，但多非重要之见；虽日伏青蒲之上，却少能直言极谏。而且齐朝末年多所忌讳，有才德之士遂去而不返。人们将要批评我徒然羡慕古代圣贤，不能弘扬虚心接受正确意见的传统。然而，我自从君临天下，独在万民之上；何曾以一言有错，便把进谏之人流放远方，就像汉灵帝放逐蔡邕那样；又何尝以睚眦小怨，便议定罪名，罚人到左校去作苦工，而使正直之臣闭口不言，使忠诚直率之人断绝道路。但我恐宽洪大量之道，另有不周，请秀才们尽情陈述全部意见，不要有任何隐瞒。

（陈延嘉译注并修订）

◎ 荐祢衡表一首

孔文举

▌题解

　　孔融（153—208），字文举，鲁国（今山东曲阜一带）人。少有异才，勤奋好学，博览群书。二十八岁为司徒尉，转为北海相。当时天下大乱，孔融有志平难，可是力量不及，无法实现。曹操迎献帝都许昌，孔融被征为少府。后入朝，官至太中大夫。孔融是建安七子之一，但他和其他六人的政治态度不同，自恃高门贵族，对曹操多有非议，后来为曹操所忌而遭杀害。

　　孔融为人好学，秉性刚直，提倡奖励贤德，擢拔异才。《后汉书·孔融传》说他"性宽容少忌，好士，喜诱益后进"，"荐达贤士，多所奖进"。

　　孔融在文学上的成就主要是散文，语言劲健，议论尖锐。曹丕对他的文辞特别爱好，并曾"募天下有上融文章者，辄赏以金帛"。（《汉书·孔融传》）在《典论·论文》中评价其文章说："体气高妙，有过人者。"而且说他那些杂以嘲戏的议论文，可与扬雄、班固相匹敌。

　　《荐祢衡表》作于汉献帝初平三年，是孔融向汉献帝推荐祢衡所写的奏章。祢衡（173—198），字正平，东汉平原般人。少有才辩，气刚傲物，孔融深爱其才。衡始弱冠，而融年四十，遂与交为友，特上

昭明文选
译注

表荐举。表中首先以古代的帝王为安定天下广召贤能之人为例，希望汉献帝要像历史上这些人物一样，能够重用贤才，对祢衡加以提拔。进而向汉献帝陈述了祢衡的品质和才华，"淑质贞亮，英才卓踔"，是不可多得的优秀人材。并且把祢衡与从前的贤相桑弘羊、张安世，少年有为的贾谊、终军，当今的异才路粹、严象等人物相比，认为祢衡同样是奇特之材。如以他善良的品质，高洁的志向，疾恶如仇的行为，飞驰言辞的才辩，使之立于朝廷，必定会给朝廷带来新的气象。在对祢衡的称赞中，表达出了孔融荐达贤士，重用异才的政治理想。

艺术上，本篇以骈散相间的句法，借助典故，反复比拟，尽情直陈。如认为祢衡是不可多得的贤才，四字一句，用夸张的词语，写出了祢衡的才干："鸷鸟累百，不如一鹗，使衡立朝，必有可观。飞辩骋辞，溢气坌涌，解疑释结，临敌有余。"

全文辞句中有着匀称之美，并贯之以疏畅的气势，感情抑扬往复，体现出建安时期所具有的"慷慨之气"和作者本人清高、俊逸的个性。因此被后人评价为："气盛于为笔"（刘勰《文心雕龙》），"诗文豪气直上"（张溥《汉魏六朝百三家集题辞注》），"孔北海文，虽体属骈丽，然卓荦遒亮，令人想见其为人"。（刘熙载《艺概·文概》）

原文

臣闻洪水横流[1]，帝思俾乂[2]，旁求四方[3]，以招贤俊[4]。昔世宗继统[5]，将弘祖业[6]，畴咨熙载[7]，群士响臻[8]。陛下睿圣[9]，纂承基绪[10]，遭遇厄运[11]，劳谦日仄[12]。维狱降神[13]，异人并出[14]。

窃见处士平原祢衡[15]，年二十四，字正平，淑质贞亮[16]，英才卓踔[17]。初涉艺文[18]，升堂睹奥[19]。目所一见，辄诵于口[20]，耳所暂闻，不忘于心[21]。性与道合[22]，思若有神[23]。弘羊潜计[24]，安世默识[25]，以衡准之，诚不足怪[26]。忠果正直[27]，志怀霜雪[28]，见善若惊[29]，疾恶若仇[30]。任座抗行[31]，史鱼厉节[32]，殆无以过也[33]。鸷鸟累百[34]，不如一鹗[35]，使衡立朝，必有可观。飞辩骋辞[36]，溢气坌涌[37]，解疑释结[38]，临敌有余。

昔贾谊求试属国[39]，诡系单于[40]；终军欲以长缨[41]，牵致劲越[42]；弱冠慷慨[43]，前代美之[44]。近日路粹严象[45]，亦用异才[46]，擢拜台郎[47]，衡宜与为比[48]。如得龙跃天衢[49]，振翼云汉[50]，扬声紫微[51]，垂光虹霓[52]，足以昭近署之多士[53]，增四门之穆穆[54]。钧天广乐[55]，必有奇丽之观。帝室皇居[56]，必畜非常之宝[57]。若衡等辈，不可多得。激楚阳阿[58]，至妙之容[59]，掌技者之所贪[60]；飞兔騕袅[61]，绝足奔放[62]，良乐之所急也[63]。臣等区区[64]，敢不以闻[65]。陛下笃慎取士[66]，必须效试[67]，乞令衡以褐衣召见[68]。无可观采，臣等受面欺之罪[69]。

注释

〔1〕洪水：大水。　横流：指洪水泛滥于天下。李善注引《孟子》："当尧之时，天下犹未平，洪水横流，泛滥于天下。"

〔2〕帝：指古帝尧。　俾(bǐ 比)：使。　乂(yì 义)：治理。

〔3〕旁求：广求。

〔4〕贤俊：贤能俊异之人。

〔5〕世宗：孝武帝的庙号。　继统：继承统治之位。

〔6〕弘：光大。　祖业：祖先所创立的功业。

〔7〕畴：谁。《书·尧典》："帝曰：'畴咨若时登庸。'"《传》："畴，谁。"　咨：咨询。　熙载：发扬功业。

〔8〕响臻：响应而至。臻，到。

〔9〕陛下：汉献帝。　睿(ruì 瑞)圣：明智。

259

〔10〕纂承:继承。　基绪:基业。

〔11〕厄运:艰难困苦的遭遇。指董卓攻破洛阳,迁献帝于长安。

〔12〕劳谦:勤谨谦虚。　日仄:日晚。《尚书》:"文王自朝至于日中仄,弗遑暇食。"

〔13〕维岳:山岳。《诗·大雅·崧高》:"维岳降神,生甫及申。"维,语首助词。

〔14〕异人,指祢衡。

〔15〕窃:表谦之词。　处士:不在朝廷做官的人。

〔16〕淑质:善良的品质。　贞亮:正直诚信。

〔17〕英才:杰出的才能。　卓踔(luò落):卓越高超。

〔18〕涉:涉猎。泛览。　艺文:指六艺。此泛指儒家经典。

〔19〕升堂:指祢衡初学就有所成就,学问深厚。《论语·先进》:"由也升堂矣,未入于室也。"　奥:高深。指祢衡初学则见道艺之深。(用吕延济说)

〔20〕辄(zhé折):就。

〔21〕暂:初、刚。

〔22〕性:禀性。　道:天道,自然的规律。李善注引《淮南子》:"所谓真人者,性合于道也。"

〔23〕思:思想。　神:神明。

〔24〕弘羊:桑弘羊。西汉洛阳人,商家子。武帝时任治粟都尉,领大司农。主张重农抑商,推行盐铁酒类由国家专卖政策。　潜计:心计。潜,深。

〔25〕安世:张安世。汉杜陵人,字子孺。张汤子。任郎,后擢尚书令,迁光禄大夫。据《汉书》记载,武帝巡行河东时,曾经遗失三箱书,没有谁能认识。而只有张安世能够识别。后用重金买到这些书,经过校对,没有散失。武帝非常佩服他的才能,于是提拔他为尚书令。　默识:心记。《论语·述而》:"默而识之。"

〔26〕准:相比。

〔27〕忠果:忠诚果断。

〔28〕怀:怀抱。　霜雪:以霜雪的洁白喻志向高洁。

〔29〕见善若惊:看到良善之士就非常钦佩。李善注引《国语》:"楚蓝尹亹谓子西曰:'夫阖庐闻一善言若惊,得一士若赏。'"

〔30〕疾恶如仇:憎恨邪恶的如同仇敌。疾:憎恨。

〔31〕任座:战国魏文侯的臣子,性刚直不阿,敢于坦陈君过。　抗行:高尚的行为。李善注引《吕氏春秋》:"魏文侯饮,问诸大夫:'寡人何如主也?'任座曰:'君,不萧君也。克中山,不以封君之弟,而以封君之子,是以知不萧君也。'文侯不悦。次及翟璜,曰:'君,贤君也。臣闻其主贤者其臣直,是以知君之贤也。'文侯悦。"

〔32〕史鱼:春秋卫国大夫。　厉节:高节。　厉:高。李善注引《论语》:"直哉史鱼。"

〔33〕过:超过。

〔34〕鸷鸟:凶猛的鸟。　累:积聚。

〔35〕鹗(è 饿):鸟名,俗称鱼鹰。

〔36〕飞辩:发表言论。　骋辞:施展言辞。

〔37〕溢气:溢满之气。昂扬的感情。　坌(bèn 奔)涌:一齐涌出。李善注:"坌,涌貌也。"

〔38〕释结:解除问题的关键。结,症结,关键。

〔39〕贾谊:汉洛阳人。汉文帝初年,为大中大夫。力主改革政制,因被权贵中伤,为长沙王太傅,后召为梁怀王太傅。怀王堕马死,谊自伤为傅无状,郁郁而死。　属国:汉时官名。主附属国之事。张铣注:"属国,典夷狄官。"李善注引《汉书》:"贾谊曰:'何不试以臣为属国之官,以主匈奴,行臣之计,必系单于之颈而制其命。'"

〔40〕诡:责成,谓承担责任。　系:束缚。　单于:匈奴君长的称号。

〔41〕终军:汉济南人,十八岁被选为博士,武帝时官谏议大夫,遣军说南越王入朝。终军自请"愿受长缨,必羁南越王而致之阙下"。既至,南越王愿举国内属。越相吕嘉不从,举兵杀其王及汉使者。终军死时年仅二十岁。世称"终童"。　长缨:长绳。

〔42〕牵:牵制。　劲越:强越。

〔43〕弱冠:年少为弱冠。贾谊、终军皆年十八故曰弱冠。(李善注)慷慨:壮美的节操。(用吕延济注)

〔44〕美:赞美。

〔45〕路粹:汉末人,字文蔚,少学于蔡邕,高才,擢拜尚书郎。　严象:汉末京兆人,与路粹同拜尚书郎。以兼有文武,出为扬州刺史。路粹后为军谋祭酒。

〔46〕异才:奇特之才。

〔47〕擢(zhuó 浊)拜:提拔并授以官职。　台郎:尚书郎。

〔48〕宜:应该。

〔49〕天衢(qú):天路。衢,四通八达的大路。天衢和下文的云汉均比喻通显之地。

〔50〕振翼:振动翅膀。

〔51〕紫微:帝王宫禁。

〔52〕垂光:散发光辉。　虹霓(ní):彩虹。阳光与水气相映,现于天空的彩晕。比喻朝廷。

〔53〕昭:显示。　近署:皇帝身旁的官署。

〔54〕四门:四方之门。　穆穆:美好。

〔55〕钧天:与广乐皆指天帝的音乐。

〔56〕帝室:王室。

〔57〕畜,养。　非常之宝:指贤人。

〔58〕激楚:与阳阿皆指乐曲名。

〔59〕至妙:绝妙。　容:容态。

〔60〕掌技者:主管乐舞之人。　贪:贪爱。

〔61〕飞兔:古代骏马名,相传能日行万里。　骙駬(yǎo niǎo 咬鸟):古代骏马名。

〔62〕绝足:绝尘之足,喻千里马。　奔放:疾驰。

〔63〕良乐:王良伯乐,皆古之善御者。　急:急需。

〔64〕区区:爱。爱慕,思念。

〔65〕敢:谦词,冒昧地。

〔66〕笃慎:笃厚慎重。

〔67〕效试:检查试验。

〔68〕褐衣:短衣。贫贱者所服。　召见:引见。

〔69〕观采:可观的风采。

〔70〕面欺:当面欺骗。

今译

　　我听说洪水泛滥之时,尧想派人去治理。于是遍求四方,招引贤能俊异的人士。从前武帝继承大汉的王位,将光大祖先所创立的基业,咨询谁能发扬往日的功德,众士纷纷响应而至。陛下睿智圣明,继承祖先遗业,遭受艰难困苦,勤劳谦恭,终日求贤。山岳降下神灵,异人与之同生。

我所看到的处士祢衡,平原人,二十四岁,字正平。品质善良而正大光明,才智杰出而卓越出色。初览经典,则学有成就。目所一见,背诵如流,耳初所闻,不忘于心。禀性合于天道,思想有如神明。桑弘羊善用心计,张安世善于默识,以祢衡与他们相比,确实不足为奇。忠诚果断正直,志向如霜雪之高洁,看到善良的感到惊服,憎恨邪恶的如同仇敌。任座的高尚行为,史鱼的耿直节操,恐怕也不能超过祢衡。鸷鸟积聚百只,不如一鹗,使祢衡立于朝廷,必定大有可观。发表言论,施展辞藻,高昂之气,奔涌而出。解决疑难,排除障碍,面临敌手,绰绰有余。

从前贾谊请为属国之官,要求活捉匈奴单于,终军欲用长绳擒获强越国王。他们少年有为,壮志昂扬,前代赞美。路粹严象,同样是以奇特之材,被提拔为尚书郎,祢衡足可与之相比。如能使巨龙飞跃于天路,振羽翼于长空,扬声名于帝宫,放光辉于朝廷,足可以显示宫廷人材众多,增加四门光彩。天上的音乐,必定有奇特美丽的景观,王室皇居必定畜养众多的贤人。祢衡这些人,不可多得。激楚阳阿之曲,绝妙婆娑之容,为掌乐舞之人所喜爱,飞兔骤騕这样的良马,奔腾千里,为王良伯乐所急需。我们以忠爱之心,岂敢不把听到的禀告皇上。皇上要慎重地选取人材,如果一定要考试,希望让祢衡以布衣引见。没有可观的风采,我等当受面欺皇上的罪过。

（辛玫译注　陈复兴修订）

荐祢衡表一首

表

◎ 出师表一首

诸葛孔明

题解

诸葛亮(181—234),字孔明,琅玡阳都(今山东沂南)人。三国时著名军事家、政治家。

东汉末年,豪强割据,军阀混战,亮随叔父避乱荆州,隐居南阳,"躬耕陇亩,好为《梁父吟》,身长八尺,每自比于管仲、乐毅",时号卧龙。

诸葛亮对蜀汉王朝,可谓"鞠躬尽瘁,死而后已"。杜甫用"三顾频繁天下计,两朝开济老臣心",高度地概括了孔明一生的功业。刘备三顾孔明于草庐之中,亮纵论天下大势,献"三足鼎立"之策:"自董卓以来,豪杰并起,跨州连郡者不可胜数。曹操比于袁绍,则名微而众寡,然操遂能克绍,以弱为强者,非惟天时,抑亦人谋也。今操已拥百万之众,挟天子而令诸侯,此诚不可与争锋。孙权据有江东,已历三世,国险而民附,贤能为用,此可以为援而不可图也。荆州北据汉、沔,利尽南海,东连吴会,西通巴蜀,此用武之国,而其主不能守,此殆天下所以资将军,将军其有意乎?益州险塞,沃野千里,天府之土,高祖因以成帝业。刘璋暗弱,张鲁在北,民殷国富而不知存恤,智能之士思得明君。将军既帝室之胄,信义著于四海,总揽英雄,思贤如渴,若跨有荆益,保其岩阻,西和诸戎,南抚夷越,外结好孙权,内修政理,天下有变,则命一上将,将荆州之军以向宛、洛,将军身率益州之众出于秦川,百姓孰敢不箪食壶浆以迎将军者乎?诚如是,则霸业可成,汉室可兴矣。"(《三国志·诸葛亮传》)未出茅庐已定天下三分。

　　孔明为刘备制定的对内对外基本国策，一直为刘备所奉行。刘备死后，刘禅即位，封诸葛亮为武乡侯，领益州牧，政无大小，均由诸葛亮决定。他对内精兵简政，励精图治，以巩固政权；对外东连孙吴，北伐曹魏，谋求复兴汉室。建兴五年(227)，诸葛亮率军驻扎汉中，准备伐曹魏，定中原。但他深知刘禅软弱无能，醉生梦死，而偏信宦竖，北伐有后顾之忧，故行前特上此表，殷殷劝诫。

　　表文首先分析内外形势，告诫刘禅："此诚危急存亡之秋也。"以期警醒后主，看到形势的严峻，责任的重大。继而告诫刘禅，要牢记两汉兴衰的经验教训："亲贤臣，远小人，此先汉所以兴隆也；亲小人，远贤士，此后汉所以倾颓也。"最后告诫刘禅，既要警醒自谋，又要"咨诹善道，察纳雅言"。结末以"临表涕零，不知所云"煞尾，并非官话套语，乃诸葛老臣眷眷之心的写照。刘备崩前诏敕刘禅："汝与丞相从事，事之如父。"亮身受托孤之任，肩负兴汉之责，"夙夜忧叹，恐托不效。""知子莫如父"。刘备知后主，孔明更知后主，因放心不下，表中才"切切开导，勤勤叮咛，一回如严父，一回如慈姬。盖先生此日此表之涕泣，固自有甚难甚难于嗣主者，而非为汉、贼之不两立也。"(《金圣叹批才子古文》)粗读似"过于叮咛周至"，而细味则昭明无限心曲。本文虽无更多的骈句丽辞，然句法自然整齐，仍不失为广义的骈体文，符合萧统"沉思翰藻"之标准，堪成章奏之典范。杜甫赞其"出师一表真名世，千古谁堪伯仲间。"

　　据陈寿《三国志·诸葛亮传》载，孔明遗文甚多。陈寿奉晋武帝之命定《诸葛氏集》，"凡二十四篇，十万四千一百一十二字。"但多已不存，今传《诸葛亮集》是后人从史传中辑录而成的。

原文

　　臣亮言：先帝创业未半[1]，而中道崩殂[2]。今天下三分[3]，益州罢弊[4]，此诚危急存亡之秋也[5]。然侍卫之臣不懈于内^[6]，忠志之士亡身于外者^[7]，盖追先帝之遇^[8]，欲报之于陛下也^[9]。诚宜开张圣听^[10]，以光先帝遗德^[11]，恢志士之气^[12]，不宜妄自菲薄^[13]，引喻失义^[14]，以塞忠谏之路也^[15]。宫中府中^[16]，俱为一体，陟罚臧否^[17]，不宜异同^[18]。若有作奸犯科及为忠善者^[19]，宜付有司^[20]，论其刑赏^[21]，以昭陛下平明之理^[22]，不宜偏私^[23]，使内外异法也。

侍中侍郎郭攸之费祎董允等^[24]，此皆良实^[25]，志虑忠纯^[26]，是以先帝简拔以遗陛下^[27]。愚以为宫中之事^[28]，事无大小，悉以咨之^[29]，然后施行，必能裨补阙漏^[30]，有所广益也。将军向宠^[31]，性行淑均^[32]，晓畅军事^[33]，试用于昔日，先帝称之曰能^[34]，是以众议举宠为督^[35]。愚以为营中之事^[36]，悉以咨之^[37]，必能使行阵和穆^[38]，优劣得所也^[39]。亲贤臣，远小人，此先汉所以兴隆也^[40]；亲小人，远贤士，此后汉所以倾颓也^[41]。先帝在时，每与臣论此事，未尝不叹息痛恨于桓灵也^[42]。侍中尚书长史参军^[43]，此悉贞亮死节之臣也^[44]，愿陛下亲之信之，则汉室之隆，可计日而待也。

臣本布衣^[45]，躬耕于南阳^[46]，苟全性命于乱世^[47]，不求闻达于诸侯^[48]。先帝不以臣卑鄙^[49]，猥自枉屈^[50]，三顾臣于草庐之中^[51]，谘臣以当世之事。由是感激，遂许先帝以驱驰^[52]。后值倾覆^[53]，受任于败军之际，奉命于危艰之间，尔来二十有一年矣^[54]。先帝知臣谨慎，故临崩寄臣以大事也^[55]。受命以来^[56]，夙夜忧叹^[57]，恐托付不效，以伤先帝之明^[58]。故五月度泸^[59]，深入不毛^[60]。今南方已定^[61]，兵甲已足^[62]，当奖帅三军^[63]，北定中原^[64]。庶竭驽钝^[65]，攘除奸凶^[66]，兴复汉室，还于旧都^[67]。此臣之所以

报先帝而忠陛下之职分也[68]。

至于斟酌损益[69]，进尽忠言，则攸之祎允之任也。愿陛下托臣以讨贼兴复之效；不效，则治臣之罪，以告先帝之灵。若无兴德之言[70]，则责攸之祎允等咎[71]，以章其慢[72]。陛下亦宜自课[73]，以咨诹善道[74]，察纳雅言[75]，深追先帝遗诏[76]。臣不胜受恩感激！今当远离，临表涕零[77]，不知所云。

注释

〔1〕先帝：死去的皇帝。此指刘备。备于 221 年即帝位，223 年卒；此表上于 227 年，故称先帝。

〔2〕崩殂(cú 徂)：死去。崩，帝王之死。 殂：通"殂"。

〔3〕三分：魏、蜀、吴三分天下。

〔4〕益州：蜀地原为益州所辖，其地包括今四川大部及云南、贵州部分地区。当时为刘备所据。罢(pí 皮)通"疲"。弊：困乏。蜀地小兵弱，与大国相抗，故言疲弊。

〔5〕诚：确实。 秋：时。李善注引冯衍《与田邑书》："忠臣立功之日，志士驰马之秋。"

〔6〕侍卫：侍从保卫。 内：指宫中。

〔7〕忠志之士：忠勇之将士。 外：朝外，指主要战场。

〔8〕追：怀念。 遇：知遇。李善注引《史记》："豫让曰：以国士遇我。"

〔9〕陛下：古代臣子对帝王之尊称。此指刘备之子刘禅，223 年至 263 年在位。

〔10〕开张圣听：广泛听取意见。圣，对刘禅之尊称。

〔11〕光：发扬光大。

〔12〕恢：扩大，发扬。与"光"近义。 气：勇气。

〔13〕宜：应。 妄自菲薄：自轻自贱。

〔14〕引喻：援引例证说明事理。 失义：不合大义。

〔15〕忠谏：忠臣进谏。

〔16〕宫中:指刘禅宫廷之中。　府中:指诸葛亮丞相府。

〔17〕陟(zhì志)罚臧否(pǐ痞):陟臧罚否,即奖善罚恶。陟,升迁。臧,善。否,恶。

〔18〕异同:不同。

〔19〕作奸:干坏事。　犯科:违犯法纪。

〔20〕有司:有关的职能部门。

〔21〕刑赏:赏罚。

〔22〕昭:彰明。　平明:公正严明。

〔23〕偏私:偏向。指不要听宦官之言,偏向宫中。

〔24〕侍中:官名。侍从皇帝左右,以备应对顾问。　侍郎:官名。皇帝宫中的近侍。初任称郎中,三年称侍郎。负责管理宫中的车马,门户,及内充侍卫,外从作战。　郭攸(yōu优)之:南阳人,字演长,建兴二年(224)诸葛亮开府治事,任侍郎,后为侍中。　费祎(yī衣):字文伟,江夏人,刘禅即位任黄门侍郎,后任侍中。　董允:字休昭,南郡人,刘禅即位任黄门侍郎,后任侍中。

〔25〕良实:忠良诚实之臣。

〔26〕志虑:思想。

〔27〕简拔:选拔。简,通"柬",选择。

〔28〕愚:自谦之称。

〔29〕咨:咨询,商量。

〔30〕裨(bì毕)补:补益。　阙:同"缺",过失。　漏:疏漏。

〔31〕向宠:湖北襄阳人。始任牙门将,后中军督,统帅近卫部队。刘备伐吴遭到惨败,独向宠部队未损,亮以为宠善治军,故临行托以军事重任。

〔32〕性行:品行。　淑均:善良公正。

〔33〕晓畅:精通。畅,达。

〔34〕能:能干。

〔35〕督:督军,统兵长官。

〔36〕营中:指军中。

〔37〕谘:同咨,征询。

〔38〕行阵:指军队。　和穆:和睦,指团结。穆,《三国志》作"睦"。

〔39〕优劣:指才能高低之人。

〔40〕先汉:指西汉。

〔41〕倾颓:衰败。

〔42〕痛恨:深深遗憾。　桓:后汉桓帝刘志,147 年至 167 年在位。宠幸太监单超等,捕杀忠良。　灵:后汉灵帝刘宏,168 年至 189 年在位,宠幸太监张让,让专权,乱杀忠良,汉室倾颓。李善注:"桓、灵:后汉二帝,用阉竖所败也。"

〔43〕侍中:指郭攸之、费祎。　尚书:汉代主管朝中军政要事的高级官员,此指陈震。　长史:汉代丞相府及三公(太尉、司徒、司空)府均设长史,主管文书、簿籍等。此指张裔。　参军:汉末设的军事参谋人员,亦称参军事。原非官名,后列入正式官名。此指蒋琬。

〔44〕贞亮:忠直磊落。贞,正。　死节:指为君国大事肯献出生命。

〔45〕布衣:平民。古代平民穿麻葛之衣。

〔46〕躬耕:亲自种地。　南阳:郡名。治所在宛县(今河南南阳)。此指南阳郡邓县之隆中。

〔47〕苟全:苟且求生。

〔48〕闻达:闻名显达。李善注引《论语》:"子张曰:在邦必闻。"又:"孔子曰:在邦必达。"

〔49〕卑鄙:指出身卑微。

〔50〕猥(wěi 伟)自:使自己降低身分。自谦之词。　枉屈:屈驾,称人来访的敬辞。

〔51〕三顾:三访。顾,光顾。　草庐:茅舍。李善注引《荆州图》:"邓城旧县西南一里,隔沔有诸葛亮宅,是刘备三顾处。"又引刘歆七言诗:"结构野草起室庐。"

〔52〕驱驰:奔走效命。

〔53〕倾覆:大败。指建安十三年(208),曹操击败刘备军于长坂坡。

〔54〕尔来:从那以来。裴松之《三国志注》:"刘备以建安十三年败,遣亮使吴,亮以建兴五年(227)抗表(上书直言)北伐,自倾覆至此整二十年。然则刘备始与亮相遇,在败军之前一年时也。"

〔55〕崩:帝王之死。寄臣以大事:李善注引《三国志·蜀志》:"先主于永安病笃,召亮成都,属以后事。谓亮曰:君(指亮)才十倍曹丕,必能安国,终定大业。若嗣子(指刘禅)可辅,辅之;如其不才,君可自取。亮泣曰:臣敢竭股肱之力,效忠贞之节,继之以死。"

〔56〕受命:接受命令。

〔57〕夙夜:日夜。夙,早。

〔58〕明:英明。

〔59〕度泸:渡过泸水。

〔60〕不毛:寸草不生之地。

〔61〕南方已定:《汉晋春秋》:"亮至南中,所在战捷。闻孟获者,为夷、汉所服,募生效之。既得,使观于营陈(阵)之间,问曰:'此何如?'获对曰:'向者不知虚实,故败。今蒙赐观军阵,若只如此,即定易胜耳。'亮笑,纵使更战,七纵七禽(擒),而亮犹遣获。获止不去,曰:'公,天威也,南人不复反矣。'遂至滇池。南中平,皆即其渠率(首领)而用之。"

〔62〕兵甲:武器。

〔63〕奖:鼓励。 三军:军队之通称。

〔64〕中原:指黄河中下游地区,为曹魏所据。

〔65〕庶:希冀之辞。 驽钝:劣马钝刀,此喻才能低下。自谦之词。

〔66〕攘(rǎng 壤)除:铲除。攘,除。 奸凶:指曹丕。亮以正统观之,备为汉室之胄,曹氏则为奸凶。

〔67〕旧都:西汉都长安,东汉都洛阳,曹操掌权迁都许昌。还旧都,指平定曹魏。

〔68〕职分:职责。

〔69〕斟酌:权衡考虑。 损益:增减。指政治上的兴利除弊。

〔70〕兴德:建立德政。"若无兴德之言"六字,李善本无,据胡克家《考异》补。

〔71〕咎(jiù 就):过失。

〔72〕章:同"彰"。显示,引申为揭示。 慢:怠慢。指未尽职守。

〔73〕谋:考虑,谋划。

〔74〕咨诹(zōu 邹):征询。李善注引毛苌曰:"访问于善为咨,咨事为诹。"

〔75〕雅言:正确高明的意见。

〔76〕追:追忆。

〔77〕临表:指撰表。

今译

臣诸葛亮上言:先帝创业未完成一半,便中途谢世。当今天下三足鼎立，益州人力物力困乏，这的确是生死存亡的关键时刻。但宫内近臣仍不散慢懈怠，宫外将士舍生忘死，此皆追怀先帝恩遇，报效陛下之故。陛下确实应该广开言路，听取意见，以发扬光大先帝留下的美德，增长志士的勇气，不应妄自菲薄，旁征博引，背离大义，而堵塞忠臣谏言之路。宫中、府中，都是一个整体，赏功罚罪，不应不同。若有干坏事犯法纪和做好事的，应该交给主管部门，按其功过赏罚，以表明陛下公正严明的治国之道，不应偏向一方，使宫内外府有不同的法度。

侍中侍郎郭攸之、费祎、董允等，都是忠诚磊落思想纯正之人，因此先帝选拔留给陛下。臣以为宫中之事，无论大小，都应征询他们的意见，然后再施行，定能弥补疏漏，增加好处。将军向宠，善良正直，精通军事，过去试用之时，先帝就夸他能干。因此大家讨论推举他为督军。臣以为军中之事，都应该征询他的意见，定能使全军上下协调愉快，才高才低各得其所。亲近贤臣，远离小人，这是西汉兴盛的原因；远离贤臣，亲近小人，这是东汉衰败的教训。先帝在世时，每当议论起此事，未尝不深深为桓、灵二帝遗憾。侍中郭攸之和费祎、尚书陈震、长史张裔、参军蒋琬，皆为忠贞正直肯于以身殉节之臣，愿陛下亲近他们，信任他们，那么汉室之兴就指日可待了。

臣本为平民，亲自耕种于南阳，苟且活命于乱世，不求显达于诸侯。先帝不嫌臣出身卑微，屈驾前往，三顾茅庐，问我天下大事。臣由此感激，于是答应为先帝奔走效劳。后来赶上长坂坡大败，受命于败军之际，奉命于危难之中，自那以来二十有一年了。先帝知臣谨慎，所以临终托付国事于臣。受命以来，日夜忧虑叹息，唯恐所托之事不见成效，而损害先帝的英明。因此五月渡过泸水，深入不毛之地。现在南方已经平定，武器已经备足，应当鼓励统帅三军，北定中原。希望竭尽低劣之力，铲除奸凶，兴复汉室，还都京洛。这是臣报答先帝忠于陛下的职责。

至于权衡政事得失兴废，进献全部忠言，则是郭攸之、费祎、董

允的责任。愿陛下委臣以讨伐奸贼兴复汉室的重任；不成功则治臣罪，以告先帝在天之灵。假如没有建立德政之言，则要责备攸之、祎、允等人的过错，以揭示他们的怠惰。陛下也应该自己谋划，征询治国之良策，明察群臣之嘉言，牢记先帝之遗教。臣感恩不尽，就要远离，上表涕零，不知所云。

（魏淑琴译注并修订）

◎ 求自试表一首

曹子建

▌▌题解

　　曹植素怀大志,但文帝在位时一直不得施展。文帝死后,明帝继位,他便写了这篇表,请求为国建功立业。曹植出身显赫,却不愿依托飞腾之势;身为王侯,却不愿养尊处优;文才卓越,却不满文士生涯。他希望内平吴蜀,外靖边陲,造成宇内一统、九州太和的局面。但他的地位与其抱负是矛盾的。内心的郁闷与远大志向不便明说,又不能不说,于是以古证今,旁喻博比,情辞剀切,回肠荡气。

▌▌原文

　　臣植言:臣闻士之生世,入则事父,出则事君。事父尚于荣亲,事君贵于兴国。故慈父不能爱无益之子,仁君不能畜无用之臣。夫论德而授官者,成功之君也;量能而受爵者,毕命之臣也[1]。故君无虚授,臣无虚受;虚授谓之谬举[2],虚受谓之尸禄[3],《诗》之“素餐”所由作也[4]。昔二虢不辞两国之任[5],其德厚也;旦奭不让燕鲁之封[6],其功大也。今臣蒙国重恩,三世于今矣[7]。正值陛下升平之际,沐浴圣泽[8],潜润德教[9],可谓厚幸矣。而位窃东藩[10],爵在上列,身被轻暖,口厌百味,目极华靡[11],耳倦丝竹者[12],爵重禄厚之所致也。退念古之受爵禄者,有异于此,皆以功勤济国,辅主惠民。今臣无德可述,无功可纪,若此终年,无益国朝，将挂风人"彼己"之讥[13]，是以上惭玄冕[14]，俯愧朱绂[15]。

方今天下一统，九州晏如[16]，顾西尚有违命之蜀，东有不臣之吴。使边境未得税甲[17]，谋士未得高枕者，诚欲混同宇内[18]，以致太和也[19]，故启灭有扈而夏功昭[20]，成克商奄而周德著[21]。今陛下以圣明统世，将欲卒文武之功[22]，继成康之隆[23]。简良授能[24]，以方叔、邵虎之臣，镇卫四境[25]，为国爪牙者[26]，可谓当矣。然而高鸟未挂于轻缴[27]，渊鱼未悬于钩饵者，恐钓射之术，或未尽也。昔耿弇不侯光武[28]，亟击张步[29]，言不以贼遗于君父也。故车右伏剑于鸣毂[30]，雍门刎首于齐境[31]，若此二子，岂恶生而尚死哉！诚忿其慢主而陵君也。夫君之宠臣，欲以除害兴利，臣之事君。必以杀身静乱，以功报主也。昔贾谊弱冠，求试属国，请系单于之颈而制其命[32]；终军以妙年使越，欲得长缨占其王[33]，羁致北阙[34]。此二臣岂好为夸主而耀世俗哉？志或郁结，欲逞才力输能于明君也。昔汉武为霍去病治第[35]，辞曰："匈奴未灭，臣无以家为！"固夫忧国忘家，捐躯济难，忠臣之志也。

今臣居外，非不厚也；而寝不安席，食不遑味者，伏以二方未克为念[36]。伏见先武皇帝武臣宿兵，年者即世者有闻矣[37]，虽贤不乏世[38]，宿将旧卒，犹习战也。窃不自量，志在效命，庶立毛发之功，以报所受之恩。若使陛下出不世之诏，效臣锥刀之用。使得西属大将军，当一校之队[39]，若东属大司马，统偏师之任[40]，必乘危蹑险，骋舟奋骊、突刃触锋、为士卒先。虽未能禽权馘亮[41]，庶将虏其雄率，歼其丑类。必效须臾之捷，以灭终身之愧，使名挂史笔，事列朝荣，虽身分蜀境,首悬吴阙,犹生之年也。如微才不试,没世无闻,徒荣其躯而丰其体,生无益于事,死无损于数[42],虚荷上位而忝重禄,禽息鸟视,终于白首,此徒圈牢之养物,非臣之所志也。流闻东军失备,师徒小衄[43],辍食弃餐,奋袂攘衽,抚剑东顾,而心已驰于吴会矣。臣昔从先武皇帝,南极赤岸[44],东临沧海,西望玉门[45],北出玄塞[46],伏见所以行军用兵之势,可谓神妙矣。故兵者不可预言,临难而制变者也。志欲自效于明时,立功于圣世。每览史籍,观古忠臣义士,出一朝之命,以殉国家之难。身虽屠裂,而功铭著于景钟[47],名称垂于竹帛,未尝不拊心而叹息也!臣闻明主使臣,不废有罪。故奔北败军之将用[48],秦鲁以成其功;绝缨盗马之臣赦[49],楚赵以济其难。臣窃感先帝早崩,威王弃代[50],臣独何人,以堪长久?常恐先朝露,填沟壑,坟土未干,而身名并灭。臣闻骐骥长鸣,伯乐昭其能[51],卢狗悲号[52],韩国知其才[53]。是以效之齐楚之路,以逞千里之任,试之狡兔之捷,以验搏噬之用。今臣志狗马之微功,窃自惟度,终无伯乐韩国之举,是以于邑而窃自痛者也。夫临博而企竦,闻乐而窃抃者[54],或有赏音而识道也。昔毛遂,赵之陪隶[55],犹假锥囊之喻,以寤主立功[56];何况巍巍大魏多士之朝,而无慷慨死难之臣乎?夫自炫自媒者,士女之丑行也[57];干时求进者,道家之明忌也。而臣敢陈闻于陛下者,诚与国分形同气,忧患共之者也。冀以尘露之微,补益山海;萤烛未光,增辉日月。是以敢冒其丑而献其忠,必知为朝士所笑。圣主不以人废言,伏惟陛下少垂神听,臣则幸矣!

注释

〔1〕毕命:尽力效命。

〔2〕谬举:用人错误。

〔3〕尸禄:空受俸禄而不治事。

〔4〕素餐:无功受禄。《诗经·伐檀》:"彼君子兮,不素餐兮。"

〔5〕二虢:虢仲、虢叔,均是王季之子,后稷的十四世孙。为西虢、东虢开国之君。

〔6〕旦奭:周公旦、召公。武王灭纣,封周公旦于鲁,封召公奭于燕。

〔7〕三世:指武帝、文帝、明帝三代。

〔8〕圣泽:皇上给予的恩惠。

〔9〕德教:仁德的教化。

〔10〕东藩:即曹植封地鄄城。在今山东省境内。

〔11〕华靡:光华灿烂,指珠宝玉器之类。

〔12〕丝竹:泛指音乐。

〔13〕挂:触,受到。 风人:指诗人。《诗经》中一些篇章的作者。 彼己:今本《诗经》无彼己句。《候人》:"彼其之子,不称其服。"郑笺云:"不称者言德薄而服尊。"疑即此。

〔14〕玄冕:古代贵族的礼服。

〔15〕朱绂:(fú 弗):古代的祭服。

〔16〕晏如:安静的样子。

〔17〕税甲:脱下武装。

〔18〕混同:统一。

〔19〕太和:太平。

〔20〕启:夏王,即禹之子。 有扈:夏时诸侯。

〔21〕商奄:商朝及奄国。奄为古国名,在今山东曲阜县东有奄里、传即为奄国地。《书·蔡仲之命》:"成王东伐淮夷,遂践奄。"

〔22〕文武:周文王、周武王。

〔23〕成康:周成王、周康王。

〔24〕简良:选拔良才。 简:选。

〔25〕方叔:周宣王卿士,征伐猃狁有功。 邵虎:周臣。

〔26〕爪牙:武臣。

〔27〕轻缴(zhuó 浊)喻箭。缴,拴于箭头的丝绳。

〔28〕耿弇(yǎn 眼):字伯昭,汉光武帝时为建威大将军。破齐将张步,屡建战功。据《后汉书》本传载,耿弇欲与张步决战,部下劝道:"敌兵势盛,可暂闭营休卒。待君主来后再定决战否。"耿弇回道:"君主来到,应杀牛斟酒等待,怎能将贼留给君主?"于是披挂上阵,大破张步军。

〔29〕张步:字文公,东汉初拥据山东一带自立为王,后被耿打败降汉,不久又反叛,被郎郡守陈俊杀死。

〔30〕车右伏剑:传说齐王出猎,车右(驾车者)突然听到左车轮有响声,便认为这是坐在车左方的君主的不祥之兆,于是甘愿一死来替代。

〔31〕雍门:雍门狄,字子迪,战国时齐将。越人率军侵齐,雍门狄认为这是国君的不祥之兆,于是效车右伏剑的故事而自刎。死后齐王以上卿之礼葬之,越人闻说齐有如此忠臣,便不敢再进犯齐国了。

〔32〕贾谊:汉文帝时政治家、文学家。 弱冠:古时男子,二十成人而行冠礼。后人沿用,为年在二十左右者之称。

〔33〕终军:汉济南人,武帝时拜谒者给事中,累擢谏议大夫,奉使说南越王内属。 长缨:冠之长缨。《汉书·终军传》:"愿受长缨,必羁南越王而致之阙下。"

〔34〕北阙:本指宫殿北面的城楼,后通称帝王宫禁。

〔35〕汉武:汉武帝。 霍去病:汉武帝时骠骑将军,六击匈奴,屡建战功,封冠军侯。

〔36〕二方:指吴蜀。

〔37〕宿兵:有作战经验的老兵。 即世:去世。

〔38〕不乏世:破格,难得。

〔39〕一校:一部分军队。

〔40〕偏师:全军之一部,以别于主力。

〔41〕馘(guó 国):战时割取所杀敌人的左耳朵,以计战功。

〔42〕数:气数,运数。

〔43〕衄(nù):鼻子流血,此指受挫折。

〔44〕赤岸:极南之地。

〔45〕玉门:玉门关,在今甘肃省。

〔46〕玄塞：长城。

〔47〕景钟：景公之钟。《国语·晋语》："魏颗以其身却退秦师于辅氏，亲止杜回，其勋铭于景钟。"

〔48〕奔北败军之将：据《史记》载，秦将孟明视、西乞术、白乙丙袭郑，回师于淆败于晋被俘。后放归，穆公复其职，令其伐晋，大败晋师。又据《史记》载：鲁将曹沫与齐战屡败，庄公复以为将，后齐鲁合盟，曹沫以匕首劫桓公，桓公尽还侵掠之地。

〔49〕绝缨：事见《说苑·复恩》。楚庄王与群臣夜宴，有人拉王美人衣，美人揪断其帽缨并告于庄王。王曰："饮人以酒如何责人以礼！"不令上灯。曰："与寡人饮不绝缨者不为尽兴。"于是群臣皆绝缨尽欢而去。后楚与晋战，拉美人衣者，五战五胜，以报庄王。　盗马：事见《吕氏春秋·爱士》。秦穆公失马，土人窃而食之，穆公发现后说："食骏马之肉而不饮酒，余恐伤汝。"遍饮而去。后秦与晋战，穆公被困，土人力战而解其围，以报穆公。

〔50〕威王：曹操子曹彰，死谥曰"威"。

〔51〕伯乐：古之善相马者。

〔52〕卢狗：古时名犬。

〔53〕韩国：人名，齐人，善相狗。

〔54〕抃（biàn 便）：应声击节。

〔55〕毛遂：赵公子平原君门下客。秦围邯郸，赵王使平原君赴楚求赵，拟选有武勇的食客二十人，只得十九人，毛遂自荐。平原君说："贤士之处俗，譬若锥处囊中，其末立见。今先生处胜（平原君名赵胜）之门下三年，胜未有所闻。"毛遂说："臣乃今日请处囊中耳，使遂早得处囊中，乃脱颖而出。"于是平原君带领他一起入楚，定盟而还。

〔56〕寤：通"悟"。

〔57〕自炫：自夸。　自媒：卖俏。

今译

臣曹植上言：臣下听说士人生在世上，在家隐居就要侍奉父母，出去做官就要侍奉君王。侍奉父母以荣耀双亲为高，侍奉君王以振兴国家为贵，因此慈父不能受无用之子，仁君不能养无功之臣。能

够根据品德高低授予官职的,是建立功业的国君,能够按照才能大
小领受爵位的,是完成使命的臣子。因此国君不能凭空授予官职,
臣子不能凭空领受爵位。凭空授官叫做用人不当,凭空领职叫做无
功受禄。《诗经》"素餐"之句,就是为此而发。过去虢仲虢叔勇于承
担两国重任,他们的品德是崇高的,周公召公敢于领有燕鲁封地,他
们的功劳是巨大的。今臣下蒙受国家重恩已经三代了。现在正逢
陛下太平盛世,沐浴着圣主的恩泽,滋润于仁德的教化,可以说是太
幸运了。我占据东藩王位,领有上等官爵,身上穿着轻暖的衣服,口
里吃够了各种美味,眼睛看尽了豪华的陈设,耳朵听厌了高雅的音
乐,这都是高官厚禄所带来的。回想古时接受高官厚禄的,则与此
不同。他们都是凭着辛勤立功,报效国家,辅佐君王,惠济百姓。今
臣无德可述,无功可纪,如此终年,无益我朝,无益于国家,将受到诗
人"彼己"之讥,因此上有愧于自己的地位,下有愧于自己的荣誉。

当今天下统一,九州安定。但是西边尚有敢于抗命之蜀,东边
尚有不肯臣服之吴,致使边陲将士不能解除戒备,朝中谋士不能高
枕无忧,确实应该统一宇内,以造成永久和平的局面。因此夏王启
灭掉有扈氏,夏朝战功昭著。成王平定商奄之乱,周朝德政光大。
今陛下以英明治理国家,将要完成文武那样的功业,继承成康那样
的盛世,选拔良才,授任贤能。用方叔邵虎那样的臣子保卫四方的
边境,作为国家的捍卫者,可以说是很正确的。然而高空的飞鸟还
没有射中,深渊的游鱼还没有上钩。恐怕是因为钓射之术还有不完
善的地罢。从前耿弇不等光武帝驾到就立即进击张步,说不能把
贼寇留给君王。所以车右因车毂研轴惊动君王而伏剑自杀,雍门狄
由于越人侵入齐境而拔剑自刭。像这两个人难道是恶生尚死吗?
其实忿恨怠慢君主,欺骗国王而自尽的。作为君王的宠臣应该除害
兴利,作为臣子侍奉君王一定要牺牲自己,平定动乱而立功报国。
从前贾谊尚未成年,就要求做典属国。决心活捉单于而决定匈奴的
命运。终军以青春年少而出使越国,希望国君授权,捕获越王,绑赴

朝廷。这两个臣子难道是夸耀于君主，抃耀于世俗吗？其实是长期形成的志向，想要发挥才干，把自己的能力贡献给国君。从前汉武帝要为霍去病建造住宅，霍去病辞谢说："匈奴未灭，无以家为。"忧国忘家，捐躯解难，是忠臣的志向。

现在，臣外居东藩，待遇并非不厚，寝不安席，食不甘味，只是因为挂念吴蜀尚未平定。臣亲见先人武皇帝时的老资格将士中年高谢世的，他们的事迹已是人所共知了。至今尚健在的老资格将士，希望建树小小的功劳，以报答所受的恩惠。假使陛下能发布难得的诏命，使臣得以发挥微末的作用，能在西路大将军属下担当一队的校尉，或者在东路大司马属下统领非主力的偏师，一定不避艰险，指挥水陆大军，短兵相接，身先士卒。即使不能活捉孙权、馘诸葛，也要生擒其主帅，全歼其群丑。一定迅速获得胜利，以消除终身无功受禄之憾。假使名字能够载入史册，事迹能够记入朝廷的功劳簿，即使粉身碎骨于西蜀，悬首示众于东吴，虽死犹生。假如我小小的才能不得试用，埋没无闻，只是荣华富贵，脑满肠肥，活着于国事无补，死去于命运无损，空占高位，愧领厚禄，如同禽鸟无所事事，直到白头，这只是畜圈的养物，并非臣下的志向。传闻东路大军失利，部队受到小小的挫折，我饮食难进，奋臂袒胸，抚剑东顾，心已飞向吴都。臣从前跟随先人武皇帝南达赤岸，东临沧海，西望玉门，北出长城，我亲见武皇帝调兵遣将、攻城略地之法，可以说神妙已极，所以领兵作战不能予先说定，而是临战随机应变。我的志向要为明时效力，为圣世立功。每当阅览史书，看到古代忠臣义士，天子一朝令下，便为解除国家的危难而献出生命，虽然个人粉身碎骨，但功劳却刻在钟鼎之上，英名永垂青史，这时未尝不抚膺叹息。

臣下听说圣明的君主使用臣子，不因为有过错误而罢免，所以秦穆公、鲁庄公任用曾经败北之将而终于成功，楚庄王、秦穆公赦免了调戏美人、窃取骏马的臣子，秦楚两国才得以解除危难。臣有感于文帝早崩，威王逝世，我是何人，能活得如此长久？经常忧虑早晚死去，葬身沟壑，坟土未平，身名俱灭。臣听说骏马一声长鸣，伯乐就能发现它的能力，卢狗一声悲号，韩国就知道它的才干。因此，用遥远的齐楚大路考验，骏马就能承担日行千里的重任，用迅捷狡兔考验，就能验证卢狗捕捉的本领。现在臣下立志建树卢狗骏马那样的微功，但自己揣度，最后不会得到伯乐、韩国那样的举荐，所以只能暗自伤心悲泣。见人博戏而跃跃欲试，听人奏乐而应声击节，一定是善于鉴赏音乐之美、通晓博戏之道的人。从前毛遂只是赵国的一个食客，还假借锥囊之喻启发平原君给自己立功的机会，何况伟大的魏国，朝廷人才众多，怎么能没有慷慨死难之臣呢？自我炫耀是士人的恶习，卖弄风骚是女人的丑行，参政求官是道家公开反对的。臣所以敢于向陛下陈述自己的想法，确实是因为我们是骨肉之亲，气血相通，休戚与共。希望用尘露一样的微力来补益国家，用萤烛一样的微光替陛下增辉。因此，敢冒着别人的非难，献上自己的一片忠心。明知要被朝臣耻笑，但皇上却不会以人废言，若蒙陛下稍垂圣听，则是臣的莫大荣幸了。

（赵福海译注并修订）

◎ 求通亲亲表一首 曹子建

▓▓ 题解

《求通亲亲表》，又名《求存问亲戚表》。

曹植与曹丕的矛盾，一直延续到曹叡。魏明帝曹叡，对这位"任性而行，不自雕励"，然又强烈要求建功立业的嫡叔王，总有些放心不下。曹植屡遭徙封。"太和(明帝年号)元年(227)，徙封浚仪，二年，复还雍丘。植常自愤怨，抱利器而无所施。"于是给明帝写了《求自试表》，欲"效之齐、楚之路，以逞千里之任；试之狡兔之捷，以验博噬之用。"明帝不仅未予理睬，又于太和三年将曹植徙封东阿王，且处境日坏。曹丕父子出于对同宗之恐惧，"不度先王之典，不思藩屏之术，违敦睦之风，背维城之义"，甚至使"魏氏诸侯陋同匹夫。"(《三国志·魏书》裴注)并限制同宗之王入京朝觐。曹植对"婚媾不通，兄弟乖绝，吉凶之问塞，庆吊之礼废，恩纪之违，甚于路人，隔阂之异，殊于胡越"的生活深怀怨愤，于是给明帝写了这篇《求通亲亲表》。

限通亲与求通亲，已不是简单亲族交往关系，在当时是个相当敏感的政治问题。曹叡害怕同宗夺权，故更多地依靠异姓大臣，如陈群、司马懿等皆身居要津，曹植等求"列有职之臣，赐须臾之问"而不可得。对同姓异姓在曹魏政权中的作用，曹植则表现出清醒与明智，而不像曹叡被同宗恐惧所蒙蔽，对司马氏篡权的真正危机视而不见。明帝见《表》诏曰："今令诸兄弟，情理简怠，妃妾之家，膏沐疏略，朕纵不能敦而睦之，王援古喻义备悉矣，何言精诚不足以感通哉？夫明贵贱，崇亲亲，礼贤良，顺少长，国之纲纪，本无禁锢诸国通问之诏也，矫枉过正，下吏惧谴，以至此耳。"(《三国志·魏书·曹植传》)冠冕堂皇，一推了之。所以曹植继《求通亲亲表》后，又上《陈审举表》，更为明确地表示自己对重用异姓排斥同宗的意见："盖取齐者田族，非吕宗也；分晋者赵、魏，非姬姓也。唯陛下察之。苟吉专其位，凶离其患者，异姓之臣也。欲国之安，祈家之贵，存共其荣，没同其福者，公族（同姓）之臣也。今反公族疏而异姓亲，臣窃惑焉。"

而这些尖锐的批评，在《求通亲亲表》中，则说得较婉转。第一段引儒家经典，说明先王"广封懿亲"，意在"藩屏王室"。"骨肉之恩，爽而不离，亲亲之义，实在敦固。"因此"周之宗盟，异姓为后。"告诉明帝放心："未有义而后其君，仁而遗其亲者也。"第二段说明自己难以忍受"兄弟乖绝"，"甚于路人"的精神折磨。请求明帝"沛然垂诏，使诸国庆问，四季得展，以叙骨肉之欢恩，全怡怡之笃义。"第三段，欲效"锥刀之用"。通亲不是终极目的，通亲在于不后于异姓"朝士"，以"执鞭珥笔"，效忠朝廷。第四段说明自己为何不为福始，敢为祸先，"于友同忧，而臣独唱言"，因为臣对陛下有一颗"惓惓之诚"的心。

曹植与曹叡，既是叔侄，又是君臣；上表既不得失君臣之礼，又要饱含骨肉亲情；道理讲得太多，有失训教，道理讲得不透，听者无动于衷。如何恰到好处？作者一是引经据典，一是大量比喻，使理与情融为一体。故清代选学家何义门称"此文可匹《出师表》，而文采辞条更为蔚然。"(《义门读书记》四十九卷)刘勰在《文心雕龙·章表》中赞誉"陈思之表，独冠群才。观其体赡而律调，辞清而志显，应物制巧，随变生趣，执辔有余，故能缓急应节。"刘勰概括的曹植章表的五个特点，姜书阁称："文章赡富，一也；声律谐调，二也；辞语清俊，三也；思志显现，四也；写物巧妙，意趣横生，五也。"(《骈文史论·魏晋骈文》)《求自试表》与《求通亲亲表》当是代表作。

表

求通亲亲表一首

283

臣植言:臣闻天称其高者,以无不覆^[1];地称其广者,以无不载^[2];日月称其明者,以无不照^[3];江海称其大者,以无不容^[4]。故孔子曰:大哉尧之为君,惟天为大,惟尧则之^[5]。夫天德之于万物,可谓弘广矣^[6]。盖尧之为教^[7],先亲后疏,自近及远。其传曰:"克明俊德^[8],以亲九族^[9],九族既睦,平章百姓^[10]。"及周之文王^[11],亦崇厥化^[12]。其《诗》曰:"刑于寡妻,至于兄弟,以御于家邦^[13]。"是以雍雍穆穆^[14],风人咏之^[15]。昔周公吊管蔡之不咸^[16],广封懿亲^[17],以藩屏王室^[18]。《传》曰:周之宗盟^[19],异姓为后。诚骨肉之恩^[20],爽而不离^[21];亲亲之义,寔在敦固^[22];未有义而后其君^[23],仁而遗其亲者也^[24]。

伏惟陛下^[25],咨帝唐钦明之德^[26],体文王翼翼之仁^[27],惠洽椒房^[28],恩昭九亲^[29];群后百僚^[30],番休递上^[31]。执政不废于公朝^[32],下情得展于私室^[33],亲理之路通^[34],庆吊之情展^[35],诚可谓恕己治人^[36],推惠施恩者矣^[37]。至于臣者,人道绝绪^[38],禁固明时^[39],臣窃自伤也^[40]。不敢乃望交气类^[41],脩人事^[42],叙人伦^[43]。近且婚媾不通^[44],兄弟乖绝^[45],吉凶之问塞^[46],庆吊之礼废。恩纪之违^[47],甚于路人^[48];隔阂之异^[49],殊于胡越^[50]。今臣以一切之制^[51],永无朝觐之望^[52],至于注心皇极^[53],结情紫闼^[54],神明知之矣^[55]。然天寔为之,谓之何哉^[56]!退省诸王常有戚戚具尔之心^[57]。愿陛下沛然垂诏^[58],使诸国庆问^[59],四节得展^[60],以叙骨肉之欢恩^[61],全怡怡之笃义^[62],妃妾之家^[63],膏沐之遗^[64],岁得再通^[65],齐义于贵

宗[66]，等惠于百司[67]，如此，则古人之所叹[68]，《风》《雅》之所咏[69]，复存于圣世矣[70]。

臣伏自思惟[71]，岂无锥刀之用[72]。及观陛下之所拔授[73]，若臣为异姓，窃自料度[74]，不后于朝士矣[75]。若得辞远游[76]，戴武弁[77]，解朱组[78]，佩青绂[79]，驸马奉车[80]，趣得一号[81]，安宅京室[82]，执鞭珥笔[83]，出从华盖[84]，入侍辇毂[85]，承答圣问[86]，拾遗左右[87]，乃臣丹情之至愿[88]，不离于梦想者也。远慕《鹿鸣》君臣之宴[89]，中咏《棠棣》匪他之诚[90]，下思《伐木》友生之义[91]，终怀《蓼莪》罔极之哀[92]。每四节之会，块然独处[93]，左右惟仆隶，所对惟妻子，高谈无所与陈[94]，发义无所与展[95]，未尝不闻乐而拊心[96]，临觞而叹息也[97]。臣伏以为犬马之诚[98]，不能动人，譬人之诚不能动天，崩城陨霜[99]，臣初信之，以臣心况[100]，徒虚语耳[101]。若葵藿之倾叶[102]，太阳虽不为之回光[103]，然终向之者，诚也。臣窃自比葵藿，若降天地之施[104]，垂三光之明者[105]，寔在陛下。

臣闻《文子》曰：不为福始，不为祸先[106]，今之否隔[107]，友于同忧[108]，而臣独唱言者[109]，何也？窃不愿于圣代使有不蒙施之物[110]。有不蒙施之物，必有惨毒之怀[111]；故《柏舟》有天只之怨[112]，《谷风》有弃予之叹[113]。伊尹耻其君不为尧舜[114]，《孟子》曰："不以舜之所以事尧事其君者，不敬其君者也[115]。"臣之愚蔽[116]，固非虞伊[117]。至于欲使陛下崇光被时雍之美[118]，宣缉熙章明之德者[119]，是臣惓惓之诚[120]，窃所独守。寔怀鹤立企伫之心[121]，敢复陈闻者[122]，冀陛下傥发天聪而垂神听也[123]。

注释

〔1〕称：号称。 覆：盖。

〔2〕载：装载。

〔3〕明：明亮。李善注引《礼记》："子夏问曰：何谓三无私？孔子曰：天无私覆，地无私载，日月无私照，此之谓三无私。"

〔4〕容：容纳。李善注引《管子》："海不辞水，故能成其大。"

〔5〕"大哉"句：《论语·泰伯》："子曰：大哉！尧之为君也。巍巍乎！唯天为大，唯尧则之。"惟：同"唯"。则：效法。

〔6〕天德：天之恩泽。 弘广：广大无边。

〔7〕教：教化。

〔8〕克：能。 俊德：才德出众之人。《尚书·尧典》："克明俊德，以亲九族。"

〔9〕九族：指君主的至亲。郑玄谓自高祖至玄孙，凡九。一说是父族四，母族三，妻族二。

〔10〕既：已。 平（pián 骈）章：辨别明白。平，辨别。《尚书·尧典》："九族既睦，平章百姓。" 百姓：百官。《孔疏》："百姓谓百官族姓。"

〔11〕文王：周文王姬昌，商末周族领袖。

〔12〕崇：尊。 厥：其。其化，指尧之教化。

〔13〕刑：法，用如动词，以礼法相待。 寡妻：嫡妻，与"庶"相对。 御：治理。 家邦：谓国家。《诗经·大雅·思齐》："刑于寡妻，至于兄弟，以御家邦。"

〔14〕雍雍：和睦的样子。 穆穆：容止端庄肃穆。《诗经·周颂·雍》："有来雍雍，至止肃肃。相维辟公，天子穆穆。"

〔15〕风人：诗人。指《雍》之作者。

〔16〕周公：姬旦，周武王之弟，因采邑在周（今陕西岐山东北），称为周公。曾助武王灭商。武王死后，子成王年幼，由周公摄政。 吊：伤痛。 管：管叔，名鲜，周武王之弟，周武王灭商后，封于管（今河南郑州）。 蔡：蔡叔，名度，周武王之弟。武王灭商后，封于蔡（今河南上蔡）。武王去世，成王年幼，周公摄政，管、蔡不服，扬言周公旦将不利于成王，与武庚一起叛乱，后被周公平定。管自杀，蔡流放。 咸：和。

〔17〕懿(yì义)亲:至亲。古时特指皇室的宗亲。

〔18〕藩屏:藩篱屏蔽,以喻藩国。李善注引《左传》:"周公吊二叔(管蔡)之不咸,故封建亲戚,以藩屏周室。"

〔19〕周:周朝。 宗盟:同宗盟誓。李善注引《左传·隐·十一年》:"滕侯、薛侯来朝(朝见),争长(争行礼先后),公使羽父请于薛侯曰:周之宗盟,异姓为后。"

〔20〕诚:确实。 恩:亲。

〔21〕爽:差。《诗经·卫风·氓》:"女也不爽,士式其行。" 离:分开。李善注引《汉书》:"宣帝诏曰:盖闻象(舜时官)有罪,舜封之,骨肉之亲粲(散)而不殊。"

〔22〕亲亲:谓亲其所当亲。《礼·中庸》:"仁者,人也,亲亲为大;义者,宜也,尊贤为大。"儒家言仁,由亲及疏,故以亲亲为大。亲与"疏"相对。李善注引《礼记》:"君子贤其贤而亲其亲。" 义:意义。 敦固:笃厚牢固。

〔23〕义:合于某种道和理叫义。 君:国君。

〔24〕仁:古代一种含义广泛的道德观念,其核心是指人与人相亲,所谓仁者爱人。 遗:遗弃。 亲:父母。《孟子·梁惠王》:"未有仁而遗其亲者也,未有义而后其君者也。"

〔25〕伏惟:推想之恭敬说法。伏,身体前倾,面向下。惟,思。 陛下:臣下对帝王的尊称。此指文帝曹丕。

〔26〕咨(zī资):征询。 帝唐:指尧。传说中父系氏族社会后期部落联盟领袖。陶唐氏,名放勋,史称唐尧。 钦:敬。

〔27〕体:实行。 文王:周文王。 翼翼:恭敬的样子。《诗经·大雅·大明》:"惟此文王,小心翼翼。"《史记·鲁周公世家》:"(周公)一沐三捉发,一饭三吐哺,起以待士,犹恐失天下之贤人。"

〔28〕惠:恩惠。 洽:沾润。 椒房:后妃之代称。汉代后妃所居之宫殿,用椒和泥涂壁,取其温暖有香气,兼有多子之意,故称"椒房"。

〔29〕昭:显扬。 九亲:犹九族。

〔30〕群后:各诸侯。后,指诸侯。 百僚:百官。

〔31〕番休:轮流休息。 递上:交替当值。

〔32〕执政:掌握政权,主持政务。此指执政者,即皇帝。 公朝:指诸侯朝见君王之惯例。

〔33〕下情:指皇族之亲情。　私室:指个人家中。

〔34〕亲理:指同族相亲之理。

〔35〕庆吊:指喜丧之事。贺喜曰庆,问哀曰吊。

〔36〕恕己治人:推己及人。即以自己的心情去推想别人的心情,从而"己所不欲,勿施于人。"李善注引《论语·鲁灵公》:"其恕(恕道)乎,己所不欲,勿施于人。"

〔37〕推恩施惠:广施恩惠。李善注引《三略》:"良将恕己而治人。"又"推惠施恩,士力日新。"

〔38〕臣:曹植自称。　人道:人伦之道,即通亲之路。　绝绪:断绝。

〔39〕禁固:禁锢。固通"锢"。吕向注:"言兄弟所亲,人之常道,而今绝其端绪。禁固,谓不许朝拜也。"　明时:圣明的时代。指曹丕之时。

〔40〕窃:犹言私。表个人意见之谦词。

〔41〕交:结交。　气类:意气相投者。

〔42〕脩:研习。　人事:指人情事理。

〔43〕叙:叙谈。　人伦:阶级社会人的等级关系。《孟子·滕文公》:"使契为司徒,教以人伦:父子有亲,君臣有义,夫妇有别,长幼有叙(序),朋友有信。"人伦,此侧重指宗室亲情。

〔44〕婚媾:犹婚姻,此指亲戚。

〔45〕乖绝:隔绝。乖,背离。李善注作"永"。据《三国志·魏书》改。

〔46〕吉凶:指喜丧之事。

〔47〕恩纪:恩情。

〔48〕路人:陌生人。

〔49〕隔阂(hé 合):彼此情意不通。

〔50〕殊:悬殊。　胡越:言其远。李善注引许慎曰:"胡在北方,越在南方。"

〔51〕一切:权宜,一时。《淮南子·泰族》:"今商鞅之《启塞》,申子之《三符》,韩非之《孤愤》,张仪、苏秦之从衡,皆掇取权,一切之术也,非治之大本。"

〔52〕朝觐(jìn 进):诸侯朝见天子。

〔53〕注心:专心。　皇极:天子之位,指皇帝。

〔54〕结情:系情。　紫闼(tà 榻):指帝王宫庭。闼,宫中小门。

〔55〕神明:天地之神。

〔56〕天寔为之:吕延济注:"言此实天子为之。"

〔57〕退省:退而自省。《论语·为政》:"子曰:吾与回言终日,不违如愚,退而省其私,亦足以发。回也不愚。" 诸王:指各诸侯。 戚戚:亲热的样子。具尔:团聚。具,俱。尔,近,通"迩"。李善注引《诗经·大雅·行苇》:"戚戚兄弟,莫远具尔。"

〔58〕沛然:迅速地。 垂诏:下诏书。

〔59〕诸国:谓各诸侯国。 庆问:祝贺通问。

〔60〕四节:谓春、夏、秋、冬四时节候。刘公幹《赠五官中郎将诗》:"四节相推斥,岁月忽欲殚。" 展:展拜。张铣注:"四节,谓四时之节,得展礼于君也。"

〔61〕欢恩:欢情。

〔62〕怡怡:和悦的样子。 笃义:厚义。

〔63〕妃:皇帝之妾,太子、王、诸侯之妻。妃妾,泛指家属。

〔64〕膏沐:妇女润发的油脂。

〔65〕岁得再通:一年通亲二次。

〔66〕齐:等。 贵宗:贵戚及公卿之族。

〔67〕惠:恩。 百司:朝廷大臣、王公以下百官的总称。

〔68〕叹:赞赏。古人所叹,指"克明俊德,以亲九族,九族既睦,平章百姓。""周之宗盟,异姓为后"等。

〔69〕风雅:指《诗经》。《诗经》分《风》、《雅》、《颂》。风雅所咏,指"刑于寡妻,至于兄弟,以御家邦。"

〔70〕圣世:圣明的时代,指曹丕王朝。

〔71〕思惟:思想,思量。惟,思。《汉书·董仲舒传》:"思惟往古,而务以求贤。"

〔72〕锥刀:比喻细微。曹植《求自试表》:"若使陛下出不世之诏,效臣锥刀之用……必乘危蹈险,骋舟奋骊,突刃触锋,为士卒先。"

〔73〕拔授:选用。

〔74〕窃自:私自。 料度:料想,推测。

〔75〕朝士:泛称中央的官吏。陆贾《新语·怀虑》:"战士不耕,朝士不商。"

〔76〕远游:冠名。即"远游冠",为诸王所戴。辞远游,指到朝中作官。

〔77〕武弁:武冠。汉代侍中、中常侍等朝中重臣所戴。

〔78〕朱组:朱绂,挂印的红色丝带。诸侯印带为朱绂。曹植《求自试表》:

"是以上惭玄冕,俯愧朱绂。"解朱组,谓离藩赴朝做官。

〔79〕青绂(fú伏):青色绶带。汉制,丞相、太尉,皆金印紫绶(绂),御史大夫银印青绶。三府官最崇贵。

〔80〕驸马:官名。汉武帝时置驸马都尉,掌副车之马,秩二千石。多以宗室及外戚与诸公子孙任之。汉大将军何进之孙,以主婿授驸马都尉,其后杜预尚司马懿女安陆公主,王济尚司马昭女常山公主,皆拜驸马都尉。魏晋以后,帝之婿援例加驸马都尉称号,简称"驸马",非实官。 奉车:官名。汉武帝设奉车都尉,秩二千石,掌乘舆马。晋因之,奉车、驸马、骑三都尉奉朝请(给得以参加朝会的名议)。

〔81〕趣:速。 号:勋号。吕延济注:"言将立功绩,疾取一勋号也。"

〔82〕安宅:安居。 京室:王室。

〔83〕执鞭:持鞭驾车。《论语·述而》:"子曰:富而可求也,虽执鞭之士,吾亦为之。" 珥(ěr耳)笔:谓侍从之臣插笔于冠侧以备记事。珥,插。

〔84〕华盖:指帝王的车。

〔85〕辇毂(niǎn gǔ捻谷):天子的车舆。

〔86〕圣问:帝王的提问。李善注引《汉书》:"议郎掌顾问应对。"

〔87〕拾遗:纠正帝王的过失。《史记·汲黯传》:"臣愿为中郎,出入禁闼,补过拾遗,臣之愿也。"左右:对对方之尊敬之称。李善注引《汉书》:"萧望之、刘更生并拾遗左右。"

〔88〕丹情:赤诚的心。 至愿:最高的理想。

〔89〕《鹿鸣》:《诗经·小雅》中的第一篇。是贵族宴会宾客的诗。诗云:"呦呦鹿鸣,食野之蘋。我有嘉宾,鼓瑟吹笙。"

〔90〕棠棣(dì弟):亦作"常棣"。《诗经·小雅》中的篇名。是一首宴请兄弟的诗。 匪他:《诗经·小雅·颀(kuǐ傀)弁》:"岂伊异人,兄弟匪他。"匪,非。《颀弁》是写周王宴请兄弟亲戚的诗。

〔91〕《伐木》:《诗经·小雅·伐木》:"矧(shěn审)伊人矣,不求友生?"这是一首宴享亲友故旧的诗。 友生:与友往来。

〔92〕《蓼莪》(lù é路俄):"父兮生我,母兮鞠我……欲报之德,昊天罔极!"罔极,无常。昊天罔极,指天降灾祸。

〔93〕块然:孤独的样子。《汉书·杨王孙传》:"其尸块然独处。" 独处:无友。

〔94〕高谈:发表高见。　无所:指无……人。　陈:陈述。

〔95〕发义:阐发义理。杜预《春秋左氏传序》:"其微显阐幽,裁成义类者,皆据旧例而发义,指行事以正褒贬。"　展:敞开。

〔96〕拊(fǔ 俯)心:抚胸,捶胸,指有难言苦痛。李善注引《汉书》:"中山靖王胜来朝,天子置酒。胜闻乐声而泣。　对曰:臣闻悲者不可为累欷(抽泣声),思者不可为叹息,今臣心结日久,每闻幼妙(微妙曲折)之声,不知泣涕之横集。"

〔97〕临觞(shāng 伤):对着酒杯。

〔98〕犬马:植自喻。

〔99〕崩城:城墙倒塌。李善注引《列女传》:"杞梁妻者,齐杞梁殖之妻也。齐庄公袭莒,殖战死。杞梁之妻无子,内外皆无五属(同族中的最近亲属)之亲。既无所归,乃就其夫尸于城下而哭之,内诚动,道路过者莫不为之挥涕,十日而城为之崩。"　陨霜:下霜。李善注引《淮南子》:"邹衍尽忠于燕惠王,惠王信谗而系之,邹子仰天而哭,正夏而天为之降霜也。"

〔100〕况:比拟。

〔101〕徒:只。　虚语:无稽之谈。吕延济注:"言人之诚不能动天,若能动天,天子应知我也……今我恳诚过于前人,不见报应(报答),故曰徒虚语耳。"

〔102〕葵藿(huò 获):葵和豆的花叶倾向太阳,故古人每用为下对上表示忠诚渴慕之辞。藿,豆叶。

〔103〕回光:返照。李善注引《淮南子》:"圣人之于道,犹葵之与日,虽不能终始哉,其乡(向)之者,诚也。"

〔104〕施:恩惠。

〔105〕三光:指日月星。

〔106〕文子:人名、书名。老子弟子。或曰姓辛,名妍,字文子,号计然。葵丘濮上人,为范蠡师。著《文子》九篇。李善注引《文子》:"子道为际,与德为邻,不为福始,不为祸先。"即中庸之道。

〔107〕否(pǐ 脾)隔:不通。否,《周易》卦名,谓"天地不交万物不通。"

〔108〕友于:兄弟。

〔109〕唱言:倡言,首先陈述意见。

〔110〕蒙施:蒙恩。

〔111〕惨毒:强烈的怨愤。

〔112〕《柏舟》:《诗经·鄘风》中的篇目。诗云:"泛彼柏舟,在彼中河。髧(dàn 淡)彼两髦(垂发少年郎),实维我仪(配偶)。之死矢靡它(誓死不离他)。母也天只! 不谅人只!"这是一位少女要求婚姻自由的诗。违抗父母之命,呼天喊地。天只,天哪。只,语气助词。

〔113〕《谷风》:《诗经·小雅》中的篇名。这是一首弃妇所作的诗。诗云:"将安将乐,女转弃予。"意为"如今日子已安乐,反而把我抛弃掉。"

〔114〕伊尹:商初大臣。名伊,尹是官名。李善注引《尚书·说命下》:"昔先正保衡(指伊尹)作我先王,乃曰:予弗克俾厥后惟尧舜,其心愧耻,若挞于市。"意为"从前先贤伊尹使我的先王兴起,他这样说:我不能使我的君王做尧舜,我心惭愧羞耻,好比在闹市受到鞭打一样。"

〔115〕"孟子"句:《孟子·离娄上》:"不以舜之所以事尧事君,不敬其君者也;不以尧之所以治民治民,贼其民者也。"

〔116〕愚蔽:愚昧无知。

〔117〕虞、伊:虞舜、伊尹。

〔118〕光被:光照。 崇:增长。 时雍:安定太平。亦作"时邕"《尚书·尧典》:"允恭克让,光被四表……协和万邦,黎民于变时雍。"张景阳《七命》:"六合时邕,巍巍荡荡。"

〔119〕缉熙:光明的样子。《诗经·周颂·维清》:"维清缉熙,文王之典。"意为"天下清静一片光明,就在于有文王法典。"

〔120〕偻偻(lóu 楼):勤恳,奋勉。

〔121〕鹤立企伫:像仙鹤直立,伸长脖子盼望着。形容企盼之甚。

〔122〕陈闻:陈述使闻。

〔123〕冀:希望。 傥(tǎng 倘):或,倘。 天聪:颂扬帝王视听聪明之辞。垂神听:自上听下曰垂听。

今译

臣植言:臣听说天号称最高,因为无物不能覆盖;地号称最广,因为无物不能承载,日月号称最明,因为无处不能照亮;江海号称最大,因为无水不能容纳。所以孔子说:"伟大啊! 尧这样的国君。只有天是最高的,只有尧才能效法天。"天施恩于万物,可以说广大无边了。尧施行教化，先亲后疏，从近到远。《尚书》说："尧能识别出类拔萃之才，能团结和睦九族。九族已经和睦，又能明辨各族政事。"到了周朝的文王，也遵守尧的教化。《诗经》说："文王以礼待正妻，对诸兄弟也如此，以此治理邦国事。"因此"雍容和睦，恭敬严肃"，受到诗人的歌颂。从前周公伤痛管、蔡不与朝廷和睦，于是广封直系亲属，作为藩国，保卫王室。《左传》说："周代来朝，同姓在前，异姓在后。"的确是骨肉之情，分而不离；爱亲之义，实在笃厚；未有讲义之臣怠慢其君，讲仁之子抛弃父母。

臣伏首敬思陛下，效法唐尧完美德性，实行文王恭敬爱贤，嘉惠沾润后妃，皇恩博施九族；诸侯百官，轮番休息，交替当值。主持政务不废诸侯朝拜君王之惯例，至亲情义交融在家中。同族相亲之理通，喜丧吊问之事行，的确可以说以己体人，广施恩惠了。至于臣我，通亲之路断绝，禁锢在圣明之时，臣暗自为此悲伤，不敢奢望结交同好，研究人事，叙谈宗族亲情。近来又亲戚不通，兄弟长期断绝往来，喜丧问讯之路堵塞，庆吊之礼废除。感情之远，甚于路人，隔阂之大，超过胡越。今臣因朝廷临时政策，长期断绝朝拜君王之望，以至于倾心陛下，系情皇室，只有天地可知了。然而这是天子要这样做的，有何可说呢！退而自省，诸王常有兄弟亲密团聚之心。愿陛下垂恩下诏，使各诸侯国祝贺通问，四季按礼朝拜君王，以叙兄弟骨肉亲情，成全手足欢悦厚意。妃子小妾之家，膏脂沐浴所赐，每年两次通亲，应与贵戚同待遇，和百官共恩惠。这样，古人赞叹的美德，《诗经》咏唱的懿行，又重现于圣世了。

臣伏首自思，难道自己毫无用处吗？待看一看陛下选用之人，假若臣是异姓，我私下揣度，不会在其他朝臣之下。如能离开藩国，戴上武冠，解下朱组，佩戴青绶，跻身都尉，立功受勋，安居王室，执鞭驾车，珥笔记事，出随君王之车，入侍陛下之挚，奉答圣王之问话，补充明君之疏漏，乃是臣的一片丹心，最高愿望，昼夜思之不已。最上向往《鹿鸣》那样高朋满座，其次咏赞《棠棣》那样兄弟欢宴，最下思念《伐木》那样亲友聚餐，而到头却落得《蓼莪》那样昊天降灾之哀。每当四季兄弟应该相聚的时候，我皆孤独无友，身边只有仆人，对面唯有妻小，发表高论谁人听，阐述义理无人问，未尝不闻乐捶胸，对酒长叹啊！臣以为我以犬马之诚不能感动人，就像以人之诚不能感动天，城墙崩塌、六月降霜之说，臣原来相信，而以我今天的情况看，那不过是无稽之谈。如葵、藿叶子向阳，太阳即使不返照，但葵藿始终向着太阳，因为它赤诚。臣个人自比葵藿，若降天地之恩，垂日月之光，全在陛下了。

臣听文子说："不为福始，不为祸先。"现在不得通亲，兄弟对此同忧，而臣首先陈述意见，为什么呢？臣不愿在圣明的时代有不受恩之物。有不受恩之物，必有怨愤之心；因此《柏舟》有"天哪"之怨，《谷风》有"弃我"之叹。伊尹以不使其君成为尧舜而羞耻。《孟子》说："不用舜事尧的态度和方法事其国君，就是对其国君的不敬。"臣愚昧无知，本来就不是虞伊。至于要使陛下提高安定太平之美誉，宣扬朝廷清明之圣德，则是臣勤恳之诚心，我个人坚守不变。真诚的怀着鹤立企伫之心，冒昧再陈述给陛下，盼望陛下或可广开圣听。

（赵福海译注并修订）

◎ 让开府表

羊叔子

▌▌▌▌ 题解

羊祜（221—278），字叔子，泰山南城（今山东费县西南）人。东汉大文学家蔡邕外孙，景献皇后同母弟，西晋初著名的清官廉吏，促武帝平吴统一的功臣元勋。

祜少时博学能文，善谈论，有高行美德，时人或称："此今日之颜子也。"在魏受大将军司马昭赏识，公车征拜中书侍郎，迁秘书监，封钜平侯。入晋以佐命功，进号中军将军，加散骑常侍。泰始初，武帝有灭吴之志，以祜为尚书右仆射、卫将军，都督荆州诸军事，驻守襄阳。后加车骑将军，开府仪同三司。祜以怀柔之策，深得江汉民心，至吴将陆抗曾谓："祜之德量虽乐毅、诸葛孔明不能过也。"又定顺流水攻之计，修舟练卒，广为戒备。咸宁初，除征南大将军，封南城侯。祜上疏分析敌我形势、力量对比与必胜条件，力促灭吴。又举杜预自代。灭吴之日，而祜已卒。在庆功会上晋武帝举杯流泪云："此羊太傅之功也。"

祜平生疾恨邪佞，不徇私情，举贤进德，出自公心。其个性冲素，屡辞封爵。俸禄皆赡给九族，赏赐军士，曾云："疏广（汉之廉吏）是吾师也。"卒后家无余财，并遗命不以南城侯入枢，求葬先人墓次。南州人闻祜丧，莫不号恸，罢市巷哭，哀声相接。襄阳百姓于其生前游憩之岘山，树碑立庙，岁时祭奠。望其碑者，莫不流涕。杜预因名为"堕泪碑"。其所著文章及作《老子传》并行于世。（据《晋书·本传》）

　　《让开府表》作于太始八年(272),即加车骑将军,并开府同三司之仪以后。让,辞让不就;开府,开府仪同三司之简称。此谓以将军的职位,而享有三公的威仪规格,得开建府署,辟置僚属。

　　这是一位古代忠臣的真诚自白。文中充满为公忘私,拒受特权、推崇贤能、解剖自我的情志感慨。为辞让加封开府同三司之仪,首先陈述个人智力低弱,却以外戚与幸运而得非分荣宠,以为祸败必至,内心深感忧虑。其次陈述天下多有才德之士埋没草野,个人未予推荐,反受宠用,以为所失必大,内心深感惶愧。复次陈述现实尚有清廉忠贞之臣未受选拔,而个人反超越他人而兼文武极宠,以为必负天下厚望,内心深感不平。最后陈述形势紧迫,请求返回任所,反之外虞必有缺失,表达辞让加封的坚定决心。

　　全篇情辞恳切,温厚得体。于诚挚感激之中含有尖锐的警告与批评,显示宠信亲故必遭祸败,名虽求贤实则弃贤,未选清廉辛劳之臣等同打击有功有德之臣。此中用意皆以自警自愧自责出之,毫无刺激之语,矫饰之词。又以反差对比之法,个人智力低弱与权位显重之比,天下遗德隐才尚多与个人备受宠用之比,个人兼有文武极宠与清廉辛劳之臣未蒙选拔之比,突出辞让不就的实据。并且妙用古人之言、圣人之教,强调辞让不就的决心。文中袒露出千百年前一位良吏的忠实正直光明磊落之心,可令后人反省,可为后世明鉴。

原文

　　臣祜言[1]:臣昨出[2],伏闻恩诏[3],拔臣使同台司[4]。臣自出身已来[5],适十数年[6],受任外内[7],每极显重之地[8]。常以智力不可强进[9],恩宠不可久谬[10],夙夜战栗[11],以荣为忧[12]。臣闻古人之言,德未为众所服,而受高爵[13],则使才臣不进[14];功未为众所归[15],而荷厚禄[16],则使劳臣不劝[17]。今臣身托外戚[18],事遭运会[19],诚在宠过^[20]，不患见遗^[21]，而猥超然降发中之诏^[22]，加非次之荣^[23]，臣有何功可以堪之^[24]？何心可以安之？以身误陛下^[25]，辱高位^[26]，倾覆亦寻而至^[27]。愿复守先人弊庐^[28]，岂可得哉！违命诚忤天威^[29]，曲从即复若此^[30]。盖闻古人申于见知^[31]，大臣之节^[32]，不可则止^[33]。臣虽小人，敢缘所蒙^[34]，念存斯义^[35]。

今天下自服化已来^[36]，方渐八年^[37]。虽侧席求贤^[38]，不遗幽贱^[39]，然臣等不能推有德，进有功，使圣听知胜臣者多^[40]，而未达者不少^[41]。假令有遗德于板筑之下^[42]，有隐才于屠钓之间^[43]，而令朝议用臣不以为非^[44]，臣处之不以为愧，所失岂不大哉^[45]！

且臣忝窃虽久^[46]，未若今日兼文武之极宠^[47]，等宰辅之高位也^[48]。臣所见虽狭，据今光禄大夫李喜^[49]，秉节高亮^[50]，正身在朝^[51]。光禄大夫鲁芝^[52]，絜身寡欲^[53]，和而不同^[54]。光禄大夫李胤^[55]，莅政弘简^[56]，在公正色^[57]。皆服事华发^[58]，以礼终始^[59]。虽历内外之宠^[60]，不异寒贱之家^[61]，而犹未蒙此选，臣更越之，何以塞天下之望^[62]，少益日月^[63]。是以誓心守节^[64]，无苟进之志^[65]。

今道路未通^[66]，方隅多事^[67]，乞留前恩^[68]，使臣得速还屯^[69]，不尔留连^[70]，必于外虞有阙^[71]。臣不胜忧惧，谨触冒拜表^[72]。惟陛下察匹夫之志^[73]，不可以夺^[74]。

注释

〔1〕祜（hù 户）：羊祜自称。此句为上表开头的习用语。

〔2〕昨出：谓昨日出外休息洗沐。张云璈说："谓休沐也。《初学记》：汉律吏得五日一休沐。言休息以洗沐也。"（《选学胶言》，卷十六）

〔3〕伏闻:谦恭地听闻。伏,俯伏,以表敬。 恩诏:皇帝施恩的诏命。此指泰始八年晋武帝下诏,为祜加车骑将军、开府如三司之仪。

〔4〕拔:拔擢,提升。 台司:三公。西汉指大司马、大司徒、大司空,皆为辅佐皇帝掌握军政机要的最高官职。祜时以散骑常侍、卫将军督荆州,依诏开府仪同三司。李善注:"故言仪同三司,威仪百物,使同三司也。"

〔5〕出身:谓委身事君,指做官。

〔6〕适:恰好。 十数年:祜在魏即拜中书侍郎,迁给事中黄门郎,至晋为散骑常侍而督荆州,经历凡十数年。

〔7〕外内:谓在宫内奉事,在外郡督军。祜在魏曾拜相国从事中郎,与荀勖共掌机密,又迁中领军悉统宿卫,入值殿中。入晋则督军于荆州。

〔8〕显重:位显权重。

〔9〕强进:勉强进用。进,进用,谓进升提拔。

〔10〕恩宠:恩惠宠信。 久谬:长久谬举。谬,谬举,谬施。谬,误。

〔11〕凤:昼。 战栗:恐惧发抖。

〔12〕荣:荣耀。 以上四句意思说,我常以为个人智力低下,不可勉得以升迁,皇帝的恩惠宠信,不可长久误施,因而日夜恐惧,以荣宠为忧虑。

〔13〕高爵:崇高的爵位。

〔14〕才臣:才德杰出之臣。

〔15〕归:归附,归向,佩服。

〔16〕荷:承受。 厚禄:优厚的俸禄。

〔17〕劳臣:辛劳有功之臣。 劝:奖励,褒奖。李善注引《管子》:"国有德义未明于朝,而处尊位者,则良臣不进;有功未见于国,而有重禄者,则劳臣不劝。" 以上四句用管子语义,意思说我听闻古人之言,才德不为众人所倾服,而荣受高贵的爵位,就使才能杰出的臣子得不到提拔;功绩不为众人所佩服,而享受优厚的俸禄,就使辛劳有功的臣子得不到奖励。

〔18〕托:依,凭。 外戚:指皇帝的母族或妻族。祜为景帝(司马师)羊皇后(名徽瑜)同母弟。晋武帝受禅,羊后居弘训宫,号弘训太后。故此句谓"身托外戚"。

〔19〕运会:时势,机遇。

〔20〕诫:警告,警惕。 宠过:当作"过宠",过分宠信。梁章钜说:"六臣本'诫'作'诚',尤本'过宠'作'宠过',皆误。"(《文选旁证》,卷三十七)

298

〔21〕患:忧虑。　见遗:被遗弃。

〔22〕猥(wěi尾):表谦之词。　超然:越过的样子。　发中:发自内心。发中之诏,指加祜仪同三司之诏。

〔23〕非次:不依正常的顺序。祜以散骑常侍卫将军,而得开府仪同三司,有三公的威仪,故自谓非次。

〔24〕堪:经得起,承受得起。

〔25〕误:贻误。

〔26〕辱:屈辱,玷污。　高位:指台司之位。

〔27〕倾覆:败坏,祸害。　寻:随即,不久。

〔28〕先人:指祖与父辈。祜祖续,曾为汉南阳太守;父衙,曾为上党太守。弊庐:残旧的庐舍。

〔29〕忤(wǔ午):违反,触犯。　天威:指皇帝的威严。

〔30〕曲从:委曲己意而遵从。曲,委曲,违心。　若此:谓倾覆寻至。

〔31〕申:通"伸",伸直,施展。此谓施展志向。　见知:被知遇,被理解。李善注引《晏子春秋》:"越石父谓晏子曰:'臣闻之,士者屈于不知己,而申乎知己。'"此句用《晏子》语义,意思是我听古人说士人遇到知己的君主就能施展自己的抱负,遇到不知己的就只得隐藏起自己的志向。

〔32〕节:节操,气节。

〔33〕止:中止。此谓辞职离去。《论语·先进篇》:"所谓大臣者,以道事君,不可则止。"此句用《论语》句义,意思说身居显贵官职应有的节操,在于以自己的道德信念为君主服务,如果不能这样则宁肯辞职离去。

〔34〕敢缘:冒昧依据。缘,因,依。　所蒙:所受。与下"斯义"互文,指所闻古人之言。

〔35〕念:意念,念头。　斯义:这个道理。指古人申于见知与大臣以道事君之理。

〔36〕服化:服从教化。此谓晋武帝受魏禅。

〔37〕方:将。　渐:逐渐,将近。

〔38〕侧席:特席。独坐。指待贤者独坐之席。李善注引韦昭《国语注》:"侧,犹特也。"

〔39〕遗:遗漏,遗忘。　幽贱:幽居而处贱位者。指未出仕的贤德之士。

〔40〕圣听:圣君的听闻。指皇帝。

昭明文选 译注

〔41〕达：显达，显贵。未达者，指有才德来能受重用到朝廷做官的人。

〔42〕遗德：谓离世的贤德之士。遗，离。　板筑：两种筑墙的工具。板，指筑墙时用以夹土的木板。筑，指筑墙时用以夯土的杵头。此句用殷相傅说事。傅说曾筑墙于傅岩之野，被殷高宗（武丁）发现，举以为相。李善注引《尚书序》："高宗梦得说，说筑傅岩之野。"

〔43〕隐才：谓隐逸的才智之士。　屠钓：屠牛渔钓。此句用周太师吕尚事。传尚曾在朝歌屠牛，在渭水之滨垂钓，被周文王发现，车载以归，任为太师，后助武王灭殷。李善注引《尉缭子》："太公屠牛朝歌。"又引《史记》："太公望吕尚以渔钓奸（求取）周西伯。"

〔44〕朝议：朝廷中的议论。

〔45〕所失：失误，错误。李善注以上四句："遗贤不荐，而谬处崇班，非直身殃，抑为朝累。今乃朝议用臣，不以为非，已累朝矣；处之又不以为愧，已殃身矣。此失岂不大哉，言甚大也。"

〔46〕忝（tiǎn 舔）窃：谓窃取非分的高位。表谦之词。

〔47〕文武：文，指开府仪同三司；武，指车骑将军。　极宠：至高的荣宠。

〔48〕宰辅：皇帝的辅佐之臣，指三公。等宰辅，谓仪同三司。

〔49〕光禄大夫：官名。无固定职守，相当于顾问。　李憙：憙，或作"熹"，字季和，上党铜鞮人。魏冀州刺史，迁司隶校尉。入晋以本官行司徒事，弹劾不法，刚正无私。清素贫俭，家无储积。亲旧故人乃至分衣共食，未曾私以王官。高行美声，朝野称之。拜特进光禄大夫。（《晋书·本传》）

〔50〕秉节：掌持符节。谓处理公务。节，符节，古时执行公务的凭证之物。高亮：谓高洁光明。

〔51〕正身：品德端正。身，修身，品德。

〔52〕鲁芝：字世英，扶风郿人。魏振武将军、青州刺史。入晋转镇东将军，进爵为侯。其人老幼慕德，直志不苟。清忠履正，素无居宅。晋武帝使军兵为筑屋五十间。芝以年及悬车，告老逊位。征为特进光禄大夫。（《晋书·本传》）

〔53〕絜身：品德高洁。絜，同"洁"。　寡欲：物欲淡泊，轻视名利。

〔54〕和：和谐。谓以自己的正确原则影响别人，使之纠正其不正确之处，从而彼此达到和谐统一。　同：苟同。谓无原则地迁就附和不正确的主张。《论语·子路篇》："子曰：'君子和而不同，小人同而不和。'"此句用《论语》义。

〔55〕李胤(yìn 印)：字宣伯，辽东襄平人。魏御史中丞、河南尹。入晋拜尚书，进爵为侯。迁尚书令侍中，加特进光禄大夫。其人知度沉达，言必有则，政尚清简，忠允高亮。家至贫俭，儿病无以市药。吴平，大臣多有勋劳，宜有登进，胤则上疏逊位。身没而家无余积。(《晋书·本传》)

〔56〕莅政：到任处理政务。莅，临，到。 弘简：宽宏博大。李善注引孔安国《尚书传》："简，大也。"

〔57〕正色：谓表情严肃庄重，不怠慢，不阿谀。

〔58〕服事：谓为君主服务。 华发：白发。

〔59〕礼：礼义，礼仪制度。谓封建社会臣子对君主固有的伦理关系。

〔60〕内外：内，谓相；外，谓将。内外之宠，谓李喜、李胤、鲁芝皆曾任侍中、尚书、太子少傅与将军之职。

〔61〕寒贱：贫寒低贱。寒贱之家，谓清贫百姓之家。

〔62〕塞：满，满足。 望：期望，厚望。天下之望，谓天下人拥戴李鲁等清官良吏的厚望。

〔63〕少益：稍有补益。 日月：日月之明，喻君主的英明。

〔64〕誓心：立誓之心。 守节：坚守气节。

〔65〕苟进：苟且擢升。进，提拔，擢升。

〔66〕道路：谓平吴之路。

〔67〕方隅：四方边境。 多事：谓不安宁。

〔68〕乞留：请求留止。 前恩：以前赐予的恩宠。指加车骑将军、开府仪同三司。

〔69〕屯：率军屯驻之所。三国末荆州牧刘表，治所在襄阳(今湖北襄阳)。祜屯驻于此。

〔70〕不尔：谓不速还屯。尔，这样。 留连：依恋不舍。谓留连仪同三司之位而不离京城。

〔71〕外虞：谓于外所忧虑之事。此指所督荆州的防务。 有阙：有所缺失。阙，缺失，错误。

〔72〕触冒：谓冒犯君主的尊颜。

〔73〕察：理解。 匹夫：平凡人。

〔74〕夺：使之丧失。《论语·子罕篇》："三军可夺帅也，匹夫不可夺志也。"此句用《论语》句义。

今译

　　臣祜言：臣昨日出来休息沐浴，恭闻皇帝诏书，提拔臣使同三公。臣自委身事君以来，恰好十余年，受任宫内与外郡要职，每达位显权重之地。常以为个人智力低弱不可勉强进升，恩惠宠信不可长期误施。因而日夜恐惧，以荣宠为忧虑。臣闻古人之言，道德未为众人所倾服，而接受崇高的爵位，则使才德杰出之臣不得进用；功勋未为众人所钦佩，而承受优厚的俸禄，则使辛劳有功之臣不得褒奖。今臣自身凭借外戚特权，做事幸遇时势机运，警惕应在荣宠过分，不患被弃冷落，陛下超然下达发自内心的诏书，破格加封以位同三司的荣誉，臣凭何功可以受之？以何心可以安之？这是以个人利禄而贻误陛下，玷污高位，祸患不久也必接踵而至。那时即使臣愿退守先人故居做个普通百姓，难道还能办得到吗？违抗诏书确实是触逆天子威严，委曲服从君命后果又将如此。听说古人有言：士人能遇知己的君主，心志必得以施展；大臣的气节在于，不能实现自己的信念，就请辞职。臣虽是卑贱小人，也冒昧地遵循古人的教导，内心坚信这个道理。

　　今自大晋得天下以来，将近八年，朝廷虽虚尊位以求贤者，不遗漏幽居民间的才德之士。但是，臣下却未能推举有德者，进荐有功者，使圣君知道胜过臣者尚多，而德才兼备却未能显达于朝者还有不少。假如当今还有傅说那样离世的贤德之士埋没于板筑之下，还有吕尚那样隐逸的才智之士流落在屠钓之间，而朝廷议论尚不以宠臣为非，臣处之尚不以愧，那么国家的失误岂不更大吗！

　　非分地占据高位虽然已久，但是从未如今日身兼文武之要职，升至等同宰辅之高位。臣见闻虽说偏狭，据今光禄大夫李喜，持节办事，光明磊落，人在朝廷，品行端正。光禄大夫鲁芝，品德高洁，淡泊利禄，坚持原则，而不苟合谬误。光禄大夫李胤，处理政务，宽宏博大，人在公朝，严肃庄重。他们为君主辛勤服务，已满头白发，遵循礼义,坚持始终。虽历任宫内外郡要职,却与清寒贫贱之家无异,还未能受到此种提拔,臣则更加超越他们。这怎能满足天下人的厚望,增益君主的英明呢?因此,臣决心坚守气节,无苟且升迁之志。

今平吴之路尚未开通,四方尚不安宁,臣请求中止执行加封仪同三司的恩诏,使臣得以尽快返回驻军之地。若不如此而留连台司之荣,臣日夜忧虑的荆州防务必出现失误。臣忧惧不止,谨冒然呈上此表。望陛下理解臣匹夫之志不可以夺的心情。

(陈复兴译注并修订)

◎ 陈情表一首

李令伯

▦▶ 题解

李密的作品，《文选》只选《陈情表》一篇。

李密（224—287），字令伯，一名虔。晋犍为武阳（今四川彭山县）人。从师著名学者谯周，博览五经，尤好《左传》。曾任西蜀尚书郎。晋灭蜀后，武帝（司马炎）征为太子洗马，诏书累下，郡县逼迫，密上此书（《陈情表》）。武帝览其表曰："'密不空有名者也。'嘉其诚款，赐奴婢二人，使郡县供其祖母奉膳。祖母卒，服终（服孝期满），徙尚书郎，为河内温令，左迁汉中太守。"（李善《文选注》）后因赋诗得罪晋武帝，被免官。

《表》是臣下给皇帝的奏章，《文选》选入二十篇。《文心雕龙·章表》云："汉定礼仪，则有四品：一曰章，二曰奏，三曰表，四曰议。章以谢恩，奏以弹劾，表以陈情，议以执异。"表之为用，"所以对扬王庭，昭明心曲。"《文选》所选之篇，"表体多包"：孔融《荐祢衡表》，是推荐人才的；陆机《谢平原内史表》是谢恩的；刘琨《劝进表》是劝进的；李密《陈情表》是陈情的；孔明《出师表》是尽志的。内容虽各有侧重，而"陈情"、"昭明心曲"则是其共同特点。

李密至孝，与祖母刘氏相依为命。《表》中所陈，皆属实情。但如直陈其事，不但不能唤起武帝怜悯之心，甚或误认亡蜀之臣李密以"矜守名节"为借口，不与晋王朝合作，招来杀身之祸，故不能不以婉转凄切之词，去"昭明心曲"。

全篇紧紧围绕"情""孝"二字，反复陈述："臣以险衅，夙遭闵

"凶"的"苦情",祖孙相依为命的"亲情",乌鸦反哺的"私情","结草"相报的"忠情",以唤起司马炎的同情。字字是情,情情在理;又给武帝戴上高帽:"圣朝以孝治天下,凡在故老,犹蒙矜育,况臣孤弱,特为尤甚。"武帝允其不仕,则是情理之举。陈情一表,落得忠孝两全。

语言亦独具特色,如"茕茕子立,形影相吊","日薄西山,气息奄奄","人命危浅,朝不虑夕",形象生动,精粹自然,无怪乎评家称赞其"沛然从肺腑中流出,殊不见斧凿痕。"

原文

臣密言:臣以险衅[1],夙遭闵凶[2]。生孩六月,慈父见背[3];行年四岁,舅夺母志[4]。祖母刘,愍臣孤弱[5],躬亲抚养[6]。臣少多疾病,九岁不行,零丁孤苦,至于成立[7]。既无伯叔,终鲜兄弟[8],门衰祚薄[9],晚有儿息[10]。外无期功强近之亲[11],内无应门五尺之僮[12]。茕茕子立[13],形影相吊[14]。而刘夙婴疾病,常在床蓐[15],臣侍汤药,未曾废离。

逮奉圣朝[16],沐浴清化[17]。前太守臣逵,察臣孝廉[18],后刺史臣荣举臣秀才[19]。臣以供养无主,辞不赴命。诏书特下,拜臣郎中[20],寻蒙国恩[21],除臣洗马[22],猥以微贱[23],当侍东宫[24],非臣陨首所能上报[25]。臣具以表闻,辞不就职。诏书切峻[26],责臣逋慢[27],郡县逼迫,催臣上道;州司临门[28],急于星火[29]。臣欲奉诏奔驰,则刘病日笃,欲苟顺私情[30],则告诉不许[31]。臣之进退,实为狼狈[32]。

伏惟圣朝以孝治天下[33],凡在故老[34],犹蒙矜育[35],况臣孤苦,特为尤甚。且臣少仕伪朝[36],历职郎署[37],本图宦达[38],不矜名节[39]。今臣亡国贱俘,至微至陋[40]。过蒙拔擢,宠命优渥[41],岂敢盘桓,有所希冀[42]!但以刘日薄西山[43]，气息奄奄[44]，人命危浅[45]，朝不虑夕。臣无祖母，无以至今日，祖母无臣，无以终余年[46]。祖孙二人，更相为命，是以区区不能废远[47]。

臣密今年四十有四[48]，祖母刘今年九十有六，是臣尽节于陛下之日长[49]，报养刘之日短也。乌鸟私情[50]，愿乞终养[51]。臣之辛苦，非独蜀之人士及二州牧伯所见明知[52]，皇天后土，实所共鉴[53]，愿陛下矜愍愚诚[54]，听臣微志，庶刘侥幸，保卒余年[55]。臣生当陨首[56]，死当结草[57]。臣不胜犬马怖惧之情[58]，谨拜表以闻。

注释

〔1〕险衅(xìn 信)：灾难祸患，指命运坎坷。

〔2〕夙(sù 速)：早，指幼年时。　闵(mǐn 敏)凶：忧患凶丧之事，此指父死。闵，忧。李善注引《左氏传》："楚少宰曰：寡君少遭凶。"

〔3〕见背：离去，指亲丧。

〔4〕舅夺母志：舅父强迫母亲改嫁。志，指守节之志。李善注引《毛诗序》曰："卫世子早死，其妻守义，父母欲夺而嫁之。"

〔5〕愍(mǐn 敏)：怜悯。愍，同"悯"。

〔6〕躬亲：亲自。

〔7〕立：成人。李善注引《论语》："三十而立。"

〔8〕终鲜(xiǎn 显)：少。李善注引《毛诗》："终鲜兄弟，维予与女(汝)。"

〔9〕门衰祚(zuò 坐)薄：指人丁不旺，福气浅薄。祚，福。

〔10〕儿息：儿子。息，子。

〔11〕外无期(jī 机)功强(qiǎng)近之亲：全句的意思是没近亲。古代以亲属关系的远近而制订丧服的轻重。期，服丧一年，穿缝边的粗麻布丧服。功，服丧九个月叫大功，穿粗麻布丧服；服丧五个月叫小功，穿细麻布丧服。强近，比较亲近。

〔12〕应门：照看门户。　五尺：相当于现在三市尺多。　僮：仆人。陶渊明《归去来辞》："僮仆欢迎，稚子候门。"

〔13〕茕茕(qióng 穷):孤独的样子。　孑立:孤独。

〔14〕形影相吊:形影相伴。吊,安慰。　夙婴疾病:一直疾病缠身。婴,缠绕。

〔15〕蓐:同"褥"。

〔16〕圣朝:指晋朝,懿美之词。

〔17〕清化:清明的政治教化。

〔18〕太守:郡的最高行政长官。　孝廉:孝,善事父母;廉,品行纯洁。　孝廉,是汉代选拔人才的科目之一。汉武帝时开始令各郡国每年荐举孝、廉各一名,魏晋沿袭此制度。

〔19〕刺史:州之长官。　秀才:汉代是荐举人才的科目之一。每年命州举秀才,与后世经过考试的秀才不同。

〔20〕诏书:帝王布告臣民之书。　郎中:官名,供职于宫廷,管理车、骑、门户,并内充侍卫,外从作战。

〔21〕寻:不久。　蒙:受到。

〔22〕除:去旧官,任新职。李善注引如淳《汉书注》:"凡言除者,除故官就新官也。"　洗(xiǎn 显)马:辅佐太子之官,也作"先马"。

〔23〕猥:鄙陋卑贱,自谦之词。

〔24〕东宫:太子居所,此指太子。

〔25〕陨(yǔn 允)首:掉头,此指杀身图报。陨,掉落。李善注引《汉书》"谷永上书王凤曰:齐客陨首公门,以报恩施。"

〔26〕切峻:急切严厉。

〔27〕逋(bū 不)慢:指逃避轻慢。逋,逃避。

〔28〕州司:州官。

〔29〕星火:流星的火光,比喻急迫。

〔30〕苟顺:暂且迁就。

〔31〕告诉:向长官申诉请求。

〔32〕狼狈:是指进退两难的情状。

〔33〕伏惟:我恭恭敬敬地想。下对上表恭敬之词。伏,俯伏;惟,想。

〔34〕故老:故臣遗老。

〔35〕矜育:怜悯养育。矜,怜惜。

〔36〕伪朝:指被灭掉的蜀国。

〔37〕郎署:指尚书台的官署。汉制,郎官初在尚书台任职,称尚书郎中,满一年称尚书郎。李密仕蜀汉,由郎中迁尚书郎,故称历职郎署。

〔38〕宦达:官职显达。宦,做官。

〔39〕矜:夸耀。 名节:名誉和节操。

〔40〕微陋:低贱。

〔41〕拔擢(zhuó 浊):提拔。擢,提升。 宠命:恩命,指拜洗马等事。 优渥(wò 握):优厚。

〔42〕盘桓:迟疑不前。 希冀:指非分之想。

〔43〕日薄西山:太阳接近西山。比喻人的寿命将终了。薄,迫近。李善注引扬雄《反骚》:"临汨罗而自陨兮,恐日薄于西山。"

〔44〕奄奄:气息微弱的样子。

〔45〕危浅:指活不长了。浅,历时不长。

〔46〕终余年:活到最后。余年,残年。

〔47〕区区:渺小,指私衷。 废远:弃而远离。

〔48〕有:又。

〔49〕尽节:尽忠。

〔50〕乌鸟私情:乌鸦反哺,比喻人之孝心。

〔51〕终养:养老送终。

〔52〕二州:指梁州、益州。 牧伯:一州之长,即刺史。上古之时一州之长称牧,又称方伯。后世以"牧伯"称刺史。

〔53〕鉴:这里是看得清清楚楚。

〔54〕愚诚:愚拙的诚心。

〔55〕余年:风烛残年。

〔56〕陨首:掉头,指肝脑涂地地报恩。

〔57〕结草:据《左传·宣公十五年》记载:晋大夫魏武子临死时,嘱咐他儿子魏颗把武子的爱妾杀了殉葬。魏颗没有照办而是把她嫁出去了。后来魏颗与秦将杜回作战,看见一个老人,结草把杜回绊倒,被擒。夜里魏颗梦见这个老人,说他是魏武子宠妾之父,特来报恩。"结草"便为死后报恩之出典。

〔58〕不胜:不尽。 犬马怖惧之情:犬马恐怖之情。此以犬马自喻。为臣子卑谦之词。

今译

臣李密上言：我因命运坎坷，幼遭不幸。降生六个月，慈父谢世，待我四岁，舅父逼母改嫁。祖母刘氏怜我孤独体弱，亲自将我抚养。我幼年多病，九岁还不会行走，孤苦零丁，直至成人。臣既无叔伯又无弟兄，人丁不旺，福分浅薄，很晚才有儿子。外无较近之亲，家无守门之仆。茕茕孑立，形影相吊。而祖母刘氏一直疾病缠身，经常卧床不起，臣煎汤熬药，从未间断或离开。

到了圣朝，臣得以沐浴清明教化。前太守逐荐臣为孝廉，后刺史荣举臣为秀才。臣因无人供养祖母，辞而未能赴任。陛下特下诏书，授臣郎中，不久又蒙国恩，授臣太子洗马，以臣微贱之躯，充任洗马之职，非肝脑涂地所能报答得了的。臣有苦衷，写表上奏，辞不就职。诏书严厉，责臣犹豫怠慢；郡县紧逼，督臣立即上路；州官登门催我急如星火。臣欲奉诏速往，而祖母之病日重一日；臣欲迁就私情，报告长官而未被允许。臣进退两难，实在狼狈。

我想圣朝以孝道治理天下，所有老人皆怜悯抚养，况臣孤苦零丁，情况尤为特殊。再说臣年轻之时，曾在伪朝任职，本欲宦途显达，不求炫耀名节。今臣为虏，卑贱的俘虏，极其渺小浅陋，蒙陛下破格提拔，岂敢退疑徘徊，再存非分之想！但因祖母刘氏日薄西山，气息奄奄，寿命不长，朝不虑夕。臣无祖母，无法活到今天；祖母无臣，无法度过残年，祖孙二人，相依为命，因此，拳拳之心令我不忍抛下祖母而远走。

臣李密今年四十有四，祖母今年九十六，因此臣尽忠陛下之日尚长，而报答祖母之日已短，臣怀乌鸦反哺之情，乞求陛下允我养老送终。臣之苦心，不独蜀地人士及二州长官亲见理解，皇天后土，亦有目共睹。请陛下怜悯臣之一片诚心，准我实现这小小志愿，或许刘氏可侥幸寿终正寝。臣生当肝脑涂地效忠，死当暗中"结草"报恩。臣怀犬马在主人面前的惶惧之情，恭恭敬敬上奏陛下。

（魏淑琴译注并修订）

◎ 谢平原内史表

陆士衡

📖 题解

晋武帝太康十年(289)，陆机、陆云兄弟应征入洛，次年进入官场，正值太康暂时繁荣已到尽头。晋惠帝继位后，政治腐败，社会矛盾激化，内乱频仍，先有外戚杨骏、贾后争权，后继"八王之乱"，陆机遭遇这动乱时代，被卷入晋统治集团内部争权夺利的斗争旋涡，濒于灭顶之灾。

此表写于晋惠帝永宁元年(301)。赵王伦专权时，机任中书郎。伦倒台赐死，机受伦牵连，以莫须有罪名被捕入狱。齐王冏怀疑机参与为伦篡位矫作禅让诏书。后多亏成都王颖等相救，为其辩白，机才幸免于难。机写此表呈颖，旨在表达由衷感谢救命大恩和赐予平原内史官职，抒发一心效忠报答的深情。侧面反映了晋统治者内讧，互相倾轧，祸国殃民的历史悲剧。表可分四部分：首先，交代呈表谢恩缘由；其次，自我申辩蒙受不白之冤；又次，写洗雪罪名，活着出狱，感激涕零；结尾，陈述不幸中的万幸，免死授官，悲喜交集，发愿为颖效忠。

天有不测风云，呈表仅二年后，即太安二年(303)，成都王颖听信谗言，翻脸杀机，并夷三族，酿成历史大悲剧，这一百八十度急遽逆转，为机始料所未及。

这篇奏章有较强的艺术魅力。首先，突出以情感人，写不幸含冤，几乎被杀，催人泪下；写免罪赐官，悲中有喜，哀婉动人。如："苟削丹书，得夷平民，则尘洗天波，谤绝众口，臣之始望，尚未至是。猥辱大命，显授符虎，使春枯之条，更与秋兰垂芳，陆沉之羽，复与翔鸿抚翼。"行文婉转流畅，情真意切，文辞优美，典雅富丽。其次，心理描写比较成功，用较多笔墨描摹悲喜交加，忐忑不安等内心世界，入情入理，生动感人。此外，句法讲究对仗排偶，增强了气势。双音词四字句居多，间杂韵语，平添不少音韵美。如："莫大之衅，日经圣听，肝血之诚，终不一闻。"读来音节和谐悦耳，堪称精心佳构。

▓▓▓ 原文

陪臣陆机言[1]：今月九日，魏郡太守遣兼丞张含，赍板诏书印绶，假臣为平原内史[2]。拜受祗竦，不知所裁[3]。臣机顿首顿首，死罪死罪[4]。

臣本吴人，出自敌国[5]，世无先臣宣力之效，才非丘园耿介之秀[6]。皇泽广被，惠济无远[7]，擢自群萃，累蒙荣进[8]。入朝九载，历官有六[9]，身登三阁，官成两宫[10]。服冕乘轩，仰齿贵游[11]，振景拔迹，顾邀同列[12]。施重山岳，义足灰没[13]。遭国颠沛，无节可纪[14]，虽蒙旷荡，臣独何颜[15]？俯首顿膝，忧愧若厉[16]。而横为故齐王冏所见枉陷，诬臣与众人共作禅文[17]。幽执图圄，当为诛始[18]。臣之微诚，不负天地[19]，仓卒之际，虑有逼迫[20]，乃与弟云及散骑侍郎袁瑜、中书侍郎冯熊、尚书右丞崔基、廷尉正顾荣、汝阴太守曹武思所以获免[21]，阴蒙避回，崎岖自列[22]。片言只字，不关其间[23]，事踪笔迹，皆可推校[24]。而一朝翻然，更以为罪[25]。蕞尔之生，尚不足矜[26]，区区本怀，实有可悲[27]。畏逼天威，即罪惟谨[28]。钳口结舌，不敢上诉所天[29]。莫大之衅，日经圣听[30]，肝血之诚，终不一闻[31]。所以临难慷慨，而不能不恨恨者，惟此而已[32]。

重蒙陛下恺悌之宥[33]，回霜收电，使不陨越[34]。复得扶老携幼，生出狱户[35]，怀金拖紫，退就散辈[36]。感恩惟咎，五情震悼[37]，蹈天蹐地，若无所容[38]。不悟日月之明，遂垂曲照[39]，云雨之泽，播及朽瘁[40]。忘臣弱才，身无足采[41]，哀臣零落，罪有可察[42]。苟削丹书，得夷平民[43]，则尘洗天波，谤绝众口[44]，臣之始望，尚未至是[45]。

猥辱大命，显授符虎[46]，使春枯之条，更与秋兰垂芳[47]，陆沉之羽，复与翔鸿抚翼[48]。虽安国免徒，起纡青组[49]，张敞亡命，坐致朱轩[50]。方臣所荷，未足为泰[51]。岂臣蒙垢含丢所宜忝窃[52]？非臣毁宗夷族所能上报[53]。喜惧参并，悲惭哽结[54]。拘守常宪，当便道之官[55]，不得束身奔走，稽颡城阙[56]，瞻系天衢，驰心辇毂[57]。臣不胜屏营延仰，谨拜表以闻[58]。

注释

〔1〕陪臣：古代诸侯的大夫，对天子自称陪臣。此前，机曾经任吴王晏郎中令，故称。陪，重（chóng 崇）。

〔2〕今：谓今年，指晋惠帝永宁元年（301）。 魏郡：郡名。治所在邺（今河北临漳县西南）。 丞：辅佐官名。 张含：为魏郡太守下属辅佐官，生平未详。 赍（jī 机）：携带。 板：晋、南北朝时，诸王公大臣对属官的任命称板。 诏书：帝王布告臣民的文告。 印绶：印信和系印信的丝带。古人印信上系有丝带，佩带在身。 假：授予。 平原：郡、国名。治所在今山东平原县西南。

〔3〕拜受：拜而受之，敬词。 祗竦（zhī sǒng 支耸）：恭敬恐惧。 裁：写作，谓写表致谢。

〔4〕顿首顿首，死罪死罪：古代臣子上谢表之类，习用套语，表示谦恭。

〔5〕吴人：机为吴郡华亭（今上海市松江县）人，故称。 敌国：彼此敌对的国家。

〔6〕先臣：古代臣在君王前称自己已故的祖父、父亲为先臣。 宣力：尽

力。　丘园:指隐居的地方。　耿介:正直不阿,廉洁自持。

〔7〕皇泽:皇帝的恩泽。　广被:遍及。　惠济:谓施惠给人。　无远:谓无远不到。《书·大禹谟》:"无远弗届。"

〔8〕擢(zhuó 浊):选拔。　群萃:谓同辈。　蒙:承蒙。　荣进:荣升高位。

〔9〕历官:先后连任官职。自太熙元年(290)至元康八年(298),历时九年,机先后连任祭酒、太子洗马、郎中令、尚书中兵郎、殿中郎和著作郎六种官职。

〔10〕登:升。　三阁:魏晋时的国家藏书楼,有内外三阁。晋秘书省下有著作局,设著作郎掌管三阁图书。　官成:仕宦有成就。　两宫:东宫和上台的合称,指太子和皇帝。

〔11〕服冕(miǎn 免)、乘轩:穿戴大夫的冕服,乘坐大夫的车子,指做大官。《左传·哀公十五年》:"服冕、乘轩。"　仰齿:谓忝在同列。谦词。　贵游:此泛指显贵者。

〔12〕振景(yǐng 影)拔迹:谓提拔。　顾:观看。　邈(miǎo 渺):通"藐"。小看,以为小。　同列:犹同僚。

〔13〕施:恩惠。　义:恩义。　灰没(mò 漠):犹灰灭,如灰烬之消散泯灭。

〔14〕颠沛:动荡变化。　节:节操。　纪:记。

〔15〕蒙:承蒙,敬词。　旷荡:宽宥。　独:犹将。　何颜:犹何面目。反诘词,表示无颜,即没有脸面。《史记·项羽本纪》:"我何目目见之?"

〔16〕俯首:低头,表示恭顺。　顿膝:谓跪拜。　忧愧:忧虑而且羞愧。若厉:为"夕惕若厉"的略语。形容戒慎勤勉,恐惧倾危。《易·乾》:"夕惕若厉。"

〔17〕横(hèng):意外。　故:原来的。　齐王冏(jiǒng 窘):齐王司马冏,西晋八王之一。　枉陷:冤枉陷害。　禅文:禅让皇位的文书。事见《晋书·陆机传》载,赵王伦将篡位,以机为中书郎。伦之诛也,齐王冏以机职在中书,九锡文及禅诏疑机与焉,遂收机等九人付廷尉。

〔18〕幽执:囚禁。　囹圄(líng yǔ 灵宇):牢狱。　诛:诛杀。

〔19〕微诚:微小的诚意。谦词。　负:背弃。

〔20〕仓卒(cù 猝):匆忙。　虑:忧虑。　逼迫:犹窘迫。

〔21〕获免:得以避免不幸。谓机和六人(陆云、袁瑜、冯熊、崔基、顾荣、曹武)曾在赵王伦手下为官,伦被杀,都受其牵连下狱,一同思索得以避免不幸的办法。

〔22〕阴:秘密的。 蒙:蒙蔽。 避回:回避。 崎岖:比喻艰难险阻。自列:自陈。

〔23〕片言只字:谓一言半语。片,只。 关:牵连。 其间(jiān 坚):其中。

〔24〕事踪:犹事迹。 笔迹:字迹。 推校:推求考校。

〔25〕一朝(zhāo 召):一时。 翻然:形容迅速转变。

〔26〕蕞(zuì 罪)尔:形容小。 尚:还。 柔:吝惜。柔,同"吝"。

〔27〕区区:犹方寸。 本怀:自己的心迹。

〔28〕畏逼:惧怕。 天威:指帝王的威严。 即:就。 惟谨:同唯谨,只是说得很少。

〔29〕钳口结舌:形容紧闭着口,不敢说话。 上诉:谓向君王诉说冤情。所天:谓君王。

〔30〕衅(xìn 信):罪。 圣听:尊称君王的耳朵。

〔31〕肝血:比喻赤诚之心。

〔32〕临难:身当危难。 慷慨:感叹。 恨恨:抱恨不已。

〔33〕重(chóng 崇):再。 蒙:承蒙,敬词。 陛下:尊称成都王颖。 恺悌(kǎi tì 楷替):和易近人。 宥(yòu 又):宽宥。

〔34〕回霜收电:比喻帝王息怒。 陨(yǔn 允)越:颠坠,谓死。

〔35〕扶老携幼:扶着老人,领着小孩。 狱户:监狱门。

〔36〕怀金拖紫:犹怀金垂紫,怀揣金印,拖着系金印的紫色丝带。形容显贵。 散(sǎn 伞)辈:散官之辈。

〔37〕感恩:感怀恩德。 惟:思考。 咎(jiù 旧):罪过。 五情:喜、怒、哀、乐、怨。 震悼:震动悲痛。

〔38〕跼(jú 局)天蹐(jí 急)地:形象恐惧不安。《诗·小雅·正月》:"谓天盖高,不敢不局;谓地盖厚,不敢不蹐。"

〔39〕日月:比喻君王。 曲照:光的曲折照射。形容恩泽无所不至。

〔40〕云雨:比喻恩泽。 播:施行。 朽瘁:谓衰病之身。

〔41〕忘:谓不必放在心上。 弱才:才能平庸低下。

〔42〕哀:谓可悲哀。 零落:比喻衰败、飘零。 察:明察。

〔43〕削:削除。 丹书:古时以朱笔记载犯人罪状的文书。 夷:等同。平民:谓普通百姓。

〔44〕尘:尘垢,喻罪名。 洗:洗雪。 天波:喻帝王恩泽。 谤:诽谤。

绝众口:谓使众人住口。

〔45〕始望:犹始愿,最初的愿望。

〔46〕猥辱:犹承蒙,谦词。　大命:称帝王的命令。　符虎:即铜虎符的略称。汉制,朝廷授予郡守铜虎符,此指平原内史职权。

〔47〕春枯:谓草木于春日凋残。　秋兰:秋日的兰草。　垂芳:留下芳香,喻留传美名。

〔48〕陆沉:陆地无水而沉,喻埋没。　羽:借代鸟。　翔鸿:高飞的鸿雁,喻朝臣。　抚翼:拍击翅膀,喻奋起。

〔49〕免徒:谓免去徒刑。　起:起用。　纡(yū 迂):系结。　青组:犹青绶。指系在印上的青色丝带。机援引汉代韩安国免除徒刑并起用为梁内史自况。史事见《史记·韩长孺列传》载,韩安国事梁孝王为中大夫,其后坐法抵罪。居无何,梁内史缺,汉使使者拜安国为梁内史,起徒中为二千石。

〔50〕亡命:指逃亡。　坐致:谓轻易获得。　朱轩:红漆的车子。古代为显贵所乘。汉代张敞因罪罢官而逃亡,后得机遇,重新拜为冀州刺史,机引以自况。史事见《汉书·张敞传》载,张敞为京兆尹时,贼杀无辜,免为庶人。后冀州有大贼,天子思敞功效,重新拜为冀州刺史。敞起亡命,复奉使典州。

〔51〕方:谓相比。　荷(hè 贺):谓承受恩德。　泰:过分。

〔52〕蒙垢(gòu 够):谓蒙受污垢。　含忝:含有鄙吝之情,谦言无德。　忝(tiǎn 舔)窃:谦辞,谓窃据平原内史之职。

〔53〕毁宗、夷族:义近,都谓毁灭宗族。　上报:谓报答君王的恩德。

〔54〕喜惧:既高兴又恐惧。　参并:犹交加。　哽(gěng 梗)结:郁积难言。

〔55〕拘守:守而不失。　常宪:常法。　便道:犹即行。指拜官后不必入朝谢恩,直接赴任。　之:到。　官:官署。

〔56〕束身:犹束带。指穿着整齐。　奔走:急行。　稽颡(qǐ sǎng 启嗓):古时一种跪拜礼,屈膝下跪,以额触地。　城阙:宫阙,谓帝王居处。

〔57〕瞻系:仰望悬系。　天衢(qú 渠):谓皇帝京城。　驰心:犹心驰,心神向往。　辇毂(niǎn gǔ 捻谷):君主所乘的车,用以指代君主。

〔58〕屏(bǐng 丙)营:形容恐惧。　延仰:引颈仰望,形容思念景仰之心急切。　谨:恭敬。　拜表:呈上奏章。

今译

陪臣陆机陈述：今年某月九日，魏郡太守派遣手下兼任丞张含，携带委任官职的诏书、印绶，授予臣为平原内史。拜而接受君命，恭敬恐惧，不知怎样写表致谢。臣顿首顿首，死罪死罪。

臣本是吴国人，来自敌对国家。世代没有先人为晋竭诚效力，本人并非隐居耿直优异之才。君主恩泽普遍施予，无远不到，把自己从同辈中选拔出来，屡次承蒙荣升高位。进入晋朝为官九年，历任官职六种，升官三阁掌管图书，两次高升显贵之职，官至东宫和上台。穿戴冕服，乘坐豪华车，忝在显贵之列，提拔重用，再看同僚，相形显得藐小，君王恩惠重于山岳，自身灰灭也不足以报答恩义。遭遇动荡变乱，却没有见危授命的节操可记，虽然承蒙宽宥，臣有什么脸面见人呢？低头跪拜，忧虑羞愧，戒慎倾危。而意外被原齐王冏冤枉陷害，诬枉臣和众人合谋矫作禅让诏书，逮捕囚禁监狱，将是被杀之始。臣微小诚意，不会违背天地，匆忙之际，忧虑将有窘迫，就同弟云及散骑侍郎袁瑜、中书侍郎冯熊、尚书右丞崔基、廷尉正顾荣、汝阴太守曹武一起思考用来获得避免不幸的办法。隐秘蒙蔽回避齐王冏的党羽，经受艰难险阻而自陈，一言半语，也没有牵连禅文之中，事迹字迹都可以推求考校，而一时急转直下，更加以为罪上加罪。小小生命，还不值得吝惜，而方寸心迹不被理解，实在感到可悲。畏惧帝王威严，就罪而说话很少，闭口无言，不敢向君王诉说冤情。莫大罪过，天天被传到君主的耳朵，而赤诚的心意，终究一次也不被听见，这就是臣面临危难而感叹，不得不抱恨不已的原因，只此而已。

再次承蒙陛下和乐平易的宽宥，息怒饶恕，使得不死。又能扶老携幼，活着走出监狱门，怀着金印，拖着紫色丝带，谦退就任散官。感怀恩德，思考罪过，情感震动悲痛，恐惧不安，好像无处可以容身。不领会君王如日月一般光明，曲折照射各个角落，恩泽施行到臣衰病之身。臣本是不必放在心上的平庸之辈，才不足以采择，衰败飘零令人可悲，罪名有无可以明察。如果免除罪名，能以百姓等同看待即知足，而多亏君王恩泽洗雪罪名，众多诽谤自然住口，臣最初的愿望，还没有想到这样好的结局。

承蒙君王命令，授臣显要官职，使得春日凋残的草木枝条，又同秋天的兰草一起留下芳香，使得无水而沉沦泥潭的鸟儿，又和高飞的鸿雁一道拍击翅膀。虽然韩安国免除徒刑，起用而系结梁国内史印绶；张敞逃亡避罪，轻易获得冀州刺史显贵官衔，他们与臣相比所承受恩德，不足以为过分。岂臣蒙受污垢心存鄙吝所宜窃据平原内史之职吗？不是臣毁灭宗族所能报答君王恩德的。高兴与戒惧交加，悲伤与惭愧郁积。拘守常法，当即行到任，不能穿着整齐疾走，前往帝王宫阙跪拜谢恩。仰望悬系在帝京，心神向往着君王。臣不胜恐惧景仰之至，恭敬地呈上这奏章使君主见闻。

（张厚惠译注　陈复兴修订）

◎ 劝进表一首

刘越石

　　刘越石,名琨,是晋朝时政治、军事和文学上都较有成就的人物之一。

　　他所写的《劝进表》,摆脱了以往那种以歌功颂德为主的旧体式,而是通过对大量事实的陈述,来抒发自己的忧国忧民之情,从而使叙事与抒情相结合的艺术手法,在文章中得到了较为完美的表现。西晋建兴四年(316),胡人刘曜攻陷长安,晋愍帝被俘,宣告了西晋的灭亡。北方自胡人入侵后,连年战乱,山河破碎,人民备受蹂躏。晋愍帝被俘后,皇统中断,国家无主,抗击胡虏入侵的斗争,也因群龙无首而显得软弱无力。作者在陈述这些事实的时候,从自己的切身感受出发,将自己的感情完全融入在叙事之中,时而慷慨激昂,时而义愤填膺,时而凄婉悲凉,时而理明据足,读来不仅使人有声泪俱下的感叹,也有令人感奋不已的赞叹!

　　除了艺术手法的完美以外,刘越石在本文中所表露的政治哲学也是十分可取的,正是这些政治思想贯穿全文,所以才读来如此感人。具体来说,就是"以黔首为忧"的民为贵、"多难以固邦国"的多难兴邦、"柔服以德,伐叛以刑"的恩威兼施等可贵思想。作者在阐述这些政治观点的时候,并不是泛泛的说教,而是从现实和历史的大量事实中,通过层层分析,顺理成章而被突出出来,自然令人信服。当然,刘越石这篇文章的本意是"黎元不可以无主",劝说司马睿即皇帝位的。但是,文章中表露的政治主张和写作中的艺术成就，都大大超越了文章的本意，确实是一篇不可多得的好作品。

原文

建兴五年[1]，三月癸未朔十八日辛丑，使持节散骑常侍，都督河北、并、冀、幽三州诸军事，领护军匈奴中郎将司空，并州刺史广武侯臣琨，使持节侍中，都督冀州诸军事，抚军大将军，冀州刺史，左贤王渤海公臣磾[2]，顿首死罪上书，臣琨、臣磾顿首顿首，死罪死罪！

臣闻天生蒸民[3]，树之以君，所以对越天地，司牧黎元[4]。圣帝明王[5]，鉴其若此，知天地不可以乏飨[6]，故屈其身以奉之，知黎元不可以无主，故不得已而临之。社稷时难，则戚藩定其倾[7]；郊庙或替[8]，则宗哲篡其祀[9]。所以弘振遐风[10]，式固万世[11]，三五以降[12]，靡不由之[13]。臣琨、臣磾顿首顿首，死罪死罪！

伏惟高祖宣皇帝肇基景命[14]，世祖武皇帝遂造区夏[15]，三叶重光[16]，四圣继轨[17]，惠泽侔于有虞[18]，卜年过于周氏[19]。自元康以来[20]，艰祸繁兴，永嘉之际[21]，氛厉弥昏[22]。宸极失御[23]，登遐丑裔[24]，国家之危，有若缀旒[25]。赖先后之德，宗庙之灵，皇帝嗣建[26]，旧物克甄[27]。诞授钦明[28]，服膺聪哲[29]，玉质幼彰[30]，金声凤振[31]。冢宰摄其纲[32]，百辟辅其治[33]，四海想中兴之美，群生怀来苏之望[34]。不图天不悔祸，大灾荐臻[35]，国未忘难，寇害寻兴。逆胡刘曜，纵逸西都，敢肆犬羊[36]，凌虐天邑[37]。臣等奉表使还，仍承西朝，以去年十一月不守，主上幽劫，复沉虏廷，神器流离[38]，再辱荒逆。臣每览史籍，观之前载，厄运之极，古今未有。苟在食土之毛[39]，含气之类[40]，莫不扣心

劝进表一首

绝气^[41]，行号巷哭。况臣等荷宠三世^[42]，位厕鼎司^[43]，承问震惶，精爽飞越^[44]，且悲且恌，五情无主^[45]，举哀朔垂，上下泣血。臣琨、臣碑顿首顿首，死罪死罪！

臣闻昏明迭用^[46]，否泰相济^[47]，天命未改，历数有归，或多难以固邦国，或殷忧以启圣明。齐有无知之祸，而小白为五伯之长^[48]；晋有骊姬之难，而重耳主诸侯之盟^[49]。社稷靡安，必将有以扶其危；黔首几绝^[50]，必将有以继其绪^[51]。伏惟陛下玄德通于神明，圣姿合于两仪^[52]，应命代之期，绍千载之运^[53]。夫符瑞之表^[54]，天人有征，中兴之兆，图谶垂典^[55]。自京畿陨丧，九服崩离^[56]，天下嚣然，无所归怀。虽有夏之遘夷羿^[57]，宗姬之离犬戎^[58]，蔑以过之^[59]。陛下抚宁江左^[60]，奄有旧吴，柔服以德，伐叛以刑，抗明威以摄不类^[61]，仗大顺以肃宇内^[62]。纯化既敷^[63]，则率土宅心^[64]，义风既畅，则遐方企踵^[65]。百揆时序于上^[66]，四门穆穆于下^[67]。昔少康之隆^[68]，夏训以为美谈^[69]，宣王之兴^[70]，周诗以为休咏^[71]。况茂勋格于皇天^[72]，清辉光于四海，苍生颙然^[73]，莫不欣戴，声教所加，愿为臣妾者哉！且宣皇之胤^[74]，惟有陛下，亿兆攸归，曾无与二。天祚大晋^[75]，必将有主，主晋祀者非陛下而谁？是以迩无异言^[76]，远无异望，讴歌者无不吟咏徽猷^[77]，狱讼者无不思于圣德。天地之际既交，华裔之情允洽^[78]，一角之兽^[79]，连理之木^[80]，以为休征者^[81]，盖有百数。冠带之伦^[82]，要荒之众^[83]，不谋而同辞者，动以万计。是以臣等敢考天地之心，因函夏之趣^[84]，昧死以上尊号。愿陛下存舜、禹至公之情，狭巢、由抗矫之节^[85]，以社稷为务，不以小行为先，以黔首为忧，不以克让为事。上以慰宗庙乃顾之怀，下以释溥天倾首之望[86]，则所谓生繁华于枯荑[87]，育丰肌于朽骨，神人获安，无不幸甚！臣琨、臣磾顿首顿首，死罪死罪！

　　臣闻尊位不可久虚，万机不可久旷，虚之一日，则尊位以殆，旷之浃辰[88]，则万机以乱。方今钟百王之季[89]，当阳九之会[90]，狡寇窥窬[91]，伺国瑕隙[92]，齐人波荡，无所系心，安可以废而不恤哉？陛下虽欲逡巡[93]，其若宗庙何？其若百姓何？昔惠公虏秦[94]，晋国震骇，吕郤之谋欲立子圉，外以绝敌人之志，内以固阖境之情。故曰："丧君有君，群臣辑穆，好我者劝[95]，恶我者惧。"前事之不忘，后代之元龟也[96]。陛下明并日月，无幽不烛，深谋远虑，出自胸怀。不胜犬马忧国之情[97]，迟睹人神开泰之路，是以陈其乃诚，布之执事。臣等各忝守方任[98]，职在遐外，不得陪列阙庭，共观盛礼，踊跃之怀，南望罔极[99]，谨上。臣琨谨遣兼左长史、右司马臣温峤[100]，主簿臣郗闿训[101]，臣磾遣散骑常侍、征虏将军、清河太守领右长史、高平亭侯臣荣劭[102]，轻车将军、关内侯臣郭穆，奉表[103]。臣琨、臣磾等顿首顿首，死罪死罪！

注释

〔1〕建兴：晋愍帝司马邺的年号。文中提到的"建兴五年（317）"史无证载，因司马邺于建兴四年（316）被刘曜俘获，不久被杀害。作者上书时，晋室皇统中断，新的君主尚未登位，故习惯沿用建兴年号。

〔2〕磾：人名，即段匹磾，晋代鲜卑族人，曾与刘琨多次结盟。

〔3〕蒸民：众人，百姓。

〔4〕黎元：黎民百姓。

〔5〕圣帝明王：泛指古代的贤明君主。

〔6〕禋:古代对天地神明的祭祀活动。

〔7〕戚藩:指皇帝的亲属并封有领地的藩王。

〔8〕替:废弃的意思。"宗庙或替"句的意思是指有时候对祖先的祭祀中断了。

〔9〕宗哲:宗族中的贤明能人。

〔10〕遐风:远大的雄风。

〔11〕式:榜样的意思。此句意为,应以古代的圣明君主为榜样,使万世的基业得到巩固。

〔12〕三五:三皇五帝的略称。

〔13〕靡:无的意思。

〔14〕高祖宣皇帝:指司马懿。其子司马炎称帝后,追上尊号为宣皇帝。肇基:开创基业。 景命:接受上天之大命。

〔15〕武皇帝:即晋武帝司马炎。

〔16〕三叶重光:三代重新光大。历史上将汉文帝、汉景帝和汉武帝称为三叶,他们都使汉朝的业绩重新光大。此处指晋景、宣、文三代。

〔17〕四圣:指武帝司马炎、惠帝司马衷、怀帝司马炽、愍帝司马邺。 继轨:继承古代圣明君主建国的轨迹。比喻他们统治的晋王朝是古代昌盛王朝的继续。

〔18〕侔:齐。 有虞:虞舜。

〔19〕卜年:以占卜的形式来预测享国的年数,或传国的世数。 周氏:指周武王姬发所创建的周朝。

〔20〕元康:晋惠帝司马衷的年号。

〔21〕永嘉:晋怀帝司马炽的年号。

〔22〕昏:昏暗的意思,引申为时世混乱。此句是指史称的"永嘉之乱"。晋永嘉五年(311),刘聪攻陷洛阳,俘晋怀帝,中原大乱。

〔23〕宸极:皇帝位。

〔24〕登遐:指皇帝的死亡,又称为登假。 丑裔:丑恶边远的地方。这里喻指刘聪将晋怀王俘获后,带往北方杀害。

〔25〕缀旒:古代皇冠前后所悬垂的玉串,因是互相串连,故易于脱落。用来比喻国家处于危难中,随时有灭亡的可能。

〔26〕皇帝:指晋愍帝司马邺。根据《晋书》记载,晋怀帝死于刘聪军中后,

皇太子司马邺在长安继承皇位。

〔27〕旧物:旧有的典章制度。物,标志的意思,引申为典章制度。　克甄:
恢复和发扬。

〔28〕诞授:天生的,生下来就有的。

〔29〕聪哲:聪明多知。

〔30〕玉质:美好如玉的品质。　幼彰:幼小的时候就表现明显。

〔31〕金声:美好的名声。　凤振:早就流传。原作"金声玉振",见《孟子·
万章下》:"孔子之谓集大成。集大成也者,金声而玉振之也。金声者也,始条
理也;玉振者也,终条理也。始条理者,智之事也;终条理者,圣之事也。"这里用
其引申意。

〔32〕冢宰:丞相。

〔33〕百辟:百官。

〔34〕来苏:复兴的意思。语见《尚书》:"傒予后,后来其苏。"

〔35〕荐臻:重复出现。指晋愍帝建兴四年(316),刘曜攻陷长安,晋愍帝
被俘。

〔36〕肆:放纵的意思。　犬羊:比喻刘曜的军队。

〔37〕天邑:天子居住的地方。

〔38〕神器:凡天子所用的仪仗、服饰、器物等的总称,后用来代指皇帝。这
里指晋愍帝。

〔39〕毛:指草。此指谷物。食土之毛,指依赖此土谷物生存的百姓。

〔40〕含气之类:指有生命的物类。

〔41〕扣心:捶击胸部。

〔42〕荷宠:承受君主的宠信。　三世:指三代人。刘琨的祖父曾是晋朝相
国参军,父亲刘蕃为太子洗马、侍御史,刘琨为散骑常侍、广武侯,三代人在晋朝
都有较高的官职。

〔43〕鼎司:三公职位的合称。刘琨当时官任司空,正是三公之一。

〔44〕精爽:灵魂。语见晋·潘岳《寡妇赋》:"睎形影于几筵兮,驰精爽于
丘墓。"

〔45〕五情:喜、怒、哀、乐、怨合称五情,一般代指人的心情。

〔46〕昏明:白天和黑夜。　迭用:互相交替出现。

〔47〕否泰:顺利和不顺利的意思。　相济:相互补充。

〔48〕无知:春秋时齐国的公子。　小白:春秋时齐桓公名。　五伯:指春秋时代的齐桓公、晋文公、秦穆公、宋襄公和楚庄公,史称五霸。

〔49〕骊姬:人名,春秋时骊戎国君之女。晋献公灭骊戎,纳为夫人,得到宠信。骊姬生奚齐,其妹生卓子,不久害死太子申生,逼走公子重耳和夷吾。晋献公死后,立奚齐,但骊姬和奚齐等皆为大夫里克等所杀。　重耳:人名,春秋时晋国的公子,晋献公之子。骊姬以谗言害死太子申生后,他逃亡在外,后归国为晋文公。他任用狐偃、赵衰、贾佗、先轸等人,使晋国强大,终成霸主。

〔50〕黔首:平民。黔,黑色的意思。源自以黑布裹头的人。

〔51〕绪:丝头。引申为后代继承人。

〔52〕两仪:指天地。

〔53〕绍:继承的意思。

〔54〕符瑞:吉祥的征兆。古代的一种迷信说法,认为合于天命的,天必以各种吉祥的征兆来预示,称为符瑞。

〔55〕图谶:古代一种占验符命的书。

〔56〕九服:古代将皇帝所居住的京都以外的地方,统称为九服。以京城为中心,方圆五百里以内称侯服,又五百里称甸服,又五百里称男服,以次为采服、卫服、蛮服、夷服、镇服和藩服。

〔57〕有夏:即夏朝。　遭:遭到灾难。　夷羿:传说中的有穷国君主。据传说夏朝的最后一个君主名太康,在位时荒淫暴虐,后被有穷国君夷羿所杀。

〔58〕宗姬:即周朝,因周朝君主为姬姓,故以宗姬代称。　离:遇难。　犬戎:西周时的部落国家之一。据《史记》记载,西周的幽王荒淫无道,宠爱美人褒姒,废掉皇后申氏。申皇后的父亲申侯联络犬戎国的军队,攻打西周京城,杀幽王于骊山下。

〔59〕蔑:没有。

〔60〕抚宁:安抚镇守。　江左:指长江以南的地方。晋元帝司马睿在没有称帝前,为镇守江南的各军统帅。

〔61〕抗:高举的意思。　明威:指王室的威信。　摄:安抚、镇摄。　不类:坏人、恶势力。指当时各种反抗晋朝统治的势力。

〔62〕顺:顺理。语见《论语·子路》:"名不正,则言不顺。"引申为具有王室的名分。

〔63〕纯化:笃实敦厚的教化。　敷:布施,扩展。

〔64〕宅心:归心,归顺。

〔65〕遐方:四面八方。　企踵:踮起脚跟(延颈仰望)。

〔66〕百揆:古代总领国政的长官。揆,筹划管理的意思。　时序:时间的先后,季节的顺序。此句语见《左传》:"以揆百事,莫不时序。"

〔67〕穆穆:和悦可亲的状态。语见《书·舜典》:"宾于四门,四门穆穆。"

〔68〕少康:人名,传说中夏朝的国王。据《史记·夏纪》记载,少康是夏王相的儿子,大禹的七世孙。相为寒浞的儿子浇所杀,当时相的妻子正怀孕,逃到有仍后,生下少康。少康长大后为有仍氏牧正,后来又投奔有虞氏为庖正。在周姓部落的帮助下,和旧臣合力灭掉寒浞,恢复了夏王朝的统治。史称"少康中兴"。　隆:兴旺发达的意思。

〔69〕夏训:夏书。

〔70〕宣王:即周宣王姬静。据《史记·周纪》记载,周厉王死于彘,周公和召公共立他为王,即位后任用贤良仲山甫、尹吉甫、方叔、召虎等,北伐猃狁,南征荆蛮,被史家称为中兴之主。

〔71〕周诗:指《诗经》中的周颂。　休:赞美的意思。

〔72〕格:到达。

〔73〕颙然:仰慕。

〔74〕胤:指有血缘关系的后代。

〔75〕祚:赐福。

〔76〕迩:近的意思。

〔77〕徽猷:美好的品德。

〔78〕华裔:华夏与四裔。裔,边远之地。

〔79〕一角之兽:麒麟,传说中的神兽,为独角。

〔80〕连理木:两棵树的枝条连生在一起。与麒麟等皆为吉祥物。

〔81〕休征:美善的吉祥之兆。

〔82〕冠带:代指官吏和读书的士人。

〔83〕要荒:要服与荒服,古代对边远地区的泛称。

〔84〕函夏:全国。　趣:意向。

〔85〕巢由:巢父和许由,传说二人皆为唐尧时隐士,尧欲让位于二人,皆不受。

〔86〕溥天:即普天下。溥,普遍的意思。语见《诗经·小雅》:"溥天之下,

莫非王土。"

〔87〕黅:草木始生的嫩芽。

〔88〕浃辰:十二日。

〔89〕百王:泛指历代的皇帝。

〔90〕阳九:古代的术数家以四千六百十七岁为一元,初元一百零六岁,其中有九年为旱灾,称为阳九。 会:时机、时候。

〔91〕窥窬(yú于):通过小洞偷看。窬,门边小洞。引申为不怀好意的暗中观察。

〔92〕瑕隙:缺点和漏洞。

〔93〕逡(qūn困)巡:迟疑徘徊,欲行又止。

〔94〕惠公:即晋惠公,名夷吾。据《左传》记载,骊姬杀害太子申生后,夷吾逃往梁国。晋献公死后,骊姬及其子奚齐主持国政,但不久均被大夫里克杀死。夷吾向秦国借兵返回,即位后为晋惠公。他曾答应秦国以河西之地作为报偿,后来又悔约不割地给秦国,于是秦国派兵攻打晋国。在韩原,秦军大败晋军,并俘虏了晋惠公,引起晋国上下一片恐慌。这时晋国的大夫吕饴甥和郤芮,主张立世子圉为国君,这样虽然秦国俘虏了晋惠公,但并不构成威胁,对内则可以使大家同仇敌忾,一致对外。

〔95〕劝:勉励的意思。

〔96〕元龟:大龟。古代用龟甲占卜。引申为可作借鉴的前事。语见《三国志·吴·孙权传》:"则前世之懿事,后王之元龟也。"

〔97〕犬马:古代官吏对皇帝的自称。语见《史记·三王世家》:"臣窃不胜犬马心,昧死愿陛下诏有司。"

〔98〕忝:有愧于……。

〔99〕罔极:无穷尽。古代常将父母的恩惠说成"罔极之恩"。

〔100〕温峤:人名,字太真,太原人,后为东晋的著名军事将领。

〔101〕辟闾训:字祖明,乐安人,东晋初为幽州刺史。

〔102〕荣劭:字茂世,北平人,东晋初清河太守。

〔103〕郭穆:字景通。

今译

建兴五年，三月癸未朔十八日辛丑，奉皇命持节、散骑常侍、都督河北并州冀州和幽州诸路兵马、领护军匈奴中郎将、司空、并州刺史、广武侯臣刘琨，奉皇命持节、侍中、都督冀州诸路兵马、抚军大将军、冀州刺史、左贤王、渤海公臣段匹磾，俯伏叩头，冒着死罪呈上我们的奏文。为此，我们再次向陛下叩头、叩头，死罪呀死罪！

臣等听说过，老天生下百姓，又为他们树立君主，目的是有人来祭祀天地，有人来治理百姓。凡是圣明的君主，都是懂得这个道理的。他们都知道，对天地是不可以缺少祭祀的，而且应该恭恭敬敬地贡献出祭品来侍奉天地。他们也知道，老百姓是不能没有君主的，所以君主是不得已而莅临天下啊！国家有时出现了危难，作为皇帝亲戚的藩王就应该去扶持他，宗庙的祭祀有时中断了，那么宗族中的优秀人物就应该承担起祭祀的责任。只有这样做，才能宏扬远大的雄风，并以古代的圣明君主为榜样，来巩固子孙万代的基业。自三皇五帝以来，莫不是如此的啊！臣刘琨、段匹磾叩头、叩头，死罪啊死罪！

臣等俯伏于地，不由想到：高祖宣皇帝接受天命，开创了大晋的基业。世祖武皇帝统一了全国各地，他把宣、景、文三代之业绩发扬光大；武帝、惠帝、怀帝、愍帝四圣，是三代圣明君主事业的继承者；对百姓恩泽无边，可以同尧舜等齐！根据占卜的卦象预示，晋朝的传国世数将超过周朝。但是，自从元康以来，国家的祸患是一波未平一波又起，到了永嘉年间，凶氛恶气更加狂厉，王室危机四伏。皇位由于怀帝被刘曜劫掠而空虚，怀帝本人也在丑恶边远的平阳被杀害了。国家目前的危险处境，就如皇冠上的玉串那样，随时可能坠落。依靠先帝的德行，宗庙神灵的保佑，太子秦王即皇帝位，终使晋朝的典章制度又重新得到恢复和发扬。秦王一生下来就受人敬仰，明察多知，令人佩服，美好如玉的品质，幼小的时候就有明显的表现,他的声名,早就广为流传了。宰相总理国家的纲纪,文武百官辅佐治理,四海之内人人都想到了晋室中兴的美好前途,百姓也满怀着复兴的希望。想不到,老天也改变不了这灾祸不断的局面,巨大的危难竟然又重复出现了。当人们对发生过的灾难还没有忘却的时候,新的巨大的灾难又降临了。逆胡刘曜进长安,他放纵士兵烧杀抢掠,使皇帝居住的京城饱受凌辱。臣刘琨等曾派遣使臣奉奏章进京,使臣回来后,我们才知道京城已于去年十一月失守了。皇帝又遭到劫难,再次被逆胡劫持,这不仅使皇帝受到流离的痛苦,而且是再一次受到逆贼的凌辱。臣刘琨每次阅读古书,追溯以往的历史,像这样不断遭到危险命运的事,真是古今所无啊!如果连衣食于国土上的普通百姓,生息于此地的人群士类,都为皇帝被难而捶胸顿足,呼吸断绝,号哭于大街小巷,何况,臣刘琨三代人都受到晋朝的宠信,我又身居司空之职,当我们听到皇帝被停死去的消息以后,感到万分的惶恐与震惊,灵魂都吓飞了,真是又悲伤又惋惜,简直无法控制自己的感情。在我们驻地举行哀悼的时候,人人哭得眼中都流出了血!臣刘琨、段匹磾叩头、叩头,死罪死罪!

臣等还听说,白天和黑夜是相互交替的,顺利和不顺利也是互为补充的,上天的运命并没有改变,天道仍然归于晋朝。有时多灾多难,反倒可以使国家更加稳固,有时产生祸患,却会幸运地出现圣明的君主。春秋时的齐国,公子无知杀死齐襄公,引起国内大乱,但齐桓公即位,任用贤相管仲,齐国反成了五霸之一。春秋时的晋国,因晋献公宠爱骊姬,杀死太子申生,逼使重耳、夷吾逃亡,后来重耳归国励精图治,任用贤良,终于成了诸侯的盟主。国家不安定,总要有人出来扶持它渡过难关,老百姓几乎绝灭的时候,一定要有人出来使他们得以延续。臣等俯伏在地而想到陛下,您的品德通达神明,圣洁的仪表合乎天地的要求,应天命而登天子位,正是千载皇命的继承。现在,吉祥的征兆不断出现,天上人间都有预示,晋朝中兴的象征,在卦书的谶文中已有明确的记载。自从京城长安失陷以后,晋朝统治的许多地方,也都分崩离析了。天下一片混乱,没有统一的核心,这种状况就是夏朝的太康被夷羿所灭,周幽王被犬戎的军队杀死,也没有这么厉害呀!陛下原来就镇守江南,是江南诸军的统帅,又拥有原吴国的广阔土地,收服地方势力要依靠德政,讨伐叛逆要使用严刑,高举王室威严的大旗,去镇压那些反抗晋朝的恶人,顺理成章,必然天下安定。笃实敦厚的教化扩展了,全国上下自会一心归顺,仁义的风气普及了,远方的人也会踮起脚跟延颈仰望陛下。在上面丞相调度百事井然有序,四面八方也就和悦可亲。过去夏朝的"少康中兴",被《夏书》记载传为美谈,周朝的宣王是中兴之主,《诗经》中有赞美他的诗句。何况陛下众多的功勋,早就感动了天上的神灵,灿烂的光辉照耀四海。百姓仰慕,莫不欢欣爱戴。陛下的声誉、教化所到的地方,谁不愿意向你俯首称臣呢?而且,作为宣皇帝的后代,也只剩下陛下您一人了。万众所归,是没有人怀有二心的。老天在保佑晋朝的兴旺发达,也一定要有君主来主持晋室的宗庙祭祀,那么除了陛下您,还有谁呢?所以周围近处没有不同的意见,远处的人除此也没有别的企望。现在歌唱者都在赞美歌颂陛下的美好品德,打官司告状的人也时时想起陛下的圣明恩德。天地的灵气已经汇合,全国的百姓也都感情融洽,神兽麒麟和连理木这样的吉祥物,已经出现了数百次。数以万计的官吏、读书人和边远地区的百姓,没有经过商量,都一致要求陛下即皇帝位。我们是根据天地之心和全国百姓的要求,冒死恳求陛下接受皇帝的尊号。愿陛下能像舜、禹那样,存有为公之心,不必效法巢父、许由那样,只注重小节而拒绝尧的禅让。要以国家大事为根本,不要把一些细小的行为放在前头,要为老百姓的安危与生存担忧,不要把谦逊礼让当作大事,这样才可以上慰宗庙祖先顾念之情,下安普天百姓仰首盼望之心,这正如世人所说的,使朽木长满了嫩芽,使枯骨又有了丰满的肌肤,神和人都得到了安定,大家无不感到幸运。臣刘琨和段匹碑叩头、叩头,死罪,死罪!

臣等还听说，像皇帝这样的位置，是不可以长久空虚的，帝王纷繁的政务也不能长久不作处理，皇帝的位置空一天，就增加一份危险，纷繁的政务如果十二天不去处理，就一定招来祸乱。当前正是历代帝王不断延续的时候，也是天灾和祸患偶然相会的时候，狡猾的逆胡刘聪、刘曜正偷偷地观察我们的动静，准备寻找机会再次侵犯。国内所有的人都在动荡中，各自分散无所归心，陛下怎么可以放弃这样的大事不管呢？陛下如果还在迟疑徘徊，对宗庙祖先如何交待？对全国老百姓又如何交待？春秋时，秦国俘虏了晋惠公，引起晋国上下一片恐慌，但是大夫吕饴甥和郤芮建议立世子圉为国君，对外来说，秦国虽俘虏了晋惠公却威胁不了晋国，对内来说，可以使大家同仇敌忾一致对敌。所以说：丧失了君主，再立新的君主，使群臣和谐相处。对我们友好的人自然会来勉励我们，对我们怀有敌意的人自然会惧怕我们。凡是历史上发生过的事件都不要忘记，那是可以作为今天的借鉴。陛下同日月一样，光照一切，深谋远虑出自于陛下的胸怀。我们的忧国之情是数说不尽的，长久以来，只盼望神灵和人民开辟出太平的康庄大道，所以才将我们"劝进"的诚意，陈说于陛下的左右。臣等各坚守一方，任职于边远的地区，不能够陪列于朝廷，和大家共同观看陛下的登皇帝宝位的大典，实在感到惭愧。只有怀着欣快和踊跃的心情，远远地向南方遥望吧！臣刘琨、段匹磾以此谨上陛下。

臣刘琨特派遣兼左长史、右司马臣温峤、主簿臣郗间训，臣段匹磾特派遣散骑常侍、征虏将军、清河太守领右长史、高平亭侯臣荣劭，轻车将军、关内侯臣郭穆，恭恭敬敬地献上我们的劝进表章。臣刘琨、臣段匹磾等叩头叩头，死罪啊死罪！

（王存信译注并修订）

为吴令谢询求为诸孙置守冢人表一首

张士然

题解

张悛，字士然，生卒年不详。西晋吴国人，官太子庶子。元康（291－299）时吴令谢询表求为孙氏置守冢人，悛为撰表文，诏从之。

本文从维护大晋王朝统治利益出发，阐发了儒家"兴灭国继绝世"的王道礼仪，论述了允许亡国之君后裔祭祀先人、维护陵园与保持封建统治的教化作用。我们从中则窥见封建统治者"对争存亡、死临其丧"的极端虚伪。刘汉王朝对待项羽、孙氏两代三人所建勋功伟业是文章重点所在。前者主要是借以烘托晋朝的仁德更弘美，后者着力叙述是实现本表目的——"置守冢人"提供道义根据。

本文寓说理于叙事之中，意在此而言于彼，叙事充分，理也说透，有较强的说服力。

原文

臣闻：成汤革夏而封杞[1]，武王入殷而建宋。春秋征伐则晋脩虞祀[2]，燕祭齐庙[3]。夫一国为一人兴，先贤为后愚废。诚仁圣所哀悼而不忍也。故三王敦继绝之德[4]，春秋贵柔服之义[5]。昔汉高受命，追存六国，凡诸绝祚[6]，一时并祀。亲与项羽，对争存亡。逮羽之死，临哭其丧。将以位尝侔尊[7]，力尝均势。虽功夺其成，而恩与其败，且暴兴疾颠[8]，礼之若旧。残戮之尸，乃以公葬[9]。若使羽位承前绪^[10]，世有哲王。一朝力屈，全身从命^[11]，则楚庙不堕，有后可冀。

伏维大晋，应天顺民，武成止戈。西戎有即序之人^[12]，京邑开吴蜀之馆^[13]。兴灭加乎万国，继绝接于百世。虽三五弘道^[14]，商周称仁，洋洋之义^[15]，未足以喻。是以孙氏，虽家失吴祚，而族蒙晋荣。子弟量才，比肩进取^[16]。怀金侯服^[17]，佩青千里^[18]。当时受恩，多有过望^[19]。臣闻春雨润木，自叶流根。鸥鹣恤功^[20]，爱子及室。故天称罔极之恩^[21]，圣有绸缪之惠^[22]。

追惟吴伪武烈皇帝，遭汉室之弱，值乱臣之强。首唱义兵^[23]，先众犯难^[24]。破董卓于阳人^[25]，济神器于甄井^[26]。威震群狄，名显往朝。桓王才武，弱冠承业^[27]。招百越之士，奋鹰扬之势^[28]。西赴许都，将迎幼主。虽元勋未终，然至忠已著。夫家积义勇之基，世传扶危之业。进为徇汉之臣^[29]，退为开吴之主。而蒸尝绝于三叶^[30]，园陵残于薪采，臣窃悼之。伏见吴平之初，明诏追录先贤，欲封其墓。愚谓二君，并宜应书。故举劳则力输先代^[31]，论德则惠存江南，正刑则罪非晋寇^[32]，从坐则异世已轻^[33]。若列先贤之数，蒙诏书之恩，裁加表异^[34]，以宠亡灵，则人望克厌^[35]，谁不曰宜。二君私奴，多在墓侧，今为平民。乞差五人，蠲其徭役^[36]，使四时修护颓毁^[37]，扫除茔垄^[38]，永以为常。

注释

〔1〕封杞：商汤灭夏后把夏的后人分封在杞地。杞，今河南杞县。

〔2〕晋脩虞祀：春秋时晋假道灭虢国，回军途中袭灭虞国，又修虞庙四时祭祀。

〔3〕燕祭齐庙:燕将乐毅伐齐下七十余城,几乎灭之,反祭齐庙。

〔4〕三王:夏禹、商汤、周文武三朝开国之君。 敦,笃厚。继绝:继绝世的简称,恢复已经灭绝国家的世代祭祀。《论语·尧曰》:"兴灭国,继绝世,举逸民,天下之民归心焉。"

〔5〕柔服:用仁德感化安抚。

〔6〕祚(zuò 作):君王的位置。绝,失去。

〔7〕侔(móu 谋):相等,对等。

〔8〕颠:颠覆,倒台。

〔9〕公葬:用鲁公的礼仪埋葬项羽。

〔10〕绪:世系。

〔11〕从命:依从天命,指归顺汉王。

〔12〕即序:就序,承嗣祭祀。

〔13〕吴蜀之馆:晋灭吴蜀后在京城洛阳修设了祭祀二国祖先的庙舍。

〔14〕三五:三皇五帝的简称。

〔15〕洋洋:盛大众多之貌。

〔16〕比肩:并排,挨着。

〔17〕怀金:怀揣金印,喻显贵。 侯服:古代称离王城千里以外的方五百里的地区为侯服。

〔18〕佩青:腰间系着青色的印绶。系物于衣带上称佩;青,系腰间的青色丝带,用以拴印或挂玉。佩青亦即银青,秦汉吏秩凡二千石以上,皆银印青绶。

〔19〕过望:超过期望。

〔20〕鸱鸮(chī xiāo 吃嚣):猫头鹰。《诗·豳风·鸱鸮》:"鸱鸮鸱鸮,既取我子,无毁我室。" 恤功:指母鸟忧虑鸱鸮夺子毁巢之事。恤,忧;功,事。

〔21〕罔极:无穷尽。《诗·小雅·蓼莪》:"欲报之恩,昊天罔极。"后常称父母之恩为罔极之恩。

〔22〕绸缪:指情义深厚。

〔23〕唱:通倡。倡导,带头。

〔24〕犯难:冒险。

〔25〕阳人:地名,今河南临汝县西。

〔26〕济:文中指获得。 甄井:时在洛阳城南,名甄官井。

〔27〕弱冠:古代男子二十岁行冠礼,以示成年。弱冠指代二十岁。

〔28〕鹰扬:鹰之奋扬,喻威武或大展雄才。

〔29〕徇:通殉,为达目的而献身。

〔30〕蒸尝:秋冬二祭。 三叶:三世,三代,此指孙坚、孙策、孙权三人的坟墓。

〔31〕力输:即输力,效力。 先代:这里指汉代。

〔32〕罪非晋寇:吴国的征伐之罪不是针对晋朝的,算不得侵犯晋。

〔33〕从坐:同一案件中的犯人,主谋者称首,随从者称坐,因参与或牵连而处罪叫从坐。异世:不是一个朝代。

〔34〕裁:吕延济注:浅。

〔35〕厌:满足。

〔36〕蠲(juān 捐):免除。

〔37〕四时:四季。时,季。

〔38〕茔垄:坟墓。茔、垄,皆坟。

今译

　　臣听说:成汤灭桀代夏,却把夏的后人封在杞地;武王伐纣取商,又让殷裔建立宋国。春秋各国征战不休,晋国灭虞虢又修虞祠,乐毅伐齐将灭之却祭祀齐庙。国家常常因为出一先哲而兴建,而先贤立国又往往由于后代昏庸而丧亡。这实在让仁德圣贤们哀伤和不忍心啊。所以三王笃行继绝恤后的德政,春秋崇尚安抚怀柔的义举。昔日汉高祖统一天下,抚恤六国后代,同时恢复对其祖先的祭祀。他亲率汉军与项羽进行你死我活的争战,等到项羽败亡他又亲临哀丧。想是因为起义当初,论位置尊卑一样,论实力又往往势均力敌。尽管最后用武力改变了西楚称霸的局面,彼败我胜,却又死后施恩。况且是项羽暴兴骤亡,快如转瞬,因而礼貌待他一如既往。残毁他的尸体,最终却以鲁公的礼仪安葬。假如项羽继承先祖基业,说不定哪一代就会出个圣哲之王。他一旦势力不抵,身心完全归顺汉王,那么楚庙不毁坏,或许后代还会留个念想。

　　伏想大晋王朝,上应天命,下顺民心,一统天下,止武修文。西戎被灭亡还有后人祭祀,京城洛阳也修建了吴蜀纪念庙馆。恩泽遍及万邦,继绝上接百代。三皇五帝的弘大之道,商汤文武的仁德美政,盛大众多义薄云天,也无法与大晋义礼相提并论。因此孙氏失去东吴江山,可家族却蒙受着大晋荣光。子弟们个个量才录用,肩靠肩得以选拔进升。怀揣金印银印,腰系紫绶青绶,迢迢千里,封疆拜侯。当时享受的恩泽,实在超过了自己的欲求。为臣听说,春雨滋润树木,落在叶上流入根柢。母鸟忧虑,鸱鸮夺子,由子而及于巢穴。所以说天恩浩荡无穷无尽,圣德广施既长且深。

追忆东吴伪封武烈皇帝孙坚,生逢汉室陵夷衰弱,乱臣拥兵自强。他第一个率领义军,首先冒死讨贼。在阳人大破董卓贼兵,于甄井获得玉玺神器。威风震慑群凶,义名显赫汉末。桓王孙策文韬武略,二十岁就继承父业。集合了越地英俊豪杰,振奋起威武图存的势头。打算乘虚西进袭取许昌,准备迎取汉朝幼主。可叹兴复汉室勋功未成,但是忠勤王事的大义昭明。孙权聚集了万千义勇不屈之士,在江东奠定了扶危拒贼的世传基业。往前看是献忠汉朝的功臣,往后看为开创吴国的君王。可是祭祀已断绝三代,孙氏陵园尽为砍柴人摧残。愚臣私下为之悲哀。臣伏地曾经看到,平定东吴当初,朝廷明文降诏,追溯记录前贤,打算填土增广他们的坟墓。愚臣认为孙坚孙策父子二人,也应一并记录在册并祭祀。因为列举功劳理应包括效力汉朝,讲论恩德就该念及遗惠江南。明正刑罚汉魏相争并未敌视晋朝,说受孙皓牵连,那么罪过隔代自然变轻。倘若列在先贤数内,还须圣上颁降恩诏,浅加说明异于常人,以示我朝恩宠及于亡灵。那么百姓愿望得到满足,谁人不说切合时宜!两代先贤的私人家奴,多半散居陵墓两侧,如今成了平民百姓。请恩准差遣五个人,免除他们的徭役,让他们四季修整颓废,保护陵园,扫除坟墓,坚持经常。

(吴科元译注并修订　陈延嘉再修订)

◎ 让中书令表一首

庾元规

▌题解

　　庾亮（289—340），字元规，颍川人。美姿容，善谈论，好老庄。为人严谨、正派、自谦，有才干。身历东晋元帝、明帝、成帝三朝。因为妹妹被聘入宫，先为太子妃，后为明帝穆皇后、太后，所以官运亨通，累累升迁，从最初辟为元帝的西曹掾开始，步步高升，封丞相参军、军事掌书记，拜中书郎，迁给事中、黄门侍郎，帝使诣王敦芜湖筹事，敦表为中领军。明帝终前，加亮给事中徙中书令，与王导共相辅幼主。历经王敦和苏峻、祖约两次变乱，特别是后一次变乱，亮数遭挫败，最终平定。皇帝打算论功行赏，给亮加官进爵之时，他却想逃遁山海，因舟船被没收而未果。于是要求放官外任。

　　庾亮辞让中书监是明帝即位时事，帝纳其言而止之。但以后加官仍未有已。

　　庾亮作为封建社会朝廷命官，又是皇亲国戚，却能洞悉最高统治者天下为私、任人唯亲，宠姻党以致乱的腐败政治，实在是难能可贵的。但可悲的是，他多次辞让封赏，甚至想逃遁山海而不能，因为封建统治的罗网不允许他挣脱。

　　本文包括三部分。头一部分他饱含感激之情叙述了自己幼年逃难江南以后备受恩宠的经历，（这有利于打动皇帝接受自己辞让请求）然后表示期望明帝新政伊始，应该"圣德无私"，而不应让他领中书监因而"示天下以私"。中间部分，作者历述历史上特别是两汉、西晋宠幸婚族的腐败和因此导致的衰颓倾覆的惨痛史实，力劝明帝以史为鉴拒姻党以免祸。最后一段,作者恳切陈词,表白自己辞官不受是"身不足惜",恐"为国取悔",感情真挚,情理兼胜。所以明帝答应了他的要求。

原文

臣亮言:臣凡庸固陋[1],少无检操[2]。昔以中州多故[3],旧邦丧乱[4],随侍先臣[5],远庇有道[6],爰客逃难,求食而已。不悟徼时之福[7],遭遇嘉运。先帝龙兴[8],乘异常之顾,既眷同国士[9],又申之婚姻[10]。遂阶亲宠,累忝非服[11]。弱冠濯缨[12],沐浴玄风[13]。频繁省闼[14],出总六军[15]。十余年间,位超先达[16]。无劳被遇[17],无与臣比。小人禄薄,福过灾生。止足之分[18],臣所宜守。而偷荣昧进,日尔一日。谤讟既集[19],上尘圣朝。始欲自闻,而先帝登遐[20]。区区微诚[21],竟未上达。

陛下践祚[22],圣政维新[23]。宰辅贤明,庶寮咸允[24]。康哉之歌[25],实在至公。而国恩不已,复以臣领中书[26],则示天下以私矣。何者?臣于陛下,后之兄矣。姻娅之嫌[27],实与骨肉中表不同[28],虽太上至公,圣德无私。然世之丧道,有自来矣。悠悠六合[29],皆私其姻者也。人皆有私,则谓天下无公矣。是以前后二汉,咸以抑后党安[30],进婚族危。向使西京七族、东京六姓[31],皆非姻党,各以平进,纵不悉全,决不尽败。今之尽败[32],更由姻昵[33]。臣历观庶姓在世,无党于朝[34],无援于时,植根之本,轻也薄也。苟无大瑕,犹或见容。至于外戚,凭托天地[35],势连四时[36],根援扶疏[37],重矣大矣。而财居权宠[38],四海侧目[39]。事有不允[40],罪不容诛[41]。身既招殃,国为之弊。

其故何耶？直由婚媾之私，群情之所不能免。故率其所嫌而嫌之于国。是以疏附则信[42]，姻进则疑。疑积于百姓之心，则祸成重闼之内矣。此皆往代成鉴，可为寒心者也。

夫万物之所不通，圣贤因而不夺[43]。冒亲以求一才之用，未若防嫌以明公道。今以臣之才，兼如此之嫌，而使内处心膂[44]，外总兵权。以此求治，未之闻也；以此招祸，可立待也。虽陛下二相[45]，明其愚款[46]；朝士百寮，颇识其情。天下之人，何可门到户说，使皆坦然耶[47]！夫富贵宠荣，臣所不能忘也；刑罚贫贱，臣所不能甘也。今恭命则愈[48]，违命则苦。臣虽不达，何事背时违上[49]，自贻患责耶[50]！实仰览殷鉴[51]，量己知弊，身不足惜，为国取悔。是以悾悾[52]，屡陈丹款[53]而微诚浅薄，未垂察谅，忧惶屏营[54]，不知所厝[55]。以臣今地，不可以进明矣。且违命已久，臣之罪又积矣。归骸私门[56]，以待刑书[57]。愿陛下垂天地之鉴，察臣之愚，则虽死之日，犹生之年矣。

注释

〔1〕固陋：见识短浅。

〔2〕检操：节操，操守。

〔3〕中州：此指洛阳。庾氏，颍川人，近洛阳，故云中州旧邦。

〔4〕丧乱：死丧祸乱。

〔5〕先臣：庾亮之父，名琛，为会稽太守。

〔6〕庇（bì 毕）：庇护。　有道：政治清明。《论语·卫灵公》："邦有道则仕，邦无道则可卷而怀之。"

〔7〕徼：侥幸。徼，同侥。

〔8〕龙兴：新王朝兴起，指东晋。先帝，指东晋元帝司马睿。

〔9〕眷（juàn 卷）：宠爱。　国士：国内才能出众之人。

〔10〕申：重复，再三。

〔11〕忝:(tiǎn 舔):辱没,愧对。

〔12〕濯缨:指入仕。

〔13〕玄风:当时朝廷内外谈论道家理义的风气。

〔14〕省(shěng 生上声)闼:禁中,宫中。闼,宫中小门。

〔15〕总:统领。时庾亮在王敦手下任中领军。

〔16〕先达:先前进用的人。

〔17〕被遇:遭遇,文中指恩遇。

〔18〕止足:知足知止,不求名利。《老子》:"知足不辱,知止不殆。"

〔19〕讟(dú 读):诽谤,怨言。

〔20〕登遐:王崩告丧曰登遐,死。

〔21〕区区:小。

〔22〕践祚:登上帝位。祚,君王的位置。

〔23〕维新:变更旧法,施行新法。

〔24〕庶寮:众官。庶,众。寮,通僚,官。 允:公平。

〔25〕康哉:称颂时势安宁之词。《书·益稷》载舜君臣作歌,有"元首明哉,股肱良哉,庶事康哉"之语。《晋书·殷灼传》有"朝廷咏康哉之歌"的话。

〔26〕中书:中书监,三国魏始置,事实上的宰相。

〔27〕姻娅:婿父称姻,两婿互称为亚,亚也作娅。后泛指有婚姻关系的亲戚。 嫌:嫌疑,疑忌。

〔28〕中表:父亲姐妹(姑)的儿女称外表,母亲的兄弟(舅)姐妹(姨)的儿女称内表,合称中表。

〔29〕悠悠:遥远,长久的样子。 六合:天地四方。

〔30〕后党:皇帝的母族、妻族形成的宗族势力。也称姻党、婚族。

〔31〕向使:假使。 西京七族:西汉长安七个以外戚关系把持政权的家族,也称七贵,有吕、霍、上官、赵、丁、傅、王七姓。 东京六姓:东汉洛阳的六户后党贵族,有:窦、邓、阎、窦、梁、何六家。

〔32〕今之尽败:指西晋惠、怀帝时的后党之乱。

〔33〕昵(nì 逆):亲近。

〔34〕党:亲族。

〔35〕凭托:依靠,倚托,凭借。

〔36〕四时:四季。

〔37〕援:引,领来。 扶疏:即扶疏。枝叶繁茂,高低疏密有致。

〔38〕财:吕延济注曰浅。

〔39〕侧目:嫉视,形容怒恨。

〔40〕允:公平,得当。

〔41〕罪不容诛:罪大恶极,死有余辜。

〔42〕疏附:率领臣下亲附国君。

〔43〕夺,夺志的简称,强迫改变志向。

〔44〕心膂(lǚ吕):骨干。膂,脊骨。

〔45〕二相:王敦、王导。

〔46〕款:诚。

〔47〕坦然:明白。

〔48〕恭命:服从皇上任命。

〔49〕背时:不合时宜。

〔50〕贻:遗留。

〔51〕殷鉴:本指商汤灭桀,殷的后代应以夏亡为鉴戒。后泛指可作鉴戒的前事。

〔52〕悾悾(kōng空):诚恳的样子。

〔53〕丹款:赤诚的心。

〔54〕屏营:惶恐的样子。

〔55〕厝:同措。

〔56〕归骸(hái孩):归还身体,辞官的谦称。骸,身体的总称。

〔57〕刑书:刑法的条文。

今译

　　臣庾亮言:臣下平庸浅陋,自小没有杰出的节操。当初中州一带屡遭变故,故国死丧祸乱频仍。我服侍先父来到会稽,在清明安宁的江南寻求庇护。异乡逃难之客,只为安身求食。谁想时来运转,福禄降临我身。先皇元帝晋业中兴,对我倾注了特殊照顾。已经宠爱如同国士,又和皇家结了姻亲。于是登上皇亲国戚的台阶,宠信屡加官运亨通。年方二十就做朝廷命官,沐浴在谈玄论道的氛围中。频繁地出入宫禁，出宫还统领六军。十余年里累累升迁，位置超过了元老旧臣。无有勋劳却迭遇圣恩，谁能比得过我庾亮恩宠。小人福薄禄浅，超过就有灾殃生成。知足知止圣人训导，为臣本分理应遵循。可是我贪恋荣宠，暗于进退，拖了一天又一天。诽谤怨言日积月累，像泥垢会玷污朝堂。起初我想亲自奏闻，不想先帝过早仙逝。小小的这点诚愿，竟然来不及上达圣听。

所幸陛下新登龙座，锐意进取刷新朝政，辅弼大臣贤能明达，群臣百官公正信诚。时势安宁齐颂康哉之歌，至公无私美政实存。可是国恩加身未有止息，又让为臣官领中书令之职，这岂不是昭示天下授官有私！为什么？臣与陛下皇亲国舅，婚姻关系招来的疑忌，实与皇帝的骨肉中表不能相提并论：后者恩宠情可谅，妻族恩宠最涉嫌。尽管上古的圣德之君至公，毫无私心，可是世间丧失大公无私之道，由来已久非自今日。遥远久长天地四方，恩宠姻亲无不这样。人人都怀私恃宠，就是说天下无公。因此前后两汉两朝，都因为抑制后党获得安宁；相反重用婚族招致祸殃。假使长安七姓、洛阳六族不是姻党，却凭平民身份晋升为官，纵然不敢说皆获保全，也决不致遭变故一朝俱亡。我朝惠怀二帝所遭惨败，更是因为姻亲宠厚过度。为臣历年来观察所见，普通家族处世，朝廷内没有姻亲庇护，社会上缺乏后党声援，培植的根本既轻且薄。只要不犯大错，还是可获宽容。至于外戚迥然不同。他们如同大树，凭借天地优势，占尽四季便利，根连枝牵繁茂纷呈，它的威势够重了，它的声望太大了。立世根基肤浅，却权宠倾国倾城。天下为之悚惧，百官侧目而视。一旦事情处置有欠公允，斩尽杀绝不足抵罪。自身遭祸丧身不算，国家因此衰颓不振。这是什么缘故？仅仅由于宠私姻亲过分，众人有怨恨之情就无法避免。所以又把对姻党的怨恨迁怒于国家。因此用异姓之贤人而非姻亲来辅佐国政，就会被众人信任。凭借姻亲晋级升官就招怨恨，怨恨长久积存百姓心中，那么灾祸就会产生在皇宫大内。这都是前代成为鉴戒又令人寒心的事啊。

　　万事万物有所不通，圣贤从来不强行予夺。陛下冒亲戚之嫌，求得一个平庸人才，怎么抵得上杜绝嫌疑、崇明公道重要！现在为臣不才，兼有这样的嫌忌，却让我在朝臣中充当心腹，出朝手中握有兵权。用这种做法来寻求大治，那可是从来没有听说过的，可是用这种做法招惹祸乱倒是立时可待的。我出于回避皇亲之嫌而辞官这点诚意，尽管两位宰相明了，朝中百官知道，可是怎能让天下人都了解呢？总不能挨家串户去解释吧！富贵荣华为臣不能忘怀，刑罚贫贱我又不甘忍受。如今我的处境尴尬：服从任命就愈加不能自拔；违抗君命将会自讨苦吃。我虽然不知道这苦头究竟意味着什么，违背时尚和诏命岂不是自留隐患和遭责罚吗？实在仰观前事的教训，度量自己所为，洞悉此举弊端。我身不足顾惜，只怕为国取辱。因此我再三诚恳地奏陈衷曲，浅薄诚意倘不蒙陛下见谅，忧虑惶恐不知所措。从为臣所处情境看，官职不应提升是明显的，同时违背任命时间长久了，为臣之罪积加又重。不如放臣回到家中，等待罪罚。乞愿陛下以天地日月之明鉴，体察臣子诚心诚意，那么即使死去，也犹如再生。

　　　　　　　　　　　（吴科元译注并修订　陈延嘉再修订）

荐谯元彦表一首

桓元子

题解

　　桓温(312—373)，东晋谯国龙亢(今安徽怀远西)人，字元子。初为荆州刺史，灭成汉，定蜀。攻前秦，破姚襄，威权日盛，官至大司马。太和四年(369)北伐，与前燕慕容垂战于枋头，大败。回建康，以大司马专朝政。废海西公，立简文帝。温常谓："既不能留芳后世，不足复遗臭万载邪!"后谋废晋自建王朝，事未及成而死。

　　据《晋书·桓温传》，穆帝永和二年(346)，温率兵入蜀讨伐成汉李势，永和三年(347)灭成汉。"停蜀三旬，举贤旌善"，本文当写于此时。谯元彦，名秀，三国时蜀汉谯周之孙。性清高，不交于俗。李雄据蜀，曾安车以征，秀不应，躬耕山薮。本文分为三层：开首即围绕荐贤这个中心提出治世重在"振玄邈之风"、"敦在三之节"、"笃俗训民，静一流竞"，为举荐贤才立一根据。继之即指出当今之世，亟需人材，所以自己才"访诸故老，搜扬潜逸"。接着便举出谯秀，对其"身寄虎吻"，"而能抗节玉立、誓不降辱"的"贞固"德操，予以表彰。最后则再申"旌德礼贤"、"崇表殊节"之重要，回应篇首之意。通篇层次井然，逻辑严谨，要言不烦，语言畅达，有"雄豪之逸气"，酷类其人。

原文

　　臣闻太朴既亏[1]，则高尚之标显[2]；道丧时昏[3]，则忠贞之义彰[4]。故有洗耳投渊[5]，以振玄邈之风[6]；亦有秉心矫迹^[7]，以敦在三之节^[8]。是故上代之君，莫不崇重斯轨^[9]，所以笃俗训民^[10]，静一流竞^[11]。

伏惟大晋^[12]，应符御世^[13]。运无常通^[14]，时有屯蹇^[15]。神州丘墟^[16]，三方圮裂^[17]。兔罝绝响于中林^[18]，白驹无闻于空谷^[19]。斯有识之所悼心^[20]，大雅之所叹息者也^[21]。陛下圣德嗣兴^[22]，方恢天绪^[23]。臣昔奉役^[24]，有事西土^[25]。鲸鲵既悬^[26]，思宣大化^[27]。访诸故老，搜扬潜逸^[28]。庶武罗于羿浞之墟^[29]，想王蠋于亡齐之境^[30]。

窃闻巴西谯秀^[31]，植操贞固^[32]，抱德肥遁^[33]，扬清渭波^[34]。于时皇极遘道消之会^[35]，群黎蹈颠沛之艰^[36]。中华有顾瞻之哀^[37]，幽谷无迁乔之望^[38]。凶命屡招^[39]，奸威仍逼^[40]。身寄虎吻^[41]，危同朝露，而能抗节玉立^[42]，誓不降辱^[43]。杜门绝迹^[44]，不面伪庭^[45]。进免龚胜亡身之祸^[46]，退无薛方诡对之讥^[47]。虽园绮之栖商洛^[48]，管宁之默辽海^[49]，方之于秀^[50]，殆无以过^[51]。于今西土，以为美谈。夫旌德礼贤^[52]，化道之所先^[53]；崇表殊节^[54]，圣哲之上务^[55]。方今六合未康^[56]，豺豸当路^[57]，遗黎偷薄^[58]，义声弗闻。益宜振起道义之徒^[59]，以敦流遁之弊^[60]。若秀蒙蒲帛之征^[61]，足以镇静颓风^[62]，轨训嚣俗^[63]，幽遐仰流^[64]，九服知化矣^[65]。

注释

〔1〕太朴：谓原始质朴之大道。刘良注："太朴，大道也。"

〔2〕高尚：崇高，不卑屈。指人的道德品质。《易·蛊》："不事王侯，高尚其事。" 标：风度、格调。

〔3〕道：法则，常规。

〔4〕忠贞：忠诚坚贞。李善注引《左传》荀息曰："公家之利，知无不为，忠

也;送往事居,耦俱无猜,贞也。" 彰:显明。

〔5〕洗耳:用许由事。皇甫谧《高士传》云:"尧让天下与许由,……由于是
遁耕于中岳颍水之阳,箕山之下,终身无经天下色。尧又召为九州长,由不欲闻
之,洗耳于颍水滨。"李善注引《琴操》曰:"尧大许由之志,禅为天子,由以其不
善,乃临河洗耳。" 投渊:《庄子·让王》云:"舜以天下让其友北人无择,北人
无择曰:'异哉,后之为人也!……欲以其辱行漫我,吾羞见之。'因自投清泠
之渊。"

〔6〕玄邈:高尚清远。

〔7〕秉心:操心、用心。 矫迹:故意克制自己的行为。

〔8〕敦:督促、勉励。 在三之节:《国语·晋一》:"民生于三,事之如一:父
生之,师教之,君食之。非父不生,非食不长,非教不知生之族也,故壹事之。"后
因称执敬如事父、师、君为"在三之节"。三,指父、师、君。

〔9〕崇重:推重提倡。 斯:此。 轨:准则、制度。

〔10〕笃俗:纯厚的风俗。笃,厚实。 训:教诲。

〔11〕静一:止息、矫正。 流竞:为个人名利而奔走争逐。

〔12〕伏惟:俯伏思惟。下对上所陈述时的表敬之辞。

〔13〕应符:封建统治者宣扬君权神授,自称是应受上天符命来统治天下。
应,接受;符,符命。古时以所谓祥瑞的征兆附会成君主得到天命的凭证,叫做
"符命"。 御:治理、统治。

〔14〕运:气数。指世运、国运。 通:通畅无阻。

〔15〕屯(zhūn 谆)蹇:屯、蹇均为《易》卦名。谓艰难困苦、不顺利。

〔16〕神州:中国古称赤县神州。这里指长江以北广大地区沦陷于异族。
丘墟:废墟。

〔17〕三方:三个不同的方向,亦指不同方向的三个地域。这里指晋丧失的
北方之地。 圮(pǐ 痞)裂:破裂、分裂。指西晋的灭亡。《魏书·李苗传》上
书:"昔晋室数否,华戎鼎沸,二燕两秦,咆勃中原,九服分崩,五方圮裂。"

〔18〕兔罝(jū 居)绝响于中林:《诗·周南·兔罝》:"肃肃兔罝,椓之丁
丁。""肃肃兔罝,施于中林。"李善注引郑玄云:"兔罝之人能恭敬,则是贤者众
多也。"后人或以为此诗写卫士扈从游猎,见英杰之士,均属公侯之选,知国家必
将昌盛。这里借以指朝中人材匮乏。兔罝,捕兔的网;中林,即林中。

〔19〕白驹无闻于空谷:《诗·小雅·白驹》:"皎皎白驹,在彼空谷。"《诗

序》谓大夫刺宣王不能用贤而作。《春秋谷梁传》晋范宁序："君子之路塞，则《白驹》之诗赋。"这里亦借指国中没有贤才。白驹，白马，指贤才。

〔20〕有识：有见识的人。　悼心：痛心。

〔21〕大雅：指才德高尚者。

〔22〕圣德：聪明贤德。　嗣兴：继位而起。

〔23〕恢：发扬，扩大。　天绪：天子的世系，皇统。

〔24〕奉役：指奉命出兵。役，指战争。

〔25〕有事西土：指穆帝永和二年，桓玄率兵入蜀讨伐李势，势败，面缚请降。事，指战事；西土，指蜀地。

〔26〕鲸鲵(ní 泥)：鲸鱼。雄曰鲸，雌曰鲵。比喻凶恶之人。此指李势。悬：示众。

〔27〕宣：传布。　大化：广远深入的教化。

〔28〕搜扬：访求举拔。扬，举用。　潜逸：隐逸。

〔29〕庶：希望，但愿。　武罗：传说为夏后羿之臣。《左传·襄公四年》："(后羿)弃武罗、伯因、熊髡、龙圉而用寒浞。"杜预注："四子皆羿之贤臣。"　羿(yì)：古代传说夏有穷氏之国君，因夏民以代夏政。以不修民事，为家臣寒浞所杀。

浞(zhuó 浊)：即寒浞。上古传说中之人物。据《左传·襄公四年》载，浞本为寒国宗族，辅寒国君伯明氏，被废弃。后羿夺帝相位以代夏，号有穷，任浞为相。浞行媚于内而对外广施财物，愚弄百姓，后杀羿自立，后夏遗臣靡辅帝相子少康灭浞。　墟：故城、旧地。

〔30〕王蠋(zhú 烛)：战国时齐国人。《史记·田单列传》："燕之初入齐，闻画邑人王蠋贤，令军中曰：'环画邑三十里无人'，以王蠋之故。已而使人谓蠋曰：'齐人多高子之义，吾以子为将，封之万家。'蠋固谢。燕人曰：'子不听，吾引三军而屠画邑。'王蠋曰：'忠臣不事二君，贞女不更二夫。齐王不听吾谏，故退而耕于野。国既破亡，吾不能存；今又劫之以兵为君将，是助桀为暴也。与其生而无义，固不如亨名。'遂经其颈于树枝，自奋绝脰而死。"

〔31〕巴西：郡名。治所在阆中(今阆中)。辖境相当今四川阆中、武胜以东、广安、渠县以北，万源、开江以西地区。

〔32〕植操：树立、培养品德和节操。　贞固：固守正道。

〔33〕抱德：持守高尚的品德。　肥遁：隐居避世。

〔34〕扬清渭波:冲去污浊的渭水,使之变清。比喻扬善斥恶。

〔35〕皇极:指帝王之位或王室。 遘(gòu 够):遭遇。 道消:谓颠危、复亡。 会:灾厄、厄运。

〔36〕群黎:众庶,黎民。 蹈:踏,投,陷入。 颠沛:倾复,仆倒。形容社会动乱。

〔37〕中华:我国古代华夏族兴起于黄河流域一带,居四方之中,因称其地为"中华",亦称中原、中国。 顾瞻之哀:《诗·桧风·匪风》:"顾瞻周道,中心怛兮"。此用其意。顾瞻,回首,回视。这里泛指观望。

〔38〕幽谷、迁乔:语出《诗·小雅·伐木》:"出自幽谷,迁于乔木。"意谓从低处迁往高处。幽谷,深谷;迁乔,迁往高处。比喻地位上升。

〔39〕凶命:凶恶的人。指成帝李雄。 屡招:多次征聘。李善注引《晋阳秋》:"李雄安车征秀,雄叔父骧骧子寿辞命,皆不应也。"

〔40〕奸威:邪恶凶暴之人,指李雄等。

〔41〕虎吻:虎口。

〔42〕抗节:坚持节操。 玉立:志洁如玉。比喻坚贞不屈。

〔43〕降辱:贬抑志节,辱没身分。

〔44〕杜门绝迹:闭门息迹。指屏居不与世交接。

〔45〕面:面向。 伪庭:自认为正统的晋王朝对敌对王朝的贬称。伪,这里指成帝李雄,汉帝李势等。

〔46〕龚胜:西汉彭城人,字君宾。据《汉书·龚胜传》载,哀帝时,为谏议大夫,后出为勃海太守。王莽既篡,遣使者奉玺书征之,拜上卿,安车驷马迎之。胜自知不见听,即谓门人高晖曰:"吾受汉室厚恩,无以报。今老矣,且暮入地,岂以一身事二姓,下见故主哉!"遂不复开口饮食,积十四日死。

〔47〕薛方:字子容。王莽安车迎之,方辞谢曰:"尧舜在上,下有巢、许。今明主方隆唐、虞之德,亦犹小臣欲守箕山之节也。"使者以闻。莽悦其言,不强致之。 诡对:诡辞答对。

〔48〕园、绮:即汉初"商山四皓"中的东园公和绮里季。秦时避入商洛深山。汉立国,高祖召而不应。 栖:隐居。 商洛:此指商山,在今陕西商县东。

〔49〕管宁:三国魏北海朱虚人,字幼安。少与华歆同席读书,有乘轩冕过门者,歆废书往观,宁与割席分座。汉末避乱居辽东,聚徒讲学,三十七年始归,文帝拜为太中大夫,明帝拜为光禄勋,皆辞不就。 默:幽居,静处。 辽海:

指辽东。

〔50〕方:比。

〔51〕殆:大概。

〔52〕旌:表彰。　礼:礼敬。

〔53〕化道:教化之道。

〔54〕崇表:推崇表扬。　殊节:高尚的节操。亦指具有高尚节操的人。

〔55〕圣哲:超凡的道德才智。亦指圣哲之人。这里指晋穆帝。　上务:首要任务,头等大事。

〔56〕六合:天地与四方。喻指天下、全国。　康:安宁。

〔57〕豺豕:豺和野猪。二者均为凶残的兽类,因以比喻凶狠残暴的恶人。张铣注:"豺豕,喻乱贼也。"

〔58〕遗黎:指被遗弃在沦陷区的人民。　偷薄:浅薄,不敦厚。

〔59〕益:更加。　宜:应该。　振起:振作,激励。　道义:道德和义理。

〔60〕流遁:流亡隐遁。

〔61〕蒲帛:蒲车和丝帛。为古代征聘贤士时所用。蒲,指以蒲草裹轮的车,使车不震动,以示礼敬;帛,丝织物的总称。

〔62〕镇静:制止,安定。　颓风:风俗败坏。

〔63〕轨训:规范引导。　嚣俗:嚣乱的习俗。

〔64〕幽遐:深幽,僻远。　流:指行为。

〔65〕九服:相传古代天子所住京都以外之地按远近分为九等称"九服"。据《周礼·夏官·职方氏》载,方千里称王畿。其外方五百里叫侯服;又其外方五百里叫甸服;又其外方五百里叫男服;又其外方五百里采服;又其外方五百里叫卫服;又其外方五百里叫蛮服;又其外方五百里叫夷服;又其外方五百里叫镇服;又其外方五百里叫藩服。后泛指全国各地。　化:教化。

▓▶今译

　　臣下听说原始的质朴大道受到亏损,高尚的风格才得以表露出来;规则丧失,时代昏暗,忠诚坚贞的道义才得以显明。所以才有许由洗耳、北人无择投渊,以振兴高尚清远的风俗;也才有控抑内心、克制行为,以勉励敬事父母、师长、君主品德的。因此前代的君主,无不推崇提倡这种准则，这是为了纯厚风俗、教诲民众，以止息人们为名利而奔走争逐的世风。

臣俯伏思想，我们大晋皇朝，接受上天的符命治理天下。但世运不能永远通畅无阻，有时不免产生艰难不顺。于是神州大地沦为废墟，三方破裂。这样，就像林中没有猎兔者的声响、空旷的山谷听不见骏马的嘶鸣一样，国中缺少英杰贤才。这正是一切有识者所为之痛心、德才高尚者所为之叹息的。陛下睿智贤德、继位而起，正要发扬皇统。臣下当初奉命出兵，去西方蜀地从事战争。凶恶的鲸鲵叛贼已经悬示天下，想要在那里传布深广的教化。所以才访之于前朝遗老，搜求举用隐逸之士。希望能够像在夏后羿、寒浞之旧地得到武罗、在灭亡的齐国境内得到王蠋那样，获得卓越的贤士。

臣私下听说巴西的谯秀，树立固守正道的节操，持守隐居避世的美德，扬清激浊，存善去恶。正当王室遭遇倾覆的厄运，百姓陷入颠危的艰难，中原华夏有令人不忍回首的悲哀，仿佛陷于深谷而没有高迁的希望。凶暴屡次招聘，奸恶不断威逼。但他虽然寄身于虎口，危如朝露，却能坚持节操、志洁如玉，誓不降节辱身。他闭门息迹，不理睬伪朝。进能避免龚胜死亡的灾祸，退又没有薛方那样诡辞对答的讥议。即使东园公、绮里季的隐居商山，管宁的静处辽海，比之于谯秀，恐怕也无以超过。至今西方蜀地，把谯秀之事传为美谈。表彰美德、礼敬贤士，是教化之道首先应该致力的；推崇表扬高尚的节操，更是圣明君主的头等要务。当今天下还未安宁，豺狼猛兽横行道路，被遗弃的人民变得浅薄，正义的声音听不到了。这就更应该激励那些遵守道德义理的人们，以督促改变这种流亡隐遁的弊病。如果谯秀能够得到蒲车束帛的征聘，足以矫正制止败坏的风气，规范引导嚣乱的习俗，使得僻远幽深之处都能景仰他高尚的行为，全国九服之地都能够懂得教化了。

（吴科元译注并修订）

自解表一首

殷仲文

题解

本文分四段。首段以自然物"势弱""质微"受制于外部"巨力",难以"自保",不得不随之而动,为自己参与叛逆活动开脱。第二段接着检讨自己"宴安昏宠""叨昧伪封"的罪过。但仍强调这是出于"驱迫",有点狡辩。据传载,他弃官投靠桓玄出于政治投机,并且积极地参与篡逆活动。他是个贪图利禄追求享乐的投机者。第三段叙述了他反正的经过和表现。末段提出解职的要求,表达了对将要离开朝廷的愧恋心情。

该文叙事简练有序,由外及内,从远至近,层次清晰,绝无拖沓。文章凝练简短,用词精当。

原文

臣闻:洪波振壑[1],川无恬鳞[2]。惊飚拂野[3],林无静柯[4]。何者?势弱则受制于巨力,质微则莫以自保[5]。于理虽可得而言,于臣寔所敢喻[6]!

昔桓玄之世,诚复驱迫者众。至于愚臣,罪实深矣。进不能见危授命[7],忘身殉国[8];退不能辞粟首阳[9],拂衣高谢[10]。遂乃宴安昏宠[11],叨昧伪封[12]。锡文篡事[13],曾无独固[14]。名义以之俱沦,情节自兹兼挠[15]。宜其极法[16],以判忠邪。

镇军臣裕，匡复社稷[17]，大弘善贷[18]。仵一戮于微命[19]，申三驱于大信[20]。既惠之以首领，复引之以縻维[21]。于时皇舆否隔[22]，天人未泰，用忘进退，惟力是视。是以俛俛从事[23]，自同全人[24]。

今宸极反正[25]，惟新告始[26]。宪章既明[27]，品物思旧，臣亦胡颜之厚[28]，可以显居荣次！乞解所职，待罪私门[29]。违谢阙庭[30]，乃心愧恋[31]。谨拜表以闻，臣某云云。

注释

〔1〕振：摇动，荡涤。 壑：山谷。

〔2〕恬（tián 田）：安静。 鳞：指代鱼类有鳞动物。《七发》："横暴之极，鱼鳌失势，颠倒偃侧也。"

〔3〕飚（biāo 标）：暴风。

〔4〕柯：树枝。《孔子家语》："吾丘曰：'树欲静而风摇之。'"

〔5〕质：本体，体质。

〔6〕喻：比喻，比方。

〔7〕授命：献出生命。《论语·宪问》："见利思义，见危授命。"

〔8〕殉国：为国难而舍生。

〔9〕辞粟首阳：伯夷叔齐反对武王伐纣，灭商后，二人义不食周粟，饿死首阳山。首阳：今山西永济县南雷首山，又名首山。

〔10〕拂衣：提衣，振衣，此有绝决意。后因称隐居。

〔11〕宴安：安逸，文中谓安于。《陶渊明集·劝农诗》："宴安自逸，岁暮奚冀？" 昏：迷乱。

〔12〕叨（tāo 滔）：贪。 昧：贪冒。 伪封：僭伪者的封赏。

〔13〕锡文篡事：晋安帝元兴元年桓玄篡位称帝，殷仲文积极参与了叛逆活动，加桓玄九锡文即出自他手，锡文即指此。

〔14〕独固：固守操节，坚持己见。《文选》李善注："曾无固守之节，亦从于众矣。"

351

〔15〕情节:节操。 挠:弯曲,屈服。

〔16〕极法:同极刑。

〔17〕匡复:挽救将亡之国,使转危为安。

〔18〕贷:宽免。

〔19〕仵(zhù柱)一命:不杀。仵,长久停止。

〔20〕三驱:张网捕鸟,只支三面,让开一面,以示好生之德。

〔21〕絷维:《诗·小雅·白驹》:"皎皎白驹,食我场苗;絷之维之,以永今朝。"本指绊马足,拴马缰,示留客之意。后用以指挽留人才。

〔22〕皇舆:国君所乘之车,借喻为国君、朝廷。 否(pǐ劈)隔:闭塞不通。

〔23〕俛俛(mǐn mǔin敏勉):努力,奋勉。

〔24〕全人:旧称道德完美之人。

〔25〕宸(chén辰)极:北极星。古代认为北极星为众星拱卫,最尊贵,因此比喻帝王。 反正:由乱反治,由邪归正。后来凡还复本位皆称反正。

〔26〕惟新:变更旧法,施行新政。惟通维。

〔27〕宪章:典章制度。

〔28〕胡颜:犹言有何面目。

〔29〕私门:家门。

〔30〕违:离开。 谢:辞别。 阙:皇帝所居。 庭:朝廷。庭,通"廷"。

〔31〕乃:这才。

今译

　　臣下听说:洪波荡涤山谷,溪川的鱼鳖难得安宁。暴风席卷旷野,林中的树枝剧烈摇摆。为什么这样? 势力弱小必然受到强力摆布,体质轻微就无法保重自己。这些现象从道理上虽可说得通,至于为臣却不敢这样打比方。

　　当初桓玄叛逆为乱时,被驱役胁迫为乱的人实在为数不少。说到愚臣的从逆罪过实在很深重。进前不能临危不惧,舍身忘死勇赴国难;退后又不能步伯夷叔齐后尘,毅然辞去伪俸振衣以显高义。最后却安于逸乐迷乱于宠贵,一味贪恋于伪朝的封赏。我起草了加九锡文,参与了桓玄的篡逆叛乱活动。随波逐流不曾固守臣节,名声和义节因此都已沦没,情操和气节从此都屈折。按理当处极刑,以此判明忠奸。

镇军将军刘裕扫除凶逆,扶正晋室,弘扬善道,宽大为怀,我才免于杀戮,微命得存,网开一面,申张信义。先是施恩惠保全首级,接着又获召引和留任。当时皇帝还被人壅隔,天道和人事未得畅通,我因此也忘记进退的道理,以待罪之身暂居尚书职效力军旅,所以孜孜奋勉于尚书事务,我也晕乎乎认为自己是个并无过错的完人。

现在天子复位,朝政宣告刷新。典章修改彰明。睹物事追忆旧情,臣还有什么厚颜面继续荣居尚书显位!恳乞朝廷解除臣下任职,我在自家等待降罪处罚。即将告离朝廷,愧疚留恋之情萌生。谨慎呈上奏表,报告陛下知道。臣仲文云。

(吴科元译注并修订　陈延嘉再修订)

为宋公至洛阳
谒五陵表一首

傅季友

　　傅亮(374—426)，字季友，北地灵州(今宁夏灵武县)人。博涉经史，尤善文词。初为建威参军，义熙七年任中书黄门侍郎。佐刘裕称帝有功，永初元年迁太子詹事中书令，后又转尚书仆射中书令詹事、领护军将军。宋文帝登祚，加散骑常侍左光禄大夫开府仪同三司。元嘉三年被杀。

　　东晋安帝义熙十二年八月，刘裕率军北伐，十月到达西晋旧都洛阳。他修治晋朝宣、景、文、武、惠五位皇帝的陵园和通往洛阳的通道，安置地方守官和管理陵园的官吏，事后命傅亮(时为太尉从事中郎掌记室)撰写本表向朝廷报告这些情况。

　　表文很短，不足二百字，可分两段。头一段简述进军洛阳经过，概括地描写旧都洛阳的衰败凋散景象。后一段则叙述祭拜五陵的情况、人们的情绪，以及为今后管理王陵所做的安排。文章简短精粹，言简意赅，有很强的概括力。"近"、"将"、"始"三词对进军洛阳的过程作了高度概括。而对洛阳衰败景象的描写就更为凝练了："山川无改，城阙为墟；宫庙隳顿，钟簴空列；观宇之余，鞠为禾黍。廛里萧条，鸡犬罕音。"八句三十二字，使人如临其境，唤起读者的想象和对比，昔日繁华旧都，屡遭战乱，已是一片凋散破败景象，令人顿生万千感慨。

原文

臣裕言[1]，近振旅河湄[2]，扬旍西迈[3]。将届旧京[4]，威怀司雍[5]。河流遄疾[6]，道阻且长[7]。加以伊洛榛芜[8]，津涂久废[9]，伐木通径[10]，淹引时月[11]。始以今月十二日，次故洛水浮桥[12]。山川无改，城阙为墟，宫庙隳顿[13]，钟簴空列[14]，观宇之余[15]，鞠为禾黍[16]。廛里萧条[17]，鸡犬罕音[18]。感旧永怀[19]，痛心在目。

以其月十五日奉谒五陵[20]。坟茔幽沦[21]，百年荒翳[22]。天衢开泰[23]，情礼获申[24]。故老掩涕，三军凄感。瞻拜之日，愤慨交集。行河南太守毛脩之等，既开翦荆棘[25]，缮修毁垣，职司既备[26]，蕃卫如旧[27]。伏惟圣怀[28]，远慕兼慰[29]。不胜下情[30]，谨遣传诏殿中中郎臣某奉表以闻。

注释

〔1〕裕：南朝宋武帝刘裕，字德舆，小名寄奴。东晋时封为宋公。

〔2〕振旅：整顿军队，用兵。振，整；旅，军，兵。《左传·成公七年》季文子曰："中国不振旅，蛮夷入伐。"河湄：河边。这里指黄河边。湄，岸边，水和草相接的地方。《诗·秦风·蒹葭》："所谓伊人，在河之湄。"

〔3〕扬旍（jīng京）：举起旗帜。旍，同"旌"，用牦牛尾和彩色鸟羽为竿饰的旗帜，或旗的通称。 迈：挺进。

〔4〕届：到。 旧京：西晋首都洛阳。

〔5〕威怀司雍：威，指征伐。怀，怀柔，招来安抚。《左传·文公七年》："叛而不讨，何以示威？服而不柔，何以示怀？" 司雍：司州，雍州，洛阳长安一带地方。司州，晋改汉魏司隶校尉治为司州，治洛阳；雍州，汉以京兆尹地为雍州，治长安，魏复置，晋因之。

〔6〕遄（chuán船）疾：疾速。《诗·鄘风·相鼠》："人而无礼，胡不遄死！"

〔7〕道阻且长:道路崎岖而且遥远。《诗·秦风·蒹葭》:"溯洄从之,道阻且长。"阻,险阻,崎岖。

〔8〕伊、洛:伊水、洛水一带。 榛芜:荒榛野草。

〔9〕津涂:津,渡口;涂,同"途",道路。

〔10〕径:小路。

〔11〕淹引:迁延,耽搁。

〔12〕今月:东晋义熙十二年十月。次,止,停留,引申为途中止宿处。

〔13〕隳(huī 灰)顿:坍塌。 隳,毁坏;顿,坏。

〔14〕钟簴(jù 巨):挂钟鼓的架子。

〔15〕观宇:观,宫观。宇,屋宇。

〔16〕鞠为禾黍:鞠,盈,满;禾黍,泛指庄稼。

〔17〕廛(chán 缠)里:居宅之称。庶人、农、工、商等所居谓之廛;士大夫等所居谓之里。

〔18〕罕音:很难听到声音。罕,少。喻人烟稀少。

〔19〕永怀:长久思念。《诗·周南·卷耳》:"我姑酌彼金罍,维以不永怀。"

〔20〕五陵:晋朝宣帝、景帝、文帝、武帝、惠帝五个皇帝的陵墓。

〔21〕幽沦:幽,暗;沦,沦没。

〔22〕百年:自公元三一六年西晋沦亡,到刘裕谒五陵四一六年,正是百年。荒翳:因无修治,被荒草遮蔽。翳(yì 义),遮蔽。

〔23〕天衢(qú 渠):天路。衢,四通八达的道路,喻通显之地。后多指京师。开泰:通达,安顺。

〔24〕情礼:奉谒五陵的心情和礼节。申,表达。

〔25〕行河南太守毛脩之:行,代理。毛脩之,字敬之,荥阳人,刘裕北伐时,任他为河南、河内二郡太守,守戍洛阳。

〔26〕职司:职,职务;司,管理。

〔27〕蕃卫:蕃,同藩,藩篱;卫,守卫。

〔28〕伏维:趴在地上想,多用于臣子对皇帝陈述自己想法时用的敬词。

〔30〕不胜下情:自己有忍不住要表达的心情。下情,自己的心情。

今译

　　臣刘裕言于圣上：近来我整治军旅，率兵抵达黄河岸边，高举旌旗向西挺进，即将到达我晋朝旧都洛阳。王师威武加于京畿内外，晋朝仁德远播司雍二州。黄河水流湍急凶猛，所经道路艰险远长。又加上伊水洛水一带，荆榛遍布，田野荒芜，渡口通道，长久废弃，壅塞难行。北伐军士砍伐树木，修桥补路，耗费耽搁了一些时日。义熙十二年十月十二日，北伐大军驻扎原洛水浮桥岸边。放眼洛阳旧都，山川未改，物事全非。城墙楼阙，尽为废墟；宫殿庙堂，毁坏无存；钟鼓支架，偶尔空立，宫观屋宇余地，长满庄稼；街道里巷之中，萧条荒芜；鸡鸣犬吠，声息少闻。睹物思旧，慨叹深长。痛心疾首，满目凄凉。

　　在本月十五日这天，北伐将士祭拜了我晋朝五位先帝的陵墓。但见坟茔幽暗沦没，整整百年，未能祭扫修治，陵园内草木杂生，隐晦蔽日。通往洛阳的道路开辟畅通，祭祀祖先的礼仪和怀念先帝勋功伟业的愿望都得以实现。故乡遗老无不为之掩面流泪，三军将士尽皆感叹凄伤。祭祀拜谒的那天，人人感慨悲愤，百感交集。代理河南、河内二郡太守毛脩之等人，已经翦除了荆棘，开通了陵区的路径，修缮了残断的墙壁和冢舍，配备了管理陵寝的官吏，陵区的守卫措施也恢复了旧时的规模。我伏在地上考虑，皇帝的心情，也一定是遥遥牵挂，羡慕拜祭五陵的壮举，还会感到安慰。为臣抑制不住激动庆幸的心情，郑重地让传诏殿中中郎臣傅亮撰写表章，向陛下报告，让您也知道祭扫五陵的情况。

　　　　　　　　　　（吴科元译注并修订　陈延嘉再修订）

为宋公求加赠
刘前军表一首

傅季友

题解

　　本表为宋公刘裕所作,是为已故前将军刘穆之请求追加封赠的表章。

　　刘穆之(360—417),字道和,东晋东莞莒县(今山东沂水县)人。少好书传,博览多通。义熙初始为刘裕军吏。处分大事,极具才干,刘裕委以心腹,穆之亦推诚倾心襄助。刘裕率军不断征讨,朝内大政全部交付穆之。穆之内总朝政,外供军旅,日理万机;决断如流。义熙十年进为前将军,十一年迁尚书右仆射领选将军尹,十二年转尚书左仆射领监军中军两府军司将尹等。十三年十一月去世。追赠散骑常侍、卫将军、开府仪同三司。以后刘裕再上此表要求加赠,结果又追赠其为侍中司徒,封南昌县侯。

　　刘裕对刘穆之倾注了这么深的情感决非偶然。刘裕不断征讨树立威望,扫除异己以至后来篡晋建宋,都是依靠穆之在朝内"内总朝政,外供军旅"。穆之一死,支柱顿失,刘裕只好立即从长安赶回,卓有成就的北伐也只好中断了。

　　要求追赠死者,就须拿出充分的理由,这是表文的中心所在。第一段简述"王氏所先崇贤旌善"是理论根据。历数刘穆之的丰功伟绩是表文重点,提供事实根据。而穆之"谦居寡守"导致"勋高当年,茅土弗及"则是政策依据。有了这三个依据,该表要求"加赠"就具有很强的说服力了。刘勰《文心雕龙》说"表以陈情",表达感情阐述道理是表的根本特点，本文证明了这一点。

原文

臣闻：崇贤旌善[1]，王教所先[2]。念功简劳[3]，义深追远[4]。故司勋秉策[5]，在勤必记。德之休明[6]，没而弥著[7]。

故尚书左仆射前军将军臣刘穆之，爰自布衣，协佐义始，内竭谋猷[8]，外勤庶政[9]。密勿军国[10]，心力俱尽。及登庸朝右[11]，尹司京畿[12]，敷赞百揆[13]，翼新大猷[14]。顷戎车远役[15]，居中作捍，抚宁之勋[16]，实洽朝野[17]，识量局致[18]，栋干之器也[19]。方宣赞盛化[20]，缉隆圣世[21]，志绩未究[22]，远迩悼心。皇恩褒述，班同三事[23]。荣哀既备，宠灵已泰。

臣伏思寻[24]，自义熙草创[25]，艰患未弭[26]。外虞既殷[27]，内难亦荐[28]，时屯世故[29]，靡有宁岁[30]。臣以寡劣，负荷国重，实赖穆之，匡翼之勋[31]。岂唯谠言嘉谋[32]，溢于民听。若乃忠规密谟[33]，潜虑帷幕[34]，造膝诡辞[35]，莫见其际。事隔于皇朝，功隐于视听者，不可胜记。所以陈力一纪[36]，遂克有成。出征入辅，幸不辱命，微夫人之左右，未有宁济其事者。履谦居寡[37]，守之弥固。每议及封爵，辄深自抑绝[38]。所以勋高当年，而茅土弗及[39]。抚事永念，胡宁可昧[40]！谓宜加赠正司，追甄土宇[41]。俾忠贞之烈[42]，不泯于身后[43]。大赉所及[44]，永秩于善人[45]。臣契阔屯夷[46]，旋观终始，金兰之分[47]，义深情感，是以献其乃怀，布之朝听，所启上，合请付外详议。

为宋公求加赠刘前军表一首

注释

〔1〕旌善:表扬良善。

〔2〕王教:君王的教育感化。

〔3〕简:选择,分别。

〔4〕追远:久远之事,录而不忘。

〔5〕司勋:官名,主管功赏事务。 秉策:手执策书。策,策书。古代命官授爵,用策书为符信。

〔6〕休明:美善旺盛。

〔7〕没:死去,同"殁"。 弥:更加。 著:显露,显著。

〔8〕谋猷(yóu由):计谋。猷,谋划。

〔9〕庶政:各种政务。

〔10〕密勿:勤勉努力。

〔11〕登庸:举用。 朝右:位列朝班之右,指大官。

〔12〕尹司京畿:尹,丹阳尹,时穆之任。司,掌管。京畿,古代京城所在地和它的官署所辖之地。

〔13〕敷赞:大力佐助。 揆(kuí魁):裁度,管理。

〔14〕翼:佐助。

〔15〕戎车:战车。

〔16〕抚宁:安定。

〔17〕洽:协调,融洽。

〔18〕识量:见识与度量。

〔19〕栋干:喻担当国家重任的人。

〔20〕宣赞:大力推广。

〔21〕缉(qì气):继续。

〔22〕绩:功。

〔23〕班:颁布。 事:职务,穆之死后赠三种职务:散骑常侍、卫将军、开府仪同三司。吕延济注:三事为仪同三司。

〔24〕思寻:亦即寻思,思考。

〔25〕草创:凡事初设皆曰草创。

〔26〕弭(mǐ米):停止。

〔27〕外虞:外患。 殷:盛、多、众。

〔28〕荐:重,频。

〔29〕屯:艰难。 世故:世间一切事故,特指变故。

〔30〕靡(mí 迷):无,没有。

〔31〕匡翼:纠正辅助。

〔32〕岂唯:岂只是。 说(dǎng 党)言:善言,正直的话。

〔33〕谟(mó 魔):谋划。

〔34〕潜:暗中。 帷幕:帐幕,帷幄。

〔35〕造膝:来到膝下,谓亲近。 诡辞:诡辩不实之言。《谷梁传》:"士造辞言,诡辞而出。"造即造膝;辞,君。意思是对君王说的亲近话,出来不能对外人说,倘问及,则诡对。

〔36〕陈力:施展才力。 一纪:十二年。

〔37〕履:实施,施行。

〔38〕辄:总是。

〔39〕茅土:谓受封为王侯。古时天子分封诸侯,用白茅草包五色土赠与他们,象征分封土地。

〔40〕胡宁:怎么可以。 昧:隐没。

〔41〕甄:鉴别,表彰。 土宇:土地房屋。

〔42〕俾:使。 烈:功业。

〔43〕泯:尽,灭。

〔44〕大赉:大赏赐。

〔45〕秩:禄。

〔46〕契阔:离合聚散。 夷:创伤。

〔47〕金兰:交友投合。《易·系辞上》:"二人同心,其利断金;同心之言,其臭如兰。"

今译

为臣听说:推崇贤能表扬良善,乃是君王教化的首要举措。记念劳绩分别勋功,意义重大不忘久远。所以执掌赏功书策,只要忠勤王事就要如实记录。生前德善美盛,死后愈加昭显。

　　已故尚书左仆射前军将军刘穆之，出身平民百姓，从协助义军那天开始，内尽谋略之道，外勤军旅之劳，奋勉于军国繁务，心力都为之尽瘁。待到他升大官身列朝班，还肩任丹阳尹管理京畿重担。大展辅功，裁度总领百事，佐助国君重振朝纲。不久前王师远征洛阳、关中，穆之留居朝中供应军需，安抚百姓维持治安，朝廷和地方融洽安然。见识度量曲折周到，实在是国家的栋梁干才。正当宣扬推广盛德王化，光大隆兴开明盛世，他殒身辞世大志未申，大功未建，噩耗传来远近伤悼。皇旨厚恩已经颁降，追赠仪同三司等三职。赐荣耀表哀悼礼仪具备，恩宠亡灵也很充分。

　　臣伏地思考，自从义熙年来倡举大义，大业初创艰险没有止息，外患频繁，内乱未已，时势艰难，变故丛生，岁月远未安宁。臣以德寡才劣之身，肩荷军国重任，实在是依靠了穆之的倾诚相助。穆之的勋劳岂只是善言良谋，充溢于臣民的耳膜。至于那进忠谏献密谋，运筹帷幄，入朝倾心而谈，出朝伪言应对，这就不是人们所能看得见的。功臣业绩朝代间隔，渐渐隐没，耳目不闻，这种事例数不胜数。因此施展才力十二年，事情就可获得成功。出兵征讨，入朝辅政，所幸没有招致败辱，如果没有穆之佐助，局面不会安宁，事情绝无成功。刘穆之躬行谦逊寡欲之道，恪守不移，日益坚固。每次涉及封爵，他总是自我克制，婉然谢绝推辞。所以当年他功勋甚高，可是并未获得爵赏。抚忆旧事，哀思久长。怎么可以隐匿不扬。臣裕认为应当追赠官衔爵位，旌表土地房屋。使忠诚坚贞的业绩，死后也不至埋没。丰赏厚禄所赐，永远是那些功德无量之人。臣聚散无常。历难蹈伤，转瞬之间，观察了他的一生。戮力同心，义同金兰，感情深厚，决非泛泛。因此陈述这点心愿，上报于朝廷。以上所述，如果陛下合允，请交付朝臣认真讨论。

（吴科元译注并修订）

为齐明帝让宣城
郡公表一首

任彦升

题解

（南朝）齐明帝名萧鸾，其父早丧，被伯父萧道成收养。萧道成废（南朝）宋，改立齐，自为齐高帝，封萧鸾为西昌侯。齐武帝萧赜即位后，因与萧鸾是堂兄弟，所以授以大权，并得到信任。齐武帝临终前曾托孤于他，然而他怀有野心，欲取而代之。齐恭王萧昭文为了拉拢他，封他为宣城郡公、骠骑大将军，开府仪同三司，但他拒绝接受，终于在不到一年的时间内，先后废掉郁林王萧昭业和齐恭王萧昭文，登上了皇帝的宝座。这篇表章就是萧鸾在拒绝宣城郡公封号时，请任彦升代写的。

由于情况特殊，这篇文章在写作时，可谓"用心良苦"。从内容上来说，任昉虽然知道萧鸾的目的是什么，但却要郑重其事地对封号进行谦让，还要在字里行间装出一副对朝廷忠心耿耿的样子来。任昉一方面煞有介事地为萧鸾申诉所谓苦衷，一方面也确实掩藏不住对弱者那种同情，终在文章中浸入了自己的伤悲之情。清代学者孙梅在评述此文时说："此表叙郁林事甚悲，然言不由衷，无足重也。"

从形式来说，表明任昉学识渊博，典故运用得心应手，文辞华美，寓散于骈。从整体上看是散文的气势，但四六句不断穿插其间，轻重缓急极为自然，特别是七字句的运用，使文章的节奏趋于诗化，如"辞一官不减身累，增一职已黩朝经"等，读起来确实令人耳目一新。

原文

臣鸾言：被台司召[1]，以臣为侍中、中书监[2]，骠骑大将军，开府仪同三司[3]，扬州刺史，录尚书事，封宣城郡开国公，食邑三千户，加兵五千人。

臣本庸才，智力浅短。太祖高皇帝笃犹子之爱[4]，降家人之慈。世祖武皇帝情等布衣[5]，寄深同气[6]。武皇大渐[7]，实奉话言。虽自见之明[8]，庸近所蔽，愚夫一至，偶识量己。实不忍自固于缀衣之辰[9]，拒违于玉几之侧[10]，遂荷顾托，导扬末命[11]。虽嗣君弃常[12]，获罪宣德[13]，王室不造[14]，职臣之由[15]。何者？亲则东牟[16]，任惟博陆，徒怀子孟社稷之对[17]，何救昌邑争臣之讥？四海之议，于何逃责？且陵土未干，训誓在耳，家国之事，一至于斯，非臣之尤[18]，谁任其咎？将何以肃拜高寝[19]，虔奉武园[20]？悼心失图[21]，泣血待旦，宁容复徼荣于家耻[22]，宴安于国危？骠骑上将之元勋[23]，神州仪刑之列岳[24]，尚书古称司会[25]，中书实管王言[26]。且虚饰宠章[27]，委成御侮，臣知不惬[28]，物谁为宜[29]？但命轻鸿毛，责重山岳，存殁同归，毁誉一贯。辞一官不减身累，增一职已黩朝经[30]，便当自同体国，不为饰让。至于功均一匡[31]，赏同千室，光宅近甸[32]，奄有全邦，殒越为期[33]，不敢闻命。亦愿曲留降鉴[34]，即垂顺许，钜平之恳诚弥固[35]，永昌之丹慊获申[36]。乃知君臣之道[37]，绰有余裕。苟曰易昭[38]，敢守难夺。故可庶心私议，酌己亲物者矣[39]！

不胜荷惧屏营之诚[40]，谨附某官某甲，奉表以闻，臣鸾诚惶以下。

注释

〔1〕台司:特使。晋以后,皇宫禁城称台,皇帝亲自指派的官吏,称台司。

〔2〕侍中:官职名。秦代设立,为丞相的下属官员,至汉代地位逐渐升高,魏晋以后,实际上已相当于宰相。齐时掌机要。 中书监:官名。掌机密,管尚书奏事,权任相当宰相。

〔3〕开府:开建府署,辟置僚属。汉代只有三公可以开府,魏晋以后开府者日多,因而别置开府仪同三司之名。

〔4〕犹子:兄弟之子。李善《注》引《礼记》:"兄弟之子,犹子也。"

〔5〕世祖:齐武帝萧赜。

〔6〕同气:有血缘关系的亲属。

〔7〕大渐:病危将死。

〔8〕自见:自己了解自己。据李善《注》引《韩子》:"楚庄王欲伐越,庄子曰:'伐越何也?'王曰:'以政乱兵弱。'庄子曰:'臣患:知之如目见百步之外,不能自见其睫。'"

〔9〕缀衣:在小敛、大敛之时,将皇帝的寿衣陈列于庭。据李善《注》引《尚书》:"出缀衣于庭,越翼日王崩。""缀衣之辰"指皇帝死的时候。

〔10〕玉几:古代设于座侧,装饰华丽,以便凭倚的小几。

〔11〕末命:临终遗言。

〔12〕嗣君:指郁林王。 弃常:废弃常规。

〔13〕宣德:指宣德太后。

〔14〕不造:没有成功。

〔15〕职:主要。

〔16〕东牟:即东牟侯。据李周翰《注》:"汉东牟侯兴居,惠王子也,诛诸吕有功,封博陆侯。"

〔17〕子孟:据李周翰《注》:"霍光,字子孟,武帝使辅昭帝,帝崩后辅昌邑王贺。贺无道,以太后命废贺。贺曰:'天子有争臣不失天下。'光曰:'臣宁负王,不负社稷也。'"

〔18〕尤:过错。

〔19〕高寝:皇帝陵墓,这里指齐高帝萧道成的墓。

〔20〕武园:皇帝陵园,这里指齐武帝萧赜的墓。

〔21〕失图:失去谋划的能力。

〔22〕徼荣:邀荣,求取荣耀。

〔23〕骠骑上将:官职名。汉时赐给将军的名号。据李善《注》引《汉书》:"霍去病征匈奴,有绝漠之勋,始置骠骑将军,位在三公上。"

〔24〕神州:代指扬州。 仪刑:作为模范。语见晋·左思《魏都赋》:"仪刑宇宙,历像贤圣。"列岳:耸立的高山,比喻为诸侯。

〔25〕司会:古代官职名,位置仅次于丞相,掌握财政的官吏。

〔26〕中书:古代官职名。据李善《注》引沈约《宋书》:"置秘书令,典尚书奏事,文帝黄初初,改为中书令。"

〔27〕宠章:加恩特赐的封号。

〔28〕惬:(qiè 切)恰当。

〔29〕物:选择。

〔30〕朝经:古代以儒家的九种经典著作合称朝经,精通者方能治国。据李善《注》引《家语》:"孔子曰:'治天下国家有九经,其所以行者一也。'" 黩:污侮。

〔31〕一匡:即一匡天下。语出《论语·宪问》:"管仲相桓公,霸诸侯,一匡天下。"

〔32〕近甸:靠近京城。甸,京城。

〔33〕殒越:坠落的意思,引申为死亡。

〔34〕降鉴:降旨。

〔35〕钜平:即钜平子,为晋代羊祜的封号。据李善《注》引臧荣绪《晋书》:"羊祜,字叔子,太山人也。陈留王立,封钜平子。世祖受禅后,以祜都督荆州诸军事,又为车骑将军,开府仪同三司。祜表让后,以祜为征南大将军。"

〔36〕永昌:即永昌公,晋代庾亮的封号。据《晋书》记载,庾亮,字元规,东晋颍州鄢陵人。历仕东晋元帝、明帝、成帝三朝,成帝初,以帝舅为中书令,掌握朝政。他曾上表辞让,但有人却认为他是对自己的职位不满意。

〔37〕君臣之道:皇帝与大臣之间的关系。据李善《注》引《孟子》:"欲为君,则尽君道,欲为臣则尽臣道。"又:"吾闻之也,有官守者不得其职则去,有言责者不得其言则去。我无官守,我无言责,则吾进退,岂不绰绰然有余裕哉?"

〔38〕易昭:很清楚。

〔39〕酌己:衡量自己。

〔40〕屏营:不敢出声。

今译

　　臣萧鸾启奏:我被朝廷委派的特使召见,传达旨意,委派我为侍中、中书监、骠骑大将军,可以开建府署,辟置僚属,享有同三公一样的威仪。又任命我为扬州刺史,录尚书事,又封我为宣城郡开国公,可以有收取三千户赋税的封地,并增加亲兵五千人。

　　我是一个毫无才能的人,智力浅薄而目光短小。齐高帝把我抚养成人,当作亲生的儿子一样来看待爱护,赐给我似父母一般的慈爱。齐武帝与我的感情,不像是君臣,而像普通百姓那样亲密,对我这个与他有血缘关系的人,寄托着深厚的企望。在齐武帝临近病危的时候,我确实接受了要我辅佐朝廷的遗言。虽然,我有自知之明,知道自己常被凡庸琐事蒙蔽,既无全面的才能,遇事不能正确衡量自己。但是,在齐武帝临终的时刻,已经派人准备寿衣,我怎么能忍心固执己见,在玉几旁违抗齐武帝的命令,拒绝接受对我的嘱托呢?于是,我决定担负起齐武帝的托付,实现他的遗诏。虽然郁林王因违背常道被宣德太后废弃,但辅佐王室的任务没有完成,却是我的罪过啊!为什么要这么说呢? 如果说亲近的话,那么汉初的东牟侯与汉文帝是最亲的,他是汉惠帝的儿子,但诛除诸吕以后,他只不过加封博陆侯。我空怀霍光所说的"宁负王,不负社稷"的话,却无法阻止像昌邑王所说的"天子有争臣,不失天下"的讽刺。天下的人都在议论这件事,这个责任我是推脱不掉的。况且,齐武帝的陵墓坟土还未干,他临终前对我的教诲和委托还在耳边回响,可皇室宗族的事情,或是国家大事,怎么会一下子弄成这个样子呢? 如果不是我的过错,那么让谁来承担这个责任呢? 我还有什么脸面去叩拜齐高帝的陵墓,去祭祀齐武帝的墓园? 我难过伤心而失去了主意,从晚上哭到早晨,眼中几乎流血。怎么还能容许我在家族有耻辱之时求取荣耀，在国家有灾难之时安然不问呢？骠骑大将军是最大的功臣，是诸侯的表率和顶峰。今天的尚书，古代称为司会，执掌的是全国的财政大权。中书令主管皇帝的言论。况且，加恩特赐的封号，并不是虚设而作为装饰的，委派的职务接受以后，就应该去抵御外侮。我知道自己不适合承当这些职务，选择我，谁会认为是恰当的呢？生命虽然轻如鸿毛，但是责任却比高山还重，生与死本是一条路，诋毁和赞誉也都互相贯通。我辞去一项官职，并不会减轻我身负的重任，增加一项官职却会玷污国家典章法规，我应当把自己看成是国家的股肱，又何必虚假地文饰而求取谦让的美名呢？至于说我的功劳可与"一匡天下"的管仲相比，所以赏赐我千户赋税的封地，又把房舍建在靠近京城的地方，占有整个扬州。这一切，就是到死的那一天，我也是不会从命的呀！我希望陛下降旨，让我留任现职，请立即恩准吧！晋武帝时羊祜被封为大将军，他诚恳地上表辞让，终于被允许，我就像羊祜一样有诚意。晋明帝时，庾亮被任命为中书监，他上表辞让得到允许，使那些认为他对现职不满足的误解，得到澄清。通过这件事，我体会到君主有君主的道理，大臣有大臣的道理，作为大臣应该给自己留有回旋的余地。假如说，这个道理很清楚，那就会敢于坚定自己的意愿，别人是难以让其更改的。所以，就可以用老百姓的想法对这件事来大大议论一番，衡量一下自己是不是一个热衷于权位的人了。

说不尽恐惧给我带来的压力，我的诚心不再用言语表达，仅以某官某甲奉表给陛下亲自观看，我诚惶诚恐谨上。

（王存信译注并修订）

为范尚书让吏部
封侯第一表一首

任彦升

题解

　　任昉的这篇文章,也是为人代笔拟作的。但是,范云是任昉的好友,他俩同梁武帝萧衍都曾是南齐竟陵王萧子良的门下,"竟陵八友"的成员。萧衍代齐立梁后,他们都受到重用。古代的"让"虽是谦让的意思,但也是礼节上的要求。

　　本文从总体来看,笔调流畅明快,婉转入情,虽是谦让,却使人感到出自真诚而情深意切。大致是分为三个部分进行表述的。首先表明自己的志向,热望隐迹山林,温饱自足,点出了"让吏部封侯"的目的。第二部分进一步申明让吏部封侯的原因,其中先说让吏部,后说让封侯。让吏部是因为这个职务责任重大,自己无法胜任。让封侯是自己没有功劳,接受封侯于心有愧。最后一部分主要表述自己的家世,联系到现有的官职,再一次表明辞让之意,文章结构清晰明快。

　　任昉是很善于使用历史典故的,特别是在为什么让吏部和让封侯的部分,大量运用了历史典故,这说明任昉的学识确实是极为渊博的。典故使用过多,当然会使文章晦涩,但使用得当,却可以起到言简意赅的作用。另一方面典故也可以使语言更加集中、精炼而明快,比如在"让封侯"时,连出十二个历史典故,一气呵成,对仗工整,排列有序,读来朗朗上口,津津有味。正如明代文学家张溥在《任彦升集题辞》中所说:任昉的文章,虽"骈体行文"却"无伤逸气",是与任昉善于使用典故分不开的。古人的文章,大都使用典故,要使用得自然而得体,也不是件轻而易举的事。所以任昉的这篇文章,使用典可视为突出的艺术特征。虽然任昉的文章都离不开用典,但使用如此之多,如此得心应手,确实应该首推这篇《为范尚书让吏部封侯表》了。

原文

臣云言:被尚书召,以臣为散骑常侍、吏部尚书,封宵城县开国侯,食邑千户。奉命震惊,心颜无措[1]。臣云顿首顿首! 死罪死罪!

臣素门凡流[2],轮翮无取[3],进谢中庸[4],退惭狂狷[5]。固尝钻厉求学,而一经不治[6];篆刻为文,而三冬靡就[7]。负书燕魏[8],空弹菽粟,蹑屐齐楚[9],徒知贫贱。既而分虎出守[10],以囊被见嗤[11];持斧作牧[12],以薏苡兴谤[13]。赭衣为虏[14],见狱吏之尊;除名为民,知井臼之逸[15]。百年上寿[16],既曰徒然,如其诚说,亦以过半。乱离斯瘼[17],欲以安归? 闭门荒郊,再离寒暑,兼以东皋数亩[18],控带朝夕,关外一区[19],怅望钟阜[20],虽室无赵女[21],而门多好事[22];禄微赐金[23],而欢同娱老[24];折荄燔枯[25],此焉自足。

陛下应期万世,接统千祀,三千景附[26],八百不谋[27]。臣蚪等离心[28],功惭同德,泥首在颜[29],舆棺未毁[30]。缔构草昧[31],敢叨天功[32],狱讼讴歌[33],示同民志。而隆器大名[34],一朝总集,顾己反躬[35],何以臻此? 政当以接闬白水[36],列宅旧丰[37],忘舍讲之尤[38],存诸公之费[39]。俯拾青紫[40],岂待明经[41]? 臣云顿首顿首,死罪死罪。

夫铨衡之重[42]，关诸隆替[43]，远惟则哲，在帝犹难。汉魏以降，达识继轨[44]，雅俗所归，惟称许郭[45]，拔十得五，尚曰比肩[46]。其余得失未闻，偶察童幼，天机暂发，顾无足算。在魏则毛玠公方[47]，居晋则山涛识量[48]，以臣况之，一何辽落[49]？齐季陵迟[50]，官方淆乱，鸿都不纲[51]，西园成市[52]，金章有盈笥之谈[53]，华貂深不足之叹[54]！草创惟始，义存改作，恭己南面[55]，责成斯在，岂宜妄加宠私，以乏王事？附蝉之饰[56]，空成宠章，求之公私，授受交失。近世侯者，功绪参差，或足食关中[57]，或成军河内[58]，或制胜帷幄[59]，或门人加亲[60]，或与时抑扬[61]，或隐若敌国[62]，或策定禁中[63]，或功成野战[64]，或盛德如卓茂[65]，或师道如桓荣[66]，或四姓侍祀[67]，已无足纪，五侯外戚[68]，且非旧章。而臣之所附，惟在恩泽，既义异畴庸[69]，实荣乖儒者[70]，虽小人贪幸，岂独无心？

臣本自诸生[71]，家承素业，门无富贵，易农而仕。乃祖玄平[72]，道风秀世[73]，爰在中兴[74]，仪刑多士[75]，位裁元凯[76]，任止牧伯[77]。高祖少连[78]，凤秉高尚，所富者义，所乏者时，薄官东朝[79]，谢病下邑[80]。先志不忘，愚臣是庶。且去岁冬初，国学之老博士耳，今兹首夏，将亚冢司[81]。虽千秋之一日之误九迁[82]，荀爽之十旬远至[83]，方之微臣，未为速达。臣虽无识，惟利是视，至于亏名损实，为国为身，知其不可，不敢妄冒。陛下不弃菅蒯[84]，爱同丝麻，悦平生之言[85]，犹在听览，宿心素志，无复贰辞。矜臣所乞，特回宠命，则彝章载穆[86]，微物知免[87]。臣今在假，不容诣省，不任荷惧之至，谨奉表以闻。臣云诚惶以下。

注释

〔1〕心颜:心情和脸色。

〔2〕素门:指普通人家,晋以后,世风崇尚豪门势族,自称素门含有自谦的意思。 凡流:普通人。

〔3〕轮翮:轮,车轮。翮,鸟翼。引申为载运和飞翔的功能,用来比喻人的能力。

〔4〕谢:不如。

〔5〕狂狷:偏激或保守,皆偏于一面。

〔6〕一经:一种经书。语见《史记·乐书》:“通一经之士,不能独知其辞。”又李善注引《汉书》:“韦贤少子玄成,复以明经历位至丞相。故邹鲁谚曰:‘遗子黄金满籯,不如一经。’”后泛指经术。 不治:没有学好。

〔7〕三冬:指三年,又可以指数年。语出李善注引《汉书》:“东方朔上书曰:‘臣朔学书,三冬文史足用。’”

〔8〕负书:将读的书放进包袱,背在身后。据《战国策》记载,战国时洛阳人苏秦,从师鬼谷子,学习纵横家言论,但在外游说数年毫无成就。归家后,父母不愿认他为儿子,嫂子不给他做饭吃,妻子不离开织布机。苏秦发奋读书,虽十次上书秦惠王,仍不为所用。于是,苏秦背起书本游说燕魏赵齐韩楚六国,被六国拜为宰相,合纵抗秦。

〔9〕蹑屩:蹑,足踩。屩(juē 撅),草鞋。蹑屩是成语“蹑屩檐簦”的简化。意思是远行在外。据《史记·虞卿传》:“虞卿者,游说之士也。蹑屩檐簦,说赵孝成王。”

〔10〕分虎:虎即虎符。虎符是古代调兵遣将的信物,又称兵符。因其是铜铸虎形,背后刻有铭文,分成两半,故又称分虎。使用时一半留中,一半授予掌有兵权的官吏。

〔11〕囊被:囊是布袋,被是衣服被褥。见嗤:被人嘲笑。此句的意思是,布袋里装的都是旧衣被,所以受到人们的嘲笑。据《汉书》记载,汉宣帝时谏议大夫王吉,世称王阳,他的儿子王骏,孙子王崇,三代为官,皆好车马和衣服,然而每次迁徙时,所装载的不过是布袋里盛些旧衣服,为此遭到别人的嘲笑。

〔12〕持斧:手执大斧。据《汉书》记载,汉代河东人暴胜之,于汉武帝末年任直指使者,时郡国盗贼蜂起,暴胜之身穿锦绣新衣,手持大斧,追捕盗贼。后

来用以喻指建有军功的地方官吏。

〔13〕薏苡:植物名,属禾本科,花生于叶腋,果实椭圆,果仁名为薏米,白色,可食用,亦可入药。据《后汉书·马援传》:"初,援在交阯,尝饵薏苡实,用能轻身省欲,以胜瘴气。南方薏苡实大,援欲以为种,军还,载之一车。及卒后,有上书谮之者,以为前所载还,皆明珠文犀。"后指因涉嫌而被诬谤者,谓薏苡兴谤。

〔14〕赭衣:赤褐色的短衫和裤子,因是古代犯罪的囚徒所穿用,故又代指囚犯。

〔15〕井臼:本指井水和舂米的石臼。这里比喻操持家务。

〔16〕上寿:古代人认为人活到八十岁以上为中寿,活到一百岁以上为上寿。

〔17〕瘼:疾病和困苦。

〔18〕东皋:田野或高地的泛称。

〔19〕一区:指一定界限的地方。语见《汉书·扬雄传》:"有田一廛,有宅一区。"后以指房舍一处讲。

〔20〕钟阜:即钟山,在南京郊外。

〔21〕赵女:泛指能歌善舞的美貌女子。

〔22〕好事:即好事者。知交好友的意思。语见《汉书·扬雄传》:"扬雄素贫,嗜酒,人希至其门,时有好事者,载酒肴从游学也。"

〔23〕赐金:皇帝御赐的黄金。李善注引《汉书》:"疏广,字仲翁,东海人也。明《春秋》,为太子太傅。兄子受,字公子,亦以贤良为太子家令。广谓受曰:'吾闻知足不辱,知止不殆,今仕至二千石,功成名立,如此不去,惧有后悔。岂如父子相随出关,归老故乡,以寿命终,不亦善乎?'遂上疏乞骸骨,上以其年笃老,皆许之。加赐黄金二十斤,皇太子赐五十斤。公卿大夫、故人邑子为设祖道,供帐东都门外,送车数百两,辞决而去。道路观者曰:'贤哉二大夫!'或叹息为之下泣。广既归乡里,日令家具设酒食,请族人故旧宾客,相与娱乐。"

〔24〕娱老:欢度晚年。

〔25〕芰(jì记):菱角,水生植物。 燔:烘烤的意思。 枯:代指干鱼。燔枯即是烧烤干鱼,李善注引《蔡邕与袁公书》:"酌麦醴,燔干鱼,欣然乐在其中矣!"

〔26〕三千:代指三千诸侯。李善注引《周书》:"汤放桀而归于亳,三千诸侯大会,然后即天子之位。" 景(yǐng影)附:互相依附,如影随形。

〔27〕八百:代指八百诸侯。李善注引《周书》:"武王将渡河中流,白鱼入于王舟,王俯拾出涘以祭。不谋同辞,不期同时,一朝会武王于郊下者八百诸侯。"

〔28〕衅:罪过,或有罪。

〔29〕泥首:以泥涂抹头上。古代表示服罪自辱的一种形式。李善注引(吴)张温《表》:"临去武昌,庶得泥首阙下。"

〔30〕舆棺:又称舆榇,即以车载棺材随行,表示决死之心。语自《左传》:"许男面缚衔璧,大夫衰绖,士舆榇。"

〔31〕缔构:缔造构成。 草昧:天地初开时的混沌状态。语见《易·屯》:"天造草昧。"《疏》:"草谓草创,昧谓冥昧,……言物之初造,其形未著,其体未彰,故在幽冥暗昧也。"也指混乱的时世。

〔32〕叨:贪的意思。

〔33〕狱讼:讼事、打官司。有关财物之争执为讼,以罪名相告为狱。 讴歌:歌颂。语见《孟子·万章》:"讴歌者,不讴歌尧之子而讴歌舜。"

〔34〕隆器:古代表示名位或爵号的器物,代指职位较高的官吏。 大名:崇高而美好的名声。

〔35〕躬:亲自、亲身。

〔36〕政:指执掌某种政务的人。这里指掌管吏部尚书的职务。 接闬:接,靠近;闬(hàn 汉),门墙。接闬,意即居住处相近,即邻居。 白水:地名,汉光武帝的家乡。据《东观汉记》记载,汉光武帝与吴汉少年时皆居白水,住处相近。

〔37〕列宅:并列的住宅。 旧丰:丰指丰邑,汉高祖刘邦的故乡。据《汉书》记载,汉高祖刘邦与卢绾同为丰邑人。李善注引《汉书》:"卢绾,丰人也,与高祖同里。萧曹等特以事见,礼至,其亲幸莫及绾也。"

〔38〕舍讲:不同其讲话。 尤:错误、过错。李善注引《东观汉记》:"初,光武学长安时,过朱祐宅,祐留上,待讲竟,乃谈话。及帝登位,驾幸祐第,问曰:'得无去我讲乎?'祐曰:'不敢。'"

〔39〕诸公:各位有才能的人。这里指汉光武帝刘秀未登皇位前,辅佐他的南阳贤士。李善注引《东观汉记》:"初,上(光武帝)学长安,南阳大人贤士往来长安,为之邸阁稽疑。资用乏。与同舍韩子合钱买驴,令从者僦(jiù 就,租赁)以给诸公之费。"

〔40〕青紫:古代官吏身上佩带的青绶和紫绶。根据汉代以来的官制,丞相

和太尉为金印紫绶,御史大夫为银印青绶。青紫代指地位高的官吏。

〔41〕明经:通晓经术。

〔42〕铨衡:评核和衡量。这里指吏部尚书的职责。

〔43〕隆替:兴隆和衰败。

〔44〕达识:通达事理。

〔45〕许郭:许,许邵,字子将,东汉末平舆人,以善于识人著称。据史料记载,曹操曾要许邵评其为人,许劭说:"君清平之奸贼,乱世之英雄。"曹操大悦。郭,郭泰,字林宗,居家授徒,有门人数千人,与河南尹李膺为知交,善品评海内人士,为东汉时著名人物,死后蔡邕为他作碑。

〔46〕比肩:相等。

〔47〕毛玠:人名。字孝先,陈留人。任三国(魏)尚书仆射,世人认为他在选拔人才方面作到了"雅亮公正"。

〔48〕山涛:人名。字巨源,晋武帝时为吏部尚书,世人认为他所选拔的人才多为正直之士。

〔49〕辽落:悬殊的意思。

〔50〕齐季:指(南朝)齐的末期。 陵迟:衰落。

〔51〕鸿都:东汉宫门名。李善注:"华峤《后汉书》曰:元和元年置鸿都门学,其诸生皆敕州郡、三公举用辟召。或出为刺史,入为尚书、侍中,乃有封侯赐爵者。士君子皆耻与为列焉。"

〔52〕西园:汉代上林苑的别称。据史料记载,汉灵帝即位,太后临朝,在上林苑公开卖官,自关内侯以下,分成若干等级,按级收钱。 市:集市,市场。

〔53〕金章:古代官吏的印信。 笥(sì 寺):一种用竹子加工编制的器皿,方形,一般盛衣物用。

〔54〕华貂:古代侍臣服装上的装饰品,由貂尾制成。李善注引虞预《晋录》:"赵王伦篡位,侍中常侍九十七人,每朝小人满庭,貂蝉半座。时人谣曰:'貂不足,狗尾续。'"

〔55〕恭己:以端庄严肃的态度约束自己。 南面:代指帝王。古代帝王的宝座面南而设。语见《论语·卫灵公》:"无为而治者,其舜也与? 夫何为哉? 恭己正南面而已矣!"

〔56〕附蝉:蝉,古代的一种绸,薄如蝉翼,常用来装饰官吏的帽子,称为附蝉,后引申指侍从或显贵的官吏。

〔57〕足食：使粮草充足。　关中：指今陕西等地方。李善注引《汉书》："萧何以丞相留牧巴蜀，使给军食。汉王击楚，何守关中，后为酂侯。"

〔58〕成军：指因供应军粮而使军队成功。　河内：地名，黄河以北的地方，相当于今河南省地。李善注引范晔《后汉书》："上(汉光武帝)拜寇恂河内太守，上谓恂曰：'河内完富，吾将因是而起。昔高祖留萧何镇关中，今吾委公以河内。'后封雍奴侯。"张铣注："寇恂守河内，收租四百万石，转给光武军。"

〔59〕帷幄：军队作战中的帐幕。语见《汉书·高帝纪》："夫运筹帷幄之中，决胜千里之外，吾不如子房(张良)。"此句的意思是在室内进行军事谋划、制服对方而取胜，指张良。

〔60〕门人：弟子，指邓禹。《后汉书·邓禹传》记载，邓禹，字仲华，东汉新野人。幼游学于长安，与刘秀(汉光武帝)亲善，执弟子礼。刘秀起兵于河北，禹杖策相见，佐秀运筹帷幄。刘秀称帝后，拜邓禹为大司徒，封酂侯，后又加封高密侯。

〔61〕与时：根据时机，随时。　抑扬：进退的意思。此句指叔孙通。李善注引《汉书·叔孙通达》："叔孙奉常，与时抑扬。"据《史记》记载，叔孙通，汉初薛人。曾为秦博士，后从项羽，又归刘邦，任博士，号稷嗣君。刘邦称帝后，叔孙通采择古礼，结合秦制，定立朝仪。刘邦感叹说："吾乃今日，知为皇帝之贵也。"后为太子太傅，汉王朝的制度典礼，都由他所定。

〔62〕隐若敌国：多用于叹赏人才系国家之重者。指吴汉。语见《后汉书·吴汉传》："帝(光武)时遣人观大司马何为，还言方修战攻之具。乃叹曰：'吴公差强人意，隐若一敌国矣！'"《注》："隐，威重之貌。言其威重若敌国。"

〔63〕策定：决定策略。禁中：从秦汉开始，皇帝的宫中称禁中，意思是门户有禁，非侍卫和通籍之臣不得入内。此句意思是在皇宫内制定策略。据李善《注》引《东观汉记》："殇帝崩，惟安帝宜承大统。车骑将军邓骘定策禁中，封骘为上蔡侯。"

〔64〕野战：野外作战。李善注引《汉书》："鄂千秋曰：'曹参虽有野战略地之功，此特一时之事。'"

〔65〕卓茂：人名。字子康，汉代南阳人。汉元帝时游学长安，精于礼法和历算之术，以儒术被举荐为侍郎、给事黄门。王莽篡汉后，以病为借口，辞官隐退。汉光武帝即位后，又被诏入朝廷，尊为太傅，封褒德侯。

〔66〕桓荣：人名。字春卿，汉代沛国人。曾给汉太子刘庄讲授经学，刘庄

即位后为汉明帝,拜桓荣为尚书,封为关内侯。

〔67〕四姓:指东汉外戚樊、郭、阴、马四姓。又称四姓小侯,据《后汉书·明帝纪》:"为四姓小侯开立学校,号四姓小侯,置五经师。以非列侯,故曰小侯。"侍祀:陪祭的意思。

〔68〕五侯:同时封侯者五人。据《汉书·元后传》记载,汉成帝河平二年(前27),封舅王谭平阿侯、王商成都侯、王立红阳侯、王根曲阳侯、王逢时高平侯,五人同日受封,时人谓之五侯。

〔69〕畴庸:酬报功劳。

〔70〕乖儒:背离儒家之道。语见《论衡·薄葬》:"今墨家非儒,儒家非墨,各有所持,故乖不合。"

〔71〕诸生:读书人,书生。

〔72〕玄平:人名。范汪,字玄平,晋武兴侯,是范云的曾高祖。也曾任过吏部尚书。

〔73〕秀世:优异超世。

〔74〕中兴:由衰落而重新兴盛。这里是指东晋元帝时。

〔75〕仪刑:法式,模范的意思,亦写为"仪形"。

〔76〕元凯:指皇帝身边的重臣。李善注引《左传》太史克曰:"昔高阳氏有才子八人,苍舒、隤敳、梼戭、大临、尨降、庭坚、仲容、叔达,谓之八凯。高辛氏有才子八人,伯奋、仲堪、叔献、季仲、伯虎、仲熊、叔豹、季狸,谓之八元。"

〔77〕牧伯:刺史,相当于郡守的地方官。

〔78〕少连:人名。范宁,字少连。初为余杭令,后升为临淮太守,封阳遂侯,免官后闭门读书,是范云的高祖父。

〔79〕东朝:即南朝。东晋以后各国皆立朝江东,这里指的是南朝(宋)。

〔80〕下邑:辞官回家乡。

〔81〕冢(zhǒng 肿)司:主持、掌管国政的官吏。

〔82〕千秋:人名。即田千秋,曾为汉高祖园寝郎(管理帝王庙宇的官吏),因参与卫太子辩冤,受到汉武帝重用,一月("一日"是"一月"之误)之内升大鸿胪,连升丞相。武帝死,昭帝即位,特许他坐小车进宫,又称车千秋。

〔83〕荀爽:人名。字慈明,汉代颍川人。幼而好学,潜心经籍,时人谓:"荀氏八龙,慈明无双。"汉桓帝延熹九年(166),拜郎中。因世乱,弃官隐遁十余年。献帝时,董卓专政,以爽有重名,复征入朝,九十五日内,以平原相、光禄卿

而位至三公。后与王允等谋诛董卓。《后汉书》有传。

〔84〕菅蒯:皆草名。可以编制绳索,常用来比喻人物的微贱。

〔85〕傥:倘若,或者。

〔86〕彝章:常典,或一般的典章制度。 载穆:承受安宁,或引申为不受干扰。

〔87〕微物:尘土。人的自我卑称。

今译

臣范云启奏:臣被尚书召见,知道陛下任命臣为散骑常侍、吏部尚书,封为宵城县开国侯,并享有千户赋税的封地。臣接到任命后,感到非常吃惊,内心忐忑,面貌变色。臣范云叩头叩头! 死罪啊死罪!

我出身于普通的人家,是一个极其平常的人,不仅毫无才智能力,而且也没有什么可取之处。往高点评价,我还不够个中等水平,往低点说,自愧不如偏激或拘谨保守的人。我也曾经下过决心勤勉求学,但一本经也没有学好。我也曾经努力去学写篆字,精心构思文章,但数年过去却毫无成就。我就像苏秦那样,背起书籍去游说燕魏,但只是白白地吃尽了携带的粮食。我也像虞卿那样,脚登草鞋去游说齐楚,但结果仅知道自己出身贫贱。当年王阳父子,接受虎符,出任郡守,因为搬迁时布袋里只有旧衣服而遭人嘲笑,可知为官清廉之难。暴胜之手持大斧追捕盗贼,为国家建有军功,马援也是有大功的人,然而他回朝时,带了一车薏苡果实,却有人诬陷他载的是明珠,有军功又怎么样呢? 穿上囚衣成了囚徒,才知道牢狱中吏卒的尊严。撤消官职当了老百姓,才知道操持家务的乐趣。人活到一百岁算是上寿,但这都是空话,如果真能活到一百岁的话,那也过去一半了。经过战乱、疾病和各种困苦以后,还是想平平安安地回家吧! 我愿住到郊外去,不再与人来往,再次体会自然气候的变化,加上有田地数亩,早晚可以看到河水环流。在城外的这座住宅,可以使我怅然向往钟山。虽然家中没有能歌善舞的美女,但还是有知交好友来与我对饮一杯。我可以同汉代的疏广一样辞官回乡,俸禄赐金虽少,而欢度晚年是一样的。只要能够折取菱叶坐在地上烘烤干鱼吃,我的愿望也就达到了啊!

陛下是万世以后应天命而诞生的君主,承接千年来帝王的传统,就像商汤王一样受到三千诸侯的爱戴,像周武王一样受到八百诸侯的一致拥护。我曾是齐朝的官吏,没有与陛下同心同德,我不仅是有罪的,而且感到十分惭愧。现在我以泥涂首,向陛下请罪,我已下定了必死的决心。大梁朝开创于混乱的时世,这全是陛下的功劳,我怎么敢贪天之功呢?打官司的人,歌唱的人,都在思念与歌颂陛下的圣德,表达着万民的意志。而我在一天之内,官爵和声名都集于一身,自己看看自己的经历,怎么会到达这种地步的呢?委派吏部尚书的职务,如果注重同乡的关系,像光武帝与吴汉同居白水,汉高祖与卢绾同居丰邑,所以比一般人要亲近。那么陛下是因为我们曾是邻居吗?陛下宽容大度,不计较我的过失,就像当年的光武帝一样。光武称帝以前曾在长安拜访朱祐,朱祐正在讲学,叫光武在一旁等待,讲学后再谈。后来光武即位后,仍然重用朱祐,毫不考虑朱祐曾经犯过的错误。光武在长安时曾经与人合伙买毛驴出租,赚钱来招待南阳的同乡,后来这些人也都有了官职。如果取得官职就像弯腰去拾草一样,那么又何必要去精通经术呢?臣范云叩头叩头!死罪啊死罪!

评价和选拔人才的重要,直接关系到一个国家的兴旺和衰败,从长远考虑吏部尚书的人选才是明智的,对帝王来说这也是件困难的事啊!从汉魏以来,通达事理,善于品评和识别人才的人,还是不断出现的。但既得到上层人士的赞赏,又得到一般人的拥护,那就是许劭和郭泰了。选拔十个人,其中五个人是合格的,还可以说是差不多的。其他还有关于选才得失的情况,还没有听说过。偶然也会发现少年儿童的天赋才能,但那只是暂时的现象,我看是不能算数的,魏国的毛玠在选拔人才时作到了公正雅亮,而晋朝的山涛识别人才以正直为标准，受到世人称道。我如果同他们相比，差的实在是太多了。齐朝的末年政局衰败，官吏的选择和任命非常混乱，就像东汉末期纲纪不整，鸿都学府出来的都是腐败无能之辈，使西园成了贩卖官职的市场。晋代赵王司马伦篡位后，滥封官职，各级官吏用的大印都装满大筐里。所以当时民谣说"金章满箱尚不可长"，发出"貂不足，狗尾续"的感叹。梁朝的大业刚刚创立，前朝的仁义是可以保留的，但许多做法一定要改变，帝王应该以端庄严肃的态度来约束自己，督促官员们完成任务，怎么可以随便宠信与自己有私交的人，而耽误了国家大事呢？戴上有蝉文装饰的帽子，表示地位的显贵，但只是受到宠信的标志，对公对私来说，授予的和接受的都是不妥的。从汉代以来，封侯的人，功绩都是很不相同的。萧何为汉高祖守卫汉中，供应粮草，所以后来封为酂侯。寇恂为汉光武帝在河内收集粮食四百万担，成为汉军胜利的基础，被封为雍奴侯。张良为汉高祖"运筹于帷幄之中，决胜于千里之外"，封为留侯。邓禹曾为光武帝出谋画策，又以弟子自居，这使他们更加亲近，所以后来光武帝加封他为高密侯。叔孙通是个随机应变的人，又为汉朝制定各种典章制度，也被汉高祖封为列侯。吴汉是光武帝身边大将，威重若敌国，封为广平侯。汉殇帝死后，邓骘决策立刘祜为皇帝，拥立的大功使他成为上蔡侯，曹参曾为汉高祖攻城略地，虽为一时之事，也被封为平阳侯。卓茂在王莽篡位后，辞官隐退，是个有德行的人，被光武帝封为褒德侯。桓荣曾为汉明帝刘庄讲授经学，所以封为关内侯。汉明帝时外戚樊氏、阴氏、郭氏、马氏，因替宗室陪祭封为四姓小侯，但这是无足轻重的爵位。汉成帝在同一天，将他五个舅父王谭、王商、王立、王根和王逢时都封为侯爵，但这并不符合汉朝的典章。而我属于什么情况而封侯呢？完全是陛下的恩惠啊！从道理上讲，我是没有什么功劳需要酬报的，让一个背离儒家理想的人去接受荣誉，虽然像小人一样贪恋幸运的降临，怎么能于心无愧呢？

我本是一个普普通通的读书人，家中继承的家业也是一般的，不是富贵人家，只是放弃了务农而以俸禄生活。曾高祖范玄平的道德风度，受到当时人们的赞美，在东晋初期可以作为许多读书人的楷模，官职虽然不及八元八凯，但也做到了刺史的地位。高祖父范少连历来品德优良，他有的是仁义之心，但却缺少机遇，只在宋朝当个余杭县令，后来因病回到家乡。我不会忘记先祖隐逸的志向，我实际上也是这样一个人啊！何况，去年初冬时我还是国子监的老博士，到了今年入夏，就成了仅次于宰相的吏部尚书。车千秋从园寝郎到丞相，一月九次升迁。荀爽从平原相到大司徒，没有超过一百天。他们和我相比，也不算是很快的了。我虽然没有远见卓识，总是只考虑个人的私利，但是于声名不利，对实际有害的事，对国家对自己都没有好处，我是知道不能贸然去做的。陛下不嫌弃我这个无能之辈，反而像对待优秀人物那样关怀我。倘若陛下还记得我曾经说过要隐退的话，请让我这一向的心愿得以实现，我就再没有什么话可说了。我衷心请求陛下收回你的任命，那么典章制度可以正常地得到执行，我卑微的心也就安宁了。如今我正在休假，按礼节不应来面见陛下，这使我感到非常的恐惧，所以特地呈上我的表章，臣范云诚惶诚恐啊！

（王存信译注并修订）

为萧扬州荐士表一首 任彦升

题解

萧扬州即萧遥光,字元晖,承袭父亲的爵位为南朝齐始安王,扬州刺史。齐明帝萧鸾在连续废掉齐郁林王萧昭业和齐恭王萧昭文以后,登上皇帝宝座,改元为建武元年(494)。齐明帝为了笼络人心,并显示自己的英明,下诏各地求贤,要求地方举荐人才。萧遥光摄于威势,并欲表示对新皇帝的忠心,举荐了当时颇有才名的王暕和王僧孺,请任昉代立表章。

这篇文章的特点是短小精悍,清新脱俗,既做到了总体概括有致,又有具体的刻画和描绘,足见作者语言功力之深。这篇文章要表达三件事,一是要对新皇帝的圣明进行赞颂;二是要从理论上阐明人才的重要性;三是要把被举荐人的特长介绍出来。对于这样多的内容,却用较少的文字表达出来,所以是"短小精悍"。这篇文章摒除俗套,不歌功颂德,而是强调选择人才要不拘一格,所以是"清新脱俗"。从总体上概括地写了选择人才的意义和标准,生动地阐明了对人才选择中"兼采"的重要性。同时又具体地介绍了被举荐对象,对王暕则突出他的门第与家世,对王僧孺则突出他的"佣书成学"。将二人归纳为"暕坐镇雅俗,弘益已多;僧孺访对不休,质疑斯在"。既具体地描绘了被举荐人,又印证了上述的理论,相得益彰。

原文

臣王言:臣闻求贤暂劳,垂拱永逸[1],方之疏壤[2],取类导川^[3]。伏惟陛下道隐旒纩^[4]，信充符玺^[5]，六飞同尘^[6]，五让高世^[7]。白驹空谷^[8]，振鹭在庭^[9]，犹惧隐鳞卜祝^[10]，藏器屠保^[11]。物色关下^[12]，委裘河上^[13]，非取制于一狐，谅求味于兼采^[14]。五声倦响^[15]，九工是询^[16]，寝议庙堂^[17]，借听舆皂^[18]。

臣位任隆重^[19]，义兼家邦^[20]，实欲使名实不违，徼幸路绝。势门上品^[21]，犹当格以清谈^[22]，英俊下僚^[23]，不可限以位貌。窃见秘书丞琅玡王暕^[24]，年二十一，字思晦，七叶重光^[25]，海内冠冕。神清气茂，允迪中和^[26]，叔宝理遣之谈^[27]，彦辅名教之乐^[28]，故以晖映先达^[29]，领袖后进。居无尘杂^[30]，家有赐书^[31]，辞赋清新，属言玄远^[32]，室迩人旷^[33]，物疏道亲^[34]。养素丘园^[35]，台阶虚位^[36]，庠序公朝^[37]，万夫倾望。岂徒荀令可想^[38]，李公不亡而已哉^[39]？

前晋安郡候官令，东海王僧孺^[40]，年三十五，字僧孺。理尚栖约^[41]，思致恬敏^[42]，既笔耕为养，亦佣书成学，至乃集萤映雪^[43]，编蒲缉柳^[44]，先言往行，人物雅俗。甘泉遗仪^[45]，南宫故事^[46]，画地成图^[47]，抵掌可述^[48]。岂直鼷鼠有必对之辩^[49]，竹书无落简之谬^[50]。暕坐镇雅俗^[51]，弘益已多；僧孺访对不休^[52]，质疑斯在；并东序之秘宝，瑚琏之茂器。诚言以人废，而才实世资。临表悚战，犹惧未允，不任下情云云。

注释

　　〔1〕垂拱：垂衣拱手。形容古代帝王的坐像，后来用以比喻皇帝稳坐江山的意思。

　　〔2〕方：比如的意思。　疏壤：挖土开沟，使水流通。

〔3〕类：相同。此两句指禹治水。

〔4〕道：指天子的圣明大道。 隐：威重的状貌。 旒：古代帝王皇冠前悬垂的玉串。 纩(kuàng 矿)：丝棉，古人常用以塞耳，后引申为不听谗言。

〔5〕信：威信、诚信。 符玺：古代天子的大印。

〔6〕六飞：古代帝王出巡，以六匹马驾车称为六飞，后来用以比喻帝王。尘：轨迹。这里是暗喻齐明帝称帝是古代帝王业迹的继续。

〔7〕五让：即推让五次。据《汉书》记载，汉太尉周勃诛杀诸吕后，迎代王刘恒入京为帝，即汉文帝。汉文帝至长安后在群臣面前一再推让，向西连让三次，向南又让两次，称为五让。后来帝王即位前表示谦让的行为，称为五让。 高世：指超乎世俗的言行。

〔8〕白驹：白马，古喻贤人。《春秋穀梁传序》："君子之路塞，则白驹之诗赋。" 空谷：即谷空。语见《诗经·小雅》："皎皎白驹，在彼空谷。"比喻贤人都为朝廷效力，已没有剩余的人。

〔9〕振鹭：群飞的白鸟，语见《诗经·鲁颂》："振振鹭，鹭于下。"本以鹭之洁白，比喻客之容貌修整，后以其喻操行纯洁的贤人。振鹭在庭—语见《后汉书·蔡邕传释诲》："鸿渐盈阶，振鹭充庭。"又见汉扬雄《剧秦美新》："振鹭之声充庭。"都是比喻贤人集满朝廷的意思。

〔10〕隐鳞：鳞在古代是鱼龙类水中动物的总称，这里主要是指龙。隐鳞即潜藏的龙。 卜祝：以龟甲取兆，预测吉凶为卜；男巫称祝。卜祝就是为人占卜算命的人。据《汉书》记载，汉蜀郡人严君平，名遵。卜筮于成都市，日得百钱，足以自养，即闭肆下帘读《老子》。扬雄少时曾从其游学，称为逸民，一生不为官，卒年九十余。后以其代指那些清高的隐逸之人。

〔11〕藏器：器，引申为才能。藏器即怀才以等待施展的时机。语见《易·系辞》："君子藏器于身，待时而动。" 屠：屠夫。据《史记》记载，姜太公曾隐于朝歌以屠牛为业，后辅佐武王伐纣。 保：酒保。据《史记》记载，伊尹曾隐于酒肆，充当酒保，后辅佐成汤伐桀。

〔12〕物色：指人的形貌，语见《后汉书·严光传》："及光武即位，(严光)乃变名姓，隐身不见。帝思其贤，乃令以物色访之。"后引申为对人才的识别。关下：城门关口。据《史记》记载，老子西游至函谷关，关令尹喜知老子为非常人，向老子求书："子将隐矣，强为我著书。"老子留著述二篇。物色关下的意思是，像关令尹喜一样善于识别贤人。

〔13〕委裘:委,下垂;裘,皮衣。通称垂衣裳。语见《吕氏春秋·察贤》:"故曰尧之容若委衣裳,以言少事也。"后称任用贤能为委裘。 河上:即河上公,古代传说中的隐逸高人。晋葛洪《神仙传》:"河上公者,莫知其姓名。汉文帝时,公结草为庵于河之滨。帝读《老子经》颇好之,……有所不解数事,时人莫能道之,闻时人皆称河上公解《老子经》义旨,乃使赍所不决之事以问。"

〔14〕谅:确实的意思。 兼采:指蜜蜂采集百花,蜂蜜才能制成。

〔15〕五声:又称五听,古代审案的五种方法。语见《周礼·秋官·小司寇》:"以五声听狱讼,求民情。一曰辞听,二曰色听,三曰气听,四曰耳听,五曰目听。"

〔16〕九工:又称九官。《书·舜典》:"舜设九官,伯禹作司空,弃为后稷,契作司徒,皋陶为士,垂为共工,益为朕虞,伯夷作秩宗,夔为典乐,龙作纳言。"泛指官吏。

〔17〕寝:睡觉,引申为停止、止息的意思。 庙堂:指皇室的宗庙,祭祀祖先的地方,后又代指朝廷议事的场所。

〔18〕舆:轿子,代指轿夫。 皂:杂役。舆皂可以泛指一切地位卑下的人。

〔19〕位任:职务,指萧遥光任始安王的职位。

〔20〕家邦:指同一宗族的人。

〔21〕势门:门第高贵的大族。 上品:魏晋南北朝时,统治阶层中门阀最高的等级。参见《晋书·刘毅传》:"是以上品无寒门,下品无士族。"

〔22〕格:推举。 清谈:即玄谈,魏晋间何晏、王衍等崇尚老庄,竞谈玄理,成为一时风气。

〔23〕下僚:职位低微的下属官吏。语见晋左思《咏史诗》:"世胄蹑高位,英俊沉下僚。"

〔24〕王暕(jiǎn 柬):人名,字思晦。生于(南朝)宋顺帝升明元年(477),卒于梁武帝普通四年(523)。梁武帝时曾任吏部尚书,左仆射等职,据史料载,王暕少年时聪明过人,后有文集传世。

〔25〕七叶:七世或七代的意思。据史料记载,王暕是王祥的第七代传人。王祥是汉末琅玡人,入晋后为太保,民间传说中有王祥卧冰取鲤奉母的故事。

〔26〕允迪:诚实地履行。 中和:儒家的中庸之道。

〔27〕叔宝:即卫玠,字叔宝,西晋人。曾任太子洗马,好谈玄理,说过"人有不及,可以情恕,非意相干,可以理遣"这样的话。

〔28〕彦辅:人名,即胡母辅之,字彦国,西晋人。放浪形骸,较有才名,被当

时人称为后进领袖,常放任无拘自乐,裸体居家中。乐广说他:"名教中自有乐地,何为乃尔。"

〔29〕先达:前辈中的优秀人物。

〔30〕尘杂:人世间的烦杂琐事。语见晋陶渊明《归田园居》诗:"户庭无尘杂,虚室有余闲。"

〔31〕赐书:皇帝赏赐的书籍。语见《汉书·叙传》:"班彪,字叔皮,幼与从兄嗣共游学,家有赐书。"

〔32〕属言:口才极好。

〔33〕室迩:迩,相近的意思,室迩是指居处相近。语见《诗经·郑风·东门之墠》:"其室则迩,其人则远"。故又言室迩人远,本意是指男女思慕虽居处相近而不能相见,后引申为对亲人和亡人的思恋。

〔34〕物疏:对物质的方面采取疏远的态度。 道亲:即亲道。亲近礼教和道义。

〔35〕养素:养即修养,素是纯洁的意思。 丘园:指坡地和菜园。此句的意思是,在浇园种菜的活动中来修养纯洁的品性。

〔36〕台阶:指朝廷中的官阶。

〔37〕庠序:古代地方所设的学校,与帝王的辟雍、诸侯的泮宫等相对而言。公朝:指朝廷的官吏。

〔38〕荀令:即荀彧之子荀颉。荀颉,字景倩,曾任三国(魏)的尚书仆射。魏末,荀颉以侍奉老母为借口,辞去官职返回家乡,以孝名受到时人称赞。司马氏以晋代魏后,因荀颉对朝廷礼仪十分精通,故又受到晋武帝的重用,任侍中、太尉等职。荀颉极像他的父亲荀彧,荀彧人称荀令君,因反对曹操进爵魏公,被逼自杀。据史料载,司马懿一次看到荀颉,立即想到荀彧,并称道他父子二人的品德和才华,这就是"荀令可想"一典的由来。

〔39〕李公:即东汉李郃。李郃,字孟节,通五经,善河洛风星,官至司空、司徒。据《后汉书》记载,李郃之子李固,字子坚,为东汉冲帝时太尉,少年时就博学多才,四方名士皆慕名前来拜会,见过李郃的人见到李固时都说:"这又是一个李郃呀!"这就是"李公不亡"一典的由来。

〔40〕王僧孺:东海人。生于南朝(宋)明帝泰始元年(465),卒于南朝(梁)武帝普通三年(522)。据史料记载,王僧孺出身寒门,幼年即聪明好学,五岁时诵读《孝经》,六岁开始写文章。少年时因家贫靠抄书贩卖供养母亲,深得时人

称许,凡经他抄过的书,他都能背诵下来。后任南朝(齐)的唐令,在梁武帝时官任南海太守,后升御史中丞,著有文集。

〔41〕栖约:安于勤俭贫困。

〔42〕恬敏:冷静而敏捷。

〔43〕集萤:集聚萤火虫。据《晋阳秋》记载:"车胤,字武子,学而不倦,贫不常得油,夏月则练囊盛数十萤火,以夜继日焉。" 映雪:利用雪的反光照明。据李善《注》引《孙氏世录》记载:"孙康家贫,常映雪读书,清介交游不杂。"以上二条,都是关于勤学的典故。

〔44〕编蒲:将蒲叶装订成册,供书写用。据《汉书·路温舒传》记载,汉时路温舒的父亲为里监门吏,让路温舒牧羊。温舒好学,取泽中蒲叶,截以为牒,编订成册,用来写书。 缉柳:收集柳叶供书写。李善注引《楚国先贤传》记载:"孙敬到洛,在太学左右一小屋安止母,然后入学,编杨柳简以为经。"以上二条,都是关于勤学的典故。

〔45〕甘泉:即甘泉山,位于陕西淳化县西北,秦汉时在山中建有皇宫,称甘泉宫。皇帝出入甘泉宫时的扈从和仪仗称为甘泉卤簿。后以甘泉遗仪代指帝王所举行的最隆重的仪式。比喻对宫廷仪式的熟悉。

〔46〕南宫:古代的行政机构尚书省,称为南宫。据《后汉书》记载:"郑弘为尚书令,弘前后所陈,皆补益王政者,著之南宫,以为故事。"这里比喻对行政事务的了解。

〔47〕画地:以手指在地上勾划。据《汉书·张安世传》记载,张安世的长子名张千秋,东征乌桓回朝后,见到大将军霍光,霍光问起他的作战方略,张千秋边说边以手指在地上划出乌桓的山川地理形势,兵力部署,画地成图。

〔48〕抵掌:击掌,拍手。表现说话人的情绪激动状态。语见《战国策·秦策》:"(苏秦)见说赵王于华屋之下,抵掌而谈,赵王大悦。"

〔49〕鼮鼠:鼮(tǐng 廷),一种身上有斑彩豹纹的老鼠。李善注引晋·挚虞《三辅决录》:"窦攸举孝廉,为郎。世祖光武大会灵台,得鼠如豹纹,荧荧光泽。世祖异之,以问群臣,莫能知者。攸对曰:'鼮鼠也。'诏问何以之,攸曰:'见《尔雅》。'诏案秘书如攸言,赐帛百匹。"

〔50〕竹书:古代无纸,将字刻于竹简上,编束成册,称为竹书。 落简:遗落的竹简。李善注引张骘《文士传》:"人有于嵩山下,得简一枚,两行科斗书,人莫能识。司空张华以问束皙,皙曰:'此明帝显节陵中策文。'验之果然,朝廷

士庶皆服其博识。"

〔51〕坐镇:安坐而起镇定的作用。

〔52〕访对:询问与回答。

〔53〕东序:相传为夏代的大学。后泛指学校。　秘宝:稀希珍宝,引申为罕见的人才。

〔54〕瑚琏:瑚、琏皆为古代祭祀时盛粟稷的器皿,因其贵重,常用以比喻人有才能,堪当大任。　茂器:美好的器具。

今译

　　臣始安王启奏:臣曾经听人说过,寻找贤德而有才能的人,暂时是劳神辛苦的,但从长远来说,却可以使江山稳固,得到安逸。这就好比大禹挖掘地沟,疏通河道,引流入海是一样的道理。臣俯伏在地的时候想,陛下大道圣明,威重四海,目光远大,不信谗言,以天子的符玺取信于天下,是沿着历代帝王的轨迹,多次谦让后才即皇位,表现出超乎世俗的德行。现在操行纯洁的能人,都以其才能受到重用,就像那白色的骏马离开山谷,皎洁的白鹭汇集院庭。然而,陛下还是害怕有像严君平、姜太公、伊尹那样的人才,像龙一样隐于水中,像珍奇的器物藏于民间。陛下有识人之明,可以同关令尹喜发现老子的行为比美;陛下善于选贤任能,就如同汉文帝礼敬河上公。俗话说,做一件裘皮大衣,一张狐狸皮是不够的,真正味道好的蜂蜜,那是蜜蜂采集百花后酿成的。要治理好国家,能人当然是越多越好。但是,天子体察民情也有疲倦的时候,有些事必得去询问各级官吏。皇帝在朝廷和众大臣议事以后,还会听取地位卑下的人的意见。

　　臣地位尊贵,职务重要,从道义上说,既关乎国家的治乱,又涉及自身的荣辱。举荐的人才,实在是应该名声和实际才能相一致,使那些妄图投机取巧的人无路可走。门第高贵的大族中的最高等级,并善于竞谈玄理的人,尤其要举荐出来。职位低微的优秀下级官吏,只要才智杰出,也不可受到地位和外貌的限制。我个人的看法,秘书丞王暕是个难得的人才。他字思晦,今年二十一岁,是著名孝子王祥的七代重孙，为当今世上受人尊崇的人物。他神情俊爽，气宇非凡，身体力行中庸之道。既能像卫玠那样善谈玄理，也能像胡母彦之那样无拘自乐。所以，他的光彩可以与前辈中的优秀人物同放光辉，也是众多后起之秀中的楷模。交游谨慎，居室中没有杂乱之人，一心攻读，家有朝廷御赐的图书。文章写得清晰而新颖，说出话来哲理精妙、含义深远。他经常怀念已故的先辈亲人，疏远对物质的追求，重视礼教和道义。像这样的人，平时以种菜浇园来修养自己的品德，才使三公的位置空虚啊！无论是学校还是朝廷，千万人都是对他仰首倾慕的呀！从王晙的身上，可以看出，人们并不是无缘无故地去赞扬荀颜和李固的。

前朝晋安郡侯官县令王僧孺，东海人，今年三十五岁。他遵守名分，并且安于勤俭贫困的生活，思考问题冷静而敏捷，既靠抄书贩卖来养活老母，又因此而学有所成。至於像车武子集萤火虫的光亮读书，孙康利用白雪的反光读书，路温舒截取蒲叶抄书，孙敬用柳叶写经等，凡是前辈古人的言行，无论是正史的记载或是民间流传的故事，他无不备知。秦汉以来，皇帝礼法仪式，尚书省的政令法规，他都能像汉代的张千秋那样，记得很详细，随说随以手指勾划，讲得清楚而生动。从王僧孺的身上可以看出，不只是窦攸才有回答"鼫鼠"事的口才，也不是只有束皙才是博学多识呀！只要有王晙在场，就会起到镇定雅俗的作用，对他人的影响是很大的。而王僧孺可以连续接受询问并回答各种问题，有什么疑难问题尽可以问他。他二人都是国家珍藏的宝物，就像瑚和琏一样都是宝贵的器皿，才智过人，堪当大任！如果真的是不以言举人，不以人废言，那么，他们的才能确实是国家的宝贵财富。面对我的这份举荐表章，感到恐惧而不安，尤其是害怕陛下拒绝我的举荐，在下的心情真是诉说不尽呀！

（王存信译注并修订）

为褚谘议蓁让代
◎ 兄袭封表一首

任彦升

▌▌▌▌◈题解

这是任昉为褚蓁(zhēn 真)代笔拟写的表章。褚蓁,字茂绪,南朝(齐)时任义兴太守,后封巴东郡侯。褚蓁的父亲褚渊曾经娶南朝宋武帝的女儿为妻,官至尚书右仆射。宋明帝死前又遗诏拜褚渊为中书令。但褚渊与萧道成交往密切,萧道成代宋立齐后,是为齐高帝,封褚渊为南康郡公。萧道成死后,齐武帝萧赜即位,又加封褚渊为司空、骠骑大将军。褚渊的长子褚贲一直不满父亲的行为,他是步兵校尉、左户尚书,但却称病不上朝。褚渊死后,按常规爵位该由褚贲承袭。但褚贲称疾,上表推辞,让封爵于其弟褚蓁,齐武帝下令将爵位改由褚蓁承袭。褚蓁为此上表力辞,不被准许。

这篇文章的特点是简明扼要,刚劲有力,在围绕"让代兄袭封"的论述中,没有空泛地陈述什么大道理,只以三条理由就将问题剖析得十分清楚明白。一是历史事实,二是褚蓁本身的实际情况,三是封建道德规范。读起来一气呵成,足见任昉运用语言文字的功力。

▌▌▌▌◈原文

臣蓁言:昨被司徒符[1],仰称诏旨,许臣兄贲所请[2],以臣袭封南康郡公。

臣门籍勋荫[3],光锡土宇[4]。臣贲世载承家,允膺长德[5],而深鉴止足[6],脱屣千乘[7]。遂乃远谬推恩[8],近萃庸薄,能以国让,弘义有归,匹夫难夺,守以勿贰。昔武始迫家臣之策[9],陵阳感鲍生之言[10],张以诚请,丁为理屈。且先臣以大宗绝绪[11],命臣出篡傍统[12],禀承在昔,理绝终天[13],永惟情事,触目崩殒。若使贲高延陵之风[14],臣忘子臧之节,是废德举,岂曰能贤[15]?陛下察其丹款[16],特赐停绝,不然投身草泽,苟遂愚诚尔,不胜丹慊之至。

谨诣阙拜表以闻,臣诚惶诚恐以下。

注释

〔1〕符:朝廷用以传达命令的凭证。

〔2〕贲:人名。即褚贲,字蔚先。诸渊的长子。但他对父亲的行为有不同看法,终身感到愧恨。为人耿介,有栖退之志。

〔3〕勋荫:封建社会,后代子孙因先祖有功而受封或承袭的官爵。

〔4〕锡:同"赐"。 土宇:这里指南康郡。

〔5〕允膺:胸怀信义。 长德:年长而有德。

〔6〕止足:即知止、知足。意思是不求名利,易于满足。语见《老子》:"知足不辱,知止不殆。"

〔7〕脱屣:脱鞋。 千乘:古代诸侯国有千乘,这里代指南康郡公以爵位。乘,四马拉一车为乘。此句的意思是,(褚贲)把放弃南康郡公的爵位,看得如同脱鞋一样。

〔8〕谬:错误。

〔9〕武始:即武始侯。李善注引《东观汉记》:"张纯,字伯仁。建武初,先诣阙,封武始侯。子奋,字稚通,兄根,常被病。纯病困,敕家臣奏:司空无功,爵不当传嗣。纯薨,大行,移书问嗣,奋上书夺诏封奋。奋上书曰:'根不病,哀臣小,称病,今奋移臣。'"后张奋被下狱,被迫接受了爵位。

〔10〕陵阳:即陵阳侯。李善注引《东观汉记》:"丁綝为陵阳侯,薨,长子鸿,字季公,让位于弟盛,逃去。鸿初与鲍骏友善,及鸿亡,骏遇于东海,阳狂不识骏,骏乃止,让(批评)之曰:'今子以兄弟私恩,而绝父不灭之基,可谓智乎?'鸿

感悟垂涕，乃还就国。"

〔11〕大宗：周代宗法，以始祖的嫡长子为大宗，其他为小宗。这里指伯父。

〔12〕出纂：过继给人家为子。

〔13〕终天：像天一样久远无穷。

〔14〕延陵：地名。是春秋时吴国公子季札的封地，所以延陵又代指季札。据《左传·襄公十四年》载，吴公子诸樊是吴君寿孟的长子。寿孟死后，诸樊要把君位让给弟弟季札。季札推辞说："曹宣公死的时候，诸侯和曹国人不赞成曹成公，打算立子臧为国君。子臧离开了曹国，曹国人就没有按原来的想法去做，以成全了曹成公。君子称为'能保持节操'。君王是合法的继承人，谁敢冒犯君王？据有国家，不是我的节操。季札虽然没有才能，愿意追随子臧，以不失节操。"诸樊坚决要立他为国君，季札丢掉了他的家产而去种田，于是就不再勉强他。后以"延陵之风"赞扬尊崇封建礼教的人。

〔15〕德举：指讲究德性的行为。据《左传》记载，春秋时宋穆公病重，召大司马孔父嘉议论传位的事情，宋穆公提出传位于长子，即后来的宋殇公。当时孔父嘉说，大家都愿意拥立公子冯。宋穆公说："先君认为我是贤德的人，才能将社稷传授于我，如果我弃德不顾，废长立幼，是废德举，岂曰能贤？"后以"是废德举"代指废长立幼的行为。

〔16〕丹款：赤诚的心。

今译

臣褚蓁启奏：昨天我接到司徒传来的命令，说陛下已经赐下诏书，同意我兄长褚贲的请求，将南康郡公的爵位，改由我来承袭。

家门的荣耀是靠父亲的功勋得来的，所以陛下赐给南康郡公的爵位。兄长褚贲成年以后，就以长子的身份，承当了褚家家长的事务。他胸怀仁义，年长而有德行，但是他却深深懂得知止知足的道理，从不求名求利。他把放弃承袭南康郡公的爵位，看得如脱鞋般轻巧，于是他犯了绝大的错误拒绝了皇帝赐给他的恩惠，而把爵位让给我这个浅薄无能聚于一身的人。他对承袭爵位进行推让，但是从弘扬道义说应该是我兄长承袭，我的决心已经下定了，一定遵守诺言，绝无二心。从前，东汉时的张奋，是因为家臣翁上书给皇帝，才被迫代替兄长接受爵位的。而东汉的陵阳侯丁鸿也要把爵位让给弟弟丁盛，直到听了鲍骏的话以后，才改变了主意。张奋是诚心诚意的请求，而丁鸿的推让却是毫无道理的。况且，我父亲因为我伯父没有儿子，已经将我过继给伯父家，这过继的事情是以前定下的，按道理讲我与亲生父亲的关系已变得疏远了。每想至此，终生不能表达对父亲的至情，常常止不住心痛落泪。倘若让我哥哥褚贲具有了吴季札的风度，但却使我成了忘记子臧气节的人，这种废长立幼的做法，怎么可以说是贤德者的行为呢？望陛下能体谅我一片赤诚的心意，格外施恩，将这一举动停止吧，否则我将隐退荒野，以成全我的心意。说不出我心里是多么希望得到满意的答复。

　　谨以此表亲自送呈陛下的御阶前，希望陛下能亲自过目，臣诚惶诚恐拜上。

（王存信译注并修订）

为范始兴作求立
◎ 太宰碑表一首　　　　　任彦升

▓▓▓▓▓ 题解

　　范始兴，名范云，字彦龙，曾任始兴太守。太宰即竟陵王萧子
良，他是南朝齐武帝萧赜的二儿子，任职宰相时，礼贤好士，天下才
学之士皆游集其门。在政治上实行"宽刑息役，轻赋省徭"的措施，
位至太傅，卒年仅三十五岁。当年范云和任昉皆为其门下客，有知
遇之恩。这是任昉以范云的名义所写的奏表，请求齐明帝萧鸾允许
为萧子良立碑，但遭到拒绝。

　　这篇文章在表现方法上，有两个突出的特点，其一是说理、叙
事、抒情三者的高度融合与统一，其二是采取迂回曲折的对比方法。

　　晋初曾明令禁止为死人建祠立碑，以后历朝相沿。请求为萧子
良立碑就是破禁，所以任昉的文章，必须从道理上说明为什么要例
外为萧子良立碑。为此，必须有充分的事实为依据，不但自晋以后
有破例立碑的事实，同时也要详尽地提到萧子良的为人品德、才学
和政绩。无论是说理还是叙事，作者都以深厚真挚的感情为基础，
使道理和事实融入作者深切婉转的哀念之情中。读来真是理直据
实，娓娓动人。但是，立碑是要齐明帝批准的，而齐明帝萧鸾生性多
疑，又是刚刚篡夺到的皇位，说话稍有不慎就会引来麻烦，所以任昉
又通过隐晦的对比，说明萧子良"亲贤并轨"，想以此打动齐明帝的
悼念之情，可谓用心良苦。从任昉的这篇文章也使我们悟到，文章
的表现方法固然需要作者主观的创建，但是外界的影响是绝不能忽

视的,往往客观条件会逼使作者使用这种方法,而不是那种方法,或者改造某种表现方法,所以它并不单纯是技巧问题。

原文

臣云言:原夫存树风猷[1],没著徽烈[2],既绝故老之口[3],必资不刊之书[4]。而藏诸名山,则陵谷迁贸[5];府之延阁[6],则青编落简[7]。然则配天之迹[8],存乎泗水之上[9];素王之道[10],纪于沂川之侧[11]。由是崇师之义,拟迹于西河[12];尊主之情[13],致之于尧禹。故精庐妄启[14],必穷镂勒之盛;君长一城,亦尽刊刻之美。况乎甄陶周召[15],孕育伊颜[16]?

故太宰竟陵文宣王臣某,与存与亡,则义刑社稷,严天配帝[17],则周公其人。体国端朝,出藩入守,进思必告之道,退无苟利之专,五教以伦[18],百揆时序[19]。若夫一言一行,盛德之风,琴书艺业,述作之茂[20],道非兼济,事止乐善,亦无得而称焉[21]!人之云亡,忽移岁序,鸱鸮东徙[22],松槚成行[23]。六府臣僚[24],三藩仕女[25],人蓄油素[26],家怀铅笔[27],瞻彼景山[28],徒然望慕。昔晋氏初禁立碑,魏舒之亡[29],亦从班列[30],而阮略既泯[31],故首冒严科,为之者竟免刑戮,致之者反蒙嘉叹。至于道被如仁,功参微管[32],本宜在常均之外。故太宰渊[33]、丞相嶷,亲贤并轨[34],即为成规。乞依二公前例,赐许刊立。宁容使长想九原[35],樵苏罔识其禁,驻骅长陵[36],辂轩不知所适[37]。

臣里闾孤贱[38],才无可甄,值齐纲之弘,弛宾客之禁,策名委质,忽焉二纪。虑先犬马,厚恩不答,而弊帷毁盖[39],未蒻蝼蚁[40],珠襦玉匣[41],遽饰幽泉。陛下弘奖名教,不隔微物,使臣得骏奔南浦[42],长号北陵。既曲逢前施[43],实仰觊后泽,傥验杜预山顶之言[44],庶存马骏必拜之感[45]。临表悲惧,言不自宣,臣诚惶以下。

注释

〔1〕风猷:美好的风俗和教化。语见《宋书·临川王刘义庆传》:"伏惟陛下惠哲光宣,经纬明远,皇阶藻曜,风猷日升。"

〔2〕徽烈:美好的业绩。李善注引《应璩与王将军书》:"雀鼠虽愚,犹知徽烈。"

〔3〕故老:年老多阅历的人。一般指元老旧臣。

〔4〕不刊:不削去。削去为刊,因为古代将文字刻于竹简上,如有错误则用刀削去。不刊之书,指不用修改的著作。

〔5〕迁贸:移动和改变。

〔6〕府:当动词用,藏的意思。 延阁:汉代宫廷藏书楼名,后代皇家藏书的地方。

〔7〕青编:书。古代将文章刻于竹简上,用牛皮绳束成,刻字的一面为青绿色,故称青编。泛指古代记事之书。

〔8〕配天:即德配于天。祭天时以祖先配享。

〔9〕泗水:地名。李善注引《水经注》:"泗水南有泗水亭,汉高祖庙前有碑,延嘉十年(167)立。"

〔10〕素王:有帝王之德而未居王位的人,后儒家专用以指孔子。语见汉王充《论衡·定贤》:"孔子不王,素王之业在《春秋》。"

〔11〕沂川:地名。李善注引《家语》:"沂水南有孔子旧庙,汉魏以来列七碑,二碑无字。"

〔12〕西河:地名。李善注引《礼记》:"曾子谓子夏曰:'事夫子于洙泗之间,退而老于西河之上,使西河之人疑汝于夫子。'"

〔13〕尊主:尊重君主。据《史记·殷本纪》记载,伊尹为商汤的宰相,辅佐成汤讨伐桀。成汤死后,其孙太甲即位。太甲是个无道的君主,纵欲败度,被伊尹流放于桐宫。三年后,太甲悔悟,复位于亳。伊尹作《太甲训》三篇,希望太甲能作尧舜那样的君主,表达他尊重君主的感情。

〔14〕精庐:寺庙或道观。

〔15〕甄陶:锻炼成器。引申为培育造就人才或推行教化。语见汉扬雄《法言·先知》:"甄陶天下者,其在和乎?" 周召:周公和召公。

〔16〕伊颜:伊尹和颜回。

〔17〕严天:尊敬上天。

〔18〕五教:古代的封建伦理道德内容之一,即父义、母慈、兄友、弟恭、子孝。

〔19〕百揆:总领国政的长官,即宰相,这里指竟陵王萧子良。 时序:时间的先后。语见《史记·苏秦传》:"吾故列其行事,次其时序,毋令犹蒙恶声焉。"

〔20〕述作:著作,写文字。

〔21〕无得:没有什么。李善注引《论语》:"齐景公有马千驷,死之日,民无得而称焉。""无得而称"的意思是,没有什么合适的话去赞美。

〔22〕鸱鸮:鸟名,又名鸋鴂。李善注:"言成王未知周公之意,类郁林之嫌子良。而周公有居摄之情由,子良有代宗之议,故假鸱鸮以喻焉。"又引《毛诗·序》:"鸱鸮,周公救乱也。成王未知周公之志,乃作诗以遗王,名之曰鸱鸮焉。" 东徙:迁移到东方去。李善注引《说苑》:"枭与鸠相遇,鸠曰:'于安之?'枭曰:'我将东徙。'鸠曰:'何?'枭曰:'西方之人皆恶我声。'鸠曰:'子鸣。'于是鸣。鸠曰:'于改鸣则可,不改子鸣,虽东徙犹恶子也。'"据《南齐书》记载,齐武帝萧赜死前,王融等人曾议立竟陵王为帝,后未成。郁林王萧昭业即位后,萧子良受到猜忌,"鸱鸮东徙"就是比喻这件事,意思是萧子良曾经受到猜疑。

〔23〕松槚:松树和槚(jiǎ 甲)树,一般种植于墓地。

〔24〕六府:六种职位的合称。竟陵王除任宰相外,还兼有辅国将军、征虏将军、征北将军、护国将军和镇北将军等职。

〔25〕三藩:三处地方的最高长官。竟陵王曾任会稽太守、南徐州刺史和南兖州刺史。

〔26〕油素:光洁的白色丝绢。古代用于书写和绘画用。

〔27〕铅笔:古代用铅粉写字和绘画时用的笔。

〔28〕景山:大山,指坟墓。

〔29〕魏舒:人名。在晋武帝时官居司徒,深受时人敬仰,有"魏舒堂堂,人之领袖"的说法。

〔30〕班列:位次。引申为同别人相同。

〔31〕阮略:人名。李善注引《陈留志》:"阮略,字德规,为齐国内史。为政

表贤黜恶,化风大行。卒于郡,齐人欲为立碑。时官制严峻,自司徒魏舒以下,皆不得立。齐人思略不已,遂共冒禁树碑,然后诣阙待罪,朝廷闻之,尤叹美其惠。"

〔32〕微管:如果没有管仲,这里指管仲。战国时齐桓公的宰相,辅佐齐桓公九合诸侯,一匡天下。

〔33〕渊:人名,即褚渊,字彦回,为南齐中书令,故称太宰。死后破禁,特赐立碑。

〔34〕嶷:人名。即萧嶷,字宣俨。是南齐高帝萧道成的二儿子,封为豫章王,任大司马。为政宽仁,深得朝野欢心,死后又追赠为丞相,破禁特赐立碑。

〔35〕九原:山名。在山西省新绛县东北,春秋时晋国的卿相大夫墓地多集中于此,所以后来以九原代称墓地。

〔36〕长陵:汉高祖刘邦的坟墓,故址在今陕西咸阳东北。李善《注》引《东观汉记》:"和帝诏曰:'高祖功臣萧曹为首,朕望长陵东门,见二臣之陇感焉。'"

〔37〕辒轩:古代一种乘人的轻便马车。

〔38〕里闾:家门出身。

〔39〕弊帷:破旧的帐子。 毁盖:残破的车盖。

〔40〕蓐:即褥子,垫在死人身下。李善注引《战国策》:"安陵君谓楚王曰;'犬马臣愿得式黄泉蓐蝼蚁。'"又引延笃《战国策论》:"为王先用填黄泉,为王作蓐以御蝼蚁。"

〔41〕珠襦:用珍珠玉石等所装饰的衣服。据李善《注》引《西京杂记》:"汉帝及诸侯王,送死皆珠襦玉匣。匣形如铠甲,连以金缕,皆镂为交龙鸾凤、龟龙之形,所谓交龙玉匣。"

〔42〕南浦:面向南的水边。引申为送别的地方,这里指为萧子良送葬之处。

〔43〕前施:施恩在前。

〔44〕杜预:人名。字元凯,晋武帝时任度支尚书,都督荆州诸军事,号称杜武库,平吴后加封当阳侯。他曾说过,死后要将坟墓建在深山之中,立两块碑来记叙他平定吴国的功勋。据李善《注》引《襄阳记》记载。

〔45〕马骏:人名。李善《注》引《晋书》:"扶风王骏,字子臧,宣帝第七子也。都督雍凉州诸军事。后薨,民吏树碑赞述德范,长老见碑者,无不拜之。"马骏,即司马骏。

今译

臣范云启奏：从根本上说，人活着的时候树立了好的风俗教化，死时就应彰扬他们美好业绩。有美好的业绩的元老旧臣去世了，就一定会将这些事迹写到书里去。但是，书也是不能长久保存的，假如把这些书藏到名山中去，年代多了，大山也会受自然条件的影响而崩毁变化。假如把这些书藏到皇家的图书馆去，书也会散落和丢失。汉高祖刘邦的功迹是可以同天一起接受祭祀的，但还是在泗水建立高祖庙，庙前立碑记载他的功迹。孔子被称为素王，他的学说深远而广博，可在沂水南的孔子庙，用好几块石碑记载孔子的事迹。因为树立石碑，所以人们才知道，子夏尊师重道的品德随他到了西河。伊尹流放太甲，是为了希望太甲能作像尧舜一样的君主。寺庙和道观落成的时候，都要把经过写成文章刻在石碑上，就是一个县令，在他死后也要立碑记载他的政绩。何况，竟陵王萧子良曾像周公和召公那样培养人才、推行教化，像伊尹和颜回那样修养自己的品德？

已经死去的丞相、竟陵文宣王萧子良，无论是活着的时候，还是死去以后，对国家来说，他都是讲仁义的表率，应该在祭天祭祖先时，也同时祭祀他，就像周朝对待周公一样。他通过国家政令的实施，端正朝廷的法纪，既担任过地方上的高级官吏，也在朝中任过重要的职务。在朝中担任要职时，经常想到的是要以忠言告诫皇帝，做地方的行政长官时，他从不为自己谋取私利。平时提倡父义、母慈、兄友、弟恭、子孝的道德伦理，当宰相时处理国家大事也都井然有序。他的一言一行，都体现出高尚的道德风貌，抚琴奏乐，善于书法，还有众多的著作。即使他不以大道兼济天下，而只独善其身，也无法用语言来称赞，何况竟陵王两者兼有呢？他死去已经快一年了，他曾受到猜忌的事，已经成为过去，现在墓地的松树和槚树也都高大成行了。凡是在六府担任过职务的，还有他任过刺史的地方老百姓，都积蓄着白色的丝绢，还带着家藏的铅粉笔，在瞻仰竟陵王的陵墓时，准备记下他的事迹，但是由于墓前无碑，只有白白地望着陵墓，却无法表达这种仰慕之情。从前，晋朝刚刚建立，下令禁止为死人立碑。晋武帝时，司徒魏舒去世，也同大家一样不许立碑。但是，齐朝内史阮略死了以后，地方上的人冒着破坏禁令的罪名，为他立碑。但是，他们并没有受到刑罚处死，反而受到朝廷的赞叹和嘉奖。至于对老百姓实行仁政，功劳可以和管仲相比的人，本来就不应该受到禁令的限制。中书令褚渊以贤能，死后特赐立碑；大司马萧嶷以皇亲，死后也特赐立碑。而竟陵王萧子良既是皇亲又是德才兼备的人，请求陛下按照褚渊和萧嶷的前例，允许为萧子良立碑吧！难道允许就这样让人们长久地盼望下去吗？虽然有禁令不许樵夫在陵墓附近打柴，可是墓前无碑，樵夫怎么会知道呢？就是陛下也会像汉和帝那样，在敬谒长陵的时候，想看看萧何、曹参的坟墓，因墓前无碑使轻便马车不知停在什么地方。

臣范云门第低下，出身微贱，又没有什么能力可以称道的。正巧遇上齐朝法纪比较宽松的时候，对于王府聚集宾客的事，没有严令禁止，所以我在竟陵王府供职已经有二十四个年头了。我常常怀着忧虑，如果死去，那么对竟陵王的恩德就无法报答了。谁知像我这样好似破布烂木头的人，没有埋进土里去喂蚂蚁，而尊贵的竟陵王却穿着珠玉装饰的葬服，躺进交龙玉匣，命入黄泉了。陛下是大力提倡礼教和名分的，所以对我的行为毫不阻拦，使我骑着快马去向竟陵王的遗体告别，并能在他的墓前放声痛哭，以倾诉我的哀伤之情。陛下对我施恩在前，允许我为竟陵王送葬，望陛下继续施恩于我，让我来为他立碑。如果能够像杜预实现自己的遗言那样，在竟陵王的墓前立碑，那么人们就会像见到司马骏的墓必拜一样，向竟陵王的陵墓叩拜了。写完这道表章，我又悲伤又恐惧，已经再没有什么可说的了，真是诚惶诚恐啊！

（王存信译注　陈延嘉修订）

上书

上秦始皇书一首 　　　李斯

题解

　　李斯(？—前208)，秦代政治家。楚国上蔡(今河南上蔡西南)人。少时为郡之小吏，后"从荀卿学帝王之术"，"秦王欲吞天下，称帝而治"，李斯认为正是"布衣驰骛之时"，"游说者之秋"。于是辞荀卿，入秦国，投吕不韦门下，做了舍人。经不韦推荐得见秦王，斯以并吞六国，一统天下之计游说秦王，"秦王乃拜斯为长史"。后又献离间诸侯君臣之计奏效，"秦王拜斯为客卿"。

　　此时秦正兴修水利，韩派水利专家郑国做奸细，助秦修渠。渠成，于秦有碍，郑国奸细身分败露，"秦宗室大臣，皆言秦王曰：诸侯人来事秦者，大抵为其主游间于秦耳，请一切逐客。李斯亦在逐中，乃上书。"这就是本文的写作背景。

　　《上秦始皇书》，又称《谏逐客书》。开篇即点明论题："吏议逐客，窃以为过矣。"全文紧紧围绕"过"字，旁征博喻，议论纵横，是一篇不多得的论辩文字。

　　第一段，列举秦之"四君"的丰功伟业：穆公用"五子"，"并国三十，遂霸西戎。"孝公用商鞅，富国强兵，"举地千里。"惠王用张仪，"散六国之从，使之西面事秦。"昭王用范雎，"蚕食诸侯，使秦成帝业。"说明秦从小到大，从弱到强，从诸侯到霸主的过程，就是重用客卿的过程；倘使"四君"不用客卿，秦既无今天的"富利之实"，又无今天的"强大之名。"客卿有功，何负于秦？有功而逐，岂不谬哉！

第二段，第三段，用秦王对物对人的态度作对比，极尽铺排之能，罗列数宝，"秦不生一"，而"陛下悦之"；"取人则不然，不问可否，不论曲直，非秦者去，为客者逐。"说明秦王重"色乐珠玉"，而轻视人才。"此非所以跨海内制诸侯之术"，岂非过哉！

第四段，用"太山不让土壤，故能成其大；河海不择细流，故能就其深，王者不却众庶，故能明其德"，说明欲成就大业，必须不分地区，不分国别，唯才是用；而驱逐客卿的做法，是"藉寇兵而赍盗粮"，内自虚而外结怨，"求国无危，不可得也。"立论集中，论据确凿，逻辑严密，故能打动秦王。"秦王乃除逐客之令，复李斯官"。

刘勰谓"秦世不文"，萧《选》只收李斯一篇，盖其最符合萧统"文"的标准。萧氏言文，应指骈体。而《上秦始皇书》则在骈文发展史上有其特殊功绩。骆鸿凯在《文选学》中概述骈体原流说："骈体之原，肇于《书》《易》，彦和论之详矣。就入选之文而论，子夏《诗序》一篇，上规《易·系》，语比声和，阮伯元氏以为即骈文之初祖。然尚未开设喻隶事（用典）之风也。设喻隶事，始自李斯之上书，邹阳继之，俨成一种丽习，而骈体之经脉始有可寻。然尚未整句调，敷色采也。自王子渊出而骈始多，曹子建出而骈始工，陆士衡出而四六始昌，颜延年出而代语始繁，沈约王融诸人声律论出，而用字始避拘忌，骈文之体于焉成立。"又云："李斯《上秦始皇书》，设喻隶事之初祖，两段相偶，亦自此开。"《上秦始皇书》，虽非典型的骈文，然其大量用典，已开骈文这一特征之先河。

原文

臣闻吏议逐客[1]，窃以为过矣[2]。昔穆公求士[3]，西取由余于戎[4]，东得百里奚于宛[5]，迎蹇叔于宋[6]，来邳豹公孙支于晋[7]。此五子者，不产于秦，穆公用之，并国三十[8]，遂霸西戎[9]。孝公用商鞅之法[10],移风易俗,民以殷盛[11],国以富强,百姓乐用[12],诸侯亲服[13],获楚魏之师,举地千里[14],至今治强[15]。惠王用张仪之计[16],拔三川之地[17],西并巴蜀[18],北收上郡[19],南取汉中[20],包九夷[21],制鄢郢[22],东据成皋之险[23],割膏腴之壤[24],遂散六国之从[25],使之西面事秦[26],功施到今[27]。昭王得范雎[28],废穰侯[29],逐华阳[30],强公室[31],杜私门[32],蚕食诸侯,使秦成帝业。此四君者,皆以客之功。由此观之,客何负于秦哉[33]!向使四君却客而弗纳[34],疏士而弗用,是使国无富利之实,而秦无强大之名也。

今陛下致昆山之玉[35],有和随之宝,垂明月之珠[36],服太阿之剑[37],乘纤离之马[38],建翠凤之旗[39],树灵鼍之鼓[40]。此数宝者,秦不生一焉,而陛下悦之何也[41]?必秦国之所生然后可,则夜光之璧不饰朝廷[42],犀象之器不为玩好[43],而赵卫之女不充后庭[44],骏良駃騠不实外厩[45],江南金锡不为用,西蜀丹青不为采[46]。所以饰后宫充下陈[47],娱心意悦耳目者[48],必出于秦然后可,则是宛珠之簪[49],傅玑之珥[50],阿缟之衣[51],锦绣之饰,不进于前;而随俗雅化[52],佳冶窈窕[53],赵女不立于侧也。

夫击瓮叩缶[54],弹筝搏髀[55],而歌呼呜呜快耳者[56],真秦之声也;《郑》《卫》《桑间》《韶虞》《武象》者[57],异国之乐也。今弃叩缶击瓮而就《郑卫》[58],退弹筝而取《韶虞》,若是者何也?快意当前,适观而已矣[59]。今取人则不然,不问可否,不论曲直,非秦者去,为客者逐。然则是所重者在乎色乐珠玉,而所轻者在乎民人也。此非所以跨海内制诸侯之术也[60]。

臣闻地广者粟多,国大者人众,兵强者则士勇。是以太山不让土壤,故能成其大[61];河海不择细流[62],故能就其深;王者不却众庶[63],故能明其德[64]。是以地无四方,民无异国,四时充美[65],鬼神降福,此五帝三王之所以无敌也[66]。今乃弃黔首以资敌国[67],却宾客以业诸侯[68],使天下之士退而不敢西问,裹足不入秦。此所谓藉寇兵而赍盗粮者也[69]。夫物不产于秦,可宝者多;士不产于秦,愿忠者众。今逐客以资敌国,损民以益仇,内自虚而外树怨诸侯,求国无危,不可得也。

注释

〔1〕吏:指朝臣。 逐客:赶走客卿。

〔2〕窃:"个人"表谦之词。 过:错误。

〔3〕穆公:秦穆公,嬴任好,公元前660至前621年在位。春秋五霸之一。秦始皇第十九代祖。 士:指经国之才。

〔4〕由余:秦穆公时大夫。原为晋人,后逃到西戎。西戎王遣其使秦,穆公使人离间由余与西戎王关系,迫其投降秦国,并为统一西戎出谋划策,取得成功。 戎:西戎。当时西部地区的少数民族。

〔5〕百里奚:秦穆公时大夫。李善注引《史记》:"晋献公以百里奚为秦穆公夫人媵(陪嫁)于秦。百里奚亡秦走宛(楚地名),楚之鄙人(边军)执之。穆公闻百里奚,欲重赎之,恐楚子不许,以五羖(黑色公羊)羊皮赎之。楚人许,与之。穆公与议国事,大悦,授之国政。"

〔6〕蹇(jiǎn减)叔:秦穆公时上大夫。原为宋人。李善注引《史记》:"百里奚谓穆公曰:臣不及臣友蹇叔贤,而世莫知。穆公使人厚币迎蹇叔,以为上大夫。"

〔7〕来:招徕。 邳(pī批)豹:原为晋国大夫邳郑之子。因晋惠公杀其父,逃往秦国,为穆公所用。(事见《左传》)公孙支:即秦国大夫子桑。原为晋人,料夷吾不能安定晋国而投秦,劝穆公救晋灾荒以争取民心。

〔8〕并国三十:李善注引《史记》:"秦用由余谋,伐戎王,益国十二,开(扩)

地千里,遂霸西戎。"

〔9〕霸西戎:为西戎之长,即变西戎为属国。

〔10〕孝公:秦孝公,嬴渠梁,秦穆公第十四代孙。公元前361至前338年在位。商鞅(yāng 央):战国时政治家,改革家。卫国人,姓公孙,名鞅,也叫卫鞅。因功封于商,故称商君,亦称商鞅。入秦后,说秦孝公以强国之术,提出"治世不一道,便国不法古"的主张,被孝公任为左庶长开始变法。推行法治,注重耕战,对外破坏六国的联合,执政十年,使秦一跃而成为当时的强国。但因变法打击了贵族豪强,孝公死后,贵族反攻倒算,商鞅被车裂而死。

〔11〕殷盛:富足强盛。

〔12〕乐用:乐于为国所用。

〔13〕亲服:亲近归服。

〔14〕获楚、魏之师:孝公二十二年,商鞅击魏,俘魏公子卬,魏军大败,割河西之地以求和。同年秦军又南攻楚国。 举:占领。《史记·平原君虞卿列传》:"兴师以与楚战,一战而举鄢、郢。"

〔15〕治强:安定强盛。治与"乱"相对。

〔16〕惠王:嬴驷。孝公之子,即位初号惠文君,至十四年改为惠王元年。秦称王自惠文君始。公元前337年至前311年在位。 张仪:战国时纵横家。与苏秦同时,善于游说。任秦相,助惠文君称王,用"连横"破坏苏秦之"合纵",瓦解齐楚联盟,夺取汉中之地,遂使秦国更加强大。武王即位,仪不被信任,赴魏,不久病死。

〔17〕三川之地:指今河南洛阳一带,因境内有黄河、伊河、洛河,故称"三川"。拔三川之地,乃武王之事,时张仪已死。此恐李斯误记。

〔18〕巴蜀:皆四川之地。巴,即以重庆为中心的川东地带。蜀,即今以成都为中心的川西地带。

〔19〕上郡:魏地。郡治在今陕西榆林东南。魏国战败,请和,向秦献上郡十五县地。李善注:"孝王纳上郡,此云惠王,疑此误也。"又云:"通三川是武王,张仪已死,此云惠王用张仪之计拔三川,疑此误也。"

〔20〕汉中:在今陕西汉中地区。秦惠王十三年,攻楚汉中,取地六百里,置汉中郡。

〔21〕包:席卷。 九夷:指当时楚国境内的少数民族。九,虚数。

〔22〕制:控制。 鄢(yān 烟):在今湖北省宜城县。 郢(yǐng 影):当时楚

都,在今湖北江陵县。

〔23〕成皋(gāo 高):当时周朝都邑以东之西塞,即今河南荥阳县的虎牢。

〔24〕膏腴(yú 鱼):肥沃。

〔25〕从(zòng 纵):同"纵"。指六国"合从"拒秦之盟。　六国:韩、魏、燕、赵、齐、楚。

〔26〕西面事秦:六国在东,秦在西,故云。

〔27〕功:功业。　施:延续。

〔28〕昭王:秦昭襄王嬴则,武王异母弟。公元前306年至前251年在位。秦武王死后,昭王由养母芈(mǐ米)八子和他的异父弟魏冉拥立为王。而实权控制在养母等手中。　范雎(jū居):字叔游,魏国人,秦相,封应侯。

〔29〕穰(rǎng壤)侯:魏冉封号。冉曾为秦相,封于穰邑,故称穰侯。

〔30〕华阳:名芈戎,宣太后同父弟,因封于华阳,故称华阳君。穰、芈皆因宣太后之关系而专权。昭王用范雎之计,废太后,赶走华阳君、穰侯及其帮手高陵、径阳(皆昭王之弟)二君。

〔31〕公室:指秦王室。

〔32〕私门:与"公室"相对,指穰、芈等人的势力。

〔33〕负:背,对不起。

〔34〕向使:倘使。　却:退。　弗纳:不接受。

〔35〕陛下:对帝王之尊称。　昆山:昆仑山的简称。昆仑山北麓的和阗,以产美玉著名。故和阗玉亦称"昆山之玉"。

〔36〕和:指和氏璧。楚人卞和在山中发现的一块宝玉。　随:随侯之珠。随侯乃春秋姬姓诸侯,他见大蛇被腰斩,便将蛇接在一起,并敷上药。后来此蛇口中含珠报答随侯,此珠便称随侯之珠,即明月之珠。

〔37〕服:佩带。　太阿:宝剑名。据《越绝书·外传记》载:楚王令风胡子之吴,见欧冶子、干将作剑,二人凿茨山,泄其溪,取铁英做铁剑三把:第一把名龙渊,第二把名太阿,第三把名工布。李善注引《新序》:"固桑对晋平公曰:夫剑产于越,珠产于江南,玉产于昆山,此三宝皆无足而致。"

〔38〕纤离:骏马名。

〔39〕翠凤:一种珍奇之鸟。翠羽之旗,用翠凤的羽毛做装饰的旗帜。

〔40〕灵鼍(tuó驼)之鼓:用鼍龙皮蒙的鼓。鼍同"鼍",即鼍龙。

〔41〕悦:喜欢。

〔42〕夜光:玉名,夜里光亮可鉴。 饰:装饰。

〔43〕犀象:犀牛角与象牙。 玩好:玩赏之物。

〔44〕后廷:后宫。

〔45〕驶骎(jué tí 决提):骏马的名字。古代北方之名马。 外厩(jiù 就):马棚。设在宫外,故称外厩。

〔46〕丹青:朱砂、青䭴之类,皆绘画之颜料,多产西蜀地区。丹青常作为"画"的代称。

〔47〕下陈:站在后列的姬妾。

〔48〕娱心意悦耳目:使人赏心悦目。

〔49〕宛珠:宛地出产的珠子,一说小珠。 簪(zān):妇女插发髻的首饰。

〔50〕傅:附着。 玑(jī 机):不圆的珠子。 珥(ěr 耳):女子的珠耳饰,也叫"瑱"、"珰"。

〔51〕阿缟:又白又细的丝织品。一说齐国东阿(今山东东阿)出产的白色丝织品。李善注引徐广曰:"齐之东阿县,缯帛所出者也。此解'阿'义与《子虚》(被阿绤)不同,各依其说而留之。"

〔52〕随俗雅化:闲雅变化而能随俗。

〔53〕佳冶:美好艳丽。 窈窕(yǎo tiǎo 咬挑):美好。《诗经·关雎》:"窈窕淑女,君子好逑。"

〔54〕瓮(wèng):汲水之瓦器。 缶:小口大肚的瓦罐。秦人以瓮缶为打击乐器。

〔55〕筝:古代秦地的弦乐器。 搏髀(bì 毕):拍大腿打拍子。髀,人的腿股。

〔56〕呜呜:犹咿咿呀呀,含贬义。

〔57〕郑卫:指郑国、卫国的民间乐曲。 桑间:即今河南濮阳地区。当时此地民歌十分动听。 韶虞:相传是歌颂虞舜的乐曲。 武象:表演作战的舞乐曲。周代武王乐曲称武,乐舞称象。李善注引宋均曰:"《武象》,象伐时用干戈。"

〔58〕就:从。引申为采纳。

〔59〕快意适观:即赏心悦目。

〔60〕跨海内:指统一天下。 制诸侯:征服诸侯。 术:方法。

〔61〕让:拒绝。

〔62〕择:挑拣,引申为嫌弃。

〔63〕众庶:广大平民。

〔64〕明德:显示恩德。

〔65〕四时:四季。　充美:富足美好。

〔66〕五帝:指黄帝、颛顼、帝喾、尧、舜。　三王:指夏禹、商汤、周文王、武等三代开国之王。

〔67〕黔(qián 前)首:黎民百姓。　资:帮助。

〔68〕却:拒绝。　业:成就其业,用如动词。

〔69〕藉寇兵:借给敌寇兵。藉,同"借"。　赍(jī 机)盗粮:送给强盗粮食。

今译

臣听说大臣们计议驱逐在秦客卿之事,我个人以为是错误的。从前穆公招揽人才,西得由余于西戎,东得百里奚于宛地,迎接蹇叔于宋国,招徕邳豹、公孙支于晋。这五个人,不出生于秦,穆公用之,兼并二十余国,于是成为西方诸侯之霸主。孝公采用商鞅之法制,移风易俗,人民得以富足,国家得以强盛,百姓乐于为国效力,诸侯亲近归服。大败楚、魏之师,扩土二千余里,至今使秦安定强大。惠王用张仪之计,攻占了三川之地,西兼并巴蜀,北接收上郡,南攻取汉中,席卷南方各族地区,控制鄢郢两都之域,东据成皋之要塞,割取大片之沃土,于是拆散六国联盟,迫使其西面事秦,功业延续至今。昭王得到范雎,罢黜穰侯,赶走华阳,加强皇室之权威,削除豪门之势力,蚕食八方诸侯,建立帝国基业。这四位国君,都借助客卿之功。由此观之,客卿有何对不起秦呢?假使四位国君拒绝客卿而不接纳,疏远人才而不任用,这就使国无富足之实力,秦无强大之名声了。

如今陛下得到昆山之美玉,占有随和之瑰宝,悬挂明月之珍珠,佩带太阿之宝剑,跨上纤离之骏马,扬起翠凤之锦旗,树起灵鼍之皮鼓。这数种宝物,秦不产一样,而陛下喜欢它们,为什么呢?假若一定秦国所产方可用,那么,夜光之璧便不会装饰于宫廷,犀角象牙之器皿便不会成为玩赏之物，赵卫之美女便不会充满于后宫，宝马骏骐便不会饲养于外厩，江南金锡便不会为王所用，西蜀丹青便不会为王绘彩。假若用来装饰后宫的珍宝，充当姬妾的美女，赏心悦目的玩物，定要产于秦国方可，那么镶嵌宛珠之头簪，装饰小珠之耳环，东阿丝绸之衣服，精致华美之花边，便不会呈现在君王的面前；而那些打扮雅致入时，艳丽苗条的赵女，也不会侍立于君王的身边。

敲瓮击缶，弹筝拍腿，咿咿呀呀地唱，用以娱耳，这是真正的秦国音乐；《郑卫》《桑间》《韶虞》《武象》，是异国他乡的音乐。如今抛弃敲瓮击缶，而听取郑卫的流行乐曲，停止弹筝，而采用韶虞舞乐，这样做是为什么呢？无非为赏心悦目而已。现在选用人才却不是这样，不问是否适用，不论是非曲直，唯秦人是取，唯客卿是遣。这样做说明只重视女色、珠宝、美玉，而轻视人才。这不是统一天下，征服诸侯的做法。

臣听说地广则粮多，国大则人众，武器精良则战士勇敢。因此太山不拒绝尘土，故能积累其高；海河不排斥细流，故能蓄成其深，君王不拒绝民众，故能显示其德。因此，地无四方之分，民无异国之别，四季丰衣足食，鬼神皆来降福，这就是五帝三王无敌于天下的原因所在。现在抛弃百姓以帮助敌国，驱逐客卿以成就诸侯，致使天下人才后退而不敢西向，裹足而不敢入秦。这就是所谓"借武器给敌寇，送粮草与盗贼。"物不产于秦，而可宝贵者多；人不生于秦，而愿效忠者众。如今驱逐客卿来帮助敌国，减少百姓而壮大仇敌，内则国家空虚，外则树敌诸侯，欲求秦不危机，是不可能的。

（赵福海译注并修订）

昭明文选
译注

◎ 上书吴王一首

邹　阳

题解

　　邹阳，齐(今山东东部)人，西汉文学家。《史记》、《汉书》皆有传。"阳为人有智略，慷慨不苟合。"初从吴王刘濞。濞欲谋反，劝谏不听，去吴从梁孝王刘武。邹阳"以文辩著名"(见《汉书》本传)，但只有《上书吴王》、《狱中上书自明》两篇文章流传下来。其文比物连类，起伏跌宕，颇有战国纵横家之遗风。

　　班固《汉书》录本文加导语曰："汉兴，诸侯王自治民聘贤。吴王濞招致四方游士，阳与(吴)严忌、枚乘等俱仕吴。久之，吴王以太子事怨望(怨恨)，称疾不朝，阴有邪谋，阳奏书谏。为其事尚隐，恶指斥(直呼其名)言，故先引秦为喻，因道明胡、越、齐、赵、淮南之难，然后乃致其意。"

　　汉初大封同姓之王。刘濞为汉高祖刘邦兄长刘仲之子。其人勇武，二十岁便以骑将从高祖征战。"上(高祖)患吴会稽轻悍，无壮王填之，诸子少，乃立濞于沛，为吴王，王三郡五十三城。"文帝时，濞之太子入京侍皇太子博饮，因其骄悍，博争不恭，被皇太子杀死。"吴王由是怨望，稍失藩臣礼，称疾不朝。"(见《汉书》本传)及景帝即位，晁错为御史大夫，上书削藩。谓"今削之亦反；不削之亦反。削之其反亟，祸小；不削之其反迟，祸大。"景帝纳其谏，削楚王东海郡，削赵王常山郡，削胶西王六县。"汉廷臣方议削吴，吴王恐削地无已，因欲发谋举事。"(见《汉书》本传)于是邹阳上书谏之。因事"尚隐"，不便"指斥"，故将今比古，指东说西，局外之人颇为费解。

410

全文可分四段。第一段，先以秦"列郡不相亲，万室不相救"而亡为明喻，再以胡越加兵为暗喻。字面言大敌当前，诸侯"不专救汉"，实则说倘若谋反叛汉，天子讨伐，各诸侯国"不能为吴。"事实果然如此。据汉书刘濞传载，濞约齐王、菑川王、胶东王、济南王等共同叛汉，诸侯皆许诺。而吴王起兵，"齐王后悔，背约城守。济北王城坏未完，其郎中令劫王守，不得发兵。"辗转征战，诸侯分崩离析，终致"吴粮绝"，"士卒多饥死叛散"。濞收残兵，拟保东越，而东越趁"吴王出劳军，使人钬杀吴王，盛其头，驰传以闻。"（见《汉书》本传）

第二段，倾诉自己千里来归之衷情，劝吴王"底节修德"，守义莫叛。

第三段，以鸷鸟、大雕为喻，说明诸侯与天子力量悬殊，败局已明，务要慎行。

第四段，指出叛汉必然失败。吴王不听，邹阳离去。吴王被杀。有人认为此文是后人伪作。

原文

臣闻秦倚曲台之宫悬衡天下[1]，画地而人不犯，兵加胡越[2]；至其晚节末路[3]，张耳陈胜连从兵之[4]据，以叩函谷[5]，咸阳遂危[6]。何则？列郡不相亲[7]，万室不相救也[8]。今胡数涉北河之外[9]，上覆飞鸟，下不见伏兔[10]，斗城不休[11]，救兵不至，死者相随，辇车相属，转粟流输[12]，千里不绝。何则？强赵责于河间[13]，六齐望于惠后[14]，城阳顾于卢博[15]，三淮南之心思坟墓[16]。大王不忧，臣恐救兵之不专[17]，胡马遂进窥于邯郸[18]，越水长沙[19]，还舟青阳[20]。虽使梁并淮阳之兵[21]，下淮东[22]，越广陵[23]，以遏越人之粮[24]，汉亦折西河而下[25]，北守漳水以辅大国[26]；胡亦益进，越亦益深[27]。此臣之所为大王患也[28]。

　　臣闻蛟龙骧首奋翼^[29]，则浮云出流^[30]，雾雨咸集^[31]。圣王底节修德^[32]，则游谈之士^[33]，归义思名^[34]。今臣尽知毕议^[35]，易精极虑^[36]，则无国而不可奸^[37]；饰固陋之心^[38]，则何王之门不可曳长裾乎^[39]？然臣所以历数王之朝^[40]，背淮千里而自致者^[41]，非恶臣国而乐吴民^[42]，窃高下风之行^[43]，尤悦大王之义^[44]。故愿大王无忽，察听其至^[45]。

　　臣闻鸷鸟累百^[46]，不如一鹗^[47]。夫全赵之时，武力鼎士^[48]，袨服丛台之下者^[49]，一旦成市^[50]，不能止幽王之湛患^[51]；淮南连山东之侠^[52]，死士盈朝，不能还厉王之西也^[53]。然则计议不得^[54]，虽诸贲不能安其位^[55]，亦明矣。故愿大王审画而已^[56]。

　　始孝文皇帝据关入立^[57]，寒心销志^[58]，不明求衣^[59]。自立天子之后，使东牟、朱虚东褒仪父之后^[60]，深割婴儿王之^[61]。壤子王梁代，益以淮阳^[62]。卒仆济北^[63]，囚弟于雍者^[64]，岂非象新垣等哉^[65]！今天子新据先帝之遗业，左规山东^[66]，右制关中^[67]，变权易势^[68]，大臣难知。大王弗察^[69]，臣恐周鼎复起于汉^[70]，新垣过计于朝，则我吴遗嗣^[71]，不可期于世矣^[72]。高皇帝烧栈道^[73]，灌章邯^[74]，兵不留行^[75]，收弊人之倦^[76]，东驰函谷^[77]，西楚大破^[78]。水攻则章邯以亡其城^[79]，陆击则荆王以失其地^[80]。此皆国家之不几者也^[81]。愿大王熟察之。

▌▌▌▌ 注释

　　〔1〕倚：依托。　曲台宫：宫殿名。秦始皇听政之所，如汉之未央宫。　悬衡：犹刊布法令。衡，秤。用以衡量轻重，引申为法度。

　　〔2〕画地不犯：颜师古注："画地不犯者，法制之行也。"言法一颁行无人敢

触犯。　胡、越：指边远之地，胡，古代北方和西方各少数民族的泛称；越，越国，此指东南边远之地。

〔3〕晚节末路：犹穷途末路。指秦二世之时。

〔4〕张耳：大梁人，陈胜自蕲起义，以张耳为校尉。　陈胜：字涉，阳城人。秦末农民起义领袖。胜为王，号张楚。　连从(zòng 纵)：犹联合。据，援引。

〔5〕叩：击。　函谷：函谷关。在今河南灵宝县，为秦时险固的关隘。

〔6〕咸阳：秦之都城，旧址在今陕西长安县东之渭城故城。

〔7〕列郡：各郡。秦始置郡县。郡，行政区划名。

〔8〕万室：与列郡义近，犹各王室。李周翰注："言苦秦之政也。"秦众叛亲离。

〔9〕胡：匈奴。　数(shuò 朔)：屡次。　涉：到，进犯。　北河：河名。黄河由甘肃省流向河套，至阴山南麓，分为南北二河，北边的称北河。《汉书·武帝纪》："北登单于台，至朔方，临北河。"

〔10〕覆：盖。　伏兔：趴着的野兔。颜师古引苏林注："言胡来人马之盛，扬尘上覆飞鸟，下不见伏兔也。"

〔11〕斗城：攻城。

〔12〕相随：接连不断。　辇：人推拉之车。　相属：相连。　流输：运输。流，行。

〔13〕河间：今河北省河间县。此指赵王遂。　责：求。赵幽王被吕后囚死，文帝立幽长子遂为赵王。取赵之河间，立遂弟辟强为河间王。至河间王子哀无嗣，遂欲复得河间之地。

〔14〕六齐：汉高祖刘邦封其子刘肥为齐王，至惠帝(刘盈)时，分齐为六，将刘肥的六个儿子分封为齐王、济北王、菑川王、胶东王、胶西王、济南王，叫做六齐。　望：怨恨。　惠：指惠帝刘盈。　后：指吕后，即吕雉。颜师古引孟康注："高后(吕后)割齐济南郡为吕(王)台奉邑，又割郎邪郡封营陵侯刘泽为郎邪王。文帝乃立悼惠王六子为王。言六齐不保今日之恩，而追怨惠帝与吕后也。"

〔15〕城阳：指城阳王喜。喜父章与弟兴居讨诸吕有功，本当尽以赵地封章，梁地封兴居，而文帝却以章为城阳王，兴居为济北王，二人怏怏不乐。兴居反，被诛，章郁闷而死，故喜念此而恨。卢博：即卢县。今山东长清县，济北王治所。此指济北王兴居。

〔16〕三淮南：指淮南厉王的三个儿子。淮南厉王长谋反被废，放蜀而死道

中。文帝立其三子为王:刘安为淮南王,刘敖为衡山王,刘赐为庐江王。　思坟墓:指三王望坟墓而思父死蜀道之上。

〔17〕大王:指吴王濞。　救兵不专:孟康注:"不专救汉。"如淳注:"皆自私怨宿忿,不能为吴也。若吴举兵反,天子来讨,谓四国但有意,不敢相救也。"李善注:"孟康解其文,故言不专救汉;如淳解其意,故云不能为吴。二说相成,义乃可明。"上二说其义则一。濞欲反,阴有邪谋,邹阳劝谏,不便指斥,故隐其辞。明言胡越来侵,诸侯不能专力救汉;暗说吴若举兵反,天子来讨,四国不能全力救吴。

〔18〕胡马:指匈奴之骑兵。　进:指从陆上进犯。　窥:觊觎。　邯郸:赵王之都。

〔19〕越:越国。　水:用如动词,渡水。　长沙:长沙郡。

〔20〕还舟:聚舟。　青阳:水名。李善注引苏林曰:"青阳,水名。言胡、越水陆共伐汉也。"

〔21〕虽使:当为"乃使"。　梁:今河南商邱县,淮南王武徙此,即梁孝王。并:合。　淮阳:郡、国名。汉高帝十一年置淮阳国,都于陈。今河南淮阳县地。景帝子刘余王淮阳。

〔22〕淮东:淮水之东。

〔23〕广陵:广陵郡治所。为吴之都城。故城今扬州市东北。

〔24〕遏:阻止。　越人之粮:实指吴人之粮。李善注:"越人当为吴人。"

〔25〕折:截。　西河:指陕西、山西之间的黄河段。因在冀县西,故称西河。

〔26〕漳水:今漳河。原出山西,分清漳、浊漳。　辅:帮助。此阻止之义。大国:指赵国。

〔27〕进、深:胡从陆路来曰进;越从水路来曰深。李善注"胡马"数句:"言吴赵欲来伐汉,汉乃使梁并淮阳之兵,以止吴人之粮,汉截西河以御于赵,如此则赵不得进,吴不得深。阳恶指斥(直呼其名),故假胡、越错乱其辞。"

〔28〕患:担忧。　大王:实指吴王濞。

〔29〕蛟龙:古代传说中的动物,民间相传其能发洪水。　骧(xiāng 乡)首:昂头。　奋翼:扬起鳍鬣。

〔30〕出流:指浮云飘动。行云如流水,故云飘称"出流"。

〔31〕咸:皆,全。传说蛟龙能兴云吐雾行雨。

〔32〕底(zhǐ)节:磨炼节操。底,同砥。砥砺。引申为修养。

〔33〕游谈之士:游说者。指谋士。

〔34〕归义:归于正义。　思名:慕名。

〔35〕毕议:全部意见。

〔36〕易精:改变精思。　极虑:极尽谋虑。

〔37〕奸(gān甘):求。又作"干"。

〔38〕饰:掩饰。　固陋:指孤陋寡闻,见识肤浅。

〔39〕曳长裾(jū居):指曳裾王门。比喻在显贵门下作食客。曳,拖。裾,衣袖。

〔40〕历:经。　朝:朝廷,此指诸侯王廷。

〔41〕淮:水名,即今淮河。自齐至吴须渡淮水行千里。　自致:自来。

〔42〕恶:讨厌,不喜欢。　臣国:指齐,因邹阳为齐人,故称。　吴民:指吴国百姓。

〔43〕窃:私下,古人表达个人意见常用的自谦之辞。　高:以之为高。下风:风向的下方。自谦之辞。《淮南子·泰族训》:"雄鸣于上风,雌鸣于下风。"高下风之行,犹言在对方手下做事是高就。

〔44〕尤:甚。　义:情义。

〔45〕无:不要。　忽:轻。　察听:考核。　至:极。

〔46〕鸷(zhì至)鸟:凶猛的鸟,如鹰类。　累:积。

〔47〕鹗(è饿):大雕。李善注引如淳曰:"鸷鸟比诸侯,鹗比天子。"

〔48〕全赵:赵未分之时。李善注引应劭曰:"(赵)后分为三。"　武力:武士。　鼎士:抗鼎之士,比喻力量极大。

〔49〕袨(xuàn绚)服:盛服。　丛台:赵王之台,在邯郸。颜师古注:"连聚非一,故名丛台。盖本六国时赵王故台也,在邯郸城中。"

〔50〕成市:成为市场,形容人才多。

〔51〕幽王:指赵幽王遂。　湛(chén陈):通"沉"。六臣作"沉"。沉患,指遂被吕后囚死事。

〔52〕淮南:指淮南厉王刘长。　山东之侠:指大夫但、开章等人。《汉书》本传载,赵王"令男子但等七十人与棘蒲侯紫武太子奇谋,以辇车四十乘反谷口,令人使闽越、匈奴。事觉,治之,乃使使召淮南王。"

〔53〕死士:效死命者。　西:西迁。指刘长因谋反而废王位,流放西蜀。还:犹挽回。

〔54〕计议：计谋。 不得：不得当。

〔55〕诸：专诸。古之勇士。 贲：孟贲，古之勇士。 安：使之安。

〔56〕审画：仔细考虑。

〔57〕孝文皇帝：即汉文帝刘恒。 据关入立：指据函谷关立为太子。

〔58〕寒心：戒惧。 销志：谓操心之甚。

〔59〕不明求衣：天未明就要衣服。言早起。吕向注："寒心销志，见国家多难也；不明求衣，言早起听朝也。"

〔60〕东牟：指悼惠王之子兴居。 朱虚：指齐悼惠王之子章。《汉书·高五王传》："明年（孝惠八年），哀王弟章入宿卫于汉，高后（吕雉）封为朱虚侯，以吕禄女妻之。后四年，封章弟兴居为东牟侯。皆宿卫长安。" 褒：嘉奖。 仪父：《公羊传》："公及邾娄仪父盟于眜（地名）。" 邾娄：春秋国名，在今之山东。仪父，人名。仪父，喻齐王。 后：后代。吕雉，汉高祖皇后，高祖死，其子惠帝继位，她掌握朝中实权。惠帝死后，她临朝称制，分封吕氏家族为王侯，以吕产为相国，吕禄为上将军。吕后死，太尉周勃与丞相陈平共谋除掉"诸吕"。"齐王首讨诸吕，故文帝封其子，遣朱虚侯章东使就王封，犹春秋之褒仪父也。"（《古文辞类纂》注）

〔61〕深割：情深割地封王。李善注引应劭曰："封齐王六子为王，其中有小婴儿，孝文帝于骨肉厚也。"

〔62〕壤：指齐王刘肥。梁、益间避讳，称肥盛曰壤。李善注："此言文帝之时，梁王揖，代王参，淮阳王武。"

〔63〕卒：最后。 仆：僵。指死。 济北：兴居之封地。兴居为济北王。兴居谋反，失败自杀。

〔64〕弟：指淮南王刘长。淮南王有罪，流放于蜀，死于雍。

〔65〕新垣：即新垣平，赵人。文帝时他制造谣言，劝王谋反，被诛三族。颜师古注："济北王兴居反，见诛。囚弟于雍者，淮南王长有罪，见徙，死于雍。所以然者，坐（因）二国（济北、淮南）有奸臣如新垣平等劝王共反。"

〔66〕今天子：指汉景帝刘启。 先帝：指汉文帝刘恒。 据遗业：指继承皇位。

〔67〕规：分划。 山东：指崤山以东。即战国时秦以外的六国之地。

〔68〕制：控制。 关中：相当于今陕西省。

〔69〕变权易势：改变政权和形势，指取景帝之位而代之。

〔70〕弗察：不明。

〔71〕周鼎复起于汉：新垣平诈言周鼎在泗水中。言其望东北汾阴，有金宝气，鼎在其中，不迎则不至。造此谣言，劝淮南王谋反。

〔72〕遗嗣：指后代。

〔73〕期：期望。不可期于世，言不可能活在世上。

〔74〕高皇帝：汉高祖刘邦。　栈道：古人在悬崖峭壁上凿孔，架木或铺板而成的架空通道。《史记·留侯世家》："良（张良）因说汉王曰：'王何不烧绝所过栈道，示天下无还心，以固项王意。'"

〔75〕灌章邯：李善注引应劭曰："章邯为雍王，高祖以水灌其城，破之。"

〔76〕兵不留行：进军不停。李善注："言攻之易，故不稽留也。"

〔77〕收弊人之倦：吕延济注："收秦疲倦之兵，出函谷关而破项羽。"

〔78〕函谷：函谷关。

〔79〕西楚：西楚霸王项羽。

〔80〕亡城：丢城。

〔81〕荆王：指项羽。荆，楚。

〔82〕几：庶几，表示希望之词，犹或许可以。国家之不几，言国家不可庶几得之。颜师古注："言汉朝之安，诸侯不当妄起邪意。"

今译

　　臣听说秦王于曲台宫向天下颁布法令，法行而无人敢犯，武力威慑胡越；到了穷途末路，张耳、陈胜联合互相援助，进攻函谷关，京城咸阳危机。为什么？各郡不团结，各家不相救。现在胡兵屡侵北河之域，征尘上遮飞鸟，下蔽伏兔，攻城不止，而救兵不至，死者相继，车辇相接，转运粮草，千里不绝。为什么？赵王欲重收河间，六齐正怨恨惠、后，城阳王念念不忘父死叔诛，三淮南思念乃父的坟墓。大王不担忧，臣担心各路诸侯不能全力救汉。胡人兵马卡断吴兵粮草，汉天子兵截断西河，北守漳水，阻挡赵国，胡兵从陆路挺进，越兵从水路深入，这是臣替大王担忧所在。

　　臣听说蛟龙昂首扬鳍，则浮云飘动，雾雨齐来。圣王砺节修德，则游说之士，慕名思归。现在臣用尽心智和谋略，改变角度想办法，诸侯之国无不可求职;掩饰浅陋之见,哪个王门不可托身呢?臣所以越过几个王廷,渡淮南行千里自来,并非厌恶臣之国而喜欢吴之民,我以为在大王手下做事是高就,尤其景仰大王的仁义道德。所以请大王不要忽视这点,体察其中的真情。

臣听说鸷鸟上百,不如一雕。赵国未解体之时,武士力能扛鼎,盛装于丛台之下的人很多,一旦成了败局,却不能阻止赵王囚死之灾;淮南王结交山东侠义之士,效死命者满朝,却不能挽回厉王流放西蜀的厄运。由此看来,计谋不得当,即使专诸、孟贲那样的勇士也难保其位,这很明显了。所以请大王审慎考虑自己的计谋。

孝文皇帝据函谷关而立为太子之始,戒惧劳神,不明而起。继承皇位以后,嘉奖齐王之子,使东牟侯、朱虚侯东就藩王,割大片土地令齐王幼子称王。当时齐王刘肥之子有的封为梁王,有的封为代王,有的封为淮阳王。而最后兴居死于济北,刘长囚死在雍,莫非像新垣平之类奸臣造成的恶果?今天皇帝刚继承先帝的大业,左控制山东,右控制关中,改变权势,大臣难以接授。大王不了解这一点,臣恐怕皇权最后还要属于汉天子,而吴国以后将不可能生存于世了。当年高祖火烧栈道,水灌章邯城池,进军马不停蹄,收编秦国疲惫之师,东击函谷,项羽大败。水攻则章邯丧其城,陆击则项王失其地,这都说明国家不是轻易能够得到的,请大王反复思考。

(赵福海译注并修订 陈延嘉再修订)

于狱中上书自明一首　邹阳

题解

"邹阳原事吴王刘濞,濞欲谋反,且不听邹阳劝谏,于是邹阳、枚乘、严忌知吴不可说,皆去之梁,从孝王(刘武)游。阳为人有智略,慷慨不苟合,介于羊胜、公孙诡之间。胜等疾阳,恶之孝王,孝王怒,下阳吏(狱)将杀之。阳客游以谗见禽(擒),恐死而负累(累),乃从狱中上书"。这就是本文写作之由。

全文分五大部分。开头至"少加怜焉"为第一部分。言"忠而获罪,信而见疑"。忠信能感动天地,却不能晓知人主,是历史上诸多忠臣的悲剧,也是自己的不幸。"忠信"二字乃是贯穿全文之主线。"语曰"至"岂移于浮辞哉"为第二部分。分析忠臣"见疑""获罪"之由。即在君臣相知不相知。不相知便"忠而获罪,信而见疑"。"故女无美恶"至"三王易为比也"为第三部分,从臣子一方剖析不相知之由:于己"无朋党之私";于人"有谗佞之口"。"是以圣王觉悟"至"岂是为大王道哉"为第四部分,从人主一方剖析不相知之由:在于人主不能从善无餍。"臣闻明月之珠"至"安有尽忠信而趋阙下者哉"为第五部分,照应忠信二字:宁死亦不事谄谀之人,以求亲近人主。这既是一人耿耿忠心,亦为所有忠臣眷眷之志。

这是死囚的上诉,忠臣的自白。其对象乃"一言而为天下法"的王侯。因此必须"主文而谲谏"。既要指出其偏听独断,又要维护其不可侵犯之尊颜;既要请求"加怜",又要保持气节。故行文广引博喻,反复陈述,晓之以理,动之以情,如泣如诉,若断实续,以骈散相

杂之句式,表达起伏跌宕之情怀。因此打动了梁王:"书奏,孝王立出之,卒为上客。"(李善注)

原文

臣闻忠无不报,信不见疑[1],臣常以为然,徒虚语耳[2]!昔者荆轲慕燕丹之义,白虹贯日,太子畏之[3];卫先生为秦画长平之事,太白食昴,昭王疑之[4]。夫精诚变天地[5],而信不谕两主[6],岂不哀哉!今臣尽忠竭诚,毕议愿知[7],左右不明[8],卒从吏讯[9],为世所疑[10]。是使荆轲、卫先生复起,而燕秦不寤也[11]。愿大王熟察之[12]。

昔玉人献宝,楚王诛之[13],李斯竭忠,胡亥极刑[14]。是以箕子阳狂[15],接舆避世[16],恐遭此患[17]。愿大王察玉人、李斯之意[18],而后楚王胡亥之听[19],毋使臣为箕子接舆所笑[20]。臣闻比干剖心[21],子胥鸱夷[22],臣始不信,乃今知之。愿大王熟察,少加怜焉[23]!

语曰:白头如新[24],倾盖如故[25]。何则?知与不知也[26]。故樊於期逃秦之燕,籍荆轲首以奉丹事[27],王奢去齐之魏,临城自刭以却齐而存魏[28]。夫王奢、樊於期,非新于齐秦而故于燕魏也[29],所以去二国,死两君者,行合于志,而慕义无穷也[30]。是以苏秦不信于天下[31],为燕尾生[32];白圭战亡六城,为魏取中山[33]。何则?诚有以相知也[34]。苏秦相燕,人恶之于燕王,燕王按剑而怒,食以駃騠[35],白圭显于中山,人恶之于魏文侯,文侯投以夜光之璧[36]。何则?两主二臣,剖心析肝相信[37],岂移于浮辞哉[38]!

故女无美恶[39],入宫见妒[40],士无贤不肖[41],入朝见嫉[42]。昔者司马喜膑脚于宋,卒相中山[43];范雎摺胁折齿于魏,卒为应侯[44]。此二人者,皆信必然之画[45],捐朋党之私[46],挟孤独之交[47],故不能自免于嫉妒之人也[48]。是以申徒狄蹈雍之河[49],徐衍负石入海[50],不容身于世[51],义不苟取比周于朝[52],以移主上之心[53]。故百里奚乞食于路,穆公委之以政[54],宁戚饭牛车下,而桓公任之以国[55]。此二人岂素宦于朝[56],借誉于左右[57],然后二主用之哉?感于心[58]合于意[59],坚如胶漆[60],昆弟不能离[61],岂惑于众口哉[62]?故偏听生奸[63],独任成乱[64]。昔鲁听季孙之说而逐孔子[65],宋信子冉之计囚墨翟[66]。夫以孔墨之辩,不能自免于谗谀[67],而二国以危[68]。何则?众口铄金[69],积毁销骨[70]。是以秦用戎人由余而霸中国[71],齐用越人子臧而强威宣[72]。此二国岂拘于俗[73],牵于世[74],系奇偏之辞哉[75]?公听并观[76],垂明当世[77]。故意合则胡越为昆弟,由余子臧是矣;不合则骨肉为仇敌,朱象管蔡是矣[78]。今人主诚能用齐秦之明[79],后宋鲁之听,则五霸不足侔[80],三王易为比也[81]。

是以圣王觉悟,捐子之之心[82],而不悦田常之贤[83],封比干之后[84],修孕妇之墓[85],故功业覆于天下[86]。何则?欲善无猒也[87]。夫晋文公亲其雠而强霸诸侯[88],齐桓公用其仇而一匡天下[89]。何则?慈仁殷勤[90],诚嘉于心[91],此不可以虚辞借也[92]。至夫秦用商鞅之法[93],东弱韩魏[94],立强天下[95],而卒车裂之[96]。越用大夫种之谋[97],禽劲吴而霸中国[98],遂诛其身[99]。是以孙叔敖三去相而不悔[100],於陵子仲辞三公为人灌园[101]。今人主诚能去骄傲之心[102],怀可报之意[103],披心腹[104],见情素[105],隳肝胆[106]，施德厚[107]，终与之穷达[108]，无爱于士[109]，则桀之狗可使吠尧[110]，而跖之客可使刺由[111]，何况因万乘之权，假圣王之资乎[112]！然则荆轲湛七族[113]，要离燔妻子[114]，岂足为大王道哉[115]！

臣闻明月之珠[116]，夜光之璧[117]，以暗投人于道[118]，众莫不按剑相眄者[119]，何则？无因而至前也[120]。蟠木根柢[121]，轮囷离奇[122]，而为万乘器者[123]，何则？以左右先为之容也[124]。故无因而至前，虽出隋侯之珠[125]，夜光之璧，只足结怨而不见德；故有人先谈，则枯木朽株，树功而不忘[126]。今天下布衣穷居之士[127]，身在贫贱，虽蒙尧舜之术[128]，挟伊管之辩[129]，怀龙逢比干之意[130]，欲尽忠当世之君，而素无根柢之容[131]，虽竭精神，欲开忠信，辅人主之治，则人主必袭按剑相眄之迹矣[132]。是使布衣之士，不得为枯木朽株之资也[133]。

是以圣王制世御俗[134]，独化于陶钧之上[135]，而不牵乎卑辞之语[136]，不夺乎众多之口[137]。故秦皇帝任中庶子蒙嘉之言[138]，以信荆轲之说，而匕首窃发[139]，周文猎泾渭，载吕尚而归，以王天下[140]。秦信左右而亡，周用乌集而王[141]。何则？以其能越拘挛之语[142]，驰域外之议[143]，独观于昭旷之道也[144]。今人主沈谄谀之辞[145]，牵于帷墙之制[146]，使不羁之士与牛骥同皂[147]，此鲍焦所以忿于世而不留富贵之乐也[148]。

臣闻盛饰入朝者，不以私污义[149]，砥厉名号者，不以利伤行[150]。故里名胜母，曾子不入[151]，邑号朝歌，墨子回车[152]。今欲使天下恢廓之士[153]，诱于威重之权[154]，胁于位势之贵[155]，回面污行[156]，以事谄谀之人，而求亲近于左右,则士有伏死掘穴岩薮之中耳^[157],安有尽忠信而趋阙下者哉^[158]!

注释

〔1〕报:报答。 见:被。

〔2〕虚语:空话。

〔3〕荆轲(kē 科):战国时卫人,入燕,燕人称之为荆卿。 燕丹:燕太子丹。义:指善养士。 白虹贯日:精诚感天之象。《史记》集解应劭曰:"燕太子丹质于秦,始皇(当时为秦王)遇之无礼,丹亡去,故厚养荆轲,令西刺秦王,精诚感天,白虹为之贯日也。" 畏之:指怕刺杀秦王不成功。李善注引《列士传》:"荆轲发后,太子相气,见白虹贯日,不彻,曰:吾事不成矣。后闻轲死,太子曰:吾知其然也。"一说因荆轲等人拖延时间,太子丹怕他不去刺秦王。

〔4〕卫先生:秦人。 画:谋划。 长平之事:秦将白起伐赵,大败赵军于长平,拟乘胜灭赵,派卫先生说秦昭王增兵运粮,其精诚达天,故太白侵犯昴宿,预兆赵将遭受沉重打击。 太白:金星之古名。 昴(mǎo 卯):星宿名,二十八宿之一。昴为赵之分野,太白为秦之分野,太白侵昴之位,古人认为于赵有害。疑之:指昭王对此疑而不信。

〔5〕精诚变天地:指"白虹贯日"、"太白食昴"。

〔6〕谕(yù 玉):理解,引申为信任。 两主:指燕丹与秦昭王。

〔7〕毕议:尽陈己见。

〔8〕左右:不敢直接指摘王,故称左右。以左右代王。

〔9〕卒:最终。 吏讯:狱吏审讯之词。

〔10〕为:被。 疑:怀疑有罪。

〔11〕是:此。 寤:悟。

〔12〕熟:深思。

〔13〕玉人献宝二句:玉人指卞和。李善注引《韩子》:"楚人和氏得璞玉(蕴藏有玉的石头)于楚山之下,奉而献之武王,武王使人相之,玉人(治玉之匠人)曰:石也。王刖(断足之刑)和左足。武王薨,成王即位,和又献之,玉人又曰:石也。刖其右足。"诛,指刖足。

〔14〕李斯:战国末期楚人。曾任秦国廷尉、丞相等职,辅佐秦王嬴政统一

中国,巩固政权。政死后,二世胡亥,听信赵高谗言,斩斯于咸阳。　极刑:死刑。

〔15〕箕(jī 鸡)子:名胥余,商纣王叔父,封国于箕,故称箕子。纣王淫乱暴虐,箕子谏而不听,便披发佯狂,为纣所囚。　阳:同“佯”。

〔16〕接舆:传说为春秋时楚国隐士,佯狂避世。因迎孔子之车而歌,故称接舆。

〔17〕此患:指上述灾祸。

〔18〕察:明察。　意:心意,指忠心。

〔19〕后:颜师古注:“以谬听为后。后犹下也。”

〔20〕毋:不要。

〔21〕比干剖心:比干,商纣王的叔父。纣王无道,比干强谏,王怒曰:“吾闻圣人心有七窍,遂剖腹以观其心。”

〔22〕子胥:即伍员,春秋时楚人。　鸱(chī 疵)夷:皮口袋。伍子胥辅佐吴王阖闾夺得王位。吴王夫差时,大败越国,越王求和,子胥强谏拒绝,得罪吴王,令其自杀。李善注引《史记》:“子胥自刭,王乃以子胥尸盛以鸱夷之革,浮之江中。”

〔23〕少:稍。　怜:怜悯。

〔24〕白头如新:颜师古引孟康注:“初相识至白头不相知。”

〔25〕倾盖:车盖互相靠拢。盖,伞形车盖。指亲切交谈。　故:老友。李善注引《家语》:“孔子之郯,遭程子于途,倾盖而语终日,甚相悦。”

〔26〕知:心相通。

〔27〕樊於期:原为秦将,因被谗逃到燕国。秦欲犯燕,掠其地,诛於期。李善注引《史记》:“荆轲见樊於期曰:今闻秦购将军首,金千斤,邑万家。今有言可以解燕国之患,报将军之仇者,何如? 於期曰:为之奈何? 轲曰:愿得将军首以献秦王,秦王必喜见臣,臣左手把其袖,右手揕(刺)其胸。於期遂自刭。”籍:同“借”。　奉:奉献。

〔28〕王奢:原为齐国大臣,逃往魏国。　临城:登上城楼。　自刭:自刎。李善注引《汉书音义》:“齐伐魏,奢登城谓齐将曰:“今君之来,不过以奢故也。义不苟生以为魏累。遂自刭。”

〔29〕新:新交。　故:旧交。

〔30〕二国:指齐、秦。　两君:指燕丹、魏王。死两君,为两君而死。　慕

义:仰慕道义。

〔31〕苏秦:战国纵横家,曾佩六国相印,为山东六国纵约长,后因秦破坏,纵约瓦解,苏秦失去诸侯国之信任。

〔32〕尾生:一个极守信用的人。李善注引《史记》苏秦曰:"尾生与女子期(约)于梁(桥)下,女子不来,水至不去,抱梁柱而死。"为燕尾生,言苏秦是燕国的尾生。燕昭王纵约解体仍信任苏秦,令其入秦从事反间活动。颜师古引服虔注:"苏秦于秦不出其信,于燕则出尾生之信也。"又引晋灼注:"说齐宣王使还燕十城,终死为燕也。"

〔33〕白圭(guī归):战国时中山国的大将。李善注引张晏曰:"白圭为中山将,亡六城,殆(危险)欲诛之,亡入魏,文侯厚遇之,还(反回)拔中山。"

〔34〕诚:确实。

〔35〕恶:进谗言。说坏话。 食:给人吃。 驶骓(jué tí决提):良马。李善注引孟康曰:"(昭王)敬重苏秦,虽有谗恶,王更膳以珍奇之味也。"

〔36〕显:显达。颜师古注:"以拔中山之功而尊显也。"夜光之璧:夜明珠。

〔37〕剖心析肝:犹推心置腹。

〔38〕移:转移,引申为动摇。 浮辞:无根据的话,指谗言。

〔39〕美恶:美丑。

〔40〕妒:同"妒"。

〔41〕不肖:不贤。

〔42〕入朝:到朝廷做官。 嫉:妒忌。

〔43〕司马喜:战国时人。在宋受膑刑后,三次作中山国之相。 膑:古代一种酷刑,即砍掉膝盖骨。

〔44〕范雎:战国时魏人。 摺(lā拉):拉断。《史记》载:范雎随魏国大夫须贾使齐,齐襄王赐范雎金十斤及牛和酒。须贾以为范雎出卖了魏之机密,便报告了魏公子魏齐,齐令舍人毒打范雎,拉折肋骨,打断牙齿。范雎逃到秦国为相,封为应侯。

〔45〕画:计。

〔46〕捐:弃。 朋党:结党。 私:私心。

〔47〕挟:倚仗。 孤独之交:指交友甚少。颜师古注:"言直道而行,不求朋党之助,谓忠必可恃也。"

〔48〕自免:自己避免。

〔49〕申徒狄：殷末人。　蹈：踏。　雍之河：雍州之河。李善注引如淳曰："庄周云：中徒狄谏而不听，负石自投河。"

〔50〕徐衍：周朝末年人。

〔51〕不容身于世：不为当世所容。

〔52〕义：用如动词，犹坚守正义。　苟取：苟且取得。　比周：结党。

〔53〕主上：皇帝。

〔54〕百里奚：春秋时秦国大夫。原为虞大夫，虞亡时被晋俘去，作为陪嫁之臣送入秦国。后出走到楚，为楚人所执，又被秦穆公以五张牡黑羊皮赎回，用为大夫，称为五羖大夫。与蹇叔、由余等共同辅佐穆公成就霸业。李善注引《说苑》："百里奚乞食于路，而穆公委之以政。"

〔55〕宁戚：春秋时卫人。　饭：喂。　国：相国。李善注引《吕氏春秋》："宁戚饭牛车下，击牛角疾歌。"又引《说苑》："邹子说梁王曰：宁戚扣辕行歌，桓公任之以国。"

〔56〕素：向来。　宦：作官。

〔57〕左右：指左右之人。

〔58〕感于心：内心相通。感，感应。

〔59〕合于意：情投意合。

〔60〕坚如胶漆：指关系牢固。

〔61〕昆弟：兄弟。

〔62〕惑：欺骗。

〔63〕生奸：生奸邪。

〔64〕独任：信任一人，即偏信。　乱：祸乱。

〔65〕鲁：鲁国君主。　季孙：指季孙氏，春秋末年鲁国上卿，又称季桓子。季孙主张改革，侵害鲁贵族利益，孔子因反对而被逐。

〔66〕宋：宋国君主。　墨翟（dí 敌）：战国初鲁人，墨家学派创始人。"宋信子冉之计囚墨翟"。史实不详。

〔67〕辩：辩才。　谀诼（yú 鱼）：谗言诬陷。

〔68〕二国：指鲁、宋。　危：受到危害。

〔69〕何则：为何。　众口铄（shuò 朔）金：比喻舆论力量之大。铄，熔化。

〔70〕积毁销骨：多次毁谤积累起来，骨肉之亲亦为之毁灭。"李善注："毁之言，骨肉之亲为之销灭。"销，通"消"。

〔71〕由余:人名。春秋时西戎的官吏。 中国:国中。

〔72〕子臧:人名。事迹不详。 威:齐威王。齐桓公之子。 宣:齐宣王,威王之子。李善注:"言齐任子臧,故威、宣二王所以强盛。"

〔73〕拘:拘泥。

〔74〕牵:牵累。

〔75〕系:束缚。 奇偏:片面。奇,独。

〔76〕公听并观:全面听,全面看。针对上文"偏听""独任"。李善注:"公听,言无私也。并观,言无偏也。"

〔77〕垂明:流传英明。 当世:当代。

〔78〕朱:朱丹,尧之子,因不贤,尧不传位于朱,而禅位于舜。 象:舜之异母弟,传说曾谋害舜。 管、蔡:管叔和蔡叔,皆周武王之弟,灭殷,封管蔡于殷之故地,以监视纣王之子武庚。武王死,成王继位,周公摄政,管蔡同武庚一起发动叛乱。周公杀武庚,管蔡被流放。

〔79〕明:指明智的做法。指起用百里奚、宁戚。

〔80〕后:指不用。 宋鲁之听:指宋信子冉之计囚墨翟,鲁听季孙之说逐孔子。 五霸:亦作"五伯"。指齐桓公、晋文公、秦穆公、宋襄公、楚庄王等春秋时的五个诸侯。 侔(móu谋):相等。

〔81〕三王:指夏禹、商汤、周文王和周武王。 比:类比。

〔82〕圣王:圣明的君主。 捐:弃。 子之:战国时燕王哙之相,其骗取燕王信任,并让位于他,结果燕国大乱。

〔83〕田常:即陈恒,春秋时齐简公之臣。李善注引《史记》:"田常杀简公而立平公,平公即位,田常为相。五年,齐国政皆归田常。"

〔84〕后:后嗣。

〔85〕修孕妇之墓:李善注引应劭曰:"纣刳(剖腹)妊者,观其胎产。"武王灭殷后,为被害者修墓。

〔86〕覆:盖。

〔87〕猒(yàn艳):同"餍"。满足。

〔88〕雠(chóu愁):仇敌。指勃鞮。据《国语》载,晋文公为公子时,晋献公令小臣勃鞮伐文公于浦城,并斩断文公衣袖。文公立,吕郗、冀芮谋作乱。勃鞮知此事,求见文公。文公立刻接见,破谋而免于难。亲雠,指接待仇敌勃鞮。

〔89〕仇:仇人。指管仲。《左传》载,齐公子纠与公子小白争位,管仲事纠,

交战中射中小白带勾。后小白即位，即齐桓公，用管仲为相。"管仲相桓公，霸诸侯，一匡天下。" 一匡天下：纠正混乱的局面，使天下安定。匡，匡正。天下，指整个中国。

〔90〕慈仁：仁慈。 殷勤：情意恳切深厚。

〔91〕诚：真诚。

〔92〕虚辞：不真诚的话。 借：假，引申为代替。

〔93〕商鞅（yāng 央）：卫国人，公孙氏，名鞅，又叫卫鞅，战国时政治家。秦孝公用商鞅变法，其提出"治世不一道，便国不法古"的主张，实行改革。执政十九年，两次变法，沉重打击了奴隶主贵族，奠定了秦国富强的基础。

〔94〕弱：削弱。

〔95〕立强天下：建立强国于天下。

〔96〕卒：最后。 车裂：古代酷刑，即用车拉裂身体。孝公死后，奴隶主贵族诬告商鞅谋反，煽动秦惠王下令逮捕他，他举兵反抗，失败而被处以车裂，全家被杀害。

〔97〕种：文种，春秋时越王勾践的大臣。

〔98〕禽：同"擒"。 劲吴：强盛的吴国。 霸：称霸。

〔99〕诛：杀。吴王夫差二年，越被吴打败，困守会稽（今绍兴）。文种向越王勾践献计，到吴国贿赂太宰嚭，得免亡国。勾践归国后，授以国政，卧薪尝胆，励精图治，终于灭掉吴国。范蠡功成而退，并遗书文种，文种见书而称病不上朝，有人进谗言，说文种将谋反，越王赐剑，令其自尽。

〔100〕孙叔敖：战国时楚人。李善注引《史记》："孙叔敖，楚之处士（德才兼备而隐居不仕之人）。虞丘相进（推荐）之，三月而相楚。三得相而不喜，知其材自得之也；三去（免去）相而不悔，知其非己之罪也。"

〔101〕於（wū 乌）陵：战国齐地。 子仲：一作"子终"，即陈仲子。 三公：周朝指司马、司徒、司空。西汉以丞相、太尉、御史大夫为三公。 灌园：浇菜园。李善注引《列女传》："於陵子终贤，楚王欲以为相，使使者往聘迎之。子终出（送出）使者，与其妻逃，乃为人灌园。"

〔102〕骄傲：简慢。

〔103〕可报：指有功当赏必赏。

〔104〕披心腹：推心置腹。

〔105〕见情素：指真情。

〔106〕隳(huī 灰)肝胆:剖开肝胆,即坦诚相见。隳,毁坏,引申剖开。

〔107〕德厚:厚恩。

〔108〕穷达:困厄与显达。《后汉书·申屠蟠传》:"不为穷达易节。"《注》:"易曰:穷则独善其身,达则兼善天下。"

〔109〕无爱于士:于士所求,无所爱惜。

〔110〕桀:夏朝最后一个君主,昏庸暴虐。 吠:狗叫。 尧:传说中父系社会后期部落联盟领袖。陶唐氏,名放勋,史称唐尧。尧禅位于舜,史称贤君。

〔111〕跖(zhí 直):古代传说中的大盗,实为奴隶起义领袖。 由:许由。传说尧欲让位于由,由拒而不受。"桀狗吠尧"、"跖客刺由",李善注引韦昭注:"言恩厚无不使。"

〔112〕万乘:指国君。 权:权威。 圣王:指尧舜等。 资:声望。

〔113〕湛(chén 陈):通"沉"。引申为灭。 七族:亲族之统称。《史记·集解》引张晏:"七族,上至曾祖,下至曾孙。"

〔114〕要离:春秋时吴人。吴王阖闾欲派要离去刺杀庆忌。要离为取得庆忌信任,便于接近,请阖闾断其右手,杀其妻子,装做罪犯逃走。 燔(fán 繁):烧。

〔115〕道:说。

〔116〕明月之珠:宝珠,即月明珠。

〔117〕夜光之璧:宝玉,即夜光璧。

〔118〕暗:指黑夜。 投人:投给人。

〔119〕眄(miǎn 免):斜视。

〔120〕无因:无故。

〔121〕蟠(pán 盘)木:屈曲之木。 根柢(dǐ 底):树木的根。

〔122〕轮囷离奇:盘绕屈曲之状。

〔123〕器:器物,指装饰品。

〔124〕容:雕饰。

〔125〕隋侯之珠:隋侯珠,宝珠。

〔126〕谈:宣传。 枯木朽株:比喻老朽无能之辈。株,露出地面的树桩。树功:建立功勋。

〔127〕布衣穷居:指生活窘困。

〔128〕蒙:受。 术:指治国之道。

〔129〕挟：掌握。　辩：指治理国家的才干。

〔130〕龙逢（páng旁）：关龙逢，夏之贤臣。桀昏庸无道，龙逢强谏不听，并将他处死。

〔131〕素：平时。　根柢之容：雕饰，此比喻宣扬名声。

〔132〕开忠信：开忠信之路。　袭迹：因袭老办法。

〔133〕资：资质。

〔134〕制世御俗：指治理国家。

〔135〕独：唯。　陶钧：制陶用的转轮。此喻政权。

〔136〕卑辞：卑微之词。

〔137〕夺：失误。

〔138〕秦皇帝：指秦始皇。　任：听信。　中庶子：太子的属官。　蒙嘉：秦王宠臣。

〔139〕"信荆轲之说"二句：李善注引《战国策》："荆轲既至秦，持千金之资币，厚遗（赠）秦王宠臣中庶子蒙嘉。嘉为先言于秦王曰：燕愿举国为内臣，如郡县。又献燕都抗之地图，图穷匕首现。"因匕首藏于地图之中，故曰"窃发"。

〔140〕周文：周文王，姬姓，名昌，商纣时为西伯，亦称伯昌。　猎：畋猎。泾、渭：泾水、渭水，在陕西境内。　吕尚：即姜太公。因祖先封于吕，故称吕尚。文王畋猎，于渭水之阳遇太公垂钓，与语，文王大悦，载以归。后辅佐武王灭商，是西周开国功臣。　王天下：称王于天下。

〔141〕左右：指近臣。　乌集：指吕尚。文王与吕尚素不相识，邂逅相遇，如乌鸦骤集，故称。

〔142〕拘挛（luán峦）：屈曲。此指固执偏见。

〔143〕驰：追逐。　域外：指朝廷之外。　议：议论，意见。李善本作"义"，从六臣本。

〔144〕昭旷：宽宏、豁达。

〔145〕沈：同"沉"。沉湎。　谄谀：谄媚阿谀。

〔146〕帷墙：以帷幕为墙。比喻近侍之臣妾。李善注："帷，妾之所止。墙，臣之所居。"《汉书·诸侯王表》："生于帷墙之中，不为士民所尊。"

〔147〕羁（jī基）：系住。　不羁，言才行高远，不可羁系。　骥：千里马。皂（zào造）：通"槽"，喂牛马的器具。

〔148〕鲍焦：周代的一个有操守的人。怨时不用己。耕田而食，穿井而饮，

非妻所织不服。子贡讥之,抱木而死。

〔149〕盛饰入朝:穿上整齐的礼服入朝,指忠于国事。 污:玷污。 义:道义。

〔150〕砥厉:通"砥砺"。此用如动词,磨炼修养之意。 利:指私利。 行:德行。

〔151〕曾子:即曾参,春秋时鲁人。传说参极孝,用"胜母"作里弄名的地方他都不进去。

〔152〕邑:都城。 朝歌:李善注引晋灼曰:"《史记·乐书》:纣作《朝歌》之音,朝歌者,不时(不合时宜)也。"又引《淮南子》:"墨子非乐,不入朝歌。"一说指商代帝乙、帝辛所建别都名"朝歌"(今河南淇县)。 回车:抹回车。

〔153〕恢廓:宽宏。

〔154〕威重:威严。

〔155〕位势:地位和势力。

〔156〕回面:改变面孔。 污行:污秽的行为。

〔157〕伏死:死倒。 掘穴:挖墓。 岩薮:山岩和水泽。

〔158〕安:哪。 阙:指朝廷。

今译

我听说忠贞者皆得好报,守信者不被怀疑。臣常以为这话是对的。现在看来不过是空话而已。从前荆轲慕燕丹之义舍生刺秦王,精诚感动天地,白虹为之贯日,而太子却怕他不去;卫先生为秦昭王策划长平之战乘胜灭赵,其精诚达天,太白侵昴,可昭王仍有怀疑。精诚能感动天地,却不能取信两君,岂不可悲吗!现在臣竭尽忠诚,陈述全部想法,愿陛下了解,而陛下不明真相,最后听信了狱吏的审讯之词,我无辜而为世人所疑。这样,就是让荆轲、卫先生复活,燕丹昭王也不会觉悟。请大王仔细地想一想。

从前卞和献璞玉,楚王不认而断其足;李斯尽忠,胡亥信谗而致其死。因此箕子佯狂,接舆装疯,都是恐遭此祸。请大王明察卞和李斯之忠心,莫像胡亥听信谗言,不要让臣被箕子接舆耻笑。臣听说比干剖心,伍员弃尸,开始不信,而今才相信这事。请大王明察,对我稍加怜悯。

俗语说："白头如新，倾盖如故。"为什么呢？知心不知心。所以樊於期亡秦投燕，却借头给荆轲成全燕丹复仇之事；王奢亡齐投魏，追兵临城却刎颈退齐兵救魏。王奢，樊於期，并非与齐秦新交，与燕魏旧交，所以逃离齐秦二国，而为燕丹魏王效死，是因为志同道合，深深仰慕二君之仁义。因此苏秦失信于天下，却成了燕国的"尾生"，白圭战败失掉六城，却替魏夺取了中山。什么原因？确实是彼此相知。苏秦作燕国之相，人们在燕王面前说他坏话，而燕王抚剑大怒，杀掉骏马宴请苏秦；白圭曾显达于中山国，人们在魏文侯面前说他坏话，而文侯赠给白圭夜光宝玉。什么原因？两位君主与两位臣子，肝胆相照，怎能被谗言离间呢？

所以女子无论是美是丑，进宫就被妒忌；士人无论贤与不贤，入朝做官就被嫉妒。从前司马喜在宋国被刖去膝盖，最后作了中山相国；范雎在魏国被断肋折齿，逃到秦国被封为应侯。这两个人，皆相信忠信可靠，抛弃结党之私心，坚持少友之社交，这就不免受人嫉妒了。因此申徒只得自沉雍州之河，徐衍无奈背着石头跳海。社会不能容纳他们，而道义又不允苟且于朝，干扰主上之心。从前百里奚沿路乞讨，秦穆公委以经国重任；宁戚车下喂牛，齐桓公任命他为相国。这两个人，难道是靠平素在朝做官，周围赞誉，然后二主才重用的吗？是君臣心相通，意相合，彼此关系如胶似漆，如同兄弟无法分开，难道能为众人之口所离间吗？所以主上偏听则出奸臣，只信一人则生祸乱。从前鲁君偏听季孙之言而驱逐孔子，宋君偏信子冉之计而囚墨翟。凭孔墨之才辩，都未能免受谗言，鲁宋二国自然也受到危害。为什么？众口铄金，积毁销骨。秦君任用戎人由余而称霸于中原，齐王任用越人子臧而使威、宣二代强盛。秦齐两国难道拘泥于世俗，牵累于舆论，固守于偏见吗？他们能广泛听，全面看，从而使英明美誉流传于世。所以意见相合，吴越可以成为兄弟，由于子臧就是这样；意见不合，亲骨肉也可以变成仇敌，朱象、管蔡就是这样。当今人主果真能用齐秦之明察，去掉宋鲁之偏听，则五霸之业不足比，三王盛世易等同。

因此圣王觉悟，鄙弃子之那样的用心，也不喜欢田常那样的贤相，而是加封比干的后嗣，修缮孕妇的坟墓，所以功盖天下。原因何在？就因为他们永远不满足于所做之善事。晋文公亲近他的仇敌成为诸侯中的强霸，齐桓公重用他的仇敌而一匡天下。原因何在？仁慈殷勤，心意真诚，晋文齐桓之功业是不能用空话得来的。至于秦王运用商鞅新法，向东削弱韩魏，成为天下强国，而最后将商鞅车裂；越王运用大夫文种计谋，消灭强吴而称霸国中，随后又逼文种自杀；所以孙叔敖才三次免相而不悔恨，於陵子仲辞去三公而为人浇园。现在人主真能去掉对士怠慢之心，怀有立功必赏之意，推心置腹，袒露真情，肝胆相照，施加厚恩，穷达与共，对士无所吝惜，士就会绝对忠诚，如夏桀之狗可以令其对尧嗥叫，盗跖之客可以让他刺杀许由，何况主上凭着国君的权威，又借助圣王的恩泽呢？这样，荆轲不怕灭绝七族，要离甘愿烧死妻子的原因，难道还有必要给大王讲述吗？

臣听说明月珠、夜光璧，于黑夜在路上投给行人，众人无不按剑怒目斜视，为什么？因为，它无故落在人前。弯曲的树棍，盘绕怪奇，却成了天子贵重的器玩，原因何在？因为天子左右之人已先对它进行了雕饰。所以无故出现在眼前，即使是隋侯之珠，夜光之璧，也只能结怨而无人感恩。因此有人先替宣扬，即使是枯木朽株也可建立不朽功勋。现在处境窘迫之士，出身贫贱，即使拥有尧舜那样治国之术，握有伊尹、管仲那样经国之才，怀有龙逢比干那样赤胆忠心，要为当代之君尽忠，而平素没有像树根那样做过雕饰，尽管费尽精力，想要打开尽忠之路，辅佐人主治国，则人主必然重走"按剑相眄"的老路。这样，贫贱之士，永远不会有枯木朽株那样的资望。

因此圣明君主治理天下，如陶工制陶，按自己的想法去做，不受愚妄之言牵制，不为纷纭之说动摇。秦王听中庶子蒙嘉之言，信荆轲献图之说,结果图穷匕首现;文王畋猎于泾、渭之滨,载吕尚归国重用,结果称王天下。秦信近臣而灭国,周用吕尚而为王。为什么?因周能摆脱固执偏见之谈,广听朝外众人之议,自己展示一条宏阔的前程。当今人主沉湎于谄媚阿谀之辞,受到妻妾近臣的牵制,使那些不囿于世俗之见的臣子与牛马同槽,这就是鲍焦所以愤世嫉俗的缘故啊!

臣听说衣冠齐楚上朝的人,不以私利玷污正义;努力修养提高声望的人,不以私利损伤德行。所以里名叫"胜母",孝子曾参不进;城市名为"朝歌",墨子掉车回转。现在要使天下胸怀博大之士,为重权所诱,受势力所迫,改头换面,玷污德行,去巴结谄媚阿谀之人,以求靠近人主,那么,士人只能隐居山泽老死而已,哪有对人主尽忠入朝做官的呢?

(赵福海译注并修订)

上书谏猎一首

司马长卿

题解

这是作者劝汉武帝不要亲自打猎的奏章。《汉书》本传对写作背景有简短的交待："（相如）尝从上至长杨猎，是时天子方好自击熊豕，驰逐野兽，相如因上疏谏。"行文亦骈亦散，散多于骈，文气舒缓，更符合"主文而谲谏"的要求。然平铺中见起伏。先写野兽之惊骇，后写猎者之无备，且反复申明之，于"悚然可畏之中"，收"委婉易听"之效。

原文

臣闻物有同类而殊能者[1]，故力称乌获[2]，捷言庆忌[3]，勇期贲育[4]。臣之愚暗[5]，窃以为人诚有之[6]，兽亦宜然[7]。今陛下好凌岨险[8]，射猛兽，卒然遇轶才之兽[9]，骇不存之地[10]，犯属车之清尘[11]，舆不及还辕[12]，人不暇施功[13]，虽有乌获、逢蒙之伎[14]，力不得用，枯木朽株尽为难矣[15]。是胡越起于毂下[16]，而羌夷接轸也[17]，岂不殆哉[18]！虽万全无患[19]，然本非天子所宜近也。

且夫清道而后行[20]，中路而驰[21]，犹时有衔橛之变[22]。而况乎涉丰草[23]，骋丘墟[24]，前有利兽之乐[25]，而内无存变之意[26]，其为害也，不亦难矣[27]！夫轻万乘之重不以为安[28]，而乐出万有一危之涂以为娱[29]，臣窃为陛下不取也。盖闻明者远见于未萌[30]，而智者避危于无形[31]，祸固多藏于隐微[32]，而发于人所忽者也[33]。故鄙谚曰[34]：家累千金，坐不垂堂[35]。此言虽小，可以喻大。臣愿陛下留意幸察！

注释

〔1〕殊能：功能不同。

〔2〕乌获：战国秦武王的力士，传说能举千钧。

〔3〕捷：快。 庆忌：吴王僚之子，善跑，传说马追不上。

〔4〕贲（bēn 奔）：孟贲，古之勇士。李善注引《说苑》："勇士孟贲，水行不避蛟龙，陆行不避狼虎。" 育：夏育，古之勇士。

〔5〕愚暗：愚昧。

〔6〕窃：古人表达个人意见的自谦之词。 诚：诚然，的确。

〔7〕宜然：应如此。

〔8〕凌：六臣本作"陵"。凌，通"陵"，跨越。 岨险：险要之地。此指山岭。岨同"阻"。

〔9〕卒（cù 醋）然：突然。 轶（yì 易）才：亦作"逸才"，过人之才。"轶才之兽"指异常凶猛之兽。

〔10〕骇：惊。 不存之地：无处藏身之地。

〔11〕犯：侵害。 属车：随从之车。帝王畋猎，常众多车马相随。司马相如《子虚赋》："王车驾千乘，选徒万骑，畋于海滨。" 清尘：车马带起的尘土。颜师古注："言清者，尊贵之意也。"因不敢直指皇帝，故言犯属车之清尘。

〔12〕舆：车。 还辕（yuán 园）：抹车，指躲避。辕，驾车用的直木或曲木。此指车。

〔13〕不暇：来不及。 施功：施展武功。

〔14〕逄（páng 旁）蒙：古代善于射箭的人。李善注引《吴越春秋》："黄帝作弓，后有楚狐父以道传羿，羿传逄蒙。" 伎：同"技"。

〔15〕枯木朽株：指枯干腐朽的树木。皆阻险中塞路之物。株，露出地面的树桩。

〔16〕胡越：古代对北方、南方少数民族的泛称。 毂（gǔ 谷）下：指皇帝车下。

毂,穿车轴的园木,此代车。

〔17〕羌(qiāng 枪)夷:我国古代对西部少数民族的泛称。 轸(zhěn 诊):车厢的底框,此指车。

〔18〕殆(dài 代):险。

〔19〕万全无患:万无一失。

〔20〕清道:帝王高官外出,要清除道路,赶走行人,以确保安全。

〔21〕中路:路中。

〔22〕犹:还。 衔:马嚼子。 橛(jué 决):固车厢底部和车轴中间的木橛。衔橛之变,指车马发生意外。

〔23〕涉:越。 丰草:茂盛的草地。

〔24〕丘墟:丘陵。

〔25〕利:贪。

〔26〕内:指心里。 变:指衔橛之变。

〔27〕亦:助词,无义。《汉书》、《古文观止》,皆无"亦"字。

〔28〕万乘:指帝王。

〔29〕万有一危:犹言万分之一的危险。 涂:同"途"。

〔30〕明者:指有远见的人。 萌:萌生。

〔31〕无形:没有形成。"未萌"与"无形"同义。李善注引《太公金匮》:"明者见兆于未萌,智者避危于无形。"

〔32〕隐微:隐蔽之处。

〔33〕忽:忽略。

〔34〕鄙谚:俗谚。

〔35〕垂堂:靠近屋檐处。此处容易坠瓦伤人,故比喻危险的地方。

今译

臣听说物有类同而功能不同者,所以论力气最数乌获,讲腿快要算庆忌,称勇敢定为贲、育。臣愚昧,我个人认为人的确这样,兽也应该如此。现在陛下喜欢翻山越岭,射猎猛兽,要是突然遇到异常凶猛之兽,惊奔无处藏身之地,扑向陛下随车带起的尘土,帝车来不及躲避,勇士来不及动武,即使有乌获逢蒙那样的技艺,也有力用不上,连枯树烂木全都成了障碍物了。这就像胡越起兵于皇帝车下,羌夷逼近车厢,难道不危险吗?即使万无一失,但那也不是天子应去之处。

再说,在清道之后出行,在大路当中驰骋,还常有车马事故致伤,何况穿越茂密的草地,奔驰崎岖的山丘,眼前被猎兽的乐趣所吸引,心中没有发生事故的准备,那样,是很容易出现灾祸的。忽视天子的尊位不能认为是妥当的,而奔驰在万一有危险的道路上去寻求欢乐,我个人认为陛下不应该这样做。高明的人在事故发生之前能预见,聪慧的人能够防患于未然。祸本来就藏在隐微之处,发生在被人们忽略的地方。因此俗语说:"家资千金,不坐檐下。"此话虽小,却可以说明大道理。臣愿陛下留意明察!

(赵福海译注并修订)

◎ 奏书谏吴王濞一首　　枚叔

▓▓░ 题解

　　《汉·文三王传》把邹阳、枚乘入梁之时放在吴楚七国叛乱之后,而《汉书·邹阳·枚乘传》把他们入梁定于吴楚叛乱之前,自相矛盾。故邹阳、枚乘之上书皆伪,实作于叛乱之后。枚乘曾与邹阳同事,对吴王欲谋反叛汉,力加谏阻。本文即是劝谏吴王不要武装叛乱的上书。因叛乱尚在密谋中,不便说得太直白,故广引博喻,言多含蓄。但较之邹阳《上书吴王》,则不失为忠臣“直谏”之言。分析中肯,说理透彻。首先析之以势,继而晓之以义。而势义皆以比喻言之。

　　刘邦与项羽争夺天下,为取得重要将领的有力支持,不得不封异姓为王;称帝后为巩固刘氏天下,一方面逐个剪除异姓王侯,一方面大封同姓子弟为王。但事与愿违,尾大不掉,同姓王侯成了地方割据势力,直接威胁中央政权。天子与诸侯的矛盾日显。景帝即位,接受御史大夫晁错建议开始“削藩”。汉天子与诸侯的矛盾异常尖锐,大有一触即发之势。作者用“一缕千钧”等一系列比喻,说明形势已“间不容发”。企图谋反,则“危于累卵,难于上天。”舍泰山之安,乘累卵之危,走上天之路,“甚愚之人”易晓,而大王不知,令人不解。进而引用《庄子·渔父》“畏影恶迹”的寓言,说明在错误的道路上跑得越快,灭亡得越早。解决与中央的矛盾,不是扬汤止沸,而是釜底抽薪——停止谋反。

　　最后一段晓之以义:“积德累行,不知其善,有时而用;弃义背理,不知其恶,有时而亡。”劝刘濞牢记并实行这百世不易之理。虽欲言难言,终达情切意。清人李兆洛将此篇选入《骈体文钞》,赞其"讽谏之文,若近若远。《新序》《说苑》皆师其意者也。"若近,切吴事;若远,用比喻。通篇骈丽,在骈文发展史上当有它的地位。

原文

臣闻得全者昌,失全者亡[1]。舜无立锥之地,以有天下[2];禹无十户之聚,以王诸侯[3]。汤武之土不过百里[4],上不绝三光之明[5],下不伤百姓之心者,有王术也[6]。故父子之道,天性也[7]。忠臣不避重诛以直谏[8],则事无遗策[9],功流万世[10]。臣乘愿披腹心而效愚忠[11],惟大王少加意念恻怛之心于臣乘言[12]。

夫以一缕之任系千钧之重[13],上悬之无极之高[14],下垂之不测之渊[15],虽甚愚之人犹知哀其将绝也[16]。马方骇鼓而惊之[17],系方绝又重镇之[18];系绝于天不可复结,坠入深渊难以复出。其出不出,间不容发[19]。能听忠臣之言,百举必脱[20]。必若所欲为[21],危于累卵[22],难于上天;变所欲为,易于反掌,安于泰山。今欲极天命之上寿[23],弊无穷之极乐[24],究万乘之势[25],不出反掌之易,居泰山之安,而欲乘累卵之危,走上天之难,此愚臣之所大惑也[26]。

人性有畏其影而恶其迹[27],却背而走,迹逾多,影逾疾,不如就阴而止,影灭迹绝[28]。欲人勿闻,莫若勿言;欲人勿知,莫若勿为[29]。欲汤之沧[30],一人炊之[31],百人扬之[32],无益也,不如绝薪止火而已[33]。不绝之于彼,而救之于此[34],譬由抱薪而救火也。养由基,楚之善射者也[35],去杨叶百步,百发百中[36]。杨叶之大,加百中焉,可谓善射矣[37]。然其所止,百步之内耳,比于臣乘,未知操弓持矢也。

福生有基，祸生有胎^[38]，纳其基，绝其胎^[39]，祸何自来？太山之溜穿石^[40]，殚极之绠断干^[41]。水非石之钻，索非木之锯，渐靡使之然也^[42]。夫铢铢而称之，至石必差^[43]；寸寸而度之，至丈必过^[44]。石称丈量，径而寡失^[45]。夫十围之木，始生而蘖^[46]，足可搔而绝^[47]，手可擢而拔^[48]，据其未生^[49]，先其未形^[50]。磨砻砥砺^[51]，不见其损^[52]，有时而尽。种树畜养^[53]，不见其益^[54]，有时而大。积德累行^[55]，不知其善^[56]，有时而用，弃义背理^[57]；不知其恶^[58]，有时而亡。臣愿大王熟计而身行之^[59]，此百世不易之道也。

注释

〔1〕全：周到安全的计划。

〔2〕舜：传说中父系社会后期部落联盟领袖。尧去世后继位。

〔3〕禹：鲧之子。奉舜命治理洪水。因治水有功，被舜选为继承人。舜死，作部落联盟领袖。王诸侯，指此。诸侯，指部落首领。 聚：指邑。

〔4〕汤武：指商汤和周武王。

〔5〕三光：指日月星。颜师古注："德政和平，上感天象，则日月星辰无有错谬，故言不绝三光之明也。"

〔6〕王术：王道。

〔7〕父子之道：指君臣之道。李善注："父子，喻君臣也。" 天性：先天的本性。

〔8〕诛：惩罚。 直谏：直言规劝。一般指下对上。

〔9〕遗策：失策。

〔10〕流：传。

〔11〕披腹心：袒露内心。 愚忠：臣子上言于帝王的自谦之词。

〔12〕惟：助词，用于句首，无义。 加意：注意，留意。 恻怛(dá 达)：哀怜，同情。

〔13〕一缕：一根线。缕，线。 任：负荷。

〔14〕无极：无限。指天之高。

〔15〕不测:不可测知,与"无极"义近。　渊:深。指水之深。

〔16〕犹:亦。　绝:断。

〔17〕方骇:将惊。方,将。　鼓:击鼓。

〔18〕重镇:重压。

〔19〕其出不出:指能不能出于渊。　间不容发:两下里容不下一根头发。比喻情势、时间极其紧迫。

〔20〕百举:百度举措。　脱:免于祸。

〔21〕欲为:指谋反叛汉。

〔22〕危于累卵:比喻形势极端危险。累卵,将蛋堆叠起来。

〔23〕极:尽。　天命:上寿:最高的年寿。《庄子·盗跖》:"人上寿百岁,中寿八十,下寿六十。"

〔24〕弊:尽。　极乐:最大的快乐。

〔25〕究:竟。　万乘:周制,王畿方千里,能出兵车万乘,后因以"万乘"指帝位。乘,一车四马。　势:势派,气派。

〔26〕惑:困惑。

〔27〕人性:指人的本性。　畏影:怕自己的影子。　恶迹:讨厌自己的脚印。《庄子·渔父》:"人有畏影恶迹而去之走者,举足愈数(速)而迹愈多,走愈疾(快)而影不离身,自以为尚迟,疾走不休,绝(尽)力而死。不知处阴以休影,静处以息迹,愚亦甚矣。"

〔28〕迹多:指走得快。　就阴:到阴暗无光之处。

〔29〕勿:不。

〔30〕汤:开水。　沧:凉。

〔31〕炊:烧火。

〔32〕扬之:扬汤止沸。扬,将开水舀起来倒下使之凉。李善注引《文子》:"不治其本,而救其末,无异凿渠而止水,抱薪而救火也。"

〔33〕绝薪:断柴。薪,柴。

〔34〕彼:指柴。　此:指汤。

〔35〕养由基:春秋时楚国人,善射。

〔36〕杨叶:《国策》作"柳叶"。李善注引《战国策》:"养由基善射,去柳叶百步而射,百发百中。"所谓"百步穿杨"。

〔37〕大:那么大,犹言小。　未知操弓持矢:指射术。

〔38〕基:始。

〔39〕纳:接纳。　其:指祸。　胎:事物的基始,根由。

〔40〕溜(liù 六):滴下的水。

〔41〕殚(dān 单):竭尽。　绠(gěng 梗):同"绠",汲水桶上的绳子。　干:井上汲水之架。晋灼注:"绠,古绠字也。殚,尽也。尽极之绠断干。干,井上四交之干(井架),常为汲水所契(刻、勒)伤也。"

〔42〕钻(zuàn 纂):穿孔的工具。　锯:断木的工具。　渐靡:逐渐磨损。靡,损害。

〔43〕铢(zhū 朱):古代重量单位。汉代以一百黍的重量为一铢。故以"铢两"为极轻微的分量。　石(dàn 蛋):古代重量单位。《汉书·厉律志上》:"三十四斤为钧,四均为石。"

〔44〕度:量。　差、过:盈缩。

〔45〕石称:以石为重量单位称。　丈量:以丈为长度单位量。　径:直。寡失:少失。

〔46〕蘖(niè 聂):树木的嫩芽。

〔47〕搔(zhǎo 爪)而绝:胡克家《文选考异》:"搔而绝者,横绝之也。"

〔48〕擢(zhuó 浊)而拔:直拔之也。胡克家《文选考异》案:"抓"当作"拔"。

〔49〕据:抓,义同"搔"。

〔50〕未形:未发生。吕向注"据其"二句:"言制事在于未发。"

〔51〕磨砻(lóng 龙):磨。砻,磨。　砥砺(dǐ lì 底立):磨刀石,引申为磨砺。亦作"底厉"。

〔52〕损:减少。

〔53〕畜养:畜养禽畜。

〔54〕益:长。

〔55〕积德累行:积累德行,指修身。

〔56〕善:指好的结果。

〔57〕弃义背理:背弃义理,义理,指儒家经义名理。

〔58〕恶:恶果。

〔59〕熟计:仔细考虑。　身行:身体力行。

今译

臣听说处事有周到而安全计划者,胜;失掉周到而安全之计划者,亡。舜无立锥之地,而据有整个天下;禹无十户之邑,而为诸侯之长。商汤、武王土地不过百里,上合天理,下顺民意,因其有为王之道。所以君臣之道,是天所赋予的。忠臣不怕重罚而直谏,则国事不失策,功业传万代。臣愿袒露胸怀,进献忠心,请大王对臣之言稍加怜悯之意。

以一线之负荷,系千斤之重量,上悬无限高处,下垂无底深渊,即使极蠢之人也知悲其将断。马将惊而击鼓吓之,绳将断而加重压之;绳断在天不能重接,人堕深渊难以复出。出与不出,间不容发。能听忠臣之言,百事皆可免祸。您一定要做那想干的事,危险如累卵,难于上青天;改变原来打算,易如反掌,稳如泰山。现在想达到最长的寿命,享尽无穷的快乐,摆足天子的气派,比反掌还易。身处泰山之安,而欲冒累卵之险,走上天之路,这是愚臣我大惑不解的。

人有天生怕影子而讨厌足迹的。他转身逃走,脚步愈快,影子愈疾,不知到阴暗处停止,就会影绝迹灭了。要想人不知,除非己莫为。让开水凉,一人烧火,百人扬汤止沸,无济于事,不如断柴止火。养由基,是楚国射箭能手,离杨叶百步而射,百发百中。杨叶那么小,再加百发百中,可以说是善射了。然而他只限在百步之内,与臣我相比,他还未通晓射箭之术。

福生有因,祸生有始,接受福因,根除祸始。祸从何来呢?泰山的滴水可以穿石,久用的井绳可磨断井栏。水不是穿石之钻,绳不是断木之锯,是渐渐磨损使之然。一铢一铢地称,至石必有出入;一寸一寸地量,至丈定有伸缩。用石称丈量,直接而少差错。十围之树,始生于芽,脚可以踢掉它,手可以拔除它,因其未有长大,未有成形。磨刀石磨砺,不见其减,终有耗尽之时;种树养畜,不见其长,终有长大之日。修养德行,不知好处,必有有用之时;背弃义理,不知其害,必有灭亡之时。臣愿大王对此深思熟虑并身体力行,这是千古不变的真理。

(赵福海译注并修订　陈延嘉再修订)

◎ 重谏举兵一首
枚叔

▓▓ 题解

　　吴王刘濞酝酿谋反期间，枚叔曾上书谏阻，刘濞不听，枚叔离去，事梁孝王刘武。不久吴王以诛晁错为名，发兵谋反。起广陵，涉淮水，西并楚兵。遣使遗各诸侯书，曰："吴王刘濞敢向胶西王、胶东王、菑川王、济南王、赵王、楚王、淮南王、衡山王、庐江王、故长沙王子：幸教！以汉有贼臣错，无功天下，侵夺诸侯之地，……不以诸侯人君礼遇刘氏骨肉，绝先帝功臣，进任奸人，诖乱天下，欲危社稷。陛下多病志逸，不能省察。欲举兵诛之，谨闻教。"（《汉书·刘濞传》）吴、胶西、胶东、菑川、济南、楚、赵等七国皆反。景帝闻七国反，乃"遣太尉条侯周亚夫将三十六将军往击吴楚；遣曲周侯郦寄击赵，将军栾布击齐，大将军窦婴屯荥阳监齐赵兵。"一方面斩错以谢诸侯，缓和矛盾；一方面武力围剿，各个击破。此时枚叔再次上书，劝吴王认清形势，悬崖勒马。这就是《重谏举兵》出台的背景。

　　本文作于吴王谋反后，故无须如邹阳《上书吴王》"不指斥言"，而是单刀直入，处处切事，明晰痛快。行文严谨，段落匀称。首段分析形势，指出吴王面临的是较秦"地相什而民相百"的大汉王朝，当年六国"并力一心以备秦"，尚且"秦卒禽六国，灭其社稷，而并天下"，何况今之诸侯远非六国，献计谋反乃"为吴祸"。

　　第二段，吴汉力量对比，不过是"蝇蚋"对"群牛"，"腐肉"对"利剑"，根本不堪一击。汉已诛晁错，"谢前过"，吴应就此下台阶。接着从珍怪、粮米、苑囿、地理等诸方面同汉天子比，吴虽为诸侯之国，

445

"隐匿之名",而"富实于天子",居过于京师。言外之意,吴王谋反乃贪心不足蛇吞象。

第三段,警告吴王赶快悬崖勒马,回头是岸。其对形势的分析,完全如事态的发展。吴王渡淮后击梁,梁派韩安国、张羽二将败吴。"吴兵欲西,梁城守,不敢西,即走条侯军,会下邑。欲战,条侯壁,不肯战。吴粮绝,卒饥,数挑战,遂夜奔条侯壁,惊东南。条侯使备西北,果从西北。不得入,吴大败,士卒多饥死叛散。"吴王收残兵败将,"渡淮走丹徒,保东越"。东越骗吴王出来劳军,乘机杀之,盛其头,驰报汉天子。七国惨败,赵王、胶西王自杀,胶东、菑川、济南三王伏诛。

汉平定七国之乱,枚叔由二文而知名。景帝拜叔为弘农都尉。武帝即位,叔已年迈,乃以"安车蒲轮征乘(枚乘,字叔)",终因不胜劳顿而死于道中。

对此文分析形势,与历史记载毫芒不差,前人已有异议。《古文辞类纂》引刘奉世评曰:"吴王正月起兵,二月败走,中间五十日耳。三国围齐三月不能下,汉兵至乃引归。解围后王自杀,则当在吴走后一月外。此书疑非真事,后追加之,或传之者增也。"

原文

　　昔秦西举胡戎之难[1],北备榆中之关[2],南距羌筰之塞[3],东当六国之从[4]。六国乘信陵之籍[5],明苏秦之约[6],厉荆轲之威[7],并力一心以备秦[8]。然秦卒禽六国[9],灭其社稷[10],而并天下,是何也[11]?则地利不同[12],而民轻重不等也[13]。今汉据全秦之地[14],兼六国之众[15],修戎狄之义[16],而南朝羌筰[17],此其与秦,地相什而民相百[18],大王之所明知也[19]。今夫谗谀之臣为大王计者[20],不论骨肉之义[21],民之轻重,国之大小,以为吴祸[22],此臣所以为大王患也[23]。

夫举吴兵以訾于汉[24]，譬犹蝇蚋之附群牛[25]，腐肉之齿利剑[26]，锋接必无事矣[27]。天下闻吴率失职诸侯[28]，愿责先帝之遗约[29]，今汉亲诛其三公[30]，以谢前过[31]，是大王威加于天下[32]，而功越于汤武也[33]。夫吴有诸侯之位，而富实于天子[34]，有隐匿之名，而居过于中国[35]。夫汉并二十四郡[36]，十七诸侯[37]，方输错出[38]，军行数千里不绝于郊[39]，其珍怪不如山东之府[40]。转粟西乡[41]，陆行不绝[42]，水行满河[43]，不如海陵之仓[44]。脩治上林[45]，杂以离宫[46]，积聚玩好[47]，圈守禽兽[48]，不如长洲之苑[49]。游曲台[50]，临上路[51]，不如朝夕之池[52]。深壁高垒[53]，副以关城[54]，不如江淮之险[55]。此臣之所为大王乐也。

今大王还兵疾归，尚得十半[56]，不然，汉知吴有吞天下之心，赫然加怒[57]，遣羽林黄头循江而下[58]，袭大王之都[59]，鲁东海绝吴之馈道[60]，梁王饰车骑[61]，习战射，积粟固守[62]，以逼荥阳[63]，待吴之饥[64]。大王虽欲反都，亦不得已。夫三淮南之计不负其约[65]，齐王杀身以灭其迹[66]，四国不得出兵其郡[67]，赵囚邯郸[68]，此不可掩[69]，亦已明矣。今大王已去千里之国[70]，而制于十里之内矣[71]。张韩将北地[72]，弓高宿左右[73]，兵不得下璧[74]，军不得太息[75]，臣窃哀之[76]。愿大王熟察焉[77]！

注释

〔1〕举：举兵退之。 胡、戎：古代泛指我国西部少数民族。 难(nàn)：发难，指来犯。李善注："胡、戎为难，举兵而却也。"

〔2〕备：防御。 榆中：县名。属今甘肃省。战国时秦榆中地区，汉置榆中

县,属金城郡。　关:要塞。

〔3〕距:通"拒"。抵御。　羌筰(zuó 昨):古代少数民族,分布在今四川一带。武帝始通羌筰,吴楚反于景帝时,与秦无与,是伪作证据。　塞:边关。

〔4〕六国:指齐、楚、燕、韩、赵,魏六国。　从(zòng 纵):合纵。战国时苏秦游说六国联合抗秦的战略。南北为纵。秦在西方,六国土地南北相连,故称"合纵",亦作"合从"。

〔5〕乘:追逐。引申为利用。　信陵:即信陵君魏无忌。魏安釐王之弟,封于信陵,号信陵君。魏安釐王二十年(前 257 年),窃符救赵。兵退,公子留赵十年不归,秦闻公子在赵,日夜出兵东伐魏。公子归救魏。魏王以上将军印授公子。"魏安釐王三十年,公子布告诸侯,各遣将将兵救魏。魏公子率五国之兵,破秦军于河外,走蒙骜,遂乘胜逐秦军至函谷关,抑秦兵,秦兵不敢出。当是时,魏公子威振天下。诸侯之客,进兵法,公子皆名之,故世称魏公子兵法。"(《史记·信陵君列传》)　籍:指《魏公子兵法》。

〔6〕明:明确。　苏秦之约:指苏秦提出的合纵抗秦之策。

〔7〕厉:通"励"。引申为褒奖。　荆轲之威:指荆轲刺秦王的威力。

〔8〕并力:同心合力。

〔9〕卒:终。　禽六国:吞并六国。禽,同"擒"。

〔10〕社稷:古代帝王、诸侯所祭的土神和谷神,又用作国家之代称。

〔11〕是何:这是为什么。

〔12〕地利:战略上的有利地势。

〔13〕民轻重:指人多少。

〔14〕全秦:秦之全部,包括关东和山东六国之地。

〔15〕兼:共有。　六国之众:指六国民众。

〔16〕修戎狄之义:颜师古注:"修恩义以抚戎、狄。"

〔17〕南朝羌筰:南使羌筰来朝。

〔18〕地相什:土地相当于十倍。　民相百:人民相当于百倍。

〔19〕明知:清楚地知道。

〔20〕谀谀:进谄言阿谀奉承。　计:计谋。

〔21〕骨肉之义:指刘濞与景帝之血缘关系。濞为刘邦亲侄,景帝刘启为刘邦嫡孙。

〔22〕以为吴祸:颜师古注:"言劝王之反,则于吴为祸也。"

〔23〕患：忧虑。

〔24〕举：全。 訾(zǐ子)：估量。

〔25〕譬犹：犹如。 蚋(ruì锐)：昆虫名。似蝇，稍小。雌虫白天刺吸牛、羊等牲畜的血液。

〔26〕齿：犹当。

〔27〕无事：不能成事，言吴必败。

〔28〕失职：削地。颜师古注："失职，谓被削黜，失其常分。"

〔29〕责：求。 先帝：指刘邦。 遗约：指分封之条约。

〔30〕三公：指晁错。错为御史大夫，位在三公之列，故称。

〔31〕谢：承认错误。 前过：指削地事。《汉书·枚乘传》："景帝即位，御史大夫晁错为汉定制度，损削诸侯，吴王遂与六国谋反，举兵西向，以诛晁错为名。汉闻之，斩错以谢诸侯。"

〔32〕加：陵驾。

〔33〕越：超过。 汤武：指商汤、周武王。

〔34〕而富实于天子：《汉书》作"而实富于天子。"实，实际。

〔35〕隐匿：谓处东南偏僻之地。 居过于中国：指胜于京师。

〔36〕郡：行政区划名。秦以郡统县，全国置三十六郡。汉因秦制。并为二十四郡。

〔37〕十七诸侯：汉封同姓、异姓王十七人。李善引张晏曰："汉时有二十四郡，十七王也。"

〔38〕方输错出：言进贡之多。方输，四方更输。错出，错杂而出。

〔39〕军行：运行。 郊：邑外曰郊。颜师古注"汉并二十四郡"数句："言汉此时有二十四郡，十七诸侯，方轨而输，杂出贡赋，入于天子，犹不如吴之富也。"《汉书·刘濞传》："吴有豫章郡铜山，即招致天下亡命者盗铸钱，东煮海水为盐，以故无赋，国用富足。"

〔40〕珍怪：指珍奇宝物。 山东之府：指吴之府库。李善注引如淳曰："山东，吴王之府藏也。"吕向注："山东府，吴府名也。"

〔41〕转粟：转运粮食。 西乡(xiàng向)：西向，朝西。乡通"向"。

〔42〕陆行：指陆路运输。

〔43〕水行：指水路运输。京师粮食要靠山东漕运供给。

〔44〕海陵：县名，有吴大粮仓。

449

〔45〕上林:苑名。秦旧苑,汉武帝扩建,周围至三百里,有离宫七十所。苑中养禽兽,供皇帝春秋打猎。旧址在今陕西长安、盩厔、鄠县界。司马相如撰《上林赋》绘其胜。

〔46〕离宫:皇帝临时居住的宫室。

〔47〕玩好:玩赏嗜好的物品。

〔48〕圈守:圈(quān)养。

〔49〕长洲:吴苑名。曾为阖闾间游猎处,在姑苏南,太湖北。

〔50〕曲台:秦、汉宫殿名。汉时作天子射宫。

〔51〕上路:犹言道路。临上路,言下临苑路。

〔52〕朝夕池:海的别名。朝夕,即潮汐。朝夕池谓吴以海水潮汐为之也。《初学记·海》:"海,一云朝夕池。"上言吴王富饶游乐之处超过天子。

〔53〕深壁高垒:壁垒森严。壁垒,古时军营周围的防御建筑物。

〔54〕副:辅助,与"主"相对。 关城:关防。指函谷、峣武等关。

〔55〕江、淮:长江、淮水。 险:险阻。

〔56〕十半:十成之一半。李善注:"言王早还,冀十分之中得半安全。"

〔57〕赫然:勃然大怒的样子。

〔58〕羽林:武帝的卫军。 黄头:即黄头郎,本船夫,此指水军。因头上着黄帽,故称。 循:沿、顺。

〔59〕大王之都:指吴王之都广陵。

〔60〕鲁、东海:鲁国和东海郡。 饷(xiǎng,义同饷)道:供给军粮之路。饷,军粮。

〔61〕梁王:刘武。 饰:检修。 车骑:指战车、战马。

〔62〕积粟:屯粮。

〔63〕逼:迫近。 荥(xíng 刑)阳:县名,汉置,属河南郡,今河南荥阳县。

〔64〕吴之饥:指吴王之军挨饿。

〔65〕三淮南:指淮南厉王三子:淮安王刘安、衡山王刘勃、庐江王刘赐。不负约:指不背汉约。吕向注:"吴、楚反,(三淮南)皆守汉约不从吴也。"

〔66〕齐王杀身:齐王杀身有两说:①《汉书》曰:"齐王闻吴、楚平,自杀。"②晋灼曰:"吴、楚反,(齐王)坚守距三国不从。后栾布等闻(齐王)初与三国有谋,欲伐之,王惧自杀。"

〔67〕四国:指胶东、胶西、济北、菑川四个诸侯国王,发兵响应吴楚谋反,皆

被诛。

〔68〕赵囚邯郸：汉将郦寄围赵王于邯郸,不得出,无异于囚禁。

〔69〕掩：掩盖,隐瞒。

〔70〕千里之国：指吴。李善注引张晏曰："吴地方千里。"

〔71〕制于十里之内：李善注引张晏曰："梁下屯兵方十里,言王必见制于此地。"

〔72〕张韩将北地：汉将张羽、韩安国将兵在吴军之北。

〔73〕弓高：指弓高侯韩颓当。　宿：驻军。

〔74〕下壁：离开营垒。壁,营垒。

〔75〕太息：喘息。

〔76〕哀：悲伤。

〔77〕熟察：详审。

今译

　　从前秦国西退胡越入侵,北防榆中边关,南拒羌笮之敌,东抵六国联军。六国利用信陵之兵书,彰明苏秦之"合纵",褒扬荆轲之威武,同心协力以抗秦。但秦最终还是征服了六国,毁其社稷,一统天下。这是什么道理？是地理战略优势不同,而民众多少不同。现在大汉占有秦之全部领土,统辖六国全部居民,广施恩义安抚羌笮,同秦相比,汉地是秦的十倍,民众是秦的百倍,这是大王明明知道的。当今那些进谗阿谀之臣,给大王所献之计,不论骨肉情义,民之多少,国之大小,而为吴制造祸端,这是臣为大王担忧之所在。

　　全吴的兵力与汉相较,犹如蚊蝇跟着牛群,烂肉对着利剑,锋刃一碰,必然败亡。天下听说吴王率领削地之诸侯,要求恢复先帝之律令,现在汉天子亲自处死祸首晁错,以检讨从前削地之过。这使大王威信盖世,功超汤武。位列诸侯,而实际富于天子;有偏于一隅之名,而居地超过京师。汉有二十四个郡,十七个诸侯,四方进贡,交错并出,运货之车京外数千里不绝,而珍奇宝物不如吴的山东府库。东粮西运,陆路车不断,水路船满河,但不如吴的海陵之仓粮多。重修上林，穿插离宫，聚积玩赏嗜好之物，圈养稀有珍奇禽兽，却不如吴之长洲苑圃。游览于曲台之上，观赏于上林之路，不如吴国的大海。壁垒森严，辅以函谷、峣武关防，不如长江淮水天险。这些是臣为大王高兴之所在。

现在大王返师速归，尚能免除一半祸患；否则，汉天子知道大王有吞并天下的野心，勃然大怒，派遣水军沿江而下，袭击吴都广陵；鲁国和东海郡卡断远送军粮之路。梁王修整车马，演习战射，屯粮不动，守备荥阳，待吴兵之饥。那时大王即使想返回吴都，亦不可能。三淮南定计不背汉约，齐王自杀身亡，四国之兵不能出郡，赵王被围困邯郸，这是不能隐瞒的，已很明显了。现在大王已离开幅员千里的吴国，而屯兵梁下十里之内。张韩将兵驻扎吴军以北，弓高驻兵吴军周围，吴军不敢出营垒，不敢大声呼吸，我私下为此哀伤。愿大王仔细考虑。

（赵福海译注并修订　陈延嘉再修订）

◎诣建平王上书

江文通

▌题解

这篇文章是江淹(文通)给建平王的上书。诣，进，呈进的意思。南朝宋刘景素袭父爵为建平王。其人向以喜爱文学、礼敬才士著称。淹深得器重，以五经授之。景素待以客礼。宋明帝太始初，景素任冠军将军、南兖州(今江苏江都县内)刺史，淹随至其地。时广陵令郭彦文得罪，淹牵连入狱，故上此书自明。景素览书即日出之。(据《宋书·建平王传》、《梁书·江淹传》)

开头以邹阳被诬系狱，齐女含冤告天，表明自己诚信忠贞而遭诬陷的冤枉。其次自述出身寒微，深得大王恩遇，内怀以身图报之志反而被谤系狱。名声被污，痛不欲生。再次自述平生深受古昔贤人义士德风的陶冶，或欲弃绝名禄，高德自守，或欲为国建功，名垂青史，以自己的品格表明绝不竞逐微功末利。复次叙述毁谤谗言之可怕，贤德君子、忠臣名将皆所不免。故高士隐者皆避世轻物，表明冤屈不得洗雪，将以杀身自明。最后叙述天下安乐祥和，表明自己含愤幽狱的不平，乞求大王为自己平反冤案，伸张正义。

全文从头至尾没有说明被诬之罪及其虚构不实之点，只是陈述个人出身与恩荣、品格与志向、愁苦与愤恨，以自白代自辩，以不辩见雄辩。行文委婉，铺张藻丽，显出六朝风格。文通之诗以摹拟著称，摹拟中见创意。此文与其诗相通，通篇自叙之情与修辞用典之法，皆依司马迁《报任安》与邹阳《上梁王》二书。李兆洛说："无意摹邹，而神理自合；写仿司马子长处，则蹊径存焉。"(《骈体文钞》，卷十六)肯定其摹仿中独出自我神理蹊径,是很正确的。

原文

昔者贱臣叩心^[1],飞霜击于燕地^[2];庶女告天^[3],振风袭于齐台^[4]。下官每读其书^[5],未尝不废卷流涕^[6]。何者?士有一定之论^[7],女有不易之行^[8],信而见疑^[9],贞而为戮^[10],是以壮夫义士^[11],伏死而不顾者此也^[12]。下官闻仁不可恃^[13],善不可依,谓徒虚语^[14],乃今知之^[15]。伏愿大王暂停左右^[16],少加怜察^[17]。

下官本蓬户桑枢之人^[18],布衣韦带之士^[19],退不饰《诗》《书》以惊愚^[20],进不买名声于天下^[21]。日者谬得升降承明之阙^[22],出入金华之殿^[23],何常不局影凝严^[24],侧身扃禁者乎^[25]!窃慕大王之义^[26],复为门下之宾^[27],备鸣盗浅术之余^[28],豫三五贱伎之末^[29]。大王惠以恩光^[30],顾以颜色^[31],实佩荆卿黄金之赐^[32],窃感豫让国士之分矣^[33]。常欲结缨伏剑^[34],少谢万一^[35],剖心摩踵^[36],以报所天^[37]。不图小人固陋^[38],坐贻谤缺^[39],迹坠昭宪^[40],身恨幽圄^[41],履影吊心^[42],酸鼻痛骨^[43]!

下官闻亏名为辱^[44],亏形次之^[45],是以每一念来^[46],忽若有遗^[47]。加以涉旬月^[48],迫季秋^[49],天光沉阴^[50],左右无色^[51]。身非木石,与狱吏为伍^[52]。此少卿所以仰天槌心^[53],泣尽而继之以血也^[54]。

下官虽乏乡曲之誉^[55],然尝闻君子之行矣^[56]。其上则隐于帝肆之间^[57],卧于岩石之下^[58];次则结绶金马之庭^[59],高议云台之上^[60];退则虏南越之君^[61],系单于之颈^[62]。俱启丹册^[63],并图青史^[64]。宁当争分寸之末^[65],

竞锥刀之利哉^[66]？

下官闻积毁销金^[67]，积谗磨骨^[68]，远则直生取疑于盗金^[69]，近则伯鱼被名于不义^[70]。彼之二子^[71]，犹或如是，况在下官，焉能自免？昔上将之耻^[72]，绛侯幽狱^[73]，名臣之羞^[74]，史迁下室^[75]，至如下官，当何言哉！夫鲁连之智^[76]，辞禄而不返^[77]；接舆之贤^[78]，行歌而忘归^[79]。子陵闭关于东越^[80]，仲蔚杜门于西秦^[81]，亦良可知也。若使下官事非其虚，罪得其实，亦当钳口吞舌^[82]，伏匕首以殒身^[83]，何以见齐鲁奇节之人^[84]，燕赵悲歌之士乎^[85]？

方今圣历钦明^[86]，天下乐业，青云浮洛^[87]，荣光塞河^[88]。西泊临洮狄道^[89]，北距飞狐阳原^[90]，莫不浸仁沐义^[91]，照景饮醴而已^[92]。而下官抱痛圆门^[93]，含愤狱户^[94]，一物之微^[95]，有足悲者^[96]。仰惟大王，少垂明白^[97]，则梧丘之魂^[98]，不愧于沉首^[99]，鹄亭之鬼^[100]，无恨于灰骨^[101]。不任肝胆之切^[102]，敬因执事以闻^[103]。

注释

〔1〕贱臣：卑贱之臣。此指邹衍。衍，战国齐临淄人，善阴阳五行之术。游各诸侯国，至燕，昭王筑碣石宫师事之。　叩心：拍打心胸。悔恨的样子。

〔2〕击：落。以上两句谓邹衍蒙冤系狱事。李善注引《淮南子》："邹衍尽忠于燕惠王，惠王信谮而系之，邹子仰天而哭，正夏而天为之降霜。"

〔3〕庶女：平民之女。

〔4〕振风：暴风。　齐台：齐王的楼台。以上两句谓传说齐国寡妇蒙冤事。李善注引《淮南子》："庶女告天，雷电下击，景公台陨，海水大出。"又引许慎曰："庶女，齐之少寡，无子，养姑。姑无男有女，女利母财而杀母，以诬告寡妇。妇不能自解，故冤告天。"

〔5〕下官：文通为建平王的下属官吏，故自称下官。

〔6〕废卷：中止阅读。卷，书卷。

〔7〕士:士人,读书人。 一定:确定不变。 论:通"伦",辈,辈分。

〔8〕不易:始终不变。 行:品行,德操。 以上两句李善注:"《淮南子》文也。高诱曰:'士有同志同德,其交接而一会而分定,故曰有一定之论也;贞女专一,亦无二心,虽有偏丧,不须更醮,故曰有不易之行。'"

〔9〕信:忠诚。 见:被。

〔10〕贞:忠贞。

〔11〕壮夫:豪壮而勇敢的人。 义士:信守道义而不苟合世俗之士。

〔12〕伏死:伏刃而死。 不顾:无所返顾。谓冤屈之深。 此:谓由此。

〔13〕恃:依赖。

〔14〕虚语:空话。

〔15〕之:此指前三句所言。

〔16〕伏:表敬副词。 左右:指君侧近侍之臣。

〔17〕怜察:怜惜而详察。

〔18〕蓬户:编蓬草以为户。即柴门。 桑枢:以桑条为户枢。枢,门轴。蓬户桑枢,谓贫穷之家。

〔19〕韦带:皮带。布衣韦带,谓微贱者之服。

〔20〕退:谓闲居为民。 惊愚:使愚昧无知者惊骇。

〔21〕进:谓入朝做官。

〔22〕谬:误。表谦之词。 承明:汉宫殿名,在未央宫中。其旁屋,称承明庐,为侍臣值宿所居之所。此指君侯近臣值班之地。 阙:宫阙,殿堂。

〔23〕金华:金花。形容殿阁装饰富丽豪华。

〔24〕局影:行为局促不安。影,身影,行为。 凝严:凝重庄严。形容王宫中威严肃穆的气氛。

〔25〕侧身:倾侧身体,形容畏惧惶恐的样子。 扃(jiōng 坰)禁:宫门禁戒,形容王宫中威严戒备的环境。扃,门户。

〔26〕慕:敬仰,向往。 义:高尚的节义。

〔27〕宾:宾客。

〔28〕备:准备充作。 鸣盗:鸡鸣狗盗,谓卑贱技能。李善注引《史记》:"孟尝君入秦,昭王乃囚孟尝君,谋欲杀之。孟尝君谋欲使人抵昭王幸姬求解。姬曰:'妾愿得君狐白裘。'此时孟尝君有一狐白裘,入献之昭王,无它裘。孟尝君患之,遍问客,莫能对。最下为狗盗者曰:'臣能得狐白裘。'乃夜为狗以入秦

宫藏中,取所献狐白裘至,以献幸姬。姬为言昭王,孟尝君得出。驰去,至关。关法,鸡鸣出客。孟尝君恐追至,客之居下坐者能为鸡鸣。遂得出之。如食顷,追至关,已后,孟尝君乃还。" 浅术:浅陋的技艺。 余:剩余,微不足道。

〔29〕豫:预备充作。 三五:似指术数之学。即以阴阳五行生克制化的数理,来推断人事吉凶等,如卜筮之类。李善注引《抱朴子·军术》:"大将军当明案九宫,视年在宫,常就三居(当作"避",依黄侃《文选黄氏学》)五。五为死,三为生。能知三五,横行天下。"张云璈疏解说:"《后汉书·张衡传》:'重之卜筮,杂之以九宫。'注:'易乾凿度曰:太一取其数,以行九宫。'郑康成云:'太一者,北辰神名,下行八卦之宫。每四乃还于中央。中央者,北神之所居,故谓之九宫。'……今时宪书首列一岁之九宫,又每月各有九宫。其法以白为吉,黄为凶,即所云就三避五之说也。……孙侍御以军术之说与贱伎不合,疑'格五'之讹,亦未的。"(《文选胶言》,卷十七)关于三五之解说,各家不一,且多含胡其词。其中以术数之说为近是。李注张疏,实主此说。 贱伎:卑贱的技艺。

〔30〕惠:施予。 恩光:恩德。

〔31〕顾:照顾。 颜色:情面。

〔32〕佩:荷,受。 荆卿:荆轲,战国卫人,义侠之士。李善注引《燕丹子》:"荆轲之燕太子东宫,临池而观。轲拾瓦投蛙,太子令人奉盘金。转用抵(通"柢",树根),抵尽复进。轲曰:'非为太子爱金,但臂痛耳。'" 赐:赐予。

〔33〕豫让:战国初义侠之士。曾为智伯谋刺赵襄子,不成自杀。 国士:国中以才智受尊重之士。李善注引《史记》:"赵襄子数豫让曰:'子曾事范中行氏,智伯灭之,不为报仇。臣事智伯,死而子何独为报仇也?'豫让曰:'中行氏众人遇我,我故众人报之。智伯国士遇我,我故国士报之。'" 分:情分。

〔34〕结缨:结缨而死,谓慷慨献身,义无反顾。缨,帽带。李善注引《左传》:"卫太子迫孔悝于厕,强盟之。子路(时为卫大夫孔悝宰)曰:'太子无勇,若燔台半,必舍孔叔。'太子闻之,惧,下石乞盂黡敌子路,以戈击之,断缨。子路曰:'君子死,冠不免。'结缨而死。" 伏剑:伏剑而死。

〔35〕谢:报答。 万一:万分之一。

〔36〕剖心:剥开心肝,谓忠诚不二。 摩踵:摩顶放踵之略,摩破头顶直至脚跟,谓辛劳效命,不顾惜生命。踵,脚跟。《孟子·尽心上》:"墨子兼爱,摩顶放踵,利天下为之。"

〔37〕所天:指君主。李善注引《左传》:"箴尹克黄曰:'君,天也。'"

〔38〕不图:未曾料到。　固陋:愚昧浅陋。

〔39〕坐:犯罪,定罪。　贻:取,取自。　谤衃:毁谤,诬陷。衃,同"缺"。

〔40〕迹:行迹,行为。　坠:陷入。　昭宪:光明大法。宪,法,法令。

〔41〕恨:当作"限",隔,隔离。梁章钜说:"尤本限误作'恨'。"(《文选旁证》,卷三十三)　幽圄(yǔ 雨):幽暗的监狱。

〔42〕履影:踏着身影,形容孤苦无依。　吊心:内心悲哀。

〔43〕痛骨:苦痛已达骨髓。

〔44〕亏名:名誉遭到污损。

〔45〕亏形:身体遭受伤害。

〔46〕一念:一闪之念。

〔47〕有遗:有失。

〔48〕涉:经过。　旬月:满一个月。

〔49〕迫:近。　季秋:秋季最后一个月,即农历九月。

〔50〕天光:天色。

〔51〕无色:无光。

〔52〕伍:伴。

〔53〕少卿:汉将李陵,字少卿,陇西成纪人。天汉二年,率五千步兵出击匈奴,战败投降。　槌(chuí 捶)心:形容极端痛苦。槌,捶打。

〔54〕泣尽:眼泪哭尽。李善注引李陵《答苏武书》:"何图志未立而怨已成。此陵所以仰天槌心而泣血也。"文通用李陵句义,谓自己的苦痛与李陵相同。

〔55〕乡曲:乡里,家乡。

〔56〕行:德行,德风。

〔57〕其上:谓君子之品行属于上等者。　帘肆:垂帘闭店。肆,店铺。此谓汉严君平事。李善注引《汉书》:"谷口有郑子真,蜀有严君平。君平卜筮于成都市,裁日阅数人,得百钱,足自养,则闭肆下帘,而授《老子》。"

〔58〕岩石:岩崖石穴,隐者栖居之所。此谓汉郑子真隐于云阳谷口事。李善注引《论衡》:"谷口郑子真耕于岩石之下,名震京师。"

〔59〕结绶:结系印绶。比喻出仕作官。绶,系官印的带子。《汉书·萧望之传》附萧育:"少与陈咸朱博为友,著闻当世。往者有王阳贡公,故长安语曰:'萧朱结绶,王贡弹冠。'言其相荐达也。"金马:即金马门,汉武帝所立,士人东方朔、严安、主父偃曾待诏于此。后世以为应聘待诏之处。

〔60〕高议:谓议论政事。　云台:汉宫中高台名。此指议政之所。

〔61〕退:当作"次"。梁章钜说:"何曰:《梁书》退作'次',是也。各本皆误。"(《文选旁证》,卷三十三)　南越:也作"南粤",今广东、广西一带。秦末赵佗自立为南越武王。此句用汉终军事。李善注引《汉书》:"南越与汉和亲,乃遣终军使南越。军自请,愿受长缨,必羁南越王而致阙下。"

〔62〕单于:汉时匈奴对其君长的称呼。系单于之颈。用贾谊句义。《汉书·贾谊传》:"何不试以臣为属国之官,以主匈奴,行臣之计,请必系单于之颈而制其命。"

〔63〕启:开。　丹册:丹书。古时君主赐予功臣的证件,依此可世代享有特权,因以朱笔书写,故谓。

〔64〕图:画像。　青史:史书。古时以竹简记事,竹青色,故谓。以上两句意思说,为国家建立功勋,接受君主的封赏,并记载于史册。

〔65〕分寸:度量的最小单位,形容微小。

〔66〕锥刀:锥子小刀,比喻微小。

〔67〕积毁:积久的毁谤。　销金:使金属销熔。销,熔化。

〔68〕积谗:积久的谗言。　磨骨:使骨头磨毁。以上两句意思说毁谤谗言极可怕的破坏作用,连坚硬的金石皆可为其熔化。

〔69〕直生:指汉直不疑。李善注引《汉书》:"直不疑,南阳人。为郎,事文帝。其同舍有告归,误持其同舍郎金。已而同舍郎觉,妄意不疑。不疑谢有之,买金偿。后告归者至而归金。亡金郎大惭。"

〔70〕伯鱼:指第五伦。李善注引范晔《后汉书》:"第五伦,字伯鱼,京兆人。举孝廉,补淮阳医工长。后从王朝京师,得会,帝戏伦。谓伦曰:'闻卿为吏,笒(笒打)妇公(岳父),不过从兄饭。宁有之耶?'伦对曰:'臣三娶妻,皆无父。少遭饥乱,实不妄过人食。'帝大笑。"　以上两句意思说,往远说直不疑曾有盗金的嫌疑,就近说第五伦曾背不义的恶名。

〔71〕二子:指直不疑与第五伦。

〔72〕上将:指汉将周勃。

〔73〕绛侯:周勃少以编织为业,从刘邦起义,以军功封绛侯。　幽狱:囚禁于监狱。汉惠帝时,周勃为太尉,吕后专权,其侄吕产、吕禄分掌南北军。后死,勃与陈平共诛诸吕,迎文帝即位。后遭诬告下狱。(据《史记·绛侯世家》)

〔74〕名臣:指汉司马迁。

昭明文选

译注

〔75〕史迁:太史司马迁。 下室:处罪下于蚕室。室,蚕室,宫刑者所居之囚室。司马迁为汉将李陵投降匈奴辩护,被武帝处以宫刑,下于蚕室。(据《汉书·司马迁传》)

〔76〕鲁连:鲁仲连,战国齐人,急人之难而不受爵禄的义士。

〔77〕辞禄:拒绝爵禄。李善注引《史记》:"秦使白起围赵,闻鲁仲连责辛垣衍,秦军遂引去。平原君欲封仲连,连谢,终不肯受。"

〔78〕接舆:传说春秋时楚国的隐士。佯狂避世。

〔79〕行歌:行游而歌。《论语·微子》:"楚狂接舆歌而过孔子,曰:'凤兮凤兮,何德之衰,往者不可谏,来者犹可追;已而已而,今之从政者殆而。'"

〔80〕子陵:指东汉严光。李善注引范晔《后汉书》:"严光,字子陵,会稽余姚人。少有高名,与光武同游学。及即位,变名姓,隐身不见。" 闭关:闭门不出,远离世事。 东越:指严光隐居之富春山(一名严陵山,今浙江境内)。山在会稽郡,古越国地,故谓东越。

〔81〕仲蔚:指张仲蔚,后汉隐士。李善注引赵歧《三辅决录注》:"张仲蔚,扶风人也。少与同郡魏景卿隐身不仕,所居蓬蒿没人。" 杜门:闭门不出,不涉俗世。 西秦:扶风属秦地,故谓。

〔82〕钳口:闭口不言。钳,钳持,缄禁。 吞舌:义与"钳口"同。

〔83〕匕首:短剑。伏匕首,谓以匕首割颈。 殒身:杀身,自杀。

〔84〕齐鲁:古国名,皆在今山东。周时太公封于齐,周公封于鲁。故齐鲁指有太公、周公遗风之地。 奇节:高尚的气节。

〔85〕燕赵:古国名,皆在今河北、山西一带。 悲歌:形容侠义慷慨的气概。悲歌之士,指荆轲、高渐离等。李善注引《史记》:"荆轲之燕,高渐离悲歌击筑。荆轲和而歌于市中。"

〔86〕圣历:指天子。历,历数。 钦明:英明。

〔87〕青云:指祥瑞之气。 浮:笼罩。 洛:洛水。

〔88〕荣光:彩色之光,指祥瑞之兆。 塞:充满。 河:黄河。李善注引《尚书中候》:"成王观于洛河,沉璧礼毕。王退俟,至于日昳,荣光并出,幕河,青云浮洛,青龙临坛,衔玄甲之图,吐之而去。"以上两句意思说,南朝宋王朝得天命而建国,故青云荣光等祥瑞一并出现。

〔89〕洎(jì 计):至。 临洮:地名,古属陇西郡。今属甘肃省境。 狄道:地名,古属陇西郡,以狄族聚居得名。今属甘肃省。

〔90〕距:至。　飞狐:地名。近代改名涞源,今河北省境内。　阳原:地名。古属代郡。今属河北省。

〔91〕浸仁:受到仁道的滋润。　沐义:得到礼义的陶冶。

〔92〕照景:景星照耀。景,景星,祥瑞之星。　醴(lǐ礼):醴泉,甘美之泉,祥瑞之泉。　而已:此二字为下句"而下"之误衍。(依黄侃《文选黄氏学》)

〔93〕抱痛:怀抱愤恨。　圆门:狱门。李善注引《周礼》:"以圜土教罢民。"郑司农注:"圆土,狱城也。"

〔94〕狱户:狱门。

〔95〕微:微小,微不足道。

〔96〕足:可以。此句意谓即使微不足道之物受到伤害,也足可令人悲怜,何况一个人呢?

〔97〕少垂:稍稍施予。　明白:明察。

〔98〕梧丘:山丘名。《尔雅·释丘》:"当途梧丘。"《疏》:"途,道也。梧,遇也。当道有丘,名梧丘,言若相遇于道路然也。"梧丘之魂,谓于梧丘惨死的冤魂。李善注引《晏子春秋》:"景公田于梧丘,夜坐睡,梦见五丈夫,倚徙称无罪。公问晏子,曰:'昔先公灵公出畋,有五丈夫来,惊兽,悉断其头而葬之。命曰丈夫丘。'命人掘之,五头同穴。公令厚葬之,乃恩及白骨。"

〔99〕沉首:谓掩埋于地下的头颅。齐景公命厚葬五丈夫头,以示昭雪,故谓"不愧于沉首"。

〔100〕鹄亭:即鹄奔亭,或鹄巢亭。在古交州,今广东高要县。鹄亭之鬼,谓后汉广信女子苏娥被害事。李善注引谢承《后汉书》:"苍梧广信女子苏娥,行宿高安鹄巢亭,为亭长龚寿所杀。及婢致富,取其财物,埋于楼下。交趾刺史周敞,行部(视察部属与刑政)宿亭,觉寿奸罪,奏之,杀寿。"

〔101〕恨:遗恨。　灰骨:粉碎的尸骨。周敞处死龚寿,为被害的广信女子苏娥伸张正义,故谓"无恨于灰骨"。以上两句借用齐景公为五丈夫昭雪、周敞为广信女子伸张正义事,文通请求建平王刘景素为自己平反冤狱,恢复自由。

〔102〕不任:不胜,不尽。　肝胆:披肝沥胆,喻真诚至极。　切:恳切。

〔103〕执事:供役使的人。不敢直称其人,以表尊敬长上。　闻:奏闻。

今译

　　往昔贱臣邹衍捶胸痛哭，飞霜盛夏降于燕地；平民寡妇含冤告天，巨风侵袭齐王高台。下官每读记载其事之书，总是不胜感慨而掩卷流泪。原因何在呢？士人一经相交就有确定不移的情分，女人一经出嫁就有专一不变的品行。诚实而被怀疑，忠贞而遭杀戮。因此壮夫义士，伏剑自杀而义无反顾，道理皆在于此。下官曾听俗世之言：仁义不可凭靠，良善不可依赖，仁善皆只是空话罢了。而今才算理解了其中的含义。敬请大王命左右暂停治罪，稍加怜惜而细察实情。

　　下官本是清寒贫贱之人，布衣革带之士。隐退民间并不炫耀《诗》《书》以惊动愚昧庸众，入朝做官并不盗取名声于天下四方。近来误得升降于承明之庐，出入于金华之殿，何尝不是行为拘束于庄重严肃之中，身心畏惧于宫门禁戒之间呢？心中仰慕大王的高义，又充作门下的宾客，准备奉献鸡鸣狗盗的浅陋之术，愿意从事占卜吉凶的卑贱之技。大王施予我以恩惠，关照我以情义，实际已领受荆轲所获的黄金赏赐，内心感到豫让所有的国士情分。下官常想为大王壮烈献身，稍为酬谢恩惠于万分之一，以全副身心忠诚效命，以报答德如天高的君王。不曾预料小人愚昧浅陋，遭致诽谤而获罪，行为陷入国家大法，自身隔离于幽暗监牢，形影孤独内心悲哀，鼻酸泪流痛入骨髓。

　　下官听说名誉污损最为耻辱，形体伤害则属其次。因而每生此一闪之念，则神思恍惚，若有所失。加以经历已整一月，时近季秋，天色阴沉，左右无光。人非木石，谁能无情；孤苦寂寞，只与狱吏为伍。此正是当年李少卿所以仰天捶胸，哭尽眼泪继而流血的缘故吧。

　　下官虽缺乏乡里称颂之美誉，但是也曾经听闻古时君子之高尚德行。其最上者是隐退于垂帘闭门之间，或闲卧于岩崖石穴之下；

其次是佩印做官于金马之庭，或畅发高论于云台之上；再次则是奉命出使俘获南越之君，或者活捉匈奴之长。此皆可荣获君主所赐丹书，声名功勋并载于国家正史。既然如此，难道还能与世人去争分寸之微功，竞夺细微之小利吗？

下官听闻积久的毁谤可以使金属熔化，积久的谗言可以使坚骨粉碎。远者则直生曾有盗金嫌疑，近者则伯鱼曾背不义恶名。那样两位高尚君子，尚且如此，何况平庸的下官，怎能自免？昔时上将蒙耻，绛侯周勃囚于牢狱；名臣遭辱，太史司马迁下于蚕室。至于下官被诬获罪，当何可言！那鲁仲连确然明智，拒绝爵禄而一去不返；楚狂接舆确然贤德，行游唱歌而隐遁忘归。严子陵闭门隐居于东越，张仲蔚离世脱俗于西秦，也都是可以理解的。假使下官事非虚构，罪得落实，也将闭口吞舌，引剑自杀，那时还以何面目得见齐鲁气节高尚之人，燕赵悲歌慷慨之士呢？

当今皇帝英明，天下乐业。青云笼罩洛水，神光充满黄河。西至临洮狄道，北达飞狐阳原，无不浸润仁惠沐浴礼义，景星照耀醴泉奔涌。而下官抱恨于牢门之内，含愤于牢狱之中；一物尽管微小，若惨遭伤害，也足可悲怜。仰望大王，施恩明察，则梧丘惨死的冤魂，得以昭雪而不愧，鹄亭遇害的女鬼，仇人伏法而无恨。赤诚肝胆表达不尽，敬借执事奏闻大王。

（陈复兴译注并修订）

上书

诣建平王上书

463

启 ◎

◎ 奉答七夕诗启一首　　　任彦升

![题解]

　　这篇启作于天监初年。

　　李善注引《任昉集》："诏曰：'聊为七夕诗五韵，殊未近咏歌。卿（指任昉）虽讷于言，辩于才（文才），可即制（谓作答诗）付使者。'"此启即任昉为梁武帝（萧衍）赠《七夕诗》所作的答书。

　　任昉与梁武帝同为前朝齐萧子良府邸"竟陵八友"中的人物。其时两人关系融洽，时有戏言。武帝代齐自立，昉拜黄门侍郎，迁吏部郎中，掌著作。武帝赐昉《七夕诗》，并在诏令中仍有"讷言"、"辩才"之戏，可是昉于此启中，则俨然谨依君臣之礼。首先颂扬武帝《七夕诗》稀世罕有的精美，赞美其天赋的才性；其次陈述梁建国前后武帝对自己的理解与恩遇，感激之情溢于言表。最后为自谦之词，说自己生性庸陋，答诗拙劣，实为惭愧。

　　启，与书同。古时君臣上下皆曰书，后世上与下之书称诏令，下与上之书称奏议，比较平常的言事陈情则称启。刘勰谓："启者开也。高宗（殷武丁）云，'启乃（你，指傅说）心，沃（滋润，启发）朕心'，取其义也。……自晋来盛启，用兼表奏。陈政言事，既奏之异条（别体）；让爵谢恩，亦表之别干（异体）。必敛饬入规，促其音节，辨要轻清，文而不侈，亦启之大略也。"（《文心雕龙·奏启》）精确地说明了启之演变由来与体制、风格特征。

萧统于《文选》独辟启之一类，特录任昉三篇书启之文。《梁书·本传》谓："昉雅善属文，尤长载笔，才思无穷，当世公王表奏，莫不请焉。"此三篇可为其载笔代表之作。严谨凝炼，质朴自然，音节清新，直抒肺腑，与刘勰之论甚合。由此亦可见萧统的选择标准与刘勰的批评原则，彼此相通之点。

原文

臣昉启：奉敕并赐示《七夕》五韵[1]。窃惟帝迹多绪[2]，俯同不一[3]，托情风什[4]，希世罕工[5]。虽汉在四世[6]，魏称三祖[7]，宁足以继想《南风》[8]，克谐《调露》[9]？性与天道[10]，事绝称言[11]，岂其多幸，亲逢旦暮[12]。臣早奉龙潜[13]，与贾马而入室[14]；晚属天飞[15]，比严徐而待诏[16]。惟君知臣，见于讷言之旨[17]；取求不疵[18]，表于辩才之戏[19]。谨辄牵率庸陋[20]，式酬天奖[21]。拙速虽效[22]，蚩鄙已彰[23]。临启惭恧[24]，罔识所寘[25]。谨启[26]。

注释

〔1〕奉敕(chì 赤)：接受诏命。 赐示：赐予。 五韵：谓五次用韵。古代诗歌一般为隔句押韵，五韵为十句。今所见《玉台新咏》、《先秦汉魏晋南北朝诗》与《艺文类聚》等书所录梁武帝《七夕》诗为六韵十二句。此文《七夕》五韵，恐指另外一篇。

〔2〕窃惟：私下揣想。 帝迹：皇帝的功绩。李善注引宋均曰："迹，行迹，谓功绩也。" 多绪：谓事务繁多。李周翰注："绪，事也。"

〔3〕俯同：谓与群臣共同管理之政事。 不一：谓繁多。

〔4〕托情：寄托情思。 风什：诗篇。风，指《诗经》中的风诗，用以代诗；什，篇什，《诗经》中大雅、小雅、周颂以十篇为一卷，称为什。

〔5〕希世:世所稀有。希,通"稀"。 罕工:工巧罕见。

〔6〕四世:此指汉武帝。

〔7〕三祖:此指魏武帝、文帝、明帝。与汉之四世皆谓古昔有文之君主。

〔8〕南风:古诗名。传为虞舜所作。李善注引《家语》:"昔者舜弹五弦琴,造南风之诗。其诗曰:'南风之薰兮,可以解五民之愠兮。南风之时兮,可以阜吾民之财兮。'"

〔9〕克谐:能够相和谐。 调露:古乐名。李善注引《乐动声仪》:"时元气者,受气于天,布之于地,以时出入物者也。四时之节。动静各有分职,不得相越,谓调露之乐也。" 以上两句《南风》、《调露》喻梁武实的诗文音律,意谓梁武帝的诗文之美,即使富于文采的汉武帝与魏之三祖,也无可企及。

〔10〕性:指人的本性、才性。 天道:指自然规律。此谓天授,开赋。

〔11〕称言:述说。以上两句谓梁武帝的才性来源于天赋,其事不可称说。

·〔12〕旦暮:早晚。谓早晚得遇大圣人。李善注引《庄子》:"万世之后,而一遇大圣,知其(指人生为一梦)解者,是旦暮遇也。"此谓从往昔至如今一直亲受梁武帝知遇。

〔13〕龙潜:神龙潜藏于水中。李善注引《周易》:"潜龙勿用。"此谓梁武帝在齐朝时守静勿动。

〔14〕贾马:贾,贾谊,汉洛阳人,文帝时召为博士,迁太中大夫;马,司马相如,汉成都人,武帝时因献赋被任为郎,曾出使西南诸国有功。此皆任昉自喻。

〔15〕属:隶属,归属。 天飞:神龙飞翔于天。李善注引《周易》:"飞龙在天,利见大人。"此谓梁武帝代齐自立为皇帝。

〔16〕严徐:严,严安,赵人;徐,徐乐,齐人。汉武帝时皆以上疏言世务,被任为郎中。此亦任昉自喻。 待诏:等待皇帝的诏命。此谓接受官职。

以上两句概述在齐与入梁之际,任昉一直亲受梁武帝的知遇与信重。南齐末任昉与梁武帝同游于竟陵王西邸,武帝霸府初开,以昉为骠骑记室参军。武帝受禅自立,任昉为黄门侍郎,迁吏部郎中,又转御史中丞、秘书监等。故有以上"早奉龙潜"、"晚属天飞"之谓。

〔17〕讷(nè)言:语言迟钝,不善谈话。 旨:意旨。

〔18〕不疵(cī):不挑剔小毛病。

〔19〕辩才:雄辩的文才。 戏:戏言。以上四句本于梁武帝之诏。

〔20〕谨:表敬之词。 辄(zhé 折):就。 牵率:或作"牵帅",牵引,牵累。

《左传·襄公十年》:"女(汝)既勤君而兴诸侯,牵帅老夫,以至于此。"王伯祥注:"牵帅老夫,谓以此围城之役牵累及于荀罃也。老夫,荀罃自谓。"(见《左传读本》,341页) 庸陋:平凡浅陋。谓才智低下。

〔21〕式:语首助词。 酬:酬答。 天奖:皇帝赐予的恩惠。此指赐示《七夕》诗。以上两句谓自己虽牵累于才智低下,也应诏和诗,以答皇帝赐诗之恩。任昉答梁武帝《七夕》诗今不传。

〔22〕拙速:粗劣草率。此为自己作品的谦称。 效:呈献。谓交付使者呈上。

〔23〕蚩鄙:粗劣拙陋。 彰:显露。

〔24〕惭恧(nù):惭愧。

〔25〕罔识:不知。罔,无。 所真:谓置身,容身。以上两句谓写作此启之时,内心惭愧,几乎无地自容。

〔26〕谨启:奏启之文结尾的惯用语。

今译

臣昉启告:已经领受皇帝诏命并所赐《七夕》诗五韵。臣私下揣想,我皇开创功业盛伟繁多,统领群臣政务并非一端,尚以诗篇抒发情性,其工巧精妙,为历代以来所罕见。即使汉代崇尚辞赋的武帝,魏时富于文采的三祖,怎能赶得上我皇如《南风》、《调露》一般的诗文音律之美呢?我皇才性来源于天赋,其事不能以言语称说。为臣何其幸运,亲身得遇我皇始终不变的宏恩。早在齐代,臣即奉侍于骠骑将军霸府,如贾谊、相如入室而受信用;晚入梁朝,臣又归属于大梁朝廷,如严安、徐乐待命而为官宦。惟有我君深知臣下,诏命说明臣言语迟钝,不善谈说;并不苛求个别缺点,表彰臣长于文辞,富有才智。臣虽为才智低下所牵累,也应诏和诗,酬答皇帝赐诗的恩惠。拙劣草率之作虽已进献,而粗糙鄙陋之处也已显露无遗。写作此启之时,内心甚为惭愧,不知何处可以容身。谨启奏如上。

(吕桂珍译注　陈复兴修订)

为卞彬谢修卞
忠贞墓启一首

任彦升

题解

　　这篇是任昉代卞彬所作上梁武帝（萧衍）的书启。大约作于梁天监初年。武帝下诏，为卞彬高祖卞壶重修墓茔，昉以卞彬的口气上此启，表达敬谢之意。

　　卞彬，字士蔚，南齐济阴冤句人。才德超绝同辈，文章多讽刺现实，痛责权贵，传于里巷。性嗜饮酒，言行卓异，实为南齐一位名士。然颇得齐高帝（萧道成）器重，除右军参军，出为南康郡丞。至东昏侯永元中，为平越长史，绥建太守，卒于官。

　　卞忠贞，指晋卞壶，字望之，卞彬的高祖。少时有名誉。西晋怀帝（司马炽）永嘉中除著作郎。特为元帝（司马睿）信重，曾为世子（指晋明帝司马绍）师，"居师佐之任，尽匡辅之节"。中兴（东晋）以后，侍讲东宫，迁太子詹事，御史中丞。明帝时，迁吏部尚书，以功封建兴县令。不久为尚书令，与王导受顾命辅幼主。成帝即位，与庾亮共参机要，辅政宫中，忠直裁断，不畏强横，举朝震肃。其人忠实为官，以褒贬为己任，不肯苟同时好。时历阳内史苏峻反叛，壶以尚书令、右将军受诏平叛。叛军直逼京城，火烧官寺。晋军大败，壶及其二子眕、盱，皆英勇殉难。苏峻之乱被温峤、陶侃讨灭之后，东晋王朝追赠卞壶为侍中骠骑将军，开府仪同三司，谥曰忠贞，祠以太牢之礼。卞壶确实是东晋时期勤于王事，严于执法，勇于赴难，为国家统一而牺牲的忠烈之臣。

关于卞壶墓的情况《六朝事迹》谓:"晋尚书令卞壶葬吴治城,今天庆观乃其地。后七十余年盗发其墓,尸僵如生,鬓发苍然,爪甲穿手背。安帝(东晋司马德宗)赐钱十万封之。入梁复毁,武帝又加修治。"(见梁章钜《文选旁证》,卷三十三)梁武帝于立国之初特诏,为这位先于自己一百五十余年的义勇之士重修墓茔,也确实表现出这位南朝有作为的君主的贤明之策。任昉于梁初假托卒于齐末的卞彬,写作此篇书启,主旨在于就重修卞壶墓歌颂梁武帝尊崇先烈,弘扬教义的德政;同时也寄托一种英雄易逝、沧桑多变的深沉感慨。

文章简洁凝炼。以"臣门绪不昌"六句,把卞壶和二子牺牲及其影响写得具体周到;"而年世贸迁"八句,则把壶墓的荒毁之景和卞彬自己的感叹自哀之情述得深沉削切,证明任昉善于以情生文,创造情景交融的境界。

原文

臣彬启[1]:伏见诏书,并郑义泰宣敕[2],当赐修理臣亡高祖[3]、晋故骠骑大将军、建兴忠贞公壶坟茔[4]。臣门绪不昌[5],天道所昧[6]。忠遭身危[7],孝积家祸[8]。名教同悲[9],隐沦惆怅[10]。而年世贸迁[11],孤裔沦塞[12],遂使碑表芜灭,丘树荒毁。狐兔成穴,童牧哀歌[13]。感慨自哀,日月缠迫[14]。陛下弘宣教义[15],非求效于方今,壶余烈不泯[16],固陈力于异世[17]。但加等之渥[18],近阙于晋典[19];樵苏之刑[20],远流于皇代[21]。臣亦何人,敢谢斯幸[22]!不任悲荷之至[23],谨奉启事以闻[24]。谨启。

注释

〔1〕彬:卞彬自称。
〔2〕郑义泰:人名。 敕(chì赤),皇帝的诏命。

为卞彬谢修卞忠贞墓启一首

启

469

〔3〕当赐：五臣本无此二字。

〔4〕建兴：地名。卞壶墓所在之处。约在今南京市东南。 坟茔：坟墓。茔，墓地。

〔5〕门绪：家族的后代。

〔6〕天道：指天命。 昧：暗昧不明。此谓不能明察善恶。

〔7〕忠：指卞壶勤于王事。 身危：谓卞壶在讨苏峻之役中牺牲。

〔8〕孝：指壶二子眕、盱追随其父共赴国难。 家祸：谓卞壶及其二子同被苏峻所害。

〔9〕名教：名分礼教。有名分重礼教者，指士大夫。此指晋尚书令弘讷等。讷在朝中盛赞卞壶父子忠孝之节，曾议曰："夫事亲莫大于孝，事君莫尚于忠。唯孝也，故能尽敬竭诚；唯忠也，故能见危授命。此在三之大节，臣子之极行也。"

〔10〕隐沦：隐者，征士。此指征士翟汤等。 惆怅：悲伤。李善注引王隐《晋书》："壶及二子死，征士翟汤闻而叹曰：'父为忠臣，子为孝子。忠孝之道，萃于一门。可谓贤哉！'"

〔11〕年世：年代。 贸迁：变迁，改变。

〔12〕孤裔：孤弱的后代。 沦塞：沦没阻塞。谓未能显达于时。

〔13〕童牧：童儿牧者。

〔14〕缠迫：急速。以上两句谓卞彬感慨哀伤于日月流逝之速，高祖坟茔破坏之惨。

〔15〕陛下：指梁武帝。 教义：教化礼义。此谓忠孝之道。

〔16〕余烈：遗留后世的德业。 不泯：不灭。

〔17〕陈力：施展才力。 异世：前世，先世。此指晋世。以上两句谓卞壶虽德业长存，也不过尽忠于晋世，并非有功于今之梁朝。

〔18〕加等：超等，再加一等。 渥（wò卧）：厚，优厚，优遇。李善注引《左传》："凡诸侯薨于朝会（诸侯朝见天子），加一等，死王事，加二等。"加等之渥，谓为王事牺牲的臣子应享有额外优厚的待遇。

〔19〕阙：缺，谓无所记载。 晋典：晋代的典册。

〔20〕樵苏：打柴割草。 刑：刑罚，刑法。李善注引《战国策》："颜触（齐国处士）谓齐王曰：'秦攻齐，令曰：敢有去柳下季（春秋时鲁贤德之士）垄（坟地）五十步樵采者，罪死不赦。'"樵苏之刑，谓严禁在贤者墓地割草打柴的刑法。

〔21〕远流:久远流传。 皇代:盛伟之代。此指梁朝。 以上两句谓严禁在贤者墓地樵采的刑法久已废绝,今梁帝重修卞壶之墓,说明尊崇贤德之风已流传于梁世。

〔22〕谢:辞谢,拒绝。 斯幸:此种荣幸。指修卞壶墓。

〔24〕奉启:呈上启文。 闻:奏闻。

今译

臣彬启告:已拜见诏书,并郑义泰所宣皇帝敕命,将修理臣之高祖、晋故骠骑将军、建兴忠贞公壶坟墓。臣家后代未能昌盛,天命暗昧不明。忠于国家而生命遇害,尽于孝道而家门积祸。当朝士大夫同为悲悼,在野隐居者皆为忧伤。而年代变迁,子孙沦落,遂使碑石墓表掩没泯灭,丘坟墓树荒废毁坏,狐狸野兔穿洞作穴,儿童牧人登上哀歌。感慨此景而内心自哀,日月疾速而坟茔破败。陛下弘扬教化礼义,不求功效于当今。壶之德业长存不灭,原本是效力于先世晋帝。但为国牺牲者的优厚之遇,却不载于晋世典册;严禁在贤士墓地打柴之法,却流传于伟大梁朝。臣为何人,竟敢辞谢如此大幸!不胜悲痛之至! 敬呈此启奏上。谨启。

(吕桂珍译注 陈复兴修订)

◎ 上萧太傅固辞夺礼启 一首 任彦升

▓▓▒ 题解

　　萧太傅,指南齐萧鸾,字景栖,南兰陵人,齐高帝(萧道成)之侄。高帝时任征虏将军,武帝(萧赜)时官左仆射,领右卫将军。永明末受遗诏为侍中尚书令,加镇军将军。从而独揽朝政,专擅内外。先废郁林王(武帝文惠太子长子昭业),立海陵王(文惠太子次子昭文)。其时为太傅,领大将军,封宣城郡王。不久又废海陵王,自立为帝,是为齐明帝。固辞,谓坚决辞让。夺礼,谓剥夺其父丧之礼,且令其入朝为官。

　　文章大约作于海陵王初立之时,即延兴元年(494)。萧鸾则以太傅之位主持朝政,命令为父居丧中的任昉出来就职。昉则上此启,表示谢绝。李善注引刘璠《梁典》:"昉为尚书殿中郎(齐武帝永明末昉所任官职),父忧去职。居丧,不知盐味,冬月单衫,庐于墓侧。齐明作相(即太傅),乃起为建武将军骠骑记室(掌章表书记文檄之官)。再三固辞,帝(指齐明帝)见其辞切,亦不能夺。"具体记述了此启的写作背景。

　　文章首段陈述拒绝应召出仕的理由,明确表示居丧期间,贪禄求荣,获取升迁,是损害礼义,背弃教化的行径,为社会道德所不容。中段陈述为人之子对亡父的歉疚之情,倾诉亡父生前未得全心尽孝,亡父死后未能亲临致哀,强调为父终丧属于世间公理,不言自明。末段恳请太傅赐示严命,允其返里终丧。

　　全文先出之以礼教,继申之以真情,后提出恳求,句句有理有力,字字感人肺腑。黄侃评"饥寒"以下数句曰:"孤儿读此,不禁擗摽长号矣。"(《文选黄氏学》,187页)确为中肯之论。

文中"君于吕庶"以下数句,明为自责之词,暗含讥讽之意。武帝死后一年左右,齐明帝即独霸权要,肆意废立,以至取而代之,齐明帝废郁林王后,昉代明帝(时任侍中中书监、骠骑大将军)草拟的表辞中曰:"陵土未干,训誓在耳,家国之事,一至于斯,非臣之尤,谁任其咎! 将何以肃拜高寝,虔奉武园?"这实为以巧妙的手法对背信弃义者的痛斥。此启首段"干禄祈荣,更为自拔,亏教废礼,岂关视听"之句,则与上述表辞之语有异曲同工之妙。

以此可见,任昉拒绝应召任骠骑记室之职,是出于终服父丧之礼,也含有愤于明帝当时擅权行篡之义,表现出一个正直文人的高尚品格。

原文

昉启[1]:近启归诉[2],庶谅穷款[3],奉被还旨[4],未垂哀察[5],悼心失图[6],泣血待旦[7]。君于品庶[8],示均熔造[9],干禄祈荣[10],更为自拔[11],亏教废礼[12],岂关视听[13]? 所不忍言,具陈兹启。

昉往从末宦[14],禄不代耕[15]。饥寒无甘旨之资[16],限役废晨昏之半[17]。膝下之懽[18],已同过隙[19],几筵之慕[20],几何可凭[21]! 且奠酹不亲[22],如在安寄[23]! 晨暮寂寥[24],阒若无主[25]。所守既无别理[26],穷咽岂及多喻[27]!

明公功格区宇[28],感通有涂[29]。若霈然降临[30],赐寝严命[31],是知孝治所被[32],爱至无心[33],锡类所及[34],匪徒教义[35]。不任崩迫之情[36],谨奉启事陈闻[37]。谨启。

昭明文选
译注

▌注释

〔1〕昉启：昉，或作"君"。吕延济注："昉家集讳其名，但云'君'，撰者因而录之。"

〔2〕归诉：归返诉告。谓返回乡里，终服父丧。

〔3〕庶谅：希望体谅。庶，表期望之词；谅，体谅，谅解。 穷款：深心，诚心。刘良注："款，心也。"

〔4〕奉被：接受，接到。 还旨：犹回旨。谓长官回答部属请求的命令。

〔5〕未垂：未能给予。 哀察：哀怜体察，同情理解。

〔6〕悼心：伤心，悲伤。 失图：失去注意，心情慌乱。张铣注："失图，荒迷也。"

〔7〕泣血：谓悲泣无声，犹如出血。《礼祀·檀弓》："高子皋之执亲之丧也，泣血三年。"《注》："言泣无声，如血出。" 待旦：等候天明。此谓整夜悲泣，直达天明。

〔8〕君：指昉。 品庶：众类，众物。

〔9〕示均：表示等同。 熔造：造化所熔铸之物。李善注引《仓颉篇》："熔，炭炉，所以行销铁也。"造，造化，大自然。

〔10〕干禄：追求俸禄。谓求官。 祈荣：祈求宠荣。

〔11〕自拔：自我显达。拔，拔擢，升迁，显达。

〔12〕亏礼：有损于教化。 废礼：废弃礼义。

〔13〕视听：谓自己的德行给予世人的影响。李善注："言己之所陈，但正亏教而废礼，岂敢关白于视听哉？"又，黄侃谓："此言居丧求进，不足教人，《注》非。"（《文选黄氏学》，187页）两解皆可通，但揆之上下文意，则黄说更为恰切。

〔14〕末宦：小吏。昉在南齐曾任丹阳尹刘秉主簿。宋永明初，卫将军王俭领丹阳尹，复引为主簿。故谓"往从末宦"。

〔15〕代耕：替代耕种。谓官吏的俸禄。此句谓官位低，俸禄薄。

〔16〕甘旨：美味。甘旨之资，指美味可口的食物。李善注引《礼记》："命士（在朝的士大夫）已上，父子皆异宫（居室相异），昧爽（天未明）而朝，慈（敬进）甘旨。"

〔17〕限役：限止于役使。谓忙于官务。 晨昏：早晚。谓昏定晨省，古礼规定为人之子，夜晚要为双亲整理床席，使其安定入睡；早晨要探望双亲一夜安否。李善注引《礼记》："凡为人子之礼，冬温（使双亲温暖）而夏清，昏定而晨省。"晨昏之半，谓晨省昏定之一半，即有晨省而无昏定，或有昏定而无晨省，故

474

谓之半。废晨昏之半，谓晨省与昏定，连一个方面也未能做到。

〔18〕膝下：谓子女奉侍于父母膝下之时。膝下之欢，谓父母享子女奉养的欢乐。李善注引《孝经》："故亲生之膝下，以养父母。"

〔19〕过隙：谓时间疾速，若日影掠过墙隙。《史记·魏豹传》："人生一世间，如白驹(喻日影)过隙耳。"

〔20〕几筵：指祭奠祖先的灵位。几，设于座侧的小桌，用以凭倚；筵，竹制的垫席。 慕：思慕，仰慕。几筵之慕，谓子女对已亡故父母的思慕。李善注引《孙卿子》："孔子谓鲁哀公曰：'君入庙(祖庙)而右，登自阼阶(庙堂东面的台阶)，仰视榱栋(椽子与正梁)，俛(俯)见几筵。其器存，其人亡，君以此思哀，则哀将焉不至矣。'"

〔21〕可凭：谓凭倚几案。此谓已故父母灵魂凭倚几案。以上两句谓父亲生前享受子女奉侍的欢乐，时间很短促；其亡故之后，子女对其思慕哀悼也没有几时。

〔22〕奠酹(lèi 类)：祭奠。酹，以酒浇地，以示祭祀。

〔23〕如在：谓祭祀祖先，如祖先真在那里。《论语·八佾篇》："祭如在，祭神如神在。子曰：'吾不与(参与)祭，如不祭。'"此谓祭祀亡父的诚心。 安寄：何所寄托。

〔24〕寂寥：寂寞。

〔25〕阒(qù 去)：静寂，空虚。 主：祭主。以上两句谓早晚无人哭临于亡父灵前，则如寂静无祭主一般。

〔26〕所守：守丧事，服丧。 别理：指脱离礼义的道理。张凤翼谓："无别理，不贰也。"(《文选纂注》，卷八)

〔27〕穷咽：哀泣。

〔28〕明公：对权贵长官的尊称。此指萧太傅。 格：至，达到。 区宇：天地。指天下百姓。

〔29〕有涂：有道，有道之士。指才德高尚的人。

〔30〕霈(pèi 佩)然：雨盛大的样子。此喻恩德。

〔31〕赐寝：谓赐予寝于草席服丧的机会。古礼规定，子为父母服丧期间，不住居室，而睡于草席，枕在土块之上，谓之寝苫枕块。《墨子·节葬下》："哭泣不秩，缞绖(麻制的丧服与系腰的丧带)垂涕，处倚庐(居丧时所住的房子)，寝苫枕块。" 严命：尊长的命令。此句完整的说法当为赐昉寝苫枕块以严命。

〔32〕孝治：以孝道治天下。李善注引《孝经》："昔者明王以孝治天下也。"

所被:所及。

〔33〕爰:语首助词。 无心:僻陋无心者。此昉自谓。李善注引《韩诗外传》:"阿谷之女谓子贡(孔子弟子)曰:'吾鄙野之人,僻陋无心。'"

〔34〕锡类:谓以善道施及众人。《诗经·大雅·既醉》:"孝子不匮,永锡尔类。"《传》:"类,善也。"《疏》:"能以孝道转相教化,则天长赐汝王以善道矣。"

〔35〕匪徒:不只。 教:义教化礼义。以上四句谓以此可知我朝以孝治天下,其道已达如我这样鄙陋之人;太傅又以良善之德广施众人,感化及我,并不仅只宣扬教义而已。

〔36〕不任:不胜,不堪。 崩迫:急迫。

〔37〕谨奉:恭敬地呈上。 启事:陈述事情的书函。 陈闻:奏闻。

今译

昉启告:近日呈上书启,请求返乡为亡父服丧,希望太傅体谅我的诚心。但是接到回旨,未能得到同情理解。我心忧伤,无可奈何,长夜悲泣,直达天明。昉于众人之中,若显示混同俗世,居丧期间贪取俸禄,追求荣华,还要自我拔擢,得到升迁,这是有损教化,废弃礼义,岂可以自己的德行影响世人?不能当面直言,现全部陈述于这篇书启之中。

昉以往官职卑小,俸禄微薄。生活饥寒,不能供给父母美味佳肴;政务紧迫,不能对双亲早晚问安奉侍。亡父生前享我奉养的欢乐,已同白驹过隙;我对亡父灵魂的哀慕,还能持续几时?况且祭奠亡父而不亲自参与,我哀思亡父的诚心将何所寄托?亡父灵魂将会早晚孤单寂寞,空旷得似无祭主。为亡父守灵服丧既无它理,哀思悲泣的缘由更无须多做比喻。

明公功德普施天下百姓,感化遍及有道之士。若像春雨霈然降临,赐我归里服丧的命令,以此可知我朝以孝治天下的正道,已经普及于鄙陋之人,太傅又以良善之德施与于我,并不仅只宣扬教义而已。内心急迫之情难以尽述,恭敬地呈上书启奏闻。谨启。

(吕桂珍译注 陈复兴修订)

◎ 弹事 ◎

◎ 奏弹曹景宗一首

任彦升

▌题解

这是一篇弹劾文字。义正辞严,愤怒之情溢于言外;褒功罚罪,爱憎之意泾渭分明。

天监二年(503)十月,北魏进攻梁之司州。司州刺史蔡道恭"率厉义勇,奋不顾命,全城守死,自冬徂秋,犹转战无穷,亟摧丑虏。"而城中人众不满五千,粮食才能支持半年。蔡道恭战劳而病,卧床不起,"闻开战鼓声,愤咤而卒"。(《梁典》)后因粮尽而援军不至,天监三年八月城陷。

在此之前,朝廷派曹景宗率军援助。但是,到达凿岘之后,曹景宗"望门不出,但耀军游猎而已。"(《梁书·曹景宗传》)等到司州失守,他马上退兵,又失守三关。

当时,任昉任御史中丞,正管弹劾之事,于是义愤填膺地写了这篇奏文加以弹劾。不想梁武帝因曹景宗是有功之臣(曾参与武帝推翻南齐之举),"一无所问",反而拜曹景宗为散骑常侍,侍从皇帝左右;并由左将军改为右卫将军,掌管皇帝的近卫军。

此文写得很有层次。首言败军之将必受惩罚。次言国家出兵未曾失败。接着一方面写蔡道恭守司州之功,一方面写曹景宗不援之罪,且三关并失,其罪不可原谅。究其原因,皆由曹景宗观望不前，违命误国。两面夹击，使罪无可逃。又言景宗本以无功而得高官厚禄，本应临敌死战以尽其职。再以"生曹死蔡"对比罪功，致使皇帝忧心，百姓涂炭。既赞扬武帝之英明决策，又指出军败元凶。引经据典，以史为鉴；又据现事，言之凿凿。可谓层层深入，气势磅礴。

当然，如果就个别问题而言，任昉也有说得过分的地方。"若使郢部救兵，微接声援，则单于之首，久悬北阙，岂直受降可筑，涉安启土而已哉！"依当时情势而言，不能至此，这实在是有些夸张。原因可能有二：一是更彰曹景宗之罪；二是阿谀梁武帝"庙算"之英明。而武帝对此文不置一词，也是任昉始料不及的。但瑕不掩瑜，此文仍是奏弹文章之佳构。

原文

御史中丞臣任昉稽首言[1]：

臣闻将军死绥[2]，咫步无却[3]；顾望避敌[4]，逗桡有刑[5]。至乃赵母深识[6]，乞不为坐[7]；魏主著令[8]，抵罪已轻。是知败军之将，身死家戮[9]，爰自古昔[10]，明罚斯在[11]。臣昉顿首顿首，死罪死罪[12]。

窃寻獯猃侵轶[13]，暂扰疆陲[14]，王师薄伐[15]，所向风靡[16]。是以淮徐献捷[17]，河兖凯归[18]。东关无一战之劳[19]，涂中罕千金之费[20]。而司部悬隔[21]，斜临寇境[22]，故使狡虏凭陵[23]，淹移岁月[24]。故司州刺史蔡道恭[25]，率厉义勇[26]，奋不顾命，全城守死[27]，自冬徂秋[28]，犹有转战无穷[29]，亟摧丑虏[29]。方之居延[30]，则陵降而恭守[31]，比之疏勒[32]，则耿存而蔡亡[33]。若使郢部救兵[34]，微接声援[35]，则单于之首[36]，久悬北阙[37]，岂直受降可筑[38]，涉安启土而已哉[39]！寔由郢州刺史臣景宗[40]，受命致讨[41]，不时言迈^[42]，故使猬结蚁聚^[43]，水草有依^[44]，方复按甲盘桓^[45]，缓救资敌^[46]，遂令孤城穷守^[47]，力屈凶威^[48]。虽然^[49]，犹应固守三关^[50]，更谋进取；而退师延颈^[51]，自贻亏衄^[52]。疆埸侵骇^[53]，职是之由^[54]。不有严刑，诛赏安置^[55]？景宗即主^[56]。

臣谨案^[57]：使持节、都督郢司二州诸军事、左将军、郢州刺史、湘西县开国侯臣景宗，擢自行间^[58]，遭兹多幸^[59]；指踪非拟^[60]，获兽何勤^[61]；赏茂通侯^[62]，荣高列将；负担裁弛^[63]，钟鼎遽列^[64]；和戎莫效^[65]，二八已陈^[66]。自顶至踵^[67]，功归造化^[68]；润草涂原，岂获自已^[69]？且道恭云逝^[70]，城守累旬^[71]；景宗之存，一朝弃甲^[72]。生曹死蔡，优劣若是！惟此人斯^[73]，有靦面目^[74]！

昔汉光命将^[75]，坐知千里^[76]；魏武置法^[77]，案以从事^[78]，故能出必以律^[79]，锱铢无爽^[80]。伏惟圣武英挺^[81]，略不世出^[82]，料敌制变^[83]，万里无差^[84]，奉而行之，实弘庙算^[85]。惟此庸固^[86]，理绝言提^[87]。自逆胡纵逸^[88]，久患诸夏^[89]。圣朝乃顾^[90]，将一车书^[91]。愍彼司氓^[92]，致辱非所^[93]。早朝永叹，载怀矜侧^[94]。致兹亏丧^[95]，何所逃罪！宜正刑书^[96]，肃明典宪^[97]。臣谨以劾^[98]，请以见事免景宗所居官^[99]，下太常削爵土^[100]，收付廷尉法狱治罪^[101]。其军佐职僚、偏裨将帅^[102]，绋诸应及咎者^[103]，别摄治书侍御史随违续奏^[104]。

臣谨奉白简以闻^[105]。

臣昉诚惶诚恐，顿首顿首，死罪死罪。臣昉稽首以闻^[106]。

注释

〔1〕御史中丞：官名。为御史大夫之佐。掌图籍秘书，外督部刺史，内领侍御史十五人，受公卿奏事，举劾按章。　稽（qǐ 起）首：最尊敬之跪拜礼，行跪拜时，头至地。

〔2〕死绥：李善注："《司马法》曰：将军死绥。注云：绥，却（退）也。有前一尺，无却一寸。杜预《左氏传注》曰：古名退军为绥。"梁章钜《文选旁证卷三十三》："张氏凤翼曰：绥是执绥之绥，言死于执绥，不敢弃也，以死制例之，可见。旧注以绥为却，恐非。"绥，登车时所拉的绳子。

〔3〕咫：周尺八寸叫咫。咫步，比喻短。　却：后退。

〔4〕顾望：观望。

〔5〕逗桡：曲行而观望。　刑：罚。

〔6〕赵母深识：《史记》载，赵王要使赵括为将，赵括之母不同意，认为他不称职。而赵王决心已下，赵母说，如果赵括失败，请不要惩罚我。赵王同意了。后来赵括果然兵败被杀，赵母免受其祸。深识谓深识其子，有预见也。

〔7〕坐：获罪。

〔8〕魏主：魏武帝曹操。　著令：发布命令。李善注："《魏志》：太祖令曰：自命将征行，但赏功而不罚罪，非国典也。其诸侯将出征，败军者抵罪，失利者免官。"

〔9〕戮：被杀。

〔10〕爰：句首助词，起加强语气的作用。

〔11〕明罚：公开惩罚。　斯在：六臣本作"在斯"。

〔12〕死罪：公文套语，表示诚惶诚恐的心情。

〔13〕窃：私下。　寻：想。　獯猃（xūn xiǎn 勋险）：獯鬻、猃狁，我国古代北方少数民族，此指北魏。　侵轶：侵略袭击。《梁书·蔡道恭传》："三年（天监三年，504 年），魏围司州。"

〔14〕暂：突然。

〔15〕王师：指梁朝军队。　薄伐：征伐。薄，助词，无义。

〔16〕风靡：草随而倒。

〔17〕淮徐：淮水徐州，梁地。

〔18〕河兖：黄河兖州，梁地。

〔19〕东关:地名,在历阳(县名,因县南有历水得名,即今安徽和县)西南一百里。李善注:"《吴历》曰:诸葛恪作东关,魏军距之。恪令丁奉等兵便乱斫,遂大破北军。"

〔20〕涂中:古地区名,指涂水(即今滁河,在江苏境内)流域。晋咸宁五年(279 年),分道伐吴,琅邪王伷(zhòu 同"胄")出涂中,即此。李善注:"《吴志》曰:晋命镇东大将军司马伷向涂中。" 罕:无。 千金之费:李善注:"《文子》曰:起师十万,日费千金。"

〔21〕司部:司州。李善注:"沈约《宋书》曰:"宋世分郢州为司州也。"在今河南省信阳。 悬隔:远隔,指离京城远。

〔22〕寇境:指北魏边境。

〔23〕狁虏:狡猾的敌人,指北魏。 凭陵:侵凌。

〔24〕淹:久。 岁:五臣本作"年"。

〔25〕蔡道恭:字怀俭,南阳郡冠军县(治所在今河南邓县西北)人。少宽厚有大量。齐时,因累有战功,迁越骑校尉、后军将军,出为辅国司马,汝南令。齐南康王治荆州,荐为西中郎中兵参军,加辅国将军。梁武帝起兵讨东昏侯时,在萧颖胄部下任冠军将军、西中郎谘议参军。以功迁中领军,固辞不受,出为使持节、右将军、司州刺史。天监初,以功封汉寿县伯,邑七百户,进号平北将军。二年十月,魏围攻司州,蔡道恭率众奋力抵抗,病重而死。城陷。

〔26〕率厉:统率振奋。 义勇:义勇之军。《梁书·蔡道恭传》:"时城中众不满五千人。"

〔27〕全城:保全城池。 守死:为守城而死。

〔28〕自冬徂秋:北魏兵从天监二年十月起围攻司州,蔡道恭天监三年五月卒,至八月,城内粮尽,乃陷。徂,到。

〔29〕亟摧丑虏:《梁书·蔡道恭传》:"魏军攻之,昼夜不息,道恭随方抗御,皆应手摧却。魏乃作大车载土,四面俱前,欲以填堑,道恭辄于堑内列艨冲斗舰以待之,魏人不得进。又潜作伏道以决堑水,道恭载土狙塞之。相持百余日,前后斩获不可胜计。魏大造梯冲,攻围日急,道恭于城内作土山,厚二十余丈;多作大槊,长二丈五尺,施长刃,使壮士刺魏人登城者。"

〔30〕居延:古县名。本汉初匈奴中地名,指居延泽一带,为当时河西地区与漠北往来要道所经。西汉置县。故城在今甘肃额济纳旗东南。

〔31〕陵降:李善注:"《汉书》曰:武帝遣骠骑都尉李陵将兵五千人,出居延

北,与单于战。陵兵败,降匈奴。"

〔32〕疏勒:古西域城国名,在今新疆喀什噶尔一带。汉宣帝神爵二年(公元前60年)起,属西域都护府。

〔33〕耿存:李善注:"范晔《后汉书》曰:耿恭,字伯宗,为戊己校尉。恭以疏勒城傍有涧水,可固,乃据之。匈奴复来攻。恭于城中穿井十五丈,不得水。恭仰叹曰:'闻昔贰师将军取佩刀刺山,飞泉涌出。今汉德神明,岂有穷哉!'乃整衣服,向井再拜,为吏士祷,有飞泉奔出。众皆称'万岁'。乃令吏士扬水示虏,虏以为神明,引去也。"刘良注:"言蔡道恭过于李、耿之感。"

〔34〕郢部救兵:《梁书·蔡道恭传》:"朝廷遣郢州刺史曹景宗率众赴援。"

〔35〕微接:稍加支援。

〔36〕单于:指北魏之君。

〔37〕北阙:古代宫殿北面的门楼。

〔38〕受降可筑:可筑受降城。李善注:"汉武帝遣因杆将军公孙敖,筑塞外受降城。杆,音盂。"

〔39〕涉安:涉安侯,名於单,是匈奴军臣单于的太子。汉元朔二年(公元前127年)军臣单于死,其弟左谷蠡王伊稚斜自立为单于,打败於单,於单遂投降汉朝,被封为涉安侯,又叫陟安侯。

〔40〕景宗:曹景宗,字子震,新野(今河南新野县)人。幼善骑射,好畋猎。宋元徽中,随父入京师,为奉朝请、员外,迁尚书左民郎。建武初,蛮寇群动,景宗东西讨击,多所擒破。五年,萧衍为雍州刺史,景宗与萧衍结好。永元初,为冠军将军、竟陵太守。参加萧衍推翻南宋的活动,有战功。拜散骑常侍、右卫将军,封湘西县侯,食邑一千六百户。迁持节、都督郢、司二州诸军事、左将军、郢州刺史。梁天监元年,进号平西将军,改封竟陵县侯。景宗在州,横征暴敛,纵兵残民,百姓怨声载道。二年,魏侵司州,受命赴援,及凿岘而顿兵不前。及司州城陷,为任昉所奏。梁武帝以景宗为功臣而一无所问,征为护军,复拜散骑常侍、右卫将军。天监七年,迁侍中、中卫将军、江州刺史。赴任卒于道。

〔41〕讨:六臣本作"罚"。

〔42〕不时:不按时,不及时。 言:无义。 迈:行,出发,这里是援救的意思。

〔43〕猬结蚁聚:指敌人如猬之结,如蚁之聚。

〔44〕水草:拓拔魏原为游牧民族,依水草而居。

〔45〕按甲：相当于"按兵"，止兵。　盘桓：不进。

〔46〕资：帮助。

〔47〕穷守：死守。

〔48〕屈：屈服于。

〔49〕虽然：虽然如此，但……

〔50〕三关：义阳三关，南北朝时义阳郡（治所在今河南信阳）南平靖、黄岘、武阳三关的总称。在今豫、鄂界上。三关与郡城势如首尾，为南北兵家必争之地。

〔51〕延颈：地名，颈是头字之误。

〔52〕贻：遗留。这里有"取"意。　亏衄（nù）：羞辱失败。李善注："刘璠《梁典》曰：宣城王以冠军将军曹景宗为郢州刺史。初，司州被围，诏荆郢发兵往援，曹景宗为都督。及荆州援军至三关，顿兵不进，闻司州没，即日退还延头，敌人纵暴缘边，景宗不能御，遂失三关诸戍。有司奏罚罪。"

〔53〕疆埸（yì 易）：疆界。　侵骇：侵凌惊骇。

〔54〕职：主要。

〔55〕诛：惩罚。　置：用。

〔56〕主：主要责任者。六臣本校，五臣本无"景宗即主"一句。

〔57〕案：查。

〔58〕擢：提拔。　行间：行伍之间。

〔59〕遭：遇。　多幸：张铣注："非分而得谓之多幸。"李善注：《左氏传》：羊舌职曰：民之多幸，国之不幸也。"

〔60〕指踪：为猎人指示野兽踪迹。　非拟：非比。

〔61〕获兽：猎获野兽。这里指征战之功。　何勤：何劳，有什么功劳。李善注："《汉书》曰：上（刘邦）先封萧何为酂侯。功臣皆曰：'萧何未有汗马劳，顾（反而）居臣等上，何也？'上曰：'诸君知猎乎？'曰：'知之。'上曰：'夫猎，追杀兽者，狗也。而发踪指示兽处者，人也。今诸公徒能走得兽者，功狗也；如萧何发踪指示，功人也。'群臣莫敢言也。"

〔62〕茂：重。　通侯：李善注："应劭曰：通侯者，言其功德通于王室也。"

〔63〕负担：比喻担负的工作。　裁：才。　弛：放下。李善注："《左传》曰：齐侯使敬仲为卿，辞曰：'弛于负担，君之惠也。'"

〔64〕钟鼎：钟鸣鼎食。　遽：急，赶快。

〔65〕和戎:古代称汉族与少数民族结盟友好为和戎。戎,少数民族。效:功效。

〔66〕二八:十六人的女乐舞。李善注:"《左氏传》曰:郑人赂晋侯以女乐二八,晋侯以乐之半赐魏绛,曰:子教寡人和诸戎狄也。"刘良注:"魏绛为晋悼公和戎狄而赐女乐二八,景宗无此功效而亦当此赐也。"

〔67〕踵:脚后跟。

〔68〕造化:比喻武帝。

〔69〕润草涂原:张铣注:"以膏血涂润原草。"李善注:"《喻巴蜀》曰:肝脑涂中原,膏液润野草而不辞也。" 岂获自已:岂能自己停下来。

〔70〕云:已经。

〔71〕累旬:多旬。十天为一旬。蔡道恭天监三年五月死,司州八月被攻破。

〔72〕弃甲:弃兵甲而逃。

〔73〕斯:啊。

〔74〕觍:觍靦,惭愧的样子。

〔75〕汉光:汉光武帝刘秀。

〔76〕坐知千里:李善注:"《东观汉记》曰:代郡太守刘兴,将(率领)数百骑,攻贾览。上状檄至,光武知其必败,报书曰,欲复进兵,恐失其头。诏书到,兴已为览所杀,长史得檄,以为国家(皇帝)坐知千里也。"

〔77〕魏武:魏武帝曹操。 置法:发布军令。

〔78〕案以从事:案,依据。以军令行事。 李善注:"《魏书》曰:太祖(曹操)自作兵书,诸将征伐,皆以新书从事。从令者克捷,违教者负败。"

〔79〕律:法。

〔80〕锱铢:八两为锱,二十四铢为两,比喻微小。 爽:差错。

〔81〕英挺:英俊挺拔。

〔82〕略不世出:谋略非世人所能出。略,谋略。

〔83〕料敌:估计敌人的情况。

〔84〕差:错。

〔85〕弘:弘扬。 庙算:出征前,祭庙而预测吉凶。引申为由朝廷制定的克敌谋略。

〔86〕庸固:平庸固陋,指曹景宗。

〔87〕理绝言提:指顽固不化,不接受忠告,不可与之讲道理。提,耳提面命。

〔88〕纵逸:放纵,放肆。

〔89〕诸夏:中国。

〔90〕圣朝:指梁。 顾:眷顾。

〔91〕一车书:使天下车同轨、书同文,意为统一天下。一,统一。

〔92〕慜:忧伤。 司氓:司州百姓。氓,民。

〔93〕致:六臣本云,五臣本作"累"。

〔94〕矜恻:忧伤同情。

〔95〕亏丧:指司州失陷。

〔96〕刑书:法典。

〔97〕典宪:常法。

〔98〕劾:弹劾,揭发罪状。

〔99〕见:同"现"。

〔100〕太常:官名。掌管礼乐郊庙社稷,还兼管选试博士。梁比金紫光禄大夫。 爵土:爵位和封地。

〔101〕廷尉:官名,九卿之一,掌刑狱。

〔102〕偏裨:偏将与裨将。将佐的通称。

〔103〕绁(guà 挂):有关的。 咎:罪。

〔104〕摄:拘捕。 治书侍御史:官名。掌评全国审判定案中的疑事。

〔105〕白简:古御史有所弹奏,用白简。简本为木或竹片,自纸通行后,书笺亦称简。自从任昉上《奏弹曹景宗》以后,称弹劾之章奏为白简。

〔106〕李善本在"白简以闻"之下有"云云"二字,无"臣昉诚惶诚恐……稽首以闻"二十字,此从六臣本。

今译

御史中丞臣任昉稽首言:

臣听说,在战斗中,将军宁肯执绥而死,也不后退一步。观望徘徊,绕道避敌者,应受到惩处。至于赵括之母深识其子,请求不牵连获罪;魏武帝发布命令,败军者抵罪,失利者免官,这种惩罚已算很轻了。因此知道败军之将,自己要被处死,家属要被杀戮,从古代开始,就有明确的惩罚存在。臣昉顿首顿首,死罪死罪。

我私下里想，北方敌人侵夺抢掠，突袭边疆，王师征伐，所向披靡。因此淮、徐献捷，河、兖凯旋。吴将诸葛恪东关之役无一战之劳，晋帅司马伷出兵涂中无千金之费。而司州远离京都，斜对敌境，故使狡猾的敌人侵凌骚扰，久经岁月。已故刺史蔡道恭，统率激励义勇之军，奋不顾身，保全城池，拼死抵抗，从冬到秋，还转战无穷，多次摧垮敌人的进攻。比之居延之战，则李陵降敌而道恭死守，比之疏勒之役，则耿恭存活而道恭死亡。如果郢州的救兵稍加声援，则单于之头，早悬北阙之上，岂只像汉将军公孙敖可筑受降之城，匈奴单于太子於单投降而开拓疆土呢！实在是由于郢州刺史臣曹景宗，受命讨敌，不及时进军，故使北魏之兵如刺猬蚂蚁般聚集，有水草可依。而曹景宗束甲按兵，盘桓不进，以拖延救助来帮助敌人，于是使孤城死守，力屈于敌人的凶威。虽然事已至此，还须固守三关，更谋进取之道；却退兵于延头，而自取羞辱和失败。边境遭侵略，百姓受惊骇，主要原因在此。如不加严惩，赏罚之律何用？景宗就是罪魁祸首。

臣谨查：使持节、都督郢司二州诸军事、左将军、郢州刺史、湘西县开国侯臣景宗，拔自军伍之间，逢遇多次幸运之机，没有指示野兽踪迹之功，猎取野兽有何功劳！奖赏重于通侯，光荣高于列将；任务才完成，钟鼎就陈列；和戎之功不建，二八女乐已歌。从头到脚，功归皇帝；以肝脑涂中原，鲜血润野草而建功是臣子本分，岂能推辞？且道恭已死，司州城仍坚守数十日；景宗活着，却一朝弃甲而逃。活的是曹死的是蔡，优劣如此！只有这种人啊，才有厚脸皮！

从前，汉光武帝任命将帅，坐知千里之外发生的事；魏武帝发布军令，将帅都据以行事，所以能出令必依法，丝毫不出错。我想，陛下圣武英挺，谋略非世人所及，判断敌情，因时制宜，随机应变，万里之外，决无疏失，如将帅奉而行之，定会弘扬陛下克敌制胜之策。惟此平庸固陋之曹景宗，辜负陛下耳提面命之训，实在不可理喻。北魏放肆侵略，久为中国之患。圣皇眷顾天下，要使书同文、车同轨，统一海内。可怜那司州百姓，受到羞辱，死无葬身之所。早朝长叹，心怀忧伤。招致如此损失，怎能逃脱罪责！应正确执行法律，使法律彰明。臣谨以此弹劾：请以现在之事为据，免去景宗所居之官，下太常官，削除他的爵位和封地，把他抓起来交给廷尉依法治罪。他的军佐僚属、副将副帅，有牵连应该有罪者，另外拘捕交给治书侍御史，依据他们所犯之罪接续上报。

臣谨以白简奉闻陛下。

臣昉诚惶诚恐，顿首顿首，死罪死罪。臣昉稽首以闻。

（陈延嘉译注并修订）

◎ 奏弹刘整一首　　　　　任彦升

▌ 题解

　　奏弹，奏本弹劾。"弹事"一体，为昭明所立。其后的《唐文粹》、《宋文鉴》，皆归于"奏疏"之中。李善注引沈约《齐纪》："整，宋吴兴太守兄子也。历位持节都督交、广、越三州也。"任彦升当时为御史中丞，负责"公卿奏事，举劾按章。"

　　《奏弹刘整》在《文选》中是一篇很特殊的文章。《选·文》多为骈体，而此文则是散体，甚至像一篇审讯记录，方言口语夹杂其中，不仅与整个《选·文》风格迥异，同篇文字格调也很不一致。何以如此？李善注提示了我们："昭明删此文太略，故详引之，令与弹相应也。"可见，我们见到的《奏弹刘整》，已非萧《选》原貌，而是经李善注引之后的"改装货"；萧《选》的《奏弹刘整》，也非任彦升的原作，而是按萧统"沉思翰藻"的美文标准改造过的作品。那么，哪些文字是李善详引进来的呢？考核诸本，则"又以钱婢姊妹弟温"至"如法所称，整即主"，共八百余字是昭明所删，善注补回者。（参见佐竹保子《文选诸本任昉作品称呼的混乱与〈奏弹刘整〉的原貌》）如删掉这一部分，即恢复萧《选》原貌，则为骈文，与《选·文》的整体风格是一致的。

▌ 原文

　　御史中丞臣任昉稽首言[1]：臣闻马援奉嫂，不冠不入[2]，氾毓字孤，家无常子[3]。是以义士节夫[4]，闻之有立^[5]，千载美谈，斯为称首^[6]。

臣昉顿首顿首^[7]，死罪死罪^[8]。谨案：齐故西阳内史刘寅妻范^[9]，诣台诉列称^[10]：出适刘氏^[11]，二十许年^[12]。刘氏丧亡，抚养孤弱^[13]。叔郎整^[14]，常欲伤害侵夺^[15]分前奴教子、当伯^[16]，并已入众^[17]。又以钱婢姊妹弟温，仍留奴自使伯^[18]，又夺寅息逑婢绿草^[19]，私货得钱，并不分逑^[20]。寅第二庶息师利^[21]，去岁十月往整田上经十二日^[22]，整便责范米六斛哺食^[23]。米未展送^[24]，忽至户前^[25]，隔箔攘拳大骂^[26]，突进房中^[27]，屏风上取车帷准米去^[28]。二月九日夜，婢采音偷车栏夹杖龙牵^[29]，范问失物之意，整便打息逑。整及母并奴婢等六人来至范屋中，高声大骂，婢采音举手查范臂^[30]。求摄检^[31]，如诉状。

辄摄整亡父旧使奴海蛤到台辩问^[32]，列称：整亡父兴道^[33]，先为零陵郡^[34]，得奴婢四人。分财，以奴教子乞大息寅^[35]。亡寅后，第二弟整仍夺教子^[36]，云应入众，整便留自使。婢姊及弟各准钱五千文^[37]，不分逑。其奴当伯，先是众奴^[38]。整兄弟未分财之前，整兄寅以当伯贴钱七千^[39]，共众作田^[40]。寅罢西阳郡还^[41]，虽未别火食^[42]，寅以私钱七千赎当伯^[43]，仍使上广州去^[44]。后寅丧亡，整兄弟后分奴婢，唯余婢绿草入众^[45]。整复云寅未分财赎当伯，又应属众^[46]。整意贪得当伯，推绿草与逑。整规当伯还^[47]。拟欲自取，当伯遂经七年不返^[48]。整疑已死亡不回^[49]，更夺取婢绿草^[50]，货得钱七千。整兄弟及姊共分此钱^[51]，又不分逑。寅妻范云，当伯是亡夫私赎^[52]，应属息逑。当伯天监二年六月从广州还至^[53]，整复夺取，云应充众，准雇借上广州四年夫直^[54]，今在整处使。

　　进责整婢采音[55]，刘整兄寅第二息师利，去年十月十二日忽往整墅停住十二日[56]，整就兄妻范求米六斗哺食。范未得还，整怒，仍自进范所住，屏风上取车帷为质[57]。范送米六斗，整即纳受。范今年二月九日夜，失车栏子夹杖龙牵等，范及息逞道是采音所偷[58]。整闻声，仍打逞。范唤问何意打我儿[59]，整母子尔时便同出中庭[60]，隔箔与范相骂。婢采音及奴教子、楚玉、法志等四人[61]，于时在整母子左右。整语采音[62]：其道汝偷车校具[63]，汝何不进里骂之？既进争口，举手误查范臂[64]。车栏夹杖龙牵，实非采音所偷。

　　进责寅妻范奴苟奴[65]，列称去二月九日夜[66]，失车栏夹杖龙牵，疑是整婢采音所偷。苟奴与郎逞往津阳门籴米[67]，遇见采音在津阳门卖车栏龙牵，苟奴登时欲捉取[68]，逞语苟奴已尔不须复取[69]。苟奴隐僻少时，伺视人买龙牵[70]，售五千钱。苟奴仍随逞归宅，不见度钱[71]。

　　并如采音、苟奴等列状[72]，粗与范诉相应[73]。重覈当伯、教子[74]，列称被夺[75]，今在整处使，悉与海蛤列不异。以事诉法[76]，令史潘僧尚议[77]：整若辄略兄子逞分前婢货卖[78]，及奴教子等私使，若无官令，辄收付近狱测治[79]。诸所连逮绁，应洗之源[80]，委之狱官[81]，悉以法制从事[82]。如法所称，整即主[83]。

　　臣谨案：新除中军参军臣刘整[84]，间阎阘茸[85]，名教所绝[86]。直以前代外戚[87]，仕因纨袴[88]，恶积衅稔[89]，亲旧侧目。理绝通问[90]，而妄肆丑辞[91]；终夕不寐[92]，而谬加大杖[93]。薛包分财，取其老弱[94]；高凤自秽，争讼寡嫂[95]。未见孟尝之深心，唯敩文通之伪迹[96]。昔人睦亲，衣无常主[97];整之抚姪,食有故人[98]。何其不能折契钟庾[99],而襜帷交质[100],人之无情,一何至此！实教义所不容[101],绅冕所共弃[102]。

　　臣等参议[103],请以见事免整所除官[104],辄勒外收付廷尉法狱治罪[105]。诸所连逮应洗之源[106],委之狱官,悉以法制从事。婢采音不款偷车龙牵[107],请付狱测实[108]。其宗长及地界职司[109],初无纠举[110],及诸连逮,请不足申尽。臣昉云云,诚惶诚恐以闻[111]。

注释

〔1〕御史中丞:官名。为御史大夫之佐,在殿中兰台,也称御史中执法,掌图籍秘书,外督部刺史,内领侍御史十五人。受公卿奏事,举劾按章。　稽首:古时一种跪拜礼,叩头到地。是九拜中最恭敬的礼节。古代书信等常于开头结尾用之。

〔2〕马援奉嫂,不冠不入:李善注引《东观汉记》:"马援事寡嫂,虽在闺内,必衣冠,然后入见。"奉,事奉。　冠,戴帽,用如动词。

〔3〕氾(fàn 泛)毓:字稚春,济北人。　字孤:抚养孤儿。

〔4〕义士:旧指忠勇之士。　节夫:指有节操之士。

〔5〕之:代词,指马援奉嫂、氾毓字孤之事。　有立:有所立,即立志。

〔6〕称首:称其首,居首。

〔7〕顿首:头叩地而拜。古九拜之一。一曰稽首,二曰顿首。常用于书信起头或末尾。

〔8〕死罪死罪:旧时奏章及书札中常用之套语,含冒犯之意。

〔9〕谨:表示郑重和恭敬。　案:处理公事的记录。　西阳:郡名。晋西阳国,在今湖北黄冈一带。　内史:官名。西汉始置,诸侯国内置内史,掌民政。

〔10〕诣:至。　台:古代官署名。此指御史台。　列称:陈述。

〔11〕出适:出嫁。　刘氏:刘寅。

〔12〕许:约计的数量。

〔13〕孤弱:指刘寅子女,无父且幼,称弱孤。

〔14〕叔郎:丈夫之弟,俗称小叔子。　整:刘寅之弟刘整。

〔15〕侵:侵占财产。

〔16〕分前:指分家产之前。　教子、当伯:二奴名。教子、当伯,未分家产是刘寅的私产。

〔17〕入众:归众人所有,即归整个刘家所有。

〔18〕温:教子弟弟之名。　伯:衍文。别本所无。

〔19〕息:子女。　逡(qūn):刘寅之子,范氏所生。　绿草:奴婢名字。

〔20〕货:卖。

〔21〕庶息:庶子。旧称妾所生的儿子。　师利:寅第二庶息的名字。

〔22〕经:经历。指居住。

〔23〕责:索取。　斛(dǒu 斗):同"斗",量器。　哺食:口粮。

〔24〕展送:发送。六朝时语。(用黄侃说)

〔25〕户前:门前。

〔26〕箔(bó 泊):用苇子或秫秸编成的门帘。　攘(rǎng 壤)拳:捋袖伸拳。愤怒欲斗架势。

〔27〕突进:冲进。

〔28〕屏风:室内挡风或作为障蔽的用具。　车帷:车四周之帷帐。　准:顶,抵,当。(用黄侃说)

〔29〕采音:刘整的婢女。　车栏:不详。　夹杖:黄侃注:"夹杖,盖靮也。"靮,是引车前行的皮带,一端系在车轴上,一端系在骖马胸部的皮革上。　龙牵:黄侃注:"龙牵,盖鞅(ēng)也。"鞅,马缰绳。

〔30〕查:抓。

〔31〕摄检:检查。

〔32〕辄(zhé 哲):就。　摄:传讯。　海蛤(gé 革):刘整亡父过去使用的奴婢。　辩问:回答问话。

〔33〕兴道:刘兴道,刘整先父。

〔34〕零陵郡:汉置。郡地甚广,有湖南宝庆、永州、广西桂林旧府属地。东汉后地渐狭。

〔35〕乞:给。(用黄侃说)

〔36〕亡寅:以别本改寅亡。　仍:就。

〔37〕弟:指温。

〔38〕众奴:指全家共有之奴。

〔39〕未:别本无"未"字。 贴:卖。

〔40〕共:供。 作田:耕地。

〔41〕罢:免官。

〔42〕别伙食:另起伙吃饭。

〔43〕赎:买回。

〔44〕仍:就。

〔45〕余:剩。

〔46〕复:又。 属众:属大家所有。

〔47〕意:意思。 规:打算。

〔48〕遂:竟。

〔49〕回:返。

〔50〕更:又。

〔51〕姊:指刘整姐姐。

〔52〕私赎:个人拿钱赎回。

〔53〕天监:梁武帝年号。公元 502 年至 519 年。

〔54〕夫直:工钱。

〔55〕责:责问。

〔56〕墅(shù 树):田野中的草房。

〔57〕质:抵押。

〔58〕道:说。

〔59〕唤问:叫问。

〔60〕尔时:那时。 中庭:庭堂中间。

〔61〕楚玉、法志:皆为奴婢。

〔62〕语(yù 玉):告诉。

〔63〕校具:车具,此指夹杖、龙牵等。

〔64〕争口:争吵。 误查:错查。

〔65〕苟奴:刘寅妻范氏之奴婢。

〔66〕列称:李善本作"列娘",据六臣本改。

〔67〕籴(dí 敌)米:买米。籴,买进粮食。

〔68〕登时:立刻。

〔69〕已尔:已过去了。

〔70〕伺视:探看。

〔71〕度钱:过钱,点钱。

〔72〕列状:所陈述之情况。

〔73〕粗:大略,大体。　诉:指范氏讼状。　相应:相符。

〔74〕覈(hé 合):核实。

〔75〕列称:据六臣本改。李善注本作"列娘"。

〔76〕事诉法:类似今刑事诉讼法。

〔77〕令史:官名。掌文书,职位次于郎。

〔78〕略:侵夺,强取。

〔79〕测治:量刑定罪。

〔80〕所连逮绁(guà 挂):今所谓干证。　应洗之源:今所谓事由。

〔81〕委:托付,委派。　狱官:狱吏。负责诉讼的官吏。

〔82〕法制:指法律条文。

〔83〕主:主犯,正犯。

〔84〕除:拜官受职。新除,新任官职。　中军参军:官名。中军将军的属官。

〔85〕闾阎(lú yán 驴言):里巷的大门,此借指里巷。　阘茸(tà róng 踏荣):地位卑微或品格卑贱的人。

〔86〕名教:封建社会的等级名分与礼教。　绝:弃。

〔87〕直:不过。　前代:指宋代。李善注引沈约《宋书·齐纪》:"整,宋吴兴太守兄子也,历位持节、都督交广越三州也。"　外戚:特指帝王的母族和妻族。

〔88〕仕:做官。　纨袴:李周翰注:"纨袴,谓外戚骄奢之服也。"

〔89〕稔(rěn 忍):指事物酝酿成熟。稔,庄稼成熟。

〔90〕理绝通问:依礼教嫂叔间不问候。《礼记》:"嫂叔不通问,诸母不漱裳。"

〔91〕妄肆:胡乱放纵。　丑辞:丑陋的话。指骂人之言。

〔92〕终夕不寐:成宿不能入睡。此指私爱其子而动心。李善注引《后汉书》:"或问第五伦曰:公有私乎? 对曰:吾兄子尝病,一夜十往,退而安寝;吾子有病,虽不省视,而竟夕不眠。"

〔93〕谬加大杖:指打刘逡。谬,错。大杖,指棍棒。

〔94〕"薛包分财"二句:李善注引《后汉书》:薛包,字孟尝,好学忠厚。其侄欲分家,包阻当不住,乃平分其财。分奴婢自己要老的,说她们与我共事久,你不好用;分房子地,自己要荒废破旧的,说这是我年轻时置买的,感情上留恋这些旧舍;分器物自己要破旧的,说这些是我平时使用的,用起来方便顺手。因其德高而后拜为侍中。

〔95〕"高凤自秽"二句:李善注引《东观汉记》:高凤,字文通,南阳人也。凤年老,名气大。太守连请其出来做官,凤恐不得免,自言凤本巫家,不应为吏。又假与嫂嫂打田产官司,于是免于应召为官。 自秽:自己埋汰自己。

〔96〕深心:心灵深处。 敩(xiào 效):学。六臣注本敩作"倣"。 伪迹:假事。指高凤自言与寡嫂诈讼田之事。

〔97〕睦亲:和睦的亲属,指近亲。

〔98〕抚:扶养。 食有故人:指刘整"求米六斗哺食"之事。李善注引《西京杂记》:"公孙弘起家,徙步为丞相。故人齐高贺从之。弘食以脱粟饭,覆以布被。贺怨曰:何用故人富贵为? 脱粟布被,我自有之。弘大惭,贺乃告人曰:公孙弘内厨五鼎,外膳一肴,岂可以临天下?"

〔99〕折契:折券弃债,即撕掉债契,不要还债。 钟:古容量单位。《左传·昭公三年》:"釜十则钟。"杜预注:"钟,六斛四斗。" 庾:古容量单位。一庾等于十六斗。

〔100〕襜帷(chān wéi 搀围):指车帷。襜,襜褕,又称童容,妇女车帷,状如短裳。 交质:交换质押物。 襜帷交质:指用车帷与六斗米抵押。

〔101〕教义:指名教之内容。

〔102〕绅冕:指有地位有身分的人。绅冕,本指官员的衣帽。绅,宽大的腰带。

〔103〕参议:参谋建议。

〔104〕见(xiàn 现)事:犹今事。

〔105〕辄:马上,立刻。 勒:强制。 外收:拘捕。 廷尉法狱:掌刑狱的官。

〔106〕诸所连逮应洗之源:黄侃曰:"诸所连逮,据前文逮字下补缕字。"(《文选平点》)

〔107〕款:招供。《文选平点》:"款,今云招状。"

〔108〕付狱:关押。　测实:核实。
〔109〕宗长:族长。　地界职司:指有关的地方官。
〔110〕纠举:举报。
〔111〕诚惶诚恐:惶惧不安。封建时代奏章中的套语。

今译

　　御史中丞臣任昉叩首进言:臣听说马援侍奉寡嫂,不衣冠整齐不入嫂嫂内室;氾毓抚养孤儿,家中没有固定子女。因此义士节夫,闻此立志,千载美谈,这种德行堪属第一。

　　臣任昉叩首叩首,死罪死罪。郑重记录在案:齐代已故西阳郡内史刘寅之妻范氏,到御史台告状陈述:她嫁到刘寅家,二十多年。刘寅故去,自己抚养年幼的孤儿,小叔刘整常来伤害并要侵夺家产。分家前,教子、当伯二奴本是刘寅的私产,而现在夺归全家共有。又用钱买下婢姊弟温,留下自己使用。又夺去刘寅儿子刘逡的婢女绿草,私下卖了钱,并不分给刘逡。刘寅妾生的第二个儿子师利,去年十月到刘整庄上住十二天,刘整便索取六斗米作为口粮。米未及送去,刘整忽至门前,隔着门帘捋袖挥拳大骂,冲进房里,从屏风上拿去车帷子顶米。二月九日夜,婢女采音偷车栏、皮带、缰绳,范氏询问丢物情况,刘整便打他儿子刘逡。刘整和他母亲连同奴婢等六人,来到范氏屋中,高声大骂,奴婢采音举手抓破范氏胳臂,要求检查,如诉状所说。

　　于是就传讯刘整亡父从前使用过的男奴海蛤到衙门来核实。海蛤陈述:刘整已故父亲刘兴道,先做零陵郡太守,得到奴婢四人。分家产时,把男奴教子分给大儿子刘寅。刘寅死后,二弟刘整就把教子夺去,说应家人共有,整却留下自己使用。教子的姐姐和弟弟各顶五千文,不分钱给刘逡。家奴当伯,原先是家人共有之奴。刘整兄弟分家产之前,刘整的哥哥刘寅,用当伯卖七千钱,供大家耕田之用。刘寅从西阳郡罢官回来后,虽未起伙另过,刘寅拿个人钱七千赎回当伯,就让他上广州去做事。刘寅死后,刘整兄弟再分奴婢,只剩下绿草归大家所有。刘整又说刘寅未分家产时拿的钱赎当伯,当伯应归大家所有。刘整的意思想个人得到当伯,就把绿草推给刘逡。刘整打算当伯回来,想自己要。当伯竟七年未归,刘整怀疑是否死去不能回来,便又夺取绿草,卖了七千钱。刘整兄弟和姐姐共同分了这笔钱,又不分给刘逡。刘寅妻子范氏说,当伯是亡夫个人拿钱赎回的,应属于我儿子刘逡。当伯于天监二年六月,从广州回来,刘整又夺取当伯,说应归大家共有,顶刘寅借他上广州四年的工钱,当伯现在刘整那里使用。

　　进一步责问刘整婢女采音。刘整兄刘寅二儿师利,去年十月十二日,忽然到刘整田间茅舍住十二天,刘整便向嫂子范氏索取六斗米作口粮。范氏未能还,刘整大怒,就进范氏住处,从屏风取走车帷做抵押。范氏送来六斗米,刘整就收下。范氏今年二月九日夜里,丢失了车栏子、皮带、缰绳等物,范氏与儿子刘逡说是采音所偷。刘整听到这个说法,就打刘逡。范氏呼喊问为何打我儿,刘整母子当时便走到庭堂中间,隔着门帘与范氏对骂。奴婢采音和教子、楚玉、法志等四人,他们这时在刘整母子身边。刘整告诉采音:"她说你偷车具,你为啥不到屋里骂她?"待进屋里口角起来,举手装做误叉范氏胳臂。车栏、皮带、缰绳,确实不是我采音所偷。

　　进一步责问刘寅妻范氏奴婢苟奴,苟奴陈述:娘去年二月九日夜,丢失了车栏、皮带、缰绳,怀疑是刘整奴婢采音所偷。苟奴与郎刘逡到津阳门买米,遇见采音在津阳门卖车栏、缰绳。苟奴立即要去捉拿,刘逡告诉苟奴,等一会儿,不要马上去捉。苟奴躲到隐蔽处,一会儿,偷偷看到有人买缰绳,卖五千钱。苟奴就随刘逡回到家里,没有见到数钱给刘逡。

　　通观采音、苟奴等的陈述,大体与范氏诉讼状相符。重新核实当伯、教子,皆说被夺,现在刘整那里使唤,皆与海蛤陈述的无异。按刑事诉讼法,令史潘僧尚提议:刘整如肆意掠夺其侄子刘逡分家前的奴婢变卖，及教子等奴婢私用，如无官家法令允许，就应将其收在附近监狱候审。各个干证人所陈事由，交给法官，全按法律办事。如法律所称，刘整是主犯。

臣谨案：新任命的中军参军刘整，乃里弄中品格卑劣之人，为名教所鄙弃。其为官靠前辈外戚之势，借前代骄奢之威，积恶累罪，亲朋故友皆侧目而视，以致背离叔嫂不通问之理，胡乱大放詈骂嫂嫂之丑辞，爱子心切而乱打其侄。薛包分家产，自取老弱奴婢；高凤佯称与寡妇争讼而不去做官。刘整未知薛孟尝的内心世界，只效仿高文通与寡嫂争讼的假象。前人敦睦亲人，家中衣服谁用谁穿；刘整扶养其侄，吃饭索粮。为何不能撕券弃债，而用车帷抵顶口粮。人无情到此地步，实在为礼教所不容，遭名士所共弃。

臣等参谋建议：请根据今天这事，免去刘整新任的官职，立即准其收监，交法官治罪。所有干证，交给法官，皆根据法律处理。奴婢采音不招供偷马缰绳，请将其收监核实。刘氏族长及有关地方官吏，开始并未举报，以及那些受牵连者，请不必追究。臣任昉云云，诚惶诚恐上奏。

（赵福海译注并修订　陈延嘉再修订）

◎ 奏弹王源一首

沈休文

〖题解〗

　　李善注引吴均《齐春秋》："永明八年,沈约为中丞。"此中丞即御史中丞,负责考核诸吏优劣,纠弹违法背德者之官。时沈约深得齐王朝的信任,先为征虏记室、襄阳令,奉侍文惠太子。"时东宫多士,约特被亲遇,每直入见,景斜方出。"继任吴邑中正,徙司徒右长史、黄门侍郎。又得竟陵王招纳,与兰陵萧琛、琅珏王融、陈郡谢朓、南乡范云、乐安任昉等同受亲重。"当世号为得人"。可见,沈约当时是少年得志,仕途畅通。他既为吴郡中正,可以依据乡论与清议厘定士族的品级,又为御史中丞,可以寻访风闻直接向皇帝建议授予或升降士族的官位。其权势是很大的,因而执法也就严厉有加。

　　奏弹是当时官方一种应用文体。奏,奏闻,向皇帝报告;弹,弹劾,谓揭发官吏的污行劣迹。此篇即沈约以御史中丞向齐武帝弹劾南郡丞王源违礼背德之行的上书。

　　魏晋以来确立所谓"九品中正"之制,所谓"上品无寒门,下品无势族",士族与庶族之间的门第等级界限特别严格,依礼士庶之间不能通婚。沈约此文揭露王源以士族之胄,嫁女于庶族之门,认为是唯利是求,玷辱流辈;又揭露其以嫁女聘礼,作为个人纳妾之资,亦属鄙情赘行,罪恶为甚。因而建议皇帝撤其职,罢其官,开除其士族之籍,永远不得从政。沈约的意图是借处罚王源以警世众,恢复并强化九品中正制。

　　其实,正如张云璈所评:"按宋大明五年诏士族杂婚者皆补将吏,当时与工商为婚,盖有明禁。然亦只毋许杂婚而已,非并禁寒素也。若满氏既云宠奋允胄,何由知其虚托。且璋之任王国侍郎,鸾又为王慈吴郡阁主簿,父子同仕王朝,纵出寒门,已非流伍可比,安在不可为婚?"(《文选胶言》,卷十七)沈约把此事看得如此不可饶恕,足见六朝时期封建等级观念的严重性及其本人维护封建等级制的坚定性。

本篇与任昉《奏弹曹景宗》、《奏弹刘整》同属奏弹公文格式,多当时公文习用语,先据风闻列叙王源罪状,谓"纠慝绳违,允兹简裁,源即主"。后提出给予王源应得的处罚,谓"臣谨案"、"臣等参议"、"源官品应用黄纸,臣辄奉白简以闻"云云。正如钱钟书先生所说:"'即主'以上犹立状,举其罪,'谨案'以下犹拟判,定其罚。"(《管锥编》,第四册,1404 页)

刘勰评论奏弹文说:"若乃按劾之奏,所以明宪清国。……故位在鸷击,砥砺其气,必使笔端振风,简上凝霜者也。"(《文心雕龙·奏启》)沈约此文,尖刻锋利,坚定冷峻,与刘勰之论正合,表现出古代执法之官无私无畏的一面。

原文

给事黄门侍郎[1]、兼御史中丞[2]、吴兴邑中正臣沈约稽首言[3]:

臣闻齐大非偶[4],著乎前诰[5];辞霍不婚[6],垂称往烈[7]。若乃交二族之和[8],辨伉合之义[9],升降崎隆[10],诚非一揆[11]。固宜本其门素[12],不相夺伦[13],使秦晋有匹[14],泾渭无舛[15]。自宋氏失御[16],礼教雕衰[17],衣冠之族[18],日失其序[19]。姻娅沦杂[20],罔计厮庶[21]。贩鬻祖曾[22],以为贾道[23]。明目腆颜[24],曾无愧畏[25]。若夫盛德之胤[26],世业可怀[27],栾郤之家[28],前徽未远[29]。既壮而室[30]，窃赀莫非皂隶[31]；结缡以行[32]，箕帚咸失其所[33]。志士闻而伤心[34]，旧老为之叹息[35]。

自宸历御宇[36]，弘革典宪[37]，虽除旧布新[38]，而斯风未殄[39]，陛下所以负扆兴言[40]，思清弊俗者也[41]。臣实儒品[42]，谬掌天宪[43]。虽埋轮之志[44]，无屈权右[45]，而狐鼠微物[46]，亦蠹大猷[47]。风闻东海王源[48]，嫁女与富阳满氏[49]。源虽人品庸陋[50]，胄实参华[51]。曾祖雅[52]，位登八命[53]。祖少卿[54]，内侍帷幄[55]。父璿[56]，升采储闱[57]，亦居清显[58]。源频叨诸府戎禁[59]，豫班通彻[60]，而托姻结好[61]，唯利是求。玷辱流辈[62]，莫斯为甚。源人身在远，辄摄媒人刘嗣之到台辩问[63]。嗣之列称[64]：吴郡满璋之[65]，相承云是高平旧族[66]，宠奋胤胄[67]，家计温足[68]，见托为息鸾觅婚[69]。王源见告穷尽[70]，即索璋之簿阀[71]。见璋之任王国侍郎[72]，鸾又为王慈吴郡正阃主簿[73]。源父子因共详议，判与为婚。璋之下钱五万，以为聘礼[74]。源先丧妇，又以所聘余直纳妾[75]。如其所列，则与风闻符同。窃寻璋之姓族[76]，士庶莫辨[77]。满奋身殒西朝[78]，胤嗣殄灭[79]，武秋之后[80]，无闻东晋[81]。其为虚托[82]，不言自显。王满连姻[83]，寔骇物听[84]。潘杨之睦[85]，有异于此[86]。且买妾纳媵[87]，因聘为资[88]。施衿之费[89]，化充主床第[90]。鄙情赘行[91]，造次以之[92]。纠愆绳违[93]，允兹简裁[94]。源即主[95]。

臣谨案[96]：南郡丞王源[97]，忝藉世资[98]，得参缨冕[99]。同人者貌，异人者心。以彼行媒[100]，同之抱布[101]。且非我族类[102]，往哲格言[103]；薰莸不杂[104]，闻之前典[105]。岂有六卿之胄[106]，纳女于管库之人[107]；宋子河

奏弹王源一首

鲂[108]，同穴于舆台之鬼[109]。高门降衡[110]，虽自己作，蔑祖辱亲[111]，于事为甚。此风弗剪[112]，其源遂开[113]，点世尘家[114]，将被比屋[115]。宜真以明科[116]，黜之流伍[117]。使已污之族，永愧于昔辰[118]；方媾之党[119]，革心于来日[120]。臣等参议[121]，请以见事免源所居官[122]，禁锢终身[123]，辄下禁止视事如故[124]。源官品应黄纸[125]，臣辄奉白简以闻[126]。臣约诚惶诚恐[127]，云云。

注释

〔1〕给事：即给事中，侍从皇帝左右，以备顾问应对等事。给事黄门侍郎，官名，掌诸王、群臣朝见等事；此给事为加衔，表以可出入宫廷禁中。

〔2〕御史中丞：官名，御史大夫之佐，掌图籍秘书，受公卿奏事，举劾按章等。

〔3〕吴兴：地名，今浙江湖州地。吴兴邑，即吴兴县。　中正：官名，掌选考人才品德。

〔4〕齐大：谓齐为大国。齐，指春秋时齐国。　非偶：谓不能成为配偶。此句谓春秋时郑太子忽拒绝娶齐文姜事。李善注引《左传》："齐侯欲以文姜妻郑太子忽，忽辞。人问其故，太子曰：'人各有偶，齐大，非吾偶也。'"

〔5〕前诰：前书。指《左传》。

〔6〕辞霍：谓拒绝娶霍光女。此句谓汉隽不疑事。李善注引《汉书》："隽不疑为京兆尹（官名），大将军霍光欲以女妻之。不疑固辞，不肯当。"班固《不疑述》曰："不疑肤敏，应变当理，辞霍不婚，逡巡致仕。"

〔7〕垂称：流传赞扬。　往烈：往业，往昔的德业。

〔8〕交：交好。　二族：二姓，指夫妻。李善注引《礼记》："婚礼者，将合二姓之好，上以事宗庙，下以继后代也。"

〔9〕辨：辨别，辨明。　伉（kàng 抗）合：伉俪相合。伉，伉俪，配偶。《左传·成公十一年》："妇人怒曰：己不能庇其伉俪而亡之。"《正义》曰："伉者相当之言，故为敌也；伉俪者，言是相敌之匹耦。"

〔10〕窊（yǔ 宇）隆：低洼高起。

〔11〕揆（kuí 魁）：度量，道理。

〔12〕门素:犹门第。

〔13〕夺伦:谓使伦理错乱。夺,乱;伦,伦理,次序。

〔14〕秦晋:指春秋时秦国与晋国,为相等之国。 有匹:匹敌,相等。李善注引《左传》:"晋公子重耳至于秦,秦伯(穆公)纳(送)女五人,怀嬴(子圉之妻,子圉谥怀,故谓怀嬴)与焉(在其中)。奉匜(盛水器)沃盥(浇水洗手),既而挥之(重耳甩手上的水)。怒(谓怀嬴)曰:'秦、晋,匹也。何以卑我?'"

〔15〕泾渭:二水名。皆流经陕西。泾水清,渭水浊,两水交汇处,泾因渭入而浊。 无舛(chuǎn 喘):无相错乱。谓清浊分明。以上两句谓两姓联姻,应当门第相当,不该贵贱混杂。

〔16〕宋氏:指南朝刘宋王朝。 失御:失去驾驭。谓失去统治权力。

〔17〕礼教:礼仪教化。指封建等级制度。 雕衰:衰落。

〔18〕衣冠:指诸侯群臣的礼服礼帽。衣冠之族,指诸侯、贵族等。

〔19〕序:秩序。指封建统治次序。

〔20〕姻娅:由男女婚媾而形成的亲戚关系。女婿与岳父谓姻,两婿谓娅。论杂:混杂。

〔21〕厮庶:卑贱。

〔22〕贩鬻(yù 玉):贩卖。 祖曾:祖,祖父;曾,曾祖。此谓祖先的封号门第。

〔23〕贾(gǔ 古)道:谋取财利之道。

〔24〕腆(tiǎn 舔)颜:厚颜无耻。

〔25〕曾:竟,竟然。 愧畏:惭愧畏惧。

〔26〕胤(yìn 印):后代。

〔27〕世业:上代的德业。

〔28〕栾郤(xì 细):皆春秋时晋国贵族之姓。栾郤之家,指公卿贵族之家。李善注引《左传》:"叔向(晋大夫)曰:'栾、郤、胥、原(晋四姓),降在皂隶。'"

〔29〕前徽:前代的美德。徽,美。

〔30〕壮:三十岁。 室:妻室。李善注引《礼记》:"三十壮有室。"郑玄曰:"有室,有妻,妻称室也。"

〔31〕窃赀:窃取资财。谓贫贱之男聘娶富贵之女。 皂隶:古时指奴隶的两个等级。此指贫贱者。

〔32〕结缡(lí 离):古时嫁女的一种仪式。女子临嫁前,母为之结系佩巾,

以示至男家尽力操持家务。李善注引《毛诗注》："缡,妇人之帏也,母戒女施衿结缡。"此谓婚嫁。

〔33〕箕帚:簸箕扫帚,妇人持箕帚操持家务。此谓出嫁。 失:错乱。失其所,谓贵贱错乱。

〔34〕志士:志节高尚之士。

〔35〕旧老:前代年高有德者。

〔36〕宸历:天子的历数。宸,北极星所在处,喻天子。此指南朝梁。 御宇:占有天下。

〔37〕弘革:大力革新。 典宪:常法,往日的法度。

〔38〕除旧:革除旧有的法度。

〔39〕斯风:指贵贱联姻、尊卑混杂的风俗。 殄(tiǎn 忝):灭。

〔40〕负扆(yǐ 以):背靠屏风。谓天子所居处。李善注引《礼记》:"天子负斧扆,南向而立。"郑玄注:"负之言背也。斧依,为斧文屏风。扆与依同。" 兴言:谓忧思不眠,夜起出外。兴,起。《诗经·小明》:"念彼共人,兴言出宿。"陈子展引《集疏》:"兴言出宿者,思虑展转,不能安寝也。"(《雅颂选译》,240 页)

〔41〕弊俗:有害的风俗。

〔42〕儒品:当作"懦品"(据《胡氏考异》,卷七),懦弱无能的品级,谓才德低下。

〔43〕谬掌:妄掌。谓不称其职。 天宪:天子之法。约时为御史中丞,为执法之官。故自谦谓谬掌天宪。

〔44〕埋轮:埋下车轮,不出京师。埋轮之志,谓敢于就京师揭发朝廷高官显贵的罪行。此用东汉张纲事。李善注引范晔《后汉书》:"张纲,字文纪,为侍御史(大法官)。顺帝遣八使(使节之臣)询(调查)风俗。余人受命之部(出发往所任之部),纲独埋其车轮于洛阳都亭,曰:'豺狼当路,安问狐狸?'遂奏(弹劾)大将军梁冀。"

〔45〕权右:权门右族。指显贵之家。

〔46〕狐鼠:城狐社鼠。喻奸邪害国之徒。李善注引《晏子春秋》:"景公问晏子曰:'治国亦有常(常法)乎?'对曰:'谗佞之人,隐在君侧,犹社鼠(藏身土地庙之鼠)不熏也,去此乃治矣。'"

〔47〕蠹(dù 度):蛀虫,毁坏。 大猷(yóu 由):大道。猷,道术。

〔48〕风闻:采取传闻之事。李善注引贾逵《国语注》:"风,采也,采听商旅

之言也。"

〔49〕富阳:古县名。今浙江杭州西南富春江左岸。

〔50〕庸陋:平庸浅陋。

〔51〕胄(zhòu 宙):后代。　参:参与,列于其间。　华:华族,贵族。

〔52〕雅:王雅,为王源曾祖。李善注引檀道鸾《晋阳秋》:"王雅,字茂德,东海郯人,为右仆射。"

〔53〕八命:第八等官爵。指高级官吏。李善注引《周礼》:"八命作牧(州牧)。"郑司农曰:"一州之牧(长官)也。王之三公,亦八命也。"

〔54〕少卿:王少卿,为王源祖父。吕延济注:"少卿为侍中常侍。"

〔55〕帷幄:指宫室的帷幕。此指皇帝左右。

〔56〕璿:王璿,王源之父。

〔57〕升采:升官。采,事,官。　储闱:东宫,太子宫。储,储君,指太子;闱,宫闱,皇后、妃子居所。

〔58〕清显:清雅显要。

〔59〕频叨:屡任。　诸府:诸禁府。各个官署。　戎禁:指卫戍之事。戎,兵戎;禁,禁止。

〔60〕豫班:参与班列。谓列于其中。　通彻:通侯,爵位名。李善注引应劭《汉书注》:"旧曰彻侯,避武帝讳曰通侯也。"

〔61〕托姻:托媒联姻。谓结亲。

〔62〕玷(diàn 殿)辱:侮辱。　流辈:同辈,同一阶层的人。

〔63〕辄(zhé 折):就,即。　摄:拘捕。台:台省,指官署。此指御史台。辩问:辨别审问。

〔64〕列称:分条述说。

〔65〕吴郡:郡名。今江苏省境内。　满璋之:人名。

〔66〕高平:县名。今属山西省境内。　旧族:古老有德的家族。

〔67〕宠奋:满宠、满奋。宠,三国魏昌邑人,武帝与文帝时屡立战功,封昌邑侯。奋,宠孙,晋时官至尚书令。李善注引《魏志》:"满宠,字伯宁,景初二年为太尉。薨,子伟嗣。"又引《世说》:"伟弟子奋,元康中至司隶校尉。"又引荀绰《冀州纪》:"奋,高平人也。"

〔68〕家计:家庭生计。　温足:温饱富足。

〔69〕息:儿子。　鸾:满鸾,满璋之子名。

〔70〕穷尽:穷乏,穷困。黄侃释此句谓:"见告穷尽,嗣之被源告以现正穷乏也。已上列辞。"(《文选黄氏学》,190页)此录以备考。

〔71〕簿阀:先代的官籍。阀,阀阅,功绩经历,指家世门第。李善注引《汉书》:"朱博曰:'王卿忧公,赍阀阅诣府。'"《音义》曰:"明其等曰阀,积功曰阅也。"

〔72〕王国:侯国。　侍郎:官名。王宫近侍之官。

〔73〕王慈:南朝齐人。李善注引吴均《齐春秋》:"王慈,字伯宝,早有令誉,稍历侍中、吴郡太守。"　正阁:官署名。主簿:官名。掌文书簿籍印鉴等。

〔74〕聘礼:男子娶妻赠送女家的礼金。李善注:"娶妻及纳征皆曰聘。《周礼》曰:'谷圭以聘女。'"

〔75〕余直:剩余的钱财。直,通"值",价值,钱财。此句谓以男方聘礼陪送女儿,又用其余钱纳妾。

〔76〕窃寻:寻求,追究。窃,表谦之词。

〔77〕士庶:士族庶族。士族,指有封爵享特权的世家大族;庶族,指无所封赏的一般家族。

〔78〕身殒:身死。　西朝:指西晋洛阳。李善注:"晋初都洛阳,故曰西朝,后在江东,故曰东晋。"又引干宝《晋纪》:"苗愿(人名)杀司隶校尉满奋。"

〔79〕殄没:灭亡。

〔80〕武秋:满奋字。

〔81〕东晋:朝代名。西晋王朝被前赵所灭,琅琊王司马睿在建康(今南京市)即位,称元帝,重建政权,保有江东,故称东晋。

〔82〕虚托:虚假的托词。此谓满璋之自谓满宠之后为虚托之词。

〔83〕连姻:结成亲家。

〔84〕物听:众人的视听,社会舆论。

〔85〕潘杨:潘岳杨绥。潘杨两姓皆为西晋世族,且为通好。岳父茫曾为琅邪内史,绥祖肇封东武伯,两人为至交;绥之姑又为岳妻;岳与绥则为忘年之交。故潘岳《杨仲武(绥字)诔》曰:"潘杨之穆,有自来矣。剞乃今日,慎终如始。尔休尔戚,如实在己。"此句谓潘杨两姓门第相当,姻亲正合。

〔86〕此:指王满联姻。

〔87〕纳媵(yìng 硬):收纳随嫁的女人。媵,古时随嫁的女人。

〔88〕因聘:谓用嫁女而得的礼金。　为资:谓充作纳妾的资财。

〔89〕施衿(jīn 今)：谓母为将出嫁之女系结衣带。古婚礼的一种仪式。《仪礼·士昏礼》："母施衿结帨(佩巾)，曰：'勉之敬之，夙夜无违宫事(婆母吩咐之事)。'"施衿之费，谓嫁女所得礼金。

〔90〕床笫(zǐ 子)：坐卧之具。床，坐卧之具；笫，床上的竹席。此指纳妾之费。

〔91〕鄙情：卑鄙之情。 蝥行：恶劣之行。

〔92〕造次：轻易，轻率。以上两句谓其卑鄙下劣的心情与行径，于此轻率地暴露出来。

〔93〕纠慝(tè 特)：纠察其邪念。慝，邪恶，恶念。 绳违：衡量其恶行。违，罪恶。

〔94〕允：信，实。 兹简：此简，这封奏书。简，木简，书信。 裁：裁决，裁断。李善注："言其违慝，信当此简之所贬裁。"

〔95〕主：或作"罪主"，罪行的主谋。

〔96〕谨案：慎重审查。

〔97〕南郡：郡名。今湖北江陵县东南。 丞：官名。此指郡守的辅佐之官。

〔98〕忝(tiǎn 舔)：辱，愧。 世资：先世的功德。

〔99〕缨冕：缨，冠上的缨饰；冕，礼帽。指公卿贵族。

〔100〕行媒：由媒人撮合。谓男女婚嫁必依固定礼法。李善注引《礼记》："男女非有行媒，不相知名。" 抱布：抱布贸丝，拿钱买蚕丝。此谓男女非礼的结合。李善注引《诗经》："氓之蚩蚩(笑的样子)，抱布贸丝。匪来贸丝，来即我(指女方)谋(谋婚)。" 以上两句谓王源把男女行媒之礼，视同败德苟合之事。

〔102〕族类：士族同类。此句谓非我士族同类，其心必异。李善注引《左传》："公(鲁成公)欲求成(求和好)于楚而叛晋。季文子(鲁大夫)曰：'史佚(周文王太史)之《志》有之：非我族类，其心必异。'"

〔103〕往哲：古昔的明哲之士。此指周太史佚。格言：至理之言。可为人生准则之言。

〔104〕薰莸(yóu 犹)：薰，香草；莸，臭草。李善注引《孔子家语》："颜回曰：'回闻薰莸不同器而藏。'"

〔105〕前典：前代的典籍。此指《家语》。

〔106〕六卿：春秋晋有范、中行、知、赵、韩、魏六大家族，世代为晋卿，故谓六卿。此指高门世族。

奏弹王源一首

〔107〕管库:管,钥匙;库,府库,储藏财物之所。管库之人,指卑贱之人。

〔108〕宋子:宋国子姓女子,指美女。河鲂(fáng 房):黄河中的鲂鱼,指味美之鱼。宋子河鲂,喻世家大族之女。李善注引《毛诗》:"岂其食鱼,必河之鲂。岂其娶妻,必齐之姜(齐之姜姓女子)。岂其食鱼,必河之鲤。岂其娶妻,必宋之子。"

〔109〕同穴:同葬于一个墓穴。 舆台:古时奴隶的两个等级。此指卑贱者。

〔110〕高门:指王公贵族。 衡:衡门,横木为门,指贫贱之家。

〔111〕蔑:轻蔑,侮辱。

〔112〕弗剪:不除。

〔113〕源:起源,源头。

〔114〕点世:玷污先世。点,黑点,玷污。 尘家:侮辱家族。

〔115〕被:遍及。 比屋:相互毗连的屋宇。谓德风高尚的家庭。李善注引《尚书大传》:"周民可比屋而封。"

〔116〕明科:严明的法律条文。

〔117〕黜(chù 触):罢免,贬退。 流伍:与"流辈"义同,指士族同辈。

〔118〕昔辰:昔时。此句谓王源已玷污士族荣誉之家,永为嫁女于庶族而感到羞愧。

〔119〕方媾:将要结亲。方媾之党,谓尊卑士庶违礼婚媾之族。党,亲族。

〔120〕革心:洗心改过。

〔121〕参议:参与谋议,提出建议。

〔122〕见事:现有的事实。

〔123〕禁锢:禁止封闭,勒令不准作官。

〔124〕视事:治事,任职。 故:故事,先例。李善注:"言禁止其视事之法,当如故事也。"

〔125〕黄纸:古时弹劾之文一种用纸。余萧客《文选纪闻》卷二十三引苏易简《文房四谱》:"古弹文白纸为重,黄纸为轻。《御吏故事》云:'今一例白简,无甚差降。'"

〔126〕白简:白色木简,古御史弹奏所用。此指白纸,以示对王源违礼嫁女一案的重视。 闻:奏闻,向皇上报告。

〔127〕诚惶:与"诚恐"构成套语,用于群臣向皇帝上书、奏章、驳议等结尾

处，以示谦卑恭敬。

今译

给事黄门侍郎、兼侍御史中丞、吴兴邑中正臣沈约叩首禀告：

臣听说齐为春秋大国，郑太子不娶文姜为配偶，此事记载于前史；隽不疑拒娶霍光女，不肯与之成婚，德业永远传颂。假如两姓交谊结好，辨明婚姻大义，那么名位高低，等级贵贱，礼法确实不许混杂。因此应该依据门第，尊重伦理，使秦晋相当，泾渭分明。自刘宋丧失帝位，礼教衰败，公卿之族，位次日低。婚姻混杂，不计卑贱。祖先封爵，可作买卖，以为获利发财之道；明目张胆，厚颜无耻，竟然毫无羞愧之色。那些德高望重之后，先世德业可以怀念；功臣勋将之家，前代伟绩并非久远。既至成年而有家室，窃娶富贵子女者无不贫贱；父母送女出嫁，为人新妇者皆失门第。志士闻之而伤心，老辈为此而叹息。

自齐帝占有天下，大力改革典章法度，虽革除旧习颁布新制，而此种贵贱婚配之风并未尽灭。这正是陛下即位以来日夜辛劳，思虑肃清有害陋俗的原因。臣才德低下，误掌天子大法。即使怀有揭发奸邪之志、不畏强权之心，而城狐社鼠微小物类，也足以毁坏国家大道。根据风传得知东海王源，将女嫁与富阳满氏。源虽人品平庸鄙陋，出身实属华族。曾祖雅，位至八等官爵。祖少卿，侍从皇帝左右。父璿，升入太子东宫，也居清雅显赫之位。源屡次受任诸府禁卫之职，加入通侯之列，而托媒结亲，唯利是求。玷污士族同辈，此为最甚。源本人正在远郡，即逮捕媒人刘嗣之到御史官署审问。嗣之供称：吴郡满璋之，世系据说为高平有德大族，满宠满奋子孙，家计温饱富足，被托为其子鸾求婚。王源被人告知满家困乏，即索取璋之祖先官籍考查。见璋之任侯国侍郎，鸾又为吴郡太守王慈正阁主簿。源父子一起详加商议，决定与满氏结亲。璋之出钱五万，以为聘礼。源此前已丧妻，又以嫁女所得聘礼余钱纳妾。如嗣之所述，王源之事与风传相符。暗下调查璋之族姓，是士族是庶民，难以辨明。满奋身死洛阳，子孙全已灭亡，武秋之后，未闻尚在东晋。所谓满宠后裔纯为虚托，不言自显。王满连姻，贵贱混杂，实令世人惊讶；潘杨通好，门第相当，则与此风有异。而且纳妾买婵，以聘礼为资金；嫁女得财，化作娶妇之费。卑鄙的内心，恶劣的行径，于此暴露无遗。纠察其邪念，衡量其恶行，实如此封上书所裁断。王源即此罪主犯。

臣慎重审查：南郡丞王源，愧借先世功德，得入士族之列。形貌与人同，内心与人异。把那托媒结亲之礼，视同男女私通之戏。而且非我同类，其心必异，是古贤的至理名言；香草臭草，不可混杂，是前世的经典所记。岂有公卿后代，嫁女于卑贱之人，贵族公主，合葬于仆役之鬼？高门大族降格于平头民家，即使自愿作成，轻蔑祖先，侮辱亲族，此为最甚。此风不除，源头既开，玷污先世，辱没亲族，将会遍及每个有德之家。应该以严法处置王源，将其罢除于士族阶层之外。使已被玷污之族，永为往昔的罪孽而羞愧；即将贵贱为婚之家，也能于来日改变邪心。臣等商议：请以目前事实免除王源所居之官，禁锢终生，不得从政，立即下令中止其任职，一如昔日惯例。依王源官阶应用黄纸，臣则用白纸严正奏闻。臣约诚惶诚恐，报告如上。

（陈复兴译注并修订）

◎ 答临淄侯笺 杨德祖

▓▓ 题解

　　杨修(175—219),字德祖,弘农华阴(今属陕西)人。汉末散文家。累世为汉大官。后为丞相曹操主簿,总管内外事务。曹丕、曹植争立太子,杨修积极为曹植出谋划策。修好学能文,才思敏捷过人。天下名士咸服其能,并争与交好。祢衡常称:"大儿孔文举(融),小儿杨德祖(修)。余子禄禄,莫足数也。"(《后汉书》卷八十)。修与曹植交往甚密,常书信往来。建安二十二年,曹植为临淄侯时写了一篇《与杨德祖书》,谈了他对文学创作和文学批评的看法。曹植认为"世人之著述,不能无病,"因而"好人讥弹其文,有不善者,应时改定。"但曹植认为:"辞赋小道,固未足以揄扬大义,彰示来世。""不以翰墨为勋绩,辞赋为君子。"杨修不同意此论,便写了《答临淄侯笺》,答复曹植提出的问题,阐述了自己的见解。杨修认为,文章赋颂,同样是治国之大业,留名千载之正道。他充分肯定诗赋的社会功能和价值,与曹丕《典论·论文》中关于包括诗赋在内的文学功用的观点是一致的。这反映出文学创作在当时已日益为人们所重视。文中还对曹植在文学方面显露出来的才华给予赞赏和肯定。文章叙述了两人的友情,辞意恳切、直率,情致深厚,既是一篇书信,也是一篇较完整的文学论文。

原文

脩死罪死罪[1]。不待数日，若弥年载[2]。岂由爱顾之隆[3]，使系仰之情深邪[4]？损辱嘉命[5]，蔚矣其文[6]，诵读反覆，虽讽《雅》《颂》[7]，不复过此。若仲宣之擅汉表[8]，陈氏之跨冀域[9]，徐刘之显青豫[10]，应生之发魏国[11]，斯皆然矣。至于脩者，听采风声，仰德不暇，目周章于省览，何遑高视哉[12]？伏惟君侯，少长贵盛[13]，体发旦之资[14]，有圣善之教[15]，远近观者，徒谓能宣昭懿德[16]，光赞大业而已[17]；不复谓能兼览传记，留思文章。今乃含王超陈，度越数子矣。观者骇视而拭目，听者倾首而竦耳[18]。非夫体通性达，受之自然，其孰能至于此乎？又尝亲见执事[19]，握牍持笔[20]，有所造作，若成诵在心，借书于手，曾不斯须[21]，少留思虑，仲尼日月[22]，无得逾焉。脩之仰望，殆如此矣！是以对鹖而辞[23]，作《暑赋》弥日而不献[24]，见西施之容[25]，归其貌者也[26]。伏想执事，不知其然！猥受顾锡[27]，教使刊定[28]。《春秋》之成，莫能损盖。《吕氏》《淮南》[29]，字直千金。然而弟子箝口[30]，市人拱手者，圣贤卓荦[31]，固所以殊绝凡庸也[32]。今之赋颂，古诗之流，不更孔公，《风》《雅》无别耳。脩家子云[33]，老不晓事，强著一书[34]，悔其少作。若此仲山周旦之俦[35]，为皆有愆邪[36]。君侯忘圣贤之显迹，述鄙宗之过言[37]，窃以为未之思也。若乃不忘经国之大美[38]，流千载之英声[39]，铭功景钟[40]，书名竹帛[41]，斯自雅量，素所畜也，岂与文章相妨害哉！辄受所惠，窃备蒙瞍诵咏而已[42]。敢望惠施[43]，以忝庄氏[44]。季绪璅璅[45]，何足以云？反答造次，不能宣备，脩死罪死罪。

注释

〔1〕死罪:书信常用的谦辞。

〔2〕弥:久远,长久。

〔3〕隆:多,丰厚。

〔4〕系仰:系念仰慕。

〔5〕嘉命:佳书,指曹植来信《与杨德祖书》。

〔6〕蔚:文采华美。

〔7〕讽:诵读。 《雅》《颂》:指《诗经》。因《诗经》有风、雅、颂。

〔8〕仲宣:王粲,字仲宣,建安七子之一。公元192年,董卓被杀,长安大乱,王粲南下避难,到荆州依附刘表十五年。 擅:专美。 汉表:即汉南,指荆州。《尔雅》:"汉南曰荆州。"曹子建《与杨德祖书》:"昔仲宣独步于汉南。"

〔9〕陈氏:指陈琳。琳,字孔璋,建安七子之一。董卓之乱时,陈琳曾避难冀州,依附袁绍。 跨:超迈。 冀域:指冀州。古代九州之一,包括今山西全省,河北西部、河南北部、辽宁西部,汉以后历代都设置冀州。

〔10〕徐、刘:指徐幹、刘桢。皆为建安七子之一。 青、豫:青州和豫州,皆古九州之一。

〔11〕应生:指应玚。玚,字德琏,建安七子之一。依附于曹操,居在魏地。发:发迹。此指扬名。

〔12〕高视:犹高眄,傲视。引申为居高临下。建安七子除孔融反对曹操,后来因此被杀外,其余六子皆为曹氏效力,形成曹魏文学集团。此句意为哪里有闲暇傲视曹魏集团的其他人呢? 曹植来信中有"足下高视于上京"之语,故有"何遑高视"之对。

〔13〕伏惟:俯伏思考。下对上的敬词,常用于奏疏或信函中。

〔14〕体:包含,具有。 发:周武王。姬姓,名发,西周王朝的建立者。旦:即周公,周文王之子。辅助武王灭纣,建立周王朝。 资:资质,天赋。

〔15〕圣善:明理而有美德。李善注引《毛诗》曰:"凯风自南,吹彼棘心,田氏圣善,我无令人。"

〔16〕宣昭:宣明,发扬光大。《诗·大雅·文王》:"宣昭义问(指好名声)。" 懿德:美好的德行。

〔17〕光赞:大力佐助。

〔18〕竦耳：惊听。

〔19〕执事：主持工作。对对方的敬称。此指写作。

〔20〕握牍持笔：手持纸笔。牍，古代写字用的木片。此指写作。

〔21〕斯须：片刻。

〔22〕仲尼日月：指永不磨灭的光辉。李善注引《论语》："子贡曰：仲尼不可毁也。仲尼日月也，无得而逾焉。"

〔23〕鹖：指曹植所作《鹖鸟赋》，曹植命杨修也作一篇，杨修推辞了。

〔24〕《暑赋》：指杨修所作之《暑赋》。　曹植作《大暑赋》，杨修也作一篇，但不敢献上。　弥日：长时间。弥，久。

〔25〕西施：春秋时越国的美女。

〔26〕归：通"愧"，惭愧。

〔27〕猥（wěi 伟）：谦词，辱。《后汉书·隗嚣传》："望（方望）无耆者之德，而猥托宾客之上，诚自愧也。"　顾锡：关照。

〔28〕刊定：修订。

〔29〕《吕氏》：指《吕氏春秋》。　《淮南》：指《淮南子》。

〔30〕箝口：缄默不肯说话。

〔31〕卓荦（luò 洛）：卓绝出众。

〔32〕殊绝：超凡脱俗。

〔33〕修家子云：指汉代扬雄，字子云。因与杨修同姓，故称修家。

〔34〕强著一书：指扬雄的《法言》。曹植在《与杨德祖书》中说："扬雄犹称壮夫不为。"扬子《法言》中说："赋作是童子雕虫篆刻，壮夫不为。"

〔35〕仲山：指仲山甫。周时樊侯、鲁献公次子。宣王时为卿士。　周旦：指周公。俦（chóu）：辈、同类。张铣注："仲山甫作《周颂》，周公作《鸱鸮》诗，言如雄言，则此二人皆有过也。"

〔36〕愆（qiān 千）：过错，过失。

〔37〕鄙宗之过言：指扬雄书中的"壮夫不为"之句。

〔38〕经国：治国。

〔39〕英声：美好的名声。

〔40〕铭功景钟：春秋时秦晋交锋，晋将魏颗以其身击退秦军，亲止杜回，其功铭刻于景钟之上。景钟，晋景公之钟，后世以此作为褒功的典故。

〔41〕竹帛：指史书。

〔42〕备：尽，完。　蒙瞍：指盲人乐师。有眸而看不见曰蒙，无眸曰瞍。

〔43〕惠施：曹植书中把杨德祖比作惠子。书中言："其言之不惭，恃惠子知我也。"惠子，战国时宋人，庄周的知己。

〔44〕忝(tiǎn)：羞辱。

〔45〕季绪：刘表之子，名修。官至安乐太守。有诗、赋等六篇。李善注曰："季绪好诋诃文章。"　璅(suǒ)：言人品猥琐。

今译

　　杨修死罪死罪。离别没有多久，却如同一年一样长久。难道不是受到您诸多的关照，才使我们的友情日益深厚吗？蒙您赐我书信，文采华美，反复诵读，虽咏《雅》、《颂》，也不能过此。就像来信中所说，仲宣独享美誉于荆州，陈琳蜚声于冀州，徐幹、刘桢扬名于青豫，应场发迹于魏国，他们确实如此。至于我本人，聆听他们的风教，敬慕他们的德行尚恐不及，虚心仔细观览他们的文章，哪里有暇"高视上京"呢？我私下里想，君王您年少时就很尊贵，并具有武王、周公之天资，又有圣明美好的父教，但远近相识的人，都仅仅称赞您能昭明美德，并竭尽全力辅佐父亲的大业罢了，不认为您能兼通传记、留意于文章了。如今您与王粲齐名，盖过陈琳，超越他们各位了。拜读您的大作的人都惊讶而擦亮眼睛，听到大名的人都侧头耸耳敬听。不是体性通达，禀受天赋，谁能达到如此境界呢？又曾亲眼见您铺纸握笔，进行创作，若成文在胸，信笔疾书，不曾片刻思索，就连仲尼才德如日月的光辉也不能超越您。我对您仰望如此啊！因此，面对您的《鹏鸟赋》而我推辞不敢再作，虽著《暑赋》而我多日不敢奉上；就像见西施美貌，惭愧自己丑陋一样。我想您大概不了解这些吧！承蒙您的关照，让我删订您的大作。孔子作《春秋》，没有谁能增减一字；《吕氏春秋》、《淮南子》改一字重赏千金。然而弟子却无意见可提，人们只能拱手表示敬意，正是因为圣贤卓越出众，超然不同凡庸啊！今天的赋颂，是古诗之流，虽未经孔子删定，但与《诗经》无异。我的本家扬雄，老糊涂而不懂事理，勉力著了《法言》，便后悔年轻时的作品。如果这样，那么仲山甫作《周颂》、周公作《鸱鸮》诗，便都有过错了。您忘记了圣贤的显赫著作，陈述鄙本家的不当之言，我个人以为是未经深思熟虑的。如果不忘治国的大业，流传千载的美名，会将功劳刻在景钟之上，美名载入史册之中。这来自您非凡的气度，是平素积累的，怎能与文章相妨碍呢？每得到您惠赐大作，我总像盲乐师那样，虽然看不见，但也一定高声地吟唱，怎敢像惠施那样忝列庄子的知音呢？刘季绪那样喜好攻击他人文章的猥琐之谈，何足道哉。匆促敬复，言不尽意。修死罪死罪。

（刘琦译注并修订　陈延嘉再修订）

与魏文帝笺

繁休伯

题解

繁(bó 博)钦(？—218)，字休伯，颍川(今河南禹县)人，魏文学家。

这是一篇匈奴人音乐的宝贵文献。薛访车子是一少年音乐天子，"能喉啭引声，与笳同音"。喉啭与胡笳即"浩林·瀚尔"，俗称呼麦。浩林，蒙古语喉咙，引申为喉音。喉啭即喉咙振动而发出婉转的曲调。潮尔，蒙古语合声。呼麦唱法是先发出主音的持续低音，接着同时在上方(相差三个八度)发出大调性旋律，即"喉啭"。曲调只一句，反复唱，最后结束在主音上。其独特处是一个人发出高低二音之合声，古今中外仅见。胡笳演奏法与呼麦同，人声先发出低音，吹笳管。形成人声与笳声二重旋律。今内蒙、新疆犹存。

原文

正月八日壬寅[1]，领主簿繁钦[2]，死罪死罪。近屡奉笺[3]，不足自宣[4]。顷者鼓吹[5]，广求异妓[6]。时都尉薛访车子[7]，年始十四，能喉啭引声[8]，与笳同音[9]。白上呈见，果如其言，即日故共观试，乃知天壤之所生，诚有自然之妙物也。潜气内转，哀音外激，大不抗越，细不幽散[10]，声悲旧笳，曲美常均[11]。及与黄门鼓吹温胡[12]，迭唱迭和[13]，喉所发音，无不响应，曲折沉浮，寻变入节[14]。自初呈试,中间二旬,胡欲懒其所不知[15],尚之以一曲,巧竭意匮,既已不能。而此孺子遗声抑扬,不可胜穷;优游转化,馀弄未尽[16]。既其清激悲吟,杂以怨慕,咏北狄之遐征,奏胡马之长思[17],凄入肝脾,哀感顽艳[18]。是时日在西隅[19],凉风拂衽[20],背山临溪,流泉东逝。同坐仰叹,观者俯听,莫不泫泣殒涕[21],悲怀慷慨。自左骐史妠、謇姐名倡[22],能识以来,耳目所见,金日诡异[23],未之闻也。窃惟圣体,兼爱好奇[24],是以因笺,先白委曲。伏想御闻[25],必含馀欢。冀事速讫,旋侍光尘[26],寓目阶庭,与听斯调[27],宴喜之乐,盖亦无量。钦死罪死罪。

注释

〔1〕正月:指建安十七年(212)正月。 壬寅:陆侃如《中古文学系年》:“壬寅为九日,时从征将返未返。”

〔2〕领:兼任(指兼任较低职务)。主簿:官名,汉代中央及郡县官署都设有此官。为典领文书,办理事务之职。

〔3〕屡:多次。

〔4〕宣:宣泄,自我表白。

〔5〕鼓吹:演奏鼓吹乐的乐队。主要乐器有鼓、钲、箫、笳。汉初边军用之,以壮声威。魏晋以后,牙门督将五校皆得具鼓吹。此泛指歌舞班子。

〔6〕异妓:卓越奇异的音乐、艺术方面的人才。

〔7〕都尉:官名。 薛访:人名。 车子:驾御车子的人。李善注引《左氏传》:“叔孙氏之车子钽商获麟。”杜《注》以车子连文,为将车之子。李周翰注薛访车子为人名。非是。

〔8〕啭(zhuàn 撰):宛转发声。 喉啭:用喉咙振动而宛转发声。

〔9〕笳:胡笳,古竖吹管乐器,上下开口,无簧,有孔,分三、四、五、六孔不同,木或竹制。汉时流行于塞北和西域一带,近似于现代的箫。

〔10〕抗:李善引《广雅》注:“抗:高也。” 越:超过。 幽散:断绝。

〔11〕均:古代乐器调律器,调整音之清浊或高低。常均,此指一般曲调。

与"旧箎"对举。

〔12〕黄门:集训歌伎乐工之所。李善注引《汉书》:"郑声尤集黄门,集乐之所。"胡克家《文选考异》:"注'汉书曰郑声尤集黄门'案:此有脱误,所引必《礼乐志》'郑声尤甚,黄门名倡丙强、景武之属'云云,以注'黄门'也。今误'甚'为'集','黄门'下失去,全非其旧耳。"又引桓谭《新论》:"汉之三主,内置黄门工倡。" 温胡:乐师的名字。

〔13〕迭:交替地、轮流地。

〔14〕变:乐曲的变化。吕向注:"曲会也。" 节:节制。

〔15〕间(jiàn见):隔。 慠:同"傲"。这里是欺的意思。

〔16〕弄:乐一曲曰弄。

〔17〕北狄征、胡马思:古歌曲名。(用吕延济说)北狄,是我国古代北部一个少数民族。胡,先秦时我国东北部的一个少数民族。后分为乌桓、鲜卑两族。

〔18〕顽:指愚钝无知的人。 艳:指美丽聪慧的人。

〔19〕隅:角落。日在西隅即夕阳西下。

〔20〕袥:衣襟。

〔21〕汯:水滴下垂的样子。特指流泪。 殒(yǔn):同"陨",落下。

〔22〕騜:通"颠",左騜、史妠、睿姐都是当时的乐人名。李善注引《魏志》文帝曰:"令杜夔与左騜等于宾客之中以笙鼓琴。"黄侃《文选评点》:"睿姐,名倡,盖一男子耳,且杜夔偕试于宾客之中,知必非女妓也。"

〔23〕佥(qiān千):皆。 诡异:奇异。

〔24〕惟:思考,想。 兼爱:多方面的爱好。

〔25〕御:进用,奉进。

〔26〕旋:随即,倾刻。 光尘:对人的风采的敬词。

〔27〕斯调:指喉啭之音。

今译

正月八日三时左右,兼主簿繁钦,死罪死罪。近来多次向您奉笺,仍不足以表白我的心意。最近乐队广泛搜求奇异的音乐人才,恰时有都尉薛访的御手,刚刚十四岁,能从喉咙发出宛转动听的乐声,与箎音相同。我曾向主上禀报,召见其人,果然像所说的那样,就尽快与主上一起观赏考察,乃知天地之所生,确实有自然奇妙之人。其乐声含蕴婉转,感情丰富激昂;高不越度,细不绝声,音调悲凉有同于笳音,乐曲优美又超过一般乐器。曾与黄门乐师温胡轮流唱和,喉咙所发出的乐声,无不和谐一致,顿挫抑扬,曲调变化控制得极好。从开始呈试,间隔了二十天,温胡想欺他有所不知,欲以一曲胜过他,但费尽心意,竭尽技巧,终不能有所超越。而车子之音抑扬回复,不可尽穷,悠然宛转,曲调无穷。在其清亮激越的悲吟之中,杂以怨慕之情。咏北狄之远征,奏胡马之长思,更为凄恻动人,动听的声音使顽顿者与聪慧的人都为之感动。此时正值日暮黄昏之际,凉风习习,吹拂着衣襟;背山临溪,泉水涓涓向东流逝。大家在一起屏息聆听,仰天长叹,无不涕泗横流,感怀慨叹。自左骐、史娜、謇姐等名倡以来,了解音乐、耳闻目睹的人,都称之为奇异,从未听到过。我私下里想到您有多方面的爱好,因此向您进笺,说明原委。我想您若进用此乐,必定其乐无穷。希望西征之事迅速结束,让他侍奉在您的身边,在阶庭之间观看聆听其优美之音,闲逸欢喜的乐趣也是无限的。钦死罪死罪。

(刘琦译注并修订　陈延嘉再修订)

答东阿王笺一首

陈孔璋

题解

　　《文心雕龙·书记》云:"原笺记之为式(体式),既上窥乎表,亦下睨于书。"可见笺这种文体,介乎"书"、"表"之间。它用于下对上,且主要用于臣下对皇室后妃、太子王子等。吴质给曹丕的回信,陈琳给曹植的回信皆称"笺"。

　　陈琳这首《答东阿王笺》,具体写作时间不好确定,但绝不是曹植作东阿王期间。曹植自太和三年(229)至太和六年(232)为东阿王,而陈琳已于217年死去。盖本文编入《陈琳集》在曹植为东阿王期间,故称。信的内容很简单。曹植有信给陈琳,并示以新作《神龟赋》。陈琳拜读后便写了这封回信,盛赞植之才华、能力和文章。曹植其人既有才又有能,而这种"天然异禀,非钻研者所庶几也。"曹植其文"音义既远,清辞妙句",亦非常人之作可比。赞人誉文是一致的,唯斯人也方有斯文也。仅及六句的短信,运用对比、比喻,写得如此充实活泼,的确是书信中的精品。

原文

　　琳死罪死罪。昨加恩辱命[1],并示《龟赋》[2],披览粲然[3]。君侯体高世之才[4],秉青萍、干将之器[5],拂钟无声[6],应机立断[7]。此乃天然异禀[8],非钻仰者所庶几也[9]。音义既远[10],清辞妙句[11],焱绝焕炳[12],譬犹飞兔流星[13],超山越海,龙骥所不敢追[14],况于驽马[15],可得齐足^[16]？夫听《白雪》之音，观《绿水》之节^[17]，然后《东野》《巴人》^[18]，蚩鄙益著^[19]，载欢载笑^[20]，欲罢不能。谨韫椟玩耽^[21]，以为吟颂^[22]。琳死罪死罪。

▌注释

〔1〕加恩：施予恩惠。　辱命：受人来书的谦词。李周翰注："辱命，谓得曹（植）书。"

〔2〕《龟赋》："指曹植《神龟赋》。《艺文类聚》卷九十六载："魏曹植《神龟赋》曰：'龟号千岁，时有遗金龟者，数日而死。肌肉消尽，唯甲存焉。余感而赋之曰：嘉四灵之建德，各潜位乎一方。苍龙虬于东岳，白虎啸于西冈。玄武集于塞门，朱雀栖于南乡。顺仁风以消息，应圣时而后翔。飡飞尘以实气，饮不竭于朝露。步容趾以俯仰，时鸢回而鹤顾。惧沉泥之逢殆，赴芳莲以巢居。'"

〔3〕披览：开卷阅读。　粲然：指文采焕发。

〔4〕君侯：指曹植。王即诸侯，故称植为君侯。　体：含，包容。　高世：超群。

〔5〕秉：操持。青萍、干将：古代二剑名。李善注引张叔《及论》："青萍砥砺于锋锷，庖丁剖牺于用刀。"又引《吴越春秋》："干将者，吴人。造剑二枚，一曰干将，二曰莫邪。"

〔6〕拂：斫，削。拂钟无声，犹削铁如泥。

〔7〕机：古代弩箭上的发动机关。拂钟无声、应机立断，极言其锋利。李善注引《说苑》："西闾过（人名）东渡河，中流而溺，船人接而出之。问曰：子何之？过曰：欲说东诸侯。船人曰：子渡河而溺，安能说东诸侯乎？过曰：独不闻干将莫邪，拂钟不铮（响声），试物不知，然以之缀履（缝鞋），曾不如两钱之锥。今子持楫（船桨）乘扁舟，子所能也；若试与子说东诸侯王，见一国之主，子之蒙蒙然无异于未视狗（瞎狗）也。"

〔8〕异禀：特殊的禀赋，犹言得天独厚。

〔9〕钻仰："仰之弥高，钻之弥坚"的缩语。语出《论语·子罕》。颜渊说孔夫子的道德学问，抬头仰望，越望越觉得高，努力钻研，越钻越觉得深。后以钻仰为深入研究。庶几：差不多，接近。

〔10〕音义：字音与含义，此指《神龟赋》的含义。

〔11〕清辞:清新的语言。

〔12〕焱(yàn艳)绝:文辞明丽。焱,火花。 焕炳(huàn bǐng 换丙):光彩鲜明。吕向注:"焱绝、焕炳,言文辞光明也。"

〔13〕飞兔:古代的骏马。 流星:掠过天空的发光星体,此形容疾速。李善注引李尤《七叹》:"神奔电驱,星流矢骛,则莫若益野腾驹。"

〔14〕龙骥:骏马。

〔15〕驽马:劣马。

〔16〕齐足:并驾齐驱。

〔17〕《白雪》:楚地雅曲。 《绿水》:古舞曲。

〔18〕《东野》、《巴人》:俗曲。吕延济注:"《白雪》、《绿水》,楚之上曲也,此指文也;《东野》、《巴人》,楚之下曲,琳自比其文,见植文之美而觉己文之恶矣。"

〔19〕蚩鄙:粗陋。

〔20〕载:又。

〔21〕谨:慎重小心。表郑重和恭敬。 韫椟(yùn dú 运独):藏在匣子里。椟,木匣。 玩耽:欣赏玩味。

〔22〕吟颂:吟诵。

▌今译

　　陈琳死罪死罪。昨天蒙施恩赐书,并示以大作《神龟赋》,开卷拜读,文辞灿烂。君侯具有超群之才,握有青萍、干将般利器,削钟无声,当机立断,这是天给予的特殊禀赋,不是一般人努力钻研所能够接近的。大作意蕴深远,清辞妙句,光彩焕发,犹如飞兔流星,翻山越海,龙骥且不敢迫,何况劣马,怎能与之并驾齐驱?听《白雪》之雅曲,观《绿水》之妙舞,然后感到《东野》、《巴人》更加粗俗。欣赏佳作,不胜欢愉,欲罢不能。谨将其珍藏在木匣之中,以便常常吟诵。陈琳死罪死罪。

(魏淑琴译注并修订)

◎ 答魏太子笺一首　　　　吴季重

▌▌◆◇◆ 题解

　　这是吴质给曹丕的复信。李善注引《魏略》："魏郡大疫，故太子与吴质书，质报之。"又引《魏志》："吴质，字季重，济阴人，以文才为文帝所善，为朝歌长，官至振威将军。文帝为太子时重答此笺。"曹丕看重吴质，绝非只因他有文才，而是难得的高参。其劝曹丕流涕送乃父出征便是绝好的说明。

　　据《文选》卷四十二李善注引《典略》："（建安）二十二年（217）魏大疫，诸人多死，故太子与质书。"又据严可均《全三国文》载曹植《说疫气》："建安二十二年，疫气流行。""桢与徐幹、陈琳、应玚同时死于本年大疫。"（陆侃如《中古文学系年》）曹丕写信给吴质，通报此事。信云："昔年疾疫，亲故多离其灾。徐、陈、应、刘，一时俱逝，痛可言邪！昔日游处，行则连舆，止则接席，何曾须臾相失……，谓年已分，可长共相保，何图数年之间，零落略尽，言之伤心。"（《文选》卷四十二《与吴质书》）"恩哀之隆，形于文墨。"吴质便作此《笺》以报之。

　　第一段叙旧致哀。"何意数年之间，死丧略尽。臣独何德，以堪久长？"伤痛之情，溢于言表。第二段劝慰太子节哀。言陈、徐、刘、应"才学所著，诚如来命，惜其不遂，可为痛切"，但他们擅于文而逊于武；诸子"今各逝，已为异物矣"，而"后来君子，实可畏也。"吴质虽亦好文，然其更爱政治，陈徐应刘一班文人，在吴质眼里，并非那么重要。第三段颂扬太子的文才与卓见。第四段述己志。口头言老，实则表明壮心不已。"欲触匈奋首，展其割裂之用"才是他的真实愿望。

原文

二月八日庚寅[1]，臣质言：奉读手命[2]，追亡虑存[3]，恩哀之隆[4]，形于文墨。日月冉冉[5]，岁不我与[6]。昔侍左右[7]，厕坐众贤[8]，出有微行之游[9]，入有管弦之欢[10]，置酒乐饮，赋诗称寿[11]。自谓可终始相保，并骋材力[12]，效节明主[13]。何意数年之间，死丧略尽[14]。臣独何德，以堪久长[15]？

陈徐刘应[16]，才学所著[17]，诚如来命[18]，惜其不遂[19]，可为痛切。凡此数子，于雍容侍从[20]，实其人也[21]。若乃边境有虞[22]，群下鼎沸[23]，军书辐至[24]，羽檄交驰[25]，于彼诸贤，非其任也[26]。往者孝武之世[27]，文章为盛，若东方朔、枚皋之徒[28]，不能持论[29]，即阮陈之俦也[30]。其唯严助寿王[31]，与闻政事[32]，然皆不慎其身[33]，善谋于国[34]，卒以败亡，臣窃耻之。至于司马长卿称疾避事，以著书为务[35]，则徐生庶几焉[36]。而今各逝，已为异物矣[37]。后来君子，实可畏也[38]。

伏惟所天[39]，优游典籍之场[40]，休息篇章之囿[41]，发言抗论[42]，穷理尽微[43]，搞藻下笔[44]，鸾龙之文奋矣[45]。虽年齐萧王[46]，才实百之[47]。此众议所以归高[48]，远近所以同声[49]。然年岁若坠[50]，今质已四十二矣，白发生鬓，所虑日深，实不复若平日之时也。但欲保身敕行[51]，不蹈有过之地，以为知己之累耳。游宴之欢[52]，难可再遇；盛年一过[53]，实不可追。臣幸得下愚之才[54]，值风云之会[55]，时迈齿载^[56]，犹欲触匈奋首^[57]，展其割裂之用也。不胜偻偻^[58]，以来命备悉^[59]，故略陈至情^[60]，质死罪死罪。

注释

〔1〕庚寅：建安二十四年二月八日为庚寅。

〔2〕手命：指曹丕给吴质的亲笔信。

〔3〕追亡虑存：追悼亡友思念离朋。裴松之《三国志》注引曹丕《与吴质书》云："每念昔日南皮之游，诚不可忘。既妙思六经，逍遥百氏，弹棋闲设，终以博弈，高谈娱心，哀筝顺耳。驰骛北场，旅食南馆，浮甘瓜于清泉，沈朱李于寒水。皦日既没，继以朗月，同乘并载，以游后园，舆轮徐动，宾从无声，清风夜起，悲笳微吟，乐往哀来，凄然伤怀。余顾而言，兹乐难常，足下之徒，咸以为然。今果分别，各在一方。元瑜长逝，化为异物，每一念至，何时可言？"又引《与吴质书》曰："岁月易得，别来行复四年。三年不见，东山犹叹其远，况乃过之，思何可支？虽书疏往反，未足解其劳结。昔年疾疫，亲故多离其灾，徐、陈、应、刘，一时俱逝，痛何可言邪！"

〔4〕恩哀：指帝王对臣下的哀悼。　隆：深厚。

〔5〕冉冉：慢慢地前进。　《离骚》："老冉冉其将至兮。"

〔6〕岁不我与：年岁不等人。与，在一起，有等待之意。《论语·阳货》："日月逝矣，岁不我与。"

〔7〕左右：指身边。李善注引《魏志》："吴质，字季重，济阴人，以文才为文帝所善，为朝歌长，官至振威将军。"

〔8〕厕坐：杂置，谦词。　《史记·乐毅传》："先王过举，厕之宾客之中。"

〔9〕微行：帝王或高官改装化名外出称微行。李善注引《汉书》："武帝微行私出。"又引张晏曰："骑出入市里，若微贱之所为，故曰微行。"

〔10〕管弦：泛指音乐歌舞。

〔11〕称寿：祝人长寿。一说敬酒。李善注引《史记》："武安君起为寿。"如淳曰："上酒为称寿也。"

〔12〕骋：恣意发挥。　材力：才干。

〔13〕效节：犹效忠。

〔14〕死丧：死亡。　略尽：殆尽。

〔15〕堪:能。

〔16〕陈、徐、刘、应:即陈琳、徐幹、刘桢、应玚,皆建安七子之一。均卒于建安二十二年(217年)。

〔17〕所著:指陈、徐、刘、应的著述。

〔18〕来命:来信。指曹丕于建安二十三年(218)写给吴质的信《与吴质书》,收入《文选》四十二卷。李善注引《典略》:"初,徐幹、刘桢、应玚、阮瑀、陈琳、王粲等与质并见友于太子。二十二年,魏大疫,诸人多死,故太子与质书。"

〔21〕不遂:未能遂愿。指英年早逝,未能实现志愿。

〔20〕雍容:舒缓融洽。指运用诗赋"抒下情而通风喻","宣上德而尽忠孝"的情状。 侍从:随从帝王的左右。徐、刘、应、陈皆属言语侍从之臣,即帝王的御用文人。班固《两都赋序》:"言语侍从之臣,若司马相如、虞丘寿王、东方朔、枚皋、王褒、刘向之属,朝夕论思,日月献纳。"李善注引《两都赋序》:"雍容揄扬。"

〔21〕实:确实,实在。

〔22〕虞(yú 鱼):忧虑。有虞,指有战事。

〔23〕鼎沸:形容水势凶猛,如鼎中沸腾的开水。此喻形势激烈动荡。《汉书·霍光传》:"今群下鼎沸,社稷将倾。"

〔24〕军书:军事文书。 辐至:从四面八方传来。辐,车轮中凑集于中心毂上的直木,俗称车辐条。《老子》:"三十辐,共一毂。"

〔25〕羽檄(xí 席):羽书。古时征调军队的文书,上插鸟羽,表示紧急必速传。《汉书·武帝纪》:"吾以羽檄征天下兵。"颜师古注:"檄者,以木简为书,长尺二寸,用征召也。其有急事,则加以鸟羽插之,示速疾也。"李善注引《汉书》:"自夫躬上疏曰:军书交驰而辐凑,羽檄重积而狎至。"

〔26〕任:胜任。上言徐幹诸人能文而不能武。

〔27〕孝武:汉武帝刘彻。公元前141年至前87年在位。

〔28〕东方朔:字曼倩,西汉文学家。诙谐滑稽,善辞赋。 枚皋:字少儒,枚乘之子,西汉辞赋家。

〔29〕持论:立论,提出主张。李善注引《汉书》:"东方朔、枚皋不根持论,上颇俳优(古代以乐舞谐戏为业的艺人)畜之。"

〔30〕阮、陈:阮瑀、陈琳。阮瑀,字元瑜,建安七子之一。 俦:类。曹丕《典论·论文》:"孔融体气高妙,有过人者,然不能持论,理不胜辞,以至乎杂以

嘲戏。及其所善,扬、班俦也。"

〔31〕严助:西汉辞赋家。武帝初即位,郡举贤良对策,擢为中大夫。后迁会稽太守,复归长安,为侍中。助与淮安王刘安要好,后因刘安谋反受牵连,被杀。有赋三十五篇,今不传。　寿王:吾丘寿王。曾从董仲舒受《春秋》。武帝时拜东郡都尉,后征入为光禄大夫,后坐事诛。

〔32〕与闻政事:参与政事。

〔33〕不慎其身:不能把握自己。

〔34〕善谋于国:指受累于刘安谋反事。严助为侍中后,《汉书·严助传》载:"后淮南王来朝,厚赂遗助,交私论议。及淮南王反,事与助相连,上薄其罪(以其罪轻),欲勿诛。廷尉张汤争,以为助出入禁门,腹心之臣,而外与诸侯交私如此,不诛,后不可治。助竟弃市(被杀)。"善谋于国指此。

〔35〕司马长卿:司马相如,字长卿。西汉著名辞赋家。因作《子虚》、《上林》之赋,受武帝器重。"赋奏,天子以为郎。"后又"拜相如为中郎将,建节往使(巴蜀)。""相如使略定西南夷,邛、筰、冉、駹,斯榆之君皆请为臣妾,除边关,(边关)益斥(开宽),西至沫、若水,南至牂牁为徼,通灵山道,桥孙水,以通邛、筰。还报,天子大说。""其后人有上书言相如使时受金,失官。居岁余,复召为郎。""相如口吃而善著书。常有消渴病。与卓氏婚,饶于财。故其事宦,未尝肯与公卿国家之争,常称疾闲居,不慕官爵。""相如既病免,家居茂陵。天子曰:'司马相如病甚,可往从悉取其书,若后之矣。'使所忠(人名)往,而相如已死,家无遗书。问其妻,对曰:'长卿未尝有书也。时时著书,人又取去。长卿未死时,为一卷书,曰有使来求书,奏之。'"(见《汉书·司马相如传》)　务:事业。

〔36〕徐生:指徐幹。　庶几:匹配。李善注引《尔雅》:"尚,庶几也。"　曹丕《与吴质书》:"伟长(徐幹)独怀文抱质,恬淡寡欲,有箕山之志,可谓彬彬君子者矣。著《中论》二十篇,成一家之言,辞义典雅,足传于后,此子为不朽矣。"

〔37〕异物:指死亡。贾谊《鹏鸟赋》:"化为异物,又何足患。"

〔38〕畏:敬服。曹丕《与吴质书》:"后生可畏,来者难诬(欺骗)。"

〔39〕伏惟:旧时常用为下对上有所陈述时的表敬之辞。　天:此指曹丕。李善注引何休《墨守》:"君者,臣之天也。"

〔40〕优游:从容自得的样子。

〔41〕休息:消遥自得。　场、囿:皆讲艺之处。班固《答宾戏》:"婆娑于艺术之场,休息乎篇籍之囿。"

〔42〕抗论:争论。

〔43〕微:妙。

〔44〕摛(chī 吃)藻:铺张词藻。班固《答宾戏》:"驰辩如波涛,摛藻如春华。"

〔45〕鸾龙:指鳞羽之有五彩,此喻文彩。 奋:振。

〔46〕齐:等。 萧王:光武帝刘秀。曹丕《与吴质书》:"光武言年三十余,在兵中十岁,所更非一,吾德不及之,年与之齐矣。"李善注引《东观汉纪》:"更始(淮阳王刘玄年号)遣使者立光武为萧王。

〔47〕百之:百位于他。李善注引《汉书》:"刘何上疏曰:陈汤比于贰师(李广利。李为贰师将军,故以为号),功德百之。"

〔48〕归高:指服从高论。

〔49〕同声:呼应。李善注引《周易》:"同声相应。"

〔50〕若坠:如坠,形容极快。

〔51〕敕(chì 斥)行:正行。敕,正。

〔52〕游宴:游乐宴饮。

〔53〕盛年:壮年。

〔54〕下愚:最愚蠢的人。此表自谦。李善注引《论语》:"子曰:唯上知与下愚不移。"

〔55〕风云之会:风云会,即好的际遇。此言与太子幸得同此际会。李善注引《周易》:"云从龙,风从虎。"

〔56〕齿耋(dié 迭):老年。耋,老。通"耋"。

〔57〕触匈奋首:刘良注:"触匈奋首。割裂,谓冒锋刃甘死而效其用,以报德焉。"匈,六臣作"胸"。

〔58〕偻(lóu 娄)偻:谨敬。古人书信常用套语。

〔59〕备悉:皆知。

〔60〕至情:真情。

今译

　　二月八日庚寅,臣质言:奉读来书,其追悼亡友,思念良朋,恩哀之盛,充满字里行间。时间慢慢流逝,岁月不等人。从前服侍太子身边，充数众贤之中，外出有更名易服之行，入宫有音乐歌舞之欢，摆酒畅饮，赋诗劝酒自谓可终始保持相聚不散，共同极力施展才干，效忠明主。哪想到数年之间，死亡殆尽。臣自己有何德行，得以活得久长？

陈琳、徐幹、应玚、刘桢，才华横溢，的确如来信所言。可惜未能实现自己的志向，令人为之深深悲痛。以上数人，以文才服侍左右，非其莫属；如边境发生战事，民间发生骚乱，军书从四面八方传来，羽檄频频送到，对陈徐诸位贤才来说，则非其所能应付。从前在武帝的时代，文章繁盛，像东方朔、枚皋之辈，不能独立提出见解，就是阮瑀、陈琳这类人。那时只有严助和吾丘寿王参与政事，但皆不能把握自己，喜欢谋划国事，终于失败身亡，臣以之为耻。至于司马相如称病逃避政事，以著书为业，徐幹则与之相近。而今各个逝去，成为异物了。后生可畏。

太子从容于典籍之所，自得于文章之林，立言论辩，穷通物理，曲尽其妙；铺陈词藻，动笔写作，文采焕然如龙鳞鸾羽，年纪虽与萧王同龄，而才华百倍于他。这就是大家议论服从高见，远近与君呼应的原因。然而年岁快如落体，现在质已四十二岁了，两鬓斑白，所虑日深，确实不如往日了。只想保身正行，不去涉足是非之地，而为知己增添累赘。游乐饮宴之欢，很难再有；壮年一过，实在无法追回。有幸我这最蠢之人，得到极好的际遇，时已年迈，还要挺胸昂首，一展效忠君王陛下之才。不胜惶恐，来书尽悉，故略陈真情。质死罪死罪。

（赵福海译注并修订）

◉ 在元城与魏太子笺一首 吴季重

▌题解

"质迁元城令,之官,过邺,辞太子,到县与太子笺。"(见李善注引《魏略》)吴质赴元城任职过邺辞太子,在建安十九年。《王粲传》注引《魏略》:"(建安)二十三年,太子又与吴质书。"中有"别来行复四年"之语。裴松之注《三国志·吴质传》引《魏略》:"二十三年,太子又与质书:'岁月易得,别来行复四年。'"二例可证。吴质"过邺"及作《在元城与魏太子笺》在建安十九年,即公元214年。

吴质与太子曹丕的关系非同寻常。曹丕与曹植争夺王位继承权,杨修等人为曹植的谋士,吴质等人则为曹丕的谋士。吴质此次过邺就为曹丕献了两计;第一计,劝曹丕流涕为乃父送征。《世说新语》云:"魏王尝出征,世子(丕)及临菑侯植并送路侧。植称述功德,发言有章,左右属目,王亦悦焉。世子怅然自失。吴质耳曰:'王当行,流涕可也。'及辞,世子泣而拜,王及左右咸歔欷。于是皆以植辞多华,而诚心不及也。"第二计,制造假象,蒙骗太祖。《三国志·陈思王传》:"(杨修)与丁仪兄弟皆欲以植为嗣,太子患之,以车载废簏(破竹笼),内朝歌长吴质与谋。修以白太祖(曹操),未及推验。太子惧,告质,质白:'何患? 明日复以簏受绢车内以惑之,修必复重白。重白必推(究)而无验,则彼受罪矣。'世子从之,修果白,由是太祖疑焉。"这一系列举措,巩固了曹丕的太子地位,也巩固了吴质与曹丕的非同寻常的关系。《在元城与魏太子笺》正透露了二人关系之一斑。

第一段追述吴质过邺太子盛宴的情景。不是关系非常,太子绝不会"侍宴终日,耀灵匿景,继以华灯。"吴质也决不敢在太子面前喝得"醒寤之后,不识所言。"第二段报告元城初任的感受和忠于职守的决心。第三段提出再返邺都之要求。文章结合当时的心境、环境大量用典,贴切自然,言简意丰。

原文

臣质言:前蒙延纳[1],侍宴终日[2],耀灵匿景[3],继以华灯[4]。虽虞卿适赵[5],平原入秦[6],受赠千金,浮舸旬日[7],无以过也。小器易盈[8],先取沉顿[9],醒寤之后,不识所言。即以五日到官[10]。

初至承前[11],未知深浅[12]。然观地形[13],察土宜[14],西带常山[15],连冈平、代[16];北邻柏人,乃高帝之所忌也[17]。重以泜水[18],渐渍疆宇[19],喟然叹息:思淮阴之奇谲[20],亮成安之失策[21];南望邯郸[22],想廉蔺之风[23];东接钜鹿[24],存李、齐之流[25]。都人士女[26],服习礼教[27],皆怀慷慨之节[28],包左车之计[29]。而质阉弱[30],无以莅之[31]。若乃迈德种恩[32],树之风声[33],使农夫逸豫于疆畔[34],女工吟咏于机杼[35],固非质之所能也。至于奉遵科教[36],班扬明令[37],下无威福之吏[38],邑无豪侠之杰[39],赋事行刑[40],资于故实[41],抑亦懔懔有庶几之心[42]。

往者严助释承明之欢,受会稽之位[43];寿王去侍从之娱,统东都之任[44]。其后皆克复旧职[45],追寻前轨[46]。今独不然,不亦异乎?张敞在外,自谓无奇[47];陈咸愤积,思入京城[48]。彼岂虚谈夸论[49],诳耀世俗哉[50]?斯实薄郡守之荣[51],显左右之勤也[52]。古今一揆[53],先后不贸[54]。

焉知来者之不如今[55]？聊以当觐[56]，不敢多云。质死罪死罪。

注释

〔1〕延纳：接纳。

〔2〕侍宴：陪宴。侍，陪从尊长身旁。

〔3〕耀灵：指太阳。张衡《思玄赋》："淹栖迟以姿欲兮，耀灵忽其西藏。"匿景：隐没。景，日光。

〔4〕华灯：装饰美丽的灯烛台。宋玉《招魂》："兰膏明烛，华镫错些。"镫，同"灯"。

〔5〕虞卿：战国时游说之士。李善注引《史记》："虞卿者，游说之士也。说赵孝成王，一见赐金百镒（古重量单位，二十两或二十四两），再见为上卿，故号为虞卿。"

〔6〕平原：平原君赵胜。赵惠文王之弟。李善注引《史记》："秦昭王为书遗平原君曰：寡人闻君之高义，愿与君为布衣之交。君幸过（访）寡人，愿与为十日之饮。平原君遂入秦见昭王。"

〔7〕浮觞：浮白。满饮一杯。 旬日：十日。

〔8〕小器：比喻酒量小。

〔9〕沉顿：疲惫不振，此指醉酒。

〔10〕即：则。

〔11〕承前：承接前例。李善注："言每事承前，无所改易也。"

〔12〕深浅：李善注："深浅，犹善恶也。"

〔13〕地形：指地理形势。

〔14〕土宜：适合不同生物生长的不同土壤。

〔15〕带：用如动词，以……为带。 常山：恒山。尤袤《文选考异》："袁本、茶陵本'常'作'恒'。"李善注："《汉书》有恒山郡。"引张晏曰："恒山在西。"

〔16〕连冈：山峰连绵。 平代：二县名。李善注："《汉书》，代郡有平邑及代二县。"又二郡名。吕向注："平、代，二郡。"

〔17〕柏人：古县名。属赵国。故城在今河北唐山市西。"李善注引《汉书》："上（汉高祖刘邦）东击韩信，余寇东垣，还过赵。赵相贯高等耻上不礼其王，阴

谋欲杀上。上欲宿,心动,问县名何?曰:柏人。 上曰:柏人者,迫于人也。去弗宿。""高帝所忌"指此。

〔18〕泜(zhī织)水:水名。即今槐河。李善注引《汉书》:"恒山郡元氏县有泜水,首受中丘西山,穷泉谷,入黄河"。

〔19〕渐渍(zì自):犹浸润。 疆宇:国土。

〔20〕淮阴:淮阴侯韩信。汉初诸侯王。汉初建立,改封楚王,为当时最强大的地方割据势力。以阴谋叛乱,降为淮阴侯。 奇谲(jué决):奇异的计谋。指拔赵旗树汉旗事。李善注引《汉书》:"成安君陈余背汉之赵。(汉)遣张耳与韩信击破井陉,斩陈余泜水上。李善注:"奇谲,谓拔赵帜立汉帜。"吕延济注:"汉使韩信击赵,信使窥之,知赵相成安君李余,不用李左车(秦汉之际谋士,初在赵封广武君。)乃引兵来至井陉口,选轻骑二千,持赤帜从间道箪山而望赵军,又使万人先行背水阵。平旦,信建大将旗鼓出井陉口,大战良久,信弃旗鼓走。水上复击战,赵军空壁(营垒),争信旗鼓。箪山二千人入赵壁,拔赵帜,立汉赤帜,赵军望之大惊,乃乱败。遂斩成安泜水上。"

〔21〕亮:诚信。 成安:秦汉之际赵军主将除余。 失策:指不用李左车之计。

〔22〕邯郸:战国时为赵都,战国、秦、汉,皆为黄河北岸最大商业中心。

〔23〕廉:战国赵国名将廉颇。 蔺:蔺相如。原为宦者令缪贤舍人,后经缪贤推荐出使强秦,以其大智大勇,"完璧归赵",不辱使命,拜为上卿,位在廉颇之上。颇不服且辱相如,相如以国家安危为重,不与之计较。当廉颇得知相如躲他并非怕他,而是"先国家之急而后私仇也。"廉颇亲至相府"负荆请罪"。"将相和"使秦不敢加兵于赵。"廉蔺之风"即指此。

〔24〕钜鹿:县名,秦置。

〔25〕李齐:赵将。 流:遗风。李善注引《汉书》:"(汉)文帝问冯唐曰:吾居代时,吾尚食监(官名)高祛,数为我言赵将之贤,战于钜鹿下。吾每饮食,意未尝不在钜鹿也。"

〔26〕都人:都市之人。 士女:男女。 班孟坚《西都赋》:"都人士女,殊异乎五方。"

〔27〕服习:熟习。 礼教:指礼仪教化。

〔28〕慷慨:意气激昂而富有正义。 节:节操。

〔29〕左车:李左车,秦汉之际谋士。初在赵封广武君。李善注引《汉书》:

"广武君李左车说成安君曰:闻汉将韩信欲以下赵,愿假臣奇兵三万人,绝其辎重(军需),足下深沟高垒,坚壁勿与战。吾奇兵绝其后,两将之首,可致戏下(麾下)。成安君不听也。""左车之计"即指此。

〔30〕阍(àn暗)弱:愚昧软弱。阍,同"暗"。

〔31〕莅(lì立):临。

〔32〕迈德:勉行其德。迈,勤勉。 种恩:布行恩惠。

〔33〕风声:犹风教。指好的风气。

〔34〕逸豫:安乐。李善注引《诗经》:"尔公尔侯,逸豫无期。" 疆畔:田边。

〔35〕女工:胡克家《考异》:"女工当作'工女',以'女工'与'农夫'偶句也。"工女,从事纺织的女工。《史记·郦食其传》:"农夫释耒,工女下机。" 吟咏:吟唱。李善注引《毛诗序》:"吟咏情性。"孔《疏》:"动声曰吟,长言曰咏,作诗必歌,故言吟咏情性也。" 机杼(zhù住):指织布机。

〔36〕奉遵:遵守。奉,敬辞。 科教:科条,即法令条规。

〔37〕班扬:颁布。宣扬。班,颁布。 明令:指法令。

〔38〕威福:作威作福。李善注引《尚书》:"臣无有作福作威。"

〔39〕邑:县之别称。指元城。 豪侠之杰:豪杰。此指倚仗权势,横行一方的人。

〔40〕赋事:做事。 行刑:执行刑罚。

〔41〕资:凭借,依靠。 故实:足以效法的旧事。李善注引《国语》:"樊穆仲曰:鲁侯赋事行刑,必问于遗训而咨于故实。"

〔42〕抑亦:或许。表推测之类的副词。 懔懔:危惧的样子。 庶几:接近,差不多。

〔43〕严助:西汉辞赋家。武帝初即位,郡举贤良对策,擢为中大夫。后迁为会稽太守。复归长安,为侍中。助与淮安王刘安要好,刘安谋反,助受牵连被杀。 承明:承明庐,在石渠阁外,汉承明殿的小屋,供侍臣值宿所居。所以用入承明庐为入朝或在朝作官的典故。此指朝官。《汉书·严助传》:"助侍燕从容……上问所欲,对愿为会稽太守。于是拜为会稽太守。数年,不闻问。赐书曰:'制诏会稽太守:君厌承明之庐,劳侍从之事,怀故土,出为郡吏。'助恐,上书谢称:'……臣助当伏诛。陛下不忍加诛,愿奉三年计最(地方官吏呈报京师的考核文书)。'诏许,因留侍中(官名。侍皇帝左右,出入宫廷)。"

〔44〕寿王:吾丘寿王。曾从董仲舒受《春秋》。李善注引《汉书》:"吾丘寿

在元城与魏太子笺一首

笺

王善格五（博戏名），召待诏，拜侍中，后为东郡尉，复征（zhēng）入光禄大夫侍中。"

〔45〕克：能。

〔46〕前轨：谓先辈的业绩。

〔47〕张敞：西汉河东平阳人。字子高，初为太仆丞。宣帝时任太中大夫，得罪权臣霍光，出为函谷关都尉。李善注引《汉书》："张敞为胶东相，与朱邑书曰：值敞远守剧郡（指出为函谷关都尉），驭于绳墨，胸臆约结，固无奇矣。"

〔48〕陈咸：李善注引《汉书》："陈咸，字子康，为南阳守。咸数略遗陈汤，与书曰：郡蒙子公力（陈汤，字子公），得入帝城（京都），死不恨（无憾）矣。后竟入为少府。"

〔49〕虚谈夸论：空话大话。

〔50〕诳耀：欺骗夸耀。

〔51〕薄：看轻，以之为轻。　郡守：郡之最高行政长官。秦统一全国后，以郡为最高地方行政区划，每郡置郡守，掌治其郡。南北朝相沿，至隋而废。郡守至汉景帝改名太守。

〔52〕显：以之为显耀，看重之意。　左右：指皇帝近臣。

〔53〕揆（kuí 逵）：尺度，准则。《汉书·外戚恩泽侯表》："世代虽殊，其揆一也。"

〔54〕贸：变。

〔55〕焉知：怎知。　来者：后的来人。

〔56〕觐：晋见。诸侯秋朝天子曰觐，后为晋见国家元首的统称。

今译

　　吴质白：从前承蒙接纳，陪宴终日，阳光隐没，续以华灯，即使虞卿赴赵成王赠以百金，平原君访秦昭王与宴十日，也不能超过君之厚遇。小器易满，质先醉倒，酒醒之后不知所云。五天才到达任所。

　　初来乍到，一切皆承前例，不辨善恶。观看四方地理，考察八方物土：西面常山如带，峰峦连绵平、代二县；北与柏人接壤，正是高祖忌讳之地。又有泜水滋润疆域，不免慨然叹息；回想淮阴侯智取赵旌的奇计；信实成安君不用左车之策；南望邯郸缅怀廉颇、蔺相如的高风亮节;东接钜鹿,尚存赵将李齐贤而善战的遗风。都市的男男女女,熟悉礼仪教化,个个心怀慷慨正义的气节,人人胸有左车破敌的妙计。但臣愚昧软弱,无法达到。至若行善施恩,树立良好风气,使农夫安乐于田间,织女吟唱于机旁,本来就不是臣所能办到的。至于遵守法律条规,公布朝廷政令,下无做威做福之官吏,县无横行霸道之豪侠,做事按刑罚规定,效法前人先例,或许还有谨慎达到的决心。

从前严助放弃朝官之恩宠,接受会稽太守之职位;吾丘寿王辞掉侍从之近臣,掌管东郡都尉之大权,他们后来能恢复旧职,继续前业。现在我独不然,不很奇怪吗?张敞离京城到函谷关上任,自己说不觉新鲜;陈咸郁愤,思念回到京城作官。这些难道是虚夸之论、欺世之谈吗?皆是看轻郡守之荣耀,看重近臣之显赫。古今同一法度,前后无有改变,怎知后来人不像现在呢?聊做晋见之语,不敢多言。吴质死罪死罪。

(赵福海译注并修订)

◎ 为郑冲劝晋王笺一首　阮嗣宗

题解

"郑冲,字文和,荥阳人也,位至太傅。""魏帝(指高贵乡公曹
髦)封晋太祖(晋文帝司马昭)为晋公,太原等十郡为邑,进位相国,
备礼九锡。太祖让不受。公卿将校皆诣府劝进,阮籍为其辞。"(见
李善注引《晋书》)曹髦封司马昭为晋公,那是迫于形势,他对司马氏
篡权企图早已了然于心。《三国志·魏书》裴松之注引《汉晋春秋》:
"帝(曹髦)见威权日去,不胜其忿。乃召侍中王沈、尚书王经、散骑
常侍王业,谓曰:'司马昭之心,路人所知也。吾不能坐受废辱,今日
当与卿(等)自出讨之。'"但司马氏势力太大,无法翦除,曹髦被杀。
终于以晋代魏。

明明要篡位,偏偏做出"固辞"之态。其实乖觉的臣子看得明
白,彼愈辞,此愈劝,于是就有了这《为郑冲劝晋王笺》之类的笺表。
本文共分三段。第一段,言"圣王作制,百代同风。""功薄赏厚",犹
为美谈,况司马昭"世有明德",更受之无愧。第二段,罗列司马昭征
战的功业和威名,言受此奇勋,非其莫属。第三段,说明受封晋公符
合"礼典旧章","受此介福","至公至平","允当天人"。即使不亲
王位,待功成名遂再辞"岂不盛乎!"给司马昭先固辞后受封找个
台阶。

原文

　　冲等死罪。伏见嘉命显至[1],窃闻明公固让[2],冲等眷

眷^[3]，实有愚心^[4]，以为圣王作制^[5]，百代同风^[6]，褒德赏功^[7]，有自来矣^[8]。昔伊尹^[9]，有辛氏之媵臣耳^[10]，一佐成汤^[11]，遂荷阿衡之号^[12]；周公藉已成之势^[13]，据既安之业，光宅曲阜^[14]，奄有龟蒙^[15]；吕尚磻溪之渔者^[16]，一朝指麾^[17]，乃封营丘^[18]。自是以来，功薄而赏厚者，不可胜数。然贤哲之士^[19]，犹以为美谈。况自先相国以来^[20]，世有明德^[21]，翼辅魏室^[22]，以绥天下^[23]，朝无阙政^[24]，民无谤言。

前者，明公西征灵州^[25]，北临沙漠，榆中以西^[26]，望风震服^[27]，羌戎东驰^[28]，回首内向。东诛叛逆^[29]，全军独尅^[30]，禽阃间之将^[31]，斩轻锐之卒^[32]，以万万计，威加南海^[33]，名慑三越^[34]。宇内康宁^[35]，苛慝不作^[36]。是以殊俗畏威^[37]，东夷献舞^[38]。

故圣上览乃昔以来礼典旧章^[39]，开国光宅^[40]，显兹太原^[41]。明公宜承圣旨^[42]，受兹介福^[43]，允当天人^[44]。元功盛勋^[45]，光光如彼^[46]；国土嘉祚^[47]，巍巍如此^[48]。内外协同，靡衍靡违^[49]。由斯征伐^[50]，则可朝服济江^[51]，扫除吴会^[52]；西塞江原^[53]，望祀岷山^[54]。回戈弭节^[55]，以麾天下^[56]。远无不服，迩无不肃^[57]。今大魏之德^[58]，光于唐虞^[59]；明公盛勋^[60]；超于桓文^[61]。然后临沧州而谢支伯^[62]，登箕山而揖许由^[63]，岂不盛乎！至公至平^[64]，谁与为邻^[65]？何必勤勤小让也哉^[66]！冲等不通大体^[67]，敢以陈闻^[68]。

为郑冲劝晋王笺一首

注释

〔1〕伏见：见。下对上的敬词。　嘉命：指魏帝册封司马昭为晋公之命。显至：显赫而来。

〔2〕窃:犹私,古代常用以表示个人意见的谦词。 明公:指司马昭。让:辞让。

〔3〕眷眷(juàn倦):诚心诚意。

〔4〕愚心:诚心。

〔5〕圣王:对封建帝王的谀称。 作制:建立制度、法度。

〔6〕同风:同风俗。《汉书·王吉传》:"春秋所以大一统者,六合同风,九州共贯也。"

〔7〕褒:嘉奖。

〔8〕有自:有来历,一向如此。李善注引《左传》:"叔孙曰:叔出(出使)季(季孙)处(守国),有自来矣。"

〔9〕伊尹:商初大臣。名伊,尹是官名。一说名挚。传说奴隶出身,原为有莘氏女的陪嫁之臣,汤用为小臣,后来任以国政。

〔10〕媵(yìng映)臣:古时随嫁的奴仆。

〔11〕成汤:商汤,商朝的建立者。原为商族领袖,与有莘氏通婚,任用伊尹执政,积聚力量,终于灭掉夏而建立商朝。

〔12〕荷:承担。 阿衡:商代官名,位属三公,辅佐帝王主持国政。李善注引《说苑》:"邹子说梁王曰:伊尹,有莘之媵臣,汤立以为三公。"

〔13〕周公:姬姓,周武王之弟,名旦,因采邑在周(今陕西岐山东北),故称周公。曾助武王灭商;武王死后,成王年幼,由他摄政。 已成之势,既安之业:李周翰注:"武王既成王业,天下既安,而封周公之子伯禽为鲁侯,治曲阜。"

〔14〕光宅:覆盖,引申为占有。 曲阜:故城在今山东曲阜县西北。周武王曾封其弟周公于此,时为鲁之国都。

〔15〕奄:包括,据有。 龟蒙:龟山、蒙山,皆在鲁国境内。

〔16〕吕尚:姜太公。 磻(pán盘)溪:水名。在陕西宝鸡市东南,原出南山,北流入渭。一名璜河。传说姜太公未遇文王之时垂钓于此。

〔17〕指麾:指挥。麾,同"挥"。此指周公辅佐武王伐纣之事。李善注引《史记》:"西伯(文王)以吕尚为太师。武王东伐,师尚父(吕尚)左仗黄钺,右秉白旄以誓。"

〔18〕营丘:地名。吕尚封地。今山东临淄一带。李善注引《史记》:"武王以平商,封尚父于齐营丘。"

〔19〕贤哲:德才与见识超群的人。

〔20〕先相国:指司马懿。

〔21〕明德:美德。

〔22〕翼辅:辅佐。

〔23〕绥:安。

〔24〕阙政:朝政有过失。

〔25〕明公:指司马昭。　灵州:县名。今属宁夏。

〔26〕榆中:县名。今属甘肃。李善注引王隐《晋书·文纪》:"姜维出陇右,上帅轻兵到灵州,大破之,诸房震服。北地郡有灵州县,金城郡有榆中县。"

〔27〕震服:慑服。

〔28〕羌(qiāng枪)戎:皆为古代西北少数民族。羌,居住在今甘肃、青海、四川一带;戎,一部分成为匈奴族。　东驰:指东来汉朝臣服。下文"内向"亦此义。

〔29〕叛逆:指诸葛诞。《三国志·魏书》:"乙亥,诸葛诞不就征,发兵反,杀扬州刺使乐綝。"又"三年春二月,大将军司马文王陷寿春城,斩诸葛诞。"

〔30〕尅(kè克):克。

〔31〕禽:擒。　阖闾(hé lú何驴):春秋时吴王,此比孙权。李善注引《魏志》:"诞闭城自守,遣小子靓至吴请救。吴遣唐咨、王祚来应诞。及斩诞,唐咨、王祚皆降。吴兵万众,器仗军实山积。"

〔32〕轻锐:轻装精锐之兵。《汉书·卫青传》:"斩轻锐之卒,捕伏听者。"

〔33〕南海:郡名。秦始皇三十三年置,两汉因之。三国吴在此置广州。郡治番禺即今广州市。

〔34〕慑:威震,震慑。　三越:李善注:"《汉书》有三越,谓吴越及南越、闽越也。"

〔35〕宇内:四境之内。贾谊《过秦论》:"有席卷天下,包举宇内,襄括四海之意,并吞八荒之心。"

〔36〕苟慝(tè特):暴虐邪恶。李善注引《左传》:"苟慝不作,盗贼伏隐。"

〔37〕殊俗:异方的风俗。此指远方或异邦。吕延济注:"殊俗,远方也。"《过秦论》:"始皇既没,余威振于殊俗。"

〔38〕东夷:古代华夏族对东方诸民族的称呼。李善注引范晔《后汉书》:"东夷自少康以后,世服王化,献其乐舞。"

〔39〕圣上:皇上。此指魏帝高贵乡公曹髦。　乃昔:往昔。　礼典旧章:前

人留下的礼仪典章。

〔40〕开国：指封侯国。　光宅：安定天下。

〔41〕显兹：显命。显命为帝王受命的美誉。　太原：郡名。秦置太原郡，治所在晋阳（今山西太原市西南），辖今山西中部地区。《三国志·魏书·三少帝纪》："夏五月，命大将军司马文王为相国，封晋公，食邑八郡，加之九锡，文王前后九让乃止。"

〔42〕圣旨：册封晋公之命。

〔43〕介福：大福，洪福。介，大。

〔44〕允当：平允适当。　天人：天理民意。

〔45〕元功：大功。　盛勋：巨大的功勋。

〔46〕光光：光明显耀。《汉书·叙传》："子明（冯奉世）光光，发迹西疆。"

〔47〕嘉祚（zuò 作）：吉祥的皇位。

〔48〕巍巍：高大的样子。吕向注："光光，明貌。如彼，如破姜维之类。国土嘉祚如此，谓晋原之地。"

〔49〕靡：无。　衍：过失。李周翰注："靡，无。衍，失。内外其心合同，无相违也。"

〔50〕斯：此。

〔51〕朝（cháo 潮）服：喻不战而胜。李善注引《国语》："齐教大成，定三革，隐五刃朝服以济河，而无怵惕焉，文事胜矣。"

〔52〕扫除：廓清。　吴会：吴之都会。扫除吴会，指灭吴。

〔53〕塞：酬神祭，即报神恩。

〔54〕望祀：遥望而祝祭。《史记·秦始皇纪》："十一月，行至云梦，望祀虞舜于九疑山。"　岷山：在四川省北部，绵延川甘两省，是长江、黄河分水岭。

〔55〕回戈：动用武力。　弭（mí 迷）节：按节，即终止外交，使用武力。弭，通"靡"，按，止。节，符节，古代使臣所持的信物。

〔56〕麾（huī 辉）：通"挥"。指挥，号令。李善注引扬子云《长杨赋》："回戈聊指，南越相夷；麾节西征，羌僰东驰。"

〔57〕迩（ěr 尔）：近。　肃：敬。李善注引《国语》："祭公谋父曰：近无不听，远无不服。"

〔58〕大魏：指曹魏政权。

〔59〕光：辉煌，此用如动词。　唐虞：唐尧虞舜。

〔60〕明公：指司马昭。

〔61〕桓、文：齐桓公、晋文公。桓为齐国之君，文为晋国之君，皆为春秋时霸主。

〔62〕临沧州谢支伯：禅让典故。李善注引《庄子》："舜让天下于子州支伯，子州支伯曰：予有幽忧之病，方且治之，未暇治天下。"支或为"交"。谢，让。

〔63〕登箕山揖许由：禅让典故。李善注引《吕氏春秋》："昔尧朝许由于沛泽之中，请属天下于夫子，许由遂之箕山之下。"揖，让。吕延济注："言公宜受封爵后，立功如此，然后退身，岂不盛也。揖、谢，皆让也。"

〔64〕至公至平：最公平。

〔65〕谁与为邻：与谁为邻，意为谁可比。邻，比。

〔66〕勤勤：忠诚的样子。

〔67〕不通大体：不识大体。

〔68〕陈闻：陈述给你听。

今译

郑冲等死罪死罪。看到册封的皇命堂皇而来，我私下听说明公坚决辞而不受，冲等诚心诚意，确有一片忠心，以为帝王建立的制度，历代同俗，褒德赏功，一向如此。从前伊尹不过是有莘氏陪嫁之臣，一旦辅佐商汤，便戴上阿衡的桂冠；周公借助大局已定的形势，靠着武王成功的帝业，占有曲阜，囊括龟、蒙；吕尚原为磻溪的渔夫，一次辅佐武王伐纣，便获封地营丘。从此以后，功薄而赏厚者，数不胜数。但那些德才超群之人，仍将此类奉为美谈。况且自先相国以来，世代皆有美德，辅佐魏室，以安天下，朝廷政无过失，百姓口无怨言。

从前，明公西征灵州，北到沙漠，榆中以西之人，见势慑服，羌戎二族，皆来臣服。诛杀东方叛逆，使其全军覆没，生擒吴主孙权之将，斩首轻装精锐之兵数以万计，威力施加南海，名声震慑三越。四海之内康宁，诸方邪恶不起。所以远方畏惧武威，东夷来献舞乐。

因此皇上查阅有史以来的礼仪典章，封君侯国，安定天下，显耀于太原。明公应接受圣旨，享此洪福，以遂天意人愿。大功盛勋，辉辉煌煌如破姜维；封国侯位，巍巍峨峨似晋高原。从此征伐，则可不战渡江，扫平东吴，西报神恩，遥祭岷山。不靠外交而靠武力，统一天下。远处无不服，近处无不敬。当今大魏德行比唐尧虞舜辉煌，明公盛勋，超过齐桓、晋文二公。封爵建功之后，再像支伯不受舜之禅让，如许由不受尧之禅让隐居箕山，岂不更伟大吗？最公最平，谁能相比，何必如此诚心地推让呢？冲等不识大体，敢把自己的意见陈述给您听。

（魏淑琴译注并修订）

拜中军记室辞隋王笺一首 任彦升

题解

谢朓(464—499),字玄晖,陈郡阳夏(今河南太康)人。南朝齐代文学家。他的高祖父谢据为晋代宰相谢安的弟弟,祖父辈皆为刘宋王朝所亲重。谢朓出身于望族,加之本人十分好学,所以少年时代就颇传美名。他先后做过参军、功曹、记室、文学等官职,曾得到隋王萧子隆、竟陵王萧子良的赏识,后来为明帝掌中书诏诰,后任宣城太守,故有谢宣城之称。最后任尚书吏部郎,因拒绝参加朝廷大臣和藩王所酝酿的政变,反被诬陷杀害,时年只有三十六岁。

谢朓在荆州为隋王萧子隆的文学时,颇为子隆所爱赏。据《南齐书》记载:"隋王在荆州,好辞赋,数集僚友。朓以文才尤被赏爱,流连晤对,不舍日夕。"荆州长史王秀之忌其与子隆亲密,暗告齐武帝将谢朓调回都城。在离别隋王,即将赴任新安王中军记室之际,谢朓写下了这篇《辞隋王笺》。

作者面对秋天寂寥的景色,感慨万端,浮想联翩。追忆与隋王朝夕相处的美好时光,心中感到无限的悲凉和惆怅。在满目秋色,树木凋零的悲凉景色衬托之下,与友人依依惜别的深情,得到了充分的抒发。作者叙述了隋王给予他的"未测涯涘"的恩泽,"荣立府庭,恩加颜色",能得到隋王的赏识,是他无尚的荣耀。之后,作者又回忆起与隋王"东乱三江,西浮七泽"、"契阔戎旃,从容宴语"的种种情景。结尾抒发与隋王再次重逢的期待之情。文中隐约暗示此次还京是凶多吉少的预感,"不寤沧溟未运,波臣自荡",写出了自己在仕途中的忧虑。如果参照谢朓的《暂使下都夜发新林至京邑赠西府同僚》一诗，就不难理解作者此时此刻复杂的心情。"常恐鹰隼击，时菊委严霜，寄言蔚罗者，寥廓已高翔"。这首赠西府同僚的诗，倾吐了对故旧僚友的怀念，流露出惧怕谗谤的忧心，情感意绪与《辞隋王笺》是一致的。《辞隋王笺》以辞别隋王为中心来叙事写物抒情，四言为主要形式，夹杂六言，音节圆融流丽，情感含蓄深挚，是情悲辞美的绝妙之作。

原文

　　故吏文学谢朓死罪死罪[1]。即日被尚书召，以朓补中军新安王记室参军[2]。朓闻潢汙之水[3]，愿朝宗而每竭[4]，驽蹇之乘[5]，希沃若而中疲[6]。何则？皋壤摇落[7]，对之惆怅[8]，歧路西东[9]，或以鸣唈[10]。况乃服义徒拥[11]，归志莫从[12]。邈若坠雨[13]，翩似秋蒂[14]。朓实庸流，行能无算[15]，属天地休明，山川受纳[16]，褒采一介[17]，抽扬小善[18]。故舍耒场圃[19]，奉笔兔园[20]。东乱三江[21]，西浮七泽[22]，契阔戎旃[23]，从容宴语[24]。长裾日曳[25]，后乘载脂[26]，荣立府庭[27]，恩加颜色[28]。沐发晞阳[29]，未测涯涘[30]。抚臆论报[31]，早誓肌骨[32]。不悟沧溟未运[33]，波臣自荡[34]，渤澥方春[35]，旅翩先谢[36]。清切藩房[37]，寂寥旧荜[38]，轻舟反溯[39]，吊影独留[40]。白云在天，龙门不见[41]，去德滋永，思德滋深[42]。唯待青江可望[43]，候归艎于春渚[44]，朱邸方开[45]，效蓬心于秋实[46]。如其簪履或存[47]，衽席无改[48]，虽复身填沟壑，犹望妻子知归[49]。揽涕告辞，悲来横集[50]，不任犬马之诚[51]。

注释

〔1〕故吏:曾经作过官吏的人。 文学:官名。相当于文书的职位。永明八年(490),谢朓为隋王文学,故称"谢文学"。 死罪:冒死。书信中的套语。

〔2〕即日:近日。 尚书:官名。 补:委任官职。 新安王:即海陵王萧昭文。

〔3〕潢汙之水:低洼处的积水。

〔4〕朝宗:归向大海。 每竭:往往枯竭。

〔5〕驽蹇之乘:劣马所驾的车。驽蹇,劣马。

〔6〕沃若:良马驰行的样子。 中疲:中途疲殆。

〔7〕皋壤:水草丛生的洼地。此指原野。 摇落:凋谢、零落。此谓草木枯败。

〔8〕惆怅:悲伤。

〔9〕歧路:岔路。

〔10〕鸣唈(yì 意):失声抽泣。

〔11〕服义:顺从道义。 徒:白白的。 拥:阻塞。

〔12〕归志:归依的志向。

〔13〕邈:远。 坠雨:落雨。

〔14〕翩:飘落。 蒂:花及瓜果与茎枝相连的部分。

〔15〕庸流:庸才,才能低下的人。 行能:品德才智。 无算:不足数。此为自谦之辞。

〔16〕属:会,遇。 天地:与"山川"皆比喻帝王。 休明:美善的德行。受纳:接受。

〔17〕褒采:褒奖。 一介:一人。

〔18〕抽扬:宣扬。 小善:极小的长处。

〔19〕舍:丢掉。 耒:农具。 场面:田地。

〔20〕奉笔:奉命执笔。 兔园:汉文帝的儿子梁孝王的园囿。他好宫室园囿,以为享乐和招纳宾客的场所。这里指随王的官府。

〔21〕乱:横渡。《诗·大雅·公刘》:"涉渭为乱。" 三江:指吴江、钱塘江、浦阳江。

〔22〕浮:游。 七泽:指古时楚地诸湖泊。其中以云梦泽为最著名。以上

两句李善注："言常从子隆也。"子隆为东中郎将、会稽太守,迁西将军、荆州刺史,朓常随侍其侧。

〔23〕契阔:离合。　戎旃:军旅。

〔24〕从容:不慌不忙。　宴语:宴饮谈笑。

〔25〕长裾:长衣。　日:每天。　曳:拉。

〔26〕后乘:侍从之车。　载脂:用油涂好车轴。

〔27〕府庭:此指随王官府。

〔28〕恩:恩泽。　颜色:面容。

〔29〕沐发:洗发。　晞:晒。　阳:阳光。

〔30〕涯涘:边际。

〔31〕抚臆:抚胸。　论报:谓考虑报效。

〔32〕誓:发誓,表决心。　肌骨:谓刻肌刻骨。

〔33〕寤:觉。　沧溟:大海。　未运:未动。

〔34〕波臣:海中的鱼。此自喻之辞。李善注引《庄子》:"庄周谓监河侯曰:'周顾视车辙,中有鲋鱼焉,曰:我东海之波臣也,君岂有升斗之水而活我哉!'"自荡:自我流失。吕向注:"荡,失也。"

〔35〕渤澥(xiè 谢):渤海。　方春:正值春天。

〔36〕旅:寄居。　翮:指鸟。　谢:辞别。李善注:"沧溟渤澥,皆以喻王;波臣旅翮,皆自喻也。"

〔37〕清切:凄凉。　藩房:指随王府。

〔38〕旧荜:陈旧的草屋。指朓居舍。

〔39〕反:通"返。"　溯(sù 素):逆流而上。

〔40〕吊影:形影相吊。

〔41〕龙门:山名。在陕西韩城县与山西河津县间。《艺文类聚·辛氏三秦记》:"河津一名龙门,大鱼积龙门数千不得上,上者为龙,不上者(鱼),故云曝鳃龙门。"此喻隋王府。

〔42〕去德:离开有德者。德,有德者。此指隋王子隆。

〔43〕青江:绿色的江水。指春日之江。

〔44〕艎(huáng 黄):船名。　渚:江中的小块陆地。

〔45〕朱邸:诸侯王以朱红漆门,故称朱邸。此指隋王子隆在京都之官邸。

〔46〕效:报效。　蓬心:浮浅之心。自谓浅陋的谦词。　秋实:秋天成熟的

果实。 以上两句谓期待隋王返京入朝,自己可以报效忠诚之心,以酬答早年知遇之恩。

〔47〕簪:插定发髻的长针。李善注引《韩诗外传》:"少原之野,妇人刈蓍薪而失其簪,哭甚哀。" 履:鞋。李善注引《贾子》:"楚昭王亡其蹻履,已行三十步,复还取之,左右曰:'何惜此?'王曰:'吾悲与之俱出不俱反。'自是楚国无相弃者。"

〔48〕衽席:卧席。李善注引《韩非子》:"文公至河,命席褥捐之。咎犯闻之曰:'席褥,所卧也,而君弃之,臣不胜其哀。'" 以上两句簪履衽席,皆喻怀旧之情。此指隋王对谢朓旧日的友谊。

〔49〕填沟壑:人死后弃尸溪谷。 知归:知道所当归依。 以上两句意谓即使自己不幸而死,也愿妻与子归依隋王,代其报答知遇恩德。

〔50〕揽涕:擦干眼泪。 横集:交集。张铣注:"横,交也。"

〔51〕不任:不胜。

今译

旧时属吏文学谢朓死罪死罪。近日受尚书召见,委任我为中军新安王记室参军。我听说过,低洼处的积水,愿意归向大海却往往枯竭,力气差的劣马,希望如良马驰行却中途疲殆。为什么呢? 看到原野草木凋谢飘零,对之悲伤惆怅,朋友各分东西,为之呜咽流涕。况且想顺从君王的道义,却徒然被阻塞;虽有归向君王之志向,却不可能实现。与君王离别,又似秋叶飘落枯枝,好像雨滴降于天云。我的确是庸才,品德能力不足道,恰遇君王德性善良,接受我这愚昧之人,褒奖鼓励平凡无奇的我,并宣扬我微小的优点。因此我舍弃农具于田园,奉命执笔于隋王官府。与君王东渡三江,西游七泽,辛苦奔波于军旅,从容谈笑于饮宴。我朝夕拖着长长游于君王门下乘坐,侍从之车随从君王出行。荣耀地立足于官府之中,君王赐我无限恩泽。如同洗发晾晒于阳光之下,领受的恩德无边无际。抚摸心胸,思考报答君王的深恩,将其镂肌刻骨,永不忘怀。不料大海并未迁转,鱼儿却已流失。渤海正值阳春时节,寄旅之鸟却先辞别。王府凄凉草屋空寂,望那送我的轻舟逆流而返,空留我孤独一人,唯有形影相吊。君王如天上白云,与君王隔绝,再也望不见龙门。离开贤德君王时间越长,思念之情也就越深。只好期待于那绿色江水的岸边,在江渚中等待你归京的船帆。王府朱漆的大门正在敞开,我所浅陋的忠心,报答早年的培育之恩。如蒙君王不弃,永存对我的故友之情。我即使死后弃尸深谷,还希望妻子儿女能知道代我报恩。擦掉眼泪,辞别隋王,悲痛万分,百感交集。内心充满报效君王的忠诚。

（辛玫译注　陈复兴修订）

◉ 到大司马记室笺一首　任彦升

到大司马记室笺一首

▌题解

　　此笺为任昉到大司马记室任上所作。李善注引刘璠《梁典》:"宣德皇后以公(萧衍)为大司马、录尚书事。以任昉为记室,用旧也。"《南史·任昉传》载:"梁武帝克建业,霸府初开,以(昉)为骠骑记室参军,专主文翰……。始梁武与昉遇竟陵王西邸,从容谓昉曰:'我登三府,当以卿为记室。'昉亦戏帝曰:'我若登三事,当以卿为骑兵。'以帝善骑也。至是引昉符昔言焉。昉奉笺云:'昔承清宴,属有绪言。提挈之旨,形乎善谑。岂谓多幸,斯言不渝。'盖为此也。"文中颂扬萧衍,并以情致深长的笔触叙述了他与萧衍的友情及所受恩宠,感恩戴德之情溢于言表。其文笔清丽,骈行丽体之中又不失雅逸之气。

▌原文

　　记室参军事任昉,死罪死罪[1]。伏承以今月令辰[2],肃膺典策[3],德显功高,光副四海[4]。含生之伦,庇身有地[5]。况昉受教君子[6],将二十年。咳唾为恩[7],眄睐成饰[8],小人怀惠,顾知死所[9]。昔承嘉宴,属有绪言[10],提挈之旨[11],形乎善谑。岂谓多幸,斯言不渝。虽情谬先觉,而迹沦骄饵[12]。汤沐具而非吊,大厦构而相贺[13]。

　　明公道冠二仪[14],勋超遂古[15],将使伊周奉辔,桓文扶毂[16]。神功无纪,作物何称[17]?府朝初建[18],俊贤翘首,惟此鱼目^[19]，唐突玙璠^[20]。顾已循涯，寔知尘忝^[21]，千载一逢，再造难答^[22]。虽则殒越^[23]，且知非报。不胜荷戴屏营之情^[24]。谨诣厅奉白笺谢闻。昉死罪死罪。

注释

〔1〕记室：为记室令史的简称。东汉置。王公及大将军府都设此官，掌章表书记文檄等，后代因之。也称记室参军。　任昉：字彦昇，南朝梁文学家。历仕宋、齐、梁三朝。以表、奏、书、启等各种散文而著称。　死罪死罪：书信中常用的谦辞，意为冒昧。

〔2〕伏承：接受、承受。表示在下的接受在上的命令或吩咐。　今月：本月。指齐中兴二年(502)正月。　令辰：良辰。

〔3〕肃膺：恭敬地接受。　典策：帝王的策命。此指齐宣德皇后令，册萧衍为大司马，录尚书事。策，同"册"。

〔4〕副：被。

〔5〕含生：指所有有生命的人、物。　伦：同类，同辈。　庇：遮盖，庇护。

〔6〕君子：指萧衍。

〔7〕咳唾：比喻人的言论。此指教诲。

〔8〕眄睐：本义为视，此为眷顾之意。　饰：修饰，引申为光彩。

〔9〕顾知死所：乃知在什么地方死，即以命报德之意。顾，乃。

〔10〕绪言：末言。永明中，齐竟陵王萧子良广召文士，任昉于竟陵王西邸遇高祖萧衍。高祖对任昉说："我登三府(三公府)，当以卿为记室。"昉亦戏高祖曰："我若登三事(三公府)，当以卿为骑兵。"高祖善骑射，故出此语。"绪言"指此事。

〔11〕提挈(qiè 妾)：提拔。指委以为记室。

〔12〕情谬先觉，迹沦骄饵：李善注："知梁武之必贵，为谬先觉也；犹仕齐邦，是沦骄饵也。"饵，食。

〔13〕汤沐：沐浴。《淮南子·说林》："汤沐具而虮虱相吊，大厦成而燕雀相贺。""汤沐"指萧衍杀东昏侯。"大厦构"指建大司马府。

〔14〕明公：指高祖。吕向注："明公，谓高祖也。"　冠：盖。　二仪：指天地。

〔15〕遂古：往古。

〔16〕伊周奉辔，桓文扶毂：比喻萧衍功高。李周翰注："伊尹、周公辅佐殷、周也；桓文谓齐桓、晋文翼戴周室也。使之奉辔扶毂，谓高祖之功过之。"奉辔，牵马缰绳。辔，马缰绳。扶毂，犹推车。毂，插车轴的圆木。

〔17〕神功无纪，作物何称：吕延济注："谓高祖如神妙之功，无能纪述，造化万物，何以称之。"作物，造物。旧时以为万物为天所造，故称天为造物。

〔18〕府朝：指大司马府。

〔19〕惟此鱼目：任昉自喻。意为鱼目混珠。

〔20〕唐突：亵渎，不尊重。　玙璠(yú fán 鱼烦)：美玉。喻萧衍。

〔21〕尘忝：玷污。

〔22〕再造：犹再生。李善注："言王者之恩，同于上帝，故云再造也。"

〔23〕殒越：坠落。是死的委婉说法。

〔24〕荷戴：受恩感激。　屏营：惊惶的样子。

今译

记室参军任昉，死罪死罪。秉受本月良辰吉日，您恭敬地接受册命做大司马。您德显四方，功盖天下，光耀四海，使天地间所有有生命的物类，托身有地。况我受教于您，将近二十年。言语教诲为恩典，顾盼为我增光彩，小人受恩，知道应以命相报。过去在竟陵王西邸的宴会上，席间有私房话，提拔之意，表现在戏言之中，今日您兑现诺言，难道不是我的幸运吗？虽然我情知大司马必能尊贵，但还是奉命齐室，成为骄君的食饵。东昏侯被杀而我不悲伤，梁公霸业成而奔走相庆。明公德行高冠天下，功业超越往古，将使伊尹、周公为之牵马，齐桓、晋文为之推车。如神的功绩难以记述，造化万物的功劳不知如何称颂？大司马府初建之时，俊士贤者无不翘首仰望，而我如珠中鱼目，有辱于美玉。回顾自己的为官生涯，实在是有辱重任。千载一逢的机遇，犹如再生之恩，难以报答。即使献出生命，也知不能相报。不胜感恩戴德，诚惶诚恐。谨到府中奉上此笺，深表谢忱。任昉死罪死罪。

（刘琦译注并修订）

◎ 劝进今上笺一首　　　　任彦升

题解

　　"今上"即当今皇上，此指梁武帝萧衍。李善注引刘璠《梁典》："帝(指齐和帝萧宝融)诏授公(萧衍)梁公，加公九锡，公辞。于是左长史王莹等劝进，公犹谦让未之许，莹等又笺，并任昉之辞也。"封"公"而加"九锡"。这是取代帝位的前奏。历史改朝换代主要有两种方式：一种是武力推翻前朝取而代之；一种是逼其让位取而代之。魏代汉属后者，晋代魏属后者，梁代齐亦属后者。既想夺取他人天下，又想保持自家天下，故不能不既歌颂"禅让"，又赞美"忠君"。"篡位"是大逆不道的。因此用第二种方式夺取王位者，总要演一通臣下反复"劝进"，明公再三推辞的"连续剧"，最后"设坛柴燎，告类于天"，堂堂正正登上帝王宝座。梁武帝称帝亦是如此。经过几番"固辞"之后，"天监元年夏四月丙寅，高祖(萧衍)即皇帝位于南郊。"且登坛诏告天下："天命不于常，帝王非一族。唐谢虞受，汉替魏升，爰及晋宋，宪章在昔。""群公卿士，咸致厥诚，并以皇乾降命，难以谦拒。""辞不获许"，方"升坛受禅"。

　　府僚劝萧衍接受封诏，"高祖(萧衍)固辞"。"百僚劝进曰：'……夫大宝(帝位)公器，非要非距，至公至平，当仁谁让？明公宜祗(恭敬)奉天人，允膺大礼。'""公不许。""二月辛酉，府僚重请。"就是上这篇《劝进今上笺》。(上引文皆见《梁书·武帝纪》)。先言受命为通人弘致，"还命"乃匹夫小节，且以周公、吕尚为例证明之。次以"世哲继轨，先德在民"，说明公之世代有功王室，受命当之无愧。再次,说萧齐"惑甚盗钟,功疑不赏",受乃合天意;最后说明接受朝封,"匪叨天功","式副民望"。旁征博喻,而层次井然;措词考究,而顺畅自然。笔中之上乘。

原文

近以朝命蕴策[1],冒奏丹诚[2]。奉被还命[3],未蒙虚受[4],搢绅颙颙[5],深所未达[6]。盖闻受金于府[7],通人之弘致[8];高蹈海隅[9],匹夫之小节[10]。是以履乘石而周公不以为疑[11];增玉璜而太公不以为让[12]。况世哲继轨[13],先德在民[14];经纶草昧,叹深微管[15]。加以朱方之役[16],荆河是依[17];班师振旅[18],大造王室[19]。虽累茧救宋[20],重胝存楚[21],居今观古[22],曾何足云?而惑甚盗钟[23],功疑不赏[24]。皇天后土,不胜其酷[25]。是以玉马骏奔[26],表微子之去[27];金版出地,告龙逄之怨[28]。明公据鞍辍哭[29],厉三军之志[30];独居掩涕[31],激义士之心。故能使海若登祇[32],馨图效祉[33],山戎孤竹[34],束马景从[35]。伐罪吊民[36],一匡靖乱[37]。匪叨天功[38],实勤濡足[39]。且明公本自诸生[40],取乐名教[41],道风素论[42],坐镇雅俗[43],不习《孙》《吴》[44],遘兹神武[45]。驱尽诛之氓[46],济必封之俗[47],龟玉不毁[48],谁之功欤[49]?独为君子[50],将使伊、周何地[51]?某等不达通变[52],实有愚诚[53],不任悾款[54],悉心重谒[55]。伏愿时膺典册[56],式副民望[57]。

注释

〔1〕朝命:天子之命,即诏书。 蕴策:谓尊崇而加策命。蕴,崇。

〔2〕丹诚:赤诚之心。

〔3〕奉:敬辞。 还命:指未接受册封之命。

〔4〕蒙:受。　虚受:虚心接受。李善注引《易经》:"君子以虚受人。"吕向注:"言高祖(梁武帝萧衍)还让帝命(齐末帝宝融策命),不虚心而受之。"

〔5〕搢绅(jìn shēn 进身):旧时高级官吏的装束。搢,插笏于绅。绅,大带。此为官宦之代称。李周翰注:"搢绅,谓百官也。"　颙颙(yóng):景仰的样子。

〔6〕未达:未通。李周翰注:"未达,言不知高祖之意。"

〔7〕受金于府:李善注引《吕氏春秋》:"鲁国之法,鲁人为人臣妾于诸侯,有能赎之者,取其金于府,(收钱财的地方,此指公家府库)。子贡赎鲁人于诸侯,而辞不取其金。孔子曰:赐(子贡)失之矣,自今以往,鲁人不赎人矣。"

〔8〕通人:通达而不拘泥的人。　弘致:大旨,最主要的方面。指大节。

〔9〕高蹈:谓隐居。　海隅:海角。指人迹罕至之隐居之地。李善注引《庄子》:"舜以天下让其友石户之农,石户之农以舜之德未至,于是负妻携子以入于海(海隅),终身不反。"

〔10〕匹夫:与"通人"相对,泛指寻常之人。

〔11〕履:足踏。　乘石:上车的垫脚石。　疑:犹豫不绝。李善注引《尸子》:"昔者武王崩,成王少,周公旦践东宫,履乘石,假(代)为天子七年。"又引《周礼》:"王行先乘石。"

〔12〕玉璜(huáng 黄):指半圆之璧,常用为佩饰。《山海经》:"佩玉璜。"《宋书·符瑞志上》:"望(太公)钓得玉璜,其文要曰:姬受命,昌(文王)来提,尔雒钤,报在齐。"李善注引《尚书中侯》:"王(文王)即田(打猎)鸡水畔,至璠溪之水,吕尚钓于崖。王下拜曰:切望公七年,乃今见光景于斯。尚立变名(改名为望),答曰:望钓得玉璜,刻曰:姬(周姬姓)受命,吕(太公)佐旌(辅佐天子),德合昌,来提撰(提拔,指启用吕尚),尔雒钤(定都洛阳),报在齐(吕尚后封齐之营丘)。"　让:辞让。

〔13〕世哲:世代有圣哲。　继轨:谓接继前人之业。刘越石《劝进表》:"世祖武皇帝遂造区夏,三叶重光,四圣继轨,惠泽侔于有虞,卜年过于周氏。"吕延济注:"况高祖(萧衍)之家,代有圣哲,……高祖父顺(萧顺之)为齐侍中,兄懿(萧懿)监郢州。"

〔14〕先德:祖先的德行。此指前辈之德。　在民:在人。李善注引《左传》:"晋士鞅谓秦伯曰:栾武子之德在人,如周人思召公焉。"

〔15〕经纶:筹划治理国家大事。　草昧:原指天地初开时的混沌状态。李善注引《周易》:"天造草昧。"《疏》:"草谓草创,昧谓冥昧,……言物之初造,其

形未著,其体未彰,故在幽冥暗昧也。"草昧在此指混乱之世。李善注引《论语》:"子曰:管仲相桓公,霸诸侯,一匡天下,民列于今受其赐(恩惠)。微(无)管仲,吾其被发左衽(指不开化)矣。"

〔16〕朱方:地名。春秋时吴邑。今江苏丹徒县地。

〔17〕荆、河:荆山与淮河。荆山、淮河之间是豫州。荆山,在今湖北南漳县西北。荆河,此指豫州刺史萧懿。"朱方之役"二句,指萧懿平定崔慧景叛乱事。李善注引刘璠《梁典》:"萧顺之生高帝(萧衍)及兄懿,懿为豫州刺史,镇历阳。护军将军崔慧景反,破左兴众十万于钟山,宫城拒守。豫州闻难,投袂而起,战于越,城破,慧景走,追斩之。除(拜官受职)侍中,迁尚书令。"刘良注:"言齐所以破慧景,实依高祖之兄懿之功也。"

〔18〕班师:军队出征回来。 振旅:整顿军队。李善注引《尚书》:"班师振旅。"

〔19〕大造:大功,大成就。《左传·成十三年》:"秦师克还无害,则是我有大造于西也。" 王室:指齐之王室。

〔20〕累茧救宋:指墨子救宋事。李善注引《战国策》:"公输般楚设机械(指云梯),将以攻宋。墨子闻之,百舍(百里一住宿)重茧(脚磨成厚茧),往见公输般。输般服焉,请见之王(楚王)。王曰:善哉,请无攻宋。"高诱注:"公输般,鲁班之子。"

〔21〕重胝(zhī 支):手掌或足底因长期磨擦而生的厚皮。重胝与累茧义同。李善注引《淮南子》:"申包胥茧重胝,七日七夜至于秦庭,以见秦王,曰:使下臣告急。秦王乃发军击吴,果大破之,以存楚国。"

〔22〕居今:六臣作"以今"。"今"指萧衍父兄对齐王室之大功。

〔23〕惑:欺骗。 盗钟:喻自欺。李善注引《吕氏春秋》:"范氏亡,有得其钟者,欲负而走,则大钟不可负,以椎(工具)毁之,钟怳然有音,恐人闻之而夺,已剧掩其耳。"恶闻其过,亦由此也。

〔24〕功疑:功可疑。《伪古文尚书大禹谟》:"罪疑惟轻,功疑惟重。"(罪可疑处罚从轻,功可疑奖赏从重。)

〔25〕皇天:天。 后土:地。旧时常皇天后土并用,合称天地。《左传·喜公十五年》:"君履后土而戴皇天,皇天后土实闻君之言。" 酷:极,过分。又张铣注:"酷,当痛也。"

〔26〕玉马骏奔:喻贤臣奔去。

〔27〕表:表明。　微子:商纣王庶兄,名启。因数谏纣王不听,去国。周灭商,称臣于周。李善注引刘璠《梁典》:"东昏(南齐废帝萧宝卷,荒淫无道,为萧衍所杀,追贬东昏侯。)荒淫,归政阉竖(宦官)。尚书令(萧)懿于中书省饮鸩薨。"又引《论语比考谶》:"殷惑妲己,玉马走。"

〔28〕金版:传说夏桀杀关龙逄后,地庭中所出之金版书。李善注引《论语阴嬉谶》:"庚子之旦,金版克(刻)书出地庭中。曰:臣族虐王禽(擒)。"又引宋均曰:"谓杀关龙之后,庚子旦,庭中地有此版异也。龙同姓,称族。王虐杀我,必见禽也。"

〔29〕明公:尊称萧衍。　据鞍:谓跨上战马。　辍哭:止哀。李善注引《吴志》:"孙策亡,权悲感,未视事。张昭谓权曰:方今天下鼎沸(动乱),何得寝伏哀戚?乃扶上马,陈兵而出。"又引范晔《后汉书》:"马援据安顾盼。"

〔30〕厉:激励。　志:斗志。

〔31〕独居:不与外界接触。　掩涕:掩面流泪。李善注引《东观汉记》:"光武(刘秀)兄齐武王以谮(遭谗言)遇害。上(光武)独居,不御(用)酒肉,坐卧枕席有涕泣处。"萧衍兄萧懿饮鸩而薨,萧衍之悲有类于此。吕向注:"孙权兄策为许贡客所杀,汉光武兄伯升为更始所害,光武独居,不御酒肉,卧枕席有涕泣处,言高祖于兄如此。"

〔32〕海若:海神名。　登祇:登山之神。

〔33〕罄图:想尽办法。　效祉:献福。李善注引《管子》:"登山之神有俞儿者,人物具焉。霸王之君兴,登山之神见,且走马前。"走,导也。

〔34〕山戎:我国古代北方民族名,也叫北戎,居于今河北省东部。春秋时与齐、郑、燕等国境界相接。　孤竹:古国名。在今河北卢龙。存在于商周之时,伯夷、叔齐即孤竹君二子。

〔35〕束马:"束马悬车"之缩语。比喻路险难行。《管子·封禅》:"(齐桓公)西伐大夏,涉流沙,束马悬车,上卑耳之山。"唐尹知章注:"将上山,缠束其马,悬钩其车也。"谓山路时,包裹马脚,挂牢车子,以防跌滑。形容险隘难行。景从:如同影子跟随形体。景,"影"之本字。

〔36〕伐罪吊民:讨伐暴君,拯救百姓。

〔37〕一匡:"一匡天下"之缩语。即统一天下。　靖乱:谓除逆。靖,平定。刘良注:"汤伐葛伯,杀其君,吊其民,一匡天下,……言高祖征伐之事而类于此。"

〔38〕匪:非。叨(tāo 涛)天功:贪天之功。叨,通"饕",贪。李善注引《左传》:"介之推曰:窃人之财,犹谓之盗,况贪天功以为己力?"

〔39〕勤:出力,劳苦。 濡(rú 如)足:湿足。此引申为亲自参与。李善注引《韩诗外传》:"申徒狄非其世,将自投于河。崔嘉闻而止之,曰:圣人仁人,民之父母,今为濡足,故不救人,可乎?"

〔40〕诸生:众儒生。《汉书·叔孙通传》:"臣愿征鲁诸生,与臣弟子共起朝仪。"萧衍出身儒生。《梁书·武帝纪》:"竟陵王子良开西邸,招文学,高祖与沈约、谢朓、王融、萧琛、范云、任昉、陆倕等并游焉,号曰八友。"

〔41〕名教:以正名定分为中心的封建礼教。《世说新语·德行》:"王平子、胡毋彦国诸人,皆以任放为达,或有裸体者。乐广笑曰:'名教中自有乐地,何为乃尔也?'"

〔42〕道风:道德。 素论:高尚核实之谈论。

〔43〕坐镇:指亲自镇守,亲自实行。任彦升《为萧扬州荐士表》:"(王)暕坐镇雅俗,弘益已多。" 雅俗:正俗。李周翰注:"雅俗,谓正风俗也。"

〔44〕《孙》、《吴》:皆为古代兵书。

〔45〕遘(gòu 够):成。遘,同"构"。 兹:此,指萧衍征战之武功。李善注引《周易》:"古之聪明睿智,神武而不杀(残暴)者夫。"又引曹植上疏曰:"不取《孙》、《吴》,而暗与之会(不谋而合)。"

〔46〕尽诛之氓:皆可杀之人。氓,民。李善注引《史记》:"周公曰:后嗣王纣,其民皆可诛。"

〔47〕济:成。必封之俗:指很好的道德风气。指教化成就。陆贾《新语·无为》:"尧舜之民,可比屋而封(犹家家可封);桀纣之民,可比屋而诛者,教化使然也。"张铣注:"言变风俗若此。"

〔48〕龟玉:龟壳、玉器。古人皆以为宝。李善注引《论语》:"季氏将伐颛臾(春秋时鲁之属国),冉有、季路见于孔子,孔子曰:虎兕出于柙(兽笼),龟玉毁于椟(匣)中,是谁之过欤?"

〔49〕欤:语气词。

〔50〕独为君子:犹独行君子,志节高尚而随流俗。《三国志·魏志·管宁传》:"管宁,字幼安,北海朱虚人。年十六丧父,中表愍其孤贫,咸共赠赙,悉辞不受。长八尺,美须眉,与平原华歆、同县邴原相友。黄初四年,诏公卿举独行君子,司徒华歆荐之。文帝以为大中大夫,固辞不受。"

〔51〕何地：何地自处。李周翰注："言〔衍〕为君子，将使伊尹、周公何地而立也？"

〔52〕通变：通晓事物的变化。

〔53〕愚诚：愚忠。

〔54〕不任：不胜。 悾（kōng 空）款：诚恳。悾，诚恳。

〔55〕悉心：全心全意。 谒（yè 夜）：陈述。

〔56〕时膺：及时接受。膺，受。 典册：帝王的策命。指齐帝受梁公、加九锡之诏。

〔57〕式副：符合。式，助词，无义。 民望：民之所望。李善注引《左传》："师旷谓晋侯曰：夫君，神之主而民之望也。"

今译

近来朝廷有命，因尊崇而册命君为梁公，冒昧献上一片丹心。明公奉还册命，未能开怀接受，文武百官景仰，极不理解公是何意。据说从其他诸侯那里赎回做奴仆的鲁人到国库支钱，是通达之士的最高境界；怕受禅让而隐居天涯海角，则是平庸之辈微不足道的节操。因此周公代天子行事，登车足踏"乘石"毫不犹豫，太公钓玉璜佐周封齐了无谦让。何况明公世代圣贤，子继父业，先人德行，深入人心。治理乱世，如管仲辅佐齐桓。再加平定崔慧景叛乱，全赖公兄豫州刺史，凯旋归来，整顿三军，有大功于萧齐王室。即使墨子脚磨成茧拯救宋国，申包胥为救楚而跑得脚掌胝厚，以当今之功来看，又何足道哉？

但是比盗钟自欺还糊涂，功有疑而不赏，皇天后土，不胜伤痛。玉马奔驰，表明贤才离去；金版出土，报告龙逄愤怒。明公丧兄，跨马止哀，激励三军斗志；独居掩面流泪，感动义士之心。因此能使海神、登山之神全力降福，山戎、孤竹"束马悬车"，随如影从。讨罚暴君，拯救百姓，一统天下，平定叛乱，不是贪天之功，确实亲出大力。况且明公出身儒生，乐好名教，道德高尚，谈论崇实，亲自改变风俗，虽未学过《孙》《吴》兵法，却如此神武。驱走应当诛尽之人，建立高尚道德风气,使玉龟之宝不遭破坏,是谁的功劳? 明公独做拒封"君子",将使伊尹、周公何以自处? 某等不晓变通,确怀愚心,不胜诚恳,全心全意再陈愚见,愿明公及时受王命,以符合民之所望。

(魏淑琴译注并修订)

奏记

◎ 奏记诣蒋公一首

阮嗣宗

题解

　　奏记是呈报三公之文。蒋济时为太尉,属三公之一。此文"敬而不慑,简而无傲。"(《文心雕龙·书记》)深得"奏记"之体。《文选》"奏记"类,选此一篇而已。

　　蒋济是曹魏重臣。"齐王(曹芳)即位,徙为领军将军,进爵昌陵亭侯,迁太尉。"(见《三国志·魏书》)李善注引臧荣绪《晋书》:"太尉蒋济闻籍有才隽而辟(征召)之,籍诣都亭奏记。"即这篇《诣蒋公》。"初,济恐籍不至,得记欣然。遣卒迎之,而籍已去,济大怒。于是乡亲共喻之,乃就吏,后谢病归。复为尚书郎,少时,又以病免。"阮籍欲远离官场,乃为全身之计。"魏晋之际,天下多故,名士少有全者,籍由是不与世事,遂酣饮为常。"(《晋书》)然阮籍又是个"志气宏放,傲然独得,任性不羁"的人,鄙视那些"惟法是修,惟礼是克,手执圭璧,足履绳墨"的可怜的官僚。骂他们是裤裆里的虱子。说那些"上欲图三公,下不失九州牧"者,如"群虱之处裈(有裆的裤子)中,逃乎深缝,匿乎坏絮,自以为吉宅也。行不敢离缝际,动不敢出裈裆,自以为得绳墨也。然炎丘火流,焦邑灭都,群虱处于裈中而不能出也。君子之处于内,何异夫虱子之处裈中乎?"(《晋书》本传)这才是阮籍"避当途者之路"的真实心理,但为"全身",阮籍喜怒从来不形于色。"敬而不慢，简而无傲"，或许恰为阮籍特殊处境下的特殊风格。

原文

籍死罪死罪。伏惟明公[1]，以含一之德[2]，据上台之位[3]，群英翘首[4]，俊贤抗足[5]，开府之日[6]，人人自以为掾属[7]，辟书始下[8]，下走为首[9]。子夏处西河之上[10]，而文侯拥篲[11]，邹子居黍谷之阴[12]，而昭王陪乘[13]。夫布衣穷居韦带之士[14]，王公大人所以屈体而下之者[15]，为道存也[16]。籍无邹、卜之德，而有其陋[17]，猥见采擢[18]，无以称当[19]。方将耕于东皋之阳[20]，输黍稷之税[21]，以避当涂者之路[22]。负薪疲病[23]，足力不强。补吏之召[24]，非所克堪[25]。乞回谬恩[26]，以光清举[27]。

注释

〔1〕伏惟：下对上的敬词，常用于奏疏或信函中。意为俯伏思惟。　明公：指蒋济。

〔2〕含一之德：言君臣上下皆有纯一之德。含，咸。

〔3〕上台：指三公。三台为星名，分上台、中台、下台，古代以星象征人事，故称三公为三台。"在人曰三公，在天曰三台"。（《晋书·天文志》）刘良注："济为太尉，即三公。言上台，重之也。"

〔4〕翘首：台头而望。形容盼望殷切。

〔5〕抗足：举足。投奔之意。

〔6〕开府：开建府署，辟置僚属。汉制，惟三公可开府，魏晋以后，开府者益多。

〔7〕掾（yuàn 院）属：佐治的官吏，协助长官或主官办事。汉代自三公至郡县，都有掾属，人员由主官自选，不由朝廷任命，故长官与属吏有君臣的名分。魏晋以后改由吏部任免。

〔8〕辟书:招募人才的信件。

〔9〕下走:下仆,阮籍自称。李善注引司马迁《报任少卿书》:"太史公牛马走。"走,仆。 为首:当先。

〔10〕子夏:卜商,字子夏。春秋卫人,孔子弟子。长于文学,相传曾讲学于西河,序《诗》、传《易》,为魏文侯师。 西河:今黄河与北洛水之间。

〔11〕文侯:魏文侯,名斯。战国时魏国的建立者,公元前445年至前396年在位。曾任李悝为相,吴起为将,奖励耕战,兴修水利,实行改革,又西取秦之西河之地,北灭中山国,遂使魏成为战国初期的强国之一。 拥彗(huì 会):执帚。古人迎候宾客,常拥帚致敬,意为清扫以待客。彗,通"篲"。《史记·孟轲传》:"是以驺子(邹衍)重于齐,……如(至)燕,昭王拥彗先驱,请列弟子之座而受业。"李善注引《七略》:"《方士传》言邹子在燕,其游(游说),诸侯畏之,皆郊迎而拥篲。"

〔12〕黍谷:山名。又名燕谷山、寒谷山。在今北京密云西南。传说黍谷地美而寒,不生五谷,邹衍吹律(音律,指乐)而温气生,燕人种谷其中,故号曰黍谷。"

〔13〕昭王:指燕昭王。 陪乘:参乘。

〔14〕韦带:古代贫贱之人所系的无饰皮带。韦,皮。贾山《至言》:"夫布衣韦带之士,修身于内,成名于外,而使后世不绝息。"李善注引邹阳《上书》:"布衣穷居之士,身在贫贱。"

〔15〕屈体:屈身,降低身分。

〔16〕道存:道存在其身,即有道。

〔17〕陋:粗鄙。

〔18〕猥(wěi 伟):辱。谦词。 采擢(zhuó 捉):选拔。

〔19〕称当:犹称职。

〔20〕东皋(gāo 高):田野或高地的泛称。

〔21〕输:缴纳。

〔22〕当涂者:当仕路者,指执掌大权的人。

〔23〕负薪:士自称有疾。李善注引《孟子》:"孟子有疾,王使人问疾。孟仲子(孟子昆弟)对曰:昔者王有命,有负薪之忧,不能造朝。"负薪疲病,即负薪之忧,或曰采薪之忧,疾病之代语,盖当时交际中的习惯用语。

〔24〕补吏:逆补官吏,即做官。

〔25〕克:能。　堪:胜任。

〔26〕回:收回。　谬恩:错爱施恩。

〔27〕清举:清选。即精心选贤。

今译

　　阮籍死罪死罪。敬思蒋公,因与皇上同心同德,享有三公之职位,群英翘首仰望,众贤举足欲归,府衙建立之日,人人都以为能做您的僚属,招贤文书刚下,下边仆人争为之先。从前子夏讲学西河,文侯执帚恭迎;邹衍住在寒冷的黍谷,燕昭王陪他同乘一车。穿布衣居陋巷系皮带的贫士,王公大人所以要屈身相敬,因为他们皆有主张。阮籍无邹衍、子夏的德行,却有他们的粗鄙,辱您选拔,无法称职。正要耕种于东坡之南,缴纳粮谷之税,以避开做官之路。身患疾病,腿脚不佳,逆补官吏的征召,非我所能胜任。乞求收回您的错爱恩典,以光耀精心选拔贤才的美誉。

(魏淑琴译注并修订)

书◎

◎ 答苏武书一首

李少卿

▓▓▓▓ 题解

李周翰注:"李陵字少卿,天汉二年(前 101),陵率步卒五千人,出塞与单于战,力屈乃降匈奴。中与苏武相见,武得归,为书与陵,令归汉。陵作此书答之。"此言似为本文写作背景,其实《答苏武书》乃是伪作,古人早已言之。唐代史学家刘知几《史通·杂说下》云:"李陵集有《与苏武书》,词采壮丽,音句流靡,观其文体,不类西汉人,殆后来所为,假称陵作也,迁史缺而不载,良有以焉。"宋代苏轼批评萧统误收赝品,谓"陵与苏武书,辞句儇浅,正齐梁间小儿所拟作,决非西汉人,而统不悟。"(苏轼《答刘沔书》)清代选学家何义门推断:"似亦建安才人之所作。"(《义门读书记》)近人黄侃则进一步推断:"此殆建安以后人所为,而尤类陈孔璋,以其健而微伤繁富也。"(《文选平点》)

但这是成功的伪作。"作伪之绝工,几於乱真者。"(黄侃《文选平点》)

▓▓▓▓ 原文

子卿足下[1]:勤宣令德[2],策名清时[3],荣问休畅[4],幸甚幸甚[5]!远托异国,昔人所悲[6],望风怀想,能不依依[7]！昔者不遗，远辱还答[8]，慰诲勤勤，有逾骨肉[9]。陵虽不敏，能不慨然[10]！

自从初降[11]，以至今日，身之穷困[12]，独坐愁苦，终日无睹[13]，但见异类[14]。韦韝毳幕[15]，以御风雨。膻肉酪浆[16]，以充饥渴。举目言笑，谁与为欢[17]？胡地玄冰[18]，边土惨裂[19]，但闻悲风萧条之声[20]。凉秋九月，塞外草衰[21]。夜不能寐，侧耳远听，胡笳互动[22]，牧马悲鸣，吟啸成群[23]，边声四起[24]。晨坐听之[25]，不觉泪下。嗟乎子卿[26]！陵独何心，能不悲哉！与子别后，益复无聊。上念老母，临年被戮[27]；妻子无辜[28]，并为鲸鲵[29]。身负国恩[30]，为世所悲。子归受荣[31]，我留受辱[32]，命也何如！身出礼义之乡[33]，而入无知之俗[34]，违弃君亲之恩[35]，长为蛮夷之域[36]，伤已[37]！令先君之嗣[38]，更成戎狄之族[39]，又自悲矣！功大罪小，不蒙明察[40]，孤负陵心，区区之意，每一念至，忽然忘生[41]。陵不难刺心以自明[42]，刎颈以见志[43]，顾国家于我已矣[44]。杀身无益[45]，适足增羞[46]，故每攘臂忍辱[47]，辄复苟活[48]。左右之人，见陵如此，以为不入耳之欢[49]，来相劝勉。异方之乐[50]，只令人悲，增忉怛耳[51]。嗟乎子卿！人之相知，贵相知心。前书仓卒[52]，未尽所怀[53]，故复略而言之[54]：

昔先帝授陵步卒五千[55]，出征绝域[56]，五将失道[57]，陵独遇战[58]。而裹万里之粮[59]，帅徒步之师[60]，出天汉之外[61]，入强胡之域[62]。以五千之众，对十万之军，策疲乏之兵[63]，当新羁之马[64]。然犹斩将搴旗[65]，追奔逐北[66]，灭迹扫尘[67]，斩其枭帅[68]。使三军之士[69]，视死如归。陵也不才[70]，希当大任[71]，意谓此时，功难堪矣[72]。匈奴既败，举国兴师[73]，更练精兵，强逾十万[74]。单于临阵[75]，亲自合围[76]。客主之形[77]，即不相如，步马之势，又甚悬绝[78]。疲兵再战[79]，一以当千，然犹扶乘创痛[80]，决命争首[81]，死伤积野，余不满百，而皆扶病[82]不任干戈[83]。然陵振臂一呼，创病皆起[84]，举刃指虏[85]，胡马奔走[86]；兵尽矢穷[87]，人无尺铁，犹复徒首奋呼[88]，争为先登[89]。当此时也，天地为陵震怒，战士为陵饮血[90]。单于谓陵不可复得，便欲引还[91]。而贼臣教之[92]，遂便复战。故陵不免耳[93]。

昔高皇帝以三十万众，困于平城，当此之时，猛将如云[94]，谋臣如雨，然犹七日不食，仅乃得免。况当陵者，岂易为力哉[95]？而执事者云云[96]，苟怨陵以不死[97]。然陵不死，罪也；子卿视陵，岂偷生之士[98]，而惜死之人哉[99]？宁有背君亲，捐妻子，而反为利者乎[100]？然陵不死，有所为也，故欲如前书之言，报恩于国主耳[101]。诚以虚死不如立节[102]，灭名不如报德也[103]。昔范蠡不殉会稽之耻[104]，曹沫不死三败之辱[105]，卒复勾践之仇，报鲁国之羞。区区之心，切慕此耳[106]。何图志未立而怨已成[107]，计未从而骨肉受刑[108]，此陵所以仰天椎心而泣血也[109]！

足下又云：汉与功臣不薄。子为汉臣，安得不云尔乎[110]？昔萧樊囚絷[111]，韩彭菹醢[112]，晁错受戮[113]，周魏见辜[114]，其余佐命立功之士[115]，贾谊亚夫之徒[116]，皆信命世之才[117]，抱将相之具[118]，而受小人之谗，并受祸败之辱[119]，卒使怀才受谤[120]，能不得展[121]。彼二子之遐举[122]，谁不为之痛心哉！陵先将军[123]，功略盖天地[124]，义勇冠三军[125]，徒失贵臣之意[126]，到身绝域之表[127]。此功臣义士所以负戟而长叹者也[128]！何谓不薄哉？

且足下昔以单车之使^[129]，适万乘之虏^[130]，遭时不遇^[131]，至于伏剑不顾^[132]，流离辛苦^[133]，几死朔北之野^[134]。丁年奉使^[135]，皓首而归^[136]。老母终堂^[137]，生妻去帷^[138]。此天下所希闻^[139]，古今所未有也。蛮貊之人^[140]，尚犹嘉子之节^[141]，况为天下之主乎^[142]？陵谓足下，当享茅土之荐^[143]受千乘之赏^[144]。闻子之归，赐不过二百万，位不过典属国^[145]，无尺土之封^[146]，加子之勤^[147]。而妒功害能之臣^[148]，尽为万户侯^[149]，亲戚贪佞之类^[150]，悉为廊庙宰^[151]。子尚如此，陵复何望哉？且汉厚诛陵以不死^[152]，薄赏子以守节^[153]，欲使远听之臣^[154]，望风驰命^[155]，此实难矣。所以每顾而不悔者也^[156]。陵虽孤恩^[157]，汉亦负德^[158]。昔人有言：'虽忠不烈，视死如归^[159]。'陵诚能安，而主岂复能眷眷乎^[160]？男儿生以不成名，死则葬蛮夷中，谁复能屈身稽颡^[161]，还向北阙^[162]，使刀笔之吏^[163]，弄其文墨邪^[164]？愿足下勿复望陵^[165]！

嗟乎子卿！夫复何言！相去万里，人绝路殊^[166]。生为别世之人^[167]，死为异域之鬼^[168]，长与足下生死辞矣^[169]！幸谢故人^[170]，勉事圣君^[171]。足下胤子无恙，勿以为念，努力自爱^[172]。时因北风，复惠德音^[173]。李陵顿首。

注释

〔1〕子卿：李陵，字少卿。　足下：敬辞。称对方。古代下称上，或同辈相称，皆用足下。

〔2〕令德：美德。

〔3〕策名：孔颖达《左传》："策名委质"疏："古之仕者，于所臣之人书己名于策，以明系属之也。"即出仕。　清时：清平之世，此指昭帝之时。

〔4〕休畅：吉庆顺畅。书信中寒暄语。

〔5〕幸甚：幸运得很。非分而得谓之幸。

〔6〕托：托身，寄身。　异国：指匈奴。

〔7〕望风：远望。　怀想：心想。　依依：依恋。

〔8〕不遗：不忘。　辱：谦词。犹言承蒙。　还答：回答。此前李陵给苏武写信，苏武有回信。"还答"指此。

〔9〕慰诲：恤问教诲。　勤勤：殷切。　逾：超过。　骨肉：指父母兄弟等至亲。

〔10〕不敏：迟钝，谦词。

〔11〕初降：指投降匈奴之始。

〔12〕穷困：非单指经济，也包括处境十分不如意，主要指内心。

〔13〕无睹：无所见。

〔14〕异类：指匈奴。李善注："异类，四方夷狄也。"

〔15〕韦韝（wéi gōu 围勾）：皮套袖，泛指皮衣。　毳幕：毡帐。

〔16〕膻（shān 山）肉：指牛羊肉。　酪（lào 涝）浆：指牛马羊的奶及其制品。

〔17〕谁与：与谁。

〔18〕胡地：指北方少数民族居住的地方。　玄冰：厚冰。冰厚，色似黑，故称玄冰。

〔19〕惨裂：大的裂痕。

〔20〕萧条：指风吹草木落叶声。

〔21〕塞外：边塞之外，指匈奴所在之地。

〔22〕胡笳：古代吹奏乐器。汉代流行于塞北和西域一带，是汉魏鼓吹乐中的主要乐器。《太平御览》引《蔡琰别传》载："笳者，胡人卷芦叶吹之以作乐也，故谓曰胡笳。"后发展为用芦苇制成哨，装在木制有按孔的管上吹奏，成为管乐。

〔23〕吟啸：指胡笳声，马嘶声。

〔24〕边声：边塞的各种声音，如风吼、马嘶、战鼓、号角等等。

〔25〕之：指边声。

〔26〕嗟乎：叹息声。

〔27〕临年：达到一定年纪。此指老年。　戮：杀。《汉书》卷五十四《李陵传》载："陵在匈奴岁余，上遣因杆将军公孙敖，将兵深入匈奴迎陵。敖军无功还，曰：'捕得生口，言李陵教单于为兵以备汉军，故臣无所得。'上闻，于是族陵家，母弟妻子皆伏诛。"后来汉遣使至匈奴，陵问使者："吾为汉将，步卒五千人，

横行匈奴,以亡救而败,何负于汉而诛吾家?"使者曰:"汉闻李少卿教匈奴为兵。"陵曰:"乃李绪,非我也。"李绪本塞外都尉,居奚侯城,匈奴攻之,绪降,而单于客遇绪,常坐陵上。陵痛其家以李绪而诛,使人刺杀之。"

〔28〕无辜(gū估):无罪。

〔29〕鲸鲵(jīng ní京泥):比喻杀戮。《左传·宣公十二年》:"古者明王伐不敬,取其鲸鲵而封之,以为大戮。"封,即用土筑高坟而埋之。

〔30〕负:背,辜负。 国恩:国家的恩惠,天子的恩泽。

〔31〕子:古代男子之尊称。 受荣:享受荣华。

〔32〕受辱:蒙受耻辱。

〔33〕礼义之乡:礼义之邦。

〔34〕无知之俗:与"礼义之乡"相反,指匈奴之地。

〔35〕违弃:违背。 君亲之恩:指封建社会君臣父子关系。

〔36〕蛮夷:泛指周边少数民族。此蛮夷之域,指匈奴之地。域,邦国。

〔37〕已:矣,叹词。

〔38〕先君:旧时自称去世的父亲。指李广之子当户。 嗣:子孙。

〔39〕戎狄:指匈奴。戎,我国古代少数民族泛称之一,曾分布在不同的方位,把戎同西方联在一起的称西戎。狄,我国古代民族名,因主要居于北方,故称北狄。战国后期西戎与狄融合为匈奴。

〔40〕蒙:受,被。 明察:观察真确,不受蒙骗。

〔41〕孤负:辜负。 区区:诚挚。 忘生:不想活。

〔42〕刺心:指自杀。 自明:指自己说明自己的气节。

〔43〕刎颈(wěn jǐng吻井):自己割断脖子。

〔44〕顾:回想。

〔45〕杀身:指自杀。

〔46〕适:恰好。 羞:耻辱。

〔47〕攘(rǎng嚷)臂:捋袖伸臂,表示愤怒。

〔48〕辄(zhé折):总是;就。

〔49〕以为不入耳之欢:张铣注:"在陵左右之人,见陵忧情如此,乃以音乐相劝勉也。不入耳,则不乐也。"

〔50〕异方之乐:指胡乐。

〔51〕切怛(dāo dá刀达):心里悲伤。

〔52〕前书:上次来信。　仓卒:仓促。

〔53〕所怀:心中所想,即想法。

〔54〕略而言之:简略地说。

〔55〕先帝:指汉武帝。　步卒:步兵。

〔56〕绝域:极远的地方。

〔57〕五将:李善注引《汉书·武帝纪》:"天汉二年,将军李广利出酒泉,公孙敖出西河,骑都尉李陵将步卒五千出居延,时无五将,未审陵书之误,而《武纪》略之。"　失道:失约,未按约定时间到达指定地点。

〔58〕独遇战:指友军未至,单独与匈奴兵遭遇。

〔59〕裹:包扎。此指携带。　万里之粮:指繁重军需。

〔60〕帅:率。

〔61〕天汉:汉王朝之美称。李善注引臣瓒按:"流俗语曰天汉,其言常以汉配天,此美名也。"

〔62〕强胡:指匈奴。　域:地区。

〔63〕策:驱动。　疲乏之兵:步兵长途跋涉,故称疲乏之兵。

〔64〕当:抵挡。　羁(jī 鸡):马络头。新羁之马指刚出征的骑兵,与疲乏兵相对。

〔65〕搴(qiān 牵)旗:拔旗。搴,拔取。

〔66〕奔:逃跑。　北:败北。追奔逐北,即追击败北之敌。

〔67〕灭迹扫尘:形容杀敌之快。刘良注:"杀敌之易,如灭行迹。扫尘则无迹矣。"

〔68〕枭(xiāo 消)帅:魁首。指匈奴将领。

〔69〕三军:军队之通称。《荀子·赋》:"城郭以固,三军以强。"

〔70〕不才:没有才能。自谦之辞。

〔71〕希:希少,引申为不足。李善注引《吕氏春秋》淳于髡曰:"臣不肖,不足以当大任。"

〔72〕堪:胜。

〔73〕举国:全国。　兴师:发兵。

〔74〕逾:超过。练,通"柬"(jiǎn 简),选择。

〔75〕单(chán 馋)于:汉时匈奴称其君长为单于。　临阵:亲临战场。

〔76〕合围:军事包围。此指指挥军事包围。

〔77〕客主：指敌我双方。客，指李陵军。主，指匈奴军。刘良注："陵入匈奴之境，则匈奴为主，陵为客。"

〔78〕如：比得上。不相如，指李陵军势比不上匈奴。 步：步兵。指李陵军。 马：骑兵。指匈奴军。 悬绝：极悬殊。

〔79〕再战：第二次交战。

〔80〕扶乘：扶战车。 创痛：重伤。

〔81〕决命：拼命。李善注引《汉书》："陵与单于连战，士卒矢伤，三创者载辇，两创者将车，一创者持兵。" 争首：争先。

〔82〕扶病：带病勉强行动。

〔83〕不任：不能胜任。 干戈：兵器。

〔84〕创病：伤者病者。

〔85〕虏：指匈奴。

〔86〕胡马：指匈奴骑兵。 奔走：逃跑。

〔87〕兵：兵器。 矢：箭头。兵矢，泛指兵器。

〔88〕徒首：光着头，无有盔甲。

〔89〕先登：争抢前冲。

〔90〕饮血：喝血，此形容极度悲愤。血，血泪。

〔91〕引还：带兵撤退。

〔92〕贼臣：指管敢。李善注引《李陵传》："军候管敢为军旅候，被校尉笞之五十，乃亡入匈奴。于时匈奴与陵战，至塞，恐汉有伏兵，欲引还。敢曰：'汉无伏兵。'匈奴因大进新兵。陵战兰干山，汉军败，弓矢并尽，陵于是遂降。"

〔93〕不免：未得幸免。

〔94〕高皇帝：指汉高祖刘邦。 平城：汉置平城县，故城在今山西大同东。如云、如雨：极形容其多。李善注引《史记·高帝纪》载，汉之韩王韩信攻打匈奴，被匈奴围于马邑，遂降匈奴，共同反汉。汉高祖亲自率兵追击韩信，至平城被匈奴围困，七日不得食，后用陈平秘计，方得脱身。

〔95〕当陵者：指匈奴围陵之兵。 为力：致力。

〔96〕执事者：指朝主事之人。

〔97〕苟：草率，随便。

〔98〕偷生：苟且偷生。

〔99〕惜死：怕死。

〔100〕宁有：岂有。　背：背离。　捐：舍弃。

〔101〕前书：指李陵给苏武的前一封信。李善注引李陵前与苏子卿书："卿前为子卿死之计，所以然者，冀其驱丑虏，翻然南驰，故且屈以求伸。若将不然，功成事立，则将上报厚恩，下显祖考之明也。"　国主：国君，指汉帝。

〔102〕虚死：白死，死得无价值。　立节：树立名节。

〔103〕灭名：使名声泯灭。《史记·刺客列传》："奈何畏没身之诛，终灭贤弟之名。"　报德：报答别人的恩德，此指报答皇恩。

〔104〕范蠡（lí 离）：字少伯，春秋时越国大夫。　殉（xùn 迅）：为正义而献出生命。会稽（jī 鸡）：山名，在今浙江绍兴县东南二十里。吴越为世仇。勾践乃越王允常之子。允常曾与吴王阖庐互相攻伐，为阖庐所败。允常死，吴乘越发丧再度伐越，为勾践所败，阖庐受伤而死。三年后，阖庐之子夫差，报父仇，兴兵大败越军，攻入越国，勾践率五千残兵退守会稽。接受大夫文种建议，派文种至吴屈辱求和。提出"愿以金玉、子女赂君之辱。请勾践女女于王，大夫女女于大夫，士女女于士；越国之宝器毕从；寡君帅越国之众以从君之师徒。唯君左右之。"夫差听太宰嚭之谏而赦越。越王勾践卧薪尝胆，招贤纳谏，终于强大起来，灭掉吴国。"会稽之耻"，"复践之仇"即指此。事见《国语·越语》、《史记》。

〔105〕曹沫：即曹刿。春秋时鲁国武士。三败：三次败北。李善注引《史记》："曹沫者，鲁人，以勇力事鲁庄公。为鲁将与齐战，三战三北。庄公惧，乃献遂邑之地以和，犹复以为将。齐桓公许与鲁会于柯。桓公与庄公既盟于坛上，曹沫执匕首劫齐桓公。桓公问曰：子将何欲？曹沫曰：齐强鲁弱，而大国侵鲁亦已甚矣。今鲁城坏压境，君其图之，桓公乃许尽还鲁之侵地。""三败之辱、报鲁国之羞"即指此。

〔106〕切慕：深深地羡慕。

〔107〕何图：那想。　志：报国之志。指"驱丑虏，翻然南驰。"

〔108〕计：计谋。指以屈求伸。　骨肉：骨肉之亲，指母亲、妻、子。　受刑：受到刑罚，指处死。李善注引《汉书》："公孙敖捕得生口，言陵教单于为兵以备汉，于是陵家母弟妻子皆伏诛。"

〔109〕仰天椎（chuí 锤）心：形容悲愤到极点。椎，捶击。　泣血：谓因亲丧而哀伤之极。《礼记·檀弓上》："高子皋之执亲丧也，泣血三年。"郑玄注："泣无声如血出。"

〔110〕安得：怎能。　云尔：如此说。

〔111〕萧:萧何,汉初大臣,位至相国。 樊:樊哙(fán kuài 烦快):汉初将领。 囚絷(zhí 直):囚拘,关押。李善注引《史记》:"萧何为民请曰:长安地狭,上林中多空弃地,愿令民得入田,收藁为兽食。上大怒曰:相国多受贾人财物,乃请吾苑。遂下廷尉械击之。"又曰:"高祖病,有人恶樊哙党吕氏,即曰:上一日宫车晏驾,则哙欲以兵尽诛戚氏、赵王如意之属。高祖大怒,乃使陈平载绛侯代将,而即军中斩哙。陈平畏吕氏,执哙诣长安。""萧樊囚絷"即指此。

〔112〕韩:韩信。汉初诸侯王。原属项羽,后归刘邦,被任为大将。 彭:彭越。汉初诸侯王。汉朝建立,封彭为梁王,成为地方割据势力。菹醢(zū hǎi 租海):把人剁成肉酱。李善注引《史记》:"陈豨反,韩信在长安欲应之。事觉,吕后使武士缚信,斩于长安钟室。""彭越反,高祖赦之,迁处蜀道,著青衣,行至郑,逢吕后从长安来,越泣曰:愿处故昌邑。后许诺。既至,白上曰:彭越壮士也,今徙蜀,自遗患,不如诛之。令其舍人告越反,遂夷三族。""韩彭菹醢"指此。

〔113〕晁(cháo 朝)错:西汉政论家。文帝时任太常掌故,景帝即位任御史大夫。坚持"重本抑末"政策,并建议景帝削弱王侯势力,加强中央集权,遭到诸王侯的反对与仇恨,吴、楚、赵等七国以清君侧为名造反,要求杀掉晁错。其政敌袁盎、窦婴等乘机报复,进言杀晁错以平息叛乱,于是晁错被斩于东市。"晁错受戮"指此。

〔114〕周:指周勃,汉初大臣。秦末从刘邦起义,以军功为将军,封绛侯。惠帝时任太尉,文帝时任右丞相。魏:指魏其侯窦婴,西汉大臣,窦太后之侄。吴楚七国之乱时被景帝任为大将军;七国破封魏其侯。 见辜:被治罪。李善注引《汉书》:"周勃为丞相十余月,上乃免丞相就国。岁余,每河东尉守行县至绛,绛侯勃自畏恐诛,常被甲,令家人持兵以自卫。其后,人有上书告勃欲反,下廷尉捕治之。""窦婴,景帝时,吴楚反,拜婴为大将军。七国破,封婴为魏其侯。坐灌夫骂丞相田蚡,不敬,遂论婴弃市。""周魏见辜"指此。

〔115〕佐命:古代帝王建立王朝,自谓承天受命,故称辅佐之臣为佐命。

〔116〕贾谊:西汉文学家、政治家。才华横溢,时称"贾生"。初受李斯学生吴公的赏识与推荐,被文帝召为博士,不久迁为太中大夫。但遭到包括周勃、灌婴在内的元老和新贵的嫉妒,诬之为"专欲擅权","纷乱诸事",于是文帝不让他再参与朝政,贬为长沙王太傅。后虽被召回,但文帝见他"不问苍生问鬼神",仍无意要他参政。终于抑郁而死,年仅三十三岁。 亚夫:指周亚夫,周勃

之子,西汉名将,严于治军。景帝时任太尉,平定吴楚七国之乱,迁为丞相。李善注引《汉书》:"周亚夫谏上不用,因谢病免相。亚夫子为父买官尚方甲楯五百,被召诣廷尉,责问曰:君侯欲反乎? 亚夫曰:所买乃葬器也,何谓反乎? 吏侵之,益怒,遂入廷尉,不食五日,欧血而死。"

〔117〕信:的确,确实。　命世:名世,即闻名于世。

〔118〕抱:怀有。　具:才具,才干。

〔119〕谗:进谗言,说坏话。　祸败:灾祸与失败。《荀子·强国》:"国之祸败,不可胜悔也。"

〔120〕卒:终。　谤:毁谤。

〔121〕能:才能。　展:施展。

〔122〕二子:指贾谊、周亚夫。　遐举:指功业。

〔123〕先将军:指李广。

〔124〕功略:功绩谋略。　盖天地:天地之上。

〔125〕义勇:正义勇敢。　冠:在……之上。用如动词,与盖义近。

〔126〕贵臣:谓卫青。

〔127〕刭(jǐng 井)身:自杀。刭,以刀割颈。　绝域:极远的地方。此指边塞。　表:外。据李善引《汉书》载:元狩四年,大将军霍去病击匈奴,欲捉单于,李广为前将军。卫青知单于所居,便自将部下精兵,而令李广远出东道。李广不悦云:臣结发而与匈奴战,愿打前锋,卫青不听,广意色愠怒,引兵出东道,因迷途而落后于大将军。大将军欲报告天子问罪。广谓其部下曰:结发与匈奴大小十余战,今有幸随大将军与单于交兵,而大将军却令吾率部绕道远行,又迷途,岂非天意! 且广年六十余,终不复对刀笔之吏。于是引刀自刭。"徒失"二句,意即指此。

〔128〕负戟长叹:张铣注:"功臣义士,见有功者诛,有才者死,故负戟而长叹。"戟,古兵器之一种,此泛指兵器。

〔129〕单车:谓人少,与"万乘"相对。　使:使臣。

〔130〕适:去到。　万乘:言甲兵之多。　虏:对敌方之蔑称,此指匈奴。

〔131〕遭:遇。　时不遇:不佳之时运。

〔132〕伏剑:指自杀。　不顾:义无返顾,言坚决。

〔133〕流离:流落。

〔134〕几:几乎。　朔北:北方。朔,北方。此指匈奴境内。李善注引《汉

书》:"汉遣苏武以中郎将持节送匈奴使留在汉者。匈奴方欲使送武,会匈奴缑王、长水虞常反匈奴中,常以告武副使张胜,胜许以货物与常。一人夜告之,缑王等死,虞常生得。匈奴使卫律治其事。张胜以告武,武曰:事如此,必及我。卫律召武受辞,武谓惠等:屈节辱身,虽生,何面目以归汉?引佩刀以自刺。卫律惊,自抱持武。武气绝半日复息。乃徙武北海上无人处。

〔135〕丁年:壮年。　奉使:奉命出使。

〔136〕皓首:白头。

〔137〕终堂:寿终正寝。

〔138〕生妻:年轻的妻子。　去帷:指改嫁。李善注引《汉书》:"陵谓武曰:陵来时,太夫人已不幸,陵送至阳陵。子卿妇年少,闻已更嫁。"

〔139〕希:同"稀"。

〔140〕蛮貊(mò 陌):指匈奴。貊,古代北方少数民族名。

〔141〕尚犹:尚且还。　嘉:赞许。

〔142〕天下之主:指皇帝。

〔143〕茅土:古代皇帝社祭之坛用五色土建成:东方青土,南方赤土,西方白土,北方黑土,中央黄土。分封诸侯时,把五种颜色的土用茅草包好,授给被封之人,以作为分得土地的象征。后称封诸侯为授茅土。享茅土即封诸侯。荐:举荐。

〔144〕千乘(shèng 胜):古代一车四马为一乘,诸侯大国地方百里,出车千乘,称千乘之国。李善注引《汉书》:"兵车千乘,诸侯之大者。"

〔145〕典属国:掌管与少数民族交往事务的官。

〔146〕尺土之封:指封侯。

〔147〕加子:封建时代,官吏功大子孙也可以承袭一定的特权。所谓封妻荫子。　勤:功劳。

〔148〕妨功害能:损害功臣,谗害贤能的人。妨,损害。

〔149〕万户侯:汉代制度,列侯食邑,大者万户,小者五六百户。万户侯即食邑万户之侯。

〔150〕亲戚:指皇亲国戚。　贪佞:贪婪巧言谄媚之人。

〔151〕悉:皆。　庙宰:朝官。

〔152〕厚诛陵:指杀戮陵之老母。　以不死:因陵不为气节而死。厚诛陵以不死,为因果句。

〔153〕薄赏:指赐不过二百万,位不过典属国。李善注引《汉书》:"元始六年,武至京师,拜为典属国,秩中二千石,赐钱二百万。" 守节:坚守节操。

〔154〕远听之臣:李陵自指。

〔155〕望风:自远瞻望其人。 驰命:火速从命。指归汉。

〔156〕顾:回想。

〔157〕孤恩:辜负皇恩。

〔158〕负德:违背道德。李善注:"言陵无功以报汉为孤恩;汉戮陵母为负德。"

〔159〕虽忠不烈,视死如归:张铣注:"昔人虽有忠心不能烈勇者,尚能感节义视死如归。"

〔160〕眷眷:深深怀念。

〔161〕稽颡(sǎng嗓):古时一种跪拜礼。

〔162〕北阙:古代宫殿北面的门楼,为臣子等候朝见或上书之处。旧用为朝廷之别称。

〔163〕刀笔吏:管狱讼的官吏。这种人笔利如刀,能杀伤人,故称刀笔吏。

〔164〕弄文墨:舞文弄墨。此指玩弄文字技巧以害人。

〔165〕勿复:不要再。 望陵:指希望李陵归汉。

〔166〕人绝:人往来断绝。 路殊:路不通。

〔167〕别世:另一个世界,指匈奴。

〔168〕异域:异地,亦指匈奴。

〔169〕长:长久。 生死辞:生死相别,即永别。

〔170〕故人:李善注:"故人谓任立政、大将军霍光、上官桀等。"

〔171〕勉:努力。 圣君:圣明之国君,指汉皇。此乃套语。 胤(yìn印)子:儿子。胤,后代。此指苏武之子。李善注引《汉书》:"武在匈奴时,胡妇生子名通国。"

〔172〕自爱:自己爱护自己。即自己保重。

〔173〕"时因"二句:张铣注:"上云人绝路殊,故云北风以惠德音。北风,谓南风向北也。"

今译

子卿足下：

您努力发扬美德，为官于清明时代，官运亨通，幸运得很，幸运得很！寄身遥远的异国他乡，这是前人最悲伤的事，怀乡远眺，怎能不生依恋之情？您不忘旧交，远方赐书，存问教诲十分殷勤，超过骨肉亲情，即使我李陵再愚钝，怎能不生感慨！

自从投降，直至今日，身处困境，独坐愁苦，目无他见，唯有匈奴。皮衣毡帐，用以遮风避雨；膻肉奶品，拿来充饥解渴。举目谈笑，与谁共乐呢？胡地结着厚冰，边土冻裂大缝，只能听到悲风呼啸。深秋九月，塞外草木凋零，夜里不能入睡，侧耳远听，胡笳之声此起彼应；牧马悲鸣，成群嘶叫。风吼马嘶，号角响彻四面八方。清晨端坐静听，不禁潸然泪下。嗨咳，子卿，我该是何等心肠，能不伤悲呢！与您别后，更加无聊。念及老母，年迈受戮；妻儿无罪，同时被诛。辜负皇恩，为世人所悲。您回去享受荣华，我留下蒙受耻辱，这是怎样的命运啊！出身于礼仪之邦，进入愚昧之地，背离伦理道德，永在蛮夷之地，悲伤极了！使先祖李广之后，竟成蛮夷之类，更令自己悲哀的是，功大罪小，却得不到皇上的明察，辜负了我一片拳拳之心。每思至此，便产生自杀之念。我李陵所以不能剖腹以自白，刎颈以明志，是想到国家对我的恩情已断绝，自杀也无益，恰恰增加羞辱。因此常将袖含恨忍辱，又苟活下来。身边之人，见陵如此，用难听的胡乐使我欢乐，以相劝慰。匈奴之乐，只能令人生悲，增加哀伤而已。嗨咳子卿，人与人相交，贵在知心。前信仓促，未能尽意，故再简略陈情如下：

从前武帝与我五千步兵，出征遥远的匈奴之地，五将遗误战机，使陵独自与匈奴遭遇。且携带大量给养，率领徒步之师，出兵汉疆之外，进入强胡之国。以五千之兵，对十万之师，驱疲惫不堪之步卒，面对精力正旺之骑兵，还能斩将夺旗，追逐败敌。扫除胡兵，斩其将首,使我军兵士,视死如归。李陵无才,不足以担此大任,我想在此之时很难成功。匈奴已经失败,全国发兵,又选择精兵十万以上。单于亲临战场,指挥围攻。敌我兵力,我不能比;步兵骑兵之势,又相差悬殊。我疲惫之兵二次交战,以一挡千,但还能不顾伤痛,拼命争先,死伤遍野,剩不满百,皆有创伤,难持兵器,但陵振臂一呼,伤病之卒皆起,举刀杀敌,胡兵奔窜。兵器用尽,手无寸铁,还在空身呐喊,争抢向前。在这个时候,天地为陵震怒,战士为陵泣血。单于说李陵不能再胜,恐有伏兵,便欲带兵撤退,而叛贼管敢告密,于是匈奴再战,所以使陵难免被俘。

从前高祖刘邦率三十万大军,被匈奴围困在平城。那时我军猛将如云,谋士如雨,还七日未食,勉强脱身。何况抵挡李陵之匈奴,那是容易力敌的吗?而主事者乱说,随便怪我不能为守节而死。这样,李陵不死,便是有罪。子卿看我李陵,是苟且偷生之士,贪生怕死之人吗?哪有背离君亲,抛掉妻子,反而去追求名利的人呢?我李陵所以不死,是想有所作为,如前信所说,待机报恩于国君。确实无价值而死不如树立名节,使名声泯灭不如报德扬名。从前范蠡不为会稽之耻而自杀,曹沫不为三战三败而寻死,终于报勾践之仇,雪鲁国之耻。我的拳拳之心,深深羡慕这些而已。哪想到志节未立,而怨艾已成;计谋未施,骨肉之亲受刑,这是我李陵所以仰天捶胸泣血的原因啊!

足下又说:汉对待功臣不薄。你作为汉朝的臣子哪能不如此说呢!过去萧何、樊哙被关押,韩信、彭越遭杀戮,晁错被斩于东市,周勃、窦婴被治罪,其余那些辅佐皇帝的有功之臣,贾谊、周亚夫之辈,皆为确确实实的名世之才,将相之具,但受到小人谗言,皆遭到灾祸与失败的耻辱,结果怀才受到毁谤,能力不得施展。贾谊、亚夫那样的功业,谁不为之痛心呢!我的先祖父李广将军,文韬武略盖天地,忠义骁勇冠三军,只因失意于卫青,自刭于边塞之外。这些都使功臣义士负戟长叹,何言不薄!

　　且足下过去以单车之使臣，去到万乘之匈奴，赶上不好的时机，至于拔剑自刎，不顾惜生命，流离辛苦，几乎死在北方的荒野。壮年奉命出使，满头白发而归，老母寿终正寝，年轻妻子离家改嫁。这都是天下奇闻，古今未有之事。蛮貊之人尚且还嘉许您的气节，何况大汉天子呢？我认为您足应当封侯，应当受到千乘之重赏。听说您回国，赏赐不过二百万，职位不过典属国，没有尺土封地，没有封妻荫子之赏。而那些损害功臣谗害贤能的小人，皆被封为万户侯，那些皇亲国戚贪婪谄媚之徒，皆为朝中权臣。您尚且如此，我李陵又有何希望呢？而且大汉因我没立即死节而诛杀老母，您因坚守节操而给微薄的赏赐，想让远离之臣，火速从命归汉，这实在是很难啊！所以每念至此，不为留在匈奴而悔恨。我虽辜负皇恩，汉也有背仁德。古人有言："虽忠不烈，视死如归。"但皇帝能深深怀念吗？男儿活着不能保持名节，死后葬在蛮夷之地，谁还能去跪拜朝廷，让那些刀笔之吏，舞文弄墨呢？愿足下不要再对我李陵抱任何希望！

　　嗨咳子卿！还有什么话说！相隔万里，人绝路殊。活为别世之人，死为异地之鬼，与足下生死永别了！希望转告老友，努力侍奉圣皇。足下之子安然无恙，勿以为念，努力保重自己。常借北风，再赐佳音。李陵叩首。

（赵福海译注并修订　陈延嘉再修订）

◎ 报任少卿书一首　　　司马子长

▌▌▌▌题解

　　司马迁(约前 145 或前 135—?),字子长,夏阳(今陕西韩城南)人,伟大的史学家、文学家。其父司马谈,汉武帝时太史令,知识渊博,立志修史,没世未遂。司马迁继承父业,几尽毕生精力完成空前历史巨著——《史记》。

　　迁"二十南游江、淮,上会稽,探禹穴,窥九疑,浮于沅、湘,北涉汶、泗,讲业齐鲁之都,观夫子遗风,乡射邹、峄,厄困鄱、薛、彭城,过梁楚以归。"(《汉书·司马迁传》)游览名山大川,广搜历史佚闻,为撰写《史记》奠定了知识和生活基础。三十八岁继任太史令,四十二岁动笔撰写《史记》。"草创未就",四十七岁因李陵事件锒铛入狱,惨遭腐刑,身心受到极大的摧残。"每念斯耻,汗未尝不发背沾衣。"天外飞来的横祸,加深了他对社会黑暗一面的认识,激起了他对残暴统治者的仇恨,并将满腔悲愤倾注《史记》之中。这部用生命写成的书,被鲁迅誉为"史家之绝唱,无韵之《离骚》"。

　　全书包括十二本纪、十表、八书、三十世家、七十列传,共一百三十篇,五十二万多字(其中有几篇由西汉褚少孙修改和补充)。《史记》不仅为后代"正史"树立了典范,其神形毕肖的本纪、世家和列传,也是古代传记文学的精品。

　　李善注引《汉书·司马迁传》云:"迁既被刑之后,为中书令,尊宠任职。"此时故友任少卿致信司马迁,要他利用中书令的地位推贤进能。迁多难言之苦,久未复信。后来少卿因事下狱,且不久将处以死刑;子长担心老友再不见复信,会"魂魄私恨无穷",于是于武帝太始四年(前93)十一月写了这篇《报任少卿书》。但此次少卿未死,被武帝赦免。又隔几年,终因戾太子事被处腰斩。死后此信才传出,少卿终未得见,含恨九泉。

《报任少卿书》,是我国古代书信体散文的杰作,也是研究司马迁生平思想难得的第一手资料。从文章郁勃跌宕的气势,深沉委婉的言辞,可以透视司马迁异乎寻常的人生轨迹。全文从少卿书教入题,以李陵战败投降和自己献忠获辱两件大事为中心,以发愤著书为归宿,布局谋篇。

蓄放结合,跌宕多姿,是本文主要艺术特色。"文以气为主。气盛则言之短长与声之高下皆宜。"(韩愈《答李翊书》)《报任少卿书》正是一篇"气盛"之作。"如山之出云,如水之赴壑,千态万状,变化于自然。由其气之盛也。"(《古文辞类纂》引方望溪评语)《古文观止》评点称它"豪气逼人。其慷慨啸歌,大有燕赵烈士之遗风;忧愁忧思,则又直与《离骚》对垒。"这些评价,极为中肯。

古人云:士可杀而不可辱。文章罗列"十辱","最下腐刑,极矣!"司马迁受的正是这种"最下"的奇耻大辱。然而他悲愤而不悲哀。为使"究天人之际,通古今之变,成一家之言"的鸿篇巨制,"藏之名山,传之其人,通邑大都,尝前辱之责(债),虽万被戮,岂有悔哉!"何等激愤,又何等豪壮。但在表达上,豪壮之情并非一泻无余,而是先蓄势,后开闸,蓄蓄放放,使感情的落差,如奔湍巨浪,与山石曲折,随物赋形,虽呈千姿百态,而又不失之自然。可谓行于当行,止于不可不止。

司马迁的文章,《昭明文选》只选此一篇。因为它符合萧统"沉思""翰藻"之标准。萧统的"翰藻"论,主要指骈文的词采美。他重视骈丽之词,而不重视人物形象的描绘。《报任少卿书》则是骈散相济,"事出于沉思,义归乎翰藻",整个格调与《文选》是一致的。

原文

太史公牛马走[1]，司马迁再拜言，少卿足下[2]：曩者辱赐书[3]，教以顺于接物[4]，推贤进士为务[5]。意气勤勤恳恳[6]，若望仆不相师[7]，而用流俗人之言[8]，仆非敢如此也。仆虽罢驽[9]，亦尝侧闻长者之遗风矣[10]顾自以为身残处秽[11]，动而见尤[12]，欲益反损[13]，是以独郁悒而与谁语[14]。谚曰："谁为为之？孰令听之[15]？"盖钟子期死，伯牙终身不复鼓琴[16]。何则？士为知己者用，女为说己者容[17]。若仆大质已亏缺矣[18]，虽才怀随和[19]，行若由夷[20]，终不可以为荣，适足以见笑而自点耳[21]。书辞宜答[22]，会东从上来[23]，又迫贱事[24]，相见日浅[25]，卒卒无须臾之间[26]，得竭至意。今少卿抱不测之罪[27]，涉旬月[28]，迫季冬[29]；仆又薄从上上雍[30]，恐卒然不可为讳[31]，是仆终已不得舒愤懑以晓左右[32]，则长逝者魂魄私恨无穷[33]。请略陈固陋[34]，阙然久不报[35]，幸勿为过[36]。

仆闻之：脩身者，智之符也[37]；爱施者，仁之端也[39]；取与者，义之表也[39]；耻辱者，勇之决也[40]；立名者，行之极也[41]。士有此五者，然后可以托于世，而列于君子之林矣。故祸莫憯于欲利[42]，悲莫痛于伤心，行莫丑于辱先[43]，诟莫大于宫刑[44]。刑余之人，无所比数[45]，非一世也，所从来远矣。昔卫灵公与雍渠同载，孔子适陈[46]；商鞅因景监见，赵良寒心[47]；同子参乘，袁丝变色[48]。自古而耻之。夫以中才之人[49]，事有关于宦竖，莫不伤气[50]，而况于慷慨之士乎[51]！如今朝廷虽乏人，奈何令刀锯之余[52]，荐天下豪俊哉[53]！

　　仆赖先人绪业^[54]，得待罪辇毂下^[55]，二十余年矣。所以自惟^[56]，上之不能纳忠效信^[57]，有奇策才力之誉，自结明主^[58]；次之又不能拾遗补阙^[59]，招贤进能，显岩穴之士^[60]；外之又不能备行伍，攻城野战，有斩将搴旗之功^[61]；下之不能积日累劳，取尊官厚禄^[62]，以为宗族交游光宠^[63]。四者无一遂^[64]，苟合取容^[65]，无所短长之效^[66]，可见如此矣。向者，仆常厕下大夫之列^[67]，陪外廷末议^[68]，不以此时引维纲^[69]，尽思虑^[70]，今以亏形，为扫除之隶^[71]，在阘茸之中^[72]，乃欲仰首伸眉^[73]，论列是非，不亦轻朝廷羞当世之士邪^[74]？嗟呼！嗟呼！如仆尚何言哉^[75]！尚何言哉！

　　且事本末未易明也^[76]。仆少负不羁之行^[77]，长无乡曲之誉^[78]，主上幸以先人之故^[79]，使得奏薄伎^[80]，出入周卫之中^[81]。仆以为戴盆何以望天^[82]？故绝宾客之知^[83]，亡室家之业^[84]，日夜思竭其不肖之才力^[85]，务一心营职^[86]，以求亲媚于主上^[87]。而事乃有大谬不然者夫^[88]。

　　仆与李陵^[89]，俱居门下^[90]，素非能相善也^[91]。趣舍异路^[92]，未尝衔杯酒^[93]，接殷勤之余欢^[94]。然仆观其为人，自守奇士^[95]，事亲孝^[96]，与士信^[97]，临财廉^[98]，取与义^[99]。分别有让^[100]，恭俭下人^[101]，常思奋不顾身，以殉国家之急^[102]。其素所蓄积也，仆以为有国士之风^[103]。夫人臣出万死不顾一生之计^[104]，赴公家之难^[105]，斯以奇矣^[106]。今举事一不当^[107]，而全躯保妻子之臣^[108]，随而媒糵其短^[109]，仆诚私心痛之^[110]。且李陵提步卒不满五千^[111]，深践戎马之地^[112]，足历王庭^[113]，垂饵虎口^[114]，横挑强胡^[115]，仰亿万之师^[116]，与单于连战十有余日^[117]，所杀过当^[118]。虏救死扶伤不给^[119]，旃裘之君长咸震怖^[120]，

乃悉征其左右贤王[121]，举引弓之人[122]，一国共攻而围之；转斗千里，矢尽道穷[123]，救兵不至，士卒死伤如积[124]，然陵一呼劳军[125]，士无不起，躬自流涕[126]，沫血饮泣[127]，更张空拳[128]，冒白刃，北向争死敌者[129]。陵未没时[130]，使有来报，汉公卿王侯[131]，皆奉觞上寿[132]。后数日，陵败书闻[133]，主上为之食不甘味[134]，听朝不怡[135]。大臣忧惧[136]，不知所出[137]。仆窃不自料其卑贱[138]，见主上惨怆怛悼[139]，诚欲效其款款之愚[140]，以为李陵素与士大夫绝甘分少[141]，能得人死力[142]，虽古之名将，不能过也。身虽陷败[143]，彼观其意[144]，且欲得其当而报于汉[145]。事已无可奈何，其所摧败[146]，功亦足以暴于天下矣[147]。仆怀欲陈之[148]，而未有路，适会召问[149]，即以此指推言陵之功[150]，欲以广主上之意[151]，塞睚眦之辞[152]。未能尽明，明主不晓，以为仆沮贰师[153]，而为李陵游说[154]，遂下于理[155]。拳拳之忠[156]，终不能自列[157]。因为诬上[158]，卒从吏议[159]。家贫，货赂不足以自赎[160]；交游莫救视[161]，左右亲近[162]，不为一言。身非木石[163]，独与法吏为伍[164]，深幽囹圄之中[165]，谁可告诉者？此真少卿所亲见，仆行事岂不然乎[166]？李陵既生降，隤其家声[167]；而仆又佴之蚕室[168]，重为天下观笑[169]。悲夫！悲夫！事未易一二为俗人言也[170]。

仆之先，非有剖符丹书之功[171]，文史星历[172]，近乎卜祝之间[173]，固主上所戏弄[174]，倡优所畜[175]，流俗之所轻也[176]。假令仆伏法受诛[177]，若九牛亡一毛，与蝼蚁何以异[178]？而世又不与能死节者[179]，特以为智穷罪极[180]，不能自免，卒就死耳[181]。何也？素所自树立使然也[182]。人固有一死，或重于太山，或轻于鸿毛，用之所趋异也[183]。太上不辱先[184]，其次不辱身[185]，其次不辱理色[186]，其次不辱辞令[187]，其次诎体受辱[188]，其次易服受辱[189]，其次关木索被箠楚受辱[190]，其次剔毛发婴金铁受辱[191]，其次毁肌肤断肢体受辱[192]，最下腐刑，极矣[193]。传曰："刑不上大夫[194]。"此言士节不可不勉励也[195]。猛虎在深山，百兽震恐，及在槛阱之中[196]，摇尾而求食，积威约之渐也[197]。故士有画地为牢，势不可入[198]，削木为吏，议不可对[199]，定计于鲜也[200]。今交手足[201]，受木索，暴肌肤[202]，受榜箠[203]，幽于圜墙之中[204]。当此之时，见狱吏则头枪地[205]，视徒隶则心惕息[206]，何者？积威约之势也。及以至是言不辱者，所谓强颜耳[207]，曷足贵乎[208]！且西伯，伯也，拘于羑里[209]；李斯，相也，具于五刑[210]；淮阴，王也，受械于陈[211]；彭越张敖，南面称孤，系狱抵罪[212]；绛侯诛诸吕，权倾五伯，囚于请室[213]；魏其，大将也，衣赭衣，关三木[214]；季布为朱家钳奴[215]；灌夫受辱于居室[216]。此人皆身至王侯将相，声闻邻国，及罪至罔加[217]，不能引决自裁，在尘埃之中[218]，古今一体[219]，安在其不辱也[220]？由此言之，勇怯，势也，[221]；强弱，形也[222]。审矣！何足怪乎[223]？夫人不能早自裁绳墨之外[224]，以稍陵迟至于鞭箠之间[225]，乃欲引节[226]，斯不亦远乎[227]？古人所以重施刑于大夫者，殆为此也[228]。

夫人情莫不贪生恶死[229]，念父母，顾妻子，至激于义理者不然[230]，乃有所不得已也。今仆不幸，早失父母，无兄弟之亲，独身孤立[231]，少卿视仆于妻子何如哉[232]？且勇者不必死节，怯夫慕义，何处不勉焉[233]！仆虽怯懦欲苟活^[234]，亦颇识去就之分矣^[235]。何至自沉溺缧绁之辱哉^[236]？且夫臧获婢妾^[237]，由能引决，况仆之不得已乎^[238]？所以隐忍苟活^[239]，幽于粪土之中而不辞者^[240]，恨私心有所不尽^[241]，鄙陋没世^[242]，而文采不表于后世也^[243]。

古者富贵而名摩灭^[244]，不可胜记，唯倜傥非常之人称焉^[245]。盖文王拘而演《周易》^[246]；仲尼厄而作《春秋》^[247]；屈原放逐，乃赋《离骚》^[248]；左丘失明，厥有《国语》^[249]；孙子膑脚，《兵法》脩列^[250]；不韦迁蜀，世传《吕览》^[251]；韩非囚秦，《说难》《孤愤》^[252]；《诗》三百篇，大底圣贤发愤之所为作也^[253]。此人皆意有郁结^[254]，不得通其道^[255]，故述往事，思来者^[256]。乃如左丘无目，孙子断足，终不可用，退而论书策，以舒其愤^[257]，思垂空文以自见^[258]。

仆窃不逊^[259]，近自托于无能之辞，网罗天下放失旧闻^[260]，略考其行事^[261]，综其终始^[262]，稽其成败兴坏之纪^[263]，上计轩辕，下至于兹^[264]，为十表^[265]，本纪十二^[266]，书八章^[267]，世家三十^[268]，列传七十^[269]，凡百三十篇，亦欲以究天人之际^[270]，通古今之变^[271]，成一家之言。草创未就^[272]，会遭此祸^[273]，惜其不成，已就极刑而无愠色^[274]。仆诚以著此书藏诸名山^[275]，传之其人^[276]，通邑大都^[277]，则仆偿前辱之责^[278]，虽万被戮^[279]，岂有悔哉？然此可为智者道，难为俗人言也^[280]。

且负下未易居^[281]，下流多谤议^[282]，仆以口语遇此祸^[283]，重为乡党所笑^[284]，以污辱先人^[285]，亦何面目复上父母丘墓乎？虽累百世，垢弥甚耳^[286]！是以肠一日而九回,居则忽忽若有所亡^{〔287〕},出则不知其所往^{〔288〕}。每念斯耻,汗未尝不发背沾衣也。身直为闺阁之臣^{〔289〕},宁得自引深藏于岩穴邪^{〔290〕}？故且从俗浮沉^{〔291〕},与时俯仰^{〔292〕},以通其狂惑^{〔293〕}。今少卿乃教以推贤进士,无乃与仆私心刺谬乎^{〔294〕}！今虽欲自雕琢^{〔295〕},曼辞以自饰^{〔296〕},无益于俗不信^{〔297〕},适足取辱耳^{〔298〕}。要之死日^{〔299〕},然后是非乃定。书不能悉意^{〔300〕},略陈固陋,谨再拜^{〔301〕}。

注释

〔1〕太史公:汉代史官太史令之通称。　牛马走:像牛马般被驱使的仆人。走,犹仆。司马迁自谦之辞。

〔2〕少卿:任安,字少卿,汉武帝时人。　足下:称呼对方的敬辞。古代下称上或同辈相称都用"足下"。

〔3〕曩(nǎng攘):过去。　赐书:恩赐书信。客套话。

〔4〕接物:待人接物。

〔5〕推贤进士:推进贤士,即推举贤才。　务:事业,任务。

〔6〕意气:态度语气。　勤勤恳恳:殷勤恳切。

〔7〕若:像。　望:怨。　仆:司马迁谦称。

〔8〕流俗:世俗。

〔9〕罢驽(nú奴):疲弱之劣马。比喻才能低劣。罢,通"疲"。驽,劣马。

〔10〕侧闻:从旁闻知,表示曾有所闻的谦辞。侧,旁边。　遗风:前代遗留下来的风尚。

〔11〕顾:只是。　身残:指遭腐刑(割掉生殖器)。　处秽:背负恶名。宫余之人为世所贱,"诟莫大于宫刑",故言"处秽"。

〔12〕见:被。　尤:过错。

〔13〕欲益反损:想要做有益之事,反而招来损害。

〔14〕是以:因此。　郁悒(yì义):不通。指心情郁结。

〔15〕谁为:为谁。　孰令:令孰。孰,谁。刘良注:"少卿书教迁推贤进士,迁意云,君非圣明,动则有过,为谁为之,又令谁听用我。"

〔16〕"盖钟子期死"二句:李善注引《吕氏春秋》说:"伯牙鼓琴,意在太山。钟子期曰:善哉,巍巍若太山。俄而志在流水。 子期曰:善哉,汤汤乎若流水。子期死,伯牙破琴绝弦,终身不复鼓琴,以为世无赏音者。"

〔17〕说:同"悦"。喜欢。 容:修饰打扮。李善注引《战国策》,豫让事智伯,智伯宠之。后来赵襄子杀了智伯,豫让漆身吞炭,改容变音,刺杀赵襄子为智伯报仇,说:"士为知己者死,女为悦己者容。"

〔18〕大质:身体。 亏缺:指受腐刑。

〔19〕随和:指随侯珠与和氏璧,皆为战国时价值连城的珍宝。

〔20〕由夷:许由和伯夷。皆为古代品德高尚的人。

〔21〕适:恰恰。 点:玷污。点,通"玷"。

〔22〕书辞:指任少卿的来信。

〔23〕会:恰逢。 上:皇上,指汉武帝。太始四年(前93年)三月,汉武帝东巡泰山,五月回到长安,司马迁跟随。"会东从上来"即指此事。

〔24〕迫:急迫。 贱事:琐事。

〔25〕浅:近,指时间少。

〔26〕卒卒(cù醋):匆促。卒,通"猝"。 须臾:片刻。 间:同"闲"。空闲的时间。

〔27〕不测:无法预测,谓生死不可知。《中国历代文学作品选》(朱东润主编注:"不可讳,是说恐怕任安要受刑而死。这次可能在武帝临出发(去上雍)前赦免了任安。所以《汉书·田叔列传》载褚先生述武帝的话说:'任安有当死之罪甚众,吾尝活之。'但又过了两年,任安终于因戾太子一事件而腰斩了。"(见《太史公行年考》)

〔28〕涉旬月:过十天一个月。

〔29〕迫:近,靠近。 冬季:十二月。汉律十二月处决犯人。

〔30〕薄:迫近。 上:《汉书》上之下又一"上"字。前一上字指皇上汉武帝;后一"上"字登上之意。 雍:地名,在陕西凤翔南。当时凤翔有五帝祭坛,武帝常来此祭祀。据《汉书·武帝纪》载,太始四年十二月,武帝曾来此祭祀。

〔31〕卒然:极短的时间。 讳:忌讳之言,指死。

〔32〕愤懑(mèn闷):抑郁不平的情绪。 晓:知晓。 左右:指任安。不直指其名,而称其左右,谦词,意犹"足下"。

〔33〕长逝者:死者。 魂魄:灵魂,犹言在天之灵。

〔34〕固陋:褊狭浅陋之见。自谦之辞。

〔35〕阙然:指隔很久。 报:答复。任安与司马迁的信,远在安犯罪之前,而迁迟迟未予答复,故曰"阙然不报"。

〔36〕幸:希冀。 为过:见责。

〔37〕智:智慧。 符:信,此为凭证。

〔38〕施:施舍。 仁:仁德。 端:开始。

〔39〕取与:索取和给予。 义:道义。 表:标记。

〔40〕"耻辱者"句:如何对待耻辱,是判断一个人是否勇敢的标准。盖为了整齐对称浓缩成如上句式。

〔41〕立名:树立名誉。《史记·伯夷传》:"闾巷之人,欲砥行立名者,非附青云之士,恶能施于后世哉?" 行(xìng 性):品行。 极:最高境界。

〔42〕憯(cǎn 惨):同"惨"。 欲利:欲望和名利。

〔43〕行:行为。 辱先:使祖先受辱。

〔44〕诟(gòu 够):耻辱。 宫刑:又叫腐刑。古代割去男子生殖器的一种刑罚。

〔45〕刑余之人:刑后余生者,此指宦者。 比数:放在一起计算。

〔46〕卫灵公:卫国国君。前534—前493年在位。李善注引《家语》载:"孔子居卫月余,灵公与夫人同车出。令宦者雍渠参乘,使孔子为次乘,游过市。孔子曰:吾未见好德如好色。于是耻之,去卫而曹。"适,往。

〔47〕商鞅:政治家,曾协助秦孝公变法。 景监:秦孝公宠幸的太监。赵良:孝公时的贤士。 寒心:恐惧。商鞅是靠秦孝公之宠臣景监的引见而得官的,赵良认为不光明,劝其引退,商鞅不听。

〔48〕同子:指汉文帝宦官赵谈,因与迁父同名,避父讳而改称"同子"。袁丝:袁盎,字丝,汉文帝时人。官至太常,以敢直谏闻名朝野,后被梁王派人刺死。《史记·袁盎列传》载,盎任中郎时,见赵谈陪乘,伏文帝车前阻谏说:"我听说天子只能与天下英雄豪杰同车,圣朝现在虽缺人才,陛下也不能同宦者同车!"

〔49〕中才:中等才干。中才之人,指一般人。

〔50〕宦竖:宦官。竖,小臣。 伤气:挫伤志气。

〔51〕慷慨:指气节高尚。

〔52〕刀锯之余:受过刑的人,此指宦者。

〔53〕豪俊:英雄豪杰。

〔54〕先人:指迁父谈。　绪业:前人未竟之事业。

〔55〕待罪:作官之谦词。　辇毂(niǎn gǔ 撵谷):皇帝的车驾。　辇毂下,京城之代称。

〔56〕自惟:自思。

〔57〕纳忠效信:献纳忠信。

〔58〕明主:圣明的君主。

〔59〕拾遗补阙:指讽谏。为皇帝提醒漏洞,弥补缺失。此指举荐被漏下的人才。

〔60〕显:与隐相对,指出仕。　岩穴之士:指隐士。

〔61〕备:充任。　行伍:古代军队编制,五人为伍,二十五人为行,故以行伍泛指军队。　搴(qiān 千)旗:作战时勇敢地拔掉敌人之旗,插上己方之旗。

〔62〕尊官:位尊之官,指高官。

〔63〕宗族:家族。　交游:交游者,指朋友。　光宠:争光取宠。

〔64〕遂:如愿,成就。

〔65〕苟合:苟且迎合。　取容:得到容纳。指保留现在的官职。

〔66〕短长:偏义复词,中心在长。无所短长,言无所长,即无所建树。　效:效果。

〔67〕向者:过去。指受宫刑之前。　厕(cì 次):间杂。谦词。　下大夫:周朝太史属下大夫。此自谦之词。

〔68〕外廷:外朝。汉代分外朝官与内朝官,太史令属外朝官。　末议:微末的意见。谦词。

〔69〕维纲:国家法律。

〔70〕思虑:思考,此指智谋。

〔71〕以:同"已"。亏形:指受宫刑。　扫除之隶:地位低下之人。谦词。

〔72〕阘茸(tà róng 踏荣):卑贱。此指卑贱之人。

〔73〕伸眉:展眉。形容喜悦、得意。

〔74〕当世:指权贵。

〔75〕尚:还。

〔76〕本末:原委。

〔77〕负:恃。　不羁:不受约束。

〔78〕乡曲:乡里。

〔79〕主上:皇帝。　先人:祖先,包括已死去的父亲。

〔80〕奏:献。　薄伎:小技。伎,同"技"。指下文"文史星历"。

〔81〕周卫:宫禁之中。皇帝周围有许多护卫和侍从人员,故称。

〔82〕戴盆望天:当时谚语。此指忙于职内事物,无暇他顾。《古文观止》评此语曰:"头戴盆则不得望天,望天则不得戴盆,事不可兼施。言己方一心于史职,不暇修人事也。"

〔83〕知:了解,此指交往。

〔84〕亡:无,不要。　室家:家庭。此指家中之事。

〔85〕不肖:"生子不像父母曰不肖"。此为谦词。肖,似。此指德才俱差。

〔86〕务:勉力从事。　营职:做本职内的事。

〔87〕亲媚:亲爱。

〔88〕大谬不然:大错特错,不像想象的那样。　夫:语尾助词。

〔89〕李陵:汉朝名将李广的孙子,汉武帝时将领。曾率兵与匈奴交战,弹尽粮绝,又无救兵,投降匈奴。

〔90〕俱居门下:李陵曾为侍中,司马迁任太史令,皆为可以出入宫门的官,故云"俱居门下"。(后代有"门下省",侍中属之,名即本此。)

〔91〕素:平时。　相善:友好。

〔92〕趣舍:行止。此喻志向。

〔93〕衔:含,饮。

〔94〕接:结。　殷勤:深厚真挚的情意。"杯酒""余欢",皆形容少。

〔95〕自守:指自己能把握住自己的节操。

〔96〕事亲:侍奉父母。

〔97〕与士:同士人交往。　信:信用。

〔98〕临财:在财物面前。　廉:廉洁。

〔99〕取与:索取与付出。　义:道义。

〔100〕分别:区分长幼卑尊。　让:谦让。分别有让,指有礼。

〔101〕恭俭:谦恭束己。　下人:甘居人下。

〔102〕徇:舍身以从其事。

〔103〕国士:全国推重之人才。

〔104〕人臣:臣子。

〔105〕公家之难:国家之难。

〔106〕斯:此。

〔107〕举事不当:指李陵降匈奴事。

〔108〕全躯:保全身躯,即明哲保身。

〔109〕媒蘖(niè 聂):酒麹,用于酿酒发酵。此用如动词,意为膨涨、酿成。短:短处,指李陵投降匈奴。

〔110〕诚:确确实实。 私心:个人心里。

〔111〕提:率领。 步卒:步兵。《汉书·李陵传》:"陵对'无所事骑,臣愿以少击众,步兵五千人涉单于庭。'上壮而许之。"

〔112〕戎马:指军事。

〔113〕王庭:单于所居之处,号曰王庭。

〔114〕垂饵(ěr 耳):下钓饵。此指李陵想诱敌深入。"深践戎马之地,足历王庭",皆为垂饵之举。

〔115〕横挑:向敌挑战,诱其出兵。

〔116〕仰:指仰攻。当时李陵被匈奴包围在山中,敌人居高故曰仰。

〔117〕有:又。

〔118〕过当:极言杀敌之多。李善注本作"过半当",从六臣注本。

〔119〕不给:供应不上,即顾不得。

〔120〕旃(zhān 毡)裘:匈奴人所穿的衣服,此指匈奴。 咸:皆。 震怖:震惊慌恐。

〔121〕悉:全。 左右贤王:左贤王、右贤王。皆匈奴王之号。

〔122〕举:征集。 引弓之人:善射者。

〔123〕一国:全国。 道穷:路断,无退路。

〔124〕如积:成堆。

〔125〕劳军:慰劳军队。《史记·孝文纪》:"帝亲劳军勤兵,申教令。"

〔126〕躬自:自身。

〔127〕沫(huì 会)血:血流满面。沫,洗脸。 饮泣:眼泪咽到肚里。

〔128〕张:举。李善注"张空拳":"此言兵已尽,但张空拳以击耳。"一说张空弓。

〔129〕死敌:拼死杀敌。

〔130〕没:指军队覆没。

〔131〕公卿王侯:泛指皇帝以下的高官。

〔132〕奉觞(shāng 伤):恭敬地端起斟上酒的杯。 上寿:祝寿。此指祝捷。

〔133〕败书:指李陵失败的奏章。 闻:被知道。

〔134〕食不甘味:吃啥也没味,指有心事而吃不下饭。

〔135〕听朝:皇帝上朝听大臣奏报,谓之听朝。 怡:喜悦。

〔136〕忧惧:忧虑害怕。

〔137〕不知所出:不知计之所出。想不出办法。

〔138〕窃:犹言私。常用作表示个人意见的谦词。 其:自己。

〔139〕惨怆(chuàng 创) 怛(dá 答)悼:悲哀伤心。

〔140〕款款:忠实恳切的样子。 愚:愚见。谦词。

〔141〕绝甘:甘美的东西不吃。 分少:应分的东西少要。

〔142〕死力:拼死效力。指士卒。

〔143〕败彼:指败于匈奴。彼,指匈奴。

〔144〕观:观察。

〔145〕当:适当时机。

〔146〕摧败:指挫败匈奴。

〔147〕暴:暴露在外。此有显示之意。

〔148〕陈之:指陈述李陵虽败而"摧败"之功足以暴天下。

〔149〕适:恰。 会:逢。

〔150〕指:意。 推:举。

〔151〕广:扩大(使主上兼听)。

〔152〕睚眦(yá zì 牙字):怒目而视。人之怨恨常显示于目,故睚眦之辞谓怀恨李陵的坏话。

〔153〕沮:毁谤。 贰师:指贰将军李广利。贰师本为大宛国一地名,武帝曾派李广利至此掠夺良马,因以贰师为广利之号。李广利是武帝宠妃李夫人之兄。此番武帝派李广利率兵北征匈奴,兵分三路,李陵为偏师。李陵却遇到了匈奴主力,李陵被围,广利未及时出兵援助。司马迁为李陵辩护,武帝认为他意在诋毁李广利。

〔154〕游说(shuì 税):给人作说客。

〔155〕理:大理,掌管刑法的官。下于理,即交法庭审判。

〔156〕拳拳:忠诚恭谨的样子。

〔157〕列:陈述。

〔158〕上:皇上,指汉武帝。诬上,当判腐刑。

〔159〕卒:最后,终于。　吏议:狱吏的判决。

〔160〕货赂:财物。汉律可以钱赎罪。

〔161〕交游:交往之人,指亲友。

〔162〕左右亲近:指皇上身边的近臣。

〔163〕身:人身,司马迁自指。

〔164〕法吏:司法官吏。

〔165〕幽:囚禁。　囹圄(líng yǔ 铃雨):监狱。

〔166〕行事:往事。(用黄侃说)指入狱事。

〔167〕"李陵既生降"二句:《史记·李广传》:"单于既得陵,素闻其声,以女妻陵而贵之。……自是之后,李氏名败。"陨(tuí 颓),毁坏。

〔168〕佴(èr 二):次,居留。　蚕室:腐刑后所居之所,刑后怕风寒,须居温暖之密室。室如养蚕之屋,故称"蚕室"。佴,诸本作"茸"。茸,推。推置蚕室之中。

〔169〕重:深深地。　观笑:见笑。

〔170〕一、二:罗列之意,犹逐一。

〔171〕剖符:剖开的信符。古代之符一分为二,君臣各执一半,上写誓词,以示信守。　丹书:即丹书铁券。古代帝王赐给功臣的保持世代优惠、免罪的证件。以铁制券,朱砂写字。《后汉书·蔡遵传》:"丹书铁券,传于无穷。"

〔172〕文史星历:为太史令掌管之事。星指天文,历指法。

〔173〕卜:主管占卜的官。　祝:祭祀时司礼的人。

〔174〕戏弄:取乐开心。

〔175〕倡优:古代以舞乐戏谑为业的艺人。倡,乐人;优,戏人。封建社会视为妓女一般的下等人,称之为"倡优"。　畜:养。

〔176〕流俗:世俗。

〔177〕假令:假使。　伏法:因犯法而被处死刑。　诛:杀。

〔178〕亡:失掉。　蝼蚁:蝼蛄和蚂蚁。

〔179〕死节者:为气节而献身的人。五臣注本者下有"次比"二字。《义门读书记》:"次字衍。言不得与死节者比耳。"

〔180〕特:不过。　智穷:智慧穷尽。　罪极:罪恶极大。

〔181〕卒:终。　就死:至死地。

〔182〕素所树立使然也:意谓平时安身立命的东西使之然,即自己那被人轻贱的职务和工作使之然。

〔183〕趋:方向。

〔184〕太上:最上。　辱先:使祖先的受辱。

〔185〕辱身:自身受辱。

〔186〕理色:泛指脸面。理,肌理。色,脸上气色。(用王力说)

〔187〕辞令:言词。不辱辞令,指不被训斥。

〔188〕诎体:使身体受曲。指被捆绑。诎,同"屈"。

〔189〕易服:改换衣服。古代罪犯穿紫红色衣服。

〔190〕木索:枷索。即木枷和绳索。　箠(chuí 垂)楚:打犯人的刑具。箠,刑杖。楚,荆条。

〔191〕剔毛发:剃光头,谓之髡(kūn 坤)刑。剔,同"剃"。　婴金铁:用铁圈套脖颈,谓之钳刑。婴,缠绕。

〔192〕毁肌肤:在犯人脸上刻上字,或叫打金印。　断肢体:断足,谓之刖刑。

〔193〕腐刑:又称宫刑。割掉男子的生殖器。　极:到顶了。指最残酷的刑法。

〔194〕刑不上大夫:刑法不施加给大夫。语出于《礼记·曲礼》。李善注引《东方朔别传》:"武帝问曰:刑不上大夫何? 朔曰:刑者所以止暴乱、诛不义也。大夫者,天下表仪,万人法则,所以共承宗庙而安社稷也。"这是封建社会法律阶级性的最明显的说明。

〔195〕士节:士的气节。　勉励:劝勉鼓励。

〔196〕槛(jiàn 见):养兽的笼子。　阱(jǐng 井):捕兽的陷阱。

〔197〕威约:威力的制约。　渐:用如名词,逐步形成的结果。

〔198〕士:李善注本无,据《六臣注本》补。　牢:监狱。

〔199〕议:评论是非,多指非议。

〔200〕鲜:鲜明。指在"画地为牢"、"削木为吏"面前态度鲜明。指自杀。李善注引文颖曰:"未遇刑自杀为鲜明也。"

〔201〕交手足:手足受绑。

〔202〕暴:同"曝"。暴肌肤,指剥衣受刑。

〔203〕榜箠:用荆条抽打。榜,击。

〔204〕幽:囚禁。 圜(huán 环)墙:监狱。圜,通"环"。

〔205〕枪地:头叩地。枪,同"抢"。

〔206〕徒隶:狱卒。 惕息:恐惧得不敢出气。

〔207〕强颜:厚着脸皮。

〔208〕曷:何。 贵:位尊。

〔209〕西伯:指周文王。伯,方伯,即一方之长。文王曾为西方诸侯之长。羑(yǒu 有)里:殷纣王囚禁文王的地方。今河南汤阴境内。李善注引《史记》:"崇侯虎谮西伯于殷纣曰:西伯积善累德,诸侯皆向之,将不利于帝。纣乃囚西伯于羑里。"

〔210〕李斯:秦国之相。 具五刑:最残酷的刑法。五刑,五种刑法之总称,即墨、劓、剕、宫、大辟。刘良注:"李斯相秦,为赵高谮,乃先行劓、墨、宫、割膑等四刑,而后大辟,是具五刑也。"

〔211〕淮阴:淮阴侯韩信。汉高祖封韩信为楚王。后有人告韩信欲反,高祖用陈平计,言游云梦,至陈,信来见,令武士缚之。"遂械至洛阳,赦以为淮阴侯。" 械:桎梏,类今手铐脚镣的刑具。 陈:楚地。

〔212〕彭越:刘邦的功臣。初事项羽,后降刘邦,屡建战功,封梁王。后有人告欲谋反,夷三族。 张敖:刘邦功臣赵王张耳之子,娶高祖长女鲁元公主。张耳死,敖嗣立赵王。后被人告以谋反而被捕下狱。 孤:战国时候王自称之词。彭越张敖皆曾为王,故曰"南面称孤"。 系狱:被捕下狱。

〔213〕绛侯:指绛侯周勃,汉初功臣。诸吕:指刘邦妻吕后之亲族吕产、吕禄等。惠帝、吕后死后,吕禄为上将军,吕产为相国,欲篡汉。周勃陈平等共诛诸吕,立孝文皇帝。 倾:压倒,超过。 五伯:五霸。权倾五伯,指周勃拥有立新皇帝的权力。 请室:大臣待罪之室。周勃后被人诬告谋反,被捕下狱,囚于请室。

〔214〕魏其:指汉景帝时大将军窦婴,封魏其侯。 赭(zhě 者)衣:囚服。古代囚服紫红色,故称。 关:闩上,扣上。 三木:头、手、脚上的刑具,即枷、手铐、脚镣。窦婴因救灌夫事下狱,定死罪。

〔215〕季布:楚人,好任侠,有名。《史记·季布列传》载,布初事项羽,数窘刘邦。项羽灭,刘邦以重金悬赏季布,称敢藏匿者罪三族。周氏与季布定计,使

布髡钳为奴,卖给鲁地大侠朱家。朱家心知是季布,便去洛阳见汝阴滕公。言:"季布何罪之有,臣各为其主耳。"求其向皇帝请赦。"上乃赦布,召见谢,拜郎中。"

〔216〕灌夫:字仲孺,颍阴人。景帝时郎中将,武帝时官太仆,与窦婴友善。因得罪丞相田蚡(fén 坟),被囚于居室。 居室:后改称"保宫",少府所属之官署名。

〔217〕罔加:法律制裁。罔,同"网"。

〔218〕自裁:自杀。 尘埃之中:指牢狱。

〔219〕一体:一样。

〔220〕安:那里。

〔221〕勇怯:勇敢与怯懦。 势:形势。

〔222〕形:亦指形势。上二句意谓勇怯和强弱都是受形势制约的。

〔223〕审:明白。

〔224〕绳墨:指法律。

〔225〕陵迟:衰颓。

〔226〕引节:殉节。

〔227〕远:指为时已晚。

〔228〕重:慎重,不轻易。"重,等于说难。"(用王力说) 殆:大概。

〔229〕人情:人之常情。

〔230〕义理:经义名理,此指信念。李善注"夫人情"数句:"言激于义理者,则不念父母、顾妻子也。"

〔231〕孤立:孤独一人于世。

〔232〕少卿视仆于妻子何如:李善注:"言己轻妻子,故反问之。"何如,如何。

〔233〕勇者不必死节:"言勇烈之人,不必死于名节也,造次自裁耳。"(李善注)怯夫:懦夫。 勉:勉励自己不要受辱,即受辱前自尽。李善注"怯夫"句:"言怯夫慕义以自立名,何处不勉于死哉! 言皆勉励自杀。"

〔234〕苟活:苟且偷生。

〔235〕去就:指舍生取义。 分(fèn 愤):名分。

〔236〕沉溺:深陷。 缧绁(léi xiè 垒谢):捆绑犯人的绳索,引深为囚禁。

〔237〕臧获:古代骂奴婢的贱称。《方言》:"海岱之间,骂奴曰臧,骂卑曰

获。"李善注："皆异方骂奴婢之丑称也。"

〔238〕由：《汉书》作"犹"。　引决：自裁，自杀。

〔239〕隐忍：暗自忍受。

〔240〕粪土之中：指监牢。因其污秽故称。　辞：离开，指自裁。

〔241〕私心：个人的心里。

〔242〕鄙陋：庸俗浅薄。　没世：死去。

〔243〕文采：文章。指撰著的《史记》。

〔244〕摩灭：磨灭，随时间推移消亡。

〔245〕倜傥（tì tǎng 替躺）：出类拔萃。　称：称道。

〔246〕拘：囚禁。　演：推演。
《周易》：即《易经》。儒家重要经典之一。易经原有三种，即夏之《连山》，商之《归藏》，周之《周易》。周易被称为"天人之学"，它通过象征各种自然现象的"卦"，来推测自然和社会的变化，探讨天理与人道的关系，究求宇宙变化的大道理与大原则，被推为"群经之首"。据《史记·本纪》载，西伯（文王）积善累德，诸侯皆向之，将不利于帝。纣王乃囚西伯于羑里。西伯演八卦为六十四卦。

〔247〕仲尼：孔丘，字仲尼。　厄：困厄。　《春秋》：春秋时期鲁国的编年体史书。据《史记·孔子世家》载，孔丘周游列国，遭到围攻，绝粮困厄，感慨道："吾道不行矣，吾何以见于后世哉？乃因史记（指鲁国史书）而作《春秋》。"

〔248〕屈原：名平，字原，又自云名正则，字灵均。战国楚人，伟大的诗人。约生于前340年，约卒于前278年。他忠于楚国，颇受重用，后遭谗言，被革职流放，作《离骚》陈政见，抒愤懑，鞭笞邪妄，字里行间凝聚着爱国热情与执着的追求。　《离骚》：屈原所作抒情长诗。

〔249〕左丘：左丘明。李善引《汉书》注："国语左丘明著。失明，未详。"《国语》：是一部国别史，起自西周末，止自春秋，包括周、鲁、齐、晋、郑、楚、吴、越等国的历史。

〔250〕孙子：战国时大军事家。传说著兵法八十九篇，今不传。据《史记·孙子列传》载，孙膑与庞涓俱学兵法，涓事魏惠王，自以为能不及孙，乃阴使人召孙。孙至，涓恐其贤于己，乃以法断其足。故称孙膑。齐国使者田忌善待孙膑，并推荐给齐威王。威王学兵法于膑。后来魏攻赵，赵求救于齐，威王欲遣膑为将，膑曰：刑余之人不可，荐由忌为将，他为军师，运筹帷幄大破魏军。　膑（bìn 鬓）：古代酷刑之一，即剔掉膝盖骨。　脩列：编成。

〔251〕不韦：吕不韦。战国末年巨商。据《史记·吕不韦列传》载，秦庄襄王即位三年薨，立太子政为王，即后来的秦始皇。政尊不韦为相国，号仲父。始皇十年因罪罢官，后又奉命蜀，途中饮鸩而死。

《吕览》：又名《吕氏春秋》。吕不韦为相时命门客们所作。李善注引《史记》云："不韦乃使其客人人著所闻，集论为八览，十二纪，三十余万言，以为备天下之物，古今之事，号曰《吕氏春秋》。"

〔252〕韩非：战国时韩国公子。其所作之书称《韩非子》。据《史记·韩非列传》载，韩弱，非数以书谏韩王，然韩王不用，于是作《说难》《孤愤》等十余万言。秦王见《孤愤》《五蠹》之书，曰："寡人得见此人与游，死无恨矣。"李斯告知此书乃韩非所作，秦发兵攻韩，韩王派非使秦。斯进谗言，秦王听信，将非下狱治罪。斯遣人送药逼其自杀。 《说难》《孤愤》：皆《韩非子》中的篇目。

〔253〕诗三百篇：《诗经》三百零五篇，亦称《诗》三百。 大底(zhǐ 指)：大致。李善引《尔雅》曰："底，致也。"

〔254〕郁结：思虑烦冤不得舒展。

〔255〕道：指信仰，理想。

〔256〕思来者：想让未来的人能知己之志。

〔257〕无目：指失明。 策：古代书简之名。论列书策，著书立说，书写己见。

〔258〕垂：流传下去。 空文：指文章。 与具体功业对比而言。 自见：自现己情。

〔259〕窃：私下。表示个人意见之谦词。 逊：恭顺。

〔260〕近：指近些时间，即开始撰写《史记》的时间。 无能：吕延济注："无能，犹不才也。"无能之辞，拙劣的文辞。自谦。 放失：散失。 旧闻：历史遗留下来的传闻。

〔261〕略：大略。 考：考察。 行事：指史实。

〔262〕综：综合析理。 终始：始末。

〔263〕稽：考核。 纪：纲纪，此指道理、规律。

〔264〕轩辕(xuān yuán 宣元)：即黄帝。传说中的远古君王。 兹：此。指撰写《史记》之当时。

〔265〕表：是各个历史时期的简单大事记，是全书叙事的脉络和补充。《史记》共一百三十篇，五十二万六千五百字。《表》共十篇。

〔266〕本纪:除《秦本纪》外,叙述历代最高统治者的政绩。《本纪》共十二篇。

〔267〕书:书是个别事件的始末文献。它分别叙述天文、历法、水利、经济、文化、艺术等方面的发展与现状,与后来的专门科学史相近。《书》共八篇。

〔268〕世家:主要叙述贵族侯王的历史。《世家》共三十篇。

〔269〕列传:主要是各种不同类型,不同阶层人物的传记,少数列传则叙述国外和国内少数民族君长统治的历史。《列传》七十篇,也是记传体文学的杰作。

〔270〕究:尽。 天人之际:天道人事的相互关系。包括天道与人道,自然与人为等。天人关系一直是我国哲学上长期争论的问题之一。天理即人道的"天人合一"的哲学思想,在我国影响深远。

〔271〕古今之变:古今的变化。

〔272〕草创:起草。 未就:未完成。

〔273〕会遭:遭遇。 此祸:指因李陵事件受腐刑。

〔274〕惜:悲痛。 已:六臣注作"是以"。 愠色:怨恨流露于外的表情。

〔275〕诚:果真。 以:六臣注本作"已",是。完成。 诸:之于合词。

〔276〕其人:指与己志同道合者。

〔277〕通:流布。 邑:指小城。 大都:大城。

〔278〕前辱:指受腐刑之辱。 责:同"债"。

〔279〕戮(lù 路):羞辱。《左传·文公六年》:"贾季戮臾骈,臾骈人欲尽杀贾氏以极焉。臾骈曰:'不可。'"

〔280〕智者:指善于认识、辨析、判断事理的人。 俗人:与智者相对,指庸俗浅薄之人。

〔281〕负下:负罪之下。 居:处。

〔282〕下流:喻地位低下。 谤议:毁谤之言。

〔283〕口语:说话。指为李陵说话。

〔284〕重:指程度深。 乡党:乡里。

〔285〕污辱:沾污。

〔286〕累:累积。 百世:百代,极言时间之长。 垢:污垢,指腐刑之辱名。

〔287〕忽忽:指精神恍恍惚惚。 亡:失。

〔288〕所往:去向。

〔289〕直:仅,只。 闺阁(gé格):宫中小门。此指禁宫。闺阁之臣,犹言宦官。阁,李善本作"闒"。据六臣本改。

〔290〕宁得:岂能。 自引:自己引身而退。深藏岩穴:指过隐居生活。"自引于深藏岩穴",《汉书》作"自引深藏于岩穴"。从《汉书》改。

〔291〕从俗浮沉:随波逐流。

〔292〕俯仰:随宜应付。

〔293〕通:达。 狂惑:李善注引《鹖子》曰:"知善不行者谓之狂;知恶不改者谓之惑。夫狂与惑者,圣人之戒也。"此为愤慨之词。

〔294〕剌(là辣)谬:相背。剌,乖戾。

〔295〕雕琢:指妆饰。

〔296〕曼辞:美辞。

〔297〕不信:不为所信。

〔298〕适:恰好。

〔299〕要之:总之。

〔300〕悉意:尽意。

〔301〕固陋:指鄙陋之见。

今译

　　仆人太史公司马迁,再拜陈言少卿足下:前蒙屈尊赐信,教我慎重待人接物,以推举贤才为己任。情意至为恳切,似乎抱怨我没听从您的意见,而信世俗小人之言。我不敢那样做。在下虽然才能低劣,也从长者那里听到过前贤遗教。只是受刑身残,背负丑名,一举一动都会被人指责有过,想要做点有益于世的事,反而与世有损。因此自己心情郁结,无处诉说。谚语云:"为谁去做呢? 让谁来听呢?"钟子期死,伯牙终身不再弹琴。为什么? 士为知己者死,女为悦己者容。像我这样身体残缺的人,即使有随侯珠和氏璧那样宝贵才华,有许由伯夷那样嘉美德行,也终究不可引以为荣,而恰恰足以遭人耻笑玷污自己而已。信中所言应该回复,正赶待奉皇帝东巡归来,又忙于琐事,彼此相见时间少,匆匆忙忙,没有一点闲空得以详尽地说明我的心意。现在少卿遭遇后果难测之祸,再过个把月,接近十二月，我又临近侍奉皇帝到上雍祭祀，恐怕转眼间您将遭到不幸，那样，我不能抒发内心的愤懑之情让您了解，死者在天之灵会抱憾无穷。请允许我略述鄙陋之见，回信拖延时间太久，望勿见责。

我听说，注重修身，是聪明的表现；喜欢施舍，是积德的开始；恰当取与，是守义的标志；对待耻辱，是勇敢的考验。士具备这五条，才可立足社会，列入君子之林。因此，灾祸没有比逐利更凄惨的了，悲哀没有比伤心更沉痛的了，行为没有比辱先更丑恶的了，耻辱没有比宫刑更绝顶的了。受过宫刑的人，没人肯相与为伍，这不是一时一世的事，而是由来已久。从前卫灵公与宦官雍渠同车过市，孔子引以为耻，弃车赴陈；商鞅靠太监景监引见得官，赵良恐惧，劝其离去；宦官赵谈参乘，贤臣袁丝满面怒容。自古就以与宦官并列为耻。一般的人，事涉宦官没有不感到耻辱的，何况气节高尚之士呢？当今虽然朝廷缺乏人才，又怎能让受过腐刑的人去举荐天下精英豪杰呢？

我依靠父亲的功业，得以在京师任职，已二十多年了。自己常想：对上，没能尽忠信之道，没有奇谋异才之美誉，以取得明主的宠信；其次，又不能替皇上拾遗补阙，招贤举能，使隐居之士效忠朝廷；对外，不能投身行伍，攻城野战，建立斩将夺旗之功；对下，不能积功累劳，取得高官厚禄，为家族亲友争光取宠。四者无一成功，苟且迎合，得以容身，一无所长，由此可见了。从前我常充数下大夫的行列，在外朝附庸些微不足道的意见，那时没有利用机会申明国家法度，尽献智谋，现在受刑身残，成为地位低下之人，与皂贱者为伍，而要翘首扬眉，评论是非，不是蔑视朝廷、羞辱当今的士人吗？唉！唉！像我这样的人还有什么话可说，还有什么话可说呢！

况且，事情的本末不易明了。我少年时行为放纵不拘，年长后在乡里又无美誉，幸亏皇上因先父的功业，使我得以进献小技，出入宫中。我感到戴盆无法望天，故与宾客断绝往来，家中事务丢在一边，日夜想为朝廷献出自己的微薄之力，努力做好自己分内之事，以期求得皇上的恩宠。然而大错特错，完全不像我想象的那样。

　　我与李陵同在宫中任职，平素并无特殊亲密关系。彼此志趣不同，未曾在一起饮杯酒，结情谊。但我看李陵的为人，是个能够把握住自己的奇才。侍奉父母，尽孝道；与士交往，守信用；财物面前，讲廉洁；索取付出，守道义。区分长幼卑尊，举止有谦有让，恭谨克己，甘居人下，常想奋不顾身，为解国家危难献出一切。他平素的修养，我以为足够国家杰出人才的风度。作为臣子，出于宁肯万死不求一生的考虑，身赴国难，这已经是很了不起的了。而今事情稍有一点不当之处，那些保护自己顾全妻儿子女之臣，便乘机夸大李陵的错误，我实在感到痛心！况且李陵率领的步卒不到五千，闯入敌军阵地，足至单于王廷，身入虎穴，挑战诱敌，仰攻迎战亿万之师，与单于连战十余日，杀敌无数，致使敌人救死扶伤都来不及，匈奴酋长无不震恐，调动左贤王右贤王，征集能拉弓射箭之人，举国围攻李陵；李陵与之辗转厮杀千余里，箭尽路绝，救兵不到，士兵死伤成堆，但李陵一呼，疲惫兵士无不奋起，人人眼里流泪，脸上淌血，挥空拳，迎利剑，向北与敌人拼死搏斗。李陵未覆没之时，使者来报，公卿王侯人人举杯祝贺。数月后，边关送来李陵失败的报告，皇上为此吃饭不香，听政不悦，群臣忧虑恐惧，一筹莫展。我不度个人地位卑贱，见皇上悲哀痛心，确实想真诚地献上个人愚见。我以为李陵平时好吃的食物自己不吃，应分的东西自己少要，故使战士拼死效力，即使古来名将也超不过他。而今虽然身败被俘，但看他的意思，是想找机会报效汉朝。失败已是无可奈何了，但其挫败敌人的功劳，也足以显示于天下。我心里想说说这些看法，没有渠道，恰好皇上召见，问及此事，我便借此机会，申说李陵的战功，以扩大皇上的视听，堵塞那些毁谤之言。因没能完全说清楚，英明的君王不了解详情，以为我有意诋毁贰师将军李广利，而替李陵游说，于是将我下大理受审。耿耿忠心，始终没有机会诉说。定罪诬蔑皇上，最后判为腐刑。我因家贫，无钱赎罪，亲友又无人相救，皇上近臣不肯为我说一句话。

我肉身不是木石,孤立无援同狱吏周旋,紧紧囚在监牢之中,向谁去诉说呢?这些确确实实是少卿亲眼所见,我的这些往事难道不是这样吗?李陵没有战死,已经投降,败坏了他们家族的声誉,我受腐刑关在蚕室之中,深为天下人耻笑。可悲呀,可悲呀!这些事不容易对俗人一一说清楚。

我的先辈没有建立剖符丹书那样的功劳,只掌管文献、历史、天文、历法,近似卜、祝之官。本来是供皇上取乐开心的,如倡优那样被蓄养,为人们所轻贱。假使我伏法受诛,如同九牛失去一毛,与蝼蚁有何不同?社会上又不会把我看成为守节而死之人,不过是智慧穷尽,罪大恶极,不能自赎,最后受死而已。为什么?自己平时借以安身立命的职业使人必然产生这样的看法。人本来都有一死,有的死得比泰山还重,有的死得比鸿毛还轻,死的意义不同使然。最上,是不使先人受辱;其次,是不使自身受辱;其次,是不使脸面受辱;其次,是不受训斥之辱;其次是不受绑缚之辱;其次是改穿囚服之辱;其次是剃光头脖子加锁链之辱;其次是毁肌肤断肢体之辱;最坏的是腐刑,到极点了。《左传》说:"刑不上大夫。"这是说不可不勉励士人坚守节义。猛虎在深山,百兽震恐,待其落入樊笼和陷阱,便会摇尾乞食。这是长期威力制约逐渐造成的结果。所以画地为牢,士绝对不进;削木为吏,士绝对不与之对答,因为事先就决定受辱之前自尽。如今手被捆上,带上刑具,剥掉衣服,用荆条抽打,囚禁在大牢之中。这个时候,见狱吏就叩头,见狱卒吓得不敢出气。为什么?狱中长期威力制约造成的结果。人到了这个地步,还说没有受辱,那就是所谓厚颜无耻了,这怎么值得尊重呢?况且,西伯是一方之长,被囚在羑里;李斯是一国之相,身受五刑;韩信是受封之王,在陈戴上手铐脚镣;彭越、张敖皆南面称王,获罪亦下大牢;周勃铲除"诸吕",权盖五霸,囚于请罪之室;窦婴是汉之大将,穿囚服带刑具;季布是有名的侠客,剃光头带项圈自己卖身朱家为奴;灌夫是景帝时的中郎将,被囚禁在"居室"之中。这些人都位至王侯将相,声望闻名邻国,等到获罪受到法律制裁,却不能自尽,而在牢中受辱。古今一样,哪有不受辱的呢？由此说来,勇敢与怯懦是形势造成的,坚强与软弱,也是形势造成的。明白此理,还有什么奇怪的呢？人不能在法律制裁之前自尽,一拖再拖,以至受鞭笞之刑才要为节义而死,这不太晚了吗？古人所以不轻易对大夫用刑,大概原因就在于此。

人之常情莫不贪生怕死,因为想到父母,顾念妻儿子女；至于为义理所激者则不然,那是有不得已的苦衷。如今我不幸,早已失去父母,又无亲兄弟,孤独一人。少卿你看我对妻子怎样呢？况且,勇敢者不一定都为节义而死,有些懦夫则仰慕节义而勉励自尽。我虽怯懦想苟且偷生,但也知道舍生取义的道理。何至深陷牢笼受辱而不自尽呢？婢妾受辱尚能自尽,何况我受了无法活下去的奇耻大辱呢？我所以要暗自忍受苟活下来,囚在牢中而不离去,是恨个人的心愿未能了结。如果含恨而死,我的文章就不能传给后世了。

古人在世富贵而死后名字泯灭者,多得无法记述,只有少数出类拔萃者才受到后人称道。文王囚在羑里而推演成《周易》；孔子遭到厄运而写成《春秋》；屈原被流放作成《离骚》；左丘双目失明著成《国语》；孙子断足修撰兵法；吕不韦发配蜀地才留下传世的《吕览》；韩非囚禁在秦写成《说难》《孤愤》；《诗经》大多是圣贤发愤之作。这些人都心情郁结,不能实现自己的理想,所以才叙述往事,寄希望于未来。左丘失明,孙子断足,最后无用,引退著书,抒发内心的愤懑,让著作流传后世,以表明自己的心志。

近年来,我不自量力,运用笨拙的文词,搜罗天下的遗文逸事,粗略地考订史实,加以综合,理出原委,寻找成败兴亡之规律,上自轩辕氏起,下至现在,分为十《表》,十二《本纪》,八《书》,三十《世家》,七十《列传》,共一百三十篇。想弄清天人关系,通晓古今变化,成一家之言。草创未成,便遭此祸,痛惜全书没完,所以虽身受腐刑而不表怨恨。我果真能完成此书,藏于名山,传与同道之人,流布小邑大都之中,以偿还受辱之债,即使蒙受万次屈辱又有何悔呢？然

　　而这些话只能对智者言,难以与俗人说。

　　且待罪之下难以自处,地位低下多遭毁谤。我因说话遭此灾祸,深为乡里讥笑,玷辱了先人,又有何面目再去父母的坟地呢? 即使再过百世,其耻辱只能与日俱增,因此痛苦得一日九回肠。在家恍恍惚惚,若有所失,出外茫然不知所往。每想到这种耻辱,未尝不汗流浃背,湿透衣裳。我不过是一名宦官,又怎能隐居深山呢? 所以暂且与世浮沉,随时俯仰,以表达愤世疾俗之情。如今少卿教我向皇上举荐贤才,恐怕与我的心意相背吧? 而今即使我想方设法妆扮自己,用美妙的言辞掩饰自己的过错,也无益。世俗之人不会相信,恰恰相反,足以辱没自己。估计到我死后,是非方能有定。书信无法表达我的全部思想,只是大略陈述自己的鄙薄之见。谨再拜。

(赵福海译注并修订)

◎报孙会宗书一首

杨子幼

▌▌▌题解

　　杨恽，字子幼，西汉华阴（今属陕西）人，丞相杨敞之子，司马迁外孙。事迹附《汉书·杨敞传》。班固称其"以材能称。好交英俊诸儒，名显朝廷，擢（提拔）为左曹。霍氏（霍光之后）谋反，恽先闻知，因侍中金安上以闻（报告皇帝），召见言状。霍氏伏诛，恽等五人皆封。恽为平通侯，迁中郎将"。"恽居殿中，廉洁无私，郎官称公平。"因其好揭露他人阴私，遭到同僚怨恨。后与汉宣帝近臣太仆戴长乐有隙，戴向宣帝告恽出言不敬，被贬为庶人。"恽既失爵位，家居治产业，起居宅，以财自娱。岁余，其友人安定太守西河孙会宗，与恽书谏戒之。言大臣废退（免职），当阖门（闭门）惶惧，为可怜之意。不当治产业，通宾客，有称誉。"杨恽不服，遂作《报孙会宗书》以斥之。先驳会宗之训诫，是"不深惟其终始，而猥随俗之毁誉"；继而略陈自己何以要"为农夫以没世"；进一步说己之所为，实乃朝廷荒乱，朝臣谄谀，贤才弃野的形势所逼。自己与训诫者，"道不同不相为谋。"最后指出，会宗之志，与昆戎子弟之贪鄙无异！嬉笑怒骂，婉转辛辣。杨恽喜读外公之作。"其报会宗书，宛然外祖答任安书风致。"（《古文观止》注）。刘勰说："杨恽之酬会宗，子云之答刘歆，志气盘桓，各含殊采，并杼轴乎尺素，抑扬乎寸心。"

　　如杨恽所云："下流之人，众毁所归。"日蚀本自然现象，却有人上告，说因杨恽"骄奢不悔过，日食之咎，此人所致。"遂将其下狱，搜得《报孙会宗书》，宣帝见而恶之。廷尉判以大逆不道之罪，将其腰

斩。妻子流放酒泉（今属甘肃），同杨恽友好的官吏，包括被杨恽嘻
笑怒骂的孙会宗皆被罢官。

原文

恽材朽行秽[1]，文质无所厎[2]，幸赖先人余业[3]，得备
宿卫[4]。遭遇时变[5]，以获爵位，终非其任[6]，卒与祸
会[7]。足下哀其愚蒙[8]，赐书教督以所不及[9]，殷勤甚
厚[10]。然窃恨足下不深惟其终始[11]，而猥随俗之毁誉
也[12]。言鄙陋之愚心[13]，则若逆指而文过[14]，默而自
守[15]，恐违孔氏各言尔志之义[16]。故敢略陈其愚[17]，惟君
子察焉[18]！

恽家方隆盛时[19]，乘朱轮者十人[20]，位在列卿[21]，爵
为通侯[22]，总领从官[23]，与闻政事[24]。曾不能以此时有所
建明[25]，以宣德化[26]。又不能与群僚并力[27]，陪辅朝廷之
遗忘[28]，已负窃位素飡之责久矣[29]。怀禄贪势[30]，不能自
退[31]，遂遭变故[32]，横被口语[33]，身幽北阙[34]，妻子满狱。
当此之时，自以夷灭不足以塞责[35]，岂得全其首领[36]，复奉
先人之丘墓乎[37]？伏惟圣主之恩[38]，不可胜量。君子游
道[39]，乐以忘忧，小人全躯，说以忘罪[40]。窃自念过已大
矣，行已亏矣，长为农夫以没世矣[41]。是故身率妻子，戮力
耕桑[42]，灌园治产[43]，以给公上[44]。不意当复用此为讥
议也[45]。

夫人情所不能止者，圣人弗禁[46]。故君父至尊亲[47]，
送其终也，有时而既[48]。臣之得罪，已三年矣。田家作苦，
岁时伏腊[49]，烹羊炮羔[50]，斗酒自劳[51]。家本秦也，能为
秦声[52]。妇赵女也，雅善鼓琴[53]，奴婢歌者数人，酒后耳

热,仰天抚缶而呼呜呜[54]。其诗曰:"田彼南山[55],芜秽不治[56];种一顷豆,落而为萁[57]。"人生行乐耳,须富贵何时[58]?是日也,拂衣而喜[59],奋袖低昂[60],顿足起舞[61],诚淫荒无度[62],不知其不可也。恽幸有余禄[63],方籴贱贩贵[64],逐什一之利[65]。此贾竖之事[66],污辱之处[67],恽亲行之。下流之人[68],众毁所归,不寒而栗。虽雅知恽者[69],犹随风而靡[70],尚何称誉之有[71]?董生不云乎[72]:"明明求仁义,常恐不能化民者,卿大夫之意也[73],明明求财利,常恐困乏者,庶人之事也[74]。"故道不同不相为谋[75]。今子尚安得以卿大夫之制而责仆哉?

夫西河魏土[76],文侯所兴[77],有段干木田子方之遗风[78],凛然皆有节概[79],知去就之分[80],顷者足下离旧土[81],临安定[82]。安定山谷之间,昆夷旧壤[83],子弟贪鄙[84],岂习俗之移人哉[85]!于今乃睹子之志矣。方当盛汉之隆,愿勉旃[86],无多谈。

注释

〔1〕行秽:行为卑劣。

〔2〕厎(dǐ底):根底。引申为成就。

〔3〕先人:祖先,包括死去的父亲。此指死去的父亲杨敞。敞曾为丞相。余业:留下的功业。

〔4〕备:备位,聊以充数,谦词。 宿卫:在宫中值宿,担任警卫。此指侍卫。

〔5〕遭遇二句:《汉书·杨敞传》:"霍氏谋反,恽先闻知,因(通过)侍中金安上以闻,召见言状。霍氏伏诛,恽等五人皆封,恽为平通侯,迁中郎将。"遭遇,遇到。时变,指霍氏谋反事。

〔6〕其:指作者自己。

〔7〕卒:终。 祸会:与祸相会,即遭到祸患。指被长乐所告,免为庶人事。

〔8〕愚蒙:愚昧。

〔9〕教督：教正。 及：到。

〔10〕殷勤：情意恳切。

〔11〕窃：私下。表达个人意见的自谦之词。 惟：思考，推究。

〔12〕猥（wěi 委）：苟且，此有随便、轻易之意。 毁誉：诽谤。

〔13〕鄙陋：粗俗浅陋。 愚心：愚见。

〔14〕逆指：违背旨意。 文过：掩饰过错。

〔15〕默：沉默。

〔16〕各言尔志：各自讲自己的志向。李善注引《论语》："颜渊、季路侍，子曰：'盍各言尔志。'"

〔17〕愚：愚见。

〔18〕惟：助词，用于句首无义。 君子：指孙会宗。

〔19〕隆盛：兴盛。

〔20〕朱轮：轮涂红色之车。汉制奉禄二千石以上者皆可乘朱轮。

〔21〕列卿：指在九卿之列。《汉书·朱邑传》："身为列卿，居处俭节。"

〔22〕爵：爵位。分公、侯、伯、子、男五等。 通侯：杨恽封为彻侯，避武帝刘彻之讳称通侯。言其功德通于王室。

〔23〕总领：统领，统帅。 从官：侍从官。杨恽迁五官中郎将，负责宫廷侍卫，出充车骑，故称总领从官。

〔24〕与闻：参与。

〔25〕建明：建树明通。《汉书·韩王信传》："有所建明。"

〔26〕宣：宣扬。 德化：皇帝的恩泽与教化。

〔27〕并力：齐心合力。

〔28〕陪辅：辅正。陪，辅佐。 遗忘：指缺点。

〔29〕负：承担。 窃位：指居其位而不勤其事。 素飧：指不称职，空食禄。飧，同"餐"。《汉书》作"餐"。李善注引《诗经》："彼君子兮，不素餐兮。"

〔30〕怀禄：贪恋奉禄。 贪势：贪图势力。

〔31〕自退：自己隐退。

〔32〕遂：于是就。 变故：事变。指被告下狱事。

〔33〕横被：横遭。 口语：指被戴长乐所告。恽与长乐有隙，长乐谮于帝前，恽由此得罪。

〔34〕幽：囚禁。 北阙：古代宫殿北面的门楼。臣子在此等候上书奏事，

罪臣也拘禁在这里听候发落。　满狱:皆入狱。

　　〔35〕夷灭:指杀头。　塞责:抵罪。罪,罪责。

　　〔36〕全:保全。　首领:指头。

　　〔37〕复:再。　丘墓:坟墓。

　　〔38〕伏惟:旧时用为下对上有所陈述时的表敬之辞。又刘良注:"惟,思也。"

　　〔39〕游道:犹醉心于道。

　　〔40〕全躯:保全身子,指活命。　说:同"悦"。

　　〔41〕行:行为。　亏:缺。　没世:指老死。

　　〔42〕戮力:齐心合力。　耕桑:种地养桑。

　　〔43〕治产:治理产业。

　　〔44〕给公上:颜师古注:"充县官之赋敛也。"

　　〔45〕不意:不料。　用此:因此。

　　〔46〕弗禁:不禁止。

　　〔47〕君父至尊亲:即君为至尊,父为至亲之紧缩。

　　〔48〕送终:给长辈安排丧事称送终。终,死。　既:尽。按古制臣为君、子为父服孝三年。孝满起居行动则不受限制。故称"有时而既"。

　　〔49〕伏腊:泛指一般节日。伏,夏至后第三个庚日叫初伏,古代伏祭在这一天,是个大节日。腊,汉代在冬至后第三个戌日,也是个祭日。

　　〔50〕炮(páo 刨):裹起来烤。　羔:小羊。

　　〔51〕斗:古代酒器。

　　〔52〕秦声:秦的地方乐曲。秦,指今陕西。

　　〔53〕赵女:赵地的女子。赵,指今之山西。　雅:甚。　鼓琴:弹琴。

　　〔54〕抚缶(fǒu 否):敲击缶。缶,盛酒的一种瓦器,秦人歌时用来击节。呜呜:指歌声。李斯《谏逐客书》:"歌呜呜快耳者,真秦声也。"

　　〔55〕田:用如动词。种田。

　　〔56〕芜秽:荒芜。

　　〔57〕一顷:百亩。　萁(qí 奇):豆茎。张晏《汉书注》:"山高在阳,人君之象也。芜秽不治,言朝廷之荒乱也。一顷百亩,以喻百官也。言豆者,贞实之物,当在困仓(仓库),零落在野,喻己见弃也。其曲而不直,言朝臣皆诡谀也。"李善引臣瓒注:"种一顷豆,落而为萁,虽尽忠效节,徒劳而无获也。"

〔58〕须:等到。

〔59〕拂衣:抖动衣服,表示高兴。

〔60〕奋袖:尽情舞动袖子。 低昂:高低,上下。

〔61〕顿足:踏节。

〔62〕诚:诚然。 淫荒:荒淫。

〔63〕余禄:余下的俸禄。

〔64〕籴(dí 敌):买进粮食。 粜:卖。

〔65〕逐:追求。 什一:十分之一。

〔66〕买竖:指商贩和奴仆。

〔67〕污辱之处:不干净的地方。

〔68〕下流:犹下游。比喻卑下的地位。

〔69〕雅知:很了解。

〔70〕随风而靡:随风倒。指听信风传。

〔71〕称誉:称赞。

〔72〕董生:指董仲舒。汉武帝时大儒,主张罢黜百家,独尊儒术。引言见其《对贤良策》,文字略有出入。

〔73〕化民:教化百姓。

〔74〕困乏:贫穷。 庶人:平民百姓。

〔75〕不相为谋:不能互相商讨。李善注:"言我亲行贾竖之事,安能责我卿大夫之制乎?"

〔76〕西河:郡名。战国时魏国的领土,今陕西东部黄河西岸地区。汉代西河郡,乃孙会宗出生地,与魏国西河本非一地。

〔77〕文侯:魏文侯。

〔78〕段干木、田子方:皆魏之贤人。

〔79〕禀然:高远的样子。 节概:节操。

〔80〕分:分限。

〔81〕顷者:时间很近。 旧土:指西河。

〔82〕安定:定安郡。

〔83〕昆夷:昆戎族。殷周时代中国西部的一个部族。夷,五臣本作"戎"。

〔84〕贪鄙:贪婪粗俗。

〔85〕移人:改变人。

〔86〕旃（zhān 沾）：兼词，之焉的合音。

今译

　　我才智浅陋，品行低劣，德与才两个方面皆无成就，幸亏依靠先人留下的业绩，得以充当侍卫之官，又遇上事变的机会，而获得爵位。但终究不能胜任，最后遭到大祸。足下哀怜我愚昧，赐我书信，纠正我的缺点，情意特别深厚，但我个人遗憾的是您不深知事情的原委，而轻信世俗对我的诽谤。想粗陈陋见，好像违背您的旨意文过饰非；想默默无言，又怕违背孔子"各言尔志"的教义，所以冒昧大略陈述愚见，望您明察。

　　我家鼎盛之时，坐朱轮者十人，自己位列公卿，爵封通侯，统领侍从，参与政事，不曾在此时有所建明，来宣扬皇恩和教化，又不能与同僚齐心协力，辅佐朝廷以防不周，受尸位素餐之讥已很久了。因贪利禄，图权势，不能隐退，遇此变故，横遭诬告，身囚北阙，妻儿下狱。身处此时，自以为杀头不足以抵罪，哪想能保住脑袋，再祭祀祖坟呢？怀想皇恩，宽大无边。君子醉心于道，欢乐可以忘忧；小人保住性命，喜悦忘掉罪责。我暗自思量，过错已经很大了，行为已经有缺憾了，只好做个农夫直到老死。于是亲自带领妻儿子女，尽力耕田植桑，灌溉田园，治理产业，以供官府赋税，没想到又因此而遭到讥讽和非议。

　　按人之常情不能禁止的事，圣人都不禁止。因此君父至尊至亲，但为其守孝，也有时而止。我获罪已经三年了。农家耕作劳苦，逢年过节，烹羊烤羔，斗酒自慰。我老家本是秦地，能唱秦地歌曲。我妻是赵地女子，很善弹琴。奴婢中还有数人能歌，酒后耳热，昂首击缶，歌声呜呜。歌词是："种田就在那南山，田地荒芜不去管。种上大豆一百亩，豆落茎剩扔满山。人生行乐当及时，等到富贵要何年！"这时抖衣而喜，上下挥袖，踏节起舞，诚然是狂欢无度，又不知有何不可。我幸好还有结余的俸禄，才能贱买贵卖，求得十分之一的利，这是商人和奴仆做的事，招致污辱的地方，而我亲自去做。地位卑下之人，易遭众毁，不寒而栗。即使非常了解我的人，也相信风传，还有什么赞誉之词！董先生不是说过吗？"急急追求仁义，还常恐不能教化百姓，这是卿大夫的心理；急急追求财利，还常恐贫困，这是平民的事情。"所以"走的道路不同，不能一起谋事。"现在您又怎么能用卿大夫的标准来要求我呢？

西河郡是魏国的土地，郡为魏文侯所置，有段干木、田子方的遗风，人们有高尚的节操，懂得取舍的界限。近来足下离开故乡，来到安定郡。安定山谷之间，是昆戎的旧土，其后代贪婪粗野，难道习俗能改变人吗？现在我才看清了您的志向。正值大汉昌盛时期，愿您效忠朝廷。别不多谈。

（赵福海译注并修订）

◎ 论盛孝章书一首　　　孔文举

题解

　　孔融(文举),在建安文人中最富个性。才智超群,名重天下,轻蔑权势,好士爱人,崇尚交友之道。"融闻人之善,若出诸己;言有可采,必演而成之;面告其短,而退称所长。荐达贤士,多所奖进;知而未言,以为己过。故海内英俊皆信服之。"(《后汉书·本传》)这篇《论盛孝章书》与前《荐祢衡表》同是其为人品格的鲜明写照。

　　本书大约作于建安九年(204),融时五十二岁。盛孝章,名宪,后汉会稽(今浙江绍兴)人。曾任吴郡太守,以疾去官,素负声名。孙策平定吴会,诛其英豪,孝章深遭忌恨。融与孝章为早年知交,忧其不能免祸,于是作此书与曹操,加以举荐。操征为都尉,诏命未至,果为孙权所害。(据李善注引虞预《会稽典录》)

　　此书首先叙述孝章当时的危难处境和作者个人的忧思悬念。其次叙述孝章素有善德美行,却不免于囚禁,促使曹操征聘之,以弘扬交友之道。最后叙述匡扶汉室急需,促使曹操征聘孝章从而招致众贤,以崇尚尊贤之义。书中赞孝章荐孝章,并非直叙其事,出以私情;而是高处立论,先之以交友古道,继之以尊贤大义,光明磊落,雄辩有力。而引齐桓拯救灭亡、燕昭尊崇郭隗作比,尤切曹操欲统一天下的心志。曹丕《典论论文》说:"孔融体气高妙,有过人者;然不能持论,理不胜词。"肯定之点极是,批评之点则未必然。

617

原文

岁月不居[1]，时节如流。五十之年，忽焉已至，公为始满[2]，融又过二。海内知识[3]，零落殆尽[4]，惟有会稽盛孝章尚存。其人困于孙氏[5]，妻孥湮没[6]，单子独立[7]，孤危愁苦。若使忧能伤人，此子不得永年矣[8]！《春秋传》曰[9]："诸侯有相灭亡者，桓公不能救[10]，则桓公耻之[11]。"今孝章实丈夫之雄也，天下谈士[12]，依以扬声[13]，而身不免于幽絷[14]，命不期于旦夕[15]。吾祖不当复论损益之友[16]，而朱穆所以绝交也[17]。公诚能驰一介之使[18]，加咫尺之书[19]，则孝章可致[20]，友道可弘矣[21]。

今之少年，喜谤前辈，或能讥评孝章[22]。孝章要为有天下大名[23]，九牧之人[24]，所共称叹。燕君市骏马之骨[25]，非欲以骋道里，乃当以招绝足也[26]。惟公匡复汉室[27]，宗社将绝[28]，又能正之[29]。正之术，实须得贤。珠玉无胫而自至者[30]，以人好之也[31]，况贤者之有足乎？昭王筑台以尊郭隗[32]，隗虽小才而逢大遇[33]，竟能发明主之至心[34]，故乐毅自魏往[35]，剧辛自赵往[36]，邹衍自齐往[37]。向使郭隗倒悬而王不解[38]，临难而王不拯[39]，则士亦将高翔远引[40]，莫有北首燕路者矣[41]。凡所称引[42]，自公所知[43]，而复有云者[44]，欲公崇笃斯义[45]。因表不悉[46]。

注释

〔1〕居：停止。
〔2〕公：指曹操。　始满：谓刚满五十岁。

〔3〕知识:相知熟识的友人。

〔4〕零落:指死亡。　殆:将。

〔5〕孙氏:指孙策。时已平定江东,建立政权。

〔6〕孥:子。　湮没:指丧亡。

〔7〕单孑(jié 杰):孤单。

〔8〕永年:长寿。

〔9〕《春秋传》:书名,即《春秋公羊传》。

〔10〕桓公:指齐桓公,春秋五霸之一。名小白。任管仲为相,尊周室,攘夷狄,九合诸侯,为天下盟主。(据《史记·齐世家》)

〔11〕耻之:以为羞耻。李善注引《公羊传》:"邢(诸侯国名)亡,孰亡之? 盖狄灭也。曷为不言盖狄灭之? 为桓公讳也。曷为为桓公讳? 上无天子,下无方伯,天下诸侯有相灭亡者,桓公不能救,则桓公耻之。"　以上引文喻指曹操,意思是曹公为汉末霸主,不救盛宪,也当为耻。

〔12〕谈士:谈说议论之士。

〔13〕依:依赖,借助。谓借助盛宪。　扬声:显扬声誉。

〔14〕幽絷(zhí 直):囚禁。

〔15〕不期:不可预料。此句谓危在旦夕,随时有被杀的可能。

〔16〕吾祖:指孔子。孔融为孔子后裔,故谓。　损益:损害与补益。损益之友,谓交友的损益之道。《论语·季氏》:"孔子曰:'益者三友,损者三友。友直,友谅,友多闻,益矣;友便辟,友善柔,友便佞,损也。'"

〔17〕朱穆:字公叔,东汉人。李善注:"后汉朱穆,感世浇薄,莫尚敦厚,著《绝交论》以矫之。"　以上两句意思说,像盛宪这样贤达好士的伟丈夫而遭危难之境,如果没人加以援救,那么我祖就无须再论交友损益之道,朱穆作《绝交论》就尤其有必要了。

〔18〕一介:一个,单独。

〔19〕咫尺:形容短小。咫,古时长度单位,周制八寸。

〔20〕致:至。

〔21〕弘:弘扬。

〔22〕讥评:评论。此谓评论盛宪优缺点。

〔23〕要:盛,广泛。

〔24〕九牧:九州的牧伯。此指九州。牧,牧伯,古时一州的军政长官。

〔25〕燕君:指战国时燕昭王。此句谓燕昭王得千里马事。李善注引《战国策》:"郭隗(战国燕之辩士)谓燕昭王曰:'臣闻古之人君,有市千里马者,三年而不得。于是遣使者赍千金之货,将市于他国。未至,而千里之马已死,使者乃以五百金买死马之首以归。其君大怒,曰:所求者本不市死马,何故损金市死马乎? 将诛之。使者对曰:死马尚市之,况生者乎? 天下必知君之好也,马将至矣。于是期年而千里马至者三焉。'" 市:买。

〔26〕招:招引,招致。 绝足:指千里马。以上三句以燕昭王市千里马骨而招来真的千里马为喻,意思是说,盛宪纵然并非卓然超群的贤才,但是曹公若能援救他,必收礼敬天下贤才之名,而贤能之士必将接踵而至。

〔27〕匡复:匡正恢复。 汉室:东汉王朝。

〔28〕宗社:宗庙社稷。古时以为国家的代称。 将绝:此谓国家危亡,宗庙社稷之祭祀将断绝。

〔29〕正:扶正。此有承继之义。

〔30〕胫(jìng 敬):人的小腿。足。

〔31〕好:爱好。李善注引《韩诗外传》:"盖胥(人名)谓晋平公曰:'珠出于海,玉出于山,无足而至者,好之也;士有足而不至者,君不好也。'" 以上两句化用此义。

〔32〕昭王:燕昭王。 台:楼台。 郭隗(kuí 奎):战国时燕人,事昭王,劝其尊贤礼士,以报齐仇。

〔33〕大遇:优厚的待遇。此谓燕昭王尊郭隗事。李善注引《史记》:"燕昭王于破燕之后,卑身厚币以礼贤者。谓郭隗曰:'齐因孤之国乱,而袭破燕。孤知国小力少,不足以报。然诚得贤士与共图,以雪先王之仇也。愿先生视可者,得身事之。'隗曰:'王必欲致士,先从隗始。况贤于隗者,岂远千里哉!'于是昭王为隗改筑宫而师事之。乐毅自魏往,邹衍自齐往,剧辛自赵往。"

〔34〕至心:至诚之心。

〔35〕乐毅:战国时魏人。自魏入燕,昭王任为上将军,联合韩赵魏楚,统五国兵伐齐,下七十余城,以功封于昌国,号昌国君。(据《史记·乐毅传》)

〔36〕剧辛:战国时赵人。入燕为昭王礼遇,参与谋画伐齐事宜。破齐有功。(据《史记·燕世家》)

〔37〕邹衍:战国时齐人,主阴阳五行说,又以中国为赤县神州,内有九州,外裨海环之。入燕,昭王筑碣石宫师事之。(据《史记·孟轲传》)

〔38〕倒悬:头向下脚向上倒挂,比喻危急苦痛。 解:解除,解救。

〔39〕拯:拯救。

〔40〕远引:远去。

〔41〕北首:北向。

〔42〕称引:谓称引古人尊贤礼士之义。

〔43〕所知:所知古人尊贤礼士之义。

〔44〕有云:谓今我又云此义。

〔45〕崇笃:崇尚笃厚。

〔46〕不悉:不尽。

今译

岁月不停,时节如流。五十之年,忽然已至。公为刚满,融又过二。海内知友,亡故将尽。只有会稽盛孝章尚存。其人遭难于孙氏,妻子皆已丧亡。孤独无援,危急愁苦。假使忧患能损伤生命,此人已难得长寿。《春秋传》说:"诸侯之间相互侵灭,桓公不能解救危亡者,则桓公深以为耻。"今孝章确实为大丈夫之杰出者,天下谈说之士,皆依之以显扬声名。而其自身却不免于囚禁牢狱,生命危在旦夕之间。如此贤达有德之士,有难而无人援救,我祖所论交友损益之道就不复有意义,而朱穆所著《绝交论》则确实有必要。公若能派遣一介使者,送去一封短书,孝章则可以招聘而来,交友之道则得以发扬光大。

当今青年,喜好诽谤前辈,有的人讥评孝章。而孝章则广有天下大贤之美名,九州之人,共相称叹。燕君购买骏马之骨,并非要骑它驰骋千里之路,而是将以之招来真正的骏马。望公恢复大汉王朝,宗庙社稷即将断绝之时,能够扶正之,使之得以维系。而扶正维系的方术,实在于得到天下贤德之士的辅助。珠玉无足而自然能够到来,则是由于有人喜好的缘故,何况贤德之士是有足的呢?燕昭王专为郭隗建筑楼台,而尊崇他,隗虽是平庸小才而受到如此优厚的待遇,最终是宣扬了明主渴求贤士的诚心。因此,乐毅自魏而往,

昭明文选

译注

剧辛自赵而往,邹衍自齐而往。假使郭隗正遭受倒悬之苦而昭王不予解除,身临急难而昭王不加拯救,则天下贤士也将高飞远走,没有人能够向北赶赴燕国之路。凡所称引古人招纳贤士之事理,是公从来所熟知,而融又反复陈述,是望公切实崇尚笃信此种尊贤礼士之古义。因此上表,心志未尽。

(陈复兴译注并修订)

◎ 为幽州牧与彭宠书一首 朱叔元

▦▦▦ 题解

朱叔元,名浮,东汉沛国萧(今安徽萧县)人。是帮助光武帝(刘秀)开创大业的功臣。以大司马主簿,迁偏将军,从光武破邯郸有功,授为大将军,任幽州牧,治所在蓟城(今北京市大兴县)。建武二年(26)封舞阳侯。后居功自傲,越职为非,永平中被明帝(刘庄)赐死。

彭宠,字伯通,南阳宛(今河南南阳县)人。也是光武帝开创大业的功臣。拜偏将军,行渔阳太守。光武即位,以破邯郸之功,封建忠侯,赐号大将军。以功自伐,与朱浮结怨。不服朝廷征调,举兵造反。后被其部属害死。

朱浮任幽州牧时为扩充自己的势力,广招名士,把王莽故吏引入幕府,以诸郡仓谷赡养其家属。彭宠则以"天下未定,师旅方起,不宜多置官属,以损军实"为由,坚决反对。两人积怨日深。朱浮便向光武帝密奏彭宠收受贿赂,多积兵谷,意图难测。建武二年春,光武征其回京,彭宠拒绝,举兵围攻蓟城。(据《后汉书》中《朱浮传》与《彭宠传》)

当时蓟城危急,援兵不至。朱浮在军事上显然处于劣势,但是,他善于在政治上争取优势,利用朝廷的威望,向彭宠施加压力,调动舆论,展开心理攻势。因而写了这篇书。

首先晓之以普遍事理,以贤者愚者对待时势的不同态度,使其明了背时逆理的错误及其严重后果。其次责之以君臣大义,以朝廷的恩遇之厚与其反叛之举相对照，使其羞愧于心，明了即将遭致的结局。再次责其自伐自狂，使其明了自身的浅薄无知，不自量力。最后示之以人心所向，使其明了自绝于时，狂谬失计。收尾两句是规劝与警告，对彭宠的下场尤具预见性。

全文主旨在维护国家统一反对民族分裂，坚持安定局面反对社会动乱，很讲究政治策略，确然是一篇典范的讨逆檄文。

文章说理严密而富有启迪性。开头两句与收尾两句确是历史经验的总结。叙事则贴切而富有批判性。以京城太叔自绝于郑为反面教训，以匹夫滕母致命一餐为正面榜样，辽东之豕自以为异则有幽默嘲讽之效。单句散行与偶句排比交替而用，形成一种凌厉激荡而又严整匀称的格调，表现出汉文与六朝文过渡阶段的风格特色。

原文

盖闻智者顺时而谋[1]，愚者逆理而动[2]，常窃悲京城太叔以不知足而无贤辅[3]，卒自弃于郑也[4]。伯通以名字典郡[5]，有佐命之功[6]，临民亲职[7]，爱惜仓库[8]，而浮秉征伐之任[9]，欲权时救急[10]，二者皆为国耳。即疑浮相谮[11]，何不诣阙自陈[12]，而为灭族之计乎[13]？

朝廷之于伯通，恩亦厚矣，委以大郡[14]，任以威武[15]，事有柱石之寄[16]，情同子孙之亲。匹夫滕母尚能致命一餐[17]，岂有身带三绶[18]，职典大邦[19]，而不顾恩义，生心外叛者乎！伯通与吏民语，何以为颜？行步拜起[20]，何以为容？坐卧念之，何以为心？引镜窥景[21]，何以施眉目[22]？举厝建功[23]，何以为人？惜乎！弃休令之嘉名[24]，造枭鸱之逆谋[25]，捐传叶之庆祚[26]，招破败之重灾，高论尧舜之道[27]，不忍桀纣之性[28]，生为世笑，死为愚鬼，不亦哀乎！

伯通与耿侠游，俱起佐命[29]，同被国恩[30]。侠游谦让，屡有降挹之言[31]，而伯通自伐[32]，以为功高天下。往时辽东有豕[33]，生子白头[34]，异而献之。行至河东[35]，见群豕皆白，怀惭而还。若以子之功高，论于朝廷[36]，则为辽东豕也[37]。今乃愚妄[38]，自比六国[39]。六国之时，其势各盛，廓土数千里[40]，胜兵将百万[41]，故能据国相持[42]，多历年所[43]。今天下几里[44]，列郡几城[45]，奈何以区区渔阳，而结怨天子[46]？此犹河滨之民[47]，捧土以塞孟津[48]，多见其不知量也[49]！

方今天下适定，海内愿安，士无贤不肖[50]，皆乐立名于世[51]。而伯通独中风狂走[52]，自捐盛时[53]，内听娇妇之失计[54]，外信谗邪之谀言[55]，长为群后恶法[56]，永为功臣鉴戒，岂不误哉！定海内者无私仇[57]，勿以前事自疑[58]，愿留意顾老母少弟[59]。凡举事无为亲厚者所痛[60]，而为见仇者所快[61]。

注释

〔1〕顺时：顺应时势。

〔2〕逆理：违背事理。

〔3〕窃悲：暗中惋惜。窃，暗中，私下，表谦之词。 京城太叔：春秋时郑庄公之弟共叔段的称号。因其封于京地，故谓。 贤辅：贤明的辅佐。

〔4〕卒：终。 自弃：自绝。 郑：春秋时国名。此指郑庄公。以上两句谓郑庄公灭共叔段事。共叔段封于京而不知足，又命西鄙、北鄙隶属于己，进而又以武力袭郑。庄公发命伐共叔段，京城叛。共叔段逃入鄢地，庄公灭之。（据李善注引《左传》）此以共叔段的命运警告彭宠，使之认识发兵造反围攻朱浮即将产生的后果。

〔5〕名字：声誉。 典郡：主管一郡，做一郡的最高长官。

〔6〕佐命：辅佐君主承受天命。此谓帮助光武帝刘秀开创帝业。王莽末

年,更始将军刘玄称帝,派光武镇抚河北各州郡,邯郸王郎诈立,急发其兵。宠时为渔阳太守,派部下吴汉等率步骑三千,并联合上谷太守耿况一同归附光武。光武围攻邯郸,宠转运粮食,前后不绝。故谓有佐命之功。

〔7〕临民:管理人民。　亲职:亲自处理公务。

〔8〕仓库:储存钱粮之所。宠反对朱浮以国家仓谷赡养王莽故吏及其家属,以为耗损军资。故谓爱惜仓库。

〔9〕秉:掌握。　征伐:指军事。

〔10〕权时:权衡形势。权,权衡,衡量。　救急:应付紧急情况。朱浮招纳州中士人及王莽故吏,引置幕府,以备所用。故谓权时救急。

〔11〕相潛(zèn):说坏话诬陷别人。

〔12〕诣阙:亲到朝廷。　自陈:自我表白。谓自我陈述真情。

〔13〕灭族:使九族遭诛灭。指造反之罪。　计:谋划,举动。

〔14〕委:委任,任命。　大郡:指渔阳郡。

〔15〕威武:声威武勇。宠曾受大将军赐号,故谓。

〔16〕柱石:屋宇中的梁柱基石。喻国家重臣。　寄:寄托。

〔17〕匹夫:普通男人。　媵(yìng映)母:普通妇女。　致命:献出生命。
一餐:一饭。致命一餐,谓为报答一饭之惠而献出生命。此句匹夫用灵辄救赵盾事。李善注引《左传·宣公二年》:"初,赵宣子(赵盾)畋于首山,见灵辄饿,问其病。对曰:'不食三日矣。'食之,舍其半。问之,曰:'宦(出游学仕)三年矣,未知母之存否?今近矣,请以遗(赠送)。'使尽之,而为之箪(盛饭食的竹器)食与肉。既而与为公介(晋灵公的卫士)。灵公比(接连地)以赵盾骤谏,伏甲(埋伏甲士)将攻杀之。灵辄乃倒戟以御之。"句中媵妇,事未详。

〔18〕三绶:指三种官职。绶,系印信的绸带。李善注:"三绶者,古人兼官者,一官一绶也。"彭宠时任渔阳太守,封建忠侯,赐号大将军。故谓身带三绶。

〔19〕大邦:即大郡,指渔阳。

〔20〕拜起:叩拜起立。

〔21〕景(yǐng颖):身影,面影。

〔22〕施:放置。

〔23〕举厝:厝,《后汉书·朱浮传》作"措"。举措,所作所为。　建功:此谓贪功争禄。宠助光武灭王郎后,自负其功,意望甚高。光武即位,则怏怏不得志,叹曰:"我功当为王,但尔者陛下忘我邪!"故谓举措建功。

〔24〕休令:美好。　嘉名:声誉。

〔25〕枭鸱(xiāo chī 消痴):猫头鹰。旧传说以为枭鸱长大食母,谓为不孝之鸟。此喻忘恩负义的恶人。逆谋:叛逆的阴谋。

〔26〕弃:摒弃,弃绝。　传叶:传及后代。　庆祚(zuò 坐):幸福。古时封爵可以世袭,宠封建忠侯,可以传给子孙。故谓传叶之庆祚。

〔27〕尧舜:传说古代贤君,皆有谦让的美德。

〔28〕不忍:不弃,不能矫正。　桀纣:夏桀王殷纣王,古时残暴无道之君。桀纣之性,谓贪婪残暴的本性。

〔29〕耿侠游:名况,西汉末任上谷郡(今河北中部与西部地区)太守。光武镇抚河北,侠游与彭宠联合共助光武开创帝业。

〔30〕被:承受。

〔31〕降挹(yì 义):谦逊,退让。

〔32〕自伐:以功自傲。

〔33〕辽东:郡名,今辽宁东南部及辽河以东地区。　豕(shǐ 始):猪。

〔34〕子:此指猪崽。

〔35〕河东:郡名。今山西省境内黄河以东地区。

〔36〕论:论评,评比。　朝廷:指身居朝廷的功勋之臣。

〔37〕为:谓等同。

〔38〕愚妄:无知狂妄。

〔39〕六国:指战国时与秦相对的齐、楚、燕、韩、赵、魏。宠攻陷蓟城,自立为燕王。故谓自比六国。

〔40〕廓土:开疆拓土。

〔41〕胜兵:强大的军队。　将:近于。

〔42〕据国:各占一方。

〔43〕所:许,表示大约的数目。

〔44〕天下:此指光武所统一之地域。　几里:质问之词。意谓多么广大。

〔45〕列郡:各郡。　几城:质问之词。意谓城池很多。吕延济注:"几者,假设问词。言今天下广于六国时而为一家。"

〔46〕区区:形容渺小。　渔阳:即彭宠所守之郡,今河北省北部密云、遵化、丰润一带地方。　结怨:结下怨恨。

〔47〕犹:等同。

〔48〕捧土:一捧之土。　孟津:黄河上的一个渡口,在今河南孟县南部。此指黄河的流水。

〔49〕量:衡量,谓衡量其实力。

〔50〕不肖:贤的反面,不贤明。

〔51〕立名:立身扬名。立,立身,做官。

〔52〕中(zhòng 仲)风:中医学中的病名。此谓精神不正常,犹若患病。狂走:谓行为疯狂。

〔53〕自捐:自弃,自绝。　盛时:太平盛世。

〔54〕骄妇:骄悍之妇。娇,当作"骄"。梁章钜说:"六臣本、《后汉书》娇并作骄,是也。"(《文选旁证》,卷三十四)　失计:错误的计谋。彭宠之妻素来刚烈,受不得委屈。建武二年征调宠入朝,其妻劝他拒绝诏命。故谓骄妇之失计。

〔55〕谗邪:专门拨弄是非的奸邪之人。　谀(yú 鱼)言:阿谀奉承之言。关于是否应征入朝,彭宠又与其亲信官吏商议,皆怨恨朱浮,没有同意其从命的。故谓谗邪之谀言。

〔56〕群后:诸侯。此指州郡地方长官。　恶法:罪恶的榜样。

〔57〕定:平定。定海内者,指光武帝刘秀。

〔58〕前事:盖指光武帝征彭宠入京事。时宠疑朱浮出卖自己,上疏愿与浮同时应征,帝不许,宠益自疑。

〔59〕顾:顾念,关心。少弟:小弟弟。古代封建社会,叛逆之罪要株连亲属。故谓留意顾老母少弟。

〔60〕亲厚者:亲近而情厚的人。

〔61〕见仇者:被视为仇敌的人。以上两句意思说,凡做事都要考虑后果,如行叛逆不义,必遭诛灭,而使亲近情深的人感到痛心,使与己为敌的人感到快意。

今译

　　我听说,明智的人能顺应时势而考虑策略,愚昧的人却违背事理而妄自行动。内心经常惋惜京城太叔,由于贪得无厌又无贤明辅佐,最终自绝于郑国。伯通以自己的声誉而为一郡太守,有辅助天子创业之功,管理百姓,亲治政务,爱惜国家财源;而浮掌握军事职务,要权衡形势需要而采取应急措施。我们两者都是为了国家利益。即或怀疑浮曾向朝廷有所报告,为何不进京亲自陈述主张,而要采取招致灭族的举动呢?

朝廷对于伯通,恩惠足够深厚。委派为大郡之长,任命为大将军之职,寄托有国家栋梁之望,情义同于皇家子孙之亲。平凡男女尚能献出生命以报答一餐之惠,难道应有身佩三种印绶,统治最大州郡,却不能顾念恩义,而存心叛变之徒吗!伯通与吏民讲话,以何脸面?日常举止礼仪,以何容颜?起立坐卧自思,良心何在?以镜自照形影,眉目何置?举措贪功争禄,怎配称人?可惜啊!抛弃美善的声誉,酿成凶险叛逆的阴谋,断送可以传代的封爵,招致家破人亡的灾祸。高谈尧舜仁义之道,难抑桀纣贪暴之性,生为世人笑柄,死为愚妄之鬼,不也可哀吗?

伯通与耿侠游共助天子开创大业,同受国家恩遇。侠游谦让,屡有辞让之言,而伯通自我矜夸,以为功勋高于天下。往昔辽东有猪,生仔白头,当地之人以为珍异而献给朝廷。行至河东,见群猪皆白,内心惭愧而返。若以您的功劳与朝廷将相评比,则仅为辽东猪而已。而今却愚昧狂妄,自比为六国诸侯。六国之时,其势力各个盛大,开拓疆土数千里,精锐军队近百万,故能割据一方,相持不下,历经多年。当今天下有多么广大?各郡有多少城池?怎么能以小小的渔阳一郡而与天子为敌?这无异于河滨之民,想以一捧土堵塞黄河急流,可见其多么不知自量!

当今天下刚刚平定,海内人民盼望安宁,士人无论贤明愚昧,都愿意立身扬名于世。而伯通却是患病疯狂,自绝于太平盛世,内听骄横之妻的错误谋划,外信奸邪之吏的阿谀言词,将长为州郡长官的罪恶样板,永为功臣勋将的自警戒鉴,难道不是谬误吗?平定天下者不计私仇,勿以前事自生疑虑,愿留意关心老母小弟的安危。凡做事不要让亲近情厚的人痛心,不要让与己为敌的人快意。

（陈复兴译注并修订）

◎ 为曹洪与魏文帝书一首 陈孔璋

▓▓ 题解

　　陈孔璋(？—217)，名琳，广陵人，建安七子之一。避难冀州，为袁绍典文章。绍败，归曹操。操问他说："卿昔为本初(袁绍字)移书，但可罪状孤而已。恶恶止其身，何乃上及父祖邪？"琳谢罪，操爱重其才，不咎既往，任为司空军谋祭酒，管记室。军中书檄，多出其手。

　　建安二十年曹操讨汉中张鲁，年末平定之。其时陈琳从征。这篇书，是代曹洪所作，以答文帝曹丕。李善注引《文帝集序》："上平定汉中，族父都护还书与余，盛称彼方土地形势。观其辞，如陈琳所叙为也。"

　　这篇书的主旨，不只是盛称汉中地势，而是借反驳文帝来书的论点，辨析战争性质对战争结局的作用。交战双方胜负，为有德者胜，有罪者败。并进而论证军事统帅个人贤愚巧拙，对战争形势的影响。贤巧者可以使乱国得救，愚拙者可以使有利变失利。曹操体现了国家统一大势，为有德者，又善于兵法，精于战术，因而一举突破汉中之险，朝至暮捷。张鲁实为地方割据势力，为有罪者，其人不逮下愚，因而虽据守阳平险关也必土崩鱼烂。因此，这篇书颇像曹操讨张鲁的战争总结，其思想内容很有启发意义。

　　开头部分说明这篇书不是陈琳代作，完全出于自家之手，结尾部分作为照应，尤其强调自己走笔骋词斐然成章的才能，以驳文帝"轻其家丘，谓为倩人"之谬误。

　　陈琳之作以书记章表见长,《为曹洪答文帝书》可为代表,铺张藻丽,劲健繁富,是其风格特征。故刘师培评论说:"孔璋之文,纯以骈辞为主,故文体渐流繁富。《文选》所载《檄豫州》、《檄吴将校部曲》二文,亦与此同。文之由简趋繁,盖自此始。"(《中国中古文学史讲义》,二十四页。)

原文

　　十一月五日,洪白:前初破贼[1],情侈意奢[2],说事颇过其实[3]。得九月二十日书,读之喜笑,把玩无厌[4],亦欲令陈琳作报[5]。琳顷多事[6],不能得为。念欲远以为懂[7],故自竭老夫之思[8]。辞多不可一二[9],粗举大纲,以当谈笑。

　　汉中地形[10],实有险固,四岳三涂[11],皆不及也。彼有精甲数万[12],临高守要,一人挥戟,万夫不得进。而我军过之,若骇鲸之决细网[13],奔兕之触鲁缟[14],未足以喻其易。虽云王者之师[15],有征无战[16],不义而强[17],古人常有。故唐虞之世[18],蛮夷猾夏[19];周宣之盛[20],亦仇大邦[21]。诗书叹载[22],言其难也。斯皆凭阻恃远[23],故使其然[24]。是以察兹地势,谓为中才处之[25],殆难仓卒[26]。来命陈彼妖惑之罪[27],叙王师旷荡之德[28],岂不信然[29]!是夏殷所以丧[30],苗扈所以毙[31];我之所以克,彼之所以败也。不然,商周何以不敌哉[32]!昔鬼方聋昧[33],崇虎谗凶[34],殷辛暴虐[35],三者皆下科也[36]。然高宗有三年之征[37],文王有退脩之军[38],盟津有再驾之役[39],然后殪戎胜殷[40],有此武功。焉有星流景集[41],飙夺霆击[42],长驱山河[43],朝至暮捷[44],若今者也!

　　由此观之,彼固不逮下愚[45],则中才之守,不然明矣[46]。在中才则谓不然,而来示乃以为彼之恶稔[47],虽有孙田墨氂犹无所救[48],窃又疑焉。何者?古之用兵,敌国虽乱,尚有贤人,则不伐也[49]。是故三仁未去[50],武王还师[51];宫奇在虞[52],晋不加戎[53];季梁犹在[54],强楚挫谋[55]。暨至众贤奔绌[56],三国为墟[57]。明其无道有人,犹可救也。且夫墨子之守,萦带为垣[58],高不可登;折箸为械[59],坚不可入[60]。若乃距阳平[61],据石门[62],摅八阵之列[63],骋奔牛之权[64],焉肯土崩鱼烂哉[65]!设令守无巧拙[66],皆可攀附,则公输已陵宋城[67],乐毅已拔即墨矣[68]。墨翟之术何称?田单之智何贵?老夫不敏[69],未之前闻[70]。

盖闻过高唐者[71],效王豹之讴[72];游睢涣者[73],学藻缋之彩[74]。间自入益部[75],仰司马杨王遗风[76],有子胜斐然之志[77],故颇奋文辞[78],异于他日。怪乃轻其家丘[79],谓为倩人[80],是何言欤?夫绿骥垂耳于林垌[81]。鸿雀戢翼于污池[82],亵之者固以为园囿之凡鸟[83],外厩之下乘也[84]。及整兰筋[85],挥劲翮[86],陵厉清浮[87],顾盼千里[88],岂可谓其借翰于晨风[89],假足于六駮哉[90]!恐犹未信丘言[91],必大噱也[92]。洪白。

注释

〔1〕破贼:谓败汉中张鲁。

〔2〕侈:善本作"夛",从六臣本。与"奢"义同,过分,放纵。情侈意奢,谓情感过分激动。

〔3〕说事:论说事理。 实:真实,真实情况。 以上三句为书信开头自谦之辞,意思说由于刚破贼,感情过分激动,因而书中论事或有言过其实之处。

〔4〕把玩:手持欣赏。 厌:足,满足。

〔5〕作报:写回信。

〔6〕顷:近来。

〔7〕念:思念。 远:谓相距遥远。懽,同"欢"。

〔8〕竭:尽,尽力。 老夫:曹洪自谓。 以上两句意思说,心中思念而又相距遥远,以这封信使你感到欢快,因此只好自己动手,尽力表达我这老夫的心情。

〔9〕一二:谓详述。或作"一一",此从六臣本。梁章钜说:"六臣本一一作一二,是也。孙氏志祖曰:'《长杨赋》:仆尝倦谈,不能一二具详。邱希范《与陈伯之书》:非假仆一二谈也。文法正同。'"(《文选旁证》,卷三十四)

〔10〕汉中:郡名。今陕西南郑县。三国时属蜀。此指蜀地。

〔11〕四岳:四方之岳。指东岳泰山,西岳华山、北岳恒山、南岳衡山。三涂:山名。李善注引杜预《左传注》:"三涂,在河南陆浑县南。"在今河南省嵩县境内。四岳三涂,古称九州之险。

〔12〕彼:指蜀地山川之险。 精甲:精兵。

〔13〕骇鲸:受惊的鲸鱼。 决:冲决,冲破。

〔14〕奔兕(sì四):奔驰的犀牛。 鲁缟(gǎo 稿):鲁地所产的白绢。李善注引《汉书》:"孔安国曰:'强弩之末,力不能穿鲁缟。'"《音义》:"缟,曲阜之地,俗善作之。既皆轻细,故以喻之。"

〔15〕王者:指天子。

〔16〕征:谓征讨有罪者。 无战:谓有罪者不敢抵抗。李善注引《汉书》:"淮南王安曰:'臣闻天子之兵,有征无战,言莫之敢校。'"

〔17〕不义:不重信义,指叛逆者。

〔18〕唐虞:唐尧虞舜,传说中古代贤君名。

〔19〕蛮夷:蛮,古时对南方少数民族的称呼;夷,对东方少数民族的称呼。猾:扰乱,叛乱。 夏:华夏,中华。李善注引《尚书·舜典》:"咎繇,蛮夷猾夏,寇贼奸宄。"

〔20〕周宣:周宣王,名静,厉王之子。周公、召公共立之,用仲山甫、尹吉甫、方叔、召虎等。北伐猃狁,南征荆蛮等。史称中兴之主。(据《史记·周本纪》)

〔21〕仇:敌对,为敌。 大邦:大国。李善注引《毛诗》:"蠢尔蛮荆,大邦为仇。"

〔22〕诗书:指《诗经》、《书经》。 叹载:咏叹记载。

昭明文选
译注

〔23〕阻：险阻，险要。　恃：(shì 视)：依赖。

〔24〕其：代指蛮夷。　然：谓猖乱为敌。

〔25〕中才：中庸之才。　处：居处，据守。

〔26〕殆：大概，恐怕。　仓卒(cù 促)：突然，急速。　以上三句意思说，察看这里的险要地势，可以认为即使是中庸之才占据而守，恐怕就难以顺利攻取。

〔27〕来命：来书。此指魏文帝《答曹洪书》。　陈：陈述。　彼：指蜀将张鲁。　妖惑：邪恶毒害。此谓迷惑残害百姓。

〔28〕王师：天子之军。此指魏军。曹操拥汉献帝，自为丞相，大将军，以天子之命征伐各方。故谓魏军为王师。　旷荡：旷达宽宏。李善注引魏文帝《答曹洪书》："今鲁包凶邪之心，肆蛊惑之政，天兵既拊，师徒无暴，樵牧不临。"

〔29〕信然：确实如此。以上三句对文帝来书的基本内容表示赞赏。

〔30〕夏殷：夏桀王与殷纣王，上古昏乱无道的暴君。　丧：亡。

〔31〕苗扈：有苗氏与有扈氏，皆为古国名。有苗氏在古江淮、荆州一带，不归附舜帝，舜命禹加以征讨。李善注引《尚书》："帝曰：'咨禹，惟时有苗不率，汝徂征。'"　有扈氏在今陕西户县境内，夏帝启曾征讨之。李善注引《尚书》："启与有扈战于甘之野。"　毙：亡。

〔32〕商：殷纣王。　周：周武王。　敌：匹敌，相当。以上两句意思说，如果不是有德者胜而有罪者败的话，那么历史上怎么能出现殷纣王与周武王不相匹敌，最后殷纣被周武灭亡这种结局呢？

〔33〕鬼方：西北部族名，即匈奴。　聋昧：愚昧无知。

〔34〕崇虎：崇侯虎，殷纣之臣，崇国，侯爵，名虎。向殷纣进谗言，迫害周文王。《史记·周本纪》："崇侯虎谮西伯(周文王)于殷纣，曰：'西伯积善累德，诸侯皆向之，将不利于帝。'帝纣乃囚西伯于羑里。"文王以美女骏马向纣行贿而得脱，后伐崇侯虎，作丰邑。(据《史记·周本纪》)　谗凶：进谗言而为害。

〔35〕殷辛：即殷纣王。

〔36〕下科：下等。

〔37〕高宗：即殷高宗，名武丁。李善注引《周易》："高宗之伐鬼方，三年克之。"

〔38〕文王：即周文王。　退脩：退军脩德。退脩之军，谓退师而后再克崇虎之战。李善注引《左传》："子鱼言于宋公曰：'文王闻崇德乱，伐之，军三旬而不降。退而脩德，复伐之，因垒而降。'"

634

〔39〕盟津:即孟津,渡口名。在今河南孟县南。传周武王伐纣会合诸侯之处,故曰盟津。　再驾:两次驾御兵车。谓两次讨伐。　役:战役。李善注引《尚书》:"惟十有一年,武王克殷。"又引:"一月戊午,师渡孟津。"　此句意谓武王会师于孟津,有两次伐纣之战。

〔40〕殪(yì义)戎:一战。谓一战即胜。殪,矢一发即中,引申为一。戎,武器,战争。　以上四句谓殷高宗、周文武皆为有德之君,其伐鬼方、崇虎与商纣,尚多历艰难,屡经反复,始获全胜,以衬魏克张鲁之神速无阻。

〔41〕星流:谓流星飞逝。　景集:谓日光疾射。景,日光。集,射。《左传·襄公二年》:"公曰:'楚君以郑故,亲集矢于其目。'"《疏》:"谓鄢陵战,晋射楚王目。"

〔42〕飙夺:谓暴风骤起。夺,举,起。　霆击:谓雷电闪击。

〔43〕长驱:谓兵马毫无阻挡地驰过。　山河:此指险要地势。

〔44〕捷:胜。

〔45〕彼:指张鲁。　不逮(dài代):不及。　下愚:最愚昧的人。此指鬼方、崇虎、殷纣等。

〔46〕然:如此。指魏突破汉中险要大破张鲁的胜利。以上四句意思说,由此看来,张鲁当然不及最愚昧的鬼方等,假使有中庸之才的人据汉中的险要地势而坚守,魏也难以取得如此迅猛的胜利,道理是很明显的。

〔47〕来示:来书。　恶稔(rěn忍):谓罪恶已满。稔,成熟。

〔48〕孙田墨螯(lí离):孙,孙武,亦称孙武子,春秋时齐人,以兵法见长,吴王阖庐用为将;田,田单,战国时齐贵族,燕攻齐,单被推为将,大破燕军;墨翟,战国时鲁国人,作过宋国大夫,主张兼爱、非攻、尚贤、尚同,为墨家学派创始人;螯,禽滑螯,战国人,墨子的学生,楚攻宋,曾率弟子三百人,助宋守城。孙田墨螯,皆代贤智之士。　以上两句引述文帝来书的话。李善注引文帝《答曹洪书》:"今鲁罪兼苗、桀、恶稔厉、莽,纵使宋翟妙机械之巧,田单骋奔牛之诳,孙吴勒八阵之变,犹无益也。"

〔49〕伐:征伐。

〔50〕三仁:三个仁德之士。此指殷之微子、箕子、比干。微子是殷纣同母兄,箕子、比干皆为其叔父。殷纣淫乱暴虐,三人屡谏而不听。因而微子便离开殷国;箕子披发佯狂,被降为奴;比干被剖心而死。故孔子说:"殷有三仁焉。"(《论语·微子篇》)

〔51〕还师:谓调回军队。李善注引《史记》:"周武王东观兵于孟津,诸侯皆曰:'纣可伐矣!'武王曰:'未知天命,未可也。'乃还师。闻杀王子比干,囚箕子,于是曰:'殷有重罪,不可不伐。'"

〔52〕宫奇:宫之奇,春秋时虞国的贤臣。　虞:春秋时诸侯国,在今山西平陆东北。李善注引《左传》:"晋侯(献公)假道于虞以伐虢(诸侯国名,今河南郑州附近)。宫之奇谏曰:'虢,虞之表也。虢亡,虞必从之。谚所谓辅车(颊骨与牙床)相依,唇亡齿寒。其虞、虢之谓乎?'弗听。宫之奇以其族行,曰:'虞不腊(阴历腊月)矣!在此行也,不再举矣!'"

〔53〕晋:春秋时诸侯国,今山西与河北南部与陕西中部。　戎:兵器,军队。　加戎,谓进攻,征伐。

〔54〕季梁:春秋时随国的贤臣。

〔55〕强楚:强大的楚国。在今湖北、湖南一带。　挫谋:谓中止征伐随国的谋划。　以上两句谓季梁谏止随侯追楚师事。《左传·桓公六年》载:楚武王侵随,随派少师(官名)讲和。少师为人骄傲自信,斗伯比(楚大夫)以此建议楚王向其陈列疲弱之军,助长其轻敌思想,将来加以利用。熊率且比(楚大夫)则说:"季梁在,何益?"武王还是采纳斗伯比之谋而撤军。少师果然请求随侯进行追击。季梁则劝阻说:"上天赐给楚国以机遇,楚军的疲弱是假象,目的是诱骗我们。"随侯惧而修政,楚不敢伐。

〔56〕暨(jì 计):至。　众贤:指殷之三仁、宫之奇与季梁等。　奔绌(chù 黜):奔亡贬退。

〔57〕三国:指殷、虞、随。　为墟:变作丘墟,谓国家灭亡。

〔58〕萦带:谓绕衣带而为城。　垣(yuán 园):墙,城墙。

〔59〕折箸(zhù 柱):谓折断筷子以为兵器。械,器械,兵器。

〔60〕坚:坚固。李善注引《墨子》:"公输为云梯,必取宋。于是见公输,九设攻城之机变,墨子九距之。公输般之攻城械尽,子墨子之守圉(御)有余。公输般诎而曰:'吾知所以距子矣,吾不言。'子墨子亦曰:'吾知子之所以距我者,吾不言之。'王问其故,子墨子曰:'公输子之意,不过欲杀臣。杀臣,宋莫能守,乃可攻也。然臣之弟子禽滑厘三百人,已持守圉之器,在宋城上,而待楚寇矣。虽杀臣,不能绝也。'"

〔63〕距:通"拒",守卫。　阳平:古关名,在蜀地,今陕西勉县西。《魏志·武帝纪》:"(建安二十年)秋七月,公至阳平关,张鲁使弟卫与将杨昂等据阳平

关,横山筑城十余里,攻之不能拔,乃引军还。贼见大军退,其守备解散。公乃密遣解慨、高祚等,乘险夜袭,大破之。"

〔62〕据:占据。 石门:山谷名。在汉中之西,褒中之北,为蜀地险隘之地。(据刘渊林《蜀都赋注》)

〔63〕摅(shū 输):舒展,展开。 八阵:古代的八种兵阵。李善注引《杂兵书》:"八阵:一曰方阵,二曰圆阵,三曰牝阵,四曰牡阵,五曰冲阵,六曰轮阵,七曰浮沮阵,八曰雁行阵。"此谓孙吴兵法。 列:行列,阵列。

〔64〕骋:施展。 奔牛:谓齐田单以火牛阵破燕军事。李善注引《史记》:"田单为将军,破燕城(指燕军围即墨的阵地)时,以千余牛为绛缯衣,画以五彩龙文,束兵刃于角,灌脂束苇于尾,烧之。凿城数十穴,夜纵牛,壮士五千人随其后。牛尾热,怒而奔,燕军夜大惊。牛尾炬火,光明炫耀,燕军视之,皆龙文,所触尽死伤。五千人因衔枚(士卒口上横衔似筷子之类小木棍,行军以禁喧哗)击之,而城中鼓噪从之,老弱皆击铜器为声,声动天地。燕军大骇,败走。齐人遂夷杀其将骑劫。燕军大乱奔走,齐人追亡逐北,所过城邑,叛燕归田单,而齐七十余城,皆复为齐。乃迎襄王于莒(战国时齐城名,今山东莒县)。" 权:权谋,智谋。

〔65〕鱼烂:鱼从内腐烂,喻从内部溃败而亡。 以上五句意思说,假如张鲁占据汉中阳平、石门那样的险要地势,还能善布孙武的八种阵法,施展田单火牛突袭的智谋,那他怎能土崩瓦解、溃败而亡呢?

〔66〕守:指守城之将。 巧拙:谓智谋高下。

〔67〕公输:即公输般,古时巧匠,春秋时鲁国人,曾为楚造云梯之械,以攻宋城。

〔68〕乐毅:战国时燕将,曾率燕楚韩赵魏五国之兵侵齐,下七十余城,惟莒、即墨未陷。齐用反间计,燕以骑劫代之,毅出奔于赵。 即墨:齐城,燕军侵齐时被围困的两座孤城之一。在今山东平度县境。以上四句意思说,假如守城之将才智无高下之分,攻城者皆可攀附而上,那么公输已经登上宋城,乐毅已经攻陷即墨了。

〔69〕不敏:自谦之词。敏,聪明。

〔70〕之:代指文帝来书所谓"彼之恶稔,虽有孙田墨鳌犹无所救"之论。

〔71〕高唐:齐城邑名。古之善歌者绵驹居处于此。过高唐,谓经过高唐的齐国人,受绵驹影响而皆善唱歌。

〔72〕王豹:卫国之善歌者。效王豹之讴,谓卫国人受王豹的影响,皆善于讴歌。 以上两句用《孟子·告子章》句义:"昔者王豹处于淇(淇水之旁),而河西(黄河之西,指卫国)善讴;绵驹处于高唐,而齐右(齐之西部)善歌。"此对原文加以简化并予改变,在修辞上有意为之以避熟,非李善所谓"文人用之误"。

〔73〕睢(suī 虽)涣:二水名。其两岸间的人善织有文彩的丝织品。李善注引《陈留记》:"襄邑(地名,在今河南睢县境),涣水出其南,睢水经其北。"《传》云:"睢、涣之间出文章,故其黼黻絺绣,日月华虫,以奉宗庙御服焉。"

〔74〕藻缋:谓色彩花纹。 彩:有文彩的丝织品。以上两句意思说,人到一地,必受其风土习俗的影响,地尚讴歌,人也必善讴歌,地尚织锦,人也必学织锦。

〔75〕间:近。 益部:指益州,蜀地。今四川境内。

〔76〕仰:敬慕。 司马:指司马相如。蜀郡成都人,汉辞赋家。 杨:指扬雄。蜀郡成都人,汉辞赋家。 王:指王褒。蜀郡资中人,汉诗赋家。 遗风:传于后世的风尚。

〔77〕子胜:疑为战国时告子名。李善注引《墨子》:"二三子复于子墨子曰:'告子胜仁。'子墨子曰:'未必然也。告子为仁,犹跂以为长,偃以为广,不可久也。'"胡绍煐说:"按:见《公孟篇》。《困学纪闻·八》谓:'胜盖告子之名,即孟子所谓告子。'阎氏若璩《释地》又续载一说云:'或疑告子名不害,子胜是其字。然终无证佐。存之可也。'"(《文选笺证》,卷二十八) 斐(fěi 匪)然:富有文采的样子。斐然之志,谓心怀富有文采之志向。

〔78〕奋:奋发,奋力而为。 文辞:指文章。

〔79〕乃:你。 轻:轻视,瞧不起。 家丘:东家丘之略称,指孔子。传说孔子(名丘)西邻不识其才学,直称之东家丘。《魏志·邴原传》引《邴原别传》:"欲远游学,诣安丘孙崧。崧辞曰:'君乡里郑君(玄)君知之乎?'原曰:'然。'崧曰:'郑君学览古今,博文强识,钩深致远,诚学者之师模也。君乃舍之,蹑屣(步行)千里,所谓以郑为东家丘者也。'"后以东家丘代指未为人知之才智高尚之士。

〔80〕倩人:谓请别人代自己做事。以上两句意思说,我感到惊异的是,你看不起我,恰如当年邻人不认识孔夫子,直称为东家丘一样,以为我的文章都是请人代做的。

638

〔81〕绿骥:骏马。 垂耳:谓没有发挥才力的机会,故两耳下垂,颓然不振。 林坰(jiōng 坰):遥远的野外。

〔82〕鸿雀:大鸟,指天鹅之类。 戢(jí 急)翼:谓收敛翅膀,没有高翔的机会。 污池:蓄水池。

〔83〕亵(xiè 泄):玩弄。亵之者,谓玩鸟兽的人。 园囿(yòu 又):豢养鸟兽的园地。

〔84〕外厩(jiù 旧):养马的处所。 下乘:下等马。

〔85〕整:振作。 兰筋:指马目上的筋。兰筋竖者为千里马的标志。李善注引《相马经》:"一筋从玄中出,谓之兰筋。玄中者,目上陷如井字。兰筋竖者千里。"

〔86〕劲翮(hé 合):强劲的翅膀。

〔87〕陵厉:高翔。 清浮:清气上浮。指天空。此句谓鸿雀。

〔88〕顾盼:谓转眼即逝。顾,环视;盼,一作"眄",斜视。此句谓绿骥。

〔89〕借翰:借助翅膀。翰,鸟的羽毛、翅膀。 晨风,鸟名,即鹯,一种猛禽。

〔90〕假足:借腿。 六驳(bó 帛):兽名。李善注引《毛诗》:"隰有六驳。"毛苌注:"驳如马,倨牙,食虎豹。"

〔91〕丘言:空言。李善注引孟康《汉书注》:"丘,空也。"并说:"此虽假孔子名,而实以空为戏也。或无'丘言'二字。"

〔92〕大噱(jué 决):大笑。

今译

十一月五日,洪言:前不久刚刚破贼,心情过分喜悦激动,评论问题颇有不切实际之处。得九月二十日书,读来喜笑,玩赏无厌,也想让陈琳作书回答。琳近来多事,不能完成。由于心中怀念,又相距遥远,想以此书使你感到欢快,因此自己执笔竭力表达老夫的情思。要说的话很多,不可详述,粗举大要,以此暂当谈笑罢了。

汉中地理形势,确实险要坚固,四方之岳三涂之山,都不能与之相比。彼地若有精兵数万,居临高处坚守要冲,一人挥动长戟,万人不能进入。而我军越过,若受惊巨鲸冲决细网,奔突犀牛撞破薄绢,此也不足以比喻其致胜之易。虽说天子大军,对叛逆的征伐而无人敢于抵抗;但是背信弃义而势力强大者,也是古来所常有。因此唐尧虞舜之世,南蛮北夷侵扰中华;周宣王之兴盛,也有夷狄与大国为敌,《诗》《书》都有所感慨与记载,说明其征伐之难。此类蛮夷皆凭借地势险阻,依仗距离遥远,因此才使其得以如此。以此观察这里的地势,可以认为即使中庸之才驻守,恐怕也难以迅速攻破。来书揭露敌人邪恶毒害之罪,赞颂我军旷达宽弘之德,确实如此。这是夏桀殷纣所以亡,有苗有扈所以灭,我之所以致胜,敌之所以溃败的原因。假如不是这样,殷纣与周武怎可无所匹敌,最后导致殷亡周胜呢?往昔鬼方愚昧无知,崇虎进谗逞恶,殷纣暴虐无道,此三人才能都属最下等。然而殷高宗对鬼方尚经三年的征讨,文王对崇虎则有退军修德而后胜的经历,周武在盟津也有两次誓师的举动,以后才一战而胜殷,而创造如此武功。何时有过若流星划过,日光照射,暴风骤起,雷电闪击,长驱直入,突破艰险,大军朝至,傍晚告捷,如今日我军这样迅猛无阻呢?

由此看来,敌人当然不及下愚鬼方之类,则中庸之才驻守汉中,也不会出现这样的结局,道理是十分明显的。在中庸之才而守之,则不会出现这种结局,而来书却以为敌人已经恶贯满盈,即使有孙田墨鳌那样的才智之士也不能挽救其灭亡的命运,我私下又有所疑惑不解。为什么呢?古人用兵,敌国虽然已乱,尚有贤者存在,则不加征伐。因此殷之三仁没有离去,武王则回师不进;宫之奇尚在虞国,晋人则不以武力相加;季梁还在随国,强楚则中止侵袭谋划。及至众贤奔逃遭贬,三国立即变为废墟。这说明君主无道而国中尚有贤人,其危亡局面,尚可挽救。且说墨子之守卫,绕起衣带假作城墙,高不可登;折断竹筷假作兵器,坚不可入。假如敌人守住阳平,占据石门,还善于布设孙武的八种阵列,施展田单的火牛突袭智谋,还怎能土崩瓦解,溃败而亡呢?假设守卫之将才智无分高下,其城池皆可攀附攻破,那么昔日公输已经登上宋城,乐毅已经攻陷即墨了。墨翟之智术有何可以称赞?田单之权谋有何可谓高明?老夫不算聪敏,此种言论,前所未闻。

听说经过高唐的人,受绵驹影响皆善歌,居于淇水的人,受王豹影响皆善唱,游历睢涣之间的人,皆学织五彩的丝绢。近来自入蜀地,仰慕司马杨王的遗风,怀有追求文彩的志向,因此奋力写作文章,已经不同于往日。感到惊异的是,你轻视我,正如当年邻人不识孔夫子,直称之为东家丘一样,以为我的文章是请人所代作。这是什么话呢?那骏马颓然垂耳于野外,鸿鹄收敛羽翼于水池,好玩鸟兽的人当然以其为园中的凡鸟、厩下的劣马。待它们振作筋骨,挥舞翅膀,高翔于清空,疾驰于远途,难道可谓是凭借猛禽晨风的双翅,依靠巨兽六驳的四足吗?恐怕你还不能确信这些空话,一定大笑不已。洪白。

(陈复兴译注并修订)

◎ 为曹公作书与孙权一首 阮元瑜

▓ 题解

阮元瑜(约165—212),名瑀,陈留(今河南开封附近)人。建安七子之一。少时从学于东汉大文学家蔡邕。建安初,宏才卓逸,不群于俗,解音律,善鼓琴,深得曹操器重,任为司空军谋祭酒,掌书记,徙为仓曹掾属。其时军国书檄,皆出于瑀与陈琳之手。著有文赋数十篇。

《为曹公作书与孙权》大约作于建安十六年(211)末或翌年初。(陆侃如以为作于建安十五年,见《中古文学系年》)赤壁之役在建安十三年冬十月,此书作于其后。文中"离绝以来,于今三年","抱怀数年,未得散意"等语,可证其作于此期不误。《魏志》载建安十七年冬十月,曹操有东征孙权之举。此书可能即其前数月,特予孙权的征讨檄文。故黄侃说:"此亦檄尔。"(《文选黄氏学》)黄说实为确论。

赤壁之役,决定了三国鼎立之势。曹操兵败北还。孙权据有江东,徙治秣陵,改为建业,领徐州牧,已巩固了父兄基业。刘备得荆州刘琦部众,又南征武陵、长沙、桂阳、零陵四郡,领荆州牧,徙治公安,也完全据有了可以抗衡的地盘与势力。赤壁交兵,吴蜀结好。其后孙权嫁妹于刘备,吴蜀交往益固,对曹操十分不利。曹操赤壁之败,败在吴蜀联盟;此后曹操欲保存自己,南下江汉,也必首先分裂吴蜀联盟。蜀魏对立,孙吴为缓冲之国,且与蜀魏皆有联系,适成为两方争夺的对象。曹操对之以武力威胁,同时辅以舆论攻势,《与孙权书》正出于此。

此书首先以昔日交好姻亲旧谊入手，说明偶然闲隙一时冲动，足以酿成巨大的祸端，对孙权暗含警告之意。又为之开脱说，孙权与自己的对立完全是内有佞人构会，外有刘备扇扬的结果，并非出其本心，让孙权弃刘归曹下台阶。其次，重述自己位高任重、荡平天下的全功，说明赤壁之役、江陵之守，完全是自己主动还师，并非周瑜所败，强调自己的实力并未受损，以解除孙权的轻慢心理，挽回自我尊严，又以高祖延田横、光武誓朱鲔的先例，为孙权弃刘归曹指出路。再次，说明在谯造舟船、治水军，并无深入攻战之计，实则以炫耀武威，予孙以恐吓。又以子胥、辅果等的智达通变，启示孙权当知与刘备结好的不测后果。并以自己所拥有的实力，以及战争形势与指挥权谋的变化万端，突出曹魏对孙权具有压倒的优势，为孙权弃刘归曹施加压力。复次，说明单纯致书未必有效，以古人对待策反者的不同教训，明确要求孙权杀张昭灭刘备，为其弃刘归曹提出先决条件。最后，分析孙权所处的内外形势，说明致书宗旨，敦促其将功补过，勿失弃刘归曹的良机。

全文出之以亲情，动之以利害，晓之以大义，迫之以兵威。以古事喻现实，正反对比，言辞宽厚通达，原则锋锐不苟，气势有张有弛，委婉劲健，感人而又逼人。确为古书檄文之范例。曹丕说："元瑜书记翩翩，致足乐也。"刘勰说："魏之元瑜，号称翩翩。"思绪飞动，事典繁富，韵律回荡，确有振翅翩翩、长空腾举之妙。

原文

离绝以来[1]，于今三年，无一日而忘前好。亦犹姻媾之义[2]，恩情已深；违异之恨[3]，中间尚浅也[4]。孤怀此心[5]，君岂同哉[6]！每览古今所由改趣[7]，因缘侵辱[8]，或起瑕衅[9]，心忿意危[10]，用成大变[11]。若韩信伤心于失楚[12]，彭宠积望于无异[13]，卢绾嫌畏于已隙[14]，英布忧迫于情漏[15]，此事之缘也[16]。孤与将军，恩如骨肉，割授江南[17]，不属本州[18]，岂若淮阴捐旧之恨[19]。抑遏刘馥[20]，相厚益隆[21]，宁放朱浮显露之奏[22]。无匿张胜贷故之变[23]，匪有阴构贲赫之告[24]，固非燕王淮南之衅也[25]。而忍绝王命[26]，明弃硕交[27]，实为佞人所构会也[28]。夫似是之言[29]，莫不动听，因形设象[30]，易为变观[31]。示之以祸难[32]，激之以耻辱[33]，大丈夫雄心，能无愤发。昔苏秦说韩[34]，羞以牛后[35]，韩王按剑作色而怒[36]，虽兵折地割[37]，犹不为悔，人之情也。仁君年壮气盛[38]，绪信所擘[39]，既惧患至，兼怀忿恨，不能复远度孤心，近虑事势，遂赍见薄之决计[40]，秉翻然之成议[41]。加刘备相扇扬[42]，事结衅连[43]，推而行之[44]。想畅本心[45]，不愿于此也[46]。

孤之薄德，位高任重[47]，幸蒙国朝将泰之运[48]，荡平天下[49]，怀集异类[50]，喜得全功，长享其福。而姻亲坐离[51]，厚援生隙[52]，常恐海内多以相责[53]，以为老夫包藏祸心[54]，阴有郑武取胡之诈[55]。乃使仁君翻然自绝[56]。以是忿忿[57]，怀惭反侧[58]，常思除弃小事[59]，更申前好[60]，二族俱荣[61]，流祚后嗣[62]，以明雅素中诚之效[63]。抱怀数年[64]，未得散意[65]。昔赤壁之役[66]，遭离疫气[67]，烧舡自还[68]，以避恶地[69]，非周瑜水军所能抑挫也[70]。江陵之守[71]，物尽谷殚[72]，无所复据[73]，徙民还师[74]。又非瑜之所能败也。荆土本非己分[75]，我尽与君[76]，冀取其余[77]，非相侵肌肤[78]，有所割损也[79]。思计此变[80]，无伤于孤，何必自遂于此[81]，不复还之[82]。高帝设爵以延田横[83]，光武指河而誓朱鲔[84]，君之负累[85]，岂如二子[86]？是以至情[87]，愿闻德音[88]。

往年在谯^[89]，新造舟舿^[90]，取足自载^[91]，以至九江^[92]，贵欲观湖溴之形^[93]，定江滨之民耳^[94]，非有深入攻战之计。将恐议者大为己荣^[95]，自谓策得^[96]，长无西患^[92]，重以此故^[98]，未肯回情^[99]。然智者之虑^[100]，虑于未形^[101]；达者所规^[102]，规于未兆^[103]。是故子胥知姑苏之有麋鹿^[104]，辅果识智伯之为赵禽^[105]。穆生谢病^[106]，以免楚难^[107]；邹阳北游^[108]，不同吴祸^[109]。此四士者^[110]，岂圣人哉？徒通变思深^[111]，以微知著耳^[112]。以君之明，观孤术数^[113]，量君所据^[114]，相计土地^[115]，岂势少力乏^[116]，不能远举^[117]，割江之表^[118]，宴安而已哉^[119]？甚未然也！若恃水战^[120]，临江塞要^[121]，欲令王师终不得渡^[122]，亦未必也。夫水战千里，情巧万端^[123]。越为三军^[124]，吴曾不御^[125]；汉潜夏阳^[126]，魏豹不意^[127]。江河虽广，其长难卫也。

凡事有宜^[128]，不得尽言，将修旧好而张形势^[129]，更无以威胁重敌人^[130]。然有所恐，恐书无益，何则？往者军逼而自引还^[131]，今日在远而兴慰纳^[132]，辞逊意狭^[133]，谓其力尽^[134]，适以增骄^[135]，不足相动^[136]，但明效古^[137]，当自图之耳。昔淮南信左吴之策^[138]，汉隗嚣纳王元之言^[139]，彭宠受亲吏之计^[140]，三夫不寤^[141]，终为世笑。梁王不受诡胜^[142]，窦融斥逐张玄^[143]，二贤既觉^[144]，福亦随之。愿君少留意焉。若能内取子布^[145]，外击刘备，以效赤心，用复前好^[146]，则江表之任，长以相付，高位重爵，坦然可观^[147]。上令圣朝无东顾之劳^[148]，下令百姓保安全之福，君享其荣，孤受其利，岂不快哉！若忽至诚^[149]，以处侥幸^[150]，婉彼二人^[151]，不忍加罪，所谓小人之仁^[152]，大仁之贼^[153]，大雅之人^[154]，不肯为此也。若怜子布，愿言俱存^[155]，亦能倾心去

恨[156]，顺君之情[157]，更与从事[158]，取其后善[159]。但禽刘备[160]，亦足为效[161]。开设二者[162]，审处一焉[163]。

闻荆杨诸将[164]，并得降者[165]，皆言交州为君所执[166]，豫章距命[167]，不承执事[168]，疫旱并行[169]，人兵减损，各求进军[170]，其言云云[171]。孤闻此言，未以为悦。然道路既远，降者难信，幸人之灾，君子不为[172]。且又百姓，国家之有，加怀区区[173]，乐欲崇和[174]。庶几明德[175]，来见昭副[176]，不劳而定[117]，于孤益贵[178]。是故按兵守次[179]，遣书致意[180]。古者兵交[181]，使在其中[182]，愿仁君及孤虚心回意[183]，以应诗人补衮之叹[184]，而慎《周易》牵复之义[185]。濯鳞清流[186]，飞翼天衢[187]，良时在兹，勖之而已[188]。

注释

〔1〕离绝:谓断绝往来。此指建安十三年赤壁之战以后曹魏与孙吴的对峙局面。

〔2〕犹:通"由"，由于，因为。 姻媾(yīn gòu 因构):指男女两方亲上结亲。李善注引《吴志》:"(孙)策并江东，曹公力未能逞，且欲抚之，乃以弟女配策小弟匡，又为子彰取贲女，皆礼辟策弟权、翊，又命扬州刺史严象举茂才。"义:情义。

〔3〕违异:志向相反，主张各异。 恨:遗憾。

〔4〕浅:谓时间短。

〔5〕孤:古代王侯对自己的谦称。此曹操自称。

〔6〕君:指孙权。 岂同:谓岂有不同。

〔7〕所由:由于某种原因。 改趣(qū 趋):改变志向。 趣，趋向，志向。

〔8〕因缘:因事缘情，谓由于某种事件，出于一时感情。 侵辱:侵害耻辱。

〔9〕瑕衅:隔阂，间隙，争端。

〔10〕心忿:内心忿恨。 意危:心情不安。

〔11〕用:因,因此。 大变:叛变,变乱。以上数句意思说,平素观察古今之人所以改变志向,违背初衷,都是由于某种偶然事件或一时感情冲动,而以为受到侵害侮辱,有人就产生隔阂,心情忿恨而虑惧不安,因而酿成巨大的变乱。

〔12〕韩信:秦末淮阴人。初从项羽,后归刘邦,拜为大将军。破魏、赵、燕,败楚将龙且,后与汉师合围,灭项羽于垓下,封为楚王。 失楚:谓失掉楚王爵位。此谓汉初六年,有人告信谋反,高祖伪游云孟,执之,降为淮阴侯。由此积怨日深。陈豨反,高祖亲率军征讨。信阴使人之豨所,而与家人谋,夜诈赦诸官徒奴,欲发兵袭吕后、太子。(据《汉书·韩信传》)

〔13〕彭宠:汉南阳宛人,助光武帝开创大业有功。拜偏将军,渔阳太守。光武即位,封建忠侯,赐号大将军。以功自伐,与幽州牧朱浮结怨而反。 积望:积久的怨恨。望,怨,怨恨。 无异:谓没有得到殊礼接见的待遇。李善注引范晔《后汉书》:"光武至蓟,彭宠上谒(晋见),自负功德,光武接之不能满,以此怀不平。光武知之,以问幽州牧朱浮。浮对曰:'陛下昔倚为北道主人,宠谓至当延阁握手,交欢并坐。今既不然,所以失望也。'"

〔14〕卢绾(wǎn 晚):汉丰人。其父与高祖父为友。及壮与高祖又相友爱,受称于乡里。入汉为将军,从东击项羽,备受亲幸,封长安侯。从击燕王臧荼,立为燕王。陈豨反,求救于匈奴,绾也曾派使者至匈奴,与之联络。又派使者至豨所,使其连续用兵。因而高祖谓绾果反,派樊哙征讨之。后率众亡入匈奴。嫌畏:谓由于反叛的嫌疑而畏惧。陈豨被斩,高祖派使者召绾,绾称病不朝。说:"非刘氏而王者,独我与长沙耳。往年汉族淮阴,诛彭越,皆吕后计。今上病,属任吕后。吕后妇人,专欲以事诛异姓王者及大功臣。"终不行。 已隙:既有的间隙。此指绾派使者张胜入匈奴,以及派范齐至陈豨处共为计谋反汉事。(据《汉书·卢绾传》)

〔15〕英布:汉六(县名)人。早年犯法,受黥刑(以刀刺面额,复以墨涂之),故又称黥布。罚在骊山做苦役。秦末率众起义,归项羽,以战功封九江王。辩士随何以利害说其背楚归汉。立为淮南王,与高祖灭项羽于垓下,功勋卓著。高后诛韩信,布心恐;又诛彭越,并盛其醢(将越体剁成肉酱),遍赐诸侯,布大恐。曾聚集部属,加强戒备,以防不测。其中大夫贲赫将其事密报高祖,布预感祸难及身,发兵反。 忧迫:谓忧虑祸患迫近。 情漏:谓贲赫将其聚兵戒备之事泄漏于高祖。(据《汉书·英布传》)

〔16〕缘:缘由,原因。此句谓这是以某种偶然事件酿成大变的缘由。

〔17〕割授：分封授予。

〔18〕本州：本朝。

〔19〕淮阴：指淮阴侯韩信。　捐旧：捐弃旧谊。此句意谓我岂若汉高祖对淮阴侯那样，削其爵位，夺其封国，而怀捐弃旧情的怨恨。

〔20〕抑遏：阻遏，阻止。　刘馥（fù 富）：字元颖，三国魏沛国相人。甚受曹操信用，谓馥可任以江南之事，表为扬州刺史。数年间，恩化大行，百姓乐其政，流民越江山而归之。并聚诸生，立学校，广屯田。又高筑城垒，多积木石，盛为战守之备。吕延济注："寿州刺史刘馥每请伐吴，而曹公常阻绝不许。盖相厚之情崇也。"

〔21〕相厚：谓与孙权的深厚友谊。

〔22〕宁放：岂能仿效。放，通"仿"。　朱浮：东汉沛国萧人。李善注引《后汉书》："朱浮为幽州牧，奏渔阳守彭宠多买兵器，不迎母。宠遂反。"　显露：揭露。显露之奏，谓朱浮为揭露彭宠谋反给光武帝的奏疏。

〔23〕张胜：燕王卢绾的近臣，代绾联络匈奴反汉的使者。　贷故：恩贷其前事。此谓包庇张胜联络匈奴反汉的罪行。贷，恩贷，恩惠，有包庇义。故，事故。此指张胜出使匈奴，接受逃亡于胡地的原燕王臧荼子衍的建议，联合匈奴共同反汉之事。卢绾初曾疑之，上书诛胜族，后知其意在长保绾的燕王之位，又诈论他人，以脱胜家属。此句意谓孙权没有像燕王卢绾那样隐匿张胜，包庇其沟通匈奴，阴谋变乱。

〔24〕贲（bēn 奔）赫：淮南王英布的中大夫，窥探布有谋反意，到长安向高祖上书奏事，建议趁其未发而诛之。布灭，封为列侯。此句意谓孙权没有像淮南王英布那样阴谋叛乱反对朝廷，也没有贲赫之辈上书密告。

〔25〕燕王：指卢绾。　淮南：指英布。衅，争端，变乱。

〔26〕忍绝：狠心拒绝。　王命：天子之命。

〔27〕明弃：公然断绝。　硕交：牢不可破的友谊。硕，坚实，牢固。

〔28〕佞（nìng 泞）人：巧言谄媚之人。此指孙权之臣周瑜、鲁肃等。　构会：构成会合。

〔29〕似是：表面有道理实际无道理。

〔30〕因形：凭借形势。　设象：谓设置假象。

〔31〕变观：谓改变事物的面貌。

〔32〕祸难：指曹操将灭吴之祸。

〔33〕耻辱:指孙权受制于曹操之辱。李善注引《吴志》:"周瑜云:'受制于人,岂与南面称孤同哉?'"

〔34〕苏秦:战国时游说之士,东周洛阳人。初说秦惠王统一天下,不被采用。后促使燕赵韩魏齐楚六国联合,共同抗秦,是为合纵。其本人佩六国相印,为纵约长。(据《史记·苏秦列传》)

〔35〕牛后:喻虽形大而位卑者。

〔36〕作色:改变脸色。

〔37〕兵折:兵败。李善注引《战国策》:"苏秦为楚合纵,说韩王曰:'臣闻鄙谚曰:宁为鸡尸,不为牛从。今西面交臂而臣事秦,何以异于牛从也!夫以大王之贤也,挟强韩之名,臣切为大王羞之。'韩王忿然作色,攘臂按剑仰天曰:'寡人虽死,其不事秦!'"胡绍煐说:"然谚语无不协者,尸与从非韵。口古音苦,后古音户,口与后正为韵。《汉书·沟洫志》'池阳谷口'与下'白渠起后'韵,《易林》'临之坎,人面九口'与'殷商绝后'韵,并可证。何孟春《余冬序录》谓:'口后韵协,古语自如此。'是也。口与尸、后与从,形近之误。"(《文选笺证》,卷二十八)

〔38〕仁君:仁惠之君。指孙权。

〔39〕绪信:顺信。绪,顺,此有偏义。 所嬖(bì 毕):指宠臣。嬖,宠,宠爱。

〔40〕赍(jī 基):怀,抱。 见薄:谓见识浅薄。 决计:决心,决策。

〔41〕秉:坚持。 翻然:形容心志改变。此谓改变志向,而有异图。 成议:既定的主张。

〔42〕刘备:三国西蜀政权的创建者。字玄德,涿县人。东汉末,参加镇压黄巾起义,为徐州牧,得诸葛亮辅佐,与东吴孙权组成联军,大败曹操于赤壁。取荆州,并得益州与汉中,与吴、魏形成鼎足之势。曹丕废汉自立,备乃于成都称帝,国号汉。(据《三国志·蜀先主传》) 扇扬:扇动鼓吹。

〔43〕事结:谓刘备与孙权结好。 衅连:谓祸患相连。衅,间隙,争端,祸患。此指违背朝廷之事。

〔44〕推:推行。谓推行反叛朝廷之事。

〔45〕想畅:推想,揣想。"畅"字不当有(黄侃说)。 本心:指孙权原有的心志。

〔46〕此:指违背朝廷,不臣事于汉献帝。

〔47〕位高:时曹操为汉丞相,故谓。　任重:谓辅佐献帝,号令天下。

〔48〕国朝:指汉献帝王朝。　运:机运。

〔49〕荡平:扫除平定。

〔50〕怀集:以恩德感召而使之归附。　异类:指边远地区的少数民族。

〔51〕姻亲:指男女婚媾而结成的亲戚关系。此指孙权。　坐离:无故离异。

〔52〕厚援:可靠的援助。指孙权。　隙:间隙,隔阂。

〔53〕责:谴责,责难。

〔54〕老夫:曹操自谓。　祸心:害人之心。

〔55〕郑武:郑武公,春秋时郑国君主。胡:古时指西北部的少数民族。取胡之诈,谓传说郑武公灭胡所用诈术。李善注引《韩子》:"昔者郑武公伐胡,先以其子妻(把女儿嫁给)胡君,以娱其意。因而问于群臣曰:'吾所用兵,谁可伐者?'大夫关其思对曰:'胡可。'武公怒而戮之,曰:'胡,兄弟之国也。子言伐之何?'胡君闻之,以郑亲己,遂不备郑。郑人袭胡,取之也。"

〔56〕自绝:自行断绝。

〔57〕忿忿:愤然不平的样子。

〔58〕怀惭:内心惭愧。　反侧:谓翻来覆去,内心不安。

〔59〕除弃:消除。　小事:指战争。

〔60〕更申:再次申明。　前好:指曹操与孙权两家的婚姻关系。

〔61〕二族:指曹孙两个家族。　俱荣:共同繁荣。

〔62〕流祚(zuò 作):把福祚传给后代。祚,福祚。此指爵位荣禄。　后嗣:后代。

〔63〕雅素:平素,平生。　中诚:真心诚意。　效:诚效,忠诚。

〔64〕抱怀:怀抱,藏在内心。

〔65〕散意:表达心意。

〔66〕赤壁:地名。在今湖北省嘉鱼县东北江滨。其地曰石头关,当长江南岸,石山隆起,形如长垣,陡入江滨,上镌赤壁二字。赤壁之役,指建安十三年冬十月孙刘联军与曹操之战。

〔67〕遭离:遭遇。　疫气:瘟疫,传染病。

〔68〕舡(xiāng 香):船。

〔69〕恶地:险恶之地。

〔70〕周瑜:孙权之臣。三国庐江舒人。以中护军与张昭共揽孙吴国事。

建安十三年与刘备联合，大败曹操于赤壁。（据《三国志·吴周瑜传》） 抑挫：
挫败。

〔71〕江陵：地名。今湖北江陵。江陵之守，指赤壁战后，曹操北还，留部将
曹仁驻守江陵。

〔72〕殚（dān 单）：尽。

〔73〕无所：没有依靠。 据：据守。

〔74〕徙民：转移百姓。李善注引《吴志》："曹公临荆州，权遣周瑜、程普为
左右督，各领万人，与刘备俱进。遇于赤壁，大破曹公军，烧其余舸引退。（曹
军）士卒饥疫，死者太半。备、瑜等复追至南郡，公遂北还，留曹仁于江陵。瑜、
仁相守（相持驻守）岁余，所杀伤甚众，仁委（弃）城走。"

〔75〕荆土：指荆州。属蜀国，关羽督荆州，治江陵。今湖北境内。 已分：
谓自己管辖之内。分，职分，管辖。

〔76〕与君：让给你。君，指孙权。此句谓曹仁弃江陵而走，其地入吴。

〔77〕冀：希望。 其余：指荆州以外的土地。此句谓自己希望取得荆州以
外之地。

〔78〕侵：侵害。 肌肤：肌肉皮肤。喻切身利益。

〔79〕割损：割宰损害。 以上两句意思说，孙权占据荆州的全部土地，并
不损害曹操的利益。

〔80〕思计：思量，思索。 此变：此次事变。指曹操于赤壁之战，以及江陵、
荆州溃退之事。

〔81〕自遂：自以为遂其志。遂，遂其志，以为得志。 此：此次事变。

〔82〕还：还悔。此句谓孙权行不臣之道，没有悔悟之心。 黄侃注以上两
句："谓权因此自遂其心，不复还念。注非。"（《文选黄氏学》）

〔83〕高帝：指汉高祖刘邦。 设爵：设置爵位。 延：引进，邀请。 田横：
战国时齐田氏的后代。秦末，其从兄儋自立为齐王。儋死，其弟荣、广相继为齐
王，横为相国。韩信破齐，横率五百士逃往海岛。刘邦称帝，遣使者赦罪招降，
曰："横来，大者王，小者侯。"横与客二人往洛阳，未至二十里，自杀。岛上留守
徒众，闻讯也自杀。（据《史记·田儋列传》）

〔84〕光武：东汉光武帝刘秀。指河：河水清白，发誓指河以为信。朱鲔（wěi
伟）：东汉淮阳人。王莽末年，更始（刘玄）即帝位，鲔为大司马。归降光武帝以
后，为平狄将军，封扶沟侯。此句谓汉光武帝招降朱鲔事。李善注引谢承《后汉

书》："光武攻洛阳,朱鲔守之。上令岑彭说鲔曰:'赤眉(刘盆子领导的起义军)已得长安,更始为胡殷所反害,今公谁为守乎?'鲔曰:'大司徒公(刘縯,字伯升,光武长兄)被害,鲔与其谋,诚知罪深,不敢降耳。'彭还白上,上谓彭,复往明晓之:'夫建大事,不忌小怨。今降,官爵可保,况诛罚乎?'上指水曰:'河水在此,吾不食言。'"

〔85〕负累:负罪。

〔86〕二子:指田横与朱鲔。

〔87〕至情:最真诚的感情。

〔88〕德音:美好的声誉。以上数句以高祖延田横、光武招朱鲔的故事,启示孙权解除顾虑,诚心归附朝廷,以保持自己美好的声誉,免于叛逆的恶名。

〔89〕往年:指建安十四年。 谯(qiáo乔):三国时魏地。今安徽亳县。

〔90〕舟舡:舟船。

〔91〕自载:自乘。

〔92〕九江:指长江水系的九条河流。此为地名,三国时属吴。今江西九江市。李善注引《魏志》:"建安十四年二月,军至谯,作轻舟,治水军,自涡入淮,出肥水。"

〔93〕贵:重视,重要。 湖漅(cháo巢):即漅湖。梁章钜说:"案王氏应麟《地理通释》云:'巢湖亦名焦湖,在庐州合肥县东南六十四里,本居巢县地,后陷为湖,今与巢县庐江分湖为界。《后汉纪》作漅。诸葛武侯曰:曹操四越巢湖不成。'是也。"(《文选旁证》,卷三十五)

〔94〕定:安定。 江滨:长江沿岸。李善注引《吴志》:"初,曹公恐江滨郡县为权所略,微(暗中)令内移,转相警备。自庐江、九江、蕲春、广陵十余万,皆东渡江,江西遂虚,合肥以南,唯有皖城。"

〔95〕己荣:谓一己之荣。

〔96〕策得:谓策略正确。得,对,正确。

〔97〕西患:来自西面的祸患。此指曹操控制的朝廷,因在洛阳,对东吴来说为西,故谓西患。

〔98〕此故:此次事故。指上言在谯造舟船、观漅湖之形,定江滨之民。

〔99〕回情:谓回心转意,归附朝廷。

〔100〕智者:明智之士。

〔101〕未形:谓事物未成形。此指危机未出现以前。

〔102〕达者:贤达之士。　规:规划,谋划。

〔103〕未兆:未现征兆。兆,征兆、兆头,指事物、危机出现前的预兆。以上两句意思说,明智贤达之士皆能见微知著,在危机出现之前即谋划对策,避免于未然。

〔104〕子胥:伍子胥,名员,春秋时楚人。与孙武共佐吴王阖闾伐楚,五战而入郢都,掘平王墓,鞭三百,报其杀父之仇。吴王夫差败越王勾践,越讲和,子胥谏不从。后被迫自杀。(据《史记·伍子胥传》)　姑苏:台名。吴王夫差所造,高见三百里。　麋(mí迷)鹿:鹿的一种,又称四不象。李善注引《汉书》:"伍被谓淮南王曰:'昔伍子胥谏吴王曰:臣今见麋鹿游姑苏之台也。'"此句谓伍子胥见麋鹿游姑苏台,而预知吴国之将为越王勾践所灭,化为丘墟。

〔105〕辅果:即智果,春秋时晋大夫,智氏之族。　智伯:春秋时晋卿大夫,专权强盛,左右朝政。　禽:通"擒",捕捉。李善注引《战国策》:"智伯与韩、魏围赵于晋阳。张孟谈(赵襄子家臣)阴见韩、魏之君,曰:'智伯伐赵,赵亡则二君为之次。'二君乃与孟谈阴约,夜遣人入晋阳(谓与之里外夹攻而灭智氏)。智果见二君,说智伯曰:'二主(即韩、魏二君)色动而变,必背君矣,不如杀之。'智伯曰:'不可。'智果见言之不听,出便易姓为辅氏。"此句谓辅果以韩、魏二君的动态,以及智伯拒不采纳自己的建议,而预知智氏之将亡,故易姓而避。

〔106〕穆生:汉鲁人,楚王刘交以为中大夫。　谢病:谓抱病辞职而去。

〔107〕楚难:谓汉景帝时,楚王刘戊响应吴王濞发动的反中央政权的叛乱。后被汉将周亚夫击平。李善注引《汉书》:"穆生不嗜酒,楚王戊常设醴。后忘设焉,穆生退曰:'可以逝矣。'遂谢病去。后戊乃与吴王(刘)濞通谋,遂应吴王反。"此句谓穆生从日常生活迹象,预感自己将不受器重,吴楚将反叛,于是谢病而去,免遭叛乱之难。

〔108〕邹阳:汉临淄人。事吴王刘濞。王谋反,阳上书谏,不听,遂去。

〔109〕吴祸:谓吴王刘濞发动七国反景帝中央王朝事。李善注引《汉书》:"邹阳仕吴,吴王有邪谋,阳奏书谏吴王,王不纳。去之梁,从孝王游。"此句谓邹阳见吴王将反,则去吴北游,没有遭遇吴王之祸难。

〔110〕四士:指子胥、辅果、穆生、邹阳。

〔111〕通变:通达时变,谓顺应时势而变化。　思深:思想深邃,谓头脑机敏。

〔112〕微:谓微细的征兆。　著:昭著。谓事物的发展趋势与结局。

〔113〕术数:权术,策略。

〔114〕量:衡量,估量。　　所据:谓所占有的土地与人力物力。

〔115〕相计:察看计量。

〔116〕力乏:谓军力缺乏。

〔117〕远举:谓向远方派遣军队。举,举兵,发动军队。

〔118〕割:割取,占有。　　表:外。江之表,谓长江以南,指吴国。

〔119〕宴安:安逸,闲静。以上数句分析曹孙两方力量对比,意思说以君之明智,观察我的治国权谋,估量君所占有的土地与人力物力,再计算我所控制的土地与势力,难道我是由于势弱力乏,不能向远方调遣军队,割取江南之地,只是耽于安乐而已吗?

〔120〕恃:依靠,凭借。

〔121〕塞要:谓占据险要地势。

〔122〕王师:天子的军队。此指曹操的军队。

〔123〕情巧:谓战争形势的微妙多变。

〔124〕越:指春秋时越国。　　三军:春秋时大国多设三军,谓上军、中军、下军。

〔125〕吴:指春秋时吴国。　　曾:竟,终。　　御:抵抗。李善注引《左传》:"越子伐吴,吴子御之笠泽(地名),夹水而陈(布阵)。越子为左右勾卒(使卒伍勾连,别为左右两翼),使夜或左或右,鼓噪而进。吴师分以御之。越子以三军潜涉,当吴中军而鼓之(集中三军之力,猛攻吴中军),吴师大乱,遂败之。"以上两句谓"情巧万端"之例,意思说,越人伐吴,先以左右勾卒,佯攻吴师两翼,迷惑敌人;再集中三军精锐,乘其不备,以夜战攻其中军,终使吴师无以抵抗。

〔126〕汉:汉军,指汉高祖大将军韩信。　　潜:谓乘其不备突然袭击。　　夏阳:地名。今陕西韩城县南。

〔127〕魏豹:故魏诸公子。秦末,楚怀王予豹数千人,下魏地二十余城。项羽破秦,立为魏王,随羽入关。汉王还定关中,豹叛楚归汉。后又叛之。汉王遣韩信击败于河东。(据《史记·魏豹传》)李善注引《汉书》:"韩信为左丞相,进击魏王豹。魏王豹盛兵蒲坂,塞(据守)临晋(地名)。信乃益为疑兵,陈舡(船)欲渡,至于临晋,而伏兵从夏阳以木罂(以木和罂制作的渡水筏子。罂,小口大腹盛酒器)渡军,袭安邑。魏王豹惊,张兵迎信,信遂虏豹而归。"以上两句谓"情巧万端"之又一例,意思说,汉韩信讨魏王豹,先在其正面防线布设疑兵,使

之产生错觉;再将主力暗中调离夏阳,迂回至安邑,乘豹不意,而击破之。

〔128〕宜:适宜。此谓是否适宜时势。

〔129〕旧好:指孙曹两氏的婚姻关系。　张:扩张,增强。　形势:指地位势力。

〔130〕胁重:据注作"重胁",胁迫,迫使。　敌人:指孙权。

〔131〕往者:往日。此指建安十三年。　军逼:军队逼近。此指赤壁之役。引还:谓撤军而返。

〔132〕兴:兴起。此有执笔写作义。　慰纳:谓慰问而奉献诚意的书信。纳,献纳,奉献。

〔133〕意狎:谓感情亲近。狎,同"狎",近,亲近。

〔134〕力尽:谓实力耗完。

〔135〕适:恰。　增骄:增长骄傲之心。

〔136〕动:谓感动,劝动。

〔137〕效古:效法古人。谓从古人古事中汲取经验教训。

〔138〕淮南:淮南王刘安。武帝时妄图继承帝位,广结宾客,谋划反叛。事败露,下狱自杀。(据《史记·淮南王传》)　左吴:淮南王宾客,参与其谋反事。李善注引《汉书》:"淮南王安谋反,日夜与左吴等按舆地图,部署兵所从出入。"

〔139〕隗(kuí奎)嚣:东汉天水成纪人。王莽末年起兵应汉。初归更始帝刘玄,后附光武帝,又叛离而去。　王元:东汉长陵人,为隗嚣大将军,劝嚣反汉者。李善注引范晔《后汉书》:"更始乱(更始帝为赤眉军所败),嚣亡归天水,招聚其众,自称西州上将军,遣子恂诣阙(光武帝)。嚣将王元说嚣曰:'天水完富,天下士马最强,元请一丸泥东封函谷,此万世一时也。'嚣心然元计,遂反。"

〔140〕彭宠:东汉南阳宛人。佐光武开创帝业有功,任渔阳太守、大将军,后居功自傲,举兵而反。

〔141〕三夫:指淮南王安、隗嚣、彭宠。　寤:通"悟",醒悟。

〔142〕梁王:即梁孝王刘武,景帝同母弟,窦太后爱子。以平吴楚反有功,甚受景帝亲重,赏赐格外丰厚。又居大国膏腴之地,大治宫室,广招宾客,游猎出处,几与天子无异。窦太后曾欲以为景帝嗣,为大臣袁盎等所阻。因与羊胜、公孙诡谋,阴使人刺杀盎及其他议臣十余人。后梁王谢罪,终为景帝疏。(据《史记·梁孝王世家》)　诡胜:公孙诡、羊胜,皆梁孝王宾客。诡多奇谋邪计,官至中尉,得梁王宠信,号公孙将军。胜,汉齐人,与公孙诡、邹阳等先后入梁。李善

注引《汉书》："梁孝王怨袁盎（景帝朝臣），乃与羊胜、公孙诡之属，阴使人刺杀袁盎。天子意（怀疑）梁，逐贼，梁果使之。遣使覆案（查办）梁事，捕公孙诡、羊胜，皆匿王后宫。韩安国（时事梁王，为中大夫）泣谏王，王乃令出之。诡、胜皆自杀。梁王使韩安国因长公主谢，上怒稍解。"

〔143〕窦融：东汉光武帝忠臣。李善注引范晔《后汉书》："窦融，字周公，扶风人也，行西河（当作河西，下同。）五大郡大将军事。遥闻光武继位，心欲东向。隗嚣使辩士张玄游说西河，曰：'今各据土宇，与陇、蜀合纵，高可为六国（谓诸侯），下不失尉佗（赵佗，秦时为南海尉，入汉自立为南越武王。此谓自立为王）。'融召豪杰计议，遂决策东向，奉书献马。光武赐融玺绶，为凉州牧，封安丰侯，后迁大司空。"

〔144〕二贤：两位贤达之士。指梁王刘武、窦融。　觉：觉悟。谓头脑清醒，不受骗上当。

〔145〕子布：三国吴权臣张昭字。彭城人，初为孙策长史，抚军中郎将。权立，拜辅吴将军，封娄侯。权礼敬甚重，内外政务，多所进谏，常与吴主相龃龉，终使之折服。（据《三国志·张昭传》）

〔146〕用：以，以之。　前好：指曹孙之间的婚媾关系。

〔147〕坦然：谓平坦宽广，有发展前途。

〔148〕圣朝：指汉献帝之朝。　东顾：谓忧虑江东的吴国。东，指孙吴。

〔149〕忽：迷，迷恋。（用张铣注）至诚：真诚。　此指孙权与张昭、刘备的君臣与亲厚关系。

〔150〕侥幸：谓意外的宽恕。

〔151〕婉：亲爱。　二人：指张昭、刘备。

〔152〕仁：仁爱。

〔153〕大仁：宏大的仁道。　贼：害。

〔154〕大雅：高尚不俗。

〔155〕俱存：共存。此谓权与子布同来归汉。

〔156〕倾心：诚心，从内心。　去恨：谓消除旧恨。

〔157〕顺：依从。　君：指孙权。

〔158〕更：还。　与：授与。　从事：官名。汉制，州刺史之佐吏，如别驾、治中、主簿等。此指朝中职务。

〔159〕后善：谓未来的立功表现。

〔160〕但:只。 禽:同"擒"。

〔161〕效:功效,报效。

〔162〕开设:展示设置。二者:谓内取子布,外击刘备。

〔163〕审处:详审处理。

〔164〕荆杨:荆州、扬州。荆州,今湖南、湖北一带;扬州,今江苏境内。诸将:指汉之诸将。

〔165〕降者:指吴将士之降于汉者。

〔166〕交州:此交州刺史之省称。李善注引《吴志》:"孙辅,字国仪,假节(持符节以为信)交州刺史,遣使与曹公相闻。事觉,权幽絷(囚禁)之,数岁卒。"

〔167〕豫章:地名。今淮南、江北一带。 距命:谓抗拒孙权之命。此谓汉扬州刺史刘繇拒绝孙权之命。李善注引《吴志》:"刘繇,字正礼,避乱淮浦,诏遣为扬州刺史。繇不敢之州(往扬州就任),遂南保豫章。"

〔168〕不承:不接受。 执事:办事人员。此句谓不为孙权之执事。张云璈谓:"孙侍御曰:'按刘繇据豫章不久,旋即病卒。孙策西伐江夏,还过豫章,收载繇丧。见《吴志·繇传》。此书之作在孙策薨后。孙权据江东时,刘繇之死久矣。豫章拒命之言,恐涉虚饰。'"(《文选胶言》,卷十七)

〔169〕疫旱:瘟疫与旱灾。

〔170〕各求:谓汉荆扬诸将分别请求。 进军:谓向孙权之吴国进军,乘其困厄击灭之。

〔171〕其言:谓诸将各求进军之言。 云云:表省略。 黄侃谓以上数句:"人兵减损以上,降者之言;务求进军,诸将之言。"(《文选黄氏学》,198页)

〔172〕君子:德行高尚的人。此曹操自谓。

〔173〕加:加以。 怀:内心。 区区:谓思念,忧虑。

〔174〕崇和:崇尚和平。

〔175〕庶几:期望。 明德:贤明仁德。此指孙权。

〔176〕来见:谓来归于朝而相见。 昭副:光明的辅佐。副,副贰,辅佐。此句谓孙权归附献帝朝,可做曹操的辅佐。

〔177〕不劳:谓不需劳师征伐。 定:平定。此谓使吴国降服。

〔178〕益贵:越发可贵。

〔179〕按兵:谓令军队留止不前。 守次:驻守。

〔180〕遣书：派使者致书。　致意：表达心情。

〔181〕兵交：交兵，谓战争。

〔182〕使：使者。其中：谓交战双方中间。李善注引《左传》："晋栾书（晋将）伐郑，郑使伯蠲行成（求和），晋人杀之，非礼也。兵交，使在其间可也。"

〔183〕仁君：指孙权。　虚心：谓心胸宽厚，能容纳众言。　回意：谓回心转意，以功补过。

〔184〕诗人：指《诗经》作者。　补衮（gǔn 滚）：谓补救王者的过失。《诗经·烝民》："衮职（王者之职；衮，古时王者的礼服，代王者）有阙（缺失），维（只）仲山甫（周宣王卿士）补之。"

〔185〕慎：思。《方言》："慎，思也。"　周易：书名，儒家经典之首。牵复：牵引反复。此谓归顺，返回。《周易·小畜》："九二：牵复（被牵引而返），吉（吉利）。"　义：义理。以上两句引用古经启示孙权，应感慨诗人对仲山甫补君过失之叹，慎思《周易》牵复而吉的义理，而将功补过，归附朝廷。

〔186〕濯（zhuó 灼）鳞：谓鱼跃。濯，洗，跃动，鳞，指鱼。

〔187〕飞翼：谓鸟飞。　天衢（qú 渠）：天空。衢，路。以上两句以鱼跃于清流，鸟翔于高空，喻归顺朝廷，享受荣禄。

〔188〕勖（xù 绪）：勉励。

今译

彼此隔绝以来，至今已经三年，无一日而能忘怀从前的友谊。这也是由于亲戚旧义，恩情已深厚的缘故；彼此志向相背的遗憾，时间毕竟尚短。我怀有此念旧之心，君岂无同感吗？每观古今之人志向所以改变，都是因为偶然事件的刺激而一时感情冲动，有时引起争端，内心愤恨意绪不安，于是酿成变乱。若韩信伤心于失掉楚王爵位，彭宠积怨于未得格外礼遇，卢绾畏惧于既有的间隙，英布忧虑于真情泄漏。此为以事促成变乱的缘由。我与将军，情谊亲如骨肉，割让江南，其地已不属本州。怎能像高祖对待淮阴侯，深藏忘旧的怨恨。搁置刘馥伐吴的建议，对将军则友情愈厚信任愈高，怎能效仿朱浮对付彭宠，上书揭露其事端。将军无卢绾藏匿张胜暗通匈奴的变乱，他人也无贲赫虚构罪名暗向朝廷密告，将军当然更无燕王淮南之辈谋反的嫌疑。但是将军自己却忍心拒绝天子的诏命，公然断绝往日的深厚交谊，其实这是坏人从中虚构、蓄意挑拨的结果。那些似是而非的言论，无不耸人听闻，借助原形设置假象，易于改变事物的本来面貌。再示之以虚构的祸难，激之以假设的耻辱，大丈夫雄心壮志，怎能不愤慨顿发呢？古时苏秦游说韩国，以牛后之羞激励之，韩王按剑变色而震怒，即使兵败地割，犹不为悔，那也是人之常情。仁君年在少壮，豪气正盛，偏信左右近臣，既忧惧祸患将至，又内心愤恨于人，不能从长远领会我的用心，就目前考虑时事的趋势，于是就抱有见识浅薄的决策，坚持翻然改志的主张。再加刘备从外部扇动鼓吹，于是事变迭起，争端相连，先后推进而施行之。我揣想将军本心，恐怕是不愿如此的吧！

我个人德行浅薄，而所处地位崇高，任务重大，幸遇国朝太平之机运，扫平天下群雄，感化招来异类，喜得全胜之功，永远享受幸福。但是儿女姻亲却无故叛离，深厚友谊又生间隙，常恐海内舆论多以此加以谴责，以为老夫包藏祸心，暗有昔时郑武公讨灭胡人那样的权谋诈术，才使得仁君产生翻然自绝于朝廷的决心。因此，内心愤然不平，惭愧不安，常想排除隔阂，申明旧好，曹孙两族共同繁荣，福祚传留后代，以此表明平生内心的赤诚之意。怀抱此念已有数年，未得表达心意。昔日赤壁之战，遭遇瘟疫，烧毁舟船，主动撤退，以避险恶之地，并非周瑜水军所能挫败。江陵之守，物尽粮绝，无所凭依借以防卫，转移人民回师而归，又非周瑜所能战败。荆州本非我的管辖之内，我尽皆让与将军，我希望取得荆州以外之地，将军占有荆州并不侵害我的利益，于我的势力无所损害。思索此次事变，无伤于我，将军何必自以为得志于此，而不知悔悟。汉高帝设置爵位而招请田横，光武帝指河发誓而招降朱鲔。君之负罪，岂有此二人那样严重吗？我以此真挚之情，愿闻将军永保善美的声誉。

往年驻守谯地，新造舟船，取以自乘，以达九江，主要是观察巢湖的地势，安抚江滨民众而已，并无深入攻战的谋划。还恐将军属

为曹公作书与孙权一首

下议事者，皆为一己的荣华，自以为得计，妄想从此永无西部的忧患，又以此次事变，不肯回心转意，归附朝廷。但是明智者所虑，忧虑于危机未成之前；贤达者所规，规划于事故未见之时。因此，伍子胥以姑苏台有麋鹿而知吴国将亡，辅果以韩魏之动态而知智伯将为人擒，穆生抱病辞归，而免于吴楚叛乱之祸，邹阳赴北地远游，而未与吴王反汉同罪。此四位贤智之士，岂为圣人吗？只是他们通达时变，思想深邃，善于以微细征兆预知事变趋势而已。以君之明智，观察我的治国权谋，估量君的土地与人力物力，再计算我所统治的土地与势力；两相对比可知，我岂是势力弱小困乏，不能挥师远征，割取江南之地，只是苟且求得一时安逸而已吗？恐怕未必如此吧！若依恃将军水战之长，驻临江滨据守险要，欲令天子之军不得横渡，恐怕也未必如愿。且说水战沿江千里，形势多变，机谋万端，易攻而难防。春秋越国分为三军，集中优势兵力攻吴弱点，吴国终于不能抵抗而破，汉时韩信偷渡夏阳，出其不意袭击魏豹，使豹大败。江河虽广，其长实难防卫啊！

凡事有成皆须适宜时势，此不能详论。曹孙两姓应恢复旧好而增强地位实力，我更无意以声威而胁迫对方。但是还有所顾虑，顾虑书信无益于事。为何呢？往昔两军逼近，我主动引军而返，今日在远地而写作书信表示慰问，奉献诚意，言辞谦逊，情感亲切：将军或误以为我的实力已消耗殆尽，可能使将军滋长骄傲之心，不足以受到感动，我的用意只在明示将军汲取古人的经验教训，何去何从自做选择而已。昔日淮南王反叛是听信左吴之策，汉隗嚣反叛是采纳王元之言，彭宠反叛是接受亲吏之计。此三人执迷不悟，终成世人笑柄。梁孝王不包庇多出邪计的羊胜、公孙诡，窦融斥逐妄图策反的辩士张玄，此二贤者既已觉悟明察，福禄也随之而来。望君稍加用心思索吧。如果将军于朝内除掉子布，于外部击灭刘备，而奉献忠心，以此恢复旧好，那么江南之重任，就永远委托将军，崇高的爵位，厚重的俸禄，未来就广阔可观了。对上圣朝可无东顾之忧，对下可让百姓保安全之福，君可享有荣华，我可领受名利，岂不大快于心吗？若迷惑于对子布、刘备的赤诚，使之幸得意外的宽恕，怜惜二人，不忍心惩罚其罪。这是所谓小人的仁慈，对大仁的戕害。高尚君子，不肯为此。若怜悯子布，愿意与之共同归附朝廷，我也能诚心排除旧恨，依顺君之情义，还可授与朝中职务，以观其未来的立功表现。只要擒获刘备，也足以表现将军对朝廷的效忠。提出这样两条出路，请将军详审而选择其一吧。

闻荆、扬二州诸将，皆得吴国之降者，降者皆言交州刺史孙辅，被君囚禁而卒，扬州刺史刘馥驻守豫章，抵抗君之命令，拒不接受吴之职务，君之治下瘟疫旱灾同时发生，人力兵员不断减损，我部诸将各个请求进军吴地，其言纷纷，略而不述。我闻此言，未以为欣悦。但是道路既远，降者之言难以确信，以人之灾为幸，是君子所不愿为。况且百姓，又属国家所有，加以内心深感忧虑，愿意他们共享安乐祥和。希望将军作为明智贤德之士，能够来归朝廷，充任光明辅佐之臣，不必调兵征伐，吴地即可平定，对我来说则更其可贵。因此我按兵不动驻守原地，呈送此书表达心意。古时两军交战，使者则活动于敌我之间，愿仁君与我一样，能宽怀待人回味旧谊，感慨于诗人补救君过之叹，而慎思《周易》归顺而吉之义。游鱼跃动于清流，飞鸟翱翔于苍天，良时在今，望将军奋勉。

（陈复兴译注并修订）

◉ 与朝歌令吴质书一首 魏文帝

▒▒▒ 题解

　　吴质,字季重,济阴人。以文才为文帝所善,官至振威将军,假节都督河北诸军事,封列侯。

　　文帝对吴质特别亲重礼爱,其情谊远超出建安七子之上。七子对文帝主要是文友,往还多为诗文酬唱与游赏宴乐,而吴质对文帝则有政治顾问的作用,与杨修、丁仪兄弟之于陈思的关系相当。《三国志·吴质传》注引《世说》谓:"魏王曾出征,世子及临菑侯植并送路侧。植称颂功德,发言有章,左右属目,王亦悦焉。世子怅然自失。吴质耳曰:'王当行,流涕可也。'及辞,世子泣而拜,王及左右咸歔欷。于是皆以植辞多华,而诚心不及也。"而文帝对吴质也格外厚遇。《吴质传》注引《质别传》谓:"帝曾召质及曹休欢会,命郭后出见质等。帝曰:'卿仰谛视之。'其至亲如此。"此虽不免虚饰成份,也可窥见两人关系之一斑。其禄位之高,当然亦远非七子所能比。故文帝崩,吴质思慕作诗云:"念蒙圣主恩,荣爵与众殊。自谓永终身,志气甫当舒。何意中见弃,弃我归黄垆。茕茕靡所恃,泪下如连珠。"

　　文帝与吴质书今存三篇,《文选》录其二。

　　本篇作于建安二十年(215)五月。此前三月,武帝西征张鲁,文帝时为太子,在孟津小城(今河南孟县境内)。梁章钜《三国志旁证》(卷十五)谓:"顾祖禹曰:'汉平阴县城北有河津曰小平津,津上有城,灵帝时河南八关之一也。晋永嘉末,傅祗保孟津小城,或曰即小平津。'"时吴质已由朝歌(今河南淇县境)令迁为元城(今河北大名县境)令。题目"朝歌令",可能沿用旧称。质到元城任曾有《与魏太子笺》(《文选》卷四十录),其中"初至承前,未知深浅","而质暗弱,无以莅之","追寻前轨,今独不然"云云,对于调任颇怀不满。本篇可能是文帝对质《笺》的答书,书末"行矣自爱",约略可证。

　　书开头表达慰问与思念之情。中间回忆昔日南皮交游情景,抒发哀乐生死的感慨。结尾叙孟津致书的风物情事,表达今昔之叹。主旨在于以荣乐难常、生死易变之理,对所治僻左郁闷不满的吴质有所宽解与慰勉。寓情思于游览,记游览之胜愈含感慨之深。多用四六偶句,声韵和谐,令人回味无穷。

原文

　　五月十八日[1],丕白[2]:季重无恙[3]。途路虽局[4],官守有限[5],愿言之怀[6],良不可任[7]。足下所治僻左[8],书问致简[9],益用增劳[10]。每念昔日南皮之游[11],诚不可忘。既妙思六经[12],逍遥百氏[13],弹棋间设[14],终以六博[15],高谈娱心[16],哀筝顺耳[17]。驰骋北场[18],旅食南馆[19],浮甘瓜于清泉[20],沉朱李于寒水[21]。白日既匿[22],继以朗月,同乘并载[23],以游后园[24],舆轮徐动[25],参从无声[26],清风夜起,悲笳微吟[27],乐往哀来,怆然伤怀[28]。余顾而言,斯乐难常[29],足下之徒[30],咸以为然[31]。今果分别,各在一方。元瑜长逝[32],化为异物[33],每一念至[34],何时可言[35]!

　　方今蕤宾纪时[36],景风扇物[37],天气和暖,众果具繁。时驾而游[38],北遵河曲[39],从者鸣笳以启路[40],文学托乘于后车[41]。节同时异,物是人非,我劳如何[42]!今遣骑到邺[43],故使枉道相过[44]。行矣自爱[45]。丕白。

注释

〔1〕十八：六臣本作"二十八"，毛本从之，恐非。（梁章钜说）

〔2〕白：告诉，陈述。古书体文常用的开头语。

〔3〕无恙（yàng 样）：无忧，平安。

〔4〕局：近。

〔5〕官守：官职，居官守职。　限：界限，权限。

〔6〕愿言：思念。《诗经·卫风·伯兮》："愿言思伯，甘心疾首。"《笺》："愿，念也。"言，语助词。　怀：心情。

〔7〕任：当，承受。

〔8〕足下：对方的尊称。此指吴质。　所治：治理的地区。此指元城。僻左：偏僻遥远。左，远。

〔9〕书问：书信，以书信通音问。　致简：送达而得见。简，见。（用刘良注）一说释为少。（见高步瀛《魏晋文举要》）

〔10〕益：更加。　用：以此，因此。　劳：苦，愁苦。

〔11〕南皮：古县名，汉属渤海郡，今属河北省。传魏文帝与吴质等曾游猎于此，并筑有宴友台。高步瀛引《太平环宇记》曰："河北道沧州南皮县，本汉县，属渤海郡。以章武有北皮亭，此故曰南皮……《魏书》云：'文帝为五官中郎将，射雉于南皮。'皆此地也。"又引曰："宴友台，在县东二十五里。《魏志》云：'文帝为五官中郎将，与吴季重游南皮，筑此台宴友，故名焉。又名射雉台。'"（《魏晋文举要》）

〔12〕妙思：思索其精妙。　六经：指儒家的六种经典，即《诗》、《书》、《礼》、《乐》、《易》、《春秋》。

〔13〕逍遥：安闲自得。此谓愉快地披览。　百氏：百家。诸子百家，指儒、道、墨、名、法等的著述。

〔14〕弹棋：汉魏时的一种博戏。李善注引《艺经》："棋正弹法，二人对局，白黑棋各六枚。先列棋相当，更先控，三弹不得，各去控一棋先补角。"　高步瀛引沈括《梦溪笔谈》卷十八曰："弹棋，今人罕为之。有谱一卷，盖唐人所为。其局方二尺，中心高如覆盂，其巅为小壶，四角微隆起。今大名开元寺佛殿上有一石局，亦唐时物也。李商隐诗曰：'玉作弹棋局，中心最不平。'（《无题》）谓其中高也。白乐天诗：'弹棋局上事，最妙是长斜。'（《和春深》）长斜谓抹角斜，弹一

发过半局,今谱中具有此法。……如弈棋古局用十七道,合二百八十九道,黑白棋各百五十,亦与后世法不同。"(《魏晋文举要》) 间设:谓于披览书籍空闲时间则布设弹棋而戏。《魏志·文帝纪》注引《典论》:"余于他戏弄之事,少所喜,唯弹棋略尽其巧。"

〔15〕六博:古时一种博戏。高步瀛引王逸《楚辞·招魂》注:"投六箸,行六棋,故为六簙(博之本字)也。"又引《列子·说符篇》释文引《古博经》曰:"博法,二人相对,坐向局。局分为十二道,两头当中名为水,用棋十二,故法六白六黑。又用鱼二枚,置于水中。其掷采以琼为之,琼畟方寸三分,长寸五分,锐其头,钻刻琼四面为眼,亦名为齿。二人互掷采行棋,棋行到处即竖之,名为骁棋,即入水食鱼,亦名牵鱼,每牵一鱼获二筹,翻一鱼获三筹。若已牵两鱼而不胜者,名曰被翻双鱼。彼家获六筹为大胜也。"(《魏晋文举要》)

〔16〕高谈:高雅的谈吐。 娱心:心情愉悦。

〔17〕哀筝:凄清的筝声。筝,琴瑟一类的弦乐器,五弦,筑身,传秦蒙恬所创制。

〔18〕驰骋:指骑射。 北场:城北的校场。

〔19〕旅食:众食,指宴饮。旅,众。 南馆:城南的馆舍。

〔20〕甘瓜:甘美的瓜果。

〔21〕朱李:朱红的李子。 寒水:清凉之水。一说以为指寒冰井。朱珔说:"又按书下文云:'浮甘瓜于清泉,沉朱李于寒水。'《环宇记》引之,水作'冰',云:'南皮县西一里有寒冰井。书所云即此井也。'然台即在东,则相去甚远,恐后人附会。"(《文选集释》,卷三十一)朱说甚当。

〔22〕匿:没,隐没。

〔23〕同乘:指车骑相连。

〔24〕后园:指游乐之所。

〔25〕舆轮:车轮。

〔26〕参从:五臣本、《魏志》注参作"宾"。宾从,宾客侍从。此指王粲、徐幹、陈琳、阮瑀、应玚、刘桢等。文帝为五官中郎将时,并与友善,常共游宴。

〔27〕悲笳:指胡笳,一种似笛一类的管乐器。其声悲壮,故谓悲笳。

〔28〕怆(chuàng 创)然:悲伤的样子。 怀:心情。

〔29〕斯乐:此乐。 难常:谓难于永远如此。

〔30〕足下:对方的尊称。足下之徒,指吴质以及王粲、徐幹等。

〔31〕咸:皆。 然:这样。

〔32〕元瑜:阮瑀字,建安七子之一,为司空军谋祭酒,管记室,建安十七年卒。 长逝:指死亡。

〔33〕异物:指鬼神。

〔34〕念至:谓想到哀乐生死之事。

〔35〕可言:谓可与质等宾客言之。

〔36〕蕤(ruí)宾:古乐十二律之一。位于午,在五月,故为农历五月的别称。李善注引《礼记》:"仲夏之月,律中蕤宾。"

〔37〕景风:南风,和暖之风。 扇:吹动。此有催生助长义。李善注引《易通卦验》:"夏至则景风至。"郑注:"景风,长大万物之风也。"

〔38〕时驾:趁时驾御车马。

〔39〕遵:循,沿。 河曲:河湾。此指黄河湾。高步瀛说:"孟津小城,在大河之南,故云北遵河曲。或以为在漳河之曲,大谬。"(《魏晋文举要》)

〔40〕从者:随侍人员。 启路:引路,开路。

〔41〕文学:官名。为五官将文学之略。此指王粲、徐幹、应场等。 托乘:附乘。 后车:副车,侍从之车。刘良注:"时帝为太子,故文学附乘后车,以从前也。"

〔42〕劳:愁苦。

〔43〕邺:指邺城,曹操封为魏王,都邺。今河北临漳县北。

〔44〕枉道:曲道,绕道。此谓使者从孟津到邺城,经吴质所在元城,必须绕道。陆侃如说:"……如果质在朝歌,那正在从孟津到邺的路线上;惟有在元城,方可说'枉道'。"(《中古文学系年》,401页)

〔45〕行:谓奋勉于政务。 自爱:谓珍重自己的声誉。

今译

五月十八日,丕告白:季重可好?道路即使相近,居官守职多有所限,思念之情,实在难以抑制。今足下治所偏远,书信难以得见,因而愈益增加思念之苦。

每想起往昔南皮之游,确实不能忘怀。既精思六经的义理,又畅论百家的学说,其间再对弹棋,最后又玩六博,谈吐高雅,心旷情怡,清筝优美,动听悦耳。驰马射猎于北场,聚会饮宴于南馆,将甘美瓜果浮于清泉,把朱红桃李沉于寒水。白日既已沉没,继而明月升上中天。共同乘坐车马,游览赏玩后园。车轮徐徐转动,宾客寂然无声。清风入夜吹起,悲笳鸣咽低吟,欢乐已过悲哀随来,伤感怆然充满胸怀。而今果然分别,彼此各在一方。元瑜永远离去,化为异世神鬼。每每思念至此,何时可与君言。

当今时在仲夏,南风吹醒万物。天气和暖,众果皆繁。及时驾车马而游赏,向北沿河湾而驰行。侍从吹奏胡笳而引路,文学乘坐副车而跟随。季节虽同,时势已异,景物虽在,人事已非,我心更其忧悲。今派使者去到邺都,因而命其绕道拜见。努力于公务啊,多自珍重! 丕白。

(陈复兴译注并修订)

◎ 又与吴质书一首　　魏文帝

▌▌▌ 题解

　　本文是魏文帝写给吴质的一封信,作于建安二十三年(218)春。李善注引《典略》:"初,徐幹、刘桢、应玚、阮瑀、陈琳、王粲等与质,并见友于太子。二十二年,魏大疫,诸人多故。故太子与质书。"吴质时为元城令。文帝在这封信中倾诉了对亡友们的怀念、哀悼,并对其才学与文章做出评价,表示不胜感慨。

　　开头叙别,表达对吴质的思念之情。其次追忆作太子之前与诸子游乐、宴饮、酬唱的情景,抚今追昔,对其相继亡故表示无限哀悼。再次评论诸子之文,分别指出徐幹、应玚、陈琳、刘桢、阮瑀和王粲才学文章的优长与不足之处。复次感慨自身,以为德薄位尊,多有自愧。末尾表示对老友的慰问与思念之意。

　　全文富有抒情气息,字里行间流露出真挚淳厚的友朋之心。文帝贵为太子,却时时不忘昔日游处酬唱的文友,对其亡故深致哀痛,编定文集,尤能见其普通人极可宝贵的一种品格。

　　其中对诸子文学的评论,则与《典论论文》完全相同,主张道德与文章相统一,个人气质与文章风格相统一,倡导刚健道劲的文风,认为在文学上知音难遇,实际讲的是文学批评方面的问题。此则显示出文帝作为文学理论批评家的独立见地。

▌▌▌ 原文

　　二月三日,丕白:岁月易得[1],别来行复四年[2]。三年不见，《东山》犹叹其远^[3]，况乃过之^[4]，思何可支^[5]！虽书疏往返^[6]，未足解其劳结^[7]。

昔年疾疫^[8]，亲故多离其灾^[9]，徐陈应刘^[10]，一时俱逝^[11]，痛可言邪！昔日游处，行则连舆^[12]，止则接席^[13]，何曾须臾相失^[14]。每至觞酌流行^[15]，丝竹并奏^[16]，酒酣耳热^[17]，仰而赋诗^[18]，当此之时，忽然不自知乐也^[19]。谓百年已分^[20]，可长共相保^[21]。何图数年之间^[22]，零落略尽^[23]，言之伤心！顷撰其遗文，都为一集^[24]。观其姓名，已为鬼录^[25]。追思昔游^[26]，犹在心目^[27]，而此诸子^[28]，化为粪壤^[29]，可复道哉^[30]！

观古今文人，类不护细行^[31]，鲜能以名节自立^[32]。而伟长独怀文抱质^[33]，恬淡寡欲^[34]，有箕山之志^[35]，可谓彬彬君子者矣^[36]。著《中论》二十余篇，成一家之言^[37]，辞义典雅^[38]，足传于后，此子为不朽矣^[39]，德琏常斐然有述作之意^[40]，其才学足以著书，美志不遂^[41]，良可痛惜。间者历览诸子之文^[42]，对之抆泪^[43]，既痛逝者^[44]，行自念也^[45]。孔璋章表殊健^[46]，微为繁富^[47]。公幹有逸气^[48]，但未遒耳^[49]；其五言诗之善者，妙绝时人^[50]。元瑜书记翩翩^[51]，致足乐也^[52]。仲宣续自善于辞赋^[53]，惜其体弱^[54]，不足起其文^[55]，至于所善，古人无以远过^[56]。昔伯牙绝弦于钟期^[57]，仲尼覆醢于子路^[58]，痛知音之难遇，伤门人之莫逮^[59]。诸子但为未及古人^[60]，自一时之俊也^[61]。今之存者^[62]，已不逮矣。后生可畏^[63]，来者难诬^[64]，然恐吾与足下不及见也^[65]。

年行已长大^[66]，所怀万端^[67]。时有所虑^[68]，至通夜不瞑^[69]，志意何时复类昔日^[70]？已成老翁，但未白头耳。光

武言年三十余^{〔71〕}，在兵中十岁，所更非一^{〔72〕}，吾德不及之，年与之齐矣。以犬羊之质^{〔73〕}，服虎豹之文^{〔74〕}，无众星之明，假日月之光^{〔75〕}。动见瞻观^{〔76〕}，何时易乎^{〔77〕}？恐永不复得为昔日游也^{〔78〕}。少壮真当努力^{〔79〕}，年一过往^{〔80〕}，何可攀援^{〔81〕}！古人思炳烛夜游^{〔82〕}，良有以也^{〔83〕}。

顷何以自娱^{〔84〕}？颇复有所述造不^{〔85〕}？东望于邑^{〔86〕}，裁书叙心^{〔87〕}。丕白。

注释

〔1〕易得：谓容易过去。

〔2〕行：且，将。

〔3〕东山：《诗经·豳风》篇名。其中第三章云："我徂东山，慆慆不归。……自我不见，于今三年。"意思说我出征在外，长久不归，不见家乡，已经整整三年了。 远：久远，漫长。

〔4〕过：超过。

〔5〕思：思念，思念之情。 支：支持。

〔6〕书疏：书信。疏，条陈，臣下给皇帝的奏议。

〔7〕解：排解，消解。 劳结：谓郁结于心的思念之苦。

〔8〕昔年：指建安二十二年。 疾疫：瘟疫。

〔9〕亲故：亲戚故友。 离：遇，遭遇。

〔10〕徐：徐幹，字伟长，北海人。 陈：陈琳，字孔璋，广陵人。 应：应场，字德琏，汝南人。 刘：刘桢，字公幹，东平人。

〔11〕一时：形容时间短促，犹一朝。 俱逝：同时死亡。

〔12〕连舆：谓车马前后相连。

〔13〕止：坐。 接席：谓座席相接。

〔14〕须臾：形容时间短促，犹片刻。 相失：相离。

〔15〕觞酌(shāng zhuó 商琢)：以酒杯进酒。觞，酒器。酌，斟酒，敬酒。 流行：谓传杯。

〔16〕丝竹：指音乐。丝，指琴瑟之类的弦乐器；竹，指箫笛之类的管乐器。

〔17〕酒酣:酒喝得正高兴。　耳热:面红过耳,形容激奋。

〔18〕赋诗:谓唱和诗歌。

〔19〕乐:谓乐极。此句意谓乐极而不知所以言。

〔20〕百年:指百年之寿命。　己分(fèn 愤):谓自己天生所当有的。

〔21〕长共:长久在一起。　相保:谓相互相保持不离散。

〔22〕何图:何曾料想。

〔23〕零落:凋谢,丧亡。

〔24〕顷:近来。　撰:定,编定。　遗文:已亡作者的文章。　都:凡,总。

〔25〕鬼录:死者的名录。

〔26〕追思:回忆。

〔27〕心目:心与眼,谓内心想起其情景即似再现于目前。

〔28〕诸子:指徐、陈、应、刘等。

〔29〕粪壤:粪土。

〔30〕道:述说。

〔31〕类:大抵,大致。　不护:不拘,不讲究。　细行:指行为小节。

〔32〕鲜:少。　名节:名誉节操。

〔33〕文:文采。　质:质朴。指仁义道德。

〔34〕恬淡:淡泊俗务,不图名利。

〔35〕箕山:山名。一说以为在洛阳城南三十里。古时隐士许由隐居之地。《吕氏春秋·求人篇》:"昔者,尧朝许由于沛泽之中,曰:'……请属天下于夫子。'许由辞,……遂之箕山之下,颍水之阳,耕而食,终身无经天下之色。"　箕山之志,梁章钜引姜皋曰:"此云有箕山之志者,但言其不慕时荣耳,非谓遂终于隐也。"(《文选旁证》,卷三十五)

〔36〕彬彬:谓文采道德和谐一致。《论语·雍也篇》:"质胜文则野,文胜质则史。文质彬彬,然后君子。"　古时儒家主张文(文采,礼乐)与质(质朴,道德)的和谐一致。此用其义。

〔37〕言:言论,学说。一家之言,谓著述有独创的见解,可以自成一家,足以传于后世。

〔38〕辞义:言辞义理。　典雅:谓有根据而合标准,高雅而不浅俗。

〔39〕不朽:谓名声传留后世,思想永不磨灭。

〔40〕斐(fěi 匪)然:富有文采的样子。

〔41〕美志:美好的愿望。 遂:实现。

〔42〕间者:近来。 诸子:指徐、陈、应、刘等。

〔43〕扰(wěn 稳):拭,擦。

〔44〕逝者:死者。

〔45〕自念:谓想到自己。

〔46〕章表:指古时臣下写给君王的两种文体。章,言事的奏章;表,陈情或荐人的上表。 殊健:谓特别刚健。

〔47〕繁富:谓文章风格繁冗富丽。

〔48〕逸气:超逸的才气。气,才气。

〔49〕遒(qiú 求):遒劲,刚劲有力。

〔50〕妙绝:精妙超绝。

〔51〕书记:古时常用的两种文体。书,书牍;记,奏记。 翩翩:文采富丽美好的样子。

〔52〕致:使,令。

〔53〕续:一作"独",李周翰注也作"独",应解为独。

〔54〕体:体气。指作家主体的气质、个性。 弱:柔弱,为刚健遒劲的反面。

〔55〕起:振起,激扬。 文:指文气,文章的风神格调。

〔56〕远过:远远超过。

〔57〕伯牙:古代传说中善鼓琴者。 绝弦:谓打破琴弦。绝,断。 钟期:即钟子期,古代传说中善知音者。《吕氏春秋·本味》:"伯牙鼓琴,钟子期听之。方鼓琴而志在太山,钟子期曰:'善哉乎鼓琴! 巍巍乎若太山。'少选之间,而志在流水,钟子期又曰:'善哉乎鼓琴! 汤汤乎若流水。'钟子期死,伯牙破琴绝弦,终身不复鼓琴,以为世无足复为鼓琴者。"

〔58〕仲尼:孔子字。 覆醢(hǎi 海):谓倒掉肉酱。醢,肉酱。李善注引《礼记》:"孔子哭子路于中庭,有人吊(哀悼)者,而夫子拜之。既哭,进使者而问故,使者曰:'醢之矣(谓在卫国被杀,并被剁成肉酱)。'遂命覆醢。"

〔59〕门人:门徒,学生。此指子路。 莫逮(dài 代):赶不上。逮,及,达到。以上数句意思说,往昔伯牙为钟子期之死而破琴绝弦,痛心于这样的知音难以遇到;孔夫子为子路在卫国惨遭醢刑而倒掉肉酱,是悲伤于这样的门徒无人赶得上。

〔60〕诸子:指徐、陈、应、刘等。

[61]一时:当时。指建安年间。　俊:俊杰,才智杰出之士。

[62]存者:活在世上的人。指建安七子以后的作者。

[63]后生:少年人。　畏:敬畏。

[64]来者:未来的一代。　诬:胡说,猜测。

[65]足下:对方的敬称。

[66]年行:行年,年令。

[67]所怀:所想,所思虑。

[68]时:时时,经常。

[69]不瞑:不眠。高步瀛说:"瞑字亦作眠,冥民双声。"(《魏晋文举要》)

[70]志意:情志意兴。　类:像。

[71]光武:东汉光武帝,名刘秀,为开国之君。

[72]所更:所经历,所经历的变化。更,历。李善注引《东观汉记》:"光武赐隗嚣(光武臣,封西州大将军)书曰:'吾年已三十余,在兵中十岁,所更非一,厌浮语虚辞耳。'"

[73]犬羊:比喻才智平庸低下。　质:本质,实质。

[74]虎豹:比喻权位崇高威重。　文:文采。此指太子的显赫荣耀。

[75]假:借,凭借。　日月:比喻君主。此指其父曹操。日月之光,谓曹操的声威权势。李善注引《贾子》:"主之与臣,若日月之与星也。"　以上数句意思说,我本人才智平庸低下,却占有太子的显赫地位;不具备臣子的明德,而是依靠父王的权势享有殊遇。

[76]动:动辄,动不动。　瞻观:谓引起众人瞩目,多所顾忌。

[77]易:容易,谓自由随便。

[78]游:游览宴乐。昔日游,谓昔日南皮之游。

[79]少壮:指青年时代。李善注引《古诗》:"少壮不努力,老大乃伤悲。"

[80]年:年月,时间。

[81]攀援:用手拉住。

[82]炳:当作"秉",持。李善注引《古诗》:"昼短苦夜长,何不秉烛游。"炳,依注当为"秉"。

[83]以:原因,道理。

[84]顷:近时。

[85]述造:述作,著作。　不:同"否"。

又与吴质书一首

673

〔86〕东望:由东而望西。谓由洛阳而望元城。 于邑(wū yì 乌义):郁抑伤感的样子。

〔87〕裁书:谓写信。

今译

二月三日,丕告白:岁月易于流逝,别来将又四年。三年不见,《东山》诗尚叹离乡之久;何况我们辞别时间已经超过三年,思念之情,确实难以抑制。即使有书信往返,也不能排解郁积于心的愁苦。

往昔瘟疫流行,亲戚故友多遭其灾,徐、陈、应、刘,一时之间相继逝世,我内心的哀痛怎么可以言语表达呢?往日游览宴乐,出行则车马前后相连,入坐则席次彼此相接,何曾有过暂短别离?每至杯盏流行,互相敬酒,琴瑟箫管,同时演奏,酒兴正浓,情绪激动,仰首唱和诗歌。当此之时,欢乐至极,忽然忘掉自我。自认百岁寿命,本是天生而有,可以永远共处,保持不散。何曾料想数年之间,亡故几尽,谈来伤心!近来编定他们的遗文,共为一集。观看作者姓名,已成鬼录。追忆当年的畅游,还历历在目,而此诸人,已经化为粪土,还有什么可说呢!

观察古今文人,大抵不拘泥行为细事,很少以名誉节操自立于世。而伟长独富文采,德行高尚,清静淡泊,不慕荣禄,颇有许由归隐箕山之志,真可谓文质彬彬的君子。著《中论》二十余篇,自成一家之言。文辞义理,典雅有据,足以流传后世。此人将永垂不朽。德琏也文采斐然,常有述作之意,其才华学问足以著书,而美好志愿却未得实现,实在令人痛惜。近来依次披览诸人之文,对之落泪,既哀痛死者,也想到自己。孔璋奏章上表,风格特别刚健,而稍为繁冗富丽。公幹有超逸的才气,只是文章气势不够遒劲罢了。其五言诗之善者,高妙超过同时代的作者。元瑜书信之作文采翩翩,读来实为快乐。仲宣独自善于辞赋,可惜其体气柔弱,不足以激扬其文风。至于其所善之辞赋,则古人也无以超过之。古时伯牙为钟子期之死,而破琴绝弦;仲尼为子路在卫惨遭醢刑,而倒掉肉酱;那是哀痛这样的知音难遇,伤感这样的门徒无人可比。此辈作者只是赶不上古人,也终究是当时的俊杰之士。当今存于世者,已经不能企及。年轻后辈实可敬畏,未来一代难以估量,但是恐怕我与足下不能见到了。

年纪已经老大,所想之事千头万绪。经常有所忧虑,以至通夜不眠,情志意绪何时还能像往日宴饮游乐一样?如今已成老翁,只是尚未白头而已。汉光武帝曾说:"年岁三十有余,在军中十年,经历并非一端。"我之德行虽不及光武,而年岁与之相等。我以犬羊那样平庸低下的资质,却身著虎豹一样威严绚丽的文采,无众星之明亮,却凭借日月之光辉。动辄被众人瞩目,言行何时能够自由随便呢!恐怕永远也不能再得昔日之游了。少壮真当努力,年月一经过去,怎么可能挽回留住呢!古人想要手持蜡烛长夜游览,确实是很有道理的。

最近以何自我娱乐?还有所著述吗?由东瞩望,甚感郁闷,写此书以述心怀。丕白。

(陈复兴译注并修订)

与钟大理书一首　魏文帝

钟大理，指钟繇。繇，字元长，颍川长社（今河南长葛县境）人。助曹操争雄天下，数有功。魏国初建，为大理，迁相国。甚得曹丕亲重，曾赐五熟釜，并作铭颂其功勋：“于赫有魏，作汉藩辅。厥相惟钟，实干心膂。靖恭夙夜，匪遑安处。百寮师师，楷兹度矩。”丕践位，迁太尉，转封平阳乡侯，与司徒华歆、司空王朗并称为“一代之伟人”。（见《魏志·钟繇传》）

此书大约作于建安二十年（215）。李善注引《魏略》：“后太祖征关中，太子在孟津，闻繇有玉玦，欲得之而难公索，使临淄侯转因人说之。繇即送之。太子与繇书。”

文章先论美玉的贵重价值，把宝玉之美与君子之德相联系，将玩好之物赋之以社会理想，因而求玉心切正在崇德情深。后述求玉的原委，并抒得玉的激动之情，对钟繇的感谢自然隐含其中。不独善于立论，也善于抒情，联想丰富，铺排流丽。故李兆洛评曰：“书已似赋。”

丕白：良玉比德君子[1]，圭璋见美诗人[2]。晋之垂棘[3]，鲁之玙璠[4]，宋之结绿[5]，楚之和璞[6]，价越万金，贵重都城[7]，有称畴昔[8]，流声将来[9]。是以垂棘出晋，虞虢双禽[10]；和璧入秦[11]，相如抗节[12]。窃见玉书称美玉[13]，白如截肪^[14]，黑譬纯漆，赤拟鸡冠，黄侔蒸栗^[15]，侧闻斯语^[16]，未睹厥状^[17]。虽德非君子，义无诗人^[18]；高山景行^[19]，私所仰慕^[20]。然四宝邈焉已远^[21]，秦汉未闻有良比也^[22]。求之旷年^[23]，不遇厥真^[24]，私愿不果^[25]，饥渴未副^[26]。

　　近日南阳宗惠叔，称君侯昔有美珷^[27]，闻之惊喜，笑与抃会^[28]。当自白书^[29]，恐传言未审^[30]，是以令舍弟子建，因荀仲茂时从容喻鄙旨^[31]。乃不忽遗^[32]，厚见周称^[33]，邺骑既到^[34]，宝珷初至^[35]，捧匣跪发^[36]，五内震骇^[37]，绳穷匣开^[38]，烂然满目^[39]。猥以蒙鄙之姿^[40]，得睹希世之宝^[41]，不烦一介之使^[42]，不损连城之价^[43]，既有秦昭章台之观^[44]，而无蔺生诡夺之诳^[45]，嘉贶益腆^[46]，敢不钦承^[47]。谨奉赋一篇，以赞扬丽质^[48]。丕白。

注释

〔1〕良玉:美玉。　比德:比喻道德。　君子:道德高尚的人。《礼记·玉藻》:"君子无故,玉不去身;君子于(以)玉比德焉。"

〔2〕圭(guī 规)璋:两种玉器名。圭,上尖下方;璋,形如半个圭。　见美:被赞美。　诗人:指诗经的作者。《诗经·大雅·卷阿》:"岂弟(同恺悌,和乐平易)君子,四方为则(法则,榜样),颙颙(体貌温和的样子)邛邛(志气高朗的样子),如圭如璋。"以上两句为被动句,完足表述应作良玉比德于君子,圭璋见美于诗人,以强调美玉的珍贵价值,意思说君子以美玉比喻高尚的道德,诗人以圭璋赞美和乐的品格。

〔3〕晋:周代诸侯国名。　垂棘(jí 吉):晋美玉产地。此为玉名。

〔4〕鲁:周代诸侯国名。　玙璠(yú fán 鱼繁):美玉名。

〔5〕宋:周代诸侯国名。　结绿:美玉名。

〔6〕楚:周代诸侯国名。　和璞:美玉名。传为楚国卞和所发现,故又名和氏璧。

〔7〕都城:封邑之城。以上两句谓垂棘、玙璠等美玉价值无限,极其贵重。

〔8〕有称:称颂,赞美。 畴昔:古昔。

〔9〕流声:传扬声誉。

〔10〕虞虢(guó 国):周代两个诸侯国名。后为晋所灭。 双禽:谓晋国相继将虢虞两国灭掉。禽,通"擒",捕获,占有。李善注引《左传》:"晋荀息(晋公族,献公时为大夫)请以屈产(出名马之地)之乘(名马)与垂棘之璧,假道于虞以伐虢,虞公许之。宫之奇(虞大夫)曰:'虞不腊(农历十二月一种祭祀)矣。'晋灭虢,虢公丑奔京师。旋馆于虞,遂袭虞,灭之。"

〔11〕和璧:和氏璧。

〔12〕相如:蔺相如。初为赵宦者令缪贤舍人,多次代赵使秦有功,拜为上卿。 抗节:坚持气节,保持节操。李善注引《史记》:"赵惠文王得和氏之璧。秦昭王闻之,使人遗赵王书,愿以十五城易璧。赵王遂使相如奉璧西入秦。秦王坐章台,见相如,相如奉璧奏王。相如视秦王无意偿赵城,乃前曰:'璧有瑕,请指之。'王授相如,相如持璧倚柱,怒发上冲冠,曰:'观大王无偿赵城色,故臣复取璧。大王必欲急臣,臣头与璧俱辟于柱矣。'"

〔13〕玉书:指记载美玉的书籍。此指王逸《正部论》。

〔14〕截肪:切开的脂肪。截,切割;肪,脂肪。

〔15〕侔(móu 谋):相等,等同。 蒸栗:蒸熟的栗子。 以上四句皆为称颂良玉之美。李善注引王逸《正部论》:"或问玉符,曰:'赤如鸡冠,黄如蒸栗,白如猪肪,黑如纯漆,玉之符也。'"

〔16〕侧闻:从旁听说。表谦之词。 斯语:指以上称美良玉的话语。

〔17〕厥状:指良玉的色彩形状。厥,其。

〔18〕义:义理,义旨,旨趣。

〔19〕高山:比喻高尚的道德。 景行:贤明的品行。《诗经·小雅·车舝》:"高山仰止,景行行止。"《笺》:"古人有高德者,则慕仰之;有明行者,则而行之。"

〔20〕仰慕:敬仰,向往。 以上两句意思说,像敬仰高尚有德者一样,崇尚向往美玉。

〔21〕四宝:指上言垂棘、玙璠、结绿、和璞。 邈(miǎo 渺)焉:遥远的样子。

〔22〕良比:谓良玉可以比拟。

〔23〕旷年:历年,连年。旷,历时久远。

〔24〕厥真:其真品。

〔25〕果:遂,实现。

〔26〕饥渴:喻思慕美玉之心。　副:符合,满足。

〔27〕南阳:地名。今河南南阳市。　宗惠叔:人名。　君侯:指钟繇。　美玦(jué 决):美玉。玦,环形而有缺口的佩玉。

〔28〕抃(biàn 便):拍手。　会:《魏志注》作"俱",合,同时。此句意谓一面喜笑,一面拍手。

〔29〕自白:自己述说。白,告诉,陈述。自白书,谓以书自白。

〔30〕传言:传达言词。　未审:不能详细周密。李善注:"未敢作书。"

〔31〕舍弟:胞弟之谦称。　子建:曹植之字。　荀仲茂:人名。李善注引《荀氏家传》:"荀宏,字仲茂,为太子文学。"　从容:谓举动适度。此有委婉得体义。　喻:晓喻,告诉。　鄙旨:个人意愿,表谦之词。

〔32〕忽遗(wèi 胃):轻易赠送。

〔33〕周称:周至称述。指钟繇《报书》。书中陈述美玦的来历、耆老的评价,以及自己没有主动奉贡的理由,等等,故谓周称。见《魏志·钟繇传》注。

〔34〕邺骑:谓由邺都奉玦来孟津的使者。邺,邺城,曹魏封地,今河北临漳县。李善注:"繇在邺城,太子在孟津也。"

〔35〕宝玦:宝玉。

〔36〕匣:盛美玉之器。　跪发:跪立揭开。跪,古时席地而坐,臀部置于双脚后跟上,待人接物表示庄重恭敬,则伸直腰板,臀部抬起,是谓跪、长跪。

〔37〕五内:五脏。指内心。

〔38〕绳:指系玉匣之绳。

〔39〕烂然:光色灿烂的样子。

〔40〕狠:苟且。表谦之词。　蒙鄙:愚昧鄙陋。表谦之词。　姿:身,自身。

〔41〕希世:人世稀有。

〔42〕烦:烦劳。　一介:一个。

〔43〕损:失,费。　连城:都城相连,形容价值贵重。

〔44〕秦昭:秦昭王。　章台:秦宫名,以其中有章台而得名,赵使者蔺相如奉璧奏秦王处。

〔45〕蔺生:指蔺相如。　诡夺:谓以计谋夺回宝玉。　诳:欺骗。

〔46〕嘉贶(kuàng 况):美善的赠品。贶,赐,赐予,赠品。　益腆(tiǎn 舔):

更加丰厚。

〔47〕钦承:恭敬地领受。

〔48〕丽质:美丽的姿质。此指美玉。

今译

丕告白:君子以美玉比喻高尚的道德,诗人以圭璋赞颂和乐的品格。晋之垂棘,鲁之玙璠,宋之结绿,楚之和璞,价值超越万金,珍贵重于都城。古昔受人称颂,将来传扬声誉。因此垂棘送出晋国,虞虢则相继灭亡;和璧奉入秦国,相如则气节高扬。我私下见到玉书称赞美玉,谓其光色如切割的脂肪,黑似纯粹的油漆,赤比血红的鸡冠,黄同蒸熟的栗实。只侧面听说这种赞美话语,从未亲见其真实情状。我虽无君子的德行,又无诗人的义趣;却景仰高德明行,内心向慕珍贵的美玉。但是四宝距今已经杳然久远,秦汉以来就未曾听说有良玉可与之相比。寻求连年,不曾遇其真品,内心之愿不能实现,饥渴之心未能满足。

近日南阳宗惠叔称说君侯有美玉,听到此事既惊又喜,既欢笑又拍手。应当以书信表白心愿,又恐以此传达言词不能详细周到,因此派舍弟子建,通过荀仲茂及时委婉表达鄙陋之意。君侯却非轻易赠予,而是郑重附上周密叙说得玉原委的书信。邺城使者既到,宝玉刚至孟津,我手捧玉匣,跪立欲揭,内心激动至极,丝绳解尽,玉匣打开,光色灿烂,满目生辉。我以蒙昧鄙陋之人,得见稀世珍奇之宝,不曾烦劳一介使者,不曾花费贵重代价,既有秦王章台的观赏,却无蔺生夺玉的欺诳。美善的赠品格外丰厚,敢不敬受。谨呈赋作一篇,以赞扬美玉丽质。丕白。

(陈复兴译注并修订)